GOLDMANN

*Buch*

Dr. Charles Martel, fünfundvierzig Jahre alt, ist als Krebsforscher am Weinburger Research Institute in Boston tätig. Er gilt als Kapazität auf dem Gebiet der Immunologie. In zweiter Ehe ist er mit der dreizehn Jahre jüngeren Cathryn verheiratet. Seine erste Frau starb an Krebs; aus dieser Verbindung stammen seine drei Kinder, zwei Söhne und eine Tochter.

Von seinem Institut erhält Martel den Auftrag, das neue Krebsmittel Canceron zu überprüfen, und zwar so zu überprüfen, daß er positive Berichte, die auch in der Werbung zu verwenden sind, liefern kann. Doch Martel ist nicht nur von der Wirkungslosigkeit des Medikaments überzeugt, er glaubt sogar, daß Canceron gesundheitsschädlich ist. Der Hersteller jedoch, der sich von dem neuen Mittel große Umsätze verspricht, übt massiven Druck aus, um ihm genehme Berichte zu erhalten. Martel erkennt, daß er mit seiner Gewissenhaftigkeit seine Stellung aufs Spiel setzt.

Da trifft ihn ein schwerer Schicksalsschlag. Seine zwölfjährige Tochter Michelle bekommt Fieber, dessen Ursache nicht festzustellen ist. Schließlich wird sie ins Krankenhaus eingeliefert, und dort stellt sich heraus, daß sie an Leukämie erkrankt ist. An dieser Krankheit ist auch Martels erste Frau gestorben. Die Doppelung der Fälle gibt ihm zu denken, und die Handlung treibt dramatischen Höhepunkten zu . . .

*Autor*

Robin Cook ist Absolvent der medizinischen Fakultät der Columbia-Universität, New York, und war am Massachusetts Eye and Ear Institute tätig. Schon sein erster Roman eroberte die Bestsellerlisten im Sturm. Der Autor lebt mit seiner Frau in Waterville Valley, New Hampshire.

Robin Cook

# Fieber

Roman

*Aus dem Amerikanischen*
*von Hans Ewald Dede*

GOLDMANN VERLAG

Ungekürzte Ausgabe
Titel der Originalausgabe: Fever

*Umwelthinweis:*
Alle bedruckten Materialien dieses Taschenbuches
sind chlorfrei und umweltschonend.
Das Papier enthält Recycling-Anteile.

Der Goldmann Verlag
ist ein Unternehmen der Verlagsgruppe Bertelsmann


Umschlagentwurf: Design Team, München
Umschlagfoto: Frank Schott, Köln
Druck: Elsnerdruck, Berlin
Verlagsnummer: 42448
MV · Herstellung: Ludwig Weidenbeck
Made in Germany
ISBN 3-442-42448-8

1 3 5 7 9 10 8 6 4 2

*Meiner Familie zur Freude –*
*meinen Eltern und meiner Frau*

... der stärkste Mann hier auf dieser Welt
das ist der, der ganz für sich allein steht.

Henrik Ibsen, *Ein Volksfeind*

# *Prolog*

In einer stetig wachsenden Flut erreichten die giftigen Benzolmoleküle das Knochenmark. Das körperfremde Gift wurde mit dem Blut vorangespült und in das labyrinthische Maschenwerk des Röhrenknochens getragen, bis in die entferntesten Winkel des Feingewebes. Es war, als ob eine Horde rasender Barbaren in das alte Rom einfiele. Das Ergebnis war ähnlich verhängnisvoll. Der komplizierte Mechanismus des Marks, dazu bestimmt, das Blut mit den meisten Zellbestandteilen zu versorgen, erlag den Angreifern.

Jede Zelle, die mit dem Benzol in Berührung kam, wurde attackiert. Die Chemikalie durchschnitt die Zellwände wie ein scharfes Messer, das in ein weiches Stück Butter gedrückt wird. Rote oder weiße Zellen, junge oder reife, es machte keinen Unterschied. Bei einigen wenigen Zellen, die das Glück hatten, daß nur eine geringe Zahl von Benzolmolekülen in sie eingedrungen war, konnten Enzyme die Wirkung des Gifts aufheben. Doch bei den meisten wurden die inneren Zellmembranen sofort zerstört.

Innerhalb weniger Minuten war die Konzentration des Benzols so angestiegen, daß Tausende der giftigen Moleküle in das geheime Herz des Marks vorgedrungen waren, zu den urzeitlichen, empfindlich gebauten Stammzellen. Diese Erbzellen durchliefen einen immerfort währenden Teilungsprozeß, sie dienten als Quelle der zirkulierenden Blutzellen, ihr Leben trug das Zeugnis Hunderter Millionen Jahre Evolution weiter. Von Augenblick zu Augenblick wiederholte sich hier das unfaßbare Geheimnis der Entstehung des Lebens, ein Vorgang, der fantastischer war als der kühnste Traum eines Wissenschaftlers. Blindwütig drangen die Benzolmoleküle in diese unermüdlich arbeitenden Zellen ein und unterbrachen die Übertragung der Geninformationen. Die meisten dieser Stammzellen starben in einem letzten, verzweifelten Aufbäumen. Andere, abgeschnitten von der geheimnisvollen Kontrollinstanz, verfielen, rasend wie tollwütige Tiere, in einen ungelenkten Teilungsprozeß, bis der Tod auch sie erlöste.

Nachdem die Benzolmoleküle von immer neuen Wogen aus sauberem Blut fortgespült worden waren, hätte sich das Knochenmark erholen können. Aber eine der vergifteten Zellen hatte überlebt. Über Jahre hatte diese Zelle eine unvorstellbare Zahl weißer Blutkörperchen hergestellt, deren Aufgabe, es war wie eine Ironie des Schicksals, es eigentlich sein sollte, den Körper gegen fremde Eindringlinge zu verteidigen. Als das Benzol in den Kern dieser Zelle eindrang, beschädigte es einen wichtigen Teil der DNA, aber es tötete die Zelle nicht. Es wäre besser gewesen, wenn auch diese Zelle gestorben wäre, denn das Benzol hatte das empfindliche Gleichgewicht zwischen Zellerneuerung und Reifung zerstört. Als die Zelle sich im nächsten Moment wieder teilte, hatten die Tochterzellen denselben Fehler. Auch sie gehorchten nicht länger der geheimnisvollen zentralen Lenkung und reiften nicht mehr zu normalen weißen Blutzellen. Statt dessen folgten sie jetzt einem unbeschränkten Trieb, ihr fehlerhaftes Selbst immer wieder neu zu erzeugen.

Obwohl diese Zellen in der Markhöhle noch ziemlich gewöhnlich erschienen, unterschieden sie sich doch von anderen jungen weißen Blutzellen. Ihrer Oberfläche fehlte die Klebrigkeit der normalen Zellen, und sie verbrauchten Nährstoffe in einer erschreckend eigennützigen Menge. Sie waren zu Parasiten im eigenen Haus geworden.

Nach nur zwanzig Teilungen waren über eine Million dieser wilden Zellen entstanden. Nach siebenundzwanzig Teilungen war ihre Zahl auf über eine Billion gestiegen. Dann brachen die ersten von dem Klumpen los. Erst waren es nur Tropfen kranker Zellen, die in den Kreislauf eindrangen, dann wurde es ein fließender Strom und schließlich eine Flutwelle. Die Zellen stürzten in alle Regionen des Körpers, begierig, überall fruchtbare Kolonien zu gründen. Nach der vierzigsten Teilung zählten sie schon über eine Trillion.

Es war der Ausbruch einer aggressiven, akuten Myeloblastenleukämie im Körper eines Mädchens, das gerade die Pubertät erreicht hatte. Ein Krebsbefall des Knochenmarks. Er begann am 28. Dezember, zwei Tage nach dem zwölften Geburtstag des Mädchens. Sie hieß Michelle Martel, und sie spürte von alldem nichts – bis auf ein einziges Symptom: sie hatte Fieber.

# 1. *Kapitel*

Vorsichtig tastend zog ein kalter Januarmorgen über der eisfrostigen Landschaft von Shaftesbury in New Hampshire herauf. Als der Himmel sich allmählich aufhellte, wichen die Schatten zögernd und gaben den Blick frei auf eine formlose graue Wolkendecke. Es sah nach Schnee aus, und trotz der Kälte hing ein Dunstschleier in der Luft, dessen stechende Nässe die Nähe des östlich gelegenen Atlantiks verriet.

Wie eine Geisterstadt schmiegten sich die roten Backsteinhäuser des alten Shaftesbury an den Lauf des Pawtomack River. Der Fluß war einmal die Lebensader der Stadt gewesen. Seine Quelle lag in den schneebeladenen White Mountains im Norden. Von dort lief er dem südöstlich gelegenen Meer entgegen. Bei der Stadt wurde die sanfte Strömung des Flusses von einem zerbröckelnden Damm unterbrochen und von einem großen Schaufelrad, das seit Jahren stillstand. Aufgereiht zu beiden Seiten des Flusses standen Block für Block leere, aufgegebene Fabriken, die an eine blühende Zeit erinnerten, als Neuengland noch das Herz der Textilindustrie war. In das letzte der Backsteingebäude, das ganz am Südende der Stadt lag, am Fuß der Main Street, war ein chemischer Betrieb gezogen. Das Unternehmen nannte sich Recycle Ltd. und verdiente sein Geld mit der Wiederaufbereitung von altem Gummi, Plastik und Vinyl. Beißender grauer Rauch stieg in Fetzen aus dem turmhohen Schornstein der Fabrik und vermischte sich mit den Wolken. Über dem ganzen Gelände hing ein fauliger, ätzender Geruch von verbranntem Gummi und Plastik. Verteilt um das Fabrikgebäude ragten Berge alter Autoreifen auf, die wie Kothaufen eines gigantischen Monsters aussahen.

Südlich der Stadt lief der Fluß durch ein hügeliges Waldgebiet. Eingestreut in den Wald lagen schneebedeckte Wiesen, die dreihundert Jahre zuvor von den ersten Siedlern mit Feldsteinen umsäumt worden waren. Zehn Kilometer im Süden der Stadt schwenkte der Fluß in einem sanften Bogen nach

Osten und schnitt eine zweieinhalb Hektar große Halbinsel in das Land. In der Mitte der Halbinsel lag ein flacher Teich, der durch einen schmalen Zulauf mit dem Fluß verbunden war. Hinter dem kleinen See erhob sich ein Hügel, auf dessen Kuppe ein viktorianisches Farmhaus stand, das mit seinem weißen Fachwerk und dem Giebeldach wie ein Pfefferkuchenhaus aussah. Eine lange Auffahrt, die von Eichen und Zuckerahorn eingefaßt war, wand sich hinunter zur Interstate 301, die in Richtung Süden nach Massachusetts führte. Fünfundzwanzig Meter nördlich des Hauses lag inmitten eines Buschwerks aus Immergrün ein windschiefer Stall. Und am Rande des Teiches stand, auf Pfählen gebaut, eine kleine Nachbildung des Farmhauses, ein Schuppen, der in ein Kinderspielhaus verwandelt worden war.

Diese wunderschöne Landschaft Neuenglands hätte gut das Januarmotiv eines Kalenders sein können, wäre nicht ein winziges störendes Detail in dem Bild gewesen: Es gab keine Fische in dem Teich, und in einem Umkreis von zwei Metern wuchs keine Pflanze.

In den Zimmern des malerischen weißen Farmhauses dämpften Spitzenvorhänge das eindringende blasse Morgenlicht. Doch allmählich lockte die zunehmende Helligkeit Charles Martel aus den Tiefen seines erholsamen Schlafs. Er rollte sich auf die linke Seite und gab sich ganz einer tiefempfundenen Zufriedenheit hin. Zwei Jahre lang hatte er sich gefürchtet, dieses Gefühl in sich wachsen zu lassen. Doch jetzt bestimmten wieder Ruhe und Sicherheit sein Leben. Charles hatte nicht erwartet, das jemals wieder zu erleben, nachdem die Ärzte bei seiner ersten Frau eine Lymphgeschwulst gefunden hatten. Vor neun Jahren war sie gestorben, und Charles war allein geblieben mit den drei Kindern. Das Leben hatte sich in ein dauerndes Leid verwandelt.

Aber das war nun Vergangenheit, die schreckliche Wunde war verheilt. Und dann war zu Charles' eigenem Erstaunen die Leere aus seinem Leben verschwunden. Vor zwei Jahren hatte er wieder geheiratet. Aber immer noch fürchtete er sich einzugestehen, wie sehr sich sein Leben zum Besseren gewandelt hatte. Es war einfacher und weniger gefährlich, sich auf die tägliche Arbeit zu konzentrieren und auf die kleinen Notwendigkeiten des Familienlebens, als die wiedergewonnene Zufriedenheit offen zu zeigen und mit ihr das kostbarste, aber auch verletzlichste Gut – das Glück. Aber Cathryn, seine neue Frau, machte es ihm schwer, das alles zu unterdrücken, denn sie war eine lebensfrohe und gebende Person. Am Tag, als sie sich das erste Mal sahen, hatte sich Charles in sie verliebt. Fünf Monate danach hatten sie geheiratet. Während der letzten zwei Jahre war seine Liebe für sie nur noch gewachsen.

Je mehr die Dunkelheit zurückwich, um so deutlicher konnte Charles das sanfte Profil seiner schlafenden Frau erkennen. Sie lag auf dem Rücken, ihr rechter Arm wie zufällig auf dem Kissen über ihrem Kopf. Sie war zweiunddreißig Jahre alt, doch sie sah viel jünger aus, was anfangs die dreizehn Jahre Altersunterschied zwischen ihnen noch betont hatte. Charles war fünfundvierzig und er mußte zugeben, daß er auch so alt aussah. Cathryn aber sah aus wie fünfundzwanzig. Gestützt auf seinen linken Ellbogen, betrachtete Charles ihre zarten Gesichtszüge. Dann ließ er die Finger seiner rechten Hand an der Linie ihres Haaransatzes über der Stirn entlanggleiten und die weichen braunen Strähnen hinunter zu ihren Schultern. Ihr Gsicht, das im ersten Morgenlicht lag, schien zu strahlen. Charles ließ seine Augen der leicht geschwungenen Linie ihrer Nase folgen, deren Flügel unter Cathryns regelmäßigem Atem sanft erzitterten. Während er seine Frau still bewunderte, spürte Charles tief in sich ein Verlangen erwachen. Er sah hinüber zum Wecker, noch zwanzig Minuten, bevor er klingeln würde. Zufrieden ließ er sich wieder in das kuschelige Laken sinken, dann drängte er sich ganz nahe an seine Frau und wunderte sich selbst, wie gut es ihm doch ging. Er konnte sich sogar auf seine Tage am Institut freuen. In immer schnelleren Schritten ging seine Arbeit voran. Wie ein Stich durchfuhr ihn die Erregung. Was, wenn er, Charles Martel, der Junge aus Teaneck in New Jersey, den ersten erfolgreichen Schritt tun würde bei dem Versuch, das Geheimnis der Krebskrankheit zu lüften? Charles wußte, daß die Möglichkeit dazu immer wahrscheinlicher wurde, und dabei war er nicht einmal als Forschungsmediziner ausgebildet worden. Er war Internist mit dem Spezialgebiet Allergien gewesen, als Elisabeth, seine erste Frau, erkrankt war. Nach ihrem Tod hatte er seine gutgehende Praxis aufgegeben und war ans Weinburger-Institut gegangen, um sich ganz der Forschung zu widmen. Es war eine Reaktion auf Elisabeths Tod gewesen. Und obwohl ihn einige Kollegen gewarnt hatten, daß ein Berufswechsel der falsche Weg war, um mit dem Problem fertig zu werden, war er in der neuen Umgebung gut zurechtgekommen.

Als Cathryn spürte, daß ihr Mann bereits wach war, drehte sie sich auf seine Seite und fand sich sofort in einer festen Umarmung wieder. Sie rieb sich den Schlaf aus den Augen, sah Charles ins Gesicht und mußte lachen. Er sah so lausbübisch aus, was gar nicht typisch für ihn war.

»Was geht da vor in deinem kleinen Gehirn?« fragte sie lächelnd.

»Ich hab' dich nur angeschaut.«

»Wundervoll! Sicher sehe ich jetzt so gut aus wie nur selten.«

»Du siehst einfach atemberaubend aus«, neckte Charles sie und strich ihr das dichte Haar aus der Stirn.

Cathryn war jetzt hellwach und spürte sein drängendes Verlangen. Ihre Hand glitt am Körper ihres Mannes hinunter und stieß gegen sein hartes Glied. »Und was ist das?« fragte sie.

»Dafür übernehme ich keine Verantwortung«, antwortete Charles. »Dieser Teil meines Körpers hat seinen eigenen Willen.«

»Unser polnischer Papst sagt, daß ein Mann nicht mit lüsternen Augen nach seiner Frau sehen soll.«

»Das habe ich auch nicht getan«, antwortete Charles lächelnd. »Ich habe an meine Arbeit gedacht.«

Als die ersten Schneeflocken auf das Giebeldach fielen, fanden sie mit einer so tiefen Leidenschaft und Zärtlichkeit zueinander, die Charles jedesmal aufs neue überwältigte. Dann klingelte der Wecker. Der Tag begann.

Schon von weitem konnte Michelle Cathryn rufen hören, ihr Traum brach ab. Sie hatte mit ihrem Vater ein Feld überquert. Michelle versuchte, die Stimme zu überhören, aber sie kam wieder. Dann fühlte sie eine Hand auf ihrer Schulter, und als sie sich herumdrehte, sah sie in Cathryns lächelndes Gesicht. »Zeit zum Aufstehen«, sagte die Stiefmutter freundlich.

Michelle atmete tief ein und nickte zum Zeichen, daß sie wach war. Sie hatte eine schlechte Nacht hinter sich, so voller beängstigender Träume, daß sie schweißgebadet war. Unter der Decke war ihr heiß gewesen, aber wenn sie sich von ihr befreite, hatte sie gefroren. Mehrmals hatte sie in der Nacht daran gedacht, zu ihrem Vater zu gehen. Und sie hätte es auch getan, wenn er allein gewesen wäre.

»Mein Gott, du siehst ja ganz erhitzt aus«, sagte Cathryn, als sie die Vorhänge zurückgezogen hatte. Sie beugte sich über Michelles Bett und legte ihr die Hand auf die Stirn. Sie war heiß.

»Ich glaube, du hast wieder Fieber.« Cathryns Stimme hatte einen mitfühlenden Klang. »Fühlst du dich krank?«

»Nein«, antwortete Michelle hastig. Sie wollte nicht wieder krank sein. Sie wollte nicht wieder zu Hause bleiben müssen und in der Schule fehlen. Sie wollte aufstehen und den Orangensaft zubereiten, wie sie es immer getan hatte.

»Auf alle Fälle müssen wir deine Temperatur messen«, sagte Cathryn. Sie ging in das Bad nebenan. Als sie zurückkehrte, schüttelte sie mehrmals das Thermometer und sah immer wieder prüfend auf die Quecksilbersäule. »Es dauert ja nur ein paar Minuten, dann wissen wir es wenigstens genau.« Sie steckte Michelle das Thermometer in den Mund. »Unter die Zunge. Ich komme zurück, wenn ich deine Brüder geweckt habe.«

Die Zimmertür schloß sich, und sofort nahm Michelle das Thermometer wieder aus dem Mund. Selbst in der kurzen Zeit war das Quecksilber auf 37,2 Grad geklettert. Sie hatte Fieber, und sie wußte es. Ihre Beine schmerzten, und im Magen hatte sie ein flaues Gefühl. Michelle steckte das Thermometer wieder in den Mund. Von ihrem Bett aus konnte sie aus dem Fenster sehen, auf ihr Spielhaus, das Charles für sie aus einem alten Verschlag gebaut hatte. Als sie den frischgefallenen Schnee auf dem Dach des Hauses sah, durchfuhr sie ein Frösteln. Michelle sehnte sich nach dem Frühling und nach den gemächlichen Tagen, die sie in ihrem verwunschenen Häuschen verbringen konnte. Nur sie und ihr Vater.

Als die Tür geöffnet wurde, war der fünfzehnjährige Jean Paul schon wach. Er saß aufgestützt in seinem Bett und las in seinem Physikbuch. Auf dem Regal hinter seinem Kopf stand ein kleines Uhrenradio und spielte einen Softrock. Er trug einen dunkelroten Pyjama mit einer blauen Paspel, ein Weihnachtsgeschenk von Cathryn.

»Du hast noch zwanzig Minuten Zeit«, sagte Cathryn aufmunternd.

»Danke, Mom«, antwortete Jean Paul lächelnd.

Cathryn blieb stehen und schaute zurück zu dem Jungen. Ein warmes Gefühl durchströmte sie. Am liebsten wäre sie jetzt zu ihm hingelaufen, um ihn in die Arme zu schließen. Aber sie widerstand dem inneren Wunsch. Sie hatte gelernt, daß alle Martels etwas zurückhaltend waren, wenn es um körperliche Berührung ging. Anfangs war es ihr schwergefallen, damit zurechtzukommen. Cathryn war im italienischen North End von Boston aufgewachsen, wo man sich bei jeder Gelegenheit anfaßte und in den Arm nahm. Cathryn fühlte sich als hundertprozentige Italienerin, obwohl ihr Vater Lette gewesen war. Er hatte die Familie verlassen, als Cathryn zwölf war, und sie war ohne seinen Einfluß groß geworden. »Bis zum Frühstück«, sagte sie.

Jean Paul wußte, daß Cathryn es gern hatte, wenn er sie Mom nannte, und er tat es gern. Es war ein so geringer Preis für die Wärme und die Aufmerksamkeit, mit denen sie ihn dafür verwöhnte. Jean Paul war von einem überbeschäftigten Vater großgezogen worden, und immer hatte er sich im Schatten seines älteren Bruders Chuck gefühlt und seiner unwiderstehlichen kleinen Schwester Michelle. Dann war Cathryn gekommen, die Aufregungen der Hochzeit, und schließlich hatte Cathryn die drei Kinder ihres Mannes adoptiert. Jean Paul hätte sie auch ›Großmutter‹ genannt, wenn sie es gewollt hätte. Er glaubte, daß er Cathryn genauso gern hatte wie seine richtige Mutter; auch wenn er sich kaum noch an sie erinnern konnte. Er war sechs Jahre alt gewesen, als sie starb.

Mühsam öffnete Chuck die Augen, als er die erste Berührung von Cathryns Hand spürte. Aber er behielt den Kopf unter dem Kissen und tat, als schliefe er noch. Er wußte, daß er nur zu warten brauchte, dann würde sie ihn noch einmal berühren, nur ein kleines bißchen heftiger. Er behielt recht, doch diesmal schüttelten zwei Hände seiner Schulter, bevor das Kissen endgültig weggezogen wurde. Chuck war achtzehn Jahre alt, und seit genau einem halben Jahr besuchte er die Northeastern University. Es lief nicht gerade gut für ihn, und er fürchtete schon die anstehenden Semesterabschlußprüfungen. Sie würden in einer Katastrophe enden. Und zwar in sämtlichen Fächern – bis auf Psychologie.

»Noch fünfzehn Minuten«, sagte Cathryn. »Dein Vater will heute früh im Labor sein.«

»Scheiße«, zischte Chuck im Flüsterton.

»Charles, Junior!« Cathryn tat, als sei sie schockiert.

»Ich steh' nicht auf.« Chuck riß Cathryn das Kissen aus den Händen und begrub seinen Kopf darunter.

»O ja, du wirst sehr wohl aufstehen«, sagte Cathryn und zog die Bettdecke zurück.

Chuck, der nur eine Unterhose trug, war plötzlich der Morgenkälte ausgesetzt. Mit einem Satz sprang er auf und warf sich die Decke um den Körper. »Ich habe dir gesagt, du sollst das sein lassen«, knirschte er.

»Und ich habe dir gesagt, daß du deinen Sportplatzton in der Umkleidekabine lassen sollst«, antwortete Cathryn. »Fünfzehn Minuten!«

Cathryn drehte sich auf dem Absatz um und ging aus dem Zimmer. Chucks Gesicht war rot vor unterdrückter Wut. Er sah ihr nach, wie sie den Flur hinunter zu Michelles Zimmer ging. Sie trug ein Nachthemd aus alter Seide, das sie auf einem Flohmarkt gekauft hatte. Es war von tiefer Pfirsichfarbe, fast so wie ihre Haut. Ohne große Anstrengung konnte Chuck sich Cathryn nackt vorstellen. Sie war nicht alt genug, um seine Mutter sein zu können.

Er streckte den Arm aus, packte die Kante der Tür und warf sie zu. Nur weil sein Vater schon vor acht in seinem Labor sein wollte, mußte Chuck wie irgendein gottverdammter Farmer in aller Herrgottsfrühe aufstehen. Der große Wissenschaftler! Chuck rieb sich das Gesicht, sein Blick fiel auf das offene Buch neben seinem Bett. Den größten Teil der letzten Nacht hatte er darin gelesen. Für seine Kurse konnte er es nicht gebrauchen, aber das war wahrscheinlich auch der Grund, warum er es gern las. Er hätte sich mit Chemie beschäftigen sollen, denn darin hatte er alle Chancen durchzufallen. Großer Gott, was würde sein Vater sagen, wenn er durchfiel! Es hatte schon einen fürchterlichen Streit gegeben, als Chucks Leistungen nicht gereicht hatten, um an Charles' alter Universität angenommen zu werden. Harvard. Und wenn er jetzt auch noch in Chemie durchfiel ... Chemie war das Hauptfach von Charles gewesen.

»Ich will sowieso nicht so ein gottverdammter Arzt werden«, fauchte Chuck. Dann stand er auf und zog sich seine schmutzige Levi's-Jeans an. Er war stolz darauf, daß die Hose noch nie gewaschen worden war. Im Badezimmer beschloß er, sich nicht zu rasieren. Vielleicht würde er sich einen Bart stehenlassen.

Bekleidet mit einem Lendentuch aus dickem Samtstoff, das die fünfzehn Pfund Übergewicht auch noch übertrieben betonte, stand Charles vor dem Waschbecken und seifte sein Gesicht ein. In seinem Kopf versuchte er die Myriaden von Fakten zu ordnen, die mit seinem gegenwärtigen Forschungsprojekt verbunden waren. Das Gebiet der Immunologie lebender Organismen war so komplex, daß er immer wieder staunen mußte und aufs neue angeregt wurde, besonders jetzt, da er glaubte, sehr nahe vor einigen wirklichen Antworten zur Behandlung von Krebs zu stehen. Charles war schon öfter so erregt gewesen, und genausooft hatte er sich getäuscht. Das wußte er selbst am besten. Aber jetzt waren seine Vorstellungen auf jahrelanges, sorgfältiges Experimentieren gegründet, und noch dazu unterstützt von jederzeit wiederholbaren Tatsachen.

Charles begann den Zeitplan für seinen Arbeitstag zu entwerfen. Er wollte heute die Arbeit mit der neuen HR7-Mäusezucht beginnen, die erheblichen Brustkrebs trug. Er hoffte, die Tiere ›allergisch‹ gegen den eigenen Tumor machen zu können. Charles spürte, daß er diesem Ziel näher und näher kam.

Cathryn öffnete die Tür und drängte sich an ihm vorbei. Rasch zog sie ihr Nachthemd aus und eilte unter die Dusche. Wasser und Dampf schlugen gegen den Duschvorhang. Einen Augenblick später zog sie den Vorhang zurück und rief nach Charles.

»Ich glaube, daß ich Michelle jetzt einmal zu einem richtigen

Arzt bringen muß«, sagte sie, bevor sie wieder hinter dem Duschvorhang verschwand.

Charles unterbrach sich beim Rasieren und versuchte, sich nicht über die sarkastische Anspielung mit dem ›richtigen‹ Arzt zu ärgern. Das war ein empfindliches Thema zwischen ihnen. »Ich habe wirklich gedacht, daß eine Ehe mit einem Arzt mir wenigstens die medizinische Versorgung meiner Familie garantiert«, übertönte Cathryn das Rauschen der Dusche. »Wie konnte ich mich so täuschen!«

Angestrengt untersuchte Charles sein halb rasiertes Gesicht im Spiegel, wobei er feststellte, daß seine Augenlider etwas aufgedunsen waren. Er wollte unbedingt einen Streit vermeiden. Die Tatsache, daß sich die meisten ›medizinischen Probleme‹ der Familie innerhalb von vierundzwanzig Stunden von selbst lösten, machte auf Cathryn keinen Eindruck. Ihre neuerwachten Mutterinstinkte verlangten Spezialisten für jeden Schnupfen, jeden Kopfschmerz und jeden Durchfall.

»Fühlt sich Michelle immer noch schlecht?« fragte Charles. Es war klüger, über Heilmittel zu reden.

»Das sollte ich gerade dir nicht sagen müssen. Das Kind fühlt sich schon seit einiger Zeit krank.«

Erbittert zog Charles den Duschvorhang zur Seite. »Cathryn, ich bin Krebsforscher und kein Kinderarzt.«

»Oh, entschuldige bitte.« Cathryn hob ihr Gesicht dem Wasserstrahl entgegen. »Ich dachte, du wärst Arzt.«

»Ich lasse mir von dir keinen Streit aufdrängen«, antwortete Charles gereizt. »Viele Leute haben jetzt Grippe. Und Michelle ist anfällig dafür. Man fühlt sich eine Woche lang elend, und dann ist alles vorbei.«

Cathryn nahm ihren Kopf aus dem Wasserstrahl und sah Charles direkt ins Gesicht. »Nur, daß sich Michelle schon seit vier Wochen schlecht fühlt.«

»Vier Wochen?« fragte Charles. Die Zeit schien sich angesichts seiner Arbeit in nichts aufzulösen.

»Vier Wochen«, wiederholte Cathryn. »Ich glaube nicht, daß ich gleich beim ersten Anzeichen einer Erkältung in Panik gerate. Aber ich glaube, es ist besser, wenn ich mit Michelle ins Kinderkrankenhaus fahre, damit Dr. Wiley sie sich einmal ansieht. Außerdem kann ich dann gleich den kleinen Schonhauser besuchen.«

»Also gut, ich schau' mir Michelle an«, gab Charles nach. Dann drehte er sich wieder zum Waschbecken. Vier Wochen waren eine lange Zeit für eine Grippe. Vielleicht hatte Cathryn übertrieben, aber er hütete sich, noch einmal zu fragen. Besser wechselte er das Thema. »Was hat der kleine Schonhauser?« Die Schonhausers waren Nachbarn von ihnen, die knapp zwei Kilometer den Fluß hinauf wohnten. Henry Schonhauser war Chemiker am M. I. T. und einer der wenigen Menschen, mit denen Charles auch gern einmal einen Abend verbrachte. Der Junge der Schonhausers, Tad, war ein Jahr älter als Michelle. Doch weil sein Geburtstag so ungünstig fiel, waren beide in derselben Klasse.

Cathryn stieg aus der Duschwanne, zufrieden, daß ihre Taktik, Charles an das Bett von Michelle zu dirigieren, so hervorragend geklappt hatte. »Tad ist seit drei Wochen im Krankenhaus. Soviel ich gehört habe, ist er sehr krank. Aber ich habe seit seiner Einlieferung nicht mehr mit Marge gesprochen.«

»Welche Diagnose?« Charles hielt den Rasierer unter seine linke Kotelette.

»Etwas, das ich noch nie gehört habe. Elastische Anämie oder so ähnlich.« Cathryn rieb ihren Körper mit einem Handtuch ab.

»Aplastische Anämie?« fragte Charles ungläubig.

»Ja, so hörte es sich an.«

»Mein Gott.« Charles lehnte sich an das Waschbecken. »Das ist schrecklich.«

»Was ist das?« Eine Angst durchfuhr Cathryn.

»Es ist eine Krankheit, bei der das Knochenmark aufhört, Blutzellen zu bilden.«

»Ist das eine ernste Krankheit?«

»Es ist in jedem Fall ernst und meistens auch tödlich.«

Cathryns Arme hingen schlaff an ihren Seiten herunter, ihr feuchtes Haar glich einem nassen Mop. Ein merkwürdiges Gefühl aus Mitleid und Furcht breitete sich in ihrem Körper aus. »Ist es ansteckend?«

»Nein«, antwortete Charles abwesend. Er versuchte sich an

das zu erinnern, was er über das Krankheitsbild wußte. Es war keine gewöhnliche Krankheit.

»Michelle und Tad sind viel zusammen gewesen«, sagte Cathryn. Ihre Stimme klang zögernd.

Charles sah sie an und merkte, daß ihre Zweifel noch nicht ausgeräumt waren. »Augenblick jetzt, du glaubst doch nicht etwa, daß Michelle auch eine aplastische Anämie hat, oder?«

»Könnte es denn sein?«

»Nein. Mein Gott, du bist wie ein Medizinstudent. Kaum hörst du von einer neuen Krankheit, denkst du fünf Minuten später schon, daß du selbst oder deine Kinder sie haben. Aplastische Anämie ist unglaublich selten. Meistens hängt ihr Ausbruch mit einem Medikament oder eine Chemikalie zusammen. Es ist entweder eine Vergiftung oder eine allergische Reaktion. Doch die tatsächliche Ursache wird in den meisten Fällen nicht gefunden. Auf keinen Fall aber ist sie ansteckend. Trotzdem, der Junge tut mir leid.«

»Und ich habe Marge nicht einmal angerufen«, sagte Cathryn. Sie beugte sich vor und betrachtete ihr Gesicht im Spiegel. Sie versuchte sich vorzustellen, unter welcher seelischen Belastung Marge jetzt stand. Es gab keine Entschuldigung für ihre Gedankenlosigkeit. Besser, sie schrieb sich wieder alles auf Notizzettel, wie sie es vor ihrer Heirat getan hatte.

Gedankenverloren rasierte Charles seine linke Gesichtshälfte. Vielleicht war aplastische Anämie die Krankheit, der er auf den Grund gehen sollte. Konnte sie einen Anhaltspunkt liefern über den Aufbau des Lebens? Wo war der Kontrollmechanismus, der die Funktion des Knochenmarks ausschaltete? Das war der entscheidende Punkt. Denn nach all seinen Arbeiten war Charles der Überzeugung, daß die Frage der Kontrolle der Schlüssel zum Verständnis von Krebs war.

Sanft klopfte Charles mit dem Knöchel seines Zeigefingers an Michelles Tür. Dann lauschte er in die Stille, doch er hörte nur das Geräusch der Dusche im nebenan gelegenen Badezimmer. Leise öffnete er die Tür. Michelle lag auf ihrem Bett, das Gesicht abgewandt. Plötzlich drehte sie sich herum, und sie blickten einander ins Gesicht. Die Tränen, die Michelle über die erhitzten Wangen flossen, funkelten im Morgenlicht. Charles empfand heftiges Mitleid.

Michelle hatte die Decke bis zu ihren Augen hochgezogen. Charles setzte sich zu ihr auf die Bettkante, beugte sich zu ihr hinunter und küßte sie auf die Stirn. Seine Lippen spürten ihr Fieber. Dann richtete er sich auf und sah hinunter auf sein kleines Mädchen. Leicht konnte er in Michelles Gesicht die Züge von Elisabeth, seiner ersten Frau, wiederfinden. Sie hatte dasselbe volle, schwarze Haar, dieselben hohen Wangenknochen und vollen Lippen, dieselbe makellose Haut. Von Charles hatte Michelle die leuchtend blauen Augen, die ebenmäßigen weißen Zähne und leider auch die etwas breite Nase. Für Charles war sie das schönste zwölfjährige Mädchen auf der ganzen Welt.

Mit seinem Handrücken wischte er ihr die Tränen von den Wangen.

»Es tut mir leid, Daddy«, sagte Michelle unter Schluchzen.

»Was tut dir leid?« fragte Charles sanft.

»Es tut mir leid, daß ich wieder krank bin. Ich will keine Last für euch sein.«

Charles nahm sie in den Arm. Sie fühlte sich zerbrechlich an. »Du bist doch keine Last. So etwas will ich gar nicht erst hören. Und nun laß dich anschauen.«

Verlegen wegen ihrer Tränen hielt Michelle ihr Gesicht abgewandt, als Charles sich zurücklehnte, um sie zu untersuchen. Zärtlich legte er seine Hand um ihr Kinn und hob ihr Gesicht zu seinem empor. »Jetzt sag mir, wie du dich fühlst. Was tut dir weh?«

»Ich fühl' mich nur ein bißchen schwach, das ist alles. Ich kann zur Schule gehen, ganz bestimmt.«

»Ist der Hals entzündet?«

»Ein bißchen. Nicht schlimm. Cathryn sagt, daß ich nicht zur Schule darf.«

»Fehlt dir sonst noch etwas? Hast du Kopfschmerzen?«

»Ein bißchen, aber es ist schon besser geworden.«

»Und die Ohren?«

»Die sind in Ordnung.«

»Der Bauch?«

»Der tut ein bißchen weh.«

Charles zog Michelles unteres Augenlid herunter. Die Bindehaut war blaß. Ja, ihr ganzes Gesicht war blaß. »Laß mich deine Zunge sehen.« Plötzlich fiel Charles ein, wie lange es schon her war, seit er diese klinischen Untersuchungen das letzte Mal gemacht hatte. Michelle streckte ihre Zunge heraus und schaute ihrem Vater aufmerksam in die Augen, um auch das kleinste Zeichen von Sorge sofort herauslesen zu können. Charles fühlte unter den Winkel ihres Unterkiefers, und sie zog die Zunge wieder in den Mund. »Ist das da empfindlich?« fragte Charles, als seine Finger einige kleine Lymphknoten ertasteten.

»Nein«, antwortete Michelle.

Charles ließ sie sich auf die Bettkante setzen, das Gesicht von ihm abgewandt. Dann zog er ihr Nachthemd hoch. Plötzlich erschien Jean Pauls Kopf in der Verbindungstür zum Badezimmer. Er wollte seiner Schwester sagen, daß die Dusche jetzt frei war.

»Verschwinde hier«, schrie Michelle. »Dad, sag Jean Paul, daß er weggehen soll.«

»Raus!« sagte Charles. Jean Paul verschwand. Kurz darauf konnte man ihn mit Chuck lachen hören.

Etwas ungeschickt klopfte Charles den Rücken Michelles ab. Doch es reichte, ihn zu überzeugen, daß ihre Lungen klar waren. Dann ließ er sie sich zurück auf das Bett legen und zog ihr Nachthemd hoch bis zu ihren kleinen Brüsten. Rhythmisch hob und senkte sich ihr schmaler Unterleib. Sie war so mager, daß er ihr Herz nach jedem Schlag zurückfallen sehen konnte. Mit seiner rechten Hand begann Charles ihr Abdomen abzutasten. »Versuch jetzt, dich zu entspannen. Wenn es weh tut, sag es mir.«

Michelle versuchte stillzuliegen, aber Charles' Hand war so kalt, daß sie sich zu winden begann. Dann spürte sie einen Schmerz. »Wo?« fragte Charles. Michelle zeigte es ihm, und vorsichtig befühlte Charles die Stelle noch einmal. Er stellte fest, daß die Schmerzzone entlang der Mittellinie von Michelles Abdomen verlief. Dann legte er seine Finger genau unter ihre rechten Rippen und forderte sie auf, einzuatmen. Als sie es tat, spürte er die empfindungslose Spitze ihrer Leber unter seinen Fingern vorbeigleiten. Sie sagte, daß es ihr ein bißchen weh getan hätte. Dann stützte er Michelle mit seiner linken Hand und fühlte nach ihrer Milz. Zu seiner Überraschung hatte er keine Schwierigkeiten, sie zu ertasten. Als er noch praktizierte, hatte er bei diesem Versuch immer Probleme gehabt, und er fragte sich, ob Michelles Milz nicht unnatürlich vergrößert war.

Dann stand er auf und sah Michelle an. Sie wirkte abgemagert, aber sie war immer schlank gewesen. Charles ließ seine Hände an ihren Beinen hinuntergleiten, um den Spannungszustand der Muskeln zu fühlen. Als er mehrere Blutergüsse entdeckte, hielt er inne. »Woher sind die vielen schwarzen und blauen Stellen?«

Michelle zuckte die Schultern.

»Hast du Schmerzen in den Beinen?«

»Ein bißchen. Meistens in den Knien und Knöcheln nach der Gymnastik. Aber wenn Cathryn mir einen Zettel schreibt, brauche ich nicht mitzumachen.«

Nachdem er sich wieder aufgerichtet hatte, sah Charles seine Tochter noch einmal aufmerksam an. Sie war blaß, hatte verschiedene kleine Schmerzstellen, ein paar Lymphknoten und Fieber. Das konnte alles auf eine kleine unbedeutende Virusinfektion hindeuten. Aber vier Wochen! Vielleicht hatte Cathryn recht. Vielleicht sollte Michelle wirklich einmal zu einem ›richtigen‹ Arzt gehen.

»Bitte, Dad«, sagte Michelle. »Ich kann nicht wieder in der Schule fehlen, wenn ich ein Wissenschaftler werden soll wie du.«

Charles lächelte. Michelle war immer ein frühentwickeltes Kind gewesen, und diese geschickte Schmeichelei war ein gutes Beispiel. »Wenn du ein paar Tage in der Schule fehlst, wird das deiner Karriere nicht schaden«, sagte Charles. »Cathryn wird heute mit dir ins Krankenhaus zu Dr. Wiley fahren.«

»Aber er ist ein Baby-Doktor!« rief Michelle trotzig.

»Er ist Kinderarzt, und er hat Patienten bis zu achtzehn Jahren, meine Liebe.«

»Ich will, daß du mich hinfährst.«

»Ich kann nicht. Ich muß ins Labor. Warum ziehst du dich jetzt nicht an und kommst hinunter zum Frühstück?«

»Ich habe keinen Hunger.«

»Michelle, sei nicht so störrisch.«

»Ich bin nicht störrisch. Ich hab' nur keinen Hunger.«

»Du kannst wenigstens etwas Saft trinken.« Charles zwickte Michelle leicht in die Wange.

Michelle sah ihrem Vater hinterher, als er das Zimmer verließ. Von neuem liefen ihr die Tränen über das Gesicht. Sie fühlte sich schrecklich und wollte nicht ins Krankenhaus fahren. Was aber am schlimmsten war, sie fühlte sich einsam. Sie wollte, daß ihr Vater sie lieber hatte als alles in der Welt, und sie wußte, daß es Charles störte, wenn eins seiner Kinder krank war. Sie mühte sich hoch, bis sie im Bett saß. Dann legte sie ihre Arme um ihren Körper, als ein Schwindel sie erfaßte.

»Mein Gott, Chuck.« Charles' Stimme war voller Abscheu. »Du siehst aus wie ein Landstreicher.«

Chuck überhörte seinen Vater. Er holte sich sein Getreidemüsli aus dem Schrank, goß etwas Milch darüber und setzte sich. Zum Frühstück galt, daß jeder sich selbst versorgen mußte, bis auf den Orangensaft, den für gewöhnlich Michelle frisch auspreßte. Heute hatte Cathryn ihn angerichtet.

Chuck trug einen fleckigen Sweater, seine schmutzige Jeans, deren Beine er so lang gelassen hatte, daß er schon auf den ausgefransten Enden ging. Sein Haar war ungekämmt und daß er sich nicht rasiert hatte, sah man überdeutlich.

»Mußt du wirklich so schlampig herumlaufen?« fing Charles noch einmal an. »Ich dachte, der Hippie-Look ist aus der Mode und daß man sich am College wieder anständig anzieht.«

»Du hast recht. Hippie ist out«, sagte Jean Paul. Er kam in die Küche und goß sich ein Glas Orangensaft ein. »Punk ist jetzt in.«

»Punk?« fragte Charles. »Ist Chuck ein Punk?«

»Nein«, lachte Jean Paul. »Chuck ist nur Chuck.«

Chuck sah von seinem Frühstücksmüsli auf und zischte seinem Bruder ein paar Obszönitäten zu. Aber Jean Paul beachtete ihn nicht und schlug einfach sein Physikbuch auf. Ihm war eingefallen, daß sein Vater noch nie bemerkt hatte, was er trug. Es war immer nur Chuck.

»Wirklich, Chuck«, sagte Charles. »meinst du ehrlich, daß du so heruntergekommen aussehen mußt?« Chuck ließ die

Frage unbeantwortet. Mit wachsender Erbitterung sah Charles auf seinen essenden Sohn. »Chuck, ich rede mit dir.«

Cathryn streckte einen Arm aus und legte ihre Hand auf Charles' Arm. »Laß uns darüber nicht beim Frühstück streiten. Du weißt, wie das am College ist. Laß ihn, wie er ist.«

»Ich denke doch, daß ich zumindest eine Antwort verdient habe«, beharrte Charles.

Chuck sah seinem Vater ins Gesicht. Er atmete tief ein und stieß die Luft dann hörbar durch die Nase wieder aus, um seine Verärgerung zu unterstreichen. »Ich bin kein Arzt«, sagte er. »ich muß mich an keine Kleiderordnung halten.«

Die Blicke des Vaters und des älteren Sohnes trafen sich. ›Nur weil du gute Noten in Chemie hattest, glaubst du wohl, alles zu wissen; aber du täuschst dich‹, dachte Chuck im stillen. Charles musterte das Gesicht seines Sohnes und wunderte sich, wie der Junge mit so wenig Grundlage so viel Arroganz zeigen konnte. Sicher war er intelligent genug, aber auch hoffnungslos faul. Seine Leistungen auf der High-School waren derart gewesen, daß Harvard ihn abgewiesen hatte, und Charles hatte das Gefühl, daß er auch auf der Northeastern University nicht gerade durch Glanzleistungen auffiel. Charles fragte sich, was er als Vater falsch gemacht haben könnte. Aber allein der Gedanke an eine eigene Schuld fiel ihm schwer, wenn er sich seinen zweiten Sohn ansah. Er sah hinüber zu Jean Paul: der Junge war gepflegt, unproblematisch und fleißig. Es war kaum glaublich, daß die beiden von demselben Erbmaterial abstammten und zusammen aufgewachsen waren. Charles' Aufmerksamkeit wandte sich wieder Chuck zu. Der trotzige Gesichtsausdruck des Jungen hatte sich noch nicht geändert, aber Charles spürte, daß er selbst kein Interesse mehr an ihrem Streitthema hatte. Er hatte an wichtigere Dinge zu denken.

»Ich hoffe, daß dein äußeres Erscheinungsbild nichts mit deinen Leistungen an der Universtität gemein hat«, sagte Charles ruhig. »Ich gehe davon aus, daß du gut zurechtkommst. Wir haben lange nichts mehr darüber gehört.«

»Ich komm' schon zurecht«, antwortete Chuck und sah wieder auf seinen Teller. Es war ein ganz neues Gefühl für ihn, gegen den Vater aufzubegehren. Vor seinem Studium war er noch jeder Auseinandersetzung aus dem Weg gegangen. Jetzt nahm er jeden Streit sofort an. Chuck war sich sicher, daß Cathryn sein neues Verhalten bemerkt hatte und auch billigte. Schließlich wurde auch sie von Charles tyrannisiert.

»Wenn ich mit dem Kombi nach Boston fahren muß, brauche ich noch etwas Geld.« Cathryn hoffte, endlich auf ein anderes Thema lenken zu können. »Und dabei fällt mir ein, daß auch der Öllieferant angerufen hat. Die Firma beliefert uns erst wieder, wenn die Rechnung bezahlt ist.«

»Erinnere mich heute abend noch einmal daran«, sagte Charles schnell. Er wollte nicht über Geld reden.

»Mein Semestergeld ist auch noch nicht bezahlt«, warf Chuck ein. Cathryn hob den Kopf und sah zu Charles in der Hoffnung, daß er Chucks Behauptung sofort widersprechen würde. Das Semestergeld belief sich auf eine ziemliche Summe.

»Gestern hab' ich eine schriftliche Mahnung bekommen«, fuhr Chuck fort. »Das Geld sei schon längst fällig gewesen. Und wenn es nicht bezahlt wird, bekomm' ich meine Kurse nicht benotet.«

»Aber das Geld ist doch vom Konto abgebucht worden«, sagte Cathryn.

»Ich hab' das Geld für das Labor gebraucht«, erklärte Charles.

»Was?« Cathryn war völlig entgeistert.

»Wir bekommen es zurück. Ich brauchte dringend eine neue Mäusezucht, und unser Subventionsfonds ist erst wieder ab März flüssig.«

»Du hast Ratten für Chucks Semestergeld gekauft?« fragte Cathryn.

»Mäuse«, korrigierte Charles.

Mit dem guten Gefühl, der unschuldige Dritte zu sein, sah Chuck dem Wortwechsel zu. Schon seit Monaten hatte er von der Universitätskasse Mahnungen erhalten. Aber er hatte sie nie mit nach Hause gebracht, weil er auf eine Gelegenheit warten wollte, das Thema anschneiden zu können, ohne daß gleichzeitig seine Leistungen zur Debatte standen. Es hätte sich gar nicht besser ergeben können.

»Das ist ja herrlich«, sagte Cathryn erbost. »Und wovon sollen wir bis März leben, wenn Chucks Rechnung bezahlt ist?«

»Ich werde mich schon darum kümmern«, schnauzte Charles zurück. Seine Abwehrhaltung hatte sich in Zorn verwandelt.

»Ich glaube, ich werde mich um eine Arbeit bemühen«, sagte Cathryn. »Brauchen sie bei dir am Institut vielleicht eine Schreibhilfe?«

»Himmel noch einmal, wir leben in keiner ernsten Krise!« antwortete Charles. »Ich habe alles fest in der Hand. Aber du kannst etwas tun, und zwar deine Doktorarbeit beenden. Dann kannst du dir wenigstens eine Arbeit suchen, die deiner Ausbildung entspricht.«

Seit fast drei Jahren versuchte Cathryn ihre Literaturarbeit endlich zu beenden.

»So ist das also. Weil ich meinen Abschluß noch nicht habe, kann Chucks Semestergeld nicht bezahlt werden«, sagte Cathryn sarkastisch.

Michelle erschien in der Küchentür. Cathryn und Charles sahen beide zu ihr hinüber, ihr Streit war im Moment vergessen. Michelle trug einen weißen Rollkragenpullover und darüber einen blaßroten Sweater, was sie älter aussehen ließ als ihre zwölf Jahre. Ihr Gesicht, das die schwarzen Haare wie ein Rahmen einfaßten, war ungewöhnlich blaß. Sie ging hinüber zum Küchenschrank und füllte sich ein Glas mit Organensaft. »Uuh«, sie hatte gerade den ersten Schluck getrunken. »Ich mag es nicht, wenn Luftblasen im Saft sind.«

»Schaut euch das an«, sagte Jean Paul. »Die kleine Prinzessin spielt krank, um nicht in die Schule zu müssen.«

»Ärgere deine Schwester nicht«, fuhr Charles ihn an.

Plötzlich riß ein heftiges Niesen Michelles Kopf nach vorn, Saft aus ihrem Glas spritzte auf den Boden. Sie fühlte etwas Flüssiges aus ihrer Nase strömen und beugte sich instinktiv vor, um den Strom in ihrem gekrümmten Handteller aufzufangen. Zu ihrem Schrecken sah sie, daß es Blut war. »Dad!« schrie Michelle, als das Blut über ihre Hand hinaus auf den Boden lief.

In einer Bewegung sprangen Charles und Cathryn auf. Cathryn griff sich ein sauberes Küchentuch, während Charles Michelle hochhob und hinüber ins Wohnzimmer trug.

Die beiden Jungen sahen auf die kleine Blutpfütze, dann

wieder auf ihr Frühstück und überlegten, welche Folgen das Ereignis auf ihren Appetit haben könnte. Cathryn kam zurück in die Küche gelaufen. Hastig zog sie eine Schale mit Eisstückchen aus dem Gefrierschrank und lief wieder ins Wohnzimmer.

»Uuh«, ließ Chuck sie hören. »Nicht für eine Million würde ich Arzt werden. Ich kann kein Blut sehen.«

»Irgendwie schafft Michelle es immer, im Mittelpunkt zu stehen«, sagte Jean Paul.

»Das kannst du wirklich zweimal sagen.«

»Irgendwie schafft Michelle...« wiederholte Jean Paul. Es war leicht und machte Spaß, Chuck zu ärgern.

»Halt den Mund, Dummkopf.« Chuck stand auf und warf den Rest von seinem Müsli in den Abfall. Vorsichtig umrundete er die Blutspritzer auf dem Küchenboden und verschwand auf der Treppe zu seinem Zimmer.

Nach vier Löffeln hatte Jean Paul seinen Teller leergegessen. Er stellte seinen Teller in den Ausguß, nahm ein Papiertuch und wischte Michelles Blut auf.

»Was für ein Gestank«, sagte Charles, als er durch den Hinterausgang in der Küche ins Freie trat. Der Sturm hatte auf Nordost gedreht und wehte den beißenden Rauch von verbranntem Gummi aus dem Schornstein der Recycling-Anlage herüber.

»Was für ein mieses Kaff zum Leben«, ergänzte Chuck.

Charles' gereizte Stimmung wurde von dem frechen Kommentar nur noch weiter angestachelt, aber er antwortete seinem Sohn nicht. Der Morgen war schon schlimm genug gewesen. Er drückte sein Kinn in die Schaffelljacke, um die herumwirbelnden Schneeflocken fernzuhalten, und stapfte hinüber zu dem windschiefen Stall.

»Sobald das möglich ist, gehe ich nach Kalifornien«, sagte Chuck. Sorgfältig achtete er darauf, daß er genau in die Fußspuren seines Vaters trat. Der Neuschnee lag zwei Zentimeter hoch.

»So, wie du angezogen bist, paßt du da auch bestens hin«, antwortete Charles.

»Jean Paul, der den beiden folgte, lachte laut auf. Sein Atem verwandelte sich sofort in dicke Dampfwolken. Chuck drehte sich um und stieß Jean Paul vom Gehweg in den tieferen Schnee hinein. Ein paar Beschimpfungen flogen hin und her, aber Charles achtete nicht darauf. Es war viel zu kalt, um stehenzubleiben. Die Windböen strichen wie Schmirgelpapier über die Haut, und der Geruch in der Luft war widerlich. Es war nicht immer so gewesen. Die Gummifabrik hatte ihren Betrieb 1971 aufgenommen, ein Jahr nachdem er und Elisabeth das Haus gekauft hatten. Der Umzug war Elisabeths Idee gewesen. Sie wollte, daß ihre Kinder in klarer, frischer Landluft aufwachsen. Was für eine Ironie, dachte Charles, als er den Stall aufschloß. Aber ganz so schlimm war es auch nicht. Sie konnten die Fabrik nur riechen, wenn der Wind aus Nordosten kam, und Gott sei Dank war das nur selten der Fall.

»Mist«, sagte Jean Paul. Er schaute hinunter zum Teich. »Jetzt muß ich heute nachmittag mein Hockeyfeld noch einmal freischaufeln. Du, Dad, wieso friert das Wasser eigentlich nie vor Michelles Spielhaus?«

Charles legte den langen Eisenhaken ein, damit die Tür nicht wieder zuschlagen konnte, und sah hinunter zum Teich. »Das weiß ich auch nicht. Ich habe mir noch nie Gedanken darum gemacht. Das muß irgendwie mit der Strömung zusammenhängen. Die offene Stelle liegt direkt vor dem Flußzulauf, und der ist ja auch nicht zugefroren.«

»Da.« Chuck zeigte hinter das Spielhaus. Auf dem kahlen Uferring, der um den Teich lief, lag eine tote Stockente. »Schon wieder eine tote Ente. Ich glaube, die können den Gestank auch nicht ertragen.«

»Das ist merkwürdig«, sagte Charles. »Seit mehreren Jahren waren keine Enten mehr hier. Als wir gerade hergezogen waren, gab es noch so viele, daß ich sie von Michelles Spielhaus aus schießen konnte. Dann waren sie plötzlich verschwunden.«

»Da ist noch eine«, schrie Jean Paul. »Aber sie lebt noch. Schaut mal, wie sie herumtaumelt.«

»Als ob sie betrunken ist«, sagte Chuck.

»Kommt, wir müssen ihr helfen.«

»Wir haben nicht mehr viel Zeit«, sagte Charles widerwillig.

»Ach, kommt doch.« Jean Paul lief über den gefrorenen Schnee hinunter zum Teich.

Weder Charles noch Chuck teilte seine Begeisterung, aber trotzdem gingen sie ihm nach. Als sie bei Jean Paul ankamen, beugte er sich gerade über das arme Tier, das von Krämpfen geschüttelt wurde.

»Mein Gott, sie hat Epilepsie!« sagte Chuck.

»Was ist mit ihr, Dad?« fragte Jean Paul.

»Ich habe nicht die leiseste Ahnung. Mit Vogelkrankheiten kenne ich mich nicht besonders gut aus.«

Jean Paul wollte den Vogel greifen, um ihn gegen das hilflose Taumeln zu schützen.

»Ich weiß nicht, ob du ihn anfassen solltest«, warnte Charles. »Ich bin nicht sicher, ob auch Enten die Papageienkrankheit übertragen können.«

»Ich glaube, wir sollten sie töten, damit ihr Leiden ein Ende hat«, sagte Chuck.

Charles sah zu seinem älteren Sohn, dessen Augen auf das kranke Tier geheftet waren. Charles kam der Vorschlag von Chuck irgendwie grausam vor, obwohl er sicherlich recht hatte.

»Kann ich sie nicht bis heute abend in den Stall sperren?« bettelte Jean Paul.

»Ich hol' mein Luftgewehr und erschieß' sie«, sagte Chuck. Jetzt konnte er es Jean Paul heimzahlen.

»Nein!« fuhr Jean Paul ihn an. »Kann ich sie in den Stall tun, Dad? Bitte!«

»Also gut«, gab Charles nach. »Aber berühr sie nicht. Lauf ins Haus und hol dir eine Schachtel oder was Ähnliches.«

Jean Paul hetzte los wie ein Hase. Charles und Chuck sahen sich an. »Hast du denn kein Mitleid?« fragte Charles.

»Mitleid? Ausgerechnet du fragst mich, ob ich Mitleid habe! Nach all dem, was du den Tieren in deinem Labor antust. Das ist ein Witz!«

Charles sah seinen Sohn aufmerksam an. Er glaubte, mehr als nur Respektlosigkeit zu sehen. Er glaubte, er sah Haß. Seit dem ersten Tag seiner Pubertät war Chuck für Charles ein Rätsel geworden. Nur mit Mühe konnte er das Verlangen, den Jungen zu ohrfeigen, unterdrücken.

Mit seinem gewohnten Einfallsreichtum hatte Jean Paul eine große Pappschachtel und sogar auch ein altes Kissen gefunden. Er schnitt das Kissen auf und ließ die Federn in den Karton regnen. Mit dem leeren Stofflumpen schützte er dann seine Hände, als er die Ente aufhob und in die Schachtel setzte. Wie er Charles erklärte, sollten die Federn den Vogel vor Verletzungen schützen, wenn er wieder einen Anfall bekam. Und außerdem würden sie ihn auch wärmen. Charles nickte zustimmend, dann stiegen alle drei in das Auto.

Der fünf Jahre alte, rostige Pinto ließ ein klagendes Geräusch hören, als Charles den Zündschlüssel drehte. Dann sprang der Wagen an, und wegen der Löcher im Auspufftopf röhrte der Motor wie ein AMX-Panzer. Charles setzte rückwärts aus der Garage, lenkte die Auffahrt hinunter und bog nach Norden auf die Interstate 301, Richtung Shaftesbury. Als der alte Wagen langsam Fahrt gewann, fühlte sich Charles erleichtert. Das Zusammenleben in einer Familie konnte eben einfach nicht in ruhigen Bahnen verlaufen. Aber wenigstens im Labor waren die Abweichungen auf angenehme Weise voraussagbar, und alle Probleme waren an eine wissenschaftliche Methode gebunden. Charles' Verständnis für menschliche Launenhaftigkeit war in letzter Zeit immer mehr geschwunden.

»Also schön! Dann eben keine Musik.« Charles schaltete das Autoradio wieder aus. Die beiden hatten sich gestritten, welcher Sender nun gehört werden sollte. »Ein bißchen stille Besinnung ist eine gute Art, den Tag zu beginnen.«

Ihr Weg führte sie am Pawtomack River entlang, und von Zeit zu Zeit sahen sie den Fluß, wie er sich durch das Land schlängelte. Je weiter sie sich Shaftesbury näherten, desto heftiger wurde der Gestank von der Recycling-Anlage. Das erste, was sie von der Stadt sahen, war der Schornstein der Fabrik, der schwarze Qualmwolken in den Himmel spie. Ein durchdringender Pfeifton zerriß die Stille, als sie die Fabrikanlagen erreicht hatten. Es war das Signal für den Schichtwechsel.

Als sie die Fabrik hinter sich gelassen hatten, war auch der Geruch wie durch ein Wunder verschwunden. Als sie die Main Street weiter hinauffuhren, waren zu ihrer Linken die verlassenen Fabrikanlagen zu sehen. Nicht ein Mensch war auf der Straße. Es war wie in einer Geisterstadt um sechs Uhr dreißig morgens. Drei verrostete Stahlbrücken überspannten den Fluß, auch sie Überreste der Industrialisierung vor dem großen Krieg. Es gab sogar eine überdachte Brücke, aber niemand benutzte sie. Das wäre auch lebensgefährlich gewesen, und sie wurde nur für die Touristen erhalten. Die Tatsache, daß noch nie ein Tourist Shaftesbury besucht hatte, war den Stadtvätern noch nie in den Sinn gekommen. Jean Paul stieg bei seiner High-School am Nordende der Stadt aus. Die Schnelligkeit, mit der er sich verabschiedete, verriet seine Ungeduld, endlich den Tag beginnen zu können. Sogar zu dieser frühen Stunde wartete eine Gruppe von Freunden auf ihn. Gemeinsam gingen sie in das Schulgebäude. Jean Paul war Mitglied der Basketballmannschaft. Sie hatten ihr Training vor Unterrichtsbeginn. Charles sah seinem jüngeren Sohn hinterher, bis er in dem Gebäude verschwunden war. Dann lenkte er den Wagen zurück auf die Straße und setzte die Fahrt nach Boston fort. Erst in Massachusetts wurde der Verkehr dichter.

Auf Charles hatte Autofahren eine hypnotische Wirkung. Gewöhnlich verloren sich seine Gedanken in den komplexen Verhältnissen von Antigenen und Antikörpern, der Entstehung und dem Aufbau von Proteinen, während niedere Teile seines Gehirns den Wagen durch den Verkehr lenkten. Aber heute fand er keine Ruhe. Chucks Schweigen machte ihn zunehmend nervös. Charles versuchte sich vorzustellen, was im Kopf seines ältesten Sohnes vorgehen mochte. Aber so sehr er sich auch bemühte, es gelang ihm nicht. Er warf einen kurzen Blick auf das gelangweilte, ausdruckslose Gesicht neben ihm und fragte sich, ob Chuck vielleicht an Mädchen dachte. Er wußte ja nicht einmal, ob Chuck schon Verabredungen hatte.

»Wie geht es an der Universität?« fragte Charles so vorsichtig wie nur möglich.

»Prima!« Chuck war sofort auf der Hut.

Wieder Schweigen.

»Hast du dir schon ein Abschlußfach überlegt?«

»Nein. Noch nicht.«

»Du mußt doch irgendeine Vorstellung haben. Mußt du denn noch nicht deine Planung für das nächste Jahr machen?«

»In der nächsten Zeit noch nicht.«

»Welches Fach gefällt dir denn in diesem Jahr am besten?«

»Psychologie, glaube ich.« Chuck sah aus dem Seitenfenster. Er wollte nicht über die Universität reden. Früher oder später mußten sie sonst auf Chemie kommen.

»Bitte nicht Psychologie«, sagte Charles und schüttelte den Kopf.

Chuck sah seinem Vater in das sauber rasierte Gesicht, auf die breite, aber fein geschnittene Nase, den leicht zurückgeneigten Kopf, der seine herablassende Art zu sprechen noch unterstrich. Er war immer so selbstsicher, hatte sofort immer ein Urteil zu Hand. Chuck hatte den Spott in der Betonung des Wortes ›Psychologie‹ nicht überhört. Er nahm seinen ganzen Mut zusammen und fragte: »Was hast du gegen Psychologie?« Chuck war überzeugt, daß sein Vater zumindest auf dem Gebiet kein Experte war.

»Psychologie ist reine Zeitverschwendung«, sagte Charles. »Sie basiert auf einem fundamental falschen Prinzip, Stimulation – Reaktion. Und genau *so* arbeitet das Gehirn nicht. Das Gehirn ist keine leere Tabula rasa, es ist ein dynamisches System, das Ideen und Gefühle hervorbringt, die oft in keinem Verhältnis zur realen Umwelt stehen. Verstehst du, was ich meine?«

»Ja!« Chuck sah wieder aus dem Fenster. Er hatte keine Ahnung, wovon sein Vater sprach. Aber wie üblich hörte es sich sehr gut an. Und es war einfacher, seinem Vater zuzustimmen. Das tat er für die nächste Viertelstunde, während Charles seinen leidenschaftlichen Monolog über die Fehlerhaftigkeit des verhaltenstheoretischen Ansatzes der Psychologie fortsetzte.

»Hast du keine Lust, heute einmal ins Labor zu kommen?« fragte Charles, nachdem wieder längere Zeit Schweigen geherrscht hatte. »Meine Arbeit geht ausgezeichnet voran. Ich glaube,ich stehe kurz vor einer Art Durchbruch. Es wäre schön, wenn ich dir das einmal zeigen könnte.«

»Heute kann ich nicht«, sagte Chuck schnell. Das letzte, was er wollte, war, durch das Institut geführt zu werden, wo jeder vor Charles, dem großartigen Wissenschaftler, einen Kotau machte. Ihm war das jedesmal schrecklich unangenehm, besonders weil er überhaupt nichts von den Dingen verstand, die Charles machte. Die Erklärungen seines Vaters setzten immer bei einem Punkt an, der schon turmhoch über dem lag, was er noch begriff. Und so wurde er ständig von der Angst gequält, daß Charles eine Frage stellen könnte, die die Tiefe seines Unwissens bloßlegen würde.

»Du kannst kommen, wann es dir paßt, Chuck.« Charles hatte sich immer gewünscht, daß Chuck seine Begeisterung für die Forschung einmal teilen würde. Aber Chuck hatte nie auch nur das geringste Interesse gezeigt. Charles hatte gedacht, daß der Junge die Wissenschaft nur im praktischen Experiment erleben müßte, um unwiderstehlich davon angezogen zu werden.

»Es geht heute wirklich nicht. Ich habe den ganzen Tag Termine.«

»Das ist schade«, sagte Charles. »Vielleicht klappt es morgen.«

»Ja, vielleicht morgen«, antwortete Chuck.

An der Huntington Avenue stieg Chuck aus und verabschiedete sich mit einem mechanischen auf Wiedersehen. Charles sah ihm nach, wie er durch den nassen Schnee Bostons davonging. Er sah aus wie eine Karikatur auf die späten sechziger Jahre, irgendwie am falschen Platz, sogar zwischen seinen Altersgenossen. Die anderen Studenten erschienen Charles aufgeweckter, sie achteten mehr auf ihre äußere Erscheinung und standen fast ausnahmslos in Gruppen herum. Chuck ging allein. Charles fragte sich, ob Chuck vielleicht von allen am meisten unter Elisabeths Krankheit und Tod gelitten hatte. Er hatte gehofft, das Cathryns Gegenwart helfen würde, aber seit ihrer Heirat hatte sich Chuck nur noch weiter zurückgezogen. Charles lenkte den Wagen zurück auf die Straße und fuhr über den Fenway Richtung Cambridge.

## 2. *Kapitel*

Als er auf der Boston University Bridge den Charles River überquerte, begann Charles seinen Tag zu planen. Es war unendlich viel leichter, sich mit den Schwierigkeiten des innerzellulären Lebens zu beschäftigen, als mit den Problemen der Kindererziehung. Am Memorial Drive bog Charles rechts ab, ein Stück weiter fuhr er links auf den Parkplatz des Weinburger-Forschungsinstituts. Seine Stimmung besserte sich.

Als Charles aus dem Wagen stieg, bemerkte er, daß bereits

eine auffallend große Zahl anderer Wagen auf dem Parkplatz abgestellt war. Das war so früh am Morgen ungewöhnlich. Sogar der blaue Mercedes des Direktors stand schon an seinem Platz. Gedankenverloren blieb Charles einen Augenblick trotz des ungemütlichen Wetters stehen, dann ging er hinüber zum Institut. Es war ein modernes vierstöckiges Gebäude mit großen Glasflächen, irgendwie dem nahegelegenen Hyatt Hotel sehr ähnlich, aber ohne dessen Pyramidenprofil. Der Bau lag direkt am Ufer des Charles River, zwischen Harvard und dem M. I. T., und genau gegenüber konnte man die Boston University sehen. Es war also kein Zufall, daß das Institut keine Nachwuchsprobleme hatte.

Noch bevor Charles den Eingang erreicht hatte, konnte die Empfangsdame ihn durch die Spiegeltür näher kommen sehen. Sie drückte auf einen Knopf, und das dicke Glas glitt nach beiden Seiten auf. Die Sicherheitsbestimmungen waren streng, nicht nur wegen der kostbaren Instrumente, sondern auch, weil einige Forschungsprojekte erhöhte Vorsicht verlangten, besonders die Genforschung. Charles betrat die mit Teppichboden ausgelegte Empfangshalle und begrüßte die schüchterne Miß Andrews, die gerade erst eingestellt worden war. Sie senkte ihren Kopf und beobachtete Charles unter ihren sorgsam getuschten Augenwimpern. Charles fragte sich, wie lange sie wohl bleiben würde. Das Arbeitsleben der Empfangsdamen des Instituts war für gewöhnlich nur kurz.

Mit überdeutlich gespieltem Zögern blieb Charles vor dem zentralen Aufgang stehen und trat einige Schritte zurück, um in den Warteraum sehen zu können. Unter einer Dunstglocke von Zigarettenqualm sah er eine kleine Gruppe anscheinend aufgeregter Leute hin und her laufen.

»Dr. Martel..., Dr. Martel«, rief einer der Männer.

Überrascht, seinen Namen zu hören, betrat Charles den Raum und war sofort von der Menge umschlossen. Alle redeten gleichzeitig auf ihn ein, und der Mann, der ihn zuerst gerufen hatte, hielt ihm ein Mikrophon direkt unter die Nase.

»Ich bin vom *Globe*«, rief der Mann. »Darf ich Ihnen ein paar Fragen stellen?«

Charles stieß das Mikrophon zur Seite und kämpfte sich zurück zur Eingangshalle.

»Dr. Martel, stimmt es, daß Sie die Studie übernehmen?« rief eine Frau und versuchte, Charles an der Jackentasche festzuhalten.

»Ich gebe keine Interviews«, stellte Charles nüchtern fest, dann konnte er sich von der aufgeregten Menge lösen. Aus unerklärlichen Gründen blieben die Reporter an der Schwelle des Warteraums zurück.

»Was, zum Teufel, geht denn hier vor«, schimpfte Charles vor sich hin, als er endlich ruhig weitergehen konnte. Er haßte die Medienleute. Elisabeths Krankheit hatte aus irgendwelchen Gründen die Aufmerksamkeit der Presse erregt, und Charles hatte es immer wieder als Vergewaltigung empfunden, wie ihre persönliche Tragödie ›trivialisiert‹ worden war, damit die Leute sie beim Morgenkaffee lesen konnten. Er betrat sein Labor und warf die Tür geräuschvoll ins Schloß.

Ellen Sheldon, die seit sechs Jahren Charles' Laborassistentin war, zuckte zusammen. Sie hatte sich in der Stille des Labors darauf konzentriert, die Instrumente zur Trennung von Eiweißserum herzurichten. Wie gewöhnlich war sie um sieben Uhr fünfzehn im Labor gewesen, um alles bis zur Ankunft von Charles, der das Labor jeden Morgen Punkt sieben Uhr fünfundvierzig betrat, vorbereitet zu haben. Charles liebte es, seinen Arbeitstag um acht Uhr bereits begonnen zu haben. Besonders jetzt, da alles so vielversprechend voranging.

»Das sollte ich mir einmal erlauben, die Tür so zuzuschlagen«, sagte Ellen empört. Sie war dreißig Jahre alt, ein dunkler, attraktiver Typ. Ihr Haar hatte sie auf dem Kopf zusammengesteckt, bis auf einige Strähnen, die sie den Nacken hinunterlaufen ließ. Als Charles sie angestellt hatte, hatte er sich von einigen Kollegen eifersüchtige Sticheleien anhören müssen. Tatsächlich hatte er ihre exotische Schönheit erst bemerkt, nachdem sie bereits einige Jahre zusammengearbeitet hatten. Dabei waren ihre Züge gar nicht so auffallend, aber ihre gesamte Erscheinung ließ sie fesselnd wirken. Doch was Charles betraf, waren ihre entscheidenden Vorzüge ihr Intellekt, ihr Fleiß und ihre hervorragende Ausbildung am M. I. T.

»Es tut mir leid, wenn ich dich erschreckt habe«, sagte Charles und hängte seine Jacke auf. »Da draußen sind ein paar Reporter, und du weißt, was ich von denen halte.«

»Wir wissen alle, was du von ihnen hältst«, antwortete Ellen und machte sich wieder an ihre Arbeit.

Charles setzte sich an seinen Schreibtisch und ging seine Papiere durch. Sein Laboratorium war ein großer, rechteckiger Raum, an dessen hinterem Ende eine Tür zu einem kleinen Büro führte. Charles hatte dieses Büro immer gemieden und sich statt dessen einen einfachen Metallschreibtisch ins Labor setzen lassen. Das kleine Büro beherbergte jetzt seine Versuchstiere. Die eigentliche Tierstation war in einem abgetrennten Gebäude hinter dem Institut untergebracht, aber Charles wollte einige seiner Versuchstiere lieber in seiner Nähe haben, um sie immer genau im Auge behalten zu können. Ob die Experimente gute Resultate erbrachten, hing in entscheidendem Maß von einem sorgfältigen Umgang mit den Tieren ab. Und Charles achtete besonders auf solche Details.

»Was wollen die Reporter eigentlich hier?« fragte Charles. »Hat unser furchtloser Führer letzte Nacht in seiner Badewanne eine entscheidende Entdeckung gemacht?«

»Du solltest ein bißchen nachsichtiger sein«, schalt Ellen. »Einer muß ja wohl die Verwaltungarbeit machen.«

»Entschuldige bitte«, sagte Charles mit übertrieben sarkastischem Ton.

»Aber es ist wirklich etwas Ernstes passiert«, sagte Ellen mit leicht erregter Stimme. »Jemand hat die Geschichte mit Dr. Brighton an die *New York Times* weitergegeben.«

»Diese Wissenschaftler der sogenannten neuen Generation schätzen es anscheinend außerordentlich, in der Öffentlichkeit bekannt zu werden.« Widerwillig schüttelte Charles den Kopf. »Ich dachte, der schwärmerische Artikel im *Time Magazine* vor einem Monat hätte ihn erst einmal zufriedengestellt. Was, zum Teufel, hat er getan?«

»Erzähl mir nicht, daß du nichts davon gehört hast«, sagte Ellen ungläubig.

»Liebe Ellen, gerade du solltest wissen, daß ich ausschließlich hierherkomme, um zu arbeiten.«

»Das ist wahr. Aber die Brighton-Geschichte... Jeder weiß davon. Das ganze Haus redet seit mindestens einer Woche von nichts anderem.«

»Wenn ich dich nicht kennen würde, müßte ich jetzt glauben, daß du mich beleidigen willst. Wenn du es mir nicht erzählen willst, auch gut. Wenn ich dich so höre, glaube ich sowieso fast, daß ich es lieber nicht erzählt haben will.«

»Es ist auch schlimm genug«, stimmte Ellen zu. »Der Leiter der Tierabteilung hat dem Direktor mitgeteilt, daß Dr. Thomas Brighton heimlich in das Tierlabor geschlichen ist und seine verkrebsten Tiere gegen gesunde ausgetauscht hat.«

»Das ist ja großartig«, sagte Charles sarkastisch. »Offensichtlich wollte er den Eindruck erwecken, daß sein Medikament sensationelle Wirkung hat.«

»Genau. Das macht die Geschichte ja gerade so interessant. Denn es ist ja sein Medikament Canceran gewesen, das ihm die vielen Presseberichte eingebracht hat.«

»Und seine Stellung hier am Institut«, ergänzte Charles. Zorn und Verachtung hatten sein Gesicht gerötet. Er hatte die viele öffentliche Aufmerksamkeit, die Dr. Thomas Brighton zuteil geworden war, immer mißbilligt. Aber als er seine Meinung einmal geäußert hatte, mußte er feststellen, daß man ihn nur für neidisch hielt.

»Mir tut er leid«, sagte Ellen. »Das wird nicht ohne Auswirkung auf seine Karriere bleiben.«

»Versteh' ich dich richtig?« fragte Charles. »Dir tut der Kerl auch noch leid? Ich hoffe, daß dieser Betrüger sofort aus dem Institut fliegt und aus dem Ärztestand ausgeschlossen wird. Verstehst du, das soll ein Arzt sein! Betrug in der Forschung ist genauso schlimm wie Betrug bei der Patientenbehandlung. Nein! Es ist viel schlimmer. Ein Fehler in der Forschung kann am Ende viel mehr Leuten schaden.«

»Ich würde nicht so vorschnell urteilen. Vielleicht stand er unter einem riesigen Druck, gerade weil soviel über das Canceran geschrieben worden ist. Es könnte immerhin mildernde Umstände für ihn geben.«

»Wenn es um moralische Integrität geht, gibt es keine mildernden Umstände.«

»Da bin ich anderer Meinung. Jeder hat seine Probleme. Und nicht jeder kann so ein Supermann sein wie du.«

»Jetzt fang bitte nicht an, herumzuphilosophieren.« Die Bosheit in Ellens letztem Satz hatte Charles überrascht.

»Ich hör' schon auf. Aber ein bißchen mehr menschliche

Nachsicht würde dir ganz gut zu Gesicht stehen, Charles Martel. Du kümmerst dich nicht einen Moment um die Gefühle anderer Leute. Du kannst immer nur nehmen.« Ellens Stimme zitterte vor Erregung.

Gespanntes Schweigen breitete sich im Labor aus. Ellen wandte sich demonstrativ wieder ihrer Arbeit zu, und Charles schlug das Buch mit seinen Versuchsaufzeichnungen auf. Aber er konnte sich nicht darauf konzentrieren. Er hatte gar nicht so verärgert klingen wollen, und offensichtlich hatte er Ellen verletzt. Stimmte es wirklich, daß er die Gefühle anderer nicht beachtete? Es war das erste Mal, daß Ellen etwas Negatives über ihn gesagt hatte. Charles fragte sich, ob das irgend etwas mit der kurzen Affäre zu tun haben konnte, die er, kurz bevor er Cathryn begegnet war, mit Ellen gehabt hatte. Nachdem sie so viele Jahre zusammengearbeitet hatten, war sie mehr das Ergebnis ihrer täglichen Nähe gewesen als die Folge einer romantischen Liebe. Es war die Zeit, als Charles die starre Niedergeschlagenheit, die ihn nach Elisabeths Tod befallen hatte, endlich wieder abstreifen konnte. Ihr Verhältnis hatte nur einen Monat gedauert. Dann war Cathryn als Aushilfe für den Sommer ans Institut gekommen. Später hatten er und Ellen nie über ihre Affäre gesprochen. Charles hatte es als leichter empfunden, die Episode einfach in die Vergangenheit hinabgleiten zu lassen.

»Es tut mir leid, wenn ich böse geklungen habe«, sagte Charles. »Ich habe es nicht so gemeint. Es hat mich einfach fortgerissen.«

»Und ich entschuldige mich für das, was ich gesagt habe.« In Ellens Stimme schwang immer noch ein tief empfundenes Gefühl mit.

Charles war noch nicht wieder überzeugt. Am liebsten hätte er Ellen gefragt, ob sie ihn wirklich für gefühllos hielt. Aber er hatte nicht den Mut.

»Dabei fällt mir ein«, fügte Ellen hinzu, »Dr. Morrison möchte dich so schnell wie möglich sprechen. Er hat angerufen, als du noch nicht hier warst.«

»Dr. Morrison kann warten«, sagte Charles. »Erst will ich die Arbeit angefangen haben.«

Cathryn war verärgert über Charles. Und sie gehörte nicht zu den Leuten, die solche Gefühle unterdrückten. Außerdem fühlte sie sich im Recht. Angsichts von Michelles Nasenbluten hätte er seinen geheiligten Tagesplan ruhig ändern und Michelle selbst ins Krankenhaus fahren können. Immerhin war er der Arzt. Ihre Fantasie quälte Cathryn mit schrecklichen Bildern. Michelles Nasenbluten verschmierte den ganzen Wagen. Konnte sie zu Tode bluten? Cathryn war sich nicht sicher, aber die Möglichkeit erschien ihr real genug, daß sie von neuem Angst befiel. Cathryn haßte alles, was mit Krankheit, Blut und Krankenhäusern verbunden war. Warum das so war, wußte sie eigentlich nicht. Obwohl ihre schlimmen Erfahrungen mit einer Blinddarmvereiterung, die sie mit zehn Jahren hatte, sicherlich ihren Teil dazu beigetragen hatten. Die Ärzte hatten Probleme gehabt, die richtige Diagnose zu stellen, erst ihr Hausarzt und dann im Hospital. Noch heute konnte sie sich genau an die weiß gefliesten Wände erinnern und an den Geruch der antiseptischen Mittel, der überall in der Luft hing. Doch das schlimmste waren die Torturen der Vagina-Untersuchung gewesen. Niemand hatte vorher versucht, ihr etwas zu erklären. Sie war einfach niedergehalten worden. Charles wußte das alles, und trotzdem hatte er darauf bestanden, zur gewohnten Zeit ins Labor fahren zu können und daß sie Michelle zum Krankenhaus begleiten sollte.

Cathryn überlegte, daß alles schon viel besser wäre, wenn sie wenigstens zu dritt wären. Sie ging zum Telefon in der Küche, um Marge Schonhauser anzurufen. Vielleicht konnte sie Marge nach Boston mitnehmen. Wenn Tad noch immer im Krankenhaus lag, war das gar nicht so unwahrscheinlich. Nach dem zweiten Klingeln meldete sich jemand. Es war Nancy, die sechzehnjährige Tochter der Schonhausers.

»Meine Mutter ist schon im Krankenhaus.«

»Ich wollte auch nur einmal fragen«, sagte Cathryn. «Ich rufe nachher noch einmal an, wenn ich in Boston bin. Aber wenn ich deine Mutter nicht erreiche, sag ihr bitte, daß ich angerufen habe.«

»Bestimmt«, antwortete Nancy. »Ich weiß, daß sie sich freuen wird.«

»Und wie geht es Tad?« fragte Cathryn. »Kommt er bald nach Hause?«

»Es geht ihm sehr schlecht, Mrs. Martel. Die Ärzte mußten ihm Knochenmark transplantieren. Wir Kinder sind alle untersucht worden, ob wir als Spender in Frage kommen. Aber nur die kleine Lisa war geeignet. Er liegt unter einem Zelt, das ihn vor Bakterien schützen soll.«

»Das tut mir furchtbar leid«, sagte Cathryn. Sie fühlte ihre letzte innere Kraft dahinschwinden. Zwar konnte sie sich nicht vorstellen, was eine Knochenmarktransplantation war, aber es hörte sich ernst und furchterregend an. Dann verabschiedete sie sich von Nancy und legte auf. Einen Moment blieb Cathryn stumm sitzen und dachte sorgenvoll an ihre nächste Begegnung mit Marge. Wie mochte sie sich jetzt so allein fühlen? Cathryn machte sich Vorwürfe, daß sie nicht früher angerufen hatte. Tads Krankheit ließ ihre eigene Angst über Michelles Nasenbluten unbedeutend erscheinen. Sie holte tief Luft und ging hinüber ins Wohnzimmer.

Michelle lag auf der Couch und sah sich im Fernsehen die *Today*-Show an. Nachdem sie sich ein wenig ausgeruht und noch etwas Orangensaft getrunken hatte, fühlte sie sich schon viel besser. Aber ihre innere Unruhe war noch da. Bestimmt war Charles enttäuscht von ihr, auch wenn er nichts gesagt hatte. Ihr Nasenbluten hatte alles nur noch schlimmer gemacht.

»Ich habe bei Dr. Wiley angerufen«, sagte Cathryn so unbekümmert wie möglich. »Die Schwester hat gesagt, wir sollen am besten sofort kommen. Sonst müssen wir vielleicht lange warten. Also laß uns dann losfahren.«

»Ich fühl' mich schon viel besser«, sagte Michelle. Sie versuchte ein Lächeln, aber ihre Lippen zitterten.

»Sehr schön«, sagte Cathryn. »Aber bleib ruhig liegen. Ich hole deinen Mantel und alles andere.« Sie ging zur Treppe.

»Cathryn, ich glaub', es ist alles wieder gut. Ich kann jetzt auch zur Schule gehen.« Wie um das letzte zu beweisen, warf Michelle ihre Beine über den Rand der Couch und stand auf. Ein neuer Schwächeanfall ließ ihr Lächeln verschwimmen.

Cathryn hatte sich umgedreht und sah zu ihrer Adoptivtochter. Eine tiefe Zuneigung für das kleine Mädchen, das

Charles so liebte, durchströmte ihren Körper. Cathryn konnte nicht verstehen, warum Michelle ihre Krankheit so verleugnete. Vielleicht fürchtete sie sich genauso vor dem Krankenhaus wie Cathryn. Sie ging zurück ins Wohnzimmer und nahm das Kind in beide Arme. »Du brauchst keine Angst zu haben, Michelle.«

»Ich habe auch keine Angst.« Michelle sträubte sich gegen Cathryns Umarmung.

»Du hast keine Angst?« fragte Cathryn überrascht. Es traf sie jedesmal, wenn ihre Zuneigung zurückgewiesen wurde. Cathryn lächelte gedankenverloren. Ihre Hände lagen noch immer auf Michelles Schultern.

»Ich glaube, es ist besser, wenn ich zur Schule gehe. Wenn du mir einen Zettel schreibst, brauche ich ja keine Gymnastik mitzumachen.«

»Michelle, seit einem Monat fühlst du dich nicht gut. Heute morgen hattest du Fieber. Ich denke, es ist Zeit, daß wir etwas dagegen tun.«

»Aber jetzt fühle ich mich wieder gut, und ich will zur Schule.«

Cathryn nahm die Hände von Michelles Schultern und sah nachdenklich in das trotzige Gesicht ihrer Tochter. In so vieler Hinsicht war ihr Michelle ein Rätsel geblieben. Sie war so ein klares, ernsthaftes kleines Mädchen, das reifer schien, als ihr Alter hätte vermuten lassen. Aber aus irgendeinem Grund ließ sie Cathryn nicht an sich heran. Cathryn fragte sich, ob der Grund hierfür vielleicht darin lag, daß Michelle ihre Mutter so früh verloren hatte. Sie war erst drei Jahre alt gewesen. Cathryn wußte, was es heißt, nur mit einem Elternteil aufzuwachsen. Schließlich war auch sie ohne ihren Vater groß geworden.

»Ich weiß, was wir machen«, sagte Cathryn und überlegte angestrengt, wie sie die Situation lösen konnte. »Wir messen noch einmal deine Temperatur. Wenn du immer noch Fieber hast, fahren wir ins Krankenhaus. Wenn nicht, bleiben wir hier.«

Das Thermometer zeigte 38,2 Grad.

Anderthalb Stunden später bremste Cathryn den alten Dodge vor dem Parkhaus des Kinderkrankenhauses und zog einen Parkschein aus dem Automaten. Sie war dankbar, daß die Fahrt ereignislos verlaufen war. Michelle hatte fast die ganze Zeit geschwiegen und nur auf Fragen geantwortet. Cathryn fand, daß sie erschöpft aussah. Ihre Hände lagen regungslos in ihrem Schoß wie bei einer Marionettenpuppe, die darauf wartet, daß an ihren Fäden gezogen wird.

»Woran denkst du?« Cathryns Frage unterbrach ein langes Schweigen. Sie konnten keinen freien Platz finden und fuhren von Etage zu Etage.

»An nichts« antwortete Michelle, ohne sich zu bewegen.

Cathryn sah Michelle aus dem Augenwinkel an. Sie wünschte sich so sehr, daß Michelle ihre Zurückhaltung aufgab und Cathryns Zuneigung annahm.

»Magst du mir deine Gedanken nicht verraten?« beharrte Cathryn.

»Ich fühl' mich nicht gut. Ich fühle mich sehr schlecht. Ich glaube, du wirst mir aus dem Auto helfen müssen.« Cathryn sah wieder in Michelles Gesicht und brachte den Wagen abrupt zum Stehen. Dann beugte sie sich zum Beifahrersitz und nahm das Kind in die Arme. Das kleine Mädchen wehrte sich nicht. Sie rückte zu Cathryn herüber und legte den Kopf an ihre Brust. Cathryn fühlte warme Tränen auf ihren Arm fallen.

»Ich helfe dir doch gerne, Michele. Wann immer du willst. Das verspreche ich dir.«

Cathryn hatte das Gefühl, endlich eine unsichtbare Schwelle überschritten zu haben. Zweieinhalb Jahre hatte sie geduldig gewartet, aber es war nicht umsonst gewesen.

Durchdringendes Autohupen holte Cathryn zurück in die Gegenwart. Sie griff zum Steuer und fuhr wieder an. Erfreut bemerkte sie, daß Michelle nicht wieder von ihr wegrückte.

Mehr als jemals zuvor fühlte sich Cathryn als Mutter. Michelle war so schwach, daß Cathryn ihr auch durch die Drehtür zur Eingangshalle helfen mußte. Ihre Bitte nach einem Rollstuhl wurde sofort erfüllt, und obwohl Michelle sich anfangs dagegen sträubte, ließ sie sich dann doch von Cathryn schieben.

Die neugewonnene Nähe zu Michelle dämpfte Cathryns Furcht vor dem Krankenhaus. Die freundliche Ausgestaltung des Raumes tat ein Weiteres. Der Boden der Eingangshalle war in einer warmen Farbe gefliest und überall standen Pflanzen. Alles erinnerte eher an ein Luxushotel als an ein Großstadtkrankenhaus.

Auch die Stationsräume machten einen beruhigenden Eindruck. Als sie Dr. Wileys Wartezimmer betraten, warteten dort bereits fünf Patienten. Verärgert stellte Michelle fest, daß keiner älter als zwei Jahre war. Sie wollte sich schon darüber beklagen, aber dann konnte sie durch eine offene Tür für einen Moment ins Behandlungszimmer sehen und sofort erinnerte sie sich wieder, warum sie hier war. Sie lehnte sich zu Cathryn hinüber und flüsterte: »Glaubst du, daß ich eine Spritze bekomme?«

»Das weiß ich wirklich nicht«, antwortete Cathryn. »Aber wenn du dich danach fühlst, können wir hinterher irgend etwas Lustiges machen. Du kannst es dir aussuchen.«

»Können wir meinen Vater besuchen?« Michelles Augen glänzten.

»Natürlich.« Cathryn stellte den Rollstuhl neben einen freien Platz und setzte sich.

Eine Mutter kam mit ihrem fünfjährigen Sohn aus dem Behandlungszimmer. Der Kleine wimmerte leise vor sich hin. Eine andere Frau mit einem kleinen Baby im Arm stand auf und verschwand hinter der Tür.

»Ich werde einmal die Schwester fragen, ob ich hier telefonieren kann«, sagte Cathryn. »Ich möchte herausfinden, wo Tad Schonhauser liegt. Kann ich dich einen Moment allein lassen?«

»Ja«, antwortete Michelle. »Ich fühl' mich schon wieder besser.«

»Schön«, sagte Cathryn und stand auf. Michelle sah Cathryn hinterher, als sie hinüber zum Schreibtisch der Schwester ging. Ihr langes braunes Haar wellte bei jedem Schritt gegen ihre Schultern. Dann nahm sie den Telefonhörer hoch und wählte. Michelle erinnerte sich, wie gern ihr Vater Cathryns Haare hatte, und sie wünschte sich, dieselbe Haarfarbe zu haben. Auf einmal wäre sie am liebsten schon viel älter gewesen, vielleicht zwanzig, dann könnte sie auch ein Arzt sein und immer mit Charles reden und in seinem Labor arbeiten. Charles hatte gesagt, daß die Ärzte selber keine Spritzen zu geben brauchen, das tun die Schwestern. Michelle hoffte, daß sie keine Spritze bekommen würde. Sie haßte Spritzen.

»Dr. Martel«, rief Dr. Peter Morrison. Er stand im Türrahmen von Charles' Labor. »Haben Sie meine Nachricht nicht erhalten?«

Charles füllte gerade einen Radioaktivitätszähler mit Serumproben. Er richtete sich auf und sah hinüber zu Morrison, dem Verwaltungsleiter der physiologischen Abteilung. Morrison hatte sich so an den Rahmen gelehnt, daß das Licht der Leuchtstoffröhre an der Decke seine Brillengläser verschwinden ließ und der dünne Rahmen des Schildpattgestells wie leer auf seiner Nase saß. Sein Gesichtsausdruck war gespannt und verärgert.

»Ich komme in zehn Minuten«, sagte Charles. »Solange habe ich hier noch Wichtigeres zu tun.«

Einen Moment schien Morrison über Charles' Antwort nachzudenken. »Ich warte in meinem Büro.« Langsam zog er die Tür hinter sich zu.

»Du solltest ihn nicht reizen«, sagte Ellen. »Am Ende kann dabei nur Ärger herauskommen.«

»Das tut ihm ganz gut«, antwortete Charles. »Dann hat er wenigstens etwas, worüber er nachdenken kann. Ich kann mir beim besten Willen nicht vorstellen, was er sonst in seinem Büro zu tun hätte.«

»Irgend jemand muß sich um die Verwaltung kümmern«, entgegnete Ellen.

»Und das schlimmste ist, daß er einmal ein ernsthafter Wissenschaftler war«, fuhr Charles fort. »Jetzt quält ihn nur noch eine Sorge, nämlich Direktor zu werden. Und alles, was er tut, ist Papiere herumschieben, Treffen arrangieren, Essen gehen oder Wohltätigkeitsveranstaltungen besuchen.«

»Aber die bringen uns Geld ein.«

»Das nehme ich an«, sagte Charles. »Aber man braucht keinen Doktortitel in Physiologie dazu. Ich halte das für reine Zeitverschwendung. Wenn die Leute, die auf diesen Veranstaltungen Geld spenden, jemals herausfinden würden, wie wenig davon am Ende in die Forschung fließt, dann wären sie entsetzt.«

»In diesem Punkt gebe ich dir recht«, antwortete Ellen. »Aber warum läßt du nicht mich die Proben weiterbearbeiten? Dann kannst du dein Gespräch mit Morrison sofort hinter dich bringen, denn nachher, wenn ich den Ratten Blut abnehme, brauche ich deine Hilfe.«

Zehn Minuten später stieg Charles die Metallstufen der Feuerleiter zum zweiten Stock hinauf. Er hatte keine Ahnung, weshalb Morrison ihn sprechen wollte. Wahrscheinlich würde Morrison ihn wieder mit aufmunternden Worten zu überzeugen versuchen, irgend etwas für eine der nächsten Tagungen zu veröffentlichen. Was dieses Thema betraf, so unterschieden sich Charles' Ansichten ziemlich von denen seiner Kollegen. Charles hatte nie das Verlangen gehabt, seine Arbeiten auch immer gedruckt sehen zu müssen. Obwohl die Bedeutung eines Wissenschaftlers in der Forschung oft nur an der Zahl seiner Veröffentlichungen gemessen wird, hatte Charles durch seine verbissene Hingabe und durch seinen Scharfsinn eine noch größere Achtung bei seinen Kollegen gewonnen, von denen viele sagten, daß es Männer wie er waren, die die großen wissenschaftlichen Entdeckungen machten. Nur die Verwaltung beschwerte sich regelmäßig. Dr. Morrisons Büro lag in der Verwaltungsabteilung im zweiten Stock, wo die Flure in einem angenehmen Beige gestrichen waren. An den Wänden hingen dunkle Ölgemälde, die die früheren Direktoren des Instituts in ihren Akademikerroben zeigten. Die Atmosphäre hier war Welten entfernt von der nüchternen Sachlichkeit der Labors im Parterre und im ersten Stok. Hier oben hatte man eher den Eindruck, in einer erfolgreichen Anwaltskanzlei zu sein und nicht in einem gemeinnützigen medizinischen Institut. Der Luxus verwirrte Charles jedesmal aufs neue; er wußte, daß das Geld dazu von Leuten gekommen war, die glaubten, etwas zur Forschung beizutragen.

Darüber grübelnd war Charles zu Morrisons Büro gekommen. Er wollte gerade eintreten, als er merkte, daß sämtliche Sekretärinnen der Verwaltung seinen Weg beobachtet hatten. Er spürte dasselbe Gefühl unterdrückter Erregung wie am Morgen bei seiner Ankunft im Institut. Als ob alle darauf warteten, daß etwas Bestimmtes passierte.

Als Charles die Tür zum Büro öffnete, stand Morrison hinter

seinem breiten Mahagonischreibtisch auf und kam Charles mit ausgestreckten Händen entgegen. Seine schlechte Laune schien verflogen zu sein. Aus Gewohnheit schüttelte Charles die ihm entgegengehaltene Hand, aber die Geste verblüffte ihn. Er hatte mit seinem Gegenüber wirklich nichts gemein. Morrison trug einen frischgebügelten Nadelstreifenanzug, ein gestärktes weißes Hemd und einen Seidenschlips. Seine mokassinartigen Schuhe waren ausgiebig poliert worden. Charles hatte wie gewöhnlich sein blaues Oxfordhemd an, dessen oberster Knopf geöffnet war. Seinen Schlips hatte er heruntergezogen und zwischen dem zweiten und dritten Knopf ins Hemd gesteckt; die Ärmel waren zu den Ellbogen hochgekrempelt. Dazu trug er seine ausgebeulten Khakihosen und seine abgestoßenen Ziegenlederschuhe.

»Guten Morgen«, begrüßte Morrison ihn, als ob er Charles an diesem Tag zum ersten Mal sehen würde. Mit einer einladenden Handbewegung lenkte er Charles zu dem Ledersofa im hinteren Teil des Zimmers. Man hatte von hier einen eindrucksvollen Ausblick auf den Charles River. »Kaffee?« Morrison lächelte, so daß man seine kleinen weißen, makellosen Zähne sehen konnte.

Charles setzte sich auf das Sofa, lehnte sich zurück und verschränkte die Arme vor der Brust. Irgend etwas Merkwürdiges ging hier vor. Seine Neugier war geweckt.

»Haben Sie heute schon die *New York Times* gelesen?« fragte Morrison.

Charles schüttelte den Kopf.

Morrison ging hinüber zu seinem Schreibtisch, hob die Zeitung auf und lenkte Charles' Aufmerksamkeit auf einen Artikel gleich auf der ersten Seite. Das goldene Armband mit seiner Namensplakette glitt unter der Manschette hervor, als er auf die Überschrift deutete. *»Skandal am Weinburger-Krebsinstitut.«*

Charles las den ersten Absatz, der mit anderen Worten das wiederholte, was Ellen ihm bereits erzählt hatte. Und das genügte ihm.

»Schrecklich, nicht?« ließ sich Morrison laut vernehmen.

Widerwillig nickte Charles zustimmend. Obwohl er wußte, daß so ein Vorfall die Spendeneingänge eine Zeitlang negativ beeinflussen würde, hoffte er doch, daß jetzt etwas von dem unverdient hohen Anteil, der bisher in die Erforschung des Medikaments Canceran geflossen war, wieder anderen, vielversprechenderen Gebieten zukommen würde. Für Charles war Canceran nur ein weiterer alkylierender Wirkstoff. Er fühlte, daß die Antwort auf Krebs in der Immunologie gesucht werden mußte und nicht in der Chemotherapie, obwohl er zugeben mußte, daß mit ihr in den letzten Jahren eine wachsende Zahl von Heilerfolgen erzielt worden war.

»Dr. Brighton hätte wissen müssen, was dabei herauskommt«, sagte Morrison. »Er ist einfach noch zu jung und zu ungeduldig.«

Charles wartete, daß Morrison endlich zum Thema kam.

»Wir werden Dr. Brighton leider nahelegen müssen, das Institut zu verlassen«, sagte Morrison.

Charles nickte, und Morrison setzte zu einer ausführlichen Erklärung von Brightons Verhalten an. Charles starrte die ganze Zeit auf Morrisons glänzenden, kahlen Schädel. Die wenigen Haare, die er noch über den Ohren hatte, waren auf dem Hinterkopf sorgfältig zusammengekämmt.

»Wenn ich Sie kurz unterbrechen darf«, fiel Charles ihm ins Wort. »Das ist zwar alles sehr interessant, aber ich habe unten einen wichtigen Versuch laufen. Wollten Sie mir noch irgend etwas Wichtiges sagen?«

»Natürlich«, antwortete Morrison und nestelte an seiner Manschette. Seine Stimme bekam einen noch ernsteren Ton, und er legte die Fingerspitzen aneinander, als ob er einen Kirchturm nachformen wollte. »Der Rat der Direktoren des Instituts hat den Artikel der *New York Times* erwartet und sich deshalb gestern nacht zu einer Sondersitzung getroffen. Wir waren der einhelligen Meinung, daß nur ein schnelles Handeln verhindern konnte, daß das neue und vielversprechende Medikament Canceran zum eigentlichen Opfer der Brighton-Affäre wird. Ich nehme an, Sie verstehen diese Sorge.«

»Natürlich«, antwortete Charles, doch weit hinten in seinem Kopf zog eine schwarze Wolke auf.

»Ebenso ungeteilt war die Meinung, daß es nur einen Weg für das Institut gibt, das Canceran-Projekt zu retten – indem wir öffentlich unser Vertrauen zu dem Medikament bekunden und unserem angesehensten Wissenschaftler die Beendigung der Versuchsreihe in die Hände legen. Und ich bin glücklich, sagen zu können, daß Sie, Charles Martel, dazu ausersehen wurden.«

Charles schloß die Augen und schlug sich die Hände vor das Gesicht. Er wäre am liebsten aus dem Büro gestürmt, aber er zügelte sich. Langsam öffnete er wieder die Augen. Morrisons dünne Lippen waren zu einem Lächeln verzogen. Charles war sich nicht sicher, ob sein Gegenüber wußte, was seine Reaktion zu bedeuten hatte, und er ihn deshalb noch zusätzlich reizen wollte, oder ob Morrison tatsächlich glaubte, daß er ihm eine frohe Botschaft übermittelt hatte.

»Ich kann Ihnen gar nicht sagen, wie sehr ich darüber befriedigt bin, daß der Rat der Direktoren jemanden aus meiner Abteilung ausgewählt hat«, fuhr Morrison fort. »Nicht, daß es mich besonders überrascht hat. Wir alle haben unermüdlich für das Weinburger-Institut gearbeitet. Dennoch ist es angenehm, wenn man von Zeit zu Zeit etwas Aufmerksamkeit erfährt. Und natürlich habe ich Sie vorgeschlagen.«

»Also«, setzte Charles an und bemühte sich, seine Stimme so ruhig wie nur möglich zu halten. »Ich bitte Sie, dem Rat der Direktoren meinen Dank für diesen Vertrauensbeweis auszurichten. Aber zu meinem Bedauern sehe ich mich nicht in der Lage, das Canceran-Projekt übernehmen zu können. Verstehen Sie mich bitte, meine eigene Arbeit macht große Fortschritte. Sie werden sich jemand anderen suchen müssen.«

»Ich hoffe, Sie machen einen Scherz.« Morrisons Lächeln schwankte einen Moment, dann verschwand es ganz.

»Nicht im geringsten. Bei den gegenwärtigen Fortschritten kann ich meine Arbeit unter keinen Umständen liegenlassen. Meine Assistentin und ich sind sehr erfolgreich gewesen, und wir kommen überraschend schnell voran.«

»Aber Sie haben seit mehreren Jahren nicht eine einzige Arbeit veröffentlicht. Das kann man kaum einen schnellen Fortschritt nennen. Außerdem wird Ihre Arbeit fast ausschließlich aus dem allgemeinen Fonds des Instituts bezahlt. Seit sehr, sehr langer Zeit ist uns für Ihre Arbeit nicht eine größere Spende zugegangen. Ich weiß, weshalb das so ist, weil Sie bei Ihren Krebsforschungen auf dem Gebiet der Immunologie geblieben sind, und bis heute hatten Sie darin meine volle Unterstützung. Aber jetzt brauchen wir Ihre Hilfe. Sobald Sie das Canceran-Projekt beendet haben, können Sie sich wieder ganz auf Ihre Arbeit konzentrieren. So einfach ist das.« Morrison stand auf und ging zurück zu seinem Schreibtisch zum Zeichen, daß für ihn die Unterredung beendet war und die Sache beschlossen.

»Aber ich kann meine Arbeit nicht unterbrechen«, sagte Charles. Er spürte ein Gefühl der Verzweiflung in sich aufsteigen. »Nicht gerade jetzt. Alles läuft so vielversprechend. Und was ist mit meiner Entwicklungsstudie auf dem Gebiet der Hybridisierung? Zählt die denn gar nicht?«

»Ah, der Hybriden-Effekt«, sagte Morrison. »Eine wundervolle Arbeit. Wer hätte gedacht, daß ein sensibler Lymphozyt mit einer Krebszelle vereinigt werden könnte, so daß eine Art zelluläre Antikörperproduktion entsteht? Brillant! Leider hat die Sache zwei Fehler. Erstens, das ist schon einige Jahre her. Zweitens, Sie haben versäumt, Ihre Entdeckung zu veröffentlichen! Wir hätten daraus in jeder Hinsicht großen Gewinn ziehen können. So hat eine andere Institution die Ehre kassiert. Ich glaube nicht, daß Ihre Studie über den Hybriden-Effekt geeignet ist, Ihre Stellung gegenüber dem Rat der Direktoren zu sichern.«

»Ich habe die Studie damals deshalb nicht veröffentlicht, weil sie nur ein einzelner Schritt war in meiner Versuchsfolge. Außerdem habe ich noch nie großen Wert darauf gelegt, meine Arbeiten gedruckt zu sehen.«

»Das wissen wir alle. Und das ist vielleicht auch der entscheidende Grund dafür, daß Sie noch immer in einem Labor sitzen und nicht auf dem Stuhl eines Abteilungsleiters.«

»Ich habe auch kein Interesse daran, Abteilungsleiter zu werden«, stieß Charles gereizt hervor. Allmählich verlor er die Geduld. »Ich will Forschungsarbeit leisten und nicht irgendwelche Papiere herumschieben und meine Zeit auf Wohltätigkeitsfesten vergeuden.«

»Ich nehme an, das war als persönliche Beleidigung gedacht«, sagte Morrison kühl.

»Verstehen Sie es, wie Sie wollen«, entgegnete Charles, der jetzt alle Anstrengungen aufgegeben hatte, seinen Zorn zurückzuhalten. Er stand auf, ging hinüber zu Morrisons Schreibtisch und ließ anklagend seinen rechten Zeigefinger vorschnellen. »Und jetzt werde ich Ihnen meinen gewichtigsten Grund nennen, weshalb ich das Canceran-Projekt nicht übernehmen kann. Ich glaube nicht daran!«

»Was, zum Teufel, soll das heißen?« Auch Morrisons Geduld war nun fast erschöpft.

»Das soll heißen, daß zelluläre Gifte wie Canceran nicht die letzte Antwort auf Krebs sein können. Die Annahme ist, daß sie Krebszellen schneller töten als gesunde Zellen, so daß, nachdem die böswillige Wucherung gestoppt ist, noch genügend normale Zellen im Körper des Patienten sind, die ihn am Leben erhalten. Aber das kann nur eine Zwischenlösung in der Behandlung der Krankheit sein. Eine wirkliche Heilmethode gegen Krebs kann nur von einem besseren Verständnis der zellulären Lebensprozesse kommen, besonders des chemischen Informationsaustausches zwischen den Zellen.«

Charles begann aufgeregt hin und her zu laufen, seine Hand fuhr immer wieder nervös durch seine Haare. Im Gegensatz zu ihm blieb Morrison völlig regungslos hinter seinem Schreibtisch stehen. Nur seine Augen folgten Charles' stürmischem Auf und Ab.

»Ich werde Ihnen noch etwas sagen«, rief Charles. »Der ganze medizinische Angriff auf den Krebs geht von einem falschen Standpunkt aus. Man darf sich Krebs nicht wie irgendeine andere Krankheit vorstellen, wie eine Infektion. Das verstärkt nur die falschen Hoffnungen, daß eines Tages ein Wundermittel dagegen gefunden werden könnte, das wie ein Antibiotikum wirkt.« Charles war stehengeblieben, er beugte sich über den Schreibtisch zu Morrison. Seine Stimme war leiser geworden, aber noch leidenschaftlicher. »Ich habe sehr viel darüber nachgedacht, Dr. Morrison, Krebs ist keine Krankheit im traditionellen Sinn. Er legt den Blick frei auf eine primitivere Form des Lebens, wie jene, die am Beginn der Entwicklung mehrzelliger Organismen existierte. Denken Sie darüber nach. Zu einer Zeit, die Äonen zurückliegt, gab es nur einzellige Kreaturen, die eigensüchtig nur auf sich selbst achteten. Aber dann, einige Millionen Jahre später, taten sich einige von ihnen zusammen, weil es das Überleben erleichterte. Der Informationsaustausch zwischen ihnen verlief auf chemischem Weg, und erst dieser Informationsaustausch machte mehrzellige Organismen wie uns möglich. Warum tut eine Leberzelle nur das, was eine Leberzelle zu tun hat, oder eine Herzzelle oder eine Gehirnzelle? Die Antwort liegt im chemischen Informationsaustausch. Aber Krebszellen reagieren nicht auf diese chemischen Informationen. Sie sind aus dem System herausgefallen, zurück auf eine primitivere Stufe, wie jene einzelligen Organismen, die vor Millionen Jahren existierten. Krebs ist keine Krankheit, aber vielleicht ein Schlüssel zu den Urgründen des Lebensaufbaus. Und die Immunologie untersucht dieses Informationssystem.«

Beide Arme auf Morrisons Schreibtisch gestützt und weit vorgebeugt, endete Charles seinen Monolog. Dann trat ein beklemmendes Schweigen ein. Morrison räusperte sich, zog seinen Ledersessel vor und setzte sich.

»Sehr interessant, wirklich«, sagte er. »Leider haben wir es in unserem Geschäft nicht mit der Metaphysik zu tun. Ich darf Sie daran erinnern, daß der immunologische Aspekt von Krebs über mehr als zehn Jahre erforscht worden ist und sehr wenig zur Lebensverlängerung der Krebsopfer beigetragen hat.«

»Genau das ist der Punkt«, unterbrach Charles ihn. »Die Immunologieforschung wird eine Heilmethode liefern und nicht nur eine beschönigende Linderung.«

»Bitte«, sagte Morrison leise. »Ich habe Ihnen zugehört, und jetzt hören bitte Sie mir zu. Für die Immunologieforschung steht im Moment sehr wenig Geld zur Verfügung. Das ist eine Tatsache. Das Canceran-Projekt bringt uns große Zuschüsse ein, sowohl vom Nationalen Krebsinstitut als auch von der Amerikanischen Krebsgesellschaft. Das Weinburger-Institut braucht dieses Geld.«

Charles versuchte ihn zu unterbrechen, aber Morrison schnitt ihm das Wort ab. Resigniert ließ sich Charles in einen Stuhl fallen. Er fühlte sich von der Institutsbürokratie eingeschnürt wie von den Armen eines riesigen Tintenfischs.

Mit einer gedehnten Geste nahm Morrison die Brille ab und legte sie auf eine Berichtsliste. »Sie sind ein glänzender Wissenschaftler, Charles. Das wissen wir alle, und das ist auch der Grund, weshalb wir Sie in diesem Moment brauchen. Aber Sie sind auch ein Einzelgänger und in gewissem Sinn mehr geduldet als geliebt. Sie haben Feinde am Institut, vielleicht sind die nur neidisch auf Sie, vielleicht aber auch, weil Sie so erschrekkend selbstgerecht sind. In der Vergangenheit habe ich Sie immer verteidigt. Aber es gibt auch solche, die Sie lieber heute als morgen gehen sehen würden. Ich erzähle Ihnen das zu Ihrem eigenen Guten. Auf dem Treffen letzte Nacht habe ich erwähnt, daß Sie die Übernahme des Canceran-Projekts vielleicht ablehnen könnten. Es wurde beschlossen, daß für diesen Fall Ihre Mitarbeit hier beendet wäre. Und es ist bestimmt nicht schwer, jemanden zu finden, der das Projekt an Ihrer Stelle übernimmt.«

Beendet! Das Wort klang Charles schmerzhaft in den Ohren nach. Mühsam versuchte er Ordnung in seine Gedanken zu bringen.

»Darf ich jetzt etwas sagen?« fragte Charles.

»Natürlich«, antwortete Morrison. »Sagen Sie mir, daß Sie das Canceran-Projekt übernehmen. Das will ich jetzt von Ihnen hören.«

»Ich bin da unten sehr fleißig gewesen«, begann Charles, ohne auf Morrisons letzten Satz einzugehen. »Und ich komme mit meiner Arbeit, wie gesagt, sehr gut voran. Und wenn ich so verschwiegen war, hatte das durchaus einen Grund, denn ich glaube, daß ich sehr nahe daran bin, das Krebsproblem zu verstehen und vielleicht sogar eine Heilmethode gefunden habe.«

Morrison sah Charles forschend ins Gesicht, um darin einen Hinweis auf die Ernsthaftigkeit seines Gegenübers zu finden. Sollte das ein Trick sein? Eine überhebliche Wahnidee? Morrison blickte in Charles' strahlend blaue Augen, auf seine zerfurchte Stirn. Er wußte alles über die Vergangenheit von Charles, über den Tod seiner Frau, seinen plötzlichen Wechsel von der klinischen Medizin zur Forschung. Er wußte, daß Charles ein hervorragender Arbeiter war, aber eben ein Einzelgänger. Er hatte den Verdacht, daß Charles' Vorstellung von ›sehr nahe‹ genausogut zehn Jahre meinen konnte.

»Eine Heilmethode gegen Krebs«, begann Morrison. Er versuchte gar nicht erst den leichten Sarkasmus in seiner Stimme zu unterdrücken. Seine Augen blieben auf Charles' Gesicht geheftet. »Das wäre natürlich großartig. Wir alle wären sehr stolz. Aber... das wird warten müssen, bis die Canceran-Studie abgeschlossen ist. Lesley Pharmaceuticals, die das Patent halten, drängen darauf, mit dem Medikament auf den Markt kommen zu können. Und jetzt, Dr. Martel, müssen Sie mich leider entschuldigen, aber ich habe zu arbeiten. Die Sache ist erledigt. Die Canceran-Versuchsprotokolle stehen zu Ihrer Verfügung, also machen Sie sich an die Arbeit. Viel Glück. Sollten sich irgendwelche Probleme ergeben, dann lassen Sie es mich wissen.«

Wie betäubt stolperte Charles aus Morrisons Büro. Die Aussicht, in diesem entscheidenden Moment die eigene Arbeit liegenlassen zu müssen, hatte ihn völlig niedergedrückt. Im Augenwinkel sah er noch den fragenden Blick von Morrisons kühler Sekretärin, dann stürzte er mit schnellen Schritten zur Tür der Feuerleiter und riß sie geräuschvoll auf. Langsam ging er die Stufen hinunter, in seinem Kopf wirbelten die Gedanken durcheinander. Noch nie in seinem Leben hatte ihm jemand gedroht, ihn zu entlassen. Obwohl er überzeugt war, eine neue Anstellung zu finden, war für ihn die Vorstellung, sich auch nur kurze Zeit ohne Arbeit herumzutreiben, einfach niederschmetternd, besonders, wenn er an seine vielen finanziellen Verpflichtungen dachte. Als Charles seine private Praxis aufgegeben hatte, war damit auch der Verlust seines gestiegenen Lebensstandards verbunden gewesen. Sein Gehalt vom Institut reichte kaum für das Notwendigste, gerade jetzt, da Chuck das erste Jahr zur Universität ging.

Im ersten Stock wechselte er vom Treppenhaus zurück in den Flur und ging hinunter zu seinem Labor. Er brauchte Zeit zum Nachdenken.

## 3. *Kapitel*

Jetzt waren sie an der Reihe. Eine Schwester, die aussah, als sei sie aus einem Doris-Day-Film der frühen fünfziger Jahre gefallen, rief Michelles Namen und hielt die Tür zum Sprechzimmer auf. Michelle klammerte sich an die Hand ihrer Stiefmutter, und gemeinsam traten sie ein. Cathryn hätte nicht sagen können, wer von ihnen beiden aufgeregter war.

Dr. Wiley legte ein Krankenblatt aus der Hand und sah ihnen über die Halbgläser seiner Brille hinweg entgegen. Cathryn sah Dr. Wiley heute zum ersten Mal, aber die drei Kinder kannten ihn. Michelle hatte Cathryn erzählt, wie sie vor vier Jahren bei ihm gewesen war, als sie die Windpocken hatte. Sie war gerade acht geworden. Cathryn war sofort von der äußeren Erscheinung Dr. Wileys eingenommen. Er war Ende der Fünfzig und strahlte jene angenehme väterliche Ruhe aus, die man für gewöhnlich mit einem Arzt verbindet. Er war groß, hatte kurzgeschnittene graue Haare und einen buschigen Oberlippenbart. Am Hemdkragen trug er eine schmale handgebundene rote Fliege, die ihm ein ungewöhnliches, aber auch energisches Aussehen gab. Seine Hände waren groß, aber die Bewegung, mit der er das Krankenblatt beiseite legte, war sanft gewesen. Als sie näher getreten waren, beugte er sich leicht vor.

»Schau an, meine kleine Miß Martel«, sagte Dr. Wiley. »Aus dir ist ja eine richtige Frau geworden. Du siehst sehr schön aus, ein bißchen blaß, aber schön. Und jetzt mach mich bitte mit deiner neuen Mutter bekannt.«

»Sie ist nicht meine neue Mutter«, entgegnete Michelle empört. »Sie ist schon über zwei Jahre meine Mutter.«

Cathryn und Dr. Wiley mußten beide über diese Antwort lachen. Und nachdem sie einen Moment gezögert hatte, fiel auch Michelle in das Lachen mit ein, obwohl sie nicht sicher war, ob sie den Witz auch verstanden hatte.

»Setzen Sie sich bitte.« Einladend wies Dr. Wiley auf die Stühle vor seinem Schreibtisch. Als erfahrener Kliniker hatte Dr. Wiley seine Untersuchung bereits in dem Moment begonnen, als Michelle zur Tür hereintrat. Außer ihrer Blässe hatte er auch ihren unsicheren Gang bemerkt, ihre zusammengesunkene Haltung und den glasigen Ausdruck ihrer blauen Augen. Dann öffnete er ihre Krankenakte, die er gerade noch studiert hatte, und nahm sich einen Stift zur Hand. »Also dann, was fehlt denn unserer Patientin?«

Cathryn beschrieb Michelles Symptome, und dann und wann fügte auch Michelle noch etwas hinzu. Cathryn erzählte, daß alles mit niedrigem Fieber und allgemeinem Unwohlsein angefangen hatte. Sie hatten gedacht, daß Michelle nur eine leichte Grippe haben würde, aber das Fieber ging nicht wieder weg. An einigen Tagen fühlte sie sich ganz wohl, an anderen war es wieder schlimmer. Cathryn beendete ihren Bericht mit ihrem Entschluß, daß Michelle am besten einmal gründlich untersucht werden sollte für den Fall, daß sie Antibiotika oder etwas Ähnliches brauchte.

»Sehr schön«, sagte Dr. Wiley. »Und jetzt möchte ich gern einen Moment mit Michelle allein bleiben. Wenn Sie erlauben, Mrs. Martel.« Er kam hinter seinem Schreibtisch hervor und öffnete die Tür zum Wartezimmer.

Ratlos stand Cathryn auf. Sie hatte erwartet, bei Michelle bleiben zu können.

Dr. Wiley lächelte sie warm an, und als ob er ihre Gedanken lesen könnte, fügte er noch beruhigend hinzu: »Sie müssen wissen, daß Michelle und ich alte Freunde sind. Wir werden uns schon vertragen.«

Cathryn kniff Michelle aufmunternd in die Schulter, dann ging sie zur Tür zum Wartezimmer. An der Schwelle blieb sie noch einmal stehen. »Wie lange wird es ungefähr dauern? Reicht die Zeit, daß ich kurz einen Patienten besuchen kann?«

»Ich glaube schon«, antwortete Dr. Wiley. »In ungefähr dreißig Minuten sind wir mit allen fertig.«

»Ich bin rechtzeitig wieder zurück, Michelle«, rief Cathryn. Michelle winkte noch einmal, dann schloß Dr. Wiley die Tür. Nachdem eine Schwester ihr ausführlich den Weg beschrieben hatte, ging Cathryn über die Treppe zurück in die Eingangshalle. Erst als sie in den Fahrstuhl stieg, kehrte ihre alte Furcht vor Krankenhäusern zurück. Wie gebannt starrte sie während der ganzen Fahrt auf ein trauriges kleines Mädchen in einem Rollstuhl. Die Eindrücke in Kinderkrankenhäusern schienen Cathryn besonders zermürbend zu sein. Schon der Gedanke daran, daß Kinder krank sein können, ließ in ihr ein Gefühl der Schwäche hochsteigen. Sie versuchte, sich auf den Stockwerksanzeiger über der Tür zu konzentrieren, doch ein mächtiges, unbegreifliches Verlangen zog ihre Augen zurück zu dem kranken Kind. Als die Türen sich im fünften Stock öffneten und sie ausstieg, waren ihre Knie weich wie Gummi und ihre Handflächen schweißnaß.

Cathryn war auf dem Weg zur Marshall-Memorial-Isolierstation, aber auf der fünften Etage lagen auch die allgemeine Intensivstation und der Beobachtungsraum für die frischoperierten Patienten. In ihrem angegriffenen Zustand war Cathryn all diesen Eindrücken und Geräuschen von akuten medizinischen Krisen ausgesetzt. Die Piepstöne der Herzmonitoren vermischten sich mit den Schreien verängstigter Kinder. Wo sie auch hinblickte, sah sie ein Durcheinander von Schläuchen, Flaschen und zischenden Apparaten. Es war eine fremde Welt, durch die geschäftiges Personal eilte, das aus unerklärlichen Gründen losgelöst zu sein schien von dem Schrekken ringsum. Daß dies alles nur dazu diente, den Kindern zu helfen, kam Cathryn nicht in den Sinn.

In einem schmalen Flur, der zu beiden Seiten von Fenstern durchbrochen war, blieb Cathryn stehen und schöpfte Atem. Sie merkte, daß sie in einem Verbindungsgang zwischen zwei Gebäuden des Krankenhauszentrums war. Der Flur war eine friedliche Brücke. Für einen Moment war sie allein, bis ein Mann in einem Motorrollstuhl an ihr vorbeifuhr, auf dessen Rückenlehne das Wort ›Fahrdienst‹ geschrieben war. Reagenzgläser und Glaskolben mit Proben aller nur erdenklichen Körperflüssigkeiten klirrten in einem kleinen Metallgestell. Der Mann lächelte, und Cathryn lächelte zurück. Sie fühlte sich besser. Gestärkt ging sie weiter.

Die Marshall-Memorial-Isolierstation war nicht so furchteinflößend für Cathryn. Die Türen zu den Zimmern waren alle geschlossen und kein Patient war zu sehen. Cathryn ging zur Schwesternstation, die eher wie der Ticketschalter auf einem Flughafen aussah als wie das Nervenzentrum einer Krankenstation. Es war eine große quadratische Zone, in deren Mitte eine Reihe von TV-Monitoren stand. Ein Pfleger sah zu ihr auf und fragte sie freundlich, ob er ihr helfen könne.

»Ich suche den kleinen Schonhauser«, sagte Cathryn.

»Fünf-einundzwanzig«, sagte der Pfleger und zeigte ihr die Richtung.

Cathryn bedankte sich und ging hinüber zu der geschlossenen Tür. Behutsam klopfte sie. »Gehen Sie einfach hinein«, rief der junge Mann. »Aber vergessen Sie nicht, den Umhang anzuziehen.«

Vorsichtig drückte sie die Klinke herunter, und die Tür öffnete sich. Sie stand in einem kleinen Vorraum mit Regalen für Bettwäsche und anderen Tüchern, einem Medikamentenschrank, einem Ausguß und einem großen Korb für Schmutzwäsche. Neben dem Korb war eine zweite verschlossene Tür mit einem schmalen Glasfenster. Während Cathryn noch regungslos dastand, öffnete sich die innere Tür, und eine Person, in einen Umhang gehüllt und mit Gesichtsmaske, trat in den Raum. Mit schnellen Bewegungen wurden die Papiermaske und die Haube in den Müll geworfen. Es war eine junge Schwester mit roten Haaren und Sommersprossen.

»Hallo«, sagte sie. Die Handschuhe flogen in den Müll, der Umhang in den Wäschekorb. »Wollen Sie Tad besuchen?«

»Wenn das möglich ist«, antwortete Cathryn. »Ist Mrs. Schonhauser auch hier?«

»Ja. Sie ist jeden Tag hier, die arme Frau. Vergessen Sie nicht, einen Umhang anzuziehen. Hier gelten sehr strenge Vorsichtsmaßnahmen.«

»Ich...« begann Cathryn, aber die Schwester war schon aus der Tür und auf dem Weg zu ihrem nächsten Patienten.

Cathryn suchte die Regale ab, bis sie die Hauben und Masken gefunden hatte. Sie zog sie an und kam sich irgendwie lächerlich dabei vor. Als nächstes streifte sie den Umhang über, aber statt ihn auf dem Rücken zuzubinden, zog sie ihn wie einen Mantel an. Die Gummihandschuhe machten ihr mehr Schwierigkeiten, und in den linken kam sie trotz mehrerer Versuche nicht ganz hinein. Die halbleeren Gummifinger hingen ihr schlaff von der Hand, als sie schließlich die innere Tür öffnete. Das erste, was sie sah, war eine große Kunststoffplane, die das Bett wie einen Käfig überspannte. Durch das milchige Tuch konnte Cathryn gerade noch die Umrisse von Tad Schonhauser erkennen. Das harte Licht der Leuchtstoffröhre ließ die Haut des Jungen blaßgrün erscheinen. Dann hörte Cathryn das dunkle Zischen des Sauerstoffs. Marge Schonhauser saß bei dem Fenster links vom Bett und las.

»Marge«, flüsterte Cathryn.

Die verhüllte und maskierte Frau sah auf. »Ja?«

»Ich bin's. Cathryn.«

»Cathryn?«

»Cathryn Martel.«

»Dem Himmel sei Dank«, sagte Marge, als sie den Namen schließlich einordnen konnte. Sie stand auf und legte ihr Buch auf den Stuhl. Dann nahm sie Cathryn bei der Hand und zog sie hinaus in den Vorraum. Bevor die Tür sich hinter ihnen schloß, sah Cathryn zurück zu Tad. Obwohl er mit offenen Augen dalag, hatte er sich nicht bewegt.

»Vielen Dank, daß du gekommen bist«, sagte Marge. »Das tut mir wirklich gut.«

»Wie geht es ihm?« fragte Cathryn. Der merkwürdige Raum, die unförmigen Umhänge... das alles war nicht besonders ermutigend.

»Sehr schlecht«, antwortete Marge. Sie zog sich die Maske vom Gesicht. Es war ernst und angespannt, die Augen rot und verschwollen. »Zweimal ist ihm Knochenmark von Lisa transplantiert worden, aber es hat nichts genützt. Gar nichts.«

»Ich hab' heute morgen mit Nancy telefoniert«, sagte Cathryn. »Ich hatte ja keine Ahnung, daß es ihm so schlecht geht.« Cathryn spürte die seelische Spannung, unter der Marge stand. Sie schien dem Druck kaum noch gewachsen zu sein, wie ein Vulkan, der kurz vor dem Ausbruch steht.

»Ich hatte das Wort aplastische Anämie noch nicht einmal gehört«, sagte Marge. Sie versuchte ein Lachen, aber statt dessen flossen ihr die Tränen über das Gesicht. Cathryn merkte, wie auch sie aus Mitgefühl zu weinen begann, und für einige Minuten standen die zwei Frauen aneinandergelehnt und ließen ihren Gefühlen freien Lauf. Dann trat Marge einen kleinen Schritt zurück, seufzte tief und sah Cathryn lange ins Gesicht. »Oh, wie gut das ist, daß du gekommen bist. Du weißt gar nicht, wie sehr mir das hilft. Eine der schlimmsten Erfahrungen in so einer Situation ist, daß die Leute dich nicht mehr sehen.«

»Aber ich habe wirklich nichts gewußt«, wiederholte Cathryn reuevoll.

»Ich mach dir ja auch keinen Vorwurf«, sagte Marge. »Ich meine es ganz allgemein. Ich glaube, die meisten wissen einfach nicht, was sie sagen sollen, oder sie fürchten sich vor dem Ungewissen. Aber es passiert gerade dann, wenn du die anderen am meisten brauchst.«

»Es tut mir furchtbar leid«, sagte Cathryn. Ihr fiel einfach nichts Besseres ein. Sie wünschte jetzt, schon vor Wochen angerufen zu haben. Marge war älter als sie, näher an Charles' Jahrgang. Aber sie kamen gut miteinander aus, und als Cathryn nach Shaftesbury gekommen war, hatte Marge sich von Anfang an um sie gekümmert und ihr geholfen. Die anderen Neuengländer waren dagegen sehr unterkühlt gewesen.

»Ich gebe dir doch keine Schuld«, sagte Marge. »Aber ich fühle mich so hilflos und alleingelassen. Die Ärzte haben mir heute morgen gesagt, daß Tad vielleicht sterben wird. Sie versuchen, mich auf das Schlimmste vorzubereiten. Ich will auch nicht, daß er leiden muß, aber ich will auch nicht, daß er stirbt.«

Cathryn war wie gelähmt. Sterben? Tod? Das waren Worte, die für alte Leute Bedeutung hatten, aber doch nicht für einen kleinen Jungen, der noch vor ein paar Wochen lebenslustig durch ihre Küche getobt war. Nur mit Mühe widerstand sie der Versuchung, aus dem Raum zu laufen. Statt dessen nahm sie Marge in die Arme.

»Ich weiß nicht, aber ich frag mich immer, warum«, schluchzte Marge. Verzweifelt versuchte sie, nicht ganz die Fassung zu verlieren. »Man sagt so, daß der Herrgott seine eigenen Gründe hat, aber ich möchte gerne wissen, warum. Er war so ein guter Junge. Es ist so ungerecht.«

Cathryn nahm ihre ganze Kraft zusammen und begann zu sprechen. Sie sagte einfach, was ihr in den Sinn kam. Sie sprach von Gott und vom Tod, und irgendwie war sie selbst darüber überrascht, denn sie war nicht religiös, jedenfalls nicht im gewöhnlichen Sinn. Sie war katholisch erzogen worden, und mit zehn Jahren hatte sie sogar kurz überlegt, Nonne zu werden. Aber dann, während sie studierte, hatte sie sich gegen die strengen Regeln und Rituale der Kirche aufgelehnt und war in bestimmter Weise eine Freidenkerin geworden, die sich um ihren Glauben nicht mehr besonders sorgte. Aber jetzt mußten ihre Worte Sinn verbreitet haben, denn Marge beruhigte sich langsam. Ob nun das, was sie gesagt hatte, dafür verantwortlich war, oder nur ihr Mitgefühl, das sich in den Worten ausdrückte, wußte Cathryn nicht. Doch am Ende konnte Marge sogar wieder ein klein wenig lächeln.

»Ich muß jetzt leider gehen«, sagte Cathryn schließlich. »Ich muß rechtzeitig wieder bei Michelle sein. Aber in den nächsten Tagen komme ich wieder her, und heute abend rufe ich dich an, das verspreche ich.« Marge nickte und küßte Cathryn auf die Wange, bevor sie wieder zurück zu ihrem Sohn ging. Cathryn trat hinaus auf den Flur. Heftig atmend blieb sie einen Moment an der Tür stehen. Das Krankenhaus war nach allem doch genauso ein Ort der Schrecken geworden, wie sie immer gefürchtet hatte.

»Ich glaube nicht, daß uns eine große Wahl bleibt«, sagte Ellen und stellte ihren Kaffeebecher auf den Tisch. Sie saß auf einem der hohen Laborhocker und sah hinunter auf Charles, der zusammengesunken auf dem Stuhl vor seinem Schreibtisch saß. »Es ist ungerecht, daß du deine Arbeit gerade jetzt liegenlassen sollst, aber was können wir schon dagegen tun? Vielleicht hätten wir Morrison regelmäßig über unsere Fortschritte informieren sollen.«

»Nein«, sagte Charles. Er hatte die Ellbogen auf den Schreibtisch gestützt und sein Gesicht in seine Hände gelegt. Die Kaffeetasse stand unberührt daneben. »Wenn wir das getan hätten, wäre Morrison uns ein Dutzend Mal dazwischengefahren, damit wir ihm einen seiner verdammten Berichte geschrieben hätten. Wir wären um Jahre zurück.«

»Aber nur so hätten wir das jetzt vermeiden können«, beharrte Ellen. Sie beugte sich vor und legte Charles die Hand auf den Arm. Vielleicht mehr als jeder andere wußte sie, wie schwierig die Situation für Charles war. Er haßte jede Unterbrechung in seiner Arbeit, besonders die, zu denen ihn die Verwaltung zwang. »Aber du hast recht. Wenn Morrison gewußt hätte, was wir hier machen, dann wäre er jeden Tag hier unten gewesen.« Sie ließ ihre Hand auf Charles' Arm. »Es wird schon alles in Ordnung kommen. Es geht eben nur etwas langsamer voran.«

Charles hob den Kopf und sah Ellen in die Augen, die so dunkel waren, daß die Pupillen mit der Iris verschmolzen. Er spürte ihre Hand auf seinem Arm. Seit ihrer kurzen Affäre war sie bisher immer jeder Berührung ausgewichen. Jetzt, nachdem sie ihm am Morgen erst vorgeworfen hatte, daß er gefühllos sei, jetzt hielt sie seinen Arm. Charles war verwirrt. »Dieser Canceran-Unsinn wird einige Zeit in Anspruch nehmen«, sagte er. »Mindestens sechs Monate, wenn nicht ein Jahr. Und das auch nur, wenn alles glattgeht.«

»Warum können wir nicht an der Canceran-Studie arbeiten und an unseren Versuchen?« fragte Ellen. »Wir können ja länger arbeiten, bis in die Nacht. Ich hätte nichts dagegen.«

Charles stand auf. Nachts arbeiten? Er sah Ellen forschend an. Fast konnte er sich nicht mehr daran erinnern, wie sie einmal die Nächte zusammen verbracht hatten. Ihre Haut hatte denselben olivfarbenen Ton gehabt wie Elisabeths und Michelles. Doch obwohl Ellen ihn körperlich angezogen hatte, hatte etwas zwischen ihnen gefehlt. Sie waren Kollegen, Partner, aber nie Liebende. Ihre Beziehung hatte immer etwas unangenehm Linkisches gehabt, ihre Körper waren unbeholfen miteinander gewesen wie die unerfahrener, junger Leute. Cathryn war vielleicht nicht so schön wie Ellen, aber seine Liebe zu ihr war von Anfang an erfüllter gewesen.

»Ich habe eine bessere Idee«, sagte Charles. »Warum soll ich Morrison nicht einfach übergehen und dem Direktor persönlich die Karten auf den Tisch legen? Ich kann ihm erklären, warum es unendlich viel wichtiger ist, daß wir mit unserer eigenen Arbeit weitermachen.«

»Ich kann mir nicht vorstellen, daß das viel nützen wird«, warnte Ellen. »Morrison hat dir gesagt, daß der gesamte Direktorenrat die Entscheidung getroffen hat. Dr. Ibanez wird sie nicht wieder aufheben. Ich fürchte, du würdest dir bloß noch mehr Ärger einhandeln.«

»Und ich glaube, daß die Sache den Versuch wert ist. Bitte hilf mir, die Versuchsprotokolle zusammenzustellen. Ich werde ihm zeigen, was wir hier gemacht haben.«

Ellen stand von ihrem Hocker auf und ging zum Ausgang.

»Ellen!« rief Charles, völlig überrascht von dem, was sie tat. Sie blieb stehen. »Mach, was du willst, Charles. Du hast es ja immer getan.« Die Tür schloß sich hinter ihr.

Im ersten Moment wollte Charles ihr nachlaufen, doch der Impuls war schnell verflogen. Er hatte auf ihre Unterstützung gehofft. Außerdem hatte er Wichtigeres zu tun, als sich um Ellens Stimmungen und Verhalten zu sorgen. Verärgert schob er den Gedanken an sie beiseite und konzentrierte sich darauf, die Versuchsprotokolle, die auf seinem Schreibtisch lagen, zusammenzutragen und die letzten Auswertungen von seinem Arbeitstisch. Dann lief er den Flur hinunter zur Feuerleiter, während er in seinem Kopf schon zurechtlegte, was er sagen wollte.

Argwöhnisch sahen ihm die Verwaltungssekretärinnen hinterher, als er an ihren Plätzen vorübereilte. Sie alle wußten, daß er das Canceran-Projekt übernehmen sollte und daß er nicht besonders glücklich darüber war.

Charles achtete nicht auf ihre neugierigen Blicke, doch er fühlte sich wie ein entdeckter Wolf im Hühnerstall. Um ihren besonderen Status zu unterstreichen, war der Platz von Miß Veronica Evans, der Sekretärin von Dr. Carlos Ibanez, mit holzvertäfelten Trennwänden von dem übrigen Bürobetrieb abgesondert worden. Sie war sogar schon länger am Weinburger-Institut als ihr Chef, eine äußerst gepflegte Frau, die zur Körperfülle neigte. Sie war nicht mehr die Jüngste, ohne daß man ihr ein genaues Alter angesehen hätte.

»Ich möchte den Direktor sprechen«, sagte Charles mit entschiedener Stimme.

»Sind Sie angemeldet?« Niemand konnte Miß Evans einschüchtern.

»Es genügt, wenn Sie ihm sagen, daß ich hier bin«, antwortete Charles.

»Ich fürchte...« begann Miß Evans.

»Wenn Sie ihm nicht sagen, daß ich hier bin, werde ich einfach hineingehen.« Charles konnte seine Stimme kaum noch beherrschen. Miß Evans warf Charles ihren berüchtigten geringschätzigen Blick zu und stand zögernd auf. Dann verschwand sie durch eine Tür. Als sie wieder erschien, hielt sie wortlos die Tür auf und winkte Charles herein.

Das Büro von Dr. Ibanez lag in einem großen Eckzimmer, dessen Fenster nach Süden und Osten zeigten. Man konnte das Gelände der Universität von Boston sehen und einen Teil der Stadtsilhouette hinter dem teilweise zugefrorenen Charles River. Ibanez saß hinter einem ausladenden, antiken spanischen Schreibtisch, auf dem Stuhl davor saß Dr. Thomas Brighton.

Dr. Carlos Ibanez lachte gerade über eine Bemerkung, die gefallen sein mußte, bevor Charles das Zimmer betreten hatte. Dabei gestikulierte er mit der langen, dünnen Zigarre, die er rauchte, daß Charles sich ebenfalls einen Stuhl heranziehen sollte. Ein Glorienschein aus Zigarrenqualm stand über seinem Kopf wie eine Regenwolke über einem tropischen Eiland. Er war von kleiner, zierlicher Statur, Anfang der Sechzig und neigte zu heftigen Bewegungen, besonders mit den Händen. Sein Gesicht, das immer tief gebräunt war, wurde von silbergrauem Haar und einem silberfarbenen Spitzbart umrahmt. Seine Stimme war überraschend kräftig.

Charles setzte sich. Die Anwesenheit von Dr. Brighton störte ihn. Einerseits war er wütend auf ihn, aus beruflichen und auch persönlichen Gründen; andererseits tat es ihm leid, daß Brighton jetzt in einen Skandal verwickelt war, der sein ganzes Leben zerstören konnte.

Dr. Brighton warf Charles einen schnellen, aber eindeutig geringschätzigen Blick zu, dann drehte er sich wieder zu Dr. Ibanez. Dieser eine Blick hatte genügt, um Charles' Mitgefühl zu untergraben. Forschend sah er auf Brightons Profil. Charles schätzte ihn auf einunddreißig. Doch er sah jünger aus, blond und attraktiv wie ein ausgekochter Karrieremann.

»Ach, Charles«, sagte Ibanez mit Verlegenheit in der Stimme. »Ich habe mich gerade von Thomas Brighton verabschiedet. Es ist eine Schande, daß er sich in seinem Eifer, das Canceran-Projekt zu beenden, so unklug verhalten hat.«

»Unklug?« brach es aus Charles heraus. »Kriminell wäre wohl der passendere Ausdruck.« Brighton schoß die Röte ins Gesicht.

»Aber Charles, er hatte die besten Absichten. Wir wissen, daß er das Institut nicht in Schwierigkeiten bringen wollte. Wirklich kriminell ist die Person, die den Hinweis an die Presse gegeben hat. Wir werden den Schuldigen suchen und ihn empfindlich bestrafen.«

»Und Dr. Brighton?« fragte Charles in einem Ton, als ob Thomas Brighton nicht anwesend wäre. »Billigen Sie etwa, was er getan hat?«

»Natürlich nicht«, antwortete Dr. Ibanez. »Aber die Schmähungen, die ihm von seiten der Presse zuteil geworden sind, waren Strafe genug. In den nächsten Jahren wird er Mühe haben, einen Arbeitsplatz zu finden, der seinen Fähigkeiten entspricht. Das Weinburger-Institut kann seine Berufskarriere mit Sicherheit nicht länger finanziell unterstützen. Ich habe ihm gerade von einer kleinen Fachgruppe in Florida erzählt, bei der ich ihm eine Anstellung verschaffen könnte.«

Es trat eine beklemmende Pause ein.

»Also«, sagte Dr. Ibanez schließlich. Er stand auf und kam hinter seinem Schreibtisch hervor. Brighton erhob sich, als Dr. Ibanez auf ihn zukam. Dr. Ibanez legte seine Hand auf Brightons Schulter und führte ihn zur Tür, ohne auch nur einen Blick an Charles zu verlieren.

»Ich bin für jede Hilfe dankbar, die Sie mir geben können«, sagte Brighton.

»Ich hoffe, Sie verstehen unsere Gründe dafür, daß Sie das Institut so schnell verlassen müssen«, sagte Ibanez.

»Natürlich«, erwiderte Brighton. »Wenn die Presse erst einmal so eine Geschichte wie diese in die Finger bekommen hat, preßt sie sie aus wie eine Zitrone. Machen Sie sich um mich keine Sorgen, ich bin froh, für eine Weile aus dem Rampenlicht der Öffentlichkeit verschwinden zu können.«

Ibanez schloß die Tür hinter Brighton, kehrte zurück an seinen Schreibtisch und setzte sich. Sein Gesicht hatte auf einmal einen ermüdeten und verärgerten Ausdruck angenommen. »Tatsächlich gibt es zwei Menschen, die ich am liebsten erwürgen würde. Denjenigen, der die Geschichte ausgeplaudert hat, und den Reporter, der einen Artikel daraus gemacht hat. Die Presse hat die schlechte Angewohnheit, alles fürchterlich aufzubauschen. Der vorliegende Fall ist ein gutes Beispiel dafür. Auf der ersten Seite der *New York Times*! Das ist einfach absurd!«

»Ich glaube, Sie klagen die falschen Leute an«, sagte Charles. »Schließlich handelt es sich um eine moralische Verfehlung und nicht um einen kleinen Ausrutscher.«

Dr. Ibanez musterte Charles über den breiten Schreibtisch hinweg. »Dr. Brighton hätte nicht tun sollen, was er getan hat. Aber seine moralische Verfehlung macht mir nicht halb soviel Sorgen wie der mögliche Schaden, der dadurch dem Institut zugefügt wird, und vor allem dem Medikament Canceran. Erst dadurch kann diese kleine Affäre zu einer riesigen Katastrophe anwachsen.«

»Ich glaube nur nicht, daß die Frage der beruflichen Integrität eine kleine Affäre ist«, erwiderte Charles.

»Ich hoffe, Sie versuchen nicht, mich zu belehren, Dr. Martel. Ich will Ihnen etwas sagen. Dr. Brighton hatte bei all dem keine böse Absicht. Er glaubte an das Canceran und wollte es der Öffentlichkeit schneller zugänglich machen. Sein kleiner Schwindel war die Folge jugendlicher Ungeduld, der wir alle einmal auf die eine oder andere Weise erlegen sind. Unglückseligerweise hat sein Enthusiasmus in diesem Fall weitere Wellen geschlagen, mit dem Ergebnis, daß wir einen talentierten Mann verlieren, dessen Arbeit uns enorme Spenden eingebracht hat.«

Charles rutschte auf die Stuhlkante vor. Für ihn war der Fall kristallklar, und er war erstaunt, daß er und Ibanez die Geschichte von so gegensätzlichen Positionen aus bewerten konnten. Charles setzte gerade zu einer besonders gehässigen Bemerkung über den Unterschied von Recht und Unrecht an, als Miß Evans ihn dabei unterbrach.

»Dr. Ibanez«, rief sie von der Tür ins Zimmer. »Ich sollte Ihnen Bescheid geben, wenn Mr. Bellman kommt. Er ist jetzt da.«

»Schicken Sie ihn herein!« rief Ibanez, dann sprang er aufgeregt hoch wie ein Boxer, der den Gong zur nächsten Runde hört. Jules Bellman war zuständig für die Öffentlichkeitsarbeit des Instituts. Wie ein geprügelter Hund kam er jetzt in das Büro geschlichen. »Ich habe von dieser *Times*-Sache erst heute morgen erfahren«, jammerte er. »Ich weiß nicht, wie das passieren konnte, aber von meiner Abteilung hat niemand die Schuld. Leider haben sehr viele Leute von der Sache gewußt.«

»Meine Assistentin sagt, daß das ganze Institut darüber geklatscht hat«, kam Charles Bellman zu Hilfe. »Ich glaube, ich war der einzige, der nichts davon gewußt hat.«

Ibanez starrte noch einen Moment finster vor sich hin. »Na schön, ich will, daß die undichte Stelle gefunden wird.« Er forderte seinen PR-Mann nicht auf, sich hinzusetzen.

»Selbstverständlich«, antwortete Bellman, und seine

Stimme wurde fester. »Ich glaube, ich weiß auch schon, wer dafür verantwortlich ist.«

»So?« Ibanez zog die Augenbrauen hoch.

»Der Leiter der Tierabteilung, der Ihnen zuerst Meldung gemacht hat. Er soll verärgert gewesen sein, daß er keine Prämie dafür bekommen hat.«

»Mein Gott! Inzwischen will jeder eine Medaille haben, wenn er nur seine Pflicht tut«, sagte Ibanez. »Bleiben Sie an der Sache dran, bis Sie ganz sicher sind. Und jetzt haben wir über die Presse zu reden. Hören Sie zu, wie ich die Angelegenheit behandelt haben will. Setzen Sie eine Pressekonferenz an. Teilen Sie mit, daß in den Versuchsprotokollen des Canceran-Projekts Fehler gefunden wurden, die auf den ungeheuren Zeitdruck, unter dem die Versuche standen, zurückzuführen sind. Auf die Fälschungsversuche gehen Sie unter gar keinen Umständen ein. Sagen Sie, daß die Fehler bei den normalen Kontrollen entdeckt wurden, die die Verwaltung regelmäßig durchführt, und daß dem Wunsch Dr. Brightons, das Institut für unbestimmte Zeit verlassen zu können, stattgegeben wurde. Sagen Sie, daß er unter außergewöhnlichem Druck stand, das Medikament so schnell wie möglich der Öffentlichkeit zugänglich zu machen. Und betonen Sie vor allem, daß Canceran das vielversprechendste Antikrebsmittel seit sehr langer Zeit ist. Dann unterstreichen Sie, daß für die Fehler allein Brighton verantwortlich war und daß das Weinburger-Institut weiterhin volles Vertrauen zu dem Heilmittel Canceran hat. Und damit verbinden Sie die Ankündigung, daß wir die Fortführung des Projekts unserem angesehensten wissenschaftlichen Mitarbeiter in die Hände gelegt haben, Dr. Charles Martel.«

»Dr. Ibanez«, begann Charles. »Ich...«

»Einen Moment noch, Charles«, unterbrach Ibanez ihn. »Lassen Sie mich nur eben mit Jules fertig werden. Haben Sie das jetzt alles mitbekommen, Jules?«

»Dr. Ibanez«, fuhr Charles dazwischen. »Ich muß Ihnen dringend etwas mitteilen.«

»Eine Minute noch, Charles. Hören Sie zu, Jules, ich will, daß Sie Charles vorstellen wie einen wiedergeborenen Louis Pasteur, haben Sie mich verstanden?«

»Alles verstanden«, sagte Bellman aufgeregt. »Dr. Martel, können Sie mir bitte Ihre letzten Veröffentlichungen nennen.«

»Verdammt noch mal!« rief Charles und knallend ließ er seine Protokollbücher auf den Schreibtisch von Dr. Ibanez fallen. »Dieses Gespräch ist einfach lächerlich. Sie wissen ganz genau, daß ich in letzter Zeit nichts veröffentlicht habe. Und zwar in erster Linie, weil mir die Zeit dazu zu kostbar war. Aber Veröffentlichungen oder nicht, ich mache in meiner Arbeit außergewöhnliche Fortschritte. Und das steht alles hier in den Büchern. Lassen Sie mich Ihnen etwas zeigen.«

Charles griff auf den Schreibtisch, um eines der Protokollbücher aufzuschlagen, aber Dr. Ibanez hielt seinen Arm fest. »Beruhigen Sie sich, Charles. Sie stehen hier bei Gott nicht vor Gericht. Im Moment ist es sogar viel besser, daß Sie längere Zeit nichts mehr veröffentlicht haben. Das Interesse und auch die Unterstützung für immunologisch orientierte Krebsforschung hat sehr stark nachgelassen. Es wäre gar nicht so vorteilhaft, wenn Jules eingestehen müßte, daß Sie ausschließlich auf diesem Feld geforscht haben. Die Presse könnte einwenden, daß sie fachlich gar nicht geeignet sind, das Canceran-Projekt zu übernehmen.«

»Mein Gott, laß mich stark sein«, stöhnte Charles in sich hinein. Heftig atmend starrte er Dr. Ibanez an. »Jetzt lassen Sie mich endlich einmal zu Wort kommen! Die ganze Medizin sieht das Krebsproblem von einem völlig falschen Standpunkt. Diese vielen Arbeiten über chemotherapeutische Wirkstoffe wie Canceran verfolgen doch nur einen krankheitslindernden Zweck. Eine wirkliche Heilmethode kann nur aus einem besseren Verständnis des chemischen Informationsaustausches zwischen den Zellen entstehen, von dem das Immunsystem ein direkter Ableger ist. Immunologie ist die Antwort!«

Charles' Stimme war zu einem Crescendo angeschwollen, und den letzten Satz hatte er hinausposaunt wie ein religiöser Fanatiker.

Bellman sah auf den Boden und scharrte nervös mit den Füßen.

Ibanez sog heftig an seiner Zigarre und stieß den Rauch in einer langen dünnen Fahne wieder aus.

»Schön«, sagte Ibanez in das verlegene Schweigen. »Das ist ein interessanter Gesichtspunkt, Charles, aber ich fürchte, daß dem nicht jeder zustimmen kann. Und Tatsache ist doch nun einmal, daß es sehr viel Subventionen für chemotherapeutische Forschungen gibt, während für immunologisch orientierte Studien nur sehr wenig Geld zur Verfügung steht...«

»Und zwar deshalb, weil man sich chemotherapeutische Wirkstoffe wie Canceran patentieren lassen kann, während das bei immunologischen Prozessen größtenteils nicht möglich ist«, fiel Charles Dr. Ibanez ins Wort.

»Ich glaube, daß hier sehr schön der alte Satz paßt: Beiß nicht die Hand, die dich ernährt«, sagte Dr. Ibanez. »Auch Sie sind von jenen unterstützt worden, die an der Krebsforschung interessiert sind, Dr. Martel.«

»Und ich bin dankbar dafür«, sagte Charles. »Ich bin kein Aufrührer und auch kein Revolutionär. Ganz bestimmt nicht. Alles, was ich will, ist, in Ruhe meiner Arbeit nachgehen zu können. Das ist auch der Grund, weshalb ich zu Ihnen gekommen bin: um Ihnen mitzuteilen, daß ich mich nicht fähig fühle, das Canceran-Projekt übernehmen zu können.«

»Unsinn!« rief Dr. Ibanez. »Sie sind mehr als fähig. Offensichtlich denken das sämtliche Ratsdirektoren.«

»Ich spreche nicht über meine intellektuellen Fähigkeiten«, schnauzte Charles. »Ich spreche von meinem mangelnden Interesse. Ich glaube nicht an das Canceran und die Art der Krebsbehandlung, für die es ein Beispiel ist.«

»Dr. Martel«, sagte Dr. Ibanez langsam, seine Augen bohrten sich in Charles' Gesicht. »Sind Sie sich darüber im klaren, daß wir mitten in einer Krise stecken? Und Sie wollen mir jetzt erzählen, daß Sie nicht helfen können, weil Ihnen das Interesse fehlt? Was glauben Sie eigentlich, was ich hier leite, ein staatlich ausgehaltenes College? Wenn wir die finanzielle Unterstützung für das Canceran-Projekt verlieren, dann ist das ganze Institut gefährdet. Sie sind der einzige, dessen Arbeit noch nicht direkt vom Nationalen Krebsinstitut bezahlt wird und dessen Ruf in der Forschung so unbezweifelt ist, daß dieser ganze unglückliche Wirbel sich mit einem Schlag legen wird, wenn Sie das Projekt übernehmen.«

»Aber ich bin bei meinen eigenen Forschungen an einen entscheidenden Punkt vorgestoßen«, warf Charles ein. »Ich weiß, daß ich lange nichts veröffentlicht habe und daß ich etwas geheimnisvoll war. Vielleicht war das falsch. Aber ich habe Ergebnisse vorzuweisen, und ich glaube, mir ist ein Durchbruch gelungen. Es steht alles hier drin.« Charles klopfte auf eines seiner Protokollbücher. »Hören Sie. Ich kann eine Krebszelle nehmen, jede Krebszelle, und die chemische Differenz zwischen ihr und einer normalen Zelle desselben Lebewesens herausisolieren.«

»Bei welchen Tieren?« fragte Dr. Ibanez.

»Mäuse, Ratten, Affen«, antwortete Charles.

»Und was ist mit Menschen?« fragte Dr. Ibanez.

»Das habe ich noch nicht versucht, aber ich bin sicher, auch der Versuch würde gelingen. Bei allen Spezies, mit denen wir arbeiteten, hat es funktioniert.«

»Ist die Wirkung dieser chemischen Differenz antigen?«

»Es müßte eigentlich so sein. In sämtlichen Fällen scheint das Protein ausreichend differenziert zu sein, um eine antigene Körperwirkung haben zu können. Aber leider ist es mir noch nicht gelungen, ein verkrebstes Tier darauf zu sensibilisieren. Es scheint sich eine Art Blockierungsmechanismus dazwischenzuschieben, ich nenne das den Blockierungsfaktor. Und genau an dieser Stelle stehe ich im Moment mit meiner Arbeit: Ich versuche, den Blockierungsfaktor herauszuisolieren. Wenn mir das erst einmal gelungen ist, will ich den Hybriden-Effekt dazu nutzen, einen Antikörper gegen den Blockierungsfaktor zu bilden. Wenn ich den Blockierungsfaktor ausschalten kann, dann, so hoffe ich, wird das Immunsystem des Tieres auf den Tumor reagieren.«

»Huh«, überwältigt stieß Bellman die Luft aus. Er war sich nicht sicher, was er von Charles' Vortrag notieren sollte.

»Und das Interessanteste daran ist, daß alles auch einer wissenschaftlichen Logik gehorcht«, fuhr Charles begeistert fort. »Krebs ist heute der verkümmerte Rest eines urzeitlichen Systems, das Organismen in die Lage versetzte, neue Zellbestandteile aufnehmen zu können.«

»Ich geb's auf«, sagte Bellman und ließ sein Notizbuch schnappend zuspringen.

»Und was Sie, Dr. Martel, mit dem Ganzen auch sagen, ist,

daß Sie noch einen langen Weg mit dieser Ihrer Arbeit zu gehen haben«, meldete sich Dr. Ibanez.

»Ganz sicher«, sagte Charles. »Aber ich komme jetzt schneller voran.«

»Aber dann gibt es keinen Grund dafür, außer Ihrer persönlichen Vorliebe, daß Sie diese Arbeit nicht eine Zeitlang beiseite legen können.«

»Nur, daß sie sehr vielversprechend erscheint. Wenn sich die Ergebnisse einstellen sollten, die ich erwarte, dann wäre es tragisch, ja geradezu kriminell, wenn sie nicht so schnell wie möglich verfügbar gemacht würden.«

»Aber es ist doch nur eine Vermutung von Ihnen, daß alles so vielversprechend ist. Ich gebe gerne zu, daß Ihre Ausführungen interessant geklungen haben, und ich versichere Ihnen, daß das Weinburger-Institut Sie weiterhin unterstützen wird, wie es das auch in der Vergangenheit getan hat. Aber erst werden Sie jetzt dem Weinburger-Institut helfen müssen. Sie müssen Ihre persönlichen Interessen zurückstellen. Sie müssen das Canceran-Projekt übernehmen, und zwar sofort. Wenn Sie das ablehnen, Dr. Martel, werden Sie Ihre Forschungen anderswo fortsetzen müssen. Ich wünsche darüber keine weitere Diskussion. Die Angelegenheit ist damit erledigt.«

Für einen Moment starrte Charles mit leerem Gesicht vor sich hin und grübelte über seine innere Unsicherheit. Die Begeisterung, die ihn erfaßt hatte, während er seine Arbeit erklärte, hatte auch seine Erwartungen in ungeahnte Höhen geschraubt, so daß die schroffe Beendigung des Gesprächs durch Dr. Ibanez ihn geradezu gelähmt hatte, besonders weil Ibanez ihm gedroht hatte, ihn aus dem Labor zu weisen. Aus dem Mund von Dr. Ibanez hatte die Drohung, gekündigt zu werden, viel erschreckender geklungen als von Morrison. Seine Arbeit und sein Selbstverständnis waren so eng miteinander verbunden, daß ihre Trennung ihm unvorstellbar war. Mit großer Anstrengung sammelte er seine Protokollbücher wieder ein.

»Sie sind nicht gerade der beliebteste unter den Mitarbeitern«, fügte Ibanez ruhig hinzu. »Das können Sie jetzt ändern, wenn Sie einspringen. Ich möchte eine Antwort von Ihnen, Dr. Martel: Sind Sie auf unserer Seite?«

Charles nickte, ohne Dr. Ibanez anzusehen. Er hatte also auch noch die endgültige Demütigung der bedingungslosen Kapitulation erlitten. Er drehte sich herum und verließ ohne ein weiteres Wort das Zimmer.

Nachdem sich die Tür geschlossen hatte, sah Bellman Ibanez an. »Was für eine sonderbare Reaktion. Ich hoffe, er macht uns keine Schwierigkeiten. Sein messianisches Sendungsbewußtsein hat mich zu Tode erschreckt.«

»Mir geht es genauso«, sagte Ibanez nachdenklich. »Leider ist er ein Wissenschaftsfanatiker geworden, und wie alle Fanatiker, kann er schwierig werden. Es ist zu schade, denn er ist ein erstklassiger Forscher, vielleicht unser bester. Aber Leute wie er können uns mit einem Schlag aus dem Geschäft werfen, besonders jetzt, wo die Gelder nicht mehr so üppig fließen. Ich frage mich, was Charles eigentlich glaubt, wo das Geld für unser Institut herkommt. Wenn die Verantwortlichen vom Nationalen Krebsinstitut seinen Monolog gehört hätten, sie hätten einen Anfall bekommen.«

»Ich werde die Presse von ihm fernhalten müssen«, sagte Bellman.

Dr. Ibanez lachte. »Zumindest das wird leicht sein. Charles hatte noch nie eine hohe Meinung von den Medien.«

»Sind Sie sicher, daß er der beste Mann für das Canceran-Projekt ist?« fragte Bellman.

»Er ist der einzige, der in Frage kommt. Es ist niemand verfügbar, der sein berufliches Ansehen hätte. Er braucht nichts weiter zu tun, als die Canceran-Studie zu Ende zu führen.«

»Aber wenn er trotzdem irgendwelche Schwierigkeiten macht...« sorgte sich Bellman.

»Daran dürfen Sie nicht einmal denken«, sagte Ibanez. »Wenn er das Canceran in diesem entscheidenden Moment falsch handhabt, dann müssen wir etwas Drastisches unternehmen. Sonst können wir uns alle nach einer neuen Stelle umsehen.«

Verärgert über sich selbst, schleppte Charles sich die Treppen hinunter zu seinem Labor. Zum ersten Mal seit fast zehn Jahren erinnerte er sich mit Wehmut an seine eigene Praxis. Es war nicht die tägliche Routine, nach der er sich zurücksehnte, es war die Selbständigkeit. Charles war es gewohnt, entscheiden zu können, und bis zu diesem Tag hatte er nicht gemerkt, wie klein seine Entscheidungsfreiheit am Weinburger-Institut eigentlich war. Zum zweiten Mal an diesem Tag schlug Charles die Tür von seinem Labor so heftig zu, daß die Glaskolben und Behälter auf den Regalen klirrend aneinander schlugen und die Ratten und Mäuse in dem kleinen Nebenraum in Angst und Schrecken versetzten. Und ebenfalls zum zweiten Mal an diesem Tag erschreckte er Ellen, die im letzten Moment geschickt noch die Pipette auffing, die sie von ihrem Arbeitstisch gewischt hatte, als die zuschlagende Tür sie herumfahren ließ. Sie wollte sich schon bei Charles beklagen, aber dann sah sie sein Gesicht und blieb stumm. In blinder Wut schleuderte Charles die schweren Protokollbücher auf den Labortisch. Eines rutschte über die Kante und fiel auf den Boden, die anderen trafen ein Destillationsgerät, dessen Glaskolben zersplitterte. Schützend schlug Ellen die Hände vors Gesicht und wich entsetzt zurück. Immer noch wütend, griff Charles einen Erlenmeyer-Kolben vom Regal und schlug ihn ins Waschbecken. Noch nie während der ganzen sechs Jahre, die sie zusammen gearbeitet hatten, hatte Ellen Charles in einem solchen Zustand erlebt.

»Wenn du jetzt noch sagst, daß du ja alles vorher gewußt hast, dann schreie ich«, sagte Charles und warf sich in seinen Drehstuhl.

»Dr. Ibanez hat dir nicht zugehört?« fragte Ellen vorsichtig.

»Er hat zugehört. Aber er ist nicht auf meinen Vorschlag eingegangen, und ich bin zu Kreuze gekrochen wie ein Papiertiger. Es war schrecklich.«

»Ich glaube nicht, daß du überhaupt eine Chance gehabt hast. Also sei nicht so hart zu dir selbst. Aber egal, wie sieht unser Arbeitsplan aus?«

»Der Plan sieht vor, daß wir die Studie über die Wirksamkeit des Canceran zu Ende führen.«

»Fangen wir sofort an?« fragte Ellen.

»Sofort«, antwortete Charles mit müder Stimme. »Du kannst gleich losgehen und die Protokollbücher der bisherigen Canceran-Versuche holen. Ich will im Moment niemanden sehen.«

»Ist schon gut«, sagte Ellen sanft. Sie war froh, einen Grund zu haben, der sie für einige Minuten aus dem Labor brachte. Sie spürte, daß Charles jetzt etwas Zeit brauchte, um allein wieder zu sich finden zu können.

Nachdem Ellen gegangen war, versuchte Charles, sich nicht zu bewegen und an nichts zu denken. Aber seine Einsamkeit dauerte nicht lange. Plötzlich wurde die Tür aufgerissen, und Morrison stürmte ins Labor.

Charles ließ seinen Metallstuhl eine halbe Drehung machen, dann hob er den Kopf und sah Morrison ins Gesicht. Die Adern waren ihm an den Schläfen herausgetreten, sie sahen aus wie Spaghettifäden. Morrison glühte vor Wut.

»Ich habe bisher immer alles schweigend hingenommen«, brüllte er los. Seine Lippen waren blutleer. »Ich bin Ihre Respektlosigkeiten leid. Was, glauben Sie, macht Sie so wichtig, daß Sie sich nicht an den normalen Dienstweg halten müssen? Ich sollte Sie nicht daran erinnern müssen, daß ich Ihr Abteilungsleiter bin. Sie haben sich an mich zu wenden, wenn Sie eine Frage zu Verwaltungsvorgängen haben, und nicht an den Direktor.«

»Morrison, tun Sie mir einen Gefallen«, sagte Charles. »Verschwinden Sie aus dem Labor. Sofort.«

Morrisons schmale Augen waren blaßrot geworden. Kleine Schweißperlen sprangen auf seine Stirn. »Eins sage ich Ihnen, Charles, wenn wir nicht in dieser Notlage wären, würde ich dafür sorgen, daß Sie noch heute aus dem Institut fliegen. Sie haben Glück, daß wir uns keinen zweiten Skandal leisten können. Aber wenn Sie auch nur die leiseste Absicht haben, noch längere Zeit hier arbeiten zu wollen, dann rate ich Ihnen, sich mit dem Canceran-Projekt alle Mühe zu geben.«

Ohne auf eine Antwort zu warten, schritt Morrison erhobenen Hauptes aus dem Labor. Dann war Charles wieder allein mit dem tiefen Summen der Kühlaggregate und dem regelmäßigen Ticken des Radioaktivitätszählers. Das waren gewohnte Geräusche, und sie hatten eine beruhigende Wirkung auf ihn. Vielleicht, dachte Charles, würde die ganze Canceran-Affäre gar nicht so schlimm werden; vielleicht konnte er die Studie schnell abschließen, vorausgesetzt, die vorliegenden Versuchsprotokolle waren einwandfrei; vielleicht hatte Ellen recht, und sie konnten mit etwas Nachtarbeit beide Projekte fortsetzen.

Plötzlich klingelte das Telefon. Charles überlegte, ob er abnehmen sollte. Es klingelte dreimal, dann ein viertes Mal. Beim fünften Klingeln griff er zum Hörer.

»Hallo«, meldete sich eine Stimme. »Hier spricht Mrs. Crane von der Kassenabteilung der Northeastern University.«

»Ja«, antwortete Charles. Er brauchte einen Moment, bis er den Namen des Instituts mit Chuck in Verbindung gebracht hatte.

»Es tut mir leid, Sie stören zu müssen«, sagte Mrs. Crane. »Aber Ihr Sohn hat uns Ihre Nummer gegeben. Nach unseren Unterlagen ist sein Semestergeld seit längerer Zeit überfällig. Das wären eintausendsechshundertfünfzig Dollar.«

Charles spielte mit einer kleinen Dose Büroklammern und überlegte, was er antworten sollte. Daß er nicht in der Lage war, seine Rechnungen zu zahlen, war eine ganz neue Erfahrung für ihn.

»Mr. Martel, sind Sie noch am Apparat?«

»Dr. Martel«, sagte Charles und im nächsten Moment kam ihm die Korrektur selbst albern vor.

»Entschuldigen Sie bitte, Dr. Martel«, antwortete Mrs. Crane mit ehrlicher Reue in der Stimme. »Dürfen wir das Geld in der nächsten Zeit erwarten?«

»Natürlich«, sagte Charles. »Ich werde Ihnen einen Scheck zukommen lassen. Und bitte entschuldigen Sie das Versäumnis.«

Charles legte auf. Er wußte, daß er sich sofort einen Kredit besorgen mußte. Einen Moment dachte er an Chuck. Er konnte nur hoffen, daß der Junge zurechtkam und daß er seinen Abschluß nicht ausgerechnet in Psychologie machen würde. Er griff wieder zum Telefon, doch zögerte er. Es würde Zeit sparen, wenn er persönlich bei der Bank vorsprach. Und die frische Luft würde ihm auch guttun und ein bißchen Abstand von der Welt der Morrisons gewinnen lassen.

# 4. Kapitel

Cathryn blätterte hastig in einer alten Ausgabe von *Time Magazine*, um sich von den Angstwellen abzulenken, die immer wieder durch ihren Körper fluteten. Am Anfang war Dr. Wileys Wartezimmer ein Zufluchtsort vor den Schreckensbildern des Krankenhauses gewesen. Aber je weiter die Zeit voranschritt, um so drängender kehrten Unsicherheit und dunkle Ahnungen zurück. Cathryn sah auf ihre Uhr. Michelle war jetzt schon über eine Stunde im Behandlungszimmer. Irgend etwas mußte mit ihr sein.

Eine nervöse Unruhe befiel Cathryn. Sie schlug die Beine übereinander, stellte sie wieder gerade nebeneinander, und in immer kürzeren Abständen sah sie auf die Uhr. Das beklemmende Schweigen im Wartezimmer vergrößerte ihr Unbehagen noch, und nichts bewegte sich, bis auf die Hände einer Frau, die strickte, und zwei Babys, die ungelenk mit ihren Bauklötzen spielten. Und plötzlich wußte Cathryn auch, was sie störte. Alles schien ihr so flach, so ohne Gefühl. Es war wie ein zweidimensionales Bild in einer dreidimensionalen Szene.

Unfähig, noch einen Moment länger stillzusitzen, stand sie auf. Sie ging hinüber zu der Schwester. »Entschuldigen Sie bitte, meine kleine Tochter, Michelle Martel, ist gerade im Behandlungszimmer. Wissen Sie vielleicht, wie lange es noch dauern kann?«

»Der Doktor hat mir nichts gesagt«, antwortete die Schwester höflich. Sie hielt ihren Rücken so stark durchgedrückt, daß ihr fülliger Hintern unter der Rückenlehne des Stuhls hervorquoll.

»Sie ist aber schon sehr lange in dem Zimmer«, sagte Cathryn. Der Ton ihrer Stimme verriet die Bitte um Beruhigung.

»Dr. Wiley ist sehr gründlich. Ich bin sicher, sie wird gleich herauskommen.«

»Dauert es öfter länger als eine Stunde?« fragte Cathryn. Sie hatte ein zwiespältig abergläubisches Gefühl, ob sie überhaupt fragen sollte. Als ob ihre Fragen den Ausgang der Untersuchung beeinflussen könnten.

»Sicher«, sagte die Vorzimmerschwester. »Er nimmt sich soviel Zeit, wie er braucht. Er gehört zu den Ärzten, die nie etwas überstürzen.«

Aber wozu braucht er die viele Zeit, fragte sich Cathryn, als sie zu ihrem Platz zurückging. Das Bild von Tad unter der Kunststoffplane mischte sich unter die anderen dunklen Ahnungen in ihrem Kopf. Es war ein entsetzlicher Schock, plötzlich erkennen zu müssen, daß auch Kinder sehr schwer erkranken können. Sie hatte geglaubt, daß so etwas nur selten vorkam und daß es immer nur fremde Kinder traf, Kinder, die man nicht kannte. Aber Tad war ein Nachbarskind, er war der Freund ihrer Tochter. Cathryn erschauerte.

Sie nahm sich eine neue Illustrierte und las die Anzeigen. Auf jeder Seite sah sie lächelnde, glückliche Leute, die auf glänzenden Fußböden standen oder gerade ein neues Auto kauften. Dann versuchte sie zu überlegen, was sie am Abend kochen könnte. Aber sie brachte den Gedanken nicht zu Ende. Warum dauerte es mit Michelle so lange? Wieder betraten zwei Mütter das Wartezimmer mit rosa eingewickelten Paketen, die offensichtlich ihre Kinder waren. Dann kam noch eine Mutter mit ihrem Kind, einem kleinen, ungefähr zwei Jahre alten Jungen, mit einem riesigen violetten Ausschlag, der das halbe Gesicht überzog.

Das Wartezimmer war jetzt übervoll, und Cathryn bekam Atembeklemmungen. Cathryn stand auf und überließ ihren Platz einer Mutter mit ihrem Säugling, um so nicht länger den Zweijährigen mit seinem schrecklich entstellenden Ausschlag ansehen zu müssen.

Ihre Ängste wuchsen weiter. Es war jetzt über eine Stunde und zwanzig Minuten her, seit sie sich von Michelle verabschiedet hatte. Sie spürte, daß sie zitterte.

Wieder ging sie hinüber zum Schreibtisch der Schwester und blieb dort selbstbewußt stehen, bis die Frau ihre Gegenwart zur Kenntnis nahm.

»Kann ich Ihnen helfen?« fragte sie mit quälend höflicher Stimme. Cathryn hätte sich am liebsten über den Tisch gebeugt und die Frau aufgerüttelt, deren gestärktes Blütenweiß Cathryns angegriffene Gefühle noch heftiger entzündete. Sie brauchte keine Höflichkeit, sie brauchte Wärme und Verständnis und ein kleines bißchen Mitgefühl.

»Glauben Sie, daß es möglich ist herauszufinden, wie lange es noch dauern wird?« fragte Cathryn.

Bevor die Schwester antworten konnte, öffnete sich die Tür zu ihrer Linken, und Dr. Wiley beugte sich ins Wartezimmer. Seine Augen durchwanderten suchend den Raum, bis sie Cathryn fanden. »Kann ich Sie einen Moment sprechen, Mrs. Martel?« Seine Stimme klang unverbindlich. Er ging zurück in sein Zimmer, die Tür blieb offen. Mit eiligen Schritten ging Cathryn ihm nach, auf dem Weg fuhr ihre Hand noch einmal prüfend über ihre Haarkämme, dann schloß sie vorsichtig die Tür hinter sich. Dr. Wiley war bei seinem Schreibtisch stehengeblieben, aber er setzte sich nicht auf seinen Stuhl, sondern auf die Vorderkante des Tisches und verschränkte die Arme vor der Brust.

Sorgfältig auf jede Kleinigkeit achtend, sah Cathryn forschend in Dr. Wileys breites Gesicht. Seine Stirn war tief zerfurcht. Cathryn hatte das bei ihrer ersten Begegnung nicht bemerkt. Auch lächelte Dr. Wiley dieses Mal nicht.

»Wir brauchen Ihre Einwilligung für einen Test«, sagte Dr. Wiley.

»Ist alles in Ordnung?« fragte Cathryn. Sie versuchte normal zu klingen, aber ihre Stimme war viel zu hoch.

»Wir haben alles im Auge«, antwortete Dr. Wiley. Er nahm die Arme herunter und griff nach einem Blatt Papier auf seinem Schreibtisch. »Aber für die endgültige Diagnose müssen wir noch einen speziellen Test durchführen. Dafür brauche ich Ihre Unterschrift auf diesem Formblatt hier.« Er reichte Cathryn das Blatt. Ihre Hand zitterte, als sie es entgegennahm.

»Wo ist Michelle?« Cathryns Augen überflogen den Text auf dem Papier. Er war in der verklausulierten Medizinersprache abgefaßt.

»Sie ist in einem der Untersuchungszimmer. Sie können sie sehen, wenn Sie wollen. Obwohl es mir lieber wäre, wenn ich erst den Test durchführen könnte. Seine genaue Bezeichnung lautet Knochenmarkaspiration.«

»Knochenmark?« Cathryns Kopf schoß hoch. Das Wort rief das furchteinflößende Bild von Tad Schonhauser unter seinem Plastikzelt wieder herbei.

»Sie brauchen darüber nicht beunruhigt zu sein«, sagte Dr.

Wiley, als er Cathryns Schockreaktion bemerkte. »Es ist ein ganz normaler Test, sehr ähnlich einer Blutentnahme.«

»Hat Michelle aplastische Anämie?« platzte Cathryn heraus.

»Mit Sicherheit nicht.« Dr. Wiley war völlig überrascht von ihrer Frage. »Wir brauchen den Test, um unsere Diagnose absichern zu können. Aber ich kann Ihnen jetzt schon eindeutig sagen, daß Michelle nicht an aplastischer Anämie leidet. Aber gestatten Sie mir die Frage, wie kommen Sie überhaupt darauf?«

»Vor ein paar Minuten habe ich den Sohn unserer Nachbarn besucht, er hat aplastische Anämie. Und als Sie Knochenmark sagten...«

Cathryn brachte ihren Satz nicht zu Ende.

»Ich verstehe schon«, sagte Dr. Wiley. »Machen Sie sich keine Sorgen. Ich kann Ihnen versichern, daß aplastische Anämie hier völlig ausscheidet. Aber wir brauchen den Test... Um auch wirklich alles getan zu haben.«

»Meinen Sie, daß ich Charles anrufen sollte?« fragte Cathryn. Sie war erleichtert, daß Michelle keine aplastische Anämie haben konnte, und dankbar, daß Dr. Wiley die Möglichkeit ganz sicher ausgeschlossen hatte. Obwohl Charles gesagt hatte, daß die Krankheit nicht ansteckend sei, war die unmittelbare Nähe, in der sie plötzlich aufgetaucht war, doch beunruhigend.

»Wenn es Ihnen lieber ist, Charles anzurufen, sollten Sie es unbedingt tun. Aber lassen Sie mich Ihnen etwas erklären. Eine Knochenmarkaspiration wird mit einer Nadel durchgeführt, die Sie so ähnlich sicher von der Blutabnahme kennen. Wir arbeiten mit einer örtlichen Betäubung, so daß alles praktisch schmerzlos ist. Und das Ganze dauert ohnehin nur einen Moment. Es ist wirklich ganz undramatisch, wir machen diesen Test sehr oft.«

Cathryn schaffte ein kleines Lächeln und sagte, daß sie mit dem Test einverstanden sei. Sie mochte Dr. Wiley, und sie hatte tiefes Vertrauen zu ihm, besonders weil Charles gerade ihn von den vielen Kinderärzten, die er kannte, ausgewählt hatte, damals, als Chuck geboren worden war.

Sie unterschrieb das Formblatt dort, wo Dr. Wileys Finger hinzeigte. Dann ließ sie sich zurück in das übervolle Wartezimmer begleiten.

Bewegungslos lag Michelle auf dem Untersuchungstisch. Obwohl ihr ein Kissen unter den Kopf geschoben worden war, war ihr Blickfeld fast ausschließlich auf die Decke mit ihren milchigen Glaskörpern über den Leuchtstoffröhren eingeengt. Doch sie konnte noch soviel von der Tapete sehen, um die Bilder von lachenden Kühen, springenden Pferden und Kindern mit Luftballons darauf zu erkennen. Es mußte auch ein Waschbecken im Raum sein. Sie konnte es zwar nicht sehen, aber sie hörte das Wasser tropfen.

Alle Ängste Michelles vor dem Krankenhaus hatten sich erfüllt. Dreimal war sie mit Nadeln gestochen worden. In jeden Arm einmal und einmal in den Finger. Jedesmal hatte sie gefragt, ob es jetzt das letzte Mal war, aber niemand hatte ihr geantwortet. Deshalb fürchtete sie, daß es wieder passieren könne, besonders wenn sie sich zuviel bewegte. Und darum lag sie auch ganz still.

Es war ihr unangenehm, daß sie nur noch so spärlich angezogen war. Sie trug eine Art Nachthemd, das aber auf dem Rücken offen war. Auf ihrer nackten Haut spürte sie, daß der Tisch mit Papier überzogen war. Wenn sie das Kinn auf die Brust preßte, sah sie zwei kleine Hügel, die ihre Füße in das weiße Papier drückten, das ihren Körper bedeckte. Auch ihre Hände hatte sie unter der Papierdecke, sie lagen zusammengefaltet auf ihrem Bauch. Sie fror ein bißchen, aber das sagte sie niemandem. Sie wollte nur ihre Kleider zurück und wieder nach Hause gehen dürfen. Aber sie spürte, daß ihr Fieber zurückgekommen war, und eine Furcht beschlich sie, daß jemand es merken könnte und sie dann wieder stechen würde. Die Schwestern hatten ihr gesagt, daß sie das Blut brauchten, um herauszufinden, warum ihr Fieber nicht wegging.

Sie hörte ein kratzendes Geräusch, dann öffnete sich die Tür zum Untersuchungszimmer. Es war die dicke Schwester, die rückwärts in das Zimmer kam, so daß ihr Körper den ganzen Türrahmen ausfüllte. Sie zog etwas, und Michelle hörte das verräterische Klirren von Metall gegen Metall. Als sie durch die Tür war, drehte sich die Schwester herum. Sie schob einen kleinen Tisch auf Rädern. Der Tisch war mit einem blauen Handtuch zugedeckt. Michelle fand, daß das nicht günstig für sie aussah.

»Was ist das?« fragte sie ängstlich.

»Einige Dinge für den Doktor, Liebling«, sagte Miß Hammersmith, als ob sie über besondere Vergnügungen sprechen würde. Ihr Namensschild trug sie wie eine Schlachtauszeichnung hoch an die Schulter gesteckt, über der ausladenden Brust, die wie eine Wulst um ihren Oberkörper lief. Auf dem Rücken schien sie ebensoviel Fleisch zu haben wie vorne.

»Wird es weh tun?« fragte Michelle.

»Liebling, warum fragst du so etwas? Wir versuchen doch nur, dir zu helfen.« Miß Hammersmith klang beleidigt.

»Alles, was der Doktor macht, tut weh«, sagte Michelle.

»Das stimmt wohl nicht ganz«, beharrte Miß Hammersmith.

»Ah, meine Lieblingspatientin.« Dr. Wiley drückte die Tür mit der Schulter auf. Er hielt die Hände vom Körper gestreckt, sie waren naß, und Tropfen fielen auf den Boden. Miß Hammersmith brach eine Papierpackung auf, aus der Dr. Wiley vorsichtig mit Daumen und Zeigefinger ein steriles Handtuch herauszog. Aber was Michelle am meisten in Angst versetzte, war die Operationsmaske, die er trug.

»Was wollen Sie mit mir machen?« fragte sie, die Augen aufgerissen, soweit es ging. Sie vergaß ihren Vorsatz, still zu liegen, und stützte sich mit den Ellbogen hoch.

»Also, ich habe eine gute Nachricht für dich und eine schlechte«, sagte Dr. Wiley. »Ich muß dich leider noch einmal ein ganz kleines bißchen mit einer Nadel stechen, aber es ist dann auch für eine ganze Zeit das letzte Mal. Was sagst du dazu?«

Dr. Wiley warf das Handtuch auf einen Tisch neben dem Ausguß und zog aus einer Packung, die Miß Hammersmith ihm offenhielt, ein Paar Gummihandschuhe.

Mit wachsendem Schrecken sah Michelle, wie er sich die Handschuhe über die Hände zog. Er dehnte das Gummi, bis der Handschuh das Gelenk umschloß, dann zog er jeden Finger einzeln an seinen Platz. »Ich will nicht wieder gestochen werden«, sagte Michelle mit tränengefüllten Augen. »Ich will nach Hause gehen.« Sie versuchte, nicht zu weinen. Aber je mehr sie sich darum bemühte, um so geringer war der Erfolg.

»Nun, nun«, beruhigte Miß Hammersmith sie und strich ihr über das Haar.

Michelle wich der Hand von Miß Hammersmith aus und versuchte sich aufzusetzen. Aber ein Bauchgurt hielt sie zurück. »Bitte«, sagte sie bettelnd.

»Michelle«, rief Dr. Wiley scharf, dann wurde seine Stimme wieder weich. »Ich weiß, daß du dich nicht wohl fühlst und daß dies nicht schön für dich ist, aber wir müssen es tun. Wenn du mir ein bißchen hilfst, ist alles in einem Moment vorbei.«

»Nein!« rief Michelle trotzig. »Ich will zu meinem Vater.«

Dr. Wiley machte Miß Hammersmith ein Zeichen. »Vielleicht kann Mrs. Levy einen Augenblick hereinkommen und uns helfen.«

Schwerfällig ging Miß Hammersmith aus dem Raum.

»So, Michelle, jetzt leg dich bitte wieder auf den Rücken und entspann dich einen Moment«, sagte Dr. Wiley. »Ich bin sicher, dein Vater wird sehr stolz auf dich sein, wenn er erfährt, wie mutig du hier warst. Es dauert wirklich nur einen kurzen Augenblick. Das verspreche ich dir.«

Michelle legte sich zurück und schloß die Augen. Sie spürte, wie ihr die Tränen an den Schläfen herunterliefen. Ein sicheres Gefühl sagte ihr, daß Charles sehr verärgert sein würde, wenn er hörte, daß sie sich wie ein Baby benommen hatte. Und schließlich, es war der letzte Stich. In beide Arme war sie schon gestochen worden, deshalb fragte sie sich, wo sie diesmal hineinstechen würden.

Die Tür öffnete sich wieder, und Michelle reckte sich hoch, um zu sehen, wer gekommen war. Es war Miß Hammersmith, der zwei Schwestern folgten. Eine von ihnen hatte mehrere Lederriemen in der Hand.

»Ich glaube nicht, daß wir sie festbinden müssen«, sagte Dr. Wiley. »Also Michelle, jetzt bleib einen Moment ganz ruhig liegen.«

»Na komm, Liebling.« Miß Hammersmith trat an die rechte Seite des Behandlungstisches, eine der anderen Schwestern war um den Tisch herumgegangen und stand ihr jetzt gegenüber. Die dritte stand unten am Fußende. »Dr. Wiley ist der beste Doktor in der Welt, und du solltest froh sein, daß er sich um dich kümmert«, sagte Miß Hammersmith, dabei zog sie Michelles Papierdecke hinunter zu den Beinen. Halbherzig versuchte Michelle sich zu wehren, als Miß Hammersmith ihr das

Nachthemd bis über die Brust hochzog und sie jetzt bis zu den Knien nackt dalag.

Gespannt schaute sie zu, als die Schwester das Handtuch von dem Tisch mit den Rädern zog. Dr. Wiley hantierte mit den Instrumenten auf dem Tisch, er hatte ihr den Rücken zugewandt. Sie hörte Glas aneinander klingen und das Geräusch einer Flüssigkeit. Als der Doktor sich herumdrehte, hatte er in jeder Hand ein nasses Stück Stoff. »Ich muß nur ein bißchen deine Haut saubermachen«, sagte er und begann, Michelles Hüftknochen abzureiben.

Michelle spürte das Wasser beunruhigend kalt, als es ihr die Hüfte hinunterlief und sich unter ihrem Rücken sammelte. Diesmal war alles ganz anders als bei den früheren Spritzen. Sie versuchte sich aufzurichten, um zu sehen, was mit ihr geschah, aber Dr. Wiley drückte sie sanft zurück.

»Gleich ist alles vorüber«, sagte Miß Hammersmith.

Michelle sah in die Gesichter der Schwestern. Sie lächelten alle, doch ihr Lächeln wirkte künstlich. Michelle spürte eine panische Angst in sich aufsteigen. »Wo wollen Sie mich stechen!« schrie sie und versuchte wieder aufzustehen.

Schon bei der ersten Bewegung fühlte sie sich von starken Armen gepackt, die sie unbarmherzig niederhielten. Sogar um ihre Fußgelenke hatten sich zwei Hände wie eine Eisenfessel gelegt. Dann wurde sie fest auf den Untersuchungstisch gepreßt, und die Umklammerung ließ die Panik in ihr nur noch größer werden. Sie versuchte, die Hände abzuschütteln, doch die Schwestern griffen noch fester zu. »Nein!« schrie Michelle.

»Ruhig jetzt«, sagte Dr. Wiley. Ein Tuch mit einem Loch in der Mitte, dessen metallene Farbe an einen Revolver erinnerte, senkte sich über ihr Becken und wurde von Dr. Wiley auf ihrem Hüftknochen zurechtgerückt. Dann drehte er sich zu dem kleinen Tisch. Als Michelle ihn wieder sehen konnte, hielt er eine riesige Spritze mit drei Fingerringen in der Hand.

»Nein!« schrie Michelle wieder und versuchte mit letzter Kraft, aus der Umklammerung der Schwestern loszukommen. Im selben Moment sah sie, wie sich Miß Hammersmith mit ihrem ganzen Gewicht auf ihre Brust legte. Michelle konnte kaum noch Luft holen. Dann spürte sie den scharfen Schmerz einer Nadel, die in die Haut über ihrem Hüftknochen eindrang. In der nächsten Sekunde folgte ihm ein entsetzliches Brennen.

Charles biß in sein belegtes Weißbrot. Seine rechte Hand konnte gerade noch ein Stück Räucherfleisch auffangen, das sonst auf die Schreibtischplatte gefallen wäre. Sandwiches war das einzige, was man in der Cafeteria des Instituts kaufen konnte. Ellen hatte es ihm mit ins Labor gebracht, weil Charles niemanden sehen wollte. Nach seinem kurzen Abstecher zur First National Bank war er sofort wieder an seinen Schreibtisch zurückgekehrt. Seitdem brütete er über den Versuchsprotokollen des Canceran-Projekts. Er hatte die Bücher alle gründlich durchgesehen und fand sie zu seinem Erstaunen ausgezeichnet geführt. Voller Optimismus hoffte er, daß die Beendigung der Studie nicht ganz soviel Zeit in Anspruch nehmen würde, wie er anfangs befürchtet hatte. Vielleicht konnten sie es wirklich in sechs Monaten geschafft haben. Charles griff nach seiner Tasse und spülte den Bissen mit einem Schluck Kaffee hinunter.

»Eine gute Seite hat dieses Projekt ja«, sagte Charles und wischte sich mit dem Handrücken über den Mund. »Es wird unglaublich hoch subventioniert. Wir brauchen zum ersten Mal nicht auf das Geld zu achten. Ich wette, wir können uns jetzt sogar den neuen automatischen Zähler leisten und die neue Zentrifuge, die wir schon so lange haben wollten.«

»Als erstes sollten wir uns ein neues Analysegerät besorgen«, sagte Ellen.

»Warum nicht«, sagte Charles. »Nachdem uns dieses Projekt so aufgedrängt worden ist, sind wir uns das fast selbst schuldig.« Er legte das Sandwich zurück auf den Pappteller und nahm sich einen Stift. »Wir werden folgendermaßen vorgehen. Am Anfang geben wir eine Sechzehnteldosis der LD50.«

»Augenblick«, unterbrach Ellen ihn. »Nachdem wir uns so lange nur mit der Immunologie beschäftigt haben, bin ich nicht mehr ganz auf der Höhe. Die LD50 ist die Dosis, die bei einer großen Population von Versuchstieren in fünfzig Prozent der Fälle zum Tod führt. Richtig?«

»Richtig. Den LD50-Wert von Canceran bei Mäusen, Ratten,

Hasen und Affen nehmen wir aus den toxikologischen Untersuchungen, die gemacht wurden, bevor die Versuchsreihe zur Wirkungsweise des Canceran anlief. Laß uns mit Mäusen anfangen. Wir nehmen die RX7-Zucht für Brustkrebstumore, die Brighton angefordert hatte und die inzwischen im Institut sein müssen.«

Dann begann Charles ein Flußdiagramm des Projekts zu entwerfen. Während er schrieb, erklärte er Ellen jeden einzelnen Schritt, wie sie die verabreichte Dosis des Medikaments allmählich erhöhen würden und wie sie Ratten und Hasen in die Untersuchung einbeziehen würden, sobald sie die ersten aussagekräftigen Daten von den Mäusen gewonnen hatten. Weil die Affen besonders wertvoll waren, wollte Charles sie erst zum Ende des Projekts einsetzen, wenn die Informationen aus den anderen Tierversuchen hochgerechnet und auf eine statistisch signifikante Gruppe angewendet werden konnten. Vorausgesetzt, sie erhielten positive Ergebnisse, mußten sie dann für jede Spezies eine Methode zur Verteilung nach dem Zufallsprinzip aufstellen, nach der die Tiere in eine Versuchs- und eine Kontrollgruppe unterteilt wurden. Die frischen Versuchstiere würden dann mit der jeweils optimalen Dosis für die Gattung, die sie nach den Ergebnissen der ersten Versuchsreihe bestimmen würden, behandelt werden. Diesen letzten Teil des Projekts mußten sie so ausführen, daß weder Charles noch Ellen die genaue Zahl der Tiere kannte, deren Tumor mit dem Canceran behandelt worden war. Erst nachdem jedes Tier seziert und untersucht worden war, und sie beide ihre Ergebnisse schriftlich festgehalten hatten, würde sich im offenen Vergleich zeigen müssen, ob das Canceran in jedem Fall die erhoffte Wirkung gehabt hatte.

»Huh«, seufzte Ellen und streckte ihre Arme aus. »Ich hab' nicht geahnt, was da alles auf uns zukommt.«

»Es ist noch mehr als du denkst«, erwiderte Charles. »Jedes Tier muß, nachdem es seziert worden ist, nicht nur unter dem Handmikroskop untersucht werden, sondern auch unter dem Elektronenmikroskop. Und ...«

»Ist ja schon gut!« unterbrach ihn Ellen. »Ich kann's mir schon vorstellen. Aber was wird aus unserer eigenen Arbeit? Wie machen wir damit weiter?«

»Ich weiß es nicht«, antwortete Charles. Er legte den Stift aus der Hand. »Ich glaube, das müssen wir beide entscheiden.«

»Und ich glaube, daß es eher von deiner Entscheidung abhängt«, sagte Ellen. Sie saß auf einem hohen Laborhocker und hatte sich gegen den schieferbezogenen Arbeitstisch gelehnt. Sie trug einen weißen Arbeitskittel, den sie nicht zugeknöpft hatte, so daß ihr beigefarbener Sweater und die dünne Kette Naturperlen an ihrem Hals zu sehen waren. Ihre Hände lagen zusammengefaltet und unbewegt in ihrem Schoß.

»War das ernst gemeint, was du über Nachtarbeit gesagt hast?« fragte Charles. In seinen Gedanken versuchte er die Aussichten abzuschätzen, während des Canceran-Projekts auch die eigene Arbeit über den mysteriösen Blockierungsfaktor fortführen zu können. Es könnte möglich sein, aber sie müßten dann bis in den späten Abend arbeiten, und natürlich würde alles nur noch sehr langsam vorangehen. Doch wenn sie auch nur bei einem einzigen Tier ein einziges Protein finden würden, das als blockierender Wirkstoff nachzuweisen war, dann hatten sie schon viel erreicht. Wenn sie auch nur eine Maus gegen den eigenen Tumor immunisieren konnten, wäre das schon eine Sensation. Charles war sich sehr wohl darüber im klaren, daß ein einzelner Erfolg noch lange nicht verallgemeinert werden konnte.

Aber ein einziger Heilerfolg würde ihm ein sicheres Argument liefern, mit dem er die Institutsleitung dazu bringen konnte, seine Arbeit zu unterstützen.

»Hör zu«, sagte Ellen. »Ich weiß, wieviel dir unsere Arbeit bedeutet, und ich weiß, du bist davon überzeugt, sehr kurz vor einem entscheidenden Ergebnis zu stehen. Ob es am Ende positiv oder negativ ist, tut dabei gar nichts zur Sache. Du willst es nur wissen. Und das wirst du auch. Du bist der eigensinnigste Kerl, der mir je begegnet ist.«

Charles sah Ellen forschend ins Gesicht. Was meinte sie mit ›eigensinnig‹? Er hatte nicht verstanden, ob es ein Kompliment oder ein Vorwurf sein sollte und warum das Gespräch auf einmal um ihn ging. Aber in Ellens Gesicht fand er keine Antwort, ihre unergründlichen Augen hielten seinem Blick stand.

Als sie Charles' prüfenden Blick bemerkte, lächelte Ellen. »Schau mich nicht so überrascht an. Wenn du bereit bist, nachts zu arbeiten, ich bin es auch. Ich kann uns an den Tagen sogar etwas zu essen mitbringen, dann verlieren wir noch weniger Zeit.«

»Ich bin mir nicht sicher, ob du dir wirklich vorstellen kannst, wie anstrengend das werden wird«, sagte Charles. »Wir müßten praktisch hier leben.«

»Das Labor ist größer als mein Apartment«, antwortete Ellen lachend. »Und meine Katzen kommen auch ohne mich zurecht.«

Charles sah wieder auf das Flußdiagramm, das er gerade aufgezeichnet hatte. Aber er dachte nicht an das Canceran-Projekt. Er fragte sich, ob es wirklich ratsam war, auch noch abends mit Ellen zu arbeiten. »Ich weiß nicht einmal, ob Morrison dir überhaupt die Überstunden bezahlen kann«, sagte er.

»Ich will auch gar...« Ellen konnte den Satz nicht mehr beenden. Das Telefon unterbrach ihr Gespräch.

»Nimm du ab«, sagte Charles. »Ich bin für niemanden zu sprechen.«

Ellen ließ sich von ihrem Hocker gleiten. Sie lehnte sich gegen Charles und griff über den Schreibtisch zum Telefon. Als sie sich meldete, lag ihre Hand auf seiner Schulter, doch schon im nächsten Moment zog sie sie zurück. Sie ließ den Hörer in seinen Schoß fallen und ging zurück zu ihrem eigenen Arbeitsplatz. »Es ist deine Frau.«

Charles griff nach dem Hörer, der zwischen seinen Beinen hindurchgerutscht war. Verärgert zog er ihn an der Schnur wieder zu sich herauf. Das war wirklich der geeignetste Moment, zu dem Cathryn anrufen konnte, dachte er verärgert.

»Was ist denn?« fragte er ungeduldig.

»Ich möchte, daß du zu Dr. Wiley herüberkommst«, antwortete Cathryn mit mühsam beherrschter Stimme.

»Und warum?«

»Darüber möchte ich nicht am Telefon sprechen.«

»Cathryn, dieser Tag hat wirklich nicht gut für mich begonnen, also gib mir wenigstens einen Hinweis, was passiert ist.«

»Bitte komm hierher, Charles!«

»Cathryn, mir ist hier die Decke auf den Kopf gefallen. Ich kann jetzt nicht weg.«

»Ich warte auf dich«, sagte Cathryn. Dann legte sie auf.

»Verdammter Mist!« Wütend schlug Charles den Hörer zurück auf die Gabel. Er warf sich in seinem Drehstuhl herum und sah hinüber zu Ellen. »Mitten im größten Ärger verlangt Cathryn, daß ich zur Kinderklinik hinüberkomme. Aber den Grund verrät sie mir nicht. Mein Gott! Was passiert heute noch alles!«

»Das kommt davon, wenn man eine Aushilfssekretärin heiratet!«

»Was?« fragte Charles. Er hatte den Satz zwar verstanden, aber nicht seinen Sinn.

»Cathryn begreift eben nicht, was wir hier tun. Ich glaube, sie kann sich gar nicht vorstellen, unter was für einem Druck du stehst.«

Charles starrte Ellen fragend an, dann zuckte er die Schultern. »Vielleicht hast du recht. Anscheinend denkt sie, daß ich hier einfach alles fallenlassen kann, um zu ihr hinüberzulaufen. Vielleicht sollte ich Dr. Wiley anrufen und ihn fragen, was eigentlich los ist.« Charles riß den Telefonhörer hoch und begann zu wählen. Aber nach der dritten Zahl zögerte er, dann legte er den Hörer langsam zurück. Der Gedanke an Michelle hatte unter seinem Ärger die Sorge aufkeimen lassen. Plötzlich erinnerte er sich wieder, wie hilflos sie war, als ihr Nasenbluten begann. »Ich gehe doch besser kurz hinüber. Es wird ja nicht lange dauern.«

»Und was wird aus unserer Projektplanung?« fragte Ellen.

»Darüber können wir weiterreden, wenn ich zurück bin. Warum bereitest du nicht inzwischen schon die Canceran-Lösung für die Mäuse vor? Sobald ich zurück bin, können wir dann der ersten Gruppe ihre Injektion geben.« Charles ging zu dem Metallschrank neben der Tür und nahm seine Jacke heraus. »Laß die Mäuse in unseren Nebenraum bringen. Das wird uns die Arbeit erleichtern.«

Ellen sah, wie sich die Tür hinter Charles schloß. Wie vernünftig sie auch außerhalb des Büros über alles nachdenken konnte, wann immer sie ihm gegenüberstand, schien es ihr, als ob ihre Gefühle aufs neue verletzt würden. Ellen wußte, daß der Gedanke absurd war, aber sie konnte sich nicht gegen ihn wehren. Und jetzt fühlte sie ein solches Durcheinander von Ärger und Zorn in sich, daß sie am liebsten geweint hätte. Sie hatte sich von der Vorstellung, nachts mit ihm zusammenzuarbeiten, fortreißen lassen. Aber das war dumm, die Schwärmerei eines kleinen Mädchens. Tief in ihrem Herzen wußte sie, daß es zu nichts führen konnte und sie am Ende nur noch mehr leiden würde.

Froh, sich mit der Arbeit ablenken zu können, beugte sich Ellen über den Tisch, auf dem die sterilen Flaschen mit dem Canceran stehen geblieben waren. Es war ein weißes Pulver, das wie gewöhnlicher Zucker aussah und nur noch mit sterilem Wasser versetzt zu werden brauchte. Gelöst war es nicht so haltbar wie in fester Form, und deshalb mußte es vor jeder Anwendung erst gebrauchsfertig gemacht werden. Sie nahm den Behälter mit dem sterilen Wasser aus dem Schrank, dann setzte sie sich an den Tischcomputer, um das optimale Lösungsverhältnis auszurechnen.

Als sie gerade die Spritzen herausholte, betrat Dr. Morrison das Labor.

»Dr. Martel ist nicht hier«, sagte Ellen.

»Das weiß ich«, antwortete Morrison. »Ich habe gesehen, wie er aus dem Institut gegangen ist. Ich habe auch nicht ihn gesucht, ich wollte Sie für einen Moment sprechen.«

Ellen legte die Spritze zurück auf den Tisch, steckte die Hände in ihre Kitteltaschen und ging um das hintere Ende ihres Arbeitstischs herum Dr. Morrison entgegen. Es war ungewöhnlich, daß der Leiter der Abteilung Physiologie sie sprechen wollte, noch dazu hinter Charles' Rücken. Aber nach allem, was an diesem Morgen schon passiert war, konnte sie auch das nicht mehr besonders überraschen. Außerdem hatte Morrisons Gesicht einen so machiavellistischen Ausdruck, daß eine Intrige gut dazu paßte.

Als Ellen vor ihm stand, zog Morrison ein flaches goldenes Zigarettenetui aus der Tasche, ließ es aufspringen und hielt es ihr entgegen. Als sie ablehnend den Kopf schüttelte, zog er sich selbst eine Zigarette heraus. »Darf ich hier rauchen?« fragte er.

Ellen zuckte die Schultern. Charles erlaubte es nie. Nicht,

weil es gefährlich gewesen wäre, aber er haßte den Geruch. Ellen durchfuhr eine Welle heimlicher Freude, als sie es schweigend duldete.

Morrison angelte jetzt ein goldenes Feuerzeug aus seiner Westentasche, das im Stil zu dem Etui paßte, und zündete mit langsamer Sorgfalt seine Zigarette an. Es war eine einstudierte Geste, dazu gedacht, Ellen warten zu lassen.

»Ich nehme an, Sie wissen, was heute bezüglich des Falles Brighton alles geschehen ist«, begann er schließlich.

»Ein bißchen davon«, antwortete Ellen.

»Und Sie wissen, daß Charles ausgewählt wurde, die Canceran-Studie fortzusetzen?« Ellen nickte.

Morrison schwieg einen Moment und blies eine Kette von Rauchringen in die Luft. »Es ist von eminenter Wichtigkeit für das Institut, daß diese Studie zu Ende geführt wird... erfolgreich.«

»Dr. Martel hat bereits mit der Arbeit begonnen«, sagte Ellen.

»Gut, gut«, sagte Morrison.

Wieder Schweigen.

»Ich weiß nicht, wie ich mich ausdrücken soll«, fuhr Morrison fort. »Aber ich mache mir Sorgen, daß Charles das Experiment verpfuschen könnte.«

»Ich glaube nicht, daß Sie sich über irgend etwas sorgen müssen«, erwiderte Ellen. »Wenn es etwas gibt, worauf Sie sich bei Charles verlassen können, dann ist es seine wissenschaftliche Integrität.«

»Es sind ja auch nicht seine intellektuellen Fähigkeiten, die mir Sorgen machen«, sagte Morrison. »Es ist sein emotionaler Zustand. Ganz offen gesagt, scheint er mir ein wenig impulsiv zu sein. Er ist überkritisch mit den Arbeiten von allen anderen und scheint zu glauben, daß nur er allein die wahre Methode kennt.«

Impulsiv? Das Wort schlug eine empfindliche Saite in Ellens Erinnerungen an. Als ob es erst gestern gewesen wäre, konnte sie sich an den letzten gemeinsamen Abend mit Charles erinnern. Sie hatten im Harvest-Restaurant gegessen, waren dann zu ihrem Apartment zurückgekehrt und hatten einander geliebt. Es war eine laue und zarte Nacht gewesen, aber Charles war wie immer nicht geblieben. Er hatte gesagt, daß er zu Hause sein müßte, wenn die Kinder aufwachten. Am nächsten Morgen im Institut hatte er sich wie gewöhnlich verhalten, aber sie waren nie wieder zusammen ausgegangen, und Charles hatte auch nie ein erklärendes Wort an sie gerichtet. Dann hatte er die Aushilfssekretärin geheiratet. Es schien Ellen, als hätte sie an einem Tag erst gehört, daß er sie kennengelernt hätte, und am nächsten waren sie schon verheiratet. Ellen mußte zugeben, daß impulsiv eine gute Beschreibung für Charles war.

»Was wollen Sie von mir hören?« fragte Ellen. Sie hatte Mühe, zurück in die Gegenwart zu finden.

»Ich möchte, daß Sie meine Zweifel ausräumen und mich beruhigen«, sagte Morrison.

»Also schön«, sagte Ellen. »ich gebe Ihnen darin recht, daß Charles leicht erregbar und eigenwillig ist, aber ich glaube nicht, daß das seine Arbeit beeinflussen wird. Bestimmt können Sie sich darauf verlassen, daß er die Canceran-Studien weiterführen wird.«

Morrison entspannte sich und lächelte, so daß seine kleinen Zähne hinter den schmalen Lippen zu sehen waren. »Ich danke Ihnen, Miß Sheldon. Das war genau das, was ich hören wollte.« Er beugte sich zum Waschbecken und löschte die Glut seiner halbgerauchten Zigarette, dann warf er sie in den Abfalleimer. »Eine Sache wäre da noch. Ich habe mich gefragt, ob Sie mir und dem Institut vielleicht einen großen Gefallen tun können. Ich möchte Sie bitten, mir jedes ungewöhnliche Verhalten von Charles zu melden, soweit es das Canceran-Projekt angeht. Ich weiß, das ist eine unangenehme Bitte, aber sämtliche Direktoren wären für Ihre Mitarbeit außerordentlich dankbar.«

»Ja, ist in Ordnung«, sagte Ellen schnell, ohne sicher zu sein, was sie wirklich davon halten sollte. Aber im selben Moment dachte sie, daß Charles es verdient hatte. Sie hatte soviel Kraft und Mühe für ihn aufgewendet, und er hatte es nicht gewürdigt. »Ich tue es unter der Voraussetzung, daß alles, was ich sage, anonym bleibt.«

»Das ist doch selbstverständlich. Und natürlich berichten Sie nur mir persönlich.«

An der Tür blieb Morrison noch einmal stehen. »Es war nett, mit Ihnen zu sprechen, Miß Sheldon. Ich habe es schon lange einmal tun wollen. Wenn Sie irgend etwas brauchen, meine Tür steht Ihnen immer offen.«

»Vielen Dank«, sagte Ellen.

»Vielleicht können wir einmal zusammen essen gehen.«

»Vielleicht«, sagte Ellen.

Dann schloß sich die Tür. Er sah etwas sonderbar aus, aber er war ein einflußreicher Mann.

## *5. Kapitel*

Als Charles auf der Havard Bridge den Fluß überquerte, mühte er sich noch immer mit der widerspenstigen Wagenheizung ab. Der Regler ließ sich nicht mehr in die Heizposition rücken. Als Folge seiner Anstrengungen brach der Wagen zur Seite aus, was die erschreckten Fahrer auf der Nebenspur sofort mit einem Hupkonzert quittierten. Verzweifelt schlug Charles mit der Handkante auf den Regler. Doch die Strafe folgte auf dem Fuß, der Plastikhebel brach ab und fiel auf den Wagenboden.

Resigniert fand sich Charles mit der frostigen Kälte in seinem Wagen ab und konzentrierte sich wieder auf die Straße vor ihm. Bei der nächsten Abfahrt verließ er die Massachusetts Avenue und umfuhr die Back Bay Fens, einen vergessenen, müllübersäten Park, der im Zentrum eines ehemals reizvollen Wohnviertels lag. Dann passierte er das Bostoner Museum der Schönen Künste und das Gardner Museum. Als der Verkehr schwächer wurde, ließ er wieder seine Gedanken wandern. Charles empfand es als grausam von Cathryn, daß sie ihn so im Unsicheren gelassen hatte, als Gefangenen seiner eigenen Fantasien. Hatte vielleicht Michelles Nasenbluten von neuem begonnen? Nein, das wäre zu einfach. Vielleicht mußte Dr. Wiley einen Test vornehmen, und Cathryn wollte dazu nicht die Einwilligung geben, ohne vorher mit ihm gesprochen zu haben. Nein, es gab keinen Grund, daß sie ihm das nicht am Telefon erklärt hätte. Es mußte irgendein medizinisches Problem aufgetaucht sein. Vielleicht hatte Michelle eine Blinddarmentzündung. Charles erinnerte sich an die empfindliche Reaktion ihres Abdomen und an das niedrige Fieber. Vielleicht war es eine subakute Appendizitis, und Dr. Wiley wollte sofort operieren. Und Charles wußte, wie sehr Krankenhäuser Cathryn aufregen konnten. Sie machten sie einfach verrückt.

Als Charles die Abteilung von Dr. Wiley betrat, war er sofort von einem Schwarm ängstlicher Mütter und schreiender Kinder umgeben. Das überfüllte Wartezimmer... das gehörte zu jenen Erlebnissen aus der Zeit, als er noch selbst praktiziert hatte, die er nicht vermißte. Wie bei allen Ärzten hatten ebenso seine Helferinnen die lästige Neigung geht, auch jene Zeitlükken, die nur für Nachuntersuchungen reserviert waren, mit Terminen für neue Patienten zu füllen. Das Ergebnis war ein hoffnungslos überfülltes Wartezimmer. Charles hatte sagen können, was er wollte, es änderte nichts. Er war nie mit der Arbeit nachgekommen und hatte sich immer bei seinen Patienten entschuldigen müssen.

Charles suchte in dem Gedränge von Frauen und Kindern nach Cathryn, aber er konnte sie nicht entdecken. Mühsam bahnte er sich einen Weg hinüber zu der Schwester, die von einer Gruppe aufgeregter Mütter belagert wurde. Alle wollten endlich wissen, wann sie nun zum Doktor hinein könnten. Charles versuchte, das Fragengewirr zu unterbrechen, aber sehr bald sah er ein, daß er warten mußte, bis er an der Reihe war. Schließlich gelang es ihm doch, die Frau auf sich aufmerksam zu machen. Er war beeindruckt von ihrer Gelassenheit. Wenn das Chaos um sie herum an ihren Nerven zerren sollte, so gelang es ihr zumindest perfekt, das nicht zu zeigen.

»Ich suche nach meiner Frau«, sagte Charles. Er mußte sehr laut sprechen, um sich überhaupt verständlich machen zu können.

»Wie ist der Name?« fragte die Schwester. Ihre Hände lagen gefaltet auf einem Berg Krankenblätter.

»Martel. Cathryn Martel.«

»Einen Moment, bitte.« Sie ließ ihren Stuhl zurückrollen und stand auf. Ihr Gesicht war ernst geworden. Die Frauen, die um den Tisch herumstanden, sahen Charles mit einer Mischung aus Ehrfurcht und Verärgerung an. Sie waren sichtlich neidisch auf die schnelle Reaktion, die er bewirkt hatte.

Schon im nächsten Augenblick kehrte die Schwester zurück, gefolgt von einer Frau von beeindruckender Körperfülle, die Charles sich sofort als geeignete Partnerin für das Reifenmännchen von Michelin vorstellen konnte. Er bemerkte ihr Namensschild: Miß A. Hammersmith. Sie winkte ihn heran, und gehorsam trat er um den Tisch herum.

»Folgen Sie mir bitte«, sagte die Schwester. Der Mund zwischen den zwei faltigen Wangen war das einzige, was sich in ihrem Gesicht bewegte, als sie sprach.

Charles tat, wie ihm geheißen, und so eilte er einen Flur hinunter, immer auf den Fersen von Miß Hammersmith, deren massiger Körper ihm jede Sicht versperrte. Sie kamen an einer Reihe von Räumen vorbei, von denen Charles annahm, daß es die Behandlungszimmer waren. Am Ende des Flurs öffnete sie eine Tür und trat zur Seite, um Charles hineinzulassen.

»Entschuldigen Sie«, sagte Charles, als er sich an ihr vorbeidrängte.

»Ich glaube, wir sollten beide ein paar Pfunde verlieren«, sagte Miß Hammersmith.

Als Charles in das Zimmer getreten war, schloß Miß Hammersmith, die im Flur stehenblieb, hinter ihm die Tür. Sein Blick fiel zuerst auf eine Wand mit Bücherregalen, die vollgestellt waren mit Stapeln medizinischer Fachzeitschriften und Bücher. In der Mitte des Raumes stand ein heller Eichentisch, um den ein halbes Dutzend Sessel gruppiert war. Einer von ihnen wurde plötzlich zurückgeschoben. Cathryn stand auf und drehte sich zu ihm herum. Sie atmete heftig. Deutlich hörte Charles, wie sie die Luft durch die Nase einsog und wieder ausstieß. Es war kein regelmäßiger Rhythmus. Ihr Atem zitterte.

»Was...« begann Charles.

Doch bevor er noch anfangen konnte zu sprechen, kam Cathryn zu ihm gelaufen und schlang ihre Arme um seinen Hals. Charles legte seine Hände auf ihre Hüften und ließ sich ein paar Augenblicke von ihr festhalten, damit sie ihre innere Ruhe wiederfinden konnte.

»Cathryn«, sagte er schließlich. Ein bitterer Geschmack von Furcht lag plötzlich in seinem Mund. Cathryns Verhalten untergrub seine Gedanken an eine Blinddarmentzündung, eine Operation, an irgend etwas Gewöhnliches.

Eine erschreckende, unerwünschte Erinnerung schob sich mit Macht in sein Bewußtsein: Der Tag, an dem er von Elisabeths Lymphknotengeschwulst erfahren hatte. »Cathryn.« Seine Stimme klang eine Spur schärfer. »Cathryn! Was geht hier vor? Was ist mit dir?«

»Es ist meine Schuld«, sagte Cathryn. Mit dem ersten Wort waren ihr die Tränen in die Augen getreten. Charles spürte, wie ihr Körper sich unter dem Schluchzen schüttelte. Er wartete, seine Augen wanderten durch den Raum. Sein Blick fiel auf das Bild von Hippokrates an der Wand gegenüber den Bücherregalen, auf den kostbaren Parkettboden, auf Nelsons Handbuch der Kindermedizin auf dem Tisch.

»Cathryn«, sagte Charles. »Bitte sag mir, was hier vorgeht. Was ist deine Schuld?«

»Ich hätte früher mit Michelle zum Arzt gehen müssen. Ja, das hätte ich.« Ihre Stimme versagte unter den Tränen.

»Was ist mit Michelle?« fragte Charles. Panische Angst legte sich wie ein Ring um seine Brust. Er hatte das Gefühl, das alles schon einmal erlebt zu haben...

Cathryn klammerte sich noch fester an seinen Hals, als ob er ihre einzige Hoffnung wäre. Die ganze Beherrschung, die sie sich vor seiner Ankunft aufgezwungen hatte, war verschwunden.

Charles brauchte seine letzte Kraft, um ihre Arme von seinem Hals zu lösen. Als sie plötzlich ohne Halt stand, schien Cathryn zusammenzubrechen. Charles brachte sie zu einem Stuhl, in den sie sich kraftlos hineinsinken ließ. Dann setzte er sich neben sie.

»Cathryn, du mußt mir erzählen, was passiert ist.«

Mühselig hob Cathryn den Kopf, ihre blauen Augen waren voller Tränen. Sie öffnete den Mund, doch bevor sie noch einen Ton herausbringen konnte, hörte Charles ein Geräusch an der Tür. Dr. Jordan Wiley betrat den Raum.

Charles, der Cathryn noch immer an den Schultern festhielt, hatte sich herumgedreht. Als Dr. Wiley die Tür hinter sich schloß, erhob sich Charles. Sein unruhiger Blick versuchte die Antwort auf seine Fragen aus dem Gesicht des Arztes zu lesen. Charles kannte Dr. Wiley seit fast zwanzig Jahren. Es war mehr eine berufliche Beziehung als eine private, deren Anfang in die Zeit fiel, als Charles noch Medizin studierte. Wiley war sein Lehrer für Kleinkindermedizin gewesen, und sein großes Wissen hatte Charles tief beeindruckt. Als Charles später für seine Familie einen Kinderarzt brauchte, hatte er Dr. Wiley angerufen.

»Ich freue mich, Sie wiederzusehen, Charles«, begrüßte ihn Dr. Wiley und griff nach seiner Hand. »Trotz der unglücklichen Umstände.«

»Vielleicht können Sie mir erst einmal erzählen, was die unglücklichen Umstände sind«, sagte Charles. Ein verärgerter Ton in der Stimme überdeckte seine Furcht.

»Sie wissen es noch nicht?« fragte Dr. Wiley. Cathryn schüttelte den Kopf.

»Vielleicht sollte ich noch einen Moment vor die Tür gehen«, sagte Dr. Wiley.

Er wollte sich zur Tür wenden, aber Charles legte seine Hand auf seinen Arm. »Ich glaube, Sie sagen mir besser, was hier eigentlich vorgeht«, sagte er.

Dr. Wiley warf einen Blick zu Cathryn hinüber, die zustimmend nickte. Ihr Weinkrampf hatte sich zwar gelegt, doch sie wußte, daß es ihr Mühe bereiten würde, zu sprechen.

»Also gut«, sagte Dr. Wiley. Sein Blick kehrte zurück zu Charles. »Es geht um Michelle.«

»Das habe ich schon verstanden«, sagte Charles.

»Warum setzen Sie sich nicht?« fragte Dr. Wiley.

»Warum sagen Sie mir nicht einfach, was los ist«, entgegnete Charles.

Dr. Wiley sah forschend in Charles' verängstigtes Gesicht. Charles war seit seinen Studententagen sichtlich gealtert, und Dr. Wiley bedauerte es, jetzt der Vorbote von noch mehr Qual und Leid sein zu müssen. Das war eine seiner Pflichten als Arzt, die er haßte. »Michelle hat Leukämie«, sagte Dr. Wiley.

Langsam öffnete sich Charles' Mund. Sein Blick trübte sich wie in Trance. Es war, als ob Dr. Wileys Mitteilung eine Flut sorgsam unterdrückter Erinnerungen entfesselt hätte. Wieder und wieder hörte Charles den Satz: »Dr. Martel, es tut mir leid, Ihnen mitteilen zu müssen, daß Ihre Frau Elisabeth an einer bösartigen Lymphknotengeschwulst leidet... Es tut mir außerordentlich leid, Ihnen mitteilen zu müssen, daß Ihre Frau nicht auf die Behandlung anspricht... Dr. Martel, ich bedaure, Ihnen sagen zu müssen, daß die Leukämie Ihrer Frau in ihr Endstadium getreten ist... Dr. Martel, es tut mir schrecklich leid, Ihnen eröffnen zu müssen, daß Ihre Frau vor wenigen Augenblicken verstorben ist.«

»Nein! Das ist nicht wahr. Das ist unmöglich.« Charles schrie so laut, daß Dr. Wiley und Cathryn erschrocken zusammenfuhren.

»Charles.« Dr. Wiley legte mitfühlend seine Hand auf Charles' Schulter.

Mit einer heftigen Bewegung befreite sich Charles von ihr. »Was fällt Ihnen ein, mich so gönnerhaft zu behandeln!«

Trotz ihrer Tränen sprang Cathryn auf und griff nach Charles' Arm. Überrascht war Dr. Wiley zurückgewichen.

»Soll das alles vielleicht ein schlechter Scherz sein?« schnauzte Charles und schüttelte Cathryns Hand ab.

»Es ist bestimmt kein Scherz«, entgegnete Dr. Wiley mit ruhiger, aber fester Stimme. »Charles, ich weiß, wie schwer das für Sie ist, besonders nach all dem, was mit Elisabeth passiert ist. Aber Sie müssen sich jetzt zusammennehmen. Michelle braucht Sie.«

In Charles' Kopf tobte ein Wirrwarr von Gedanken und Gefühlen. Mühsam versuchte er einen Halt in dem Durcheinander zu finden. »Wie kommen Sie darauf, daß Michelle Leukämie hat?« brachte er langsam und mit Anstrengung hervor. Cathryn ging zurück zu ihrem Platz.

»Die Diagnose ist eindeutig«, sagte Dr. Wiley leise.

»Was für eine Leukämie?« fragte Charles. Seine Hand lief nervös durch sein Haar. Er sah durch das Fenster auf die gegenüberliegende Backsteinmauer. »Lymphozytische?«

»Nein«, antwortete Dr. Wiley. »Es tut mir leid, aber es ist eine akute Myeloblastenleukämie.«

Es tut mir leid... Es tut mir leid... ein Standardsatz, zu dem die Ärzte immer dann Zuflucht suchen, wenn sie nicht wissen, was sie sonst tun sollen. Sein unangenehmes Echo hallte in Charles' Kopf nach. Es tut mir leid, Ihre Frau ist verstorben... Als ob einem ein Messer ins Herz gestoßen wurde.

»Zirkulierende Leukämiezellen?« fragte Charles. Er wollte die Erinnerungen mit kühler Vernunft verdrängen.

»Es tut mir leid, aber so ist es«, antwortete Dr. Wiley. »Ihr Blutbild zeigt über fünfzigtausend weiße Blutkörperchen.«

Totenstille senkte sich über den Raum.

Plötzlich begann Charles im Zimmer auf und ab zu gehen. Seine Schritte waren schnell, seine Hände rangen miteinander wie zwei Feinde.

»Leukämie ist nicht sicher zu diagnostizieren, ohne daß eine Untersuchung des Knochenmarks vorgenommen wird«, sagte er abrupt.

»Wir haben sie gemacht«, antwortete Dr. Wiley.

»Das können Sie gar nicht«, entgegnete Charles heftig. »Ich habe nicht meine Erlaubnis dazu gegeben.«

»Aber ich«, sagte Cathryn zögernd. Sie fürchtete, einen Fehler begangen zu haben.

Ohne auf Cathryn zu achten, starrte Charles weiter Dr. Wiley an.

»Ich will die Abstriche sehen.«

»Ich habe sie bereits von einem Hämatologen überprüfen lassen«, sagte Dr. Wiley.

»Das interessiert mich nicht«, sagte Charles wütend. »Ich will sie selbst sehen.«

»Wie Sie wollen«, antwortete Dr. Wiley. Er erinnerte sich, daß Charles ein eigenwilliger, aber gründlicher Student gewesen war. Offensichtlich hatte er sich nicht geändert. Obwohl Dr. Wiley wußte, wie wichtig es für Charles war, die Diagnose selbst erhärten zu können, hätte er jetzt doch lieber über Michelles weitere Behandlung gesprochen.

»Folgen Sie mir«, sagte er schließlich und führte Charles aus dem Konferenzzimmer. Als die Tür sich öffnete, schlug ihnen aus der Entfernung lautes Babygeschrei entgegen. Sie gingen den Flur hinunter. Cathryn war sich anfangs nicht sicher, was sie tun sollte. Dann eilte sie den beiden Männern nach.

Am Ende des Korridors betraten sie einen engen Raum, in dem ein kleines Labor eingerichtet war. Der Platz hatte gerade für einen Arbeitstisch und eine Reihe Hocker gereicht. Die vielen Urinproben auf den Regalen hatten die Luft in dem kleinen Zimmer mit einem fischigen Geruch durchsetzt. Eine pickelige junge Frau machte rücksichtsvoll den ersten Hocker frei.

»Kommen Sie hierher«, sagte Dr. Wiley und winkte Charles

zu einem abgedeckten Mikroskop. Er zog die Schutzhülle hoch, es war ein Zeiss mit Doppeltubus. Charles setzte sich, stellte die Okulare ein und schaltete das Licht an. Dr. Wiley zog eine Schublade auf und nahm einen Karton mit Objektträgern heraus. Vorsichtig hob er einen Objektträger heraus. Als er ihn Charles entgegenhielt, trafen sich ihre Blicke. In Dr. Wileys Augen glich Charles einem eingekesselten Tier. Mit Daumen und Zeigefinger seiner linken Hand griff Charles nach dem Objektträger. In seiner Mitte war ein Abdeckglas, unter dem ein unscheinbarer Schmierfleck zu sein schien. Auf dem unteren Glasträger war ein Kennzeichen angebracht: *Michelle Martel Nr. 882673 Knochenmark*. Charles' Hände zitterten, als er den Träger auf den Objekttisch des Mikroskops legte und einen Öltropfen auf das Abdeckglas fallen ließ. Dann beugte er sich zur Seite und senkte die Ölimmersionslinse ab, bis sie fast den Objektträger berührte und in den Öltropfen eintauchte.

Charles atmete noch einmal tief ein und legte die Augen auf die Okulare. Mit nervöser Spannung regelte er die Sehschärfe ein. Im selben Moment löste sich der Nebel in eine so unüberschaubare Zahl blaßblauer Zellen auf, daß Charles der Atem stockte und das Blut in seinen Schläfen heftig zu pochen begann. Ein angstvolles Zittern durchlief seinen Körper, als ob er sein eigenes Todesurteil lesen müßte. Anstelle der gewöhnlichen Zellpopulation in allen Reifungsstadien war Michelles Markgewebe fast gänzlich von großen unförmigen Zellen durchsetzt mit ebenso großen unnatürlichen Zellkernen, die eine Vielzahl von Zellkörperchen enthielten. Charles wurde von einem unendlichen Entsetzen ergriffen.

»Ich nehme an, Sie stimmen jetzt zu, daß unsere Diagnose schlüssig war«, sagte Dr. Wiley ruhig.

Krachend fiel sein Hocker nach hinten, als Charles plötzlich aufsprang. Blinde Wut, Wut, die sich von den Ereignissen des Vormittags angestaut hatte und jetzt von Michelles Krankheit zur Explosion gebracht wurde, packte ihn. »Warum?« schrie er Dr. Wiley an, als ob der Kinderarzt Teil einer Verschwörung wäre, die ihn einzukreisen drohte. Er griff nach dem Kittel des Arztes und schüttelte Dr. Wiley in wildem Zorn.

Erschreckt über die Veränderung, die in Charles vorgegangen war, sprang Cathryn auf und klammerte sich an ihn.

»Charles, hör auf!« Sie wußte, wie dringend sie seine Hilfe jetzt brauchten. »Es ist nicht Dr. Wileys Fehler. Wenn jemand die Schuld hat, dann sind wir es.«

Als ob er aus einem bösen Traum aufwachte, löste Charles verstört seinen Griff von Dr. Wiley, der gelähmt vor Überraschung stehenblieb. Seine Fliege hatte sich in einen bizarren Winkel verdreht. Charles bückte sich und hob den Stuhl auf, dann schlug er die Hände vors Gesicht.

»Wir haben jetzt nicht über Schuld zu reden«, sagte Dr. Wiley und nestelte an seiner Fliege. »Wir müssen über die weitere Behandlung für das Kind sprechen.«

»Wo ist Michelle?« fragte Charles. Cathryn ließ seinen Arm nicht los.

»Sie ist bereits ins Krankenhaus aufgenommen worden«, sagte Dr. Wiley. »Sie liegt auf Anderson 6. Die Station wird von einer hervorragenden Schwester betreut.«

»Ich möchte sie sehen«, sagte Charles mit schwacher Stimme.

»Das sollen Sie auch«, antwortete Dr. Wiley. »Aber ich glaube, wir müssen vorher über ihre Behandlung sprechen. Hören Sie, Charles.« Dr. Wiley streckte beschwichtigend seine Hand aus, aber dann überlegte er es sich anders. Der Wutausbruch von Charles hatte auch ihm die Nerven geraubt. Er steckte die Hand in die Tasche. »Wir haben hier an der Kinderklinik eine der weltberühmtesten Autoritäten in der Kinderleukämie, Dr. Stephen Keitzman. Und mit Cathryns Erlaubnis habe ich bereits mit ihm gesprochen. Michelle ist ein sehr krankes kleines Mädchen, und je früher der Kinderonkologe in den Fall einbezogen wird, desto besser ist es. Dr. Keitzman hat sich einverstanden erklärt, sich mit uns zusammenzusetzen, sobald Sie es wünschen. Ich glaube, wir sollten jetzt mit ihm sprechen und erst dann zu Michelle gehen.«

Anfangs hatte Cathryn noch ihre Zweifel mit Dr. Stephen Keitzman. Äußerlich war er das gerade Gegenteil von Dr. Wiley. Er war klein, sah noch sehr jung aus und hatte einen großen Kopf mit vollem, dunkelgelocktem Haar. Auf seiner schmalen Nase, deren Poren deutlich zu sehen waren, trug er eine randlose Brille. Sein Benehmen wirkte distanziert, seine Gesten waren nervös, und in den Sprechpausen überfiel ihn ein absonderliches Gesichtszucken. Plötzlich rollte seine Oberlippe zu einem spöttischen Grinsen nach oben, was gleichzeitig seine überkronten Zähne sichtbar werden ließ und seine Nasenlöcher übertrieben dehnte. Aber sein Auftreten war sehr selbstsicher, in seiner Stimme schwang Autorität mit, so daß Cathryn sehr schnell Vertrauen zu ihm faßte.

Da sie fürchtete, wieder zu vergessen, was ihnen erzählt wurde, hatte sie sich einen kleinen Notizblock und einen Filzschreiber geben lassen. Daß Charles nicht einmal zuzuhören schien, verunsicherte sie. Angestrengt starrte er aus dem Fenster, als ob er den Verkehrsstrom auf der Longwood Avenue beobachten wollte. Der Nordostwind hatte arktische Luft nach Boston gebracht, und der wechselhafte Schneeregen hatte sich in ein dichtes Schneetreiben verwandelt. Cathryn war erleichtert, daß sie Charles an ihrer Seite hatte, um die notwendigen Entscheidungen zu treffen. Sie fühlte sich nicht in der Lage dazu. Dennoch blieb sein Verhalten sonderbar: In der einen Minute war er heftig und voller Zorn, in der nächsten stumm und zurückgezogen.

»Mit anderen Worten«, faßte Dr. Keitzman zusammen, »die Diagnose einer akuten myeloischen Leukämie steht außer Zweifel.«

Charles warf den Kopf herum und ließ seinen Blick durch den Raum wandern. Er wußte, daß er seine Gefühle kaum in der Gewalt hatte, und das machte es für ihn so schwer, sich auf Dr. Keitzmans Worte zu konzentrieren. Verärgert dachte er daran, daß er den ganzen Morgen über Leuten zugeschaut hatte, die seine Sicherheit untergraben wollten, die sein Leben erschütterten, seine Familie zerstörten und die ihm sein neugefundenes Glück rauben wollten. Natürlich sagte ihm seine Vernunft, daß es einen riesigen Unterschied gab zwischen Morrison und Ibanez auf der einen Seite und Wiley und Keitzman auf der anderen. Doch im Moment lösten sie alle in ihm dieselbe blinde Wut aus. Nur mit Mühe konnte Charles glauben, daß Michelle wirklich Leukämie hatte, und auch noch die schlimmste von allen, die mit größter Wahrscheinlichkeit zum Tod führte. Er hatte das alles schon einmal mitgemacht, doch jetzt war jemand anderer an der Reihe.

Während er ihm halbherzig zuhörte, musterte Charles Dr.

Stephen Keitzman, der das gönnerhafte Verhalten des verantwortlichen Arztes angenommen hatte und Häppchen für Häppchen sein Wissen ausbreitete, als würde er einen Vortrag halten. Anscheinend hatte Keitzman diese Situation schon öfter erlebt, denn seine Standardsätze wie »Es tut mir leid, Ihnen sagen zu müssen« klangen abgenutzt und unehrlich. Charles hatte das unbehagliche Gefühl, daß Keitzman seine Rolle genoß. Nicht, wie er einen Film oder ein gutes Essen genossen hätte, sondern auf eine subtilere, selbstzufriedenere Weise: Er stand im Mittelpunkt der Aufmerksamkeit inmitten einer Krise. Diese Haltung rieb noch zusätzlich an seinen ohnehin schon dünnen Nerven, besonders weil Charles sich mehr als nur gut in dem Gebiet auskannte, über das Dr. Keitzman sich gerade ausließ. Charles zwang sich still zu bleiben, während seine Gedanken wie ein Kaleidoskop Bilder aus Michelles Kindertagen aneinanderreihten.

»Die unvermeidliche Frage nach einer Schuld möchte ich gleich vorab erledigen«, fuhr Dr. Keitzman fort. Seine obere Zahnreihe wurde für einen Moment bei einer nervösen Grimasse entblößt. »Ich möchte nachdrücklich betonen, daß Ursache und genauer Zeitpunkt des Ausbruchs einer Leukämie, wie Michelle sie hat, unbekannt sind. Die Eltern sollten die Schuld dafür nicht bei irgendeinem besonderen Ereignis suchen. Unser Ziel wird es sein, den gegenwärtigen Zustand der Kranken zu behandeln, um eine Remission, ein Nachlassen der Krankheit zu erreichen. Und ich darf Ihnen sagen, daß wir bereits ausgesprochen günstige Ergebnisse bei einer akuten Myeloblastenleukämie erzielt haben; etwas, was wir vor einigen Jahren noch nicht sagen konnten. Heute erreichen wir eine Remission bei ungefähr achtzig Prozent der Fälle.«

»Das ist großartig«, sagte Charles. Er sprach zum ersten Mal. »Aber einmal abgesehen von den fünfjährigen Heilerfolgen, die Sie bei anderen Formen der Leukämie erreicht haben, können Sie uns auch sagen, wie lange die Remission bei Michelles Art der Erkrankung anhält?« Es war, als ob ein Zwang Charles dazu trieb, Dr. Keitzman sofort zum Eingeständnis des Schlimmsten zu reizen.

Dr. Keitzman rückte seine Brille zurecht und räusperte sich. »Dr. Martel, ich bin mir bewußt, daß Sie mehr über die

Krankheit Ihrer Tochter wissen als andere Eltern, mit denen ich zu tun habe. Aber da Ihr besonderes Arbeitsfeld nicht das der Kinderleukämie ist, bin ich mir nicht sicher, was genau Sie wissen und was nicht. Deshalb halte ich es für das beste, wenn wir hier fortfahren, als wüßten Sie nichts. Und selbst wenn Ihnen die Fakten schon alle bekannt sein sollten, so können sie vielleicht doch hilfreich für Mrs. Martel sein.«

»Warum beantworten Sie nicht meine Frage?« sagte Charles.

»Ich glaube, es ist viel sinnvoller, danach zu fragen, wie wir eine Remission erzielen können«, entgegnete Dr. Keitzman. Sein nervöses Zucken zeigte sich jetzt häufiger. »Meine Erfahrungen haben mir gezeigt, daß mit den Fortschritten in der Chemotherapie die Leukämie einer täglichen Behandlung unterzogen werden sollte. Wir haben damit in einigen Fällen sensationelle Remissionsergebnisse erreichen können.«

»Aber nicht bei Michelles Form«, stieß Charles wütend hervor. »Also los, sagen Sie uns schon, wie groß die Chance für ein fünfjähriges Überleben bei einer akuten Myeloblastenleukämie ist.«

Dr. Keitzman wich dem herausfordernden Blick von Charles aus und sah in Cathryns erschrecktes Gesicht. Sie hatte aufgehört, sich Notizen zu machen, und starrte Dr. Keitzman mit aufgerissenen Augen an. Er wußte, daß dieses Gespräch nicht gut lief. Hilfesuchend schaute er zu Dr. Wiley, aber Dr. Wiley hatte seinen Kopf gesenkt und sah versunken auf das Spiel seines Daumennagels mit den anderen Fingern. Ohne Charles anzusehen, sagte Keitzman mit leiser Stimme: »Bei akuter Myeloblastenleukämie ist die Wahrscheinlichkeit eines fünfjährigen Überlebens nicht besonders groß, aber sie ist nicht auszuschließen.«

»Jetzt kommen Sie der Wahrheit schon näher«, sagte Charles. Er sprang auf und beugte sich über Dr. Keitzmans Schreibtisch. »Aber um noch genauer zu sein, die mittlere Überlebenszeit beträgt bei einer akuten Myeloblastenleukämie, vorausgesetzt, es kann eine Remission erzielt werden, nur ein oder zwei Jahre. Und in Michelles Fall, mit zirkulierenden Leukämiezellen, liegen die Chancen, eine Remission zu erreichen, weit unter Ihren achtzig Prozent. Würden Sie dem nicht zustimmen, Dr. Keitzman?«

Keitzman nahm seine Brille ab und durchforschte seine Gedanken nach einer geeigneten Formulierung für die Antwort. »Es ist nicht ganz unrichtig, was Sie sagen, aber es ist kein konstruktiver Weg, sich der Krankheit zu nähern. Es gibt eine Menge unberechenbarer Variablen.«

Mit schnellen Schritten ging Charles hinüber zum Fenster und schaute hinaus in den Schnee. »Warum sagen Sie Mrs. Martel nicht, wie hoch die Lebenserwartung ist, wenn Ihre Behandlungsmethode nicht anschlägt... Wenn es nicht gelingt, bei dem Patienten eine Remission einzuleiten.«

»Ich weiß nicht, wozu das gut...« begann Dr. Keitzman.

Charles warf sich herum. »Wozu das gut sein soll? Das wagen Sie zu fragen? Ich will Ihnen sagen, wozu das gut ist. Das Schlimmste an jeder Krankheit ist die Unsicherheit. Die Menschen sind in der Lage, mit allem fertig zu werden, wenn sie es nur rechtzeitig wissen. Es ist die hoffnungslose Ungewißheit, die die Menschen verrückt macht.«

Charles stürzte zurück zu Dr. Keitzmans Schreibtisch. Sein Blick fiel auf Cathryns Notizblock. Er riß ihn ihr aus der Hand und warf ihn in den Papierkorb. »Bei diesem Gespräch brauchst du nicht mitzuschreiben! Hier wird schließlich kein Vortrag gehalten. Außerdem weiß ich selbst genug über Leukämie.« Er wandte sich wieder an Dr. Keitzman, sein Gesicht war rot geworden. »Also los, Keitzman, sagen Sie uns etwas über die Überlebensdauer, wenn keine Remission erzielt wird.«

Keitzman lehnte sich in seinen Stuhl zurück, seine Hände griffen nach der Schreibtischkante, als ob er sich vorbereitete, im nächsten Moment fliehen zu müssen. »Sie ist nicht groß«, sagte er schließlich.

»Das reicht noch nicht«, fuhr Charles ihn an. »Etwas genauer, bitte.«

»Also schön!« sagte Dr. Keitzman. »Wochen, höchstens Monate.«

Charles antwortete nicht. Nachdem es ihm gelungen war, Dr. Keitzman in die Enge zu treiben, war er plötzlich wie abwesend. Langsam ließ er sich in seinen Sessel sinken.

Keitzmans Gesicht erholte sich von einer Serie heftiger Zukkungen. Dr. Wiley tauschte mit ihm einen verstehenden Blick aus. Dann drehte sich Dr. Keitzman zu Cathryn und nahm seinen Faden wieder auf. »Wie ich bereits gesagt habe, ist es das beste, wenn man die Leukämie nicht von vornherein als tödliche Krankheit ansieht, und jeden Tag nimmt, wie er kommt.«

»Genausogut können Sie einem Menschen auf dem Sterbebett empfehlen, nicht an den Tod zu denken«, murmelte Charles.

»Dr. Martel«, sagte Dr. Keitzman scharf. »Als Arzt sollten Sie auf diese Krise deutlich anders reagieren.«

»Das ist leicht gesagt, wenn der Kranke nicht zur eigenen Familie gehört«, antwortete Charles. »Unglücklicherweise habe ich das schon einmal erleben müssen.«

»Ich glaube, wir sollten jetzt über die Therapie sprechen«, schlug Dr. Wiley vor. Es war das erste Mal, daß er sich an dem Gespräch beteiligte.

»Dem kann ich nur zustimmen«, sagte Dr. Keitzman. »Wir müssen die Behandlung sobald wie möglich beginnen. Am liebsten würde ich sie noch heute beginnen, sobald die notwendigen Voruntersuchungen abgeschlossen sind. Aber natürlich brauchen wir Ihre Einwilligung zur Behandlung, angesichts der Wirkungsweise der Medikamente.«

»Trotz der geringen Aussicht auf eine Remission sind Sie sich sicher, daß das Risiko es wert ist, Michelle den Nebenwirkungen auszusetzen?«

Charles sprach jetzt viel ruhiger, aber in seinen Gedanken formte sich das erschreckende Bild von Elisabeth in ihren letzten Monaten, die ständige Übelkeit, der Haarausfall... Er schloß die Augen.

»Ja, ich bin mir absolut sicher«, sagte Dr. Keitzman mit fester Stimme. »Ich denke, es ist eindeutig nachgewiesen, daß wir große Fortschritte in der Behandlung der Kinderleukämie gemacht haben.«

»Das steht außer Zweifel«, bestätigte Dr. Wiley.

»Es hat Fortschritte gegeben«, stimmte Charles zu. »Aber leider nicht bei der Leukämie, die Michelle hat.«

Cathryns Augen flogen von Charles zu Keitzman und dann zu Wiley. Sie hatte sich Einmütigkeit erwartet und erwünscht, auf die sie ihre Hoffnung bauen konnte. Statt dessen erlebte sie nichts als Streit und Erbitterung.

»Ich glaube, für jede Form der Leukämie ist eine aggressive Behandlungsmethode die einzig richtige«, sagte Dr. Keitzman. »Wie groß auch die Chance für eine Remission immer sein mag. Jeder Patient verdient die Chance, zu leben, egal, welcher Preis dafür zu zahlen ist. Jeder Tag, jeder Monat ist kostbar.«

»Sogar dann, wenn der Patient sein Leiden lieber beenden würde«, ergänzte Charles. Er dachte an Elisabeths letzte Tage. »Wenn die Aussichten auf eine Remission unter zwanzig Prozent liegen – von einer Heilung will ich gar nicht sprechen –, dann weiß ich nicht, ob es der Versuch wirklich wert ist, ein Kind noch größeren Qualen auszusetzen.«

Dr. Keitzman schob abrupt seinen Stuhl zurück und stand auf. »Wir beurteilen den Wert des Lebens offensichtlich sehr unterschiedlich. Ich sehe in der Chemotherapie eine wirklich bemerkenswerte Waffe gegen Krebs. Aber natürlich haben Sie das Recht auf Ihre eigene Meinung. Wie auch immer, ich habe den Eindruck, daß Sie lieber einen anderen Onkologen heranziehen möchten oder es vorziehen, die Behandlung Ihrer Tochter selbst durchzuführen. Ich wünsche Ihnen viel Glück.«

»Nein!« Cathryn sprang von ihrem Platz, erschreckt von der Aussicht, von Dr. Keitzman alleingelassen zu werden. Dr. Wiley hatte doch gesagt, daß er der Beste ist. »Wir brauchen Sie, Dr. Keitzman. Michelle braucht Sie.«

»Ich glaube nicht, daß Ihr Mann diese Ansicht teilt, Mrs. Martel«, sagte Dr. Keitzman.

»Sie täuschen sich«, antwortete Cathryn. »Er ist jetzt nur verwirrt. Bitte, Dr. Keitzman.« Cathryn drehte sich zu Charles und legte ihm ihre Hand auf den Nacken. »Charles, bitte! Wir können diesen Kampf nicht alleine führen. Heute morgen hast du noch gesagt, daß du kein Kinderarzt bist. Wir brauchen Dr. Keitzman und Dr. Wiley.«

»Ich glaube, Sie sollten zustimmen«, drängte Dr. Wiley.

Charles sank unter der Last seiner hilflosen Grübeleien zusammen. Er wußte, daß er Michelles Behandlung nicht übernehmen konnte, selbst wenn er überzeugt war, daß die übliche Behandlungsmethode bei Michelles besonderer Krankheit falsch war. Er hatte nichts anderes vorzuschlagen, seine Gedanken kreisten in einem Wirbel widerstreitender Gefühle.

»Charles, bitte!« flehte Cathryn.

»Michelle ist ein krankes kleines Mädchen«, wiederholte Dr. Wiley.

»Also schön«, sagte Charles leise. Zum zweiten Mal war er gezwungen, sich zu unterwerfen.

Cathryn sah zu Dr. Keitzman. »Haben Sie gehört! Er hat zugestimmt.«

»Dr. Martel«, fragte Dr. Keitzman. »Wünschen Sie, daß ich diesen Fall als Onkologe übernehme?«

Zögernd und mit einem Seufzer, der das Atmen als große Anstrengung erscheinen ließ, nickte Charles.

Dr. Keitzman setzte sich wieder und schob einige Papiere auf seinem Schreibtisch zurecht. Dann hob er seinen Kopf und sah Cathryn an. »Bei der Behandlung von myeloischer Leukämie verwenden wir folgende Medikamente: Daunorubicin, Thioguanin und Cytarabin. Nach der Voruntersuchung beginnen wir sofort mit 60 mg/$m^3$ Daunorubicin, die wir als schnelle Infusion verabreichen.«

Während Dr. Keitzman den Behandlungsplan umriß, wurde Charles von dem Gedanken an die möglichen Nebenwirkungen des Daunorubicin gequält. Wahrscheinlich war der Grund für Michelles Fieber eine Infektion, die ihr geschwächter Körper nicht mehr ausreichend bekämpfen konnte. Das Daunorubicin würde das noch verschlimmern. Und nicht nur, daß es sie fast völlig wehrlos gegen eine Vielzahl von Bakterien und Pilzen machen würde, es würde auch ihr Verdauungssystem zerstören und vielleicht auch ihr Herz... und außerdem... ihr Haar... mein Gott!

»Ich will Michelle sehen«, sagte Charles plötzlich und sprang hoch. Mühsam versuchte er seine Gedanken zu beruhigen. Dann wurde ihm bewußt, daß er Dr. Keitzman mitten im Satz unterbrochen hatte. Alle starrten ihn an, als ob er ein Verbrechen begangen hätte.

»Charles, ich glaube, Sie sollten zuhören«, sagte Dr. Wiley und griff nach Charles' Arm. Die Geste war wie ein Reflex gekommen, und erst als Dr. Wiley Charles berührte, fragte er sich, ob sie auch ratsam war. Aber Charles reagierte gar nicht. Seine Arme hingen schlaff herunter, und schon ein sanftes Ziehen von Dr. Wiley genügte, daß er sich wieder hinsetzte.

»Wie ich gerade sagte«, fuhr Dr. Keitzman fort, »halte ich es für besonders wichtig, die richtige psychologische Behandlung für den Patienten zu finden. Ich richte mich dabei nach dem Alter: unter fünf Jahren; Schulalter; Jugendliche. Unter fünf ist es sehr einfach: eine ständige und liebevolle Stütztherapie. Die Probleme beginnen mit der Schulaltergruppe, in der die Furcht vor der Trennung von den Eltern und das Leiden unter dem Krankenhausalltag dem Kind die größten Schwierigkeiten bereiten.«

Charles krümmte sich in seinem Sessel. Er wollte gar nicht erst versuchen, das Problem mit Michelles Augen zu sehen; es war zu quälend.

Dr. Keitzmans Zähne blitzen auf, als ein Zucken über seine Oberlippe lief, dann fuhr er fort. »Dem Patienten im Schulalter wird nur auf ausdrückliche Fragen zu seiner Krankheit geantwortet. Die psychologische Unterstützung ist besonders auf die Trennungsängste des Kindes gerichtet.«

»Ich glaube, Michelle wird sehr unter der Trennung leiden«, sagte Cathryn. Sie bemühte sich, den Ausführungen von Dr. Keitzman zu folgen, weil sie hoffte, daß ihre Mitarbeit ihn freundlich stimmen könnte.

Ohne Cathryn zu beachten, ging Dr. Keitzman in seinen Erklärungen weiter. »Bei den Jugendlichen nähert sich die Behandlung der für den erwachsenen Patienten an. Die psychologische Betreuung ist darauf ausgerichtet, Verwirrung und Unsicherheit auszuschalten, jedoch ohne die Selbstverleugnung der Krankheit zu zerstören, wenn sie zum Schutzmechanismus des Kranken gehört. In Michelles Fall fällt das Problem leider zwischen Schul- und Jugendalter. Ich bin mir über die richtige Vorgehensweise noch nicht sicher. Vielleicht können Sie als Eltern Ihre Meinung dazu äußern.«

»Meinen Sie, ob wir Michelle sagen sollen, daß sie Leukämie hat?« fragte Cathryn.

»Das fällt auch in diesen Problemkreis«, sagte Dr. Keitzman.

Cathryn sah zu Charles, aber er hatte seine Augen wieder geschlossen. Dr. Wiley erwiderte ihren Blick mit einem freundlichen Lächeln, das sie ein bißchen beruhigte.

»Diese Frage muß gründlich bedacht werden«, sagte Dr. Keitzman. »Wir müssen uns jetzt nicht entscheiden. Bis auf weiteres können wir Michelle sagen, daß wir noch nicht genau wissen, was ihr fehlt. Noch eine letzte Frage, bevor wir gehen. Hat Michelle Geschwister?«

»Ja«, antwortete Cathryn. »Zwei Brüder.«

»Sehr schön«, sagte Dr. Keitzman. »Sie sollten für einen kleinen Test im Krankenhaus vorbeikommen, damit wir feststellen können, ob sie zu Michelles HLA- und ABO-Werten passen. Wahrscheinlich werden wir Blutplättchen brauchen und Granulozyten, und vielleicht sogar Mark. Ich hoffe, daß wenigstens einer von beiden als Spender in Frage kommt.«

Hilfesuchend sah Cathryn zu Charles, aber der saß immer noch mit geschlossenen Augen da. Sie verstand nicht, worüber Dr. Keitzman sprach, aber sie nahm an, daß Charles es tat. Aber Charles schien noch mehr Mühe zu haben als sie, mit der Situation fertig zu werden.

Auf dem Weg zum Fahrstuhl kämpfte Charles, seine innere Ruhe wiederzufinden. Nie zuvor war er so schmerzvoll widerstreitenden Gefühlen ausgeliefert gewesen. Einerseits konnte er es nicht erwarten, seine Tochter zu sehen, sie in den Arm zu nehmen und zu beschützen. Andererseits fürchtete er das Wiedersehen, weil er sich endlich mit ihrer Diagnose abfinden mußte. Und darüber wußte er zuviel. Sie würde es an seinem Gesicht ablesen können.

Der Fahrstuhl hielt. Die Türen öffneten sich. Vor ihnen lag ein blaßblau gestrichener Flur, dessen Wände mit Tierbildern beklebt waren. Kinder verschiedenen Alters, in Pyjamas gekleidet, liefen herum, Schwestern und Eltern und einige Haushandwerker der Klinik standen um eine Trittleiter. Sie wechselten die Neonröhre einer Deckenleuchte aus.

Dr. Wiley führte sie den Flur hinunter, vorbei an dem Stationszentrum der Schwestern und Pfleger und dem Aktenraum. Mit einem Blick durch die Regale voller Krankenakten sah die Oberschwester Dr. Wiley vorübergehen. Rasch erhob sie sich und eilte der kleinen Gruppe hinterher. Charles sah hinunter auf den Boden und beobachtete jeden Schritt seiner Beine. Es war, als ob er einen Fremden ansah. Neben ihm ging Cathryn, sie hatte ihren Arm unter seinen geschoben.

Michelle lag in einem Einzelzimmer, das in demselben pastellblauen Ton gestrichen war wie der Flur. Auf der linken

Wand neben der Tür zur Toilette war ein großes tanzendes Flußpferd. Am anderen Ende des Zimmers war ein Fenster. Rechts hing über einer Kommode ein Wandschrank, daneben stand ein Nachttisch und ein gewöhnliches Krankenbett. Über dem Kopfende des Bettes ragte eine glänzende Metallstange auf, an der ein Plastikbehälter und eine Infusionsflasche befestigt waren. Von der Flasche schlängelte sich ein Schlauch hinunter zum Bett und endete in Michelles Arm. Sie hatte gerade aus dem Fenster gesehen. Als die Tür geöffnet wurde, drehte sie sich herum.

»Hallo, Kleines«, begrüßte Dr. Wiley sie freundlich. »Schau, wen ich dir mitgebracht habe.«

Mit dem ersten Blick auf seine Tochter verschwand Charles' Angst vor dem Wiedersehen in einer Welle sorgenvoller Liebe. Er lief zu ihr, schlang seine Arme um ihren Kopf und preßte ihr Gesicht in seines. Im nächsten Moment hatte auch Michelle ihren freien Arm um seinen Hals geschlungen.

Cathryn ging hinüber zur anderen Seite des Bettes. Sie sah in Charles' Gesicht und spürte, wie er mit den Tränen kämpfte. Nach einigen Minuten öffnete er zögernd die Arme und senkte Michelles Kopf vorsichtig auf das Kissen. Dann strich er sanft ihr volles dunkles Haar auf dem Kissen aus, daß es wie ein Fächer um ihr blasses Gesicht lag. Michelle griff nach Cathryns Hand und klammerte sich fest an sie.

»Wie geht es dir?« fragte Charles. Er fürchtete, daß Michelle seine unsicheren Gefühle erraten könnte.

»Jetzt fühl ich mich wieder gut«, sagte Michelle, die überglücklich war, ihre Eltern zu sehen. Aber dann verdüsterte sich ihr Gesicht und sie sah Charles aufmerksam an. »Ist das wahr, Daddy?« fragte sie.

Charles' Herz setzte für einen Schlag aus. Sie weiß es, dachte er voller Unruhe. Er sah zu Dr. Keitzman und versuchte sich zu erinnern, was er über die richtige psychologische Behandlung gehört hatte.

»Ist was wahr?« fragte Dr. Wiley vorsichtig.

»Daddy?« bettelte Michelle. »Ist das wahr, daß ich heute nacht hierbleiben muß?«

Charles blinzelte. Im ersten Moment wollte er nicht glauben, daß sie nicht nach einer Bestätigung der Diagnose fragte.

Dann, als er sich sicher war, daß sie nichts von ihrer Leukämie ahnte, lächelte er erleichtert. »Nur für ein paar Nächte«, sagte er.

»Aber ich will nicht in der Schule fehlen«, sagte Michelle.

»Mach dir wegen der Schule keine Sorgen«, antwortete er mit einem nervösen Lachen. Er sah für einen Moment zu Cathryn, die ebenso dumpf auflachte. »Es ist sehr wichtig, daß du noch für ein paar Untersuchungen hierbleibst, damit wir herausfinden können, woher dein Fieber kommt.«

»Ich will mich aber nicht mehr untersuchen lassen«, sagte Michelle. Erschreckt schaute sie ihren Vater an. Sie hatte genug Qualen erlitten.

Betroffen sah Charles, wie winzig ihr Körper in dem Krankenhausbett schien. Ihre schmalen Arme, die aus den Ärmeln des Krankenhausnachthemdes hervorragten, sahen unglaublich zart und schwach aus. Ihr Hals, der ihm immer kräftig erschienen war, wirkte jetzt nicht stärker als sein Unterarm. Sie sah aus wie ein zierlicher, verwundbarer Vogel. Charles wußte, daß irgendwo im Innern ihres Knochenmarks eine Gruppe ihrer eigenen Zellen Krieg gegen ihren Körper führte. Und es gab nichts, was er tun konnte, um ihr zu helfen – gar nichts.

»Dr. Wiley und Dr. Keitzman werden nur die Untersuchungen machen, die sie wirklich brauchen«, sagte Cathryn. »Du wirst ein tapferes Mädchen sein.«

Cathryns letzter Satz hatte einen Beschützerinstinkt in Charles geweckt. Auch wenn er eingestehen mußte, daß er Michelle nicht helfen konnte, so konnte er sie aber doch zumindest vor überflüssigen traumatischen Leiden schützen. Er wußte nur allzu gut, daß Patienten mit seltenen Krankheiten sehr oft allen nur erdenklichen körperlichen Qualen ausgeliefert wurden, ganz nach der Laune des behandelnden Arztes. Mit seiner linken Hand griff Charles nach dem Plastikbehälter und drehte ihn so, daß er die Aufschrift lesen konnte. Thrombozyten. Er drehte sich zu Dr. Wiley um.

»Wir waren der Meinung, daß sie sofort Blutplättchen brauchte«, sagte Dr. Wiley. »Ihr Wert lag nur noch bei zwanzigtausend.«

Charles nickte.

»Ich muß jetzt leider gehen«, sagte Dr. Keitzman. Durch die Bettdecke griff er nach einem Fuß von Michelle. »Wir sehen uns dann später, Miß Martel. Es werden im Laufe des Tages auch noch einige andere Ärzte zu dir kommen, um mit dir zu sprechen. Durch den Schlauch da geben wir dir ein bißchen Medizin. Also halte den Arm schön still.«

Charles warf einen schnellen Blick auf die Infusionsflasche: Daunorubicin! Eine Woge der Angst flutete durch seine Brust und das Verlangen, seine kleine Tochter aufzuheben und aus den Klauen des Krankenhauses zu befreien. Ein aberwitziger Gedanke schoß ihm durch den Kopf: Vielleicht mußte er Michelle nur fortbringen von all diesen Leuten, und der ganze Alptraum würde verschwinden.

»Wenn Sie mich sprechen wollen, ich stehe Ihnen jederzeit zur Verfügung«, sagte Dr. Keitzman und ging zur Tür.

Cathryn bedankte sich mit einem Lächeln für das Angebot und nickte. Sie merkte, daß Charles nicht einmal mit einem Blick auf Dr. Keitzmans Freundlichkeit antwortete. Statt dessen hatte er sich zu Michelle hinuntergebeugt und flüsterte ihr etwas ins Ohr. Cathryn hoffte, daß sein Schweigen den Onkologen nicht aufs neue verärgern würde.

»Ich bin draußen vor der Tür«, sagte Dr. Wiley und ging Dr. Keitzman nach. Auch die Oberschwester, die stumm im Hintergrund gestanden hatte, verließ das Zimmer.

Auf dem Flur verlangsamte Dr. Keitzman seinen Schritt, so daß Dr. Wiley zu ihm aufschließen konnte. Gemeinsam gingen sie zur Schwesternstation.

»Ich befürchte, daß Charles Martel aus diesem Fall eine sehr schwierige Angelegenheit machen wird«, sagte Dr. Keitzman.

»Ich muß Ihnen wohl leider zustimmen«, entgegnete Dr. Wiley.

»Wenn da nicht dieses arme Kind wäre, ich hätte Martel gesagt, daß er den Mund halten soll«, sagte Dr. Keitzman. »Hätten Sie diesen Unsinn über die Chemotherapie und daß wir sie nicht anwenden sollen für möglich gehalten? Mein Gott! Man sollte doch annehmen dürfen, daß ein Mann in seiner Position informiert ist über die Fortschritte, die wir mit der Chemotherapie gemacht haben, besonders bei der lymphozytischen Leukämie und der Hodgkinschen Krankheit.«

»Er weiß das alles«, sagte Dr. Wiley. »Nur, seine Verzweiflung macht ihn blind. Das ist auch verständlich, wenn man weiß, daß er das alles schon einmal beim Tod seiner ersten Frau durchgemacht hat.«

»Trotzdem verurteile ich sein Verhalten. Er ist immerhin Arzt.«

»Aber er ist ein reiner Wissenschaftler«, sagte Dr. Wiley. »Seit fast zehn Jahren ist er aus der klinischen Medizin heraus. Er ist ein gutes Beispiel dafür, daß die Forscher zumindest mit einem Bein in der Praxis bleiben sollten, damit sie nicht das richtige Verhältnis zur Wirklichkeit verlieren. Schließlich sind beide Seiten in der Sorge um die Menschen miteinander verbunden.«

Sie erreichten die Schwesternstation. Beide lehnten sich gegen den Auskunftsschalter und sahen mit abwesendem Blick auf das fleißige Durcheinander.

»Für einen Moment hat mich Charles' Zorn erschreckt«, nahm Dr. Wiley das Gespräch wieder auf. »Ich dachte, daß er völlig die Beherrschung verlieren würde.«

»In meinem Zimmer hat er sich auch nicht viel besser benommen«, sagte Dr. Keitzman und schüttelte den Kopf. »Ich habe schon vorher mit wütenden Leuten zu tun gehabt, wie Sie sicher auch, aber so etwas wie heute ist mir noch nicht passiert. Die Leute dürfen über das Schicksal den Kopf verlieren, aber nicht der diagnostizierende Arzt.«

Die zwei Männer beobachteten einen Pfleger, der geschickt eine Krankenbahre mit einem frischoperierten Patienten erst aus dem Fahrstuhl und dann den Flur hinunter manövrierte. Für einen Moment schwiegen sie. Die Bahre mit dem Kind verschwand in einem der Zimmer, und mehrere Schwestern eilten hinterher.

»Denken Sie an das, was ich denke?« fragte Dr. Keitzman.

»Vielleicht. Ich frage mich, wie stabil die Gemütsverfassung von Dr. Charles Martel ist.«

»Dann haben wir an dasselbe gedacht«, antwortete Dr. Keitzman.

»Diese plötzlichen Stimmungsschwankungen in meinem Zimmer.«

Dr. Wiley nickte. »Sogar unter den gegebenen Umständen

erscheinen seine Reaktionen unverhältnismäßig. Aber er ist immer ein Sonderling gewesen. Er lebt in irgendeinem gottverlassenen Winkel von New Hampshire. Er hat immer behauptet, seine erste Frau hätte es so gewollt. Aber nach ihrem Tod ist er auch nicht weggezogen. Und jetzt lebt er mit seiner neuen Frau da draußen. Ich weiß nicht, aber jedem das Seine.«

»Seine neue Frau scheint sehr nett zu sein.«

»Sie ist ein Engel. Sie hat die Kinder adoptiert und behandelt sie, als seien es ihre eigenen. Als die beiden geheiratet haben, habe ich noch befürchtet, daß sie sich vielleicht etwas viel zumutet. Aber sie ist hervorragend zurechtgekommen. Als ich ihr mitgeteilt habe, daß Michelle Leukämie hat, war sie völlig verstört. Aber von Anfang an war ich mir sicher, daß sie besser damit fertig werden würde als Charles. Das war auch der Grund, weshalb ich es ihr zuerst gesagt habe.«

»Vielleicht sollten wir einen Moment mit ihr sprechen«, schlug Dr. Keitzman vor. »Was glauben Sie?«

»Wir sollten es zumindest versuchen.« Dr. Wiley sah hinüber zu den Schwestern. »Miß Shannon! Würden Sie bitte einen Moment herkommen.«

Die Oberschwester ging hinüber zu den zwei Ärzten. Dr. Wiley erklärte ihr, daß sie gerne Mrs. Martel sprechen wollten, aber allein. Er bat die Schwester, zu Michelles Zimmer zu gehen und Mrs. Martel unter irgendeinem Vorwand herauszulocken.

Als sie die Schwester mit eiligen Schritten davongehen sahen, zuckte Dr. Keitzmans Oberlippe wieder nervös nach oben. »Wir müssen ihr nicht unbedingt sagen, daß das Kind hoffnungslos krank ist.«

»Als ich Michelles Blutausstrich gesehen habe, hätte ich das auch noch nicht gedacht«, sagte Dr. Wiley. »Aber als ich dann das Knochenmark sah, war ich mir sicher.«

»Sie kann sehr schnell ins Endstadium kommen, fürchte ich«, sagte Dr. Keitzman. »Ich glaube, daß das zentrale Nervensystem schon angegriffen ist. Und deshalb müssen wir auch noch heute mit der Chemotherapie anfangen. Ich möchte, daß Dr. Nakano und Dr. Sheetman sie umgehend sehen. In einem Punkt hat Martel recht. Ihre Chance auf eine Remission ist sehr klein.«

»Aber wir müssen es trotzdem versuchen«, sagte Dr. Wiley. »Da kommt Mrs. Martel.«

In der Erwartung, vielleicht Marge Schonhauser zu sehen, war Cathryn der Schwester auf den Flur gefolgt. Miß Shannon hatte gesagt, daß jemand sie sprechen wolle. Cathryn war niemand anderer eingefallen, der wußte, daß sie hier im Krankenhaus war. Aber als sie aus dem Zimmer getreten waren, hatte ihr die Schwester anvertraut, daß die beiden Ärzte sie sehen wollten, aber allein. Es hörte sich unheilvoll an.

»Vielen Dank, daß Sie gekommen sind«, sagte Dr. Wiley.

»Das ist doch selbstverständlich«, antwortete Cathryn. »Aber was ist denn?«

»Es geht um Ihren Ehegatten«, begann Dr. Keitzman vorsichtig. Er zögerte einen Moment, um seine Worte mit Bedacht zu wählen.

»Wir machen uns Sorgen, daß er in Michelles Behandlung eingreifen könnte«, beendete Dr. Wiley den Gedanken. »Die Situation ist sehr schwierig für ihn. Erstens weiß er selbst zuviel über die Krankheit. Und dann hat er schon einmal erleben müssen, wie jemand, den er liebte, trotz Chemotherapie gestorben ist.«

»Es ist nicht so, daß wir seine Gefühle nicht verstehen würden. Wir sind nur der Ansicht, daß Michelle jede Chance auf eine Remission haben sollte, ohne Rücksicht auf die Nebenwirkungen.«

Cathryn sah forschend in die schmalen, habichtscharfen Gesichtszüge von Dr. Keitzman und in das breite, runde Gesicht von Dr. Wiley. So unterschiedlich sie auch aussahen, so ähnlich waren sie in ihrer energischen Stärke. »Ich verstehe nicht, was Sie mir sagen wollen.«

»Wir möchten nur, daß Sie uns etwas über den Gemütszustand Ihres Mannes sagen. Wir wüßten gerne, womit wir zu rechnen haben«, sagte Dr. Keitzman.

»Ich glaube, Sie brauchen sich keine Sorgen zu machen«, versicherte Cathryn. »Es fiel ihm schwer, sich mit dem Tod seiner ersten Frau abzufinden, aber er hat nie versucht, in ihre Behandlung einzugreifen.«

»Verliert er oft seine Fassung so wie heute?« fragte Dr. Keitzman.

»Es war ein schrecklicher Schock für ihn«, antwortete Cathryn. »Ich glaube, das ist verständlich. Außerdem hat er sich seit dem Tod seiner Frau ganz der Krebsforschung gewidmet.«

»Das ist eine grausame Ironie des Schicksals«, sagte Dr. Wiley.

»Aber was ist mit dem unkontrollierten Gefühlsausbruch, den er heute hatte?« fragte Dr. Keitzman.

»Er hat ein hitziges Temperament«, antwortete Cathryn. »Aber normalerweise weiß er sich auch zu beherrschen.«

»Nun, das hört sich ermutigend an«, sagte Dr. Keitzman. »Vielleicht wird alles doch nicht so schwierig. Vielen Dank jedenfalls, Mrs. Martel. Sie waren sehr verständnisvoll, besonders nachdem Sie, wie wir wissen, selbst sehr unter den Ereignissen gelitten haben. Wenn wir irgend etwas Unangenehmes sagen mußten, tut mir das sehr leid, aber es geschieht alles zum Besten von Michelle, das kann ich Ihnen ausdrücklich versichern.« Dann wandte er sich an Dr. Wiley. »Ich will jetzt sehen, daß wir heute noch ein Stück vorankommen. Wir können ja später noch miteinander sprechen.« Mit eiligen Schritten, fast lief er, ging er den Gang hinunter und war in wenigen Sekunden verschwunden.

»Er ist ein sonderbarer Mensch«, sagte Dr. Wiley. »Aber Sie hätten keinen besseren Onkologen finden können. Er ist eine der führenden Kapazitäten auf der ganzen Welt in der Kinderleukämie.«

»Als Charles so aufbrauste, habe ich schon befürchtet, daß er uns allein lassen würde«, sagte Cathryn.

»Dafür ist er viel zu sehr Arzt«, antwortete Dr. Wiley. »Das einzige, was ihm Sorgen bereitet, ist Charles' Beurteilung der Chemotherapie. Und um überhaupt eine Chance für eine Remission bei Michelle zu haben, muß sofort mit einer aggressiven Behandlung begonnen werden.«

»Ich bin sicher, daß Charles sich nicht in ihre Behandlung einmischen wird«, sagte Cathryn.

»Das können wir nur hoffen«, sagte Dr. Wiley. »Und dabei werden wir auch auf Sie zählen, Cathryn.«

»Auf mich?« fragte Cathryn entgeistert. »Krankenhäuser und alles, was damit verbunden ist, sind nicht gerade meine stärkste Seite.«

»Ich fürchte, damit werden Sie fertig werden müssen«, sagte Dr. Wiley. »Michelles Behandlung kann sehr, sehr schwierig werden und auch sehr lange andauern.«

Im selben Moment sah Cathryn, wie Charles aus Michelles Zimmer trat. Er entdeckte sie und kam den Flur herunter zur Schwesternstation. Cathryn lief ihm entgegen. Einen Augenblick hielten sie sich in einer schweigenden Umarmung, um sich gegenseitig Kraft zu geben. Als sie zurück zu Dr. Wiley gingen, schien Charles schon ruhiger geworden zu sein.

»Sie ist ein gutes Kind«, sagte er. »Ihre einzige Sorge war, daß sie über Nacht bleiben muß. Sie wollte nach Hause, um morgen früh den Orangensaft machen zu können. Kannst du dir das vorstellen?«

»Sie fühlt sich dafür verantwortlich«, sagte Cathryn. »Bis ich gekommen bin, war sie die Frau im Haus. Sie hat Angst, dich zu verlieren, Charles.«

»Es ist erstaunlich, was man alles nicht weiß über seine eigenen Kinder«, sagte Charles. »Ich habe sie gefragt, ob es ihr was ausmacht, wenn ich ins Labor zurückgehe. Sie hat nichts dagegen, solange du hierbleibst, Cathryn.«

Cathryn war gerührt. »Auf dem Weg zum Krankenhaus hatten wir ein kleines Gespräch. Und zum ersten Mal hatte ich das Gefühl, daß sie mich wirklich akzeptiert.«

»Sie ist glücklich, daß sie dich hat«, sagte Charles mit leiser Stimme. »Und ich bin es auch. Ich hoffe, es macht dir nichts aus, wenn ich dich hier allein lasse. Ich fühle mich so schrecklich machtlos. Ich muß einfach etwas tun.«

»Das verstehe ich«, sagte Cathryn. »Ich glaube, du hast recht. Im Moment kannst du wirklich nichts tun, und dann ist es besser, wenn du dich mit etwas ablenken kannst. Ich bleibe gerne hier. Überhaupt, ich werde meine Mutter anrufen. Sie kann zu uns kommen und sich ein bißchen um den Haushalt kümmern.«

Dr. Wiley sah das Paar den Flur herunterkommen. Die offene Zuneigung der beiden und ihr gegenseitiges Verständnis beruhigten ihn.

Die Art, wie sie sich ihren Kummer eingestanden und miteinander teilten, konnte beiden nur helfen. Es war ein gutes Zeichen, und es gab ihm neuen Mut. Er lächelte, weil ihm ein passendes Wort fehlte, als sie bei ihm ankamen. Er mußte zurück in seine Praxis, in der inzwischen bestimmt das totale Chaos ausgebrochen war. Aber erst wollte er wissen, ob die beiden ihn vielleicht noch brauchten.

»Könnten Sie wohl etwas von Michelles Blutprobe entbehren?« fragte Charles. Seine Stimme klang sachlich kühl.

»Das glaube ich schon«, sagte Dr. Wiley. Charles besaß eine unheimliche Gabe, ihn durcheinanderzubringen.

»Wo kann ich sie bekommen?« fragte Charles.

»Im klinischen Labor«, antwortete Dr. Wiley.

»Schön. Dann lassen Sie uns doch gleich hingehen.« Charles wandte sich zum Fahrstuhl.

»Ich bleibe hier bei Michelle«, sagte Cathryn. »Ich rufe an, wenn es irgend etwas Neues gibt. Sonst sehen wir uns heute abend beim Essen.«

»Ist gut.« Mit entschlossenen Schritten ging er los.

Verwirrt nickte Dr. Wiley Cathryn zum Abschied zu, dann eilte er Charles hinterher. Sein gerade neugewonnenes Vertrauen in Charles war schon wieder untergraben. Offensichtlich hatte sich Charles voller Neugier etwas Neuem zugewandt. Michelles Blut? Warum nicht? Er war Arzt.

## *6. Kapitel*

Die Flasche mit Michelles Blut in der Hand eilte Charles durch die Empfangshalle des Weinburger-Instituts. Er übersah den Gruß der schüchternen Empfangsdame und des Sicherheitsbeamten und eilte den Flur hinunter zu seinem Labor.

»Vielen Dank, daß du überhaupt noch zurückgekommen bist«, sagte Ellen spöttisch. »Vorhin hätte ich deine Hilfe gebraucht, als ich den Mäusen das Canceran injiziert habe.«

Charles beachtete sie gar nicht, sondern trug wortlos das Fläschchen mit Michelles Blut zu dem Gerät, das sie zur Trennung der Zellbestandteile von Blutproben benutzten. Er setzte sich und begann das Instrumentarium für den komplizierten Prozeß herzurichten.

Ellen bückte sich, um unter den Regalen hindurch zu

Charles hinüberzusehen. Einen Augenblick beobachtete sie ihn stumm. »Hallo«, rief sie schließlich. »Ich habe gesagt, daß ich vorhin Hilfe...«

Charles schaltete die Kreiselpumpe ein.

Ein Handtuch in den feuchten Händen, um sich abzutrocknen, kam Ellen hinter dem Arbeitstisch hervor. Neugierig schaute sie, was Charles' Aufmerksamkeit so gefangengenommen hatte. »Ich habe die erste Gruppe der Mäuse schon injiziert«, wiederholte sie, als sie nahe genug heran war.

»Großartig«, sagte Charles ohne jedes Interesse. Vorsichtig gab er einen Teil von Michelles Blut in die Maschine. Dann schaltete er sie ein.

»Was machst du da?« Ellen verfolgte aufmerksam jede seiner Bewegungen.

»Michelle hat eine myeloische Leukämie«, sagte Charles. Seine Stimme war ausgeglichen, als ob er den Wetterbericht vortrug.

»O nein!« rief Ellen entsetzt. »Charles, das tut mir wirklich leid.« Sie hätte ihn jetzt gern berührt, aber sie widerstand dem Wunsch.

»Ist das nicht erstaunlich?« lachte Charles. »Wenn die Katastrophen dieses Tages auf die Probleme hier am Institut beschränkt geblieben wären, hätte ich vielleicht nur geheult. Aber mit Michelles Krankheit ist alles ein bißchen überwältigend viel geworden. Himmelherrgott!«

Charles' Lachen hatte hohl geklungen, aber dennoch fand Ellen es irgendwie unpassend.

»Fühlst du dich gut?« fragte Ellen.

»Ausgezeichnet«, sagte Charles. Er öffnete den kleinen Kühlschrank mit den Reagenzstoffen.

»Wie geht es Michelle?«

»Im Augenblick ganz gut. Aber sie hat keine Ahnung, was ihr noch alles bevorsteht. Ich fürchte, es wird schlimm werden.«

Ellen fehlten für einen Moment die Worte. Mit leerem Blick sah sie Charles zu, wie er den Bluttest fortsetzte. Aber schließlich hatte sie die Sprache wiedergefunden. »Was tust du da, Charles?«

»Ich habe hier eine kleine Blutprobe von Michelle. Und jetzt will ich herausfinden, ob unsere Methode zur Isolation eines Krebsantigens auch bei ihren Leukämiezellen funktioniert. Damit kann ich mir immerhin selbst vormachen, daß ich etwas tue, um ihr zu helfen.«

»O Charles«, sagte Ellen mitfühlend. Seine Art, die eigene Verletzbarkeit einzugestehen, hatte etwas Mitleiderregendes. Ellen wußte, daß Charles es nicht ertragen konnte, wenn er zur Untätigkeit gezwungen war. Er hatte ihr von dem schrecklichen Gefühl der Machtlosigkeit erzählt, das er empfunden hatte, als Elisabeth erkrankt war. Er hatte nur dasitzen können und zusehen, wie sie starb. Und jetzt war es Michelle!

»Ich habe beschlossen, daß wir unsere eigene Arbeit nicht unterbrechen«, sagte Charles. »Wir machen weiter, während wir an der Canceran-Studie arbeiten. Auch nachts, wenn es sein muß.«

»Aber Morrison drängt sehr darauf, daß wir uns ausschließlich mit dem Canceran beschäftigen«, sagte Ellen. »Während du fort warst, ist er extra noch einmal ins Labor gekommen, um darauf hinzuweisen.«

Einen Moment überlegte Ellen, ob sie Charles den wahren Grund von Morrisons Besuch verraten sollte, aber nach allem anderen, was passiert war, fürchtete sie sich, es zu tun.

»Nichts interessiert mich weniger als das, was Morrison sagt. Jetzt, wo Michelle krank ist, bedeutet Krebs wieder mehr für mich als nur ein metaphysisches Konzept. In unserer Arbeit stecken ganz andere Möglichkeiten als in der Entwicklung eines weiteren chemotherapeutischen Wirkstoffs. Außerdem braucht Morrison ja gar nicht zu wissen, was wir hier machen. Wir werden an dem Canceran-Projekt arbeiten, und damit wird er zufrieden sein.«

»Ich bin mir nicht sicher, ob du dir genau darüber im klaren bist, wie sehr die Verwaltung auf das Canceran hofft«, sagte Ellen. »Ich halte es wirklich nicht für ratsam, sich gegen sie zu stellen, besonders nicht aus persönlichen Gründen.«

Für einen Moment saß Charles wie erstarrt, dann explodierte er. Er schlug mit der flachen Hand so heftig auf den Schieferbelag des Tisches, daß von dem Regal darüber mehrere Bechergläser herunterfielen. »Das reicht«, schrie er. »Ich habe genug von den Leuten, die mir sagen, was ich zu tun habe. Wenn du nicht mit mir arbeiten willst, dann verschwinde aus dem Labor. Sofort.«

Damit wandte er sich abrupt wieder seiner Arbeit zu. Seine Hand fuhr nervös durch sein wirres Haar. Die nächsten Augenblicke arbeitete er schweigend vor sich hin. Dann sagte er, ohne sich umzudrehen: »Was stehst du da rum? Bring mir die radioaktiven Nukleotiden.«

Ellen ging hinüber zu dem besonders geschützten Lagerbereich radioaktiver Stoffe. Als sie das Schloß öffnete, sah sie, daß ihre Hände zitterten. Anscheinend konnte sich Charles kaum noch beherrschen. Sie fragte sich, was sie Dr. Morrison sagen sollte. Sie war sich sicher, daß sie ihm etwas sagen wollte, denn als ihre Furcht allmählich nachließ, wuchs ihr Zorn. Sie war schließlich nicht seine Dienerin.

Sie brachte die Chemikalien und stellte sie auf den Tisch.

»Danke schön«, sagte Charles einfach, als ob nichts geschehen war. »Sobald wir einige B-Lymphozyten haben, möchte ich sie mit den Nukleotiden und einigen der Leukämiezellen im Inkubator kultivieren.«

Ellen nickte. Mit diesen schnellen Stimmungsschwankungen konnte sie nicht mehr mithalten.

»Auf dem Rückweg hierher hatte ich eine Eingebung«, fuhr Charles fort. »Das größte Hindernis in unserer Arbeit ist der Blockierungsfaktor gewesen und unser Unvermögen, in dem krebstragenden Tier die Bildung von Antikörpern durch die Krebsantigene auszulösen. Dazu ist mir folgende Idee gekommen: Ich habe nach Wegen gesucht, die uns Zeit sparen können. Warum injizieren wir die Krebsantigene nicht einem verwandten, aber gesunden Tier, wo wir absolut sicher sein können, daß die Antikörperbildung einsetzt? Was hältst du davon?«

Ellen sah forschend in Charles' Gesicht. Innerhalb von Sekunden hatte er sich aus einem blindwütigen Kind in einen ernsten Wissenschaftler verwandelt. Sie nahm an, daß dies seine Art war, mit Michelles Krankheit fertig zu werden.

Ohne auf ihre Antwort zu warten, sprach Charles weiter: »Sobald bei dem nicht krebstragenden Tier die Immunreaktion auf die Krebsantigene erfolgt ist, isolieren wir die dafür verantwortlichen T-Lymphozyten, aus ihnen filtern wir das Protein des Übertragungsfaktors heraus und sensibilisieren mit ihm das krebstragende Tier. Es ist so fundamental einfach, ich kann gar nicht glauben, daß ich nicht schon früher darauf gekommen bin. Also... wie findest du das?«

Ellen zuckte die Schultern. Dabei hatte sie nur Angst, etwas zu sagen. Obwohl sich die zugrunde gelegte Prämisse vielversprechend anhörte, wußte sie auch, daß der mysteriöse Übertragungsfaktor bei den Tieren, mit denen sie arbeiteten, nicht besonders gut wirkte. Tatsächlich sprach er am besten beim Menschen an. Aber diese technischen Fragen beschäftigten sie nicht allzusehr. Sie überlegte, ob es nicht viel zu auffallend war, wenn sie sich jetzt für einen Moment entschuldigte und direkt zu Dr. Morrison ging.

»Kannst du nicht das Polyäthylenglykol holen?« fragte Charles. »Wir müssen alles bereitstellen, um mit Michelles T-Lymphozyten einen Hybrideneffekt zu erzeugen. Ruf auch die Tierabteilung an und sag ihnen, daß wir eine frische Gruppe Mäuse von den gesunden Kontrolltieren brauchen, denen wir das Brustkrebsantigen injizieren werden. Mein Gott, wenn der Tag doch bloß mehr als vierundzwanzig Stunden hätte.«

»Ich hätte gerne den Kartoffelbrei«, sagte Jean Paul, nachdem er minutenlang überlegt hatte, ob er das Schweigen, das sich über den Tisch gelegt hatte, brechen sollte. Niemand hatte ein Wort gesprochen, seit er laut verkündet hatte, daß die Ente, die er am Morgen in die Garage gesperrt hatte, »mausetot war und steif wie ein Brett«. Am Ende hatte sein Hunger die Sache entschieden.

»Ich tausche ihn gegen die Koteletts«, sagte Chuck. Er warf seinen Kopf zurück, um eine Haarsträhne zu bekommen.

Die Brüder tauschten die Platten, Silber schlug klingend gegen Porzellan.

Gina Lorenzo, Cathryns Mutter, ließ ihren Blick über die Familie ihrer Tochter wandern. Cathryn ähnelte ihrer Mutter. Beide hatten dieselbe hervorspringende Nasenwurzel und denselben großen, ausdrucksstarken Mund. Der deutlichste Unterschied zwischen ihnen war, von den zwanzig Jahren Altersunterschied einmal ganz abgesehen, daß sie vielleicht zwanzig Pfund Übergewicht hätte. Tatsächlich waren es eher sechzig. Pasta war Ginas Leidenschaft, und sie gehörte nicht zu den Leuten, die sich wegen der Figur ihre Leidenschaften versagen.

Gina hob die Schüssel mit den Fettuccini und tat, als ob sie noch etwas auf Cathryns unberührten Teller laden wollte. »Du mußt etwas essen.«

Cathryn zwang sich zu einem Lächeln und schüttelte den Kopf.

»Was ist los? Gefällt es dir nicht?« fragte Gina.

»Es ist alles sehr schön. Ich habe nur keinen großen Hunger.«

»Du mußt aber etwas essen«, sagte Gina. »Und du auch, Charles. Zum Nachtisch habe ich extra gefüllte Teigröllchen gemacht.«

»Oh, prima!« sagte Jean Paul.

Pflichtbewußt nahm Charles einen Bissen von den Fettuccini, doch sofort rebellierte sein Magen. Einen Moment behielt er die Pasta im Mund, bevor er versuchte, den Bissen zu schlucken. Die Katastrophen des Tages hatten ihn mit der Kraft eines Hurrikans getroffen, als er die rasende Hektik des Labors verlassen hatte. Die Arbeit hatte seine Gefühle betäubt, und nur widerstrebend hatte er sie aus der Hand gelegt, als es Zeit war, Chuck abzuholen und nach Hause zu fahren. Und Chuck war ihm auch keine Hilfe gewesen. Erst als der Stoßverkehr Bostons hinter ihnen lag, hatte Charles seinem Sohn erzählt, daß seine Schwester eine sehr ernste Leukämie hatte. Chucks Antwort war ein schlichtes »Oh!« gewesen, dann folgte längere Zeit Schweigen. Schließlich hatte er noch gefragt, ob die Krankheit ansteckend sei.

Charles hatte nicht geantwortet. Nur der Griff seiner Hände um das Lenkrad war fester geworden, und mit Staunen hatte er über den unverfrorenen Egoismus seines ältesten Sohnes nachgedacht. Nicht ein einziges Mal hatte Chuck gefragt, wie es seiner Schwester ging. Und jetzt beobachtete Charles, mit welcher Gier Chuck sein Kotelett hinunterschlang. Am liebsten wäre er aufgestanden und hätte den selbstsüchtigen Jungen aus dem Haus geworfen.

Aber Charles rührte sich nicht von seinem Platz. Statt dessen begann er mechanisch die Fettuccini zu kauen, der letzte

Gedanke war ihm selbst unangenehm. Chuck war einfach unreif. Wenigstens Jean Paul hatte angemessen auf die traurige Eröffnung reagiert. Er hatte geweint und gefragt, wann Michelle nach Hause kommen würde und ob er sie besuchen konnte. Er war ein gutes Kind.

Charles sah zu Cathryn, die ihren Kopf gesenkt hielt und in ihrem Teller herumstocherte, um ihrer Mutter den Eindruck zu geben, daß sie essen würde. Er war dankbar, daß er Cathryn hatte. Allein wäre er mit Michelles Krankheit nicht fertig geworden. Doch zugleich verriet ihm sein Blick, wie sehr Cathryn unter der Situation litt. Aus diesem Grund hatte er ihr auch nichts von dem Ärger am Institut erzählt und von dem, was er plante. Sie hatte genug andere Sorgen.

»Nimm dir doch noch ein Kotelett, Charles«, sagte Gina. Sie hob die Platte und ließ ohne große Umstände noch ein weiteres Stück Fleisch auf seinen gefüllten Teller fallen.

Charles hatte noch nein sagen wollen, aber da war das Kotelett schon in der Luft gewesen. Er wandte den Kopf zur Seite und versuchte ruhig zu bleiben. Schon zu weniger nervenzermürbenden Zeiten hatte Charles seine Schwiegermutter anstrengend gefunden, zumal sie nie ihre ablehnende Haltung zu der Ehe ihrer Tochter mit einem dreizehn Jahre älteren Mann, der auch noch Vater von drei Kindern war, aufgegeben hatte. Charles hörte ein weiteres verräterisches Geräusch von seinem Teller, und als er die Augen öffnete, sah er, daß jetzt auch der Berg Fettuccini angewachsen war.

»Iß«, sagte Gina. »Du brauchst mehr Fleisch auf den Knochen.« Charles konnte sich kaum beherrschen, eine Handvoll der Fettuccini zu nehmen, um sie in die Schüssel zurückzuwerfen.

»Woher wissen die Ärzte, daß Michelle Leukämie hat?« fragte Jean Paul arglos.

Alle Augen richteten sich auf Charles, denn jeder hatte sich nur gefürchtet, die Frage zu stellen.

»Sie haben ihr Blut untersucht und ihr Knochenmark.«

»Ihr Knochenmark?« fragte Chuck, mit Ekel in der Stimme. »Wie sind sie denn an das Knochenmark gekommen, das sie untersucht haben?«

Charles starrte seinen Sohn an, überrascht, wie leicht es

Chuck gelang, ihn zu reizen. Den anderen mochte Chucks Frage unschuldig erscheinen, aber Charles war sicher, daß sich hinter ihr nur morbide Gedanken verbargen und nicht die Sorge um die Schwester.

»Man bekommt das Knochenmark, indem man eine große Punktiernadel in das Brustbein oder den Hüftknochen rammt und dann das Knochenmark heraussaugt«, sagte Charles brutal, in der Hoffnung, daß Chuck vielleicht durch einen Schock zu etwas Mitleid für seine Schwester zu bewegen sei.

»Huh«, sagte Chuck. »Tut das weh?«

»Fürchterlich«, antwortete Charles.

Wie ein Blitz zuckte ein unvorstellbarer Schmerz durch Cathryn und ließ sie erstarren, als ihr einfiel, daß sie ihr Einverständnis zu dem Test gegeben hatte.

»Mein Gott«, sagte Chuck. »Mit mir dürfte das keiner machen!«

»Da wär ich nicht so sicher«, sagte Charles gedankenlos. »Michelles Ärzte möchten bei euch beiden eine Gewebsbestimmung vornehmen. Vielleicht kommt einer von euch als Spender für Blutplättchen, Granulozyten in Frage. Möglicherweise sogar für eine Knochenmarktransplantation.«

»Ich bestimmt nicht!« sagte Chuck und ließ seine Gabel auf den Tisch fallen. »Niemand wird mir eine Nadel in die Knochen stechen. Auf gar keinen Fall.«

Langsam legte Charles seine Ellbogen auf den Tisch und beugte sich hinüber zu Chuck. »Ich habe dich nicht nach deiner Meinung gefragt, Charles junior. Ich habe gesagt, daß du in das Kinderkrankenhaus gehen wirst, um bei dir eine Gewebsbestimmung vornehmen zu lassen. Hast du das verstanden?«

»Darüber muß wohl nicht beim Essen gesprochen werden«, fuhr Cathryn dazwischen.

»Werden die Ärzte mir wirklich eine Nadel in einen Knochen stechen?« fragte Jean Paul.

»Charles, bitte!« sagte Cathryn heftig. »In dieser Weise kannst du nicht mit Chuck über diese Dinge sprechen!«

»Nein? Aber ich bin seine Selbstsucht nun endlich leid«, schrie Charles. »Er hat nicht ein einziges Wort des Mitleids mit Michelle hören lassen.«

»Warum gerade ich?« schrie Chuck gellend. »Warum muß ich der Spender sein? Du bist ihr Vater! Warum kannst du denn kein Spender sein? Oder ist es den großen Wissenschaftlern nicht gestattet, Knochenmark zu spenden?«

Blind vor Wut sprang Charles auf. Ein bebender Finger fuhr Chuck entgegen. »Deine Selbstsucht wird nur noch von deiner Dummheit übertroffen. Ich denke, du hast in der Schule Biologie gehabt. Du solltest wissen, daß ein Vater nur den halben Chromosomensatz an sein Kind vererbt. Deshalb komme ich nicht als Spender für Michelle in Frage. Wenn ich könnte, würde ich sogar den Platz mit ihr tauschen.«

»Bestimmt! Bestimmt!« reizte Chuck weiter. »Sagen kann man viel.«

Charles lief um den Tisch herum, aber Cathryn sprang auf und hielt ihn fest. »Charles, bitte.« Sie brach in Tränen aus. »Beruhige dich!«

Chuck saß starr auf seinem Stuhl, die Hände fest um die Kanten des Sitzes geklammert. Er wußte, daß nur noch Cathryn zwischen ihm und der drohenden Katastrophe stand.

»Im Namen des Vaters, des Sohnes und des Heiligen Geistes«, sagte Gina und bekreuzigte sich. »Charles! Bitte den Herrn um Vergebung. Tue nicht des Teufels Werk.«

»Oh, mein Gott!« schrie Charles. »Jetzt muß man sich hier auch noch eine Predigt anhören!«

»Versuche nicht den Herrn«, sagte Gina mit tiefer Überzeugung.

»Zum Teufel mit deinem Gott!« brüllte Charles und riß sich von Cathryn los. »Was für ein Gott ist das, der ein hilfloses zwölfjähriges Mädchen an Leukämie erkranken läßt?«

»Du kannst die Wege des Herrn nicht in Frage stellen«, sagte Gina feierlich.

»Mutter!« schrie Cathryn. »Jetzt ist es genug!«

Charles' Gesicht war dunkelrot geworden. Er murmelte einige unverständliche Worte, bevor er sich plötzlich auf dem Absatz herumdrehte, die Hintertür aufriß und in die Nacht hinausstürmte. Die Tür schlug mit einer Endgültigkeit zu, die noch die Gläser im Wohnzimmer aneinanderklirren ließ.

Cathryn versuchte, vor den Kindern ihre Fassung zu bewahren, und räumte mit abgewandtem Gesicht den Tisch ab.

»Was für ein gotteslästerliches Benehmen!« sagte Gina ungläubig.

Sie hielt ihre Hände gegen die Brust gepreßt. »Ich fürchte, daß Charles sich dem Teufel in die Hände gegeben hat.«

»Bekommen wir jetzt die Teigröllchen?« fragte Jean Paul, als er seinen Teller zum Spülbecken trug.

Nachdem sein Vater davongelaufen war, spürte Chuck eine sonderbare Erregung in sich. Er wußte nun, daß er gegen seinen Vater aufbegehren konnte und auch gewinnen. Er sah zu Cathryn, wie sie das Geschirr vom Tisch nahm, und versuchte ihren Blick zu finden. Sie mußte gemerkt haben, wie unerschütterlich sein Auftreten gewesen war, und er hatte nicht übersehen, daß sie ihm zu Hilfe gekommen war. Er schob seinen Stuhl zurück, trug seinen Teller hinüber zum Ausguß und spülte ihn eifrig ab.

Charles war ziellos aus dem Haus gelaufen, er wollte dieser Atmosphäre entkommen, die ihn nur noch weiter reizte. Durch den verharschten Schnee lief er hinunter zum Teich. Wie es sich für Neuengland gehörte, war das Wetter total umgesprungen. Der Nordoststurm war hinaus aufs Meer gewandert, ihm gefolgt war eine arktische Front, die alles in ihrem Einflußbereich gefrieren ließ. Obwohl er gelaufen war, spürte Charles die beißende Kälte. In seinem Zorn hatte er auch noch seine Jacke im Haus vergessen. Ohne besondere Absicht wandte er sich nach links zu Michelles Spielhaus. Gott sei Dank war mit der veränderten Richtung des Windes auch der Gestank von der Recycling-Anlage nicht mehr zu riechen.

Nachdem er sich den Schnee von den Schuhen gestampft hatte, bückte sich Charles und betrat das Miniaturhaus. Der Innenraum war nur drei Meter lang, ein Rundbogen in der Mitte teilte ihn in zwei Räume: der eine, mit einer Bank an der Wand, war das Wohnzimmer, der andere, mit einem kleinen Tisch und einem Spülbecken, die Küche. Das Spielhaus hatte fließendes Wasser (nur im Sommer) und eine Steckdose. Von ihrem sechsten bis zu ihrem neunten Lebensjahr hatte Michelle hier während des Sommers an schönen Sonntagnachmittagen für Charles Tee gekocht. Die Heizplatte, die sie dazu benutzt hatte, funktionierte noch immer. Charles schaltete sie ein, um den Raum etwas anzuwärmen.

Dann setzte er sich auf die Bank, streckte die Beine aus und schlug sie übereinander, um möglichst viel Körperwärme zu sparen. Dennoch begann er nach kurzer Zeit zu frösteln. Das Puppenhaus bot nur vor dem eisigen Wind Schutz, nicht vor der Kälte.

Bald zeigte die Einsamkeit die gewünschte Wirkung, und Charles beruhigte sich wieder. Er mußte sich eingestehen, daß er Chuck grob angefaßt hatte. Charles wußte, daß er sich mit diesem unglückseligen Tag abzufinden hatte. Er wunderte sich nur, wie es dazu gekommen war, daß er diesem falschen Gefühl der Sicherheit in den letzten Jahren so vertraut hatte. Er dachte zurück an den Anfang des Tages... wie er und Cathryn einander geliebt hatten. Zwölf Stunden hatten genügt, das sorgfältig geknüpfte Netz seines Lebens aufzutrennen.

Er beugte sich vor und blickte durch das Fenster an der Stirnseite des Hauses hinauf zum Himmel. Die Wolkenfelder hatten sich aufgelöst, es war eine sternklare Nacht. Er konnte hinaussehen in die Ewigkeiten, zu den fernen Galaxien. Der Anblick war wunderschön, aber ohne Leben, und mit einemmal wurde Charles von einem Gefühl der Nichtigkeit und des Verlassenseins überwältigt. Seine Augen füllten sich mit Tränen. Er lehnte sich zurück, um nicht länger die erschreckende Schönheit des Winterhimmels betrachten zu müssen. Sein Blick wanderte jetzt über die schneebedeckte Winterlandschaft um den gefrorenen Teich. Direkt vor der Tür des Hauses lag die offene Wasserstelle, nach der Jean Paul ihn am Morgen gefragt hatte.

Charles grübelte über die Tiefe seiner Einsamkeit, als ob ihm Michelle schon genommen worden wäre. Er verstand seine Gefühle nicht, aber er ahnte, daß sie etwas mit der Suche nach Schuld zu tun hatten: Wenn er nur aufmerksamer auf Michelles Symptome geachtet hätte; wenn er sich nur mehr um seine Familie gekümmert hätte; wenn er seine Forschungen nur schneller vorangetrieben hätte. Er wünschte sich, alles andere beiseite legen und nur an seinem eigenen Projekt arbeiten zu können. Vielleicht konnte er noch rechtzeitig eine Heilmethode für Michelle finden. Aber Charles wußte, daß das unmöglich war. Außerdem konnte er sich auch nicht so offen gegen Dr. Ibanez stellen. Er konnte es sich nicht leisten, seine Arbeit zu verlieren oder sein Labor. Plötzlich begriff Charles auch, wie hinterlistig klug die Direktoren gehandelt hatten, als ihm das Canceran-Projekt übergeben worden war. Charles war unbeliebt wegen seiner unorthodoxen Methoden, aber geachtet wegen seiner großen Fähigkeiten. So konnte man Charles einerseits als glänzende Zierde benutzen, die dem Projekt die sehnlichst erwünschte Legitimität verlieh, andererseits hatte man aber auch einen passenden Sündenbock, wenn das Projekt fehlschlagen sollte. Die Entscheidung war ein Beispiel administrativer Genialität.

Aus der Entfernung klang Cathryns Stimme herüber. Sie rief nach ihm. Die eisige Luft ließ ihren Ton fast metallisch hart werden. Charles bewegte sich nicht. Einmal hätte er am liebsten geweint, im nächsten Moment fühlte er sich selbst für die kleinste körperliche Anstrengung zu schwach. Was sollte er tun, jetzt, wo Michelle krank war? Wenn die Aussichten für eine Remission schwinden würden, konnte er dann stumm zusehen, wie sie unter der Behandlung litt?

Er ging hinüber zum Fenster und kratzte die dünne Frostschicht auf, in die sein Atem sich verwandelt hatte. Durch den freien Fleck konnte er die silbrig-blaue Schneedecke sehen und die offene Wasserstelle. Die Außentemperatur mußte weit unter zehn Grad minus liegen. Charles begann sich zu fragen, warum der Teich an dieser Stelle nicht zugefroren war. Am Morgen hatte er Jean Paul erklärt, daß die Strömung das verhinderte. Aber das konnte nur stimmen, wenn die Temperatur um den Gefrierpunkt schwankte. Jetzt lag sie bestimmt siebzehn Grad darunter. Und es war noch die Frage, ob die Strömung zu dieser Jahreszeit überhaupt besonders stark war. Im Frühling, wenn im Norden der Schnee von den Bergen schmolz, verwandelte sich der Fluß in ein schäumendes Ungeheuer, und der Wasserspiegel im Teich stieg um fast einen halben Meter. Dann hatte er auch eine starke Strömung, aber nicht jetzt.

Plötzlich hatte Charles einen süßlichen Geruch in der Nase. Sicherlich war er die ganze Zeit dagewesen, aber bis zu diesem Moment hatte Charles ihn nicht wahrgenommen. Der Geruch kam ihm irgendwie vertraut vor, aber nicht in dieser Umgebung. Er hatte dieses Aroma schon einmal gerochen. Aber wo?

Froh über die Ablenkung, begann Charles in dem Spielhaus herumzuschnüffeln. Der Geruch war in beiden Räumen gleich intensiv, aber am stärksten über dem Boden. Immer wieder sog Charles Luft durch die Nase ein und versuchte, zu dem Aroma einen passenden Platz in seiner Vergangenheit zu finden. Plötzlich schoß es ihm durch den Kopf: das Labor für organische Chemie am College! Was er roch, war ein organisches Lösungsmittel wie Benzol, Toluol oder Xylol. Aber wie kam der Geruch hierher in Michelles Spielhaus?

Trotz des eisigen Windes ging Charles hinaus in die messerscharfe Kälte der Nacht. Mit der rechten Hand zog er den Kragen seines Sweaters eng um den Hals. Vor der Tür war der Geruch wegen des Windes nicht so stark. Aber als Charles sich im Windschatten neben dem Haus bückte, stellte er fest, daß der Geruch aus dem halbgefrorenen Schlamm neben und unter dem Spielhaus aufstieg. Charles ging zu der offenen Stelle des Teichs, schöpfte mit der Hand etwas Wasser und hielt es sich unter die Nase. Es gab keinen Zweifel, der Geruch kam aus dem Teich.

Er folgte der geschwungenen Uferlinie des Teiches zu der Stelle, an der der Zulauf hinunter zum Fluß abzweigte. Wieder bückte er sich und schöpfte etwas Wasser. Der Geruch war hier stärker. Jetzt folgte Charles dem schmalen Bach bis zu seiner Mündung in den Pawtomack River. Auch sie war nicht zugefroren. Wieder schöpfte Charles sich eine Wasserprobe. Hier war der Geruch sogar noch intensiver. Er mußte aus dem Fluß kommen. Zitternd vor Kälte sah Charles stromaufwärts. Dort stand das Recycling-Unternehmen. Charles verstand genug von Chemie, um zu wissen, daß Benzol als Lösungsmittel für Plastik und Gummi benutzt wurde.

Benzol!

Ein schrecklicher Gedanke schoß ihm durch den Kopf: Benzol verursacht Leukämie; es verursacht gerade Myeloblastenleukämie! Charles wandte den Kopf herum, seine Augen folgten der Linie des eisfreien Wassers. Sie endete direkt vor Michelles Spielhaus: dem einen Platz, an dem sie mehr Zeit verbracht hatte als alle anderen.

Wie von Wahnsinn getrieben, lief Charles zurück zum Wohnhaus. Nach wenigen Metern glitt er auf dem gefrorenen Schnee aus und fiel mit ausgestreckten Armen auf die Harschfläche. Bis auf einen Schnitt am Kinn war er unverletzt. Mühsam kam er wieder auf die Beine und lief langsam weiter.

Als er das Haus erreicht hatte, stürmte er mit schweren Schritten die Hintertreppe hoch und stieß die Tür auf.

Als Charles atemlos in die Küche stürzte, stieß Cathryn, die ohnehin schon gespannt war wie eine Bogensehne, erschreckt einen spitzen Schrei aus. Der Teller in ihren Händen fiel zu Boden und zersprang.

»Ich brauch einen Behälter«, sagte Charles, nach Luft schnappend, ohne sich um Cathryn zu kümmern.

Mit schreckensbleichem Gesicht erschien Gina in der Tür zum Eßzimmer. Wenig später tauchte Chuck hinter ihr auf, dann schob er sich an ihr vorbei in die Küche hinein. Mit ein paar Schritten war er zwischen Charles und Cathryn. Es kümmerte ihn nicht, daß sein Vater größer war als er.

Charles' Atem ging immer noch heftig. Nach einigen Augenblicken wiederholte er seine Bitte.

»Was für einen Behälter?« fragte Cathryn, die langsam wieder zu sich fand.

»Ein Glas«, sagte Charles. »Ein Glas mit einem festen Verschluß.«

»Wofür?« fragte Cathryn. Sein Wunsch war ihr absurd.

»Für Teichwasser«, sagte Charles.

Jean Paul erschien neben Gina, die sofort ihren Arm ausstreckte, um ihn daran zu hindern, auch in die Küche zu gehen.

»Wofür brauchst du Wasser aus dem Teich?« fragte Cathryn.

»Himmelherrgott!« stieß Charles hervor. »Ist das hier ein Verhör?«

Er ging hinüber zum Kühlschrank.

Chuck versuchte, ihm den Weg zu verstellen, aber Charles schob den Jungen einfach beiseite. Chuck stolperte und wäre gestürzt, wenn Cathryn ihn nicht am Arm festgehalten hätte.

Die Bewegung ließ Charles herumfahren, und er sah, wie

Cathryn seinen Sohn zurückhielt. »Was, zum Teufel, geht hier vor?« fragte er fordernd.

Chuck versuchte von Cathryn loszukommen und starrte auf seinen Vater.

Charles sah von einem Gesicht zum anderen. Gina und Jean Paul sahen erschreckt aus; Chuck war rot vor Wut; Cathryns Gesicht war angsterfüllt. Aber keiner sagte etwas. Die Szene wirkte wie ein Standbild aus einem Film. Charles schüttelte ungläubig den Kopf und wandte seine Aufmerksamkeit wieder dem Kühlschrank zu.

Er nahm ein Glas Apfelsaft heraus und schloß die Tür. Ohne einen Moment zu zögern, schüttete er den Saftrest in den Ausguß und spülte das Glas gründlich aus. Dann nahm er seine Schaffelljacke vom Haken. An der Tür drehte er sich noch einmal um und sah auf seine Familie. Niemand hatte sich bewegt. Charles begriff nicht, was hier vorging, aber weil er wußte, was er tun wollte, trat er aus dem Haus und schloß die Tür hinter der sonderbaren Szene.

Cathryn ließ Chucks Arm los und starrte mit leerem Blick auf die geschlossene Tür. Ihre Gedanken waren wieder bei dem unangenehmen Gespräch, das Dr. Wiley und Dr. Keitzman mit ihr geführt hatten. Sie hatte die Fragen der beiden zu Charles' Gemütszustand als lächerlich empfunden, aber jetzt war sie sich nicht mehr so sicher. Etwas Sonderbareres, als mitten im Winter und auch noch ohne Jacke wutentbrannt aus dem Haus zu laufen, um nur eine halbe Stunde später zurückzukommen und nach einem Glas für Teichwasser zu fragen, konnte man sich kaum vorstellen.

»Niemals werde ich es zulassen, daß er dir etwas tut«, sagte Chuck. Nervös schob er sich das Haar zurück.

»Mir etwas tun?« fragte Cathryn völlig überrascht. »Dein Vater hat ganz bestimmt nicht die Absicht, mir etwas zu tun!«

»Ich fürchte, er hat den Teufel in sein Herz gelassen«, sagte Gina. »Und wenn er das erst einmal getan hat, kannst du nie sagen, was er sonst noch tun wird.«

»Mutter, bitte!« rief Cathryn.

»Bekommt Charles einen Nervenzusammenbruch?« fragte Jean Paul, der noch immer in der Tür stand, mit grinsendem Gesicht.

»Er hat schon einen«, antwortete Chuck.

»Das reicht«, sagte Cathryn streng. »Ich möchte solche Respektlosigkeiten nicht noch einmal hören. Michelles Krankheit hat ihn fürchterlich getroffen.«

Cathryn sah hinunter zum Boden, auf die verstreuten Tellerscherben. Stand Charles kurz vor einem Nervenzusammenbruch? Cathryn beschloß, darüber gleich am nächsten Morgen mit Dr. Wiley zu sprechen.

Behutsam ging Charles über den halbgefrorenen Schlamm hinunter zu der offenen Wasserstelle. Dann füllte er sein Glas. Bevor er sich wieder zum Haus wandte, schraubte er den Verschluß fest zu.

Obwohl seine plötzliche Rückkehr Cathryn überraschte, hatte sie nicht annähernd die Wirkung wie die vorangegangene. Als Charles die Kühlschranktür öffnete, hatte sie sich soweit beruhigt, daß sie wieder sanft nach seinem Arm greifen konnte.

»Charles, bitte sag mir, was du da tust.«

»Im Teich ist Benzol«, knurrte Charles und schüttelte ihre Hand ab. Er stellte das Glas mit dem Teichwasser in den Kühlschrank und schloß die Tür. »Du kannst es in Michelles Spielhaus riechen.«

Mit schnellen Schritten ging Charles zurück zur Tür. Cathryn lief ihm nach und konnte ihn gerade noch an seiner Jacke festhalten.

»Charles, wo gehst du hin? Was ist los mit dir?«

Mit einer unnötig heftigen Drehung riß Charles seine Jacke los. »Ich geh zur Recycle Ltd. Von denen kommt das gottverdammte Benzol. Da bin ich mir ganz sicher.«

## *7. Kapitel*

Charles lenkte seinen roten Pinto von der Main Street und stoppte vor dem Tor in dem Drahtzaun, der die Recycle Ltd. umschloß. Das Tor war offen und ließ sich mühelos aufstoßen. Charles ging zurück zu seinem Wagen und fuhr auf den Parkplatz der Firma.

Zur Nachtschicht konnten nicht viele Angestellte gehören, denn es standen nur noch ein halbes Dutzend anderer Wagen, die meisten alt und rostfleckig, neben dem Eingang zu dem alten Backsteingebäude.

Links neben der Fabrik ragten die schneebedeckten Berge ausrangierter Autoreifen wie ein Miniaturgebirge auf. Zwischen den abgenutzten Reifen und der Fabrikanlage waren kleinere Schutthaufen aus Plastik- und Vinylresten aufgetürmt. Rechts von dem Gebäude war ein müllübersäter freier Platz, den der Drahtzaun, der hinunter zum Pawtomack River lief, in zwei gleichgroße Flächen teilte. Hinter dem Zaun lagen, aufgereiht über einen halben Kilometer, die verlassenen Fabrikgebäude.

Charles war kaum aus seinem Wagen gestiegen, als ihn auch schon der Gestank einhüllte, der am Morgen auch über seinem Haus gelegen hatte. Es erstaunte ihn, daß unmittelbar westlich der Stadt, in der vorherrschenden Windrichtung, überhaupt jemand leben konnte. Er verschloß die Wagentür und ging zum Eingang des Gebäudes, einer schlichten Aluminiumtür. Über der Tür stand in Druckbuchstaben: ›Recycle Ltd. Unbefugten ist der Zutritt verboten.‹ Gegen die Türscheibe war von innen ein Pappschild geklebt, auf dem ›Auskünfte‹ stand, gefolgt von einer Telefonnummer des Ortsnetzes.

Charles versuchte, die Tür zu öffnen; sie war nicht verschlossen. Wenn er den Geruch vor der Tür schon schlimm gefunden hatte, im Gebäude war er noch viel schlimmer. Die Luft in dem kleinen Bürozimmer, in dem er stand, war so mit chemischen Gasen versetzt, daß ihn ein schwerer Hustenanfall befiel. Der Raum war mit Sperrholzplatten vertäfelt, auf der rechten Seite war eine Art Empfangsschalter, auf dessen Resopalfläche ein Drahtkorb für die Briefablage stand und eine blanke Metallglocke, auf die man mit der Handfläche schlagen mußte. Charles tat genau das, doch der Ton wurde von dem Zischen und Rumpeln verschluckt, das aus dem Inneren der Fabrik herausdrang.

Charles entschied sich, sein Glück mit der Innentür zu versuchen. Anfangs rührte sie sich nicht, aber als er etwas heftiger gegen sie drückte, schwang sie auf. Im nächsten Augenblick wußte er auch, warum sie so schwer zu öffnen gewesen war.

Die Kombination von Gestank und Lärm, die auf ihn eindrang, war atemraubend. Es war, als ob sich plötzlich das Tor zur Hölle geöffnet hätte.

Charles betrat eine schwach beleuchtete, doppelstöckige Halle, die von einer Reihe riesiger Druckkocher beherrscht wurde. Metalleitern und Laufstege durchkreuzten in einem verwirrenden Durcheinander den Raum. Breite, rasselnde Förderbänder trugen Berge von Plastik- und Vinylabfall heran, die noch mit widerlichem Müll aller Arten vermischt waren. Die ersten Menschen, die Charles zu sehen bekam, waren zwei Männer in ärmellosen Unterhemden mit schwarzverschmierten Gesichtern wie Bergarbeiter. Sie sortierten Glas, Holz und leere Dosen aus den Plastikabfällen heraus.

»Gibt es hier einen verantwortlichen Leiter?« schrie Charles, um in dem Getöse überhaupt gehört werden zu können.

Einer der Männer sah kurz auf, zeigte auf sein Ohr, daß er nichts verstehen konnte, und begann wieder mit dem Aussortieren. Das Förderband blieb nicht stehen, und die beiden Männer mußten ihre Arbeit seiner Geschwindigkeit anpassen. Am Ende des Fließbandes stand ein großer Ladebehälter, der, nachdem er gefüllt war, automatisch emporsteigen und über einen verfügbaren Druckkocher schwenken würde, um seinen Inhalt in den Ofen zu schütten. Auf einem der Laufstege sah Charles einen Mann, der mit einem langen Messer, das wie ein Krummsäbel aussah, zwei Säcke mit Chemikalien aufschlitzte. Der eine Sack war weiß, der andere schwarz. Mit großer Anstrengung hob der Mann die beiden Säcke und schüttete ihren Inhalt in die Öfen.

Für einen Moment war er in einer riesigen Staubwolke verschwunden. Als Charles ihn wieder sehen konnte, hatte der Mann die Ladeluken bereits wieder geschlossen und öffnete die Dampfzufuhr. Im nächsten Augenblick war die Halle wieder von dem Gemisch aus Rauch, Gestank und Lärm erfüllt.

Zwar gelang es Charles nicht, jemanden auf sich aufmerksam zu machen, aber es kam auch niemand, der ihn aus dem Gebäude gewiesen hätte. Furchtlos ging er an den Förderbändern entlang, die Augen auf dem Boden, um dem herabgefallenen Müll, den Öllachen und Schmierflecken rechtzeitig ausweichen zu können. Dann kam er an einer Trennwand aus

Schlackestein vorbei, in die die automatische Steuerungsanlage eingelassen war, die den Transport der Autoreifen in die Halle und ihre Einschmelzung lenkte. In diesem Teil der Fabrik entstand auch der Geruch, den Charles immer mit der Recycling-Anlage verbunden hatte. Hier, in unmittelbarer Nähe, war er noch um einiges widerwärtiger.

Direkt hinter der Wand entdeckte Charles einen großen Drahtkäfig, der mit einem starken Vorhängeschloß gesichert war. Anscheinend war das der Lagerraum, denn auf den Regalen konnte Charles Ersatzteile, Werkzeuge und Behälter mit Industriechemikalien sehen. Mit den Händen hielt er sich an dem Maschendraht fest, während seine Augen forschend über die Aufschriften der Behälter wanderten. Er fand, was er suchte, direkt vor sich. Zwei Eisenfässer, auf die mit grober Matrizenschrift ›Benzol‹ geschrieben worden war. Darunter war der berüchtigte Totenkopf mit den gekreuzten Knochen gemalt, der vor dem giftigen Inhalt der Tonnen warnte. Als Charles die Fässer entdeckte, durchlief ihn eine neue Welle rasender Wut.

Plötzlich legte sich eine Hand auf seine Schulter. Erschrokken fuhr er herum und preßte sich gegen den Drahtzaun.

»Was kann ich für Sie tun?« schrie ein riesiger Kerl, um den donnernden Lärm der Maschinenanlage zu übertönen. Aber im selben Moment ertönte von einem der Druckkocher, der seinen Arbeitsgang beendet hatte, ein durchdringendes Pfeifsignal, und fürs erste war an eine Fortsetzung des Gesprächs nicht zu denken. Die Verschlußklappen des Kochers flogen auf, und ein breiter Strom aus schwarzem, klebrigem depolymerisiertem Kunststoff floß aus ihm heraus. Die heiße Flüssigkeit wurde in Kühlbottiche gefüllt, von denen Wolken ätzenden Dampfes aufstiegen.

Charles musterte den Mann, der ihm gegenüberstand. Er war einen ganzen Kopf größer als Charles. Sein verschwitztes Gesicht war so aufgeschwemmt, daß die Augen nur noch als schmale Schlitze zu erkennen waren. Bekleidet war er ebenso spärlich wie die anderen beiden Männer, die Charles gesehen hatte. Sein Unterhemd spannte sich über einem enormen bierfetten Bauch. Der Mann stützte sich auf einen Transportkarren, so daß Charles auf seinen Armen die fachkundig tätowierten Hulatänzer erkennen konnte. Auf seinem linken Handrükken hatte er ebenfalls eine Tätowierung, ein Hakenkreuz, das er sich offensichtlich selbst aufgetragen hatte.

Sobald der Lärmpegel wieder auf die normale ohrenbetäubende Höhe gesunken war, versuchte es der Arbeiter zum zweiten Mal. »Überprüfen Sie den Chemikalienvorrat?« Er mußte immer noch schreien.

Charles nickte.

»Ich glaube, wir brauchen mehr Ruß«, schrie der Mann.

Charles begriff, daß der Mann ihn für einen Mitarbeiter hielt. »Und was ist mit Benzol?« schrie Charles.

»Da haben wir genug von. Es kommt in Vierhundert-Liter-Fässern.«

»Und was machen Sie damit, wenn Sie es gebraucht haben?«

»Sie meinen, wenn es durch die Anlage gegangen ist? Kommen Sie mit. Ich zeig' es Ihnen.«

Der Mann lehnte den Transportkarren an den Drahtkäfig und führte Charles quer durch die Haupthalle, zwischen zwei Druckkochern hindurch, die eine unerträgliche Hitze abstrahlten. Sie duckten sich unter Rohre hindurch und gelangten in einen Flur, der zu einem Aufenthaltsraum führte, wo der Lärm nicht ganz so groß war. Der Raum war mit zwei billigen Resopaltischen und Stühlen möbliert, an der Wand standen ein Wasserspender und ein Zigarettenautomat. Zwischen dem Wasserspender und dem Zigarettenautomat war ein Fenster. Dahin führte der Mann Charles und zeigte hinaus. »Sehen Sie die Tanks da draußen?«

Charles legte die Hände um die Augen, um das Licht abzuschirmen, und starrte hinaus. Ungefähr fünfzehn Meter entfernt, fast schon am Flußufer, standen zwei zylinderförmige Tanks. Obwohl der Mond sehr hell schien, konnte er keine Einzelheiten erkennen.

»Gelangt irgend etwas von dem Benzol in den Fluß?« fragte Charles. Er drehte sich wieder zu dem Mann um.

»Das meiste wird Gott weiß wohin gefahren. Aber Sie wissen doch selbst, wie wenig man sich auf diese Firmen zur Giftmüllbeseitigung verlassen kann. Wenn die Tanks am Überlaufen sind, leiten wir einen Teil in den Fluß. Das geht völlig problemlos. Wir machen das nur nachts, und das Zeug wird sofort weggespült. Bis in den Ozean. Um Ihnen die Wahrheit zu sagen...« Der Mann beugte sich zu Charles, als ob er ihm ein Geheimnis anvertrauen wollte. »Ich glaube, daß die gottverdammte Giftmüllfirma das Zeug auch in den Fluß schüttet. Und das lassen sie sich auch noch teuer bezahlen.«

Charles preßte die Zähne aufeinander. Er sah Michelle in ihrem Krankenbett liegen und den Infusionsschlauch, der zu ihrem Arm hinunterlief.

»Wo ist der verantwortliche Leiter?« fragte Charles, ohne seinen Zorn noch länger zu verbergen.

»Verantwortliche Leiter?« fragte der Arbeiter. Er sah Charles neugierig an.

»Vorarbeiter, Aufseher, irgend jemand muß hier ja die Verantwortung haben«, schnauzte Charles ihn an.

»Zu unserem Aufseher wollen Sie«, sagte der Arbeiter. »Das ist Nat Archer. Der ist in seinem Büro.«

»Zeigen Sie mir, wo das ist«, befahl Charles.

Der Arbeiter musterte ihn mit fragendem Blick. Dann drehte er sich um und ging zurück in die Betriebshalle. Dort zeigte er auf eine Glastür am Ende eines Laufstegs im ersten Stock. »Da oben«, sagte er knapp.

Charles achtete nicht mehr auf den Arbeiter, sondern lief zu der Eisentreppe, die zu dem Laufgang führte. Der Arbeiter sah ihm kurz nach, dann wandte er sich um und nahm den Hörer vom Haustelefon ab.

Vor dem Büro zögerte Charles einen Augenblick, dann drückte er die Türklinke herunter. Die Tür schwang auf, und er trat in das Zimmer. Das Büro war wie ein schallgedämpftes Krähennest. Von seinen Fenstern aus konnte man die gesamte Anlage überblicken. Als Charles die Tür hinter sich schloß, drehte Nat Archer sich in seinem Stuhl herum und stand lächelnd auf. Sein Gesicht zeigte erstaunte Verwirrung.

Charles wollte gerade losbrüllen, doch zu seiner Überraschung stellte er fest, daß er den Mann kannte. Er war der Vater von Steve Archer, einem guten Freund von Jean Paul. Die Archers waren eine der wenigen schwarzen Familien in Shaftesbury.

»Charles Martel!« rief Nat und streckte ihm die Hand entgegen. »Sie hätte ich jetzt als Letzten hier erwartet.« Nat war ein freundlicher, mitteilsamer Mann mit langsamen, beherrschten Bewegungen wie ein ehemaliger Athlet.

Völlig verwirrt, weil er jemandem gegenüberstand, den er kannte, stammelte Charles, daß sein Besuch keinen angenehmen Anlaß hätte.

»Na schön«, sagte Nat und faßte Charles aufmerksamer ins Auge. »Warum setzen Sie sich nicht?«

»Ich stehe lieber«, entgegnete Charles. »Ich möchte wissen, wem die Recycle Ltd. gehört.«

Nat zögerte. Als er schließlich antwortete, klang seine Stimme vorsichtig.

»Die Muttergesellschaft ist Breur Chemicals, New Jersey. Warum fragen Sie?«

»Wer ist hier der verantwortliche Leiter?«

»Harold Dawson, er wohnt in der Covered Bridge Road. Ich glaube, Sie sollten mir erzählen, worum es eigentlich geht, Charles. Vielleicht kann ich Ihnen einigen Ärger ersparen.«

Charles sah den Aufseher prüfend an, der seine Arme vor der Brust verschränkt hatte und, im Gegensatz zu seiner anfänglichen Freundlichkeit, jetzt eine starre, abwehrende Haltung einnahm.

»Bei meiner Tochter ist heute eine Leukämie festgestellt worden.«

»Das tut mir wirklich leid«, sagte Nat. In seine Verwirrung mischte sich Mitgefühl.

»Dazu haben Sie auch allen Grund«, entgegnete Charles schroff. »Sie haben hier Benzol in den Fluß gekippt. Benzol verursacht Leukämie.«

»Was reden Sie da? Wir schütten kein Benzol in den Fluß. Das Zeug wird abtransportiert«, erwiderte Nat mit ruhiger Stimme.

»Erzählen Sie doch keine Märchen«, schnauzte Charles ihn an.

»Ich glaube, es ist besser, Sie verschwinden hier lieber, und zwar schnell.«

»Ich werde Ihnen sagen, was ich tue.« Charles kochte vor Wut. »Ich werde dafür sorgen, daß der Laden hier dichtgemacht wird!«

»Was ist mit Ihnen los? Sind Sie verrückt oder so was? Ich habe Ihnen gesagt, daß wir kein Benzol in den Fluß schütten.«

»Ach! Der Riesenkerl da unten mit den tätowierten Armen hat mir aber ausdrücklich gesagt, daß Sie es doch tun. Also versuchen Sie nicht, es jetzt abzustreiten.«

Nat Archer griff zum Haustelefon. Er befahl Wally Crab, sofort in sein Büro zu kommen. Er ließ den Hörer zurück auf die Gabel fallen und drehte sich wieder zu Charles. »Sie sollten sich Ihren Kopf untersuchen lassen. Kommen hier mitten in der Nacht hereingeplatzt und schwingen große Reden über Benzol. Was ist los? War nichts Vernünftiges in der Flimmerkiste? Das mit Ihrer Tochter tut mir leid. Aber was Sie hier machen, verstößt gegen Recht und Ordnung.«

»Diese Fabrik ist eine Gefahr für die ganze Gemeinde.«

»Tatsächlich? Nun, ich bin mir nicht so sicher, ob die Gemeinde Ihnen darin zustimmen wird.«

Wally Crab stürzte durch die Tür, als ob ein Großfeuer ausgebrochen sei. Nur mit Mühe konnte er seinen schweren Körper abbremsen.

»Wally, dieser Mann behauptet, du hättest ihm erzählt, daß wir Benzol in den Fluß schütten.«

»Zum Teufel, nein!« sagte Wally noch ganz außer Atem. »Ich hab' ihm gesagt, daß das Benzol von einer Giftmüllfirma abgeholt wird.«

»Sie verdammter Lügner!« schrie Charles.

»Niemand nennt mich einen Lügner«, grollte Wally und ging auf Charles los.

»Reg dich ab, Wally!« befahl Nat und stemmte eine Hand gegen Wallys Brust.

»Sie haben mir folgendes erzählt.« Charles hatte Wallys zornrotem Gesicht drohend einen Zeigefinger entgegengestreckt. »Wenn die Tanks übervoll sind, werden sie in den Fluß geleert. Mehr brauche ich nicht. Ich werde dafür sorgen, daß hier Schluß gemacht wird.«

»Lassen Sie es gut sein, Mann!« schrie Nat. Er ließ Wally los und packte statt dessen Charles am Arm. Dann zog er ihn zur Tür.

»Nehmen Sie Ihre Hände weg«, schrie Charles und riß sich los. Dann schob er Nat aus dem Weg.

Im nächsten Moment hatte Nat sein Gleichgewicht wiedergefunden und schleuderte Charles gegen die Wand seines kleinen Büros.

»Fassen Sie mich nie wieder an«, sagte Nat.

Instinktiv blieb Charles stehen.

»Lassen Sie sich einen Rat geben«, fuhr Nat fort. »Machen Sie hier keinen Ärger. Sie sind hier widerrechtlich eingedrungen, und wenn Sie sich hier noch einmal sehen lassen, dann wird Ihnen das sehr leid tun. Und jetzt verschwinden Sie hier, bevor ich Sie hinauswerfe.«

Eine Minute überlegte Charles, ob er loslaufen oder bleiben und kämpfen sollte. Dann, als er begriff, daß er nicht die geringste Chance hatte, drehte er sich um, stieg geräuschvoll die Metalltreppe hinunter und durchquerte den höllischen Irrgarten des Maschinenparks in der Halle. Dann eilte er durch das kleine Empfangsbüro und stürzte ins Freie, dankbar für die einigermaßen saubere Luft auf dem Parkplatz. Er setzte sich in seinen Wagen, ließ erbarmungslos den Motor aufheulen und schoß durch das Eingangstor.

Je weiter er sich von der Recycle Ltd. entfernte, um so weniger Furcht fühlte er. Statt dessen wuchs sein Zorn und das Gefühl, gedemütigt worden zu sein. Wütend schlug er auf das Lenkrad ein und schwor sich, die Fabrik aus Rache für Michelle zu zerstören, ganz gleich, wie hoch der Preis dafür sein sollte. Er versuchte zu überlegen, welchen Weg er gehen konnte, um seinen Schwur in die Tat umzusetzen, doch war er viel zu verwirrt, um einen klaren Gedanken fassen zu können. Aber das Weinburger-Institut arbeitete mit einer Anwaltskanzlei zusammen. Vielleicht war das ein Anfang.

Charles bog von der Straße auf die Zufahrt zu seinem Haus. Er trat das Gaspedal bis auf den Boden hinunter, die Reifen drehten durch und schleuderten im Kies hoch. Der Wagen brach erst nach der einen Seite aus, dann nach der anderen. Aus dem Augenwinkel sah Charles, wie bei einem Wohnzimmerfenster die Spitzengardine zur Seite gezogen wurde. Für einen Moment war Cathryns Gesicht zu sehen gewesen. Erst kurz vor dem Hintereingang bremste er den Wagen scharf ab.

Einen Augenblick blieb er gedankenverloren sitzen, seine Hände umklammerten das Lenkrad. Der Motor kühlte knisternd in der eisigen Luft ab. Die wilde Fahrt hatte seine Gefühle und seine Gedanken beruhigt. Vielleicht war es dumm gewesen, mitten in der Nacht bei Recycle Ltd. hereinzuplatzen. Aber ein Ziel hatte er immerhin damit erreicht: Er wußte jetzt sicher, woher das Benzol im Teich kam. Doch während er noch darüber nachdachte, wurde ihm bewußt, daß es viel wichtiger war, sich um Michelle zu kümmern, und daß endlich die schwere Entscheidung über ihre Behandlung getroffen werden mußte. Als Wissenschaftler wußte er, daß der Nachweis von Benzol im Wasser des Teichs allein noch kein sicherer Beweis dafür war, daß es die Leukämie bei Michelle verursacht hatte. Noch niemandem war es gelungen, Benzol als Erreger für Leukämie beim Menschen zu identifizieren. Nur bei Tieren war der Beweis gelungen. Außerdem mußte Charles zugeben, daß er Recycle Ltd. nur als Blitzableiter für seinen blindwütigen Haß benutzte, den Michelles Krankheit in ihm hatte wachsen lassen.

Langsam stieg er aus dem Wagen. Wieder wünschte er sich, daß er seine eigenen Forschungen in den letzten fünf Jahren schneller vorangetrieben hätte. Vielleicht hätte er ihr dann jetzt mehr helfen können. Erschrocken fuhr er aus seinen Gedanken auf, als Cathryn ihn in der Tür begrüßte. Ihr Gesicht war von neuem tränenüberströmt, ihre Brust bebte, weil sie das Schluchzen zu unterdrücken versuchte.

»Was ist los?« fragte Charles entsetzt. Sein erster Gedanke war, daß Michelle etwas passiert sein mußte.

»Nancy Schonhauser hat angerufen«, brachte Cathryn mühsam hervor. »Der kleine Tad ist heute abend gestorben. Das arme Kind.«

Charles öffnete die Arme, zog seine Frau zu sich heran und strich ihr beruhigend über das Haar. Im ersten Moment hatte er Erleichterung verspürt, als ob Michelle verschont worden war. Aber dann erinnerte er sich, daß der Junge genauso wie sie am Pawtomack River gelebt hatte, nur näher an der Stadt.

»Ich wollte sofort zu Marge fahren«, sagte Cathryn. »Aber die Ärzte haben sie im Krankenhaus behalten. Als ihr die schreckliche Nachricht mitgeteilt wurde, ist sie zusammengebrochen. Glaubst du, daß ich trotzdem hinüberfahren sollte, um nachzusehen, ob ich irgendwie helfen kann?«

Charles hörte ihr schon nicht mehr zu. Benzol verursachte nicht nur Leukämie, es konnte auch eine aplastische Anämie auslösen! Er hatte Tad völlig vergessen gehabt. Michelle war gar nicht der einzige Fall einer Knochenmarkerkrankung. Charles fragte sich, wie viele von den Familien, die am Lauf des Pawtomack River lebten, schon betroffen waren. Wie ein Sturm brach der Zorn in ihm wieder los. Er ließ Cathryn einfach stehen.

»Hörst du mir nicht zu?« fragte Cathryn, die verlassen in der Mitte der Küche stand. Sie sah Charles zum Telefonbuch hinübergehen und eine Nummer nachschlagen, dann wählte er. Er schien völlig vergessen zu haben, daß sie auch noch da war. »Charles«, rief sie. »Ich habe dich etwas gefragt.«

Er sah sie an, scheinbar verstand er den Sinn ihrer Worte nicht, bis der Anschluß zustande kam. Dann wandte er seine Aufmerksamkeit dem Telefon zu. »Ist dort Harold Dawson?« fragte Charles. Seine Stimme hatte einen fordernden Ton.

»Ja, Dawson«, antwortete der Betriebsleiter.

»Hier spricht Dr. Charles Martel«, sagte Charles. »Ich war heute nacht in Ihrem Recycling-Unternehmen.«

»Das weiß ich«, entgegnete Dawson. »Nat Archer hat mich vor einer Weile angerufen. Wenn man Sie unhöflich behandelt haben sollte, würde ich das sehr bedauern. Ich wünschte, Sie hätten uns während der normalen Geschäftszeit aufgesucht, dann hätte ich selbst Sie empfangen können.«

»Unhöflichkeiten stören mich nicht«, sagte Charles scharf. »Aber daß Sie giftige Abfälle wie Benzol in den Fluß schütten, das stört mich.«

»Wir schütten gar nichts in den Fluß«, sagte Dawson mit Nachdruck. »Sämtliche giftigen Chemikalien, die wir verarbeiten, sind der Umweltschutzbehörde bekannt, und ihre Verwendung ist uns von der USB genehmigt worden.«

»Genehmigt«, spottete Charles. »Im Fluß ist Benzol, und einer Ihrer Arbeiter hat gesagt, daß Recycle das Zeug hineingekippt hat. Und Benzol ist ein verfluchtes Gift. Bei meiner Tochter ist heute eine Leukämie diagnostiziert worden, und ein Kind, das ein Stück weiter flußaufwärts gelebt hat, ist an aplastischer Anämie gestorben, ebenfalls heute. Das ist kein Zufall. Ich werde dafür sorgen, daß Ihr Laden zugemacht wird. Und beten Sie zu Gott, daß Sie ausreichend versichert sind.«

»Das sind wilde und unverantwortliche Anschuldigungen«, sagte Dawson ruhig. »Ich sollte Ihnen vielleicht sagen, daß Recycle Ltd. innerhalb des Konzerns von Breur Chemical ein völlig unbedeutender Produktionszweig ist. Und man hat die Anlage nur in Betrieb gehalten, weil sich die Konzernleitung der Gemeinde gegenüber dazu verpflichtet fühlt. Ich kann Ihnen versichern, daß nur diese moralische Verantwortung den Konzern daran hindert, den Betrieb einzustellen.«

»Mein Gott noch mal, dann sollen sie es doch tun«, schrie Charles in den Hörer.

»Einhundertachtzig Arbeiter aus unserer Stadt könnten da anderer Meinung sein«, antwortete Dawson. Allmählich verlor auch er die Geduld. »Wenn Sie uns Schwierigkeiten machen, mein Herr, dann kann ich Ihnen garantieren, daß auch Sie Schwierigkeiten bekommen werden.«

»Ich...« begann Charles, dann merkte er, daß die Leitung tot war. Dawson hatte aufgelegt.

»Himmelherrgott!« schrie Charles und schüttelte wütend den Hörer.

Cathryn nahm ihm den Hörer aus der Hand und legte ihn zurück auf die Gabel. Sie hatte nur gehört, was Charles während des Gesprächs gesagt hatte, aber schon das hatte genügt, sie aus der Fassung zu bringen. Sie führte ihn zum Küchentisch und drückte ihn auf einen Stuhl. Mit einer Handbewegung verscheuchte sie ihre Mutter, als sie in der Küchentür auftauchte. Auf ihrem Gesicht waren noch die Spuren ihrer Tränen zu sehen, aber sie weinte nicht mehr.

»Ich glaube, du erzählst mir jetzt besser auch etwas über das Benzol«, sagte Cathryn.

»Es ist ein Gift«, stieß Charles wütend hervor. »Es verändert irgendwie das Knochenmark.«

»Und man muß es nicht essen, um sich damit zu vergiften?«

»Nein. Man muß es nicht mit der Nahrung aufnehmen. Es reicht schon, wenn man es einatmet. Es geht sofort in den Kreislauf über. Warum mußte ich aus dem alten Schuppen nur ein Spielhaus für Michelle bauen!«

»Und du glaubst, daß es die Leukämie von Michelle verursacht hat?«

»Ich bin mir sicher. Offensichtlich hat sie immer, wenn sie in ihrem Haus gespielt hat, Benzoldämpfe eingeatmet. Benzol verursacht die seltene Form der Leukämie, die sie hat. Das alles kann kein Zufall sein. Vor allem, nachdem Tad an aplastischer Anämie gestorben ist.«

»Das Benzol kann auch schuld daran sein?«

»Absolut.«

»Und du glaubst, daß Recycle Benzol in den Fluß geschüttet hat?«

»Ich weiß, daß sie es getan haben. Das habe ich heute nacht herausgefunden. Und sie werden dafür bezahlen. Ich werde dafür sorgen, daß der Betrieb geschlossen wird.«

»Und wie willst du das tun?«

»Das weiß ich noch nicht. Morgen werde ich darüber mit einigen Leuten reden. Ich werde mich an die Umweltschutzbehörde wenden. Irgend jemand wird sich sicher dafür interessieren.«

Cathryn sah Charles prüfend ins Gesicht. Sie mußte an die Fragen von Dr. Wiley und Dr. Keitzmann denken. »Charles«, begann sie und nahm all ihren Mut zusammen. »Das ist alles sehr interessant und bestimmt auch wichtig, aber findest du nicht selbst, daß es im Moment ein kleines bißchen unangebracht ist?«

»Unangebracht?« wiederholte Charles ungläubig.

»Ja«, sagte Cathryn. »Wir haben gerade erfahren, daß Michelle Leukämie hat. Und ich bin der Meinung, daß wir uns jetzt zuallererst um sie sorgen sollten, und nicht darum, daß die Fabrik geschlossen wird. Dazu wird immer noch Zeit sein, aber Michelle braucht uns jetzt.«

Charles starrte seine junge Frau an. Keine Lebenskrise konnte sie endgültig niederzwingen, mit ihrer unendlichen Kraft bewältigte sie auch die schlimmsten Stunden. Wie sollte er ihr je erklären können, daß der Kern seines Problems seine Hilflosigkeit war, daß er Michelle nichts zu geben hatte außer seiner Liebe? Als Krebsforscher wußte er zuviel über ihre Krankheit; als Arzt konnte ihn der eindrucksvolle Rahmen der modernen Medizin nicht in falscher Hoffnung wiegen; als Vater quälte ihn der Gedanke an das Leiden, das Michelle bevorstand. Er hatte das alles schon einmal erlebt, als seine erste Frau plötzlich erkrankt war. Aber Charles war ein Mann der Tat. Er mußte etwas tun, und Recycle Ltd. war dazu da, ihn von der schrecklichen Wirklichkeit von Michelles Krankheit und von seiner verfahrenen Situation am Weinburger-Institut abzulenken.

Charles hatte längst erkannt, daß er dies alles Cathryn nicht mitteilen konnte, weil sie es ganz sicher nicht verstehen würde; und wenn sie es doch verstand, so würde es nur ihre eigenen Hoffnungen untergraben. Trotz ihrer großen Liebe füreinander akzeptierte Charles es, daß er seine Last und Sorgen allein tragen mußte. Der Gedanke war niederschmetternd, und er fiel in Cathryns Arme.

»Es war ein schrecklicher Tag«, flüsterte Cathryn. Sie hielt Charles so fest wie sie nur konnte. »Laß uns ins Bett gehen, vielleicht finden wir Schlaf.«

Charles nickte, doch in seinem Kopf kehrte immer der eine Gedanke wieder: ›Wenn ich nur schneller gearbeitet hätte...‹

Langsam, als sollte es niemand merken, kam der neue Tag. Michelle merkte, daß es in ihrem Zimmer heller wurde. Der Vorhang vor ihrem Fenster schien jetzt von dunkler Farbe zu sein mit einem weißen Rand und nicht weiß mit einer dunklen Borte. Zugleich mit der allmählich wachsenden Helligkeit kündigten auch die zunehmenden Geräusche draußen auf dem Flur den neuen Tag an. Michelles Tür stand eine Handbreit offen, und ein ebenso breiter Strahl des gelb glühenden Flurlichts fiel in ihr Zimmer. Er war ihr ein kleiner Trost gewesen während der unendlich scheinenden Nacht.

Michelle fragte sich, wann Charles und Cathryn kommen würden. Sie hoffte, daß es bald sein würde, denn mehr als alles andere wünschte sie sich zurück zu können in ihr eigenes Zimmer, in ihr eigenes Haus. Sie konnte nicht verstehen, warum die Ärzte sie im Krankenhaus behalten hatten. Denn nach dem Abendbrot, von dem sie kaum gegessen hatte, war nichts mehr mit ihr gemacht worden, außer daß immer wieder nachgeschaut worden war, ob es ihr auch gutging.

Michelle ließ ihre Beine über die Bettkante gleiten und setzte sich mit einem Ruck auf. Sie schloß die Augen und spannte die Muskeln gegen ein aufsteigendes Schwindelgefühl. Die Bewegung verschlimmerte noch die Übelkeit, die sie die ganze Nacht gequält hatte. Einmal, als sich Speichel unter ihrer Zunge gesammelt hatte, war sie sogar aufgestanden, aus Angst, sie müßte sich übergeben. Sie hatte sich am Rand der Toilette festgeklammert und gewürgt, aber es war nichts gekommen. Danach hatte sie ihre ganze Kraft gebraucht, um den Weg zurück zu ihrem Bett zu schaffen.

Michelle hatte das Gefühl, überhaupt nicht geschlafen zu haben. Außer der Übelkeit, die in immer neuen Wellen gekommen war, hatte sie auch Schmerzen in den Gliedern und im Bauch gehabt. Und gefroren hatte sie manchmal auch. Das Fieber, das am letzten Nachmittag plötzlich verschwunden war, war zurückgekehrt.

Langsam rutschte Michelle zur Bettkannte, bis ihre Füße den Boden berührten. Dann griff sie nach dem Rollgestell, an dem die Infusionsflasche hing. Mit leichten Stößen schob sie das Gestell vor sich her, während sie sich zum Badezimmer schleppte. Der Infusionsschlauch lief noch immer in ihren linken Arm, den sie so wenig wie möglich bewegte. Sie wußte, daß am Ende des Schlauches eine Nadel war, und sie hatte Angst, daß die Nadel sich bei der kleinsten Bewegung in den Arm bohren und irgend etwas verletzen könnte.

Nachdem sie zur Toilette gegangen war, kehrte Michelle zu ihrem Bett zurück und kletterte wieder hinein. Sie konnte sich nicht vorstellen, daß man sich noch einsamer und schlechter fühlen konnte als sie.

»Hallo, hallo«, rief die rothaarige Schwester strahlend, als sie geschäftig zur Tür hereinkam. »Schon wach? Sind wir nicht fleißig hier?« Sie ließ das Rollo hochspringen und enthüllte den neuen Tag.

Michelle sah ihr zu, aber sagte nichts.

Die Schwester kam um das Bett herum und zog ein Thermometer aus einer schmalen Metallhülse. »Was ist los, hat die Katze deine Zunge geholt?« Sie schüttelte das Thermometer mit einer kurzen, schlagenden Bewegung, sah noch einmal prüfend auf die Quecksilbersäule, bückte sich und steckte es Michelle in den Mund. »Ich bin gleich zurück.«

Michelle wartete, bis die Schwester aus der Tür war, dann nahm sie das Thermometer wieder aus dem Mund. Niemand sollte wissen, daß sie noch immer Fieber hatte. Am Ende mußte sie deshalb im Krankenhaus bleiben. Sie hielt das Thermometer mit der rechten Hand dicht an ihr Gesicht, so daß sie es sofort wieder in den Mund stecken konnte, wenn die Schwester zurückkam.

Als die Tür das nächste Mal geöffnet wurde, war es ein falscher Alarm. Michelle hatte sich das Thermometer schnell wieder unter die Zunge gesteckt, aber es war nur ein Mann in einem schmutzigen weißen Kittel, dessen Taschen mit Hunderten von Stiften vollgestopft waren. Der Mann trug einen Drahtkorb mit Reagenzgläsern, von denen jedes mit einem andersfarbigen Korken verschlossen war. Durch die Löcher im Korb hatte er ein Bündel schmaler Gummimanschetten geschlungen. Michelle wußte, was er wollte: Blut.

Ängstlich verfolgte sie, wie der Mann seine Vorbereitungen traf. Er legte ihr die Gummimanschette so fest um den Oberarm, daß ihr die Finger schmerzten. Dann wischte er ihr mit einem alkoholgetränkten Wattebausch die Armbeuge aus, genau an der Stelle, wo ihr schon am Tag zuvor Blut abgenommen worden war. Anschließend biß er die Verschlußkappe einer Nadel auf. Michelle hätte am liebsten geschrien. Doch sie wandte nur ihr Gesicht ab, um ihre Tränen zu verbergen. Die Manschette wurde ihr wieder abgenommen, was nicht weniger weh tat als das Abbinden des Arms. Sie hörte, wie ein Glasröhrchen in den Korb fiel. Dann fühlte sie einen weiteren Stich, als die Nadel ihr mit einem Ruck aus der Armbeuge gezogen wurde. Der Mann legte einen Wattepfropfen auf die Einstichstelle und bog ihren Unterarm nach oben, so daß er gegen die Watte preßte. Dann hob er seinen Korb auf und verließ das Zimmer, ohne auch nur ein Wort gesagt zu haben.

Michelle fühlte sich total gelähmt, in ihrem linken Arm steckte die Infusionsnadel, ihr rechter hielt den Wattebausch. Langsam ließ sie ihren rechten Unterarm zurücksinken. Der Pfropfen rollte zur Seite, und sie konnte einen kleinen roten Einstichpunkt sehen, um den sich die Haut schwarzblau verfärbt hatte.

»Da bin ich wieder«, sagte die rothaarige Schwester, als sie zur Tür hereintrat. »Jetzt wollen wir einmal nachsehen.«

Entsetzt erinnerte sich Michelle, daß sie das Thermometer noch immer im Mund hatte.

Die Schwester nahm ihr das Thermometer aus dem Mund, notierte die Temperatur und ließ es dann in einen Metallbecher auf Michelles Nachttisch fallen. »Jetzt gibt es auch gleich Frühstück«, sagte sie freundlich. Wie hoch das Fieber war, sagte sie nicht. So schnell, wie sie gekommen war, verschwand sie auch wieder.

»O bitte, Daddy, komm und hol mich nach Hause«, sagte Michelle leise vor sich hin. »Bitte, komm schnell.«

Charles spürte, wie jemand an seiner Schulter rüttelte. Er versuchte, einfach nicht darauf zu achten, weil er weiterschlafen wollte. Aber das Rütteln hörte nicht auf. Als er die Augen öffnete, sah er Cathryn, die bereits angezogen neben dem Bett stand und einen Becher mit dampfendem Kaffee in der Hand hielt. Charles stützte sich mit den Ellbogen hoch und nahm den Kaffee.

»Es ist sieben Uhr«, sagte Cathryn lächelnd.

»Sieben?« Charles sah hinüber zum Wecker. Die Zeit zu verschlafen war auch nicht der beste Weg, die eigenen Forschungen voranzutreiben, ging es ihm durch den Kopf.

»Du hat so fest geschlafen«, sagte Cathryn. Sie beugte sich zu ihm und küßte ihn auf die Stirn. »Ich hatte nicht das Herz, dich früher zu wecken. Unten wartet ein großes Frühstück auf dich.«

Charles wußte, daß sie sich alle Mühe gab, fröhlich zu klingen. »Genieß den Kaffee«, sagte Cathryn. »Gina ist sogar noch vor mir aufgestanden, um ihn zu machen.«

Charles sah auf den Becher in seiner Hand. Daß Gina noch immer da war, reizte ihn schon wieder. Er wollte ihr nicht gleich am frühen Morgen dankbar sein müssen. Aber jetzt hielt er den Kaffee einmal in der Hand, und er wußte genau, daß sie sofort fragen würde, wie er geschmeckt hatte, um sich dann daran zu weiden, daß sie schon aufgestanden war, während alle anderen noch geschlafen hatten. Charles schüttelte den Kopf. Mit solch lästigen Gedanken sollte man nicht den

Tag beginnen. Er trank einen Schluck Kaffee. Er war heiß, aromatisch und anregend. Er mußte zugeben, daß er ihn genoß, und er beschloß, Gina das zu sagen, bevor sie noch eine Chance hatte, danach zu fragen, und dann würde er ihr danken, daß sie vor allen anderen aufgestanden war, noch ehe sie selbst davon anfangen konnte.

Mit dem Kaffeebecher in der Hand trottete Charles den Flur hinunter zu Michelles Zimmer. Einen Moment blieb er vor der Tür stehen, dann stieß er sie langsam auf. Im stillen hatte er gehofft, Michelle ruhig schlafend in ihrem Bett zu finden, aber natürlich war ihr Bett ordentlich zurückgeschlagen und leer. Ihre Bücher und ihre Spielsachen standen sauber aufgereiht, alles war sorgsam an seinen Platz gerückt. »Ich weiß es ja«, sagte Charles zu sich selbst, als ob er mit einem allmächtigen Gebieter feilschen würde. »Sie hat eine Myeloblastenleukämie. Aber laß sie auf die normale Behandlung ansprechen. Das ist alles, was ich verlange.«

Das Frühstück war eine anstrengende Angelegenheit. Ginas übertriebene Überschwenglichkeit und Charles' Reserviertheit ergänzten sich vorzüglich; während sie unaufhörlich redete, schwieg er beharrlich. Ab und zu fuhr Cathryn mit ihrer komplizierten Tagesplanung dazwischen, was sie wann machen wollte. Charles hielt sich aus der Haushaltsplanung heraus und versuchte, sich auf den eigenen Tag und seine Arbeit am Institut zu konzentrieren. Als erstes wollte er prüfen, ob die gesunden Mäuse, denen sie das Krebsantigen injiziert hatten, schon eine Immunreaktion zeigten. Aller Wahrscheinlichkeit nach war das nicht anzunehmen, da die gespritzte Dosis nur sehr leicht gewesen war. Er würde deshalb alles vorbereiten, um ihnen am Nachmittag eine stärkere Dosis geben zu können. Dann wollte er sich die Mäuse ansehen, denen sie Canceran injiziert hatten und ihnen eine neue Dosis spritzen. Danach wollte er am Computer eine Simulation der Wirkungsweise des Blockierungsfaktors durchspielen, wie er sie in seinen Gedanken grob vorausberechnet hatte.

»Ist dir das so recht, Charles?« fragte Cathryn.

»Was?« fragte Charles zurück. Er hatte überhaupt nicht zugehört.

»Ich werde heute morgen mit dir nach Boston fahren, und

du setzt mich am Krankenhaus ab. Chuck nimmt den Kombi, bringt Jean Paul zur Schule und fährt dann selbst zur Universität. Gina bleibt heute noch hier und bereitet das Essen vor.«

»Ich werde dein Lieblingsgericht kochen«, sagte Gina begeistert. »Gnocchi.«

Gnocchi! Charles wußte nicht einmal, was Gnocchi waren.

»Wenn ich früher nach Hause will, kann ich zur Universität hinübergehen und den Kombi nehmen«, fuhr Cathryn zu Charles gewandt fort. »Sonst fahr' ich mit dir zurück. Was sagst du dazu?«

Charles konnte sich nicht vorstellen, daß dieser ausgetüftelte Plan irgend etwas leichter machte. Die alte Methode, daß er die Jungen mitnahm und Cathryn den Kombi behielt, schien ihm viel einfacher, aber das kümmerte ihn jetzt nicht. Vielleicht war Cathryns Vorschlag auch gar nicht so schlecht. Wenn er sich entschließen sollte, auch noch nachts zu arbeiten, dann war es sogar ein Vorteil, daß auch Chuck einen Wagen hatte. Cathryn konnte dann am späten Nachmittag mit ihm nach Hause fahren.

»Ich bin einverstanden«, sagte Charles. Er sah hinüber zu Chuck, der wie gewöhnlich zusammengesunken am Tisch saß und angeregt den Text auf der Verpackung seines Getreidemüslis las, als handele es sich um die Heilige Schrift. Der Junge trug dieselben Sachen wie gestern und sah auch genauso schlimm aus.

»Gestern hat mich die Universitätskasse angerufen«, sagte Charles.

»Ich habe ihnen deine Nummer gegeben«, erwiderte Chuck, ohne aufzusehen.

»Ich habe bei der Bank einen Kreditantrag gestellt«, sagte Charles. »In ein paar Tagen müßte ich das Geld bekommen, dann zahle ich sofort die Rechnung.«

»Prima«, sagte Chuck und drehte die Verpackung in seiner Hand, so daß er die Nährwerte der einzelnen Bestandteile des Müslis auf der Seite ablesen konnte.

»Ist das alles, was du dazu zu sagen hast? Prima!« Charles wandte seinen Kopf zu Cathryn. »Kannst du dieses Kind noch verstehen?«

Chuck tat, als hätte er die Frage nicht gehört.

»Ich glaube, wir sollten jetzt gehen«, antwortete Cathryn. Sie stand auf und trug Milch und Butter zum Kühlschrank.

»Laß nur alles stehen«, sagte Gina großmütig. »Ich mach' das schon.«

Charles und Cathryn verließen das Haus als erste. Eine blasse Wintersonne stand bereits im Südosten am Himmel. So kalt es auch in dem alten Pinto war, Cathryn war froh, vor dem schneidenden Wind geschützt zu sein.

»Verdammt«, sagte Charles. Er hatte sich gerade die Finger warmgehaucht. »Jetzt habe ich das Teichwasser vergessen.«

Damit Cathryn wenigstens vom Motor etwas gewärmt wurde, startete Charles den Wagen, was gar nicht so einfach war, bevor er zurück ins Haus lief, um das Glas mit dem Wasser aus dem Kühlschrank zu holen. Dann verstaute er es sorgfältig hinter seinem Sitz, so daß kein Wasser verschüttet werden konnte. Anschließend stieg er selbst in den Wagen und legte den Sicherheitsgurt an.

Cathryn hatte ihn die ganze Zeit mit einigem Mißbehagen beobachtet. Nach ihrem kurzen Gespräch in der vergangenen Nacht hatte sie gehofft, daß Charles sich nun auf Michelle konzentrieren würde. Aber von dem Moment an, als sie ihn an diesem Morgen geweckt hatte, war sein Verhalten sonderbar gewesen. Cathryn hatte das erschreckende Gefühl, daß ihre Familie auseinanderbrechen könnte.

Während sie fuhren, beobachtete Cathryn sein Profil. Mehrmals begann sie ein Gespräch, aber dann gab sie es immer wieder auf, weil sie fürchtete, daß das kleinste falsche Wort Charles' Zorn von neuem entfachen würde.

Als sie auf die Interstate 93 bogen, zwang sie sich schließlich doch, wieder etwas zu sagen: »Wie fühlst du dich heute, Charles?«

»Oh, gut. Ganz gut.«

»Du bist so schweigsam. Das paßt gar nicht zu dir.«

»Ich denke nach.«

»Über Michelle?«

»Ja, und über meine Arbeit.«

»Du denkst doch nicht noch immer über die Recycling-Firma nach, oder?«

Charles sah einen Moment zu Cathryn, dann lenkte er seine

Aufmerksamkeit wieder auf die Straße. »Ein bißchen. Ich halte den Betrieb immer noch für eine Bedrohung. Wenn du das meinst.«

»Charles, du verschweigst mir doch nichts, oder doch?«

»Nein.« Seine Antwort kam viel zu schnell. »Wie kommst du darauf?«

»Ich weiß es nicht«, antwortete Cathryn. »Du wirkst so abwesend, seit wir von Michelles Krankheit wissen. Deine Stimmungen ändern sich so schnell.« Sie hielt ihren Blick auf sein Gesicht geheftet, um seine Reaktion auf ihren letzten Satz zu sehen. Aber Charles fuhr nur stumm weiter, und wenn er auf ihre Bemerkung reagiert hatte, dann war das Cathryn entgangen.

»Ich habe im Moment nur sehr viel um die Ohren«, sagte Charles.

»Deine Sorgen würdest du doch mit mir teilen, nicht wahr, Charles? Ich meine, dazu bin ich doch da. Deshalb habe ich doch die Kinder adoptiert, weil ich alles mit dir teilen will.« Cathryn beugte sich herüber und legte Charles ihre Hand auf den Oberschenkel.

Charles sah unverwandt auf die Straße vor sich. Cathryn hatte etwas ausgesprochen, von dem er bis gestern auch überzeugt gewesen war. Doch heute wußte er, daß er nicht alles mit ihr teilen konnte. Seine Arbeit als Arzt hatte ihn Dinge gelehrt, die Cathryn nicht verstehen konnte. Wenn Charles ihr erzählte, was er über den Verlauf von Michelles Krankheit wußte, würde das ihre letzten Hoffnungen zerstören.

Charles nahm eine Hand vom Lenkrad und legte sie auf Cathryns. »Die Kinder wissen gar nicht, wie glücklich sie sein können, dich zu haben«, sagte er.

Dann schwiegen sie. Cathryn war nicht beruhigt, aber sie wußte auch nicht, was sie noch sagen sollte. Langsam näherten sie sich der Stadt, der Verkehr wurde dichter, und Charles mußte den Wagen auf sechzig Stundenkilometer herunterbremsen.

»Ich weiß nicht das geringste über Gewebetests«, brach Cathryn wieder das Schweigen. »Aber ich glaube nicht, daß wir Chuck zu etwas zwingen sollten, was er nicht will.«

Charles warf Cathryn einen fragenden Blick zu.

»Ich bin sicher, daß er es am Ende doch tun wird«, fuhr sie fort, als Charles nicht antwortete. »Aber er muß es selbst wollen.«

Charles hob seine rechte Hand wieder ans Lenkrad. Es genügte schon, Chuck nur zu erwähnen, um die schwelende Wut in ihm wieder zu schüren. Und trotzdem hatte Cathryn mit dem, was sie sagte, unleugbar recht.

»Du kannst niemanden zur Nächstenliebe zwingen«, sagte Cathryn. »Vor allem nicht Chuck, weil es am Ende nur sein eigenes Selbstwertgefühl wieder verunsichern würde.«

»Er hat doch nichts anderes als Selbstwertgefühl«, sagte Charles. »Nicht ein Wort der Sorge um Michelle hat er hören lassen. Nicht ein einziges Wort.«

»Aber er fühlt es«, entgegnete Cathryn. »Er weiß nur nicht, wie er seine Gefühle richtig ausdrücken soll.«

Charles lachte zynisch. »Ich wünschte, ich könnte das glauben. Aber er ist doch nur selbstsüchtig. Hast du seine überwältigende Dankbarkeit bemerkt, als ich ihm gesagt habe, daß ich einen Kredit beantragt habe, um sein Semestergeld zu bezahlen?«

»Was hast du von ihm erwartet? Soll er vor lauter Begeisterung einen Handstand machen?« fragte Cathryn zurück. »Das Semestergeld hätte schon vor Monaten bezahlt werden müssen.«

Charles biß die Zähne aufeinander. »Schön«, murmelte er vor sich hin. »Du stellst dich also auf die Seite von dem Flegel... Sehr schön!«

Cathryn hatte ihre Worte im Moment, als sie sie gesprochen hatte, schon bedauert, auch wenn sie nur der Wahrheit entsprachen. Sie rückte näher an Charles heran und legte ihm die Hand auf die Schulter. Sie wollte, daß er wieder zugänglicher wurde, und nicht, daß er sich noch weiter verschloß. »Was ich gesagt habe, tut mir leid. Aber du mußt begreifen, Charles, daß Chuck nicht so ist wie du. Er ist nicht so kämpferisch veranlagt und auch nicht der Schönste. Aber im Grunde ist er ein guter Junge. Es ist nur nicht so einfach, in deinem Schatten aufzuwachsen.«

Charles beobachtete seine Frau aus den Augenwinkeln.

»Ob du es wahrhaben willst oder nicht«, fuhr Cathryn fort.

»Es ist sehr schwer, deinem Beispiel zu folgen. Du bist immer erfolgreich gewesen, egal, was du auch angefangen hast.«

Charles war nicht dieser Ansicht. Er hätte ein Dutzend Geschichten runterrasseln können, in denen er fürchterlich versagt hatte. Aber darum ging es jetzt gar nicht: Es ging um Chuck.

»Ich halte ihn für selbstsüchtig und faul, und das will ich mir nicht länger bieten lassen. Seine Reaktion auf Michelles Krankheit war mehr als leicht vorauszusehen.«

»Er hat ein Recht darauf, egoistisch zu sein«, sagte Cathryn. »An der Universität hat er die letzte Gelegenheit dazu.«

»Zumindest die nutzt er weidlich aus.«

Als sie die Zufahrtsstraßen zur Stadt erreicht hatten, wurde der Verkehr immer zäher. Manchmal kamen sie nur noch zentimeterweise voran, und keiner von beiden setzte das Gespräch fort.

»Aber darüber sollten wir uns nun wirklich nicht den Kopf zerbrechen«, sagte Cathryn, wie um einen Abschluß zu finden.

»Da hast du recht«, seufzte Charles. »Und du hast recht, daß wir Chuck nicht zu dem Test zwingen sollten. Aber wenn er nicht freiwillig ins Krankenhaus geht, dann wird er lange warten können, bis ich die nächste Semesterrechnung für ihn bezahle.«

Cathryn sah Charles mißbilligend an. Wenn das kein Zwang war, dann wußte sie nicht, was es sonst sein sollte.

Obwohl zu der frühen Morgenstunde nur wenige Besucher im Krankenhaus waren, herrschte doch auf allen Fluren und Gängen rege Betriebsamkeit. Immer wieder mußten Charles und Cathryn einer Bahre ausweichen, auf der ein bettlägeriger Patient zu einer Untersuchung gefahren wurde oder zurück in sein Zimmer. Mit Charles an ihrer Seite fühlte sich Cathryn unendlich viel ruhiger. Dennoch waren ihre Handflächen feucht geworden, ein sicheres Zeichen dafür, daß ihre Angst nicht verschwunden war.

Als sie an der geschäftigen Schwesternstation der Kinderabteilung Anderson 6 vorüberkamen, sah die Oberschwester kurz auf und winkte ihnen freundlich zur Begrüßung zu. Mit schnellen Schritten trat Charles an den Informationsschalter.

»Entschuldigen Sie bitte, ich bin Dr. Martel«, sagte Charles. »Könnten Sie mir sagen, ob bei meiner Tochter bereits mit der Chemotherapie begonnen wurde?« Voller Absicht hatte er seiner Stimme einen sachlich nüchternen Ton gegeben.

»Ich glaube, ja«, sagte die Schwester. »Aber lassen Sie mich noch einmal nachschauen.«

Ein Pfleger, der an einem Schreibtisch saß, hatte ihr kurzes Gespräch mit angehört und reichte der Schwester Michelles Krankenakte.

»Gestern nachmittag hat sie zum ersten Mal Daunorubicin bekommen«, sagte die Schwester. »Heute morgen wurde ihr oral die erste Dosis Thioguanin verabreicht, und heute nachmittag bekommt sie auch ihr erstes Cytarabin.«

Jeder der Namen ließ Charles zusammenfahren, aber er zwang sich zu einem Lächeln. Er kannte die möglichen Nebenwirkungen der Medikamente nur allzu gut, und wie ein Echo hallten die Worte der Schwester in seinem Kopf nach. »Bitte«, murmelte er in sich hinein, »bitte laß sie eine Remission haben.«

Wenn sie eintreten sollte, das wußte Charles, dann mußte das kurz nach dem Beginn der Behandlung festzustellen sein. Er dankte der Schwester und ging weiter zu Michelles Zimmer. Je näher er kam, um so nervöser wurde er. Er zog seinen Schlips herunter und öffnete den obersten Knopf seines Hemdes.

»Mit der Dekoration haben sie sich wirklich Mühe gegeben, um die Atmosphäre hier etwas freundlicher zu machen«, sagte Cathryn, die zum ersten Mal die Tierbilder an den Wänden bemerkte.

Vor der Tür zu Michelles Zimmer blieb Charles einen Augenblick stehen und versuchte sich zu fassen.

»Hier ist es«, sagte Cathryn. Sie dachte, daß Charles die Zimmernummer vergessen hatte. Dann öffnete sie die Tür, trat ein und zog Charles hinter sich her.

Michelle saß aufrecht in ihrem Bett, mehrere Kissen stützten ihren Rücken. Als sie Charles sah, verzerrte sich ihr Gesicht, und sie brach in Tränen aus. Charles war tief erschrocken über ihr Aussehen. Obwohl er das nicht für möglich gehalten hatte, sah sie noch blasser aus als am vorherigen Tag. Die Augen waren tief in ihre Höhlen gesunken und dunkel umrandet. Fast sah es so aus, als ob sie schwarze Augen hätte. In der Luft hing ein Geruch von frisch Erbrochenem.

Charles wollte loslaufen und sie in seine Arme schließen, aber er stand wie gelähmt. Die Qual seiner Hilflosigkeit hielt ihn gefesselt, obwohl Michelle ihm ihre Arme entgegenstreckte.

Alles war wie vor acht Jahren bei Elisabeth. Ihre Krankheit war übermächtig, und er konnte nichts dagegen tun. Während die schrecklichen Erinnerungen auf ihn einstürmten, sah Charles plötzlich überdeutlich, daß sich Michelles Zustand nicht mehr bessern würde. Auf einmal wußte er ohne den geringsten Zweifel, daß alle lindernden Behandlungsmethoden der Welt den unentrinnbaren Verlauf ihrer Krankheit nicht aufhalten konnten. Das Gewicht dieses Gedankens ließ ihn taumeln, und verwirrt trat er einen Schritt von Michelles Bett zurück.

Obwohl Cathryn nicht begriff, was in Charles vorging, sah sie ihn zurückweichen. Mit wenigen schnellen Schritten eilte sie zu Michelle, die ihre Arme noch immer ausgestreckt hielt, und drückte sie an sich. Über Cathryns Schulter hinweg sah Michelle ihrem Vater in die Augen. Charles lächelte ein wenig, aber Michelle war sich sicher, daß er zornig über sie war.

»Ich bin froh, wieder bei dir zu sein«, sagte Cathryn und sah Michelle ins Gesicht. »Wie geht es dir heute?«

»Es geht mir gut«, brachte Michelle mühsam hervor. Sie versuchte, ihre Tränen hinunterzuschlucken. »Ich möchte nur nach Hause. Darf ich nach Hause, Daddy?«

Charles' Hände zitterten, als er an das Fußende des Bettes trat. Er umklammerte das Eisenrohr, um seine Gefühle nicht nach außen dringen zu lassen.

»Vielleicht«, sagte Charles ausweichend. Vielleicht sollte er sie einfach aus dem Krankenhaus tragen. Vielleicht sollte er sie nach Hause bringen und es ihr so schön wie nur möglich machen: Vielleicht war das das beste.

»Michelle, du mußt so lange hierbleiben, bis du wieder ganz gesund bist«, sagte Cathryn schnell. »Dr. Wiley und Dr. Keitzman tun auch alles, damit es dir bald wieder gutgeht. Ich weiß, wie schlimm das für dich ist, und wir vermissen dich auch alle ganz schrecklich, aber du mußt jetzt ein großes Mädchen sein.«

»Bitte, Daddy«, flehte Michelle.

Charles fühlte sich hilflos und unentschlossen, zwei ungewohnte und zermürbende Gefühle.

»Michelle«, sagte Cathryn. »Es tut mir leid, aber du mußt noch im Krankenhaus bleiben.«

»Warum, Daddy?« sagte Michelle mit klagender Stimme. »Was fehlt mir denn?«

Vergebens sah Charles hilfesuchend zu Cathryn. Sie schwieg. Er war der Arzt.

»Ich weiß es leider nicht«, sagte Charles. Er haßte sich für diese Lüge, aber er hätte ihr auch nicht die Wahrheit sagen können.

»Hab' ich dasselbe, wie meine Mutter gehabt hat?« fragte Michelle.

»Nein«, sagte Charles schnell. »Ganz bestimmt nicht.« Selbst das war eine halbe Lüge. Obwohl Elisabeths Krankheit mit einer Lymphknotengeschwulst begonnen hatte, war sie an einer akuten Leukämie im Endstadium gestorben. Charles fühlte sich in die Enge getrieben. Er mußte weg, um nachdenken zu können.

»Was ist es dann?« fragte Michelle fordernd.

»Ich weiß es wirklich nicht«, sagte Charles und sah schuldbewußt auf die Uhr. »Deshalb mußt du ja hierbleiben. Damit es herausgefunden werden kann. Cathryn bleibt bei dir und leistet dir Gesellschaft. Ich muß jetzt ins Labor. Aber ich komme wieder.«

Ohne ein Vorzeichen begann Michelle plötzlich zu würgen. Ihr schmächtiger Körper krampfte sich mehrmals zusammen, und sie erbrach das bißchen, was sie gerade zum Frühstück gegessen hatte. Cathryn versuchte noch auszuweichen, aber etwas von dem Erbrochenen fiel auf ihren linken Ärmel.

Charles war sofort in den Flur gelaufen und rief nach einer Schwester. Eine Hilfsschwester, die nur zwei Türen weiter stand, kam sofort herbeigeeilt, besorgt, daß eine Krise eingetreten sein könnte, und stellte erleichtert fest, daß es blinder Alarm war.

»Mach dir keine Sorgen, kleine Prinzessin«, sagte die Frau

beruhigend und zog die beschmutzte Decke vom Bett. »Das bringen wir sofort wieder in Ordnung.«

Charles legte seinen Handrücken gegen Michelles Stirn. Sie war feucht und heiß. Sie hatte immer noch Fieber. Charles wußte, was den plötzlichen Brechreiz verursacht hatte: Es waren die Medikamente. Eine Angstwelle durchflutete seinen Körper.

Michelle griff nach seiner Hand und klammerte sich fest, als ob sie am Rande eines Abgrunds ausgeglitten sei und er ihr letzter Halt war. Sie sah in seine blauen Augen, die Spiegel ihrer eigenen zu sein schienen. Aber sie glaubte Strenge statt Zuneigung zu sehen und Verärgerung statt Verständnis. Sie ließ die Hand los und legte sich zurück gegen ihr Kissen.

»Ich komm' später wieder vorbei«, sagte Charles. Er war bestürzt, daß die Medikamente bereits zu einem so frühen Zeitpunkt vielleicht gefährliche Nebenwirkungen verursachten. Fragend wandte er sich an die Hilfsschwester. »Ist ihr etwas gegen die Übelkeit und den Brechreiz verordnet worden?«

»Sicher«, antwortete die Schwester. »Auf ihrem Medikamentenplan steht auch Compazine PRN. Ich bring' es ihr gleich.«

»Ist das eine Spritze?« schrie Michelle.

»Nein, eine Tablette«, sagte die Hilfsschwester. »Vorausgesetzt dein Magen behält sie unten. Wenn nicht, werden wir uns einen anderen Weg überlegen müssen.« Sie zwickte Michelle freundlich in die Wange.

»Ich bringe Charles nur zum Fahrstuhl, Michelle«, sagte Cathryn, als Charles zur Tür ging. Auf dem Flur holte sie ihn ein und griff nach seinem Arm. »Charles, was ist los mit dir?«

Charles ging wortlos weiter.

»Charles!« rief Cathryn. Sie riß ihn herum, so daß sie ihm ins Gesicht sehen konnte. »Was ist los?«

»Ich muß hier raus«, sagte Charles. Seine Hand fuhr nervös durch sein Haar. »Ich kann nicht sehen, wie Michelle leidet. Sie sieht schrecklich aus. Ich weiß nicht, was ich tun soll. Ich bin mir nicht sicher, ob sie wirklich diese Medikamente bekommen sollte.«

»Keine Medikamente?« fragte Cathryn geschockt. Sofort erinnerte sie sich an die Sorgen von Dr. Wiley und Dr. Keitzman, daß Charles in Michelles Behandlung eingreifen könnte.

»Ihr Erbrechen«, sagte Charles voller Zorn. »Das ist erst der Anfang.« Charles hätte ihr fast gestanden, wie sicher er war, daß Michelles Krankheit nicht abklingen würde. Doch er beherrschte sich. Es war noch Zeit genug, Cathryn von den schlechten Aussichten zu erzählen. Im Moment wollte er ihre Hoffnungen nicht zerstörten.

»Aber die Medikamente sind ihre einzige Chance«, sagte Cathryn mit flehender Stimme.

»Ich muß jetzt gehen«, sagte Charles schroff. »Ruf mich an, wenn irgend etwas passiert. Ich bin im Labor.«

Cathryn sah ihm nach, wie er den Flur hinuntereilte und den Leuten auswich, die ihm entgegenkamen. Er wartete nicht auf den Fahrstuhl, statt dessen sah sie ihn im Treppenhaus verschwinden. Als Dr. Wiley ihr gesagt hatte, daß er sich besonders auf sie verlassen würde, hatte sie sich nicht vorstellen können, was er meinte. Doch langsam begann sie ihn zu verstehen.

## *8. Kapitel*

Charles bog auf den Parkplatz des Weinburger-Instituts ein, brachte seinen Wagen zum Stehen und stieg aus. Dann holte er das Glas mit dem Teichwasser hinter seinem Sitz hervor. Er lief über den Platz zum Institutseingang und mußte erst gegen die Glastür klopfen, bevor die Empfangsdame ihm öffnete. Statt wie gewöhnlich links, bog er rechts in den Hauptflur und eilte hinunter zum Analyselabor. Einer der Labortechniker, den Charles besonders schätzte, saß auf seinem Arbeitstisch und hielt seinen Morgenkaffee in der Hand.

»Ich möchte dieses Wasser gern auf Schadstoffe analysiert haben«, sagte Charles außer Atem.

»Eine eilige Sache?« witzelte der Techniker, als er sah, wie aufgeregt Charles war.

»Schon«, sagte Charles. »Besonders interessiert mich, ob organische Lösungsmittel in dem Wasser sind. Aber alles andere, was Sie finden können, würde mir auch helfen.«

Der Techniker schraubte das Glas auf, hielt es sich unter die Nase, sog die Luft ein und kniff angeekelt die Augen zu. »Huh. Ich hoffe, Sie mixen sich mit dem Zeug nicht Ihren Scotch.«

Charles schloß die Tür hinter sich und ging mit schnellen Schritten den Flur zurück zu seinem eigenen Labor, den Kopf voller Gedanken, die wie Blitze in seinem Bewußtsein aufleuchteten und wieder verschwanden.

Er mußte eingestehen, daß er keinen von der Vernunft geleiteten Weg wußte, sein persönliches Dilemma mit Michelles Behandlung zu lösen. Statt dessen hatte er beschlossen, die eigenen Forschungen so schnell wie möglich voranzutreiben, in der vagen Hoffnung, daß er noch rechtzeitig für Michelle irgend etwas Außergewöhnliches erreichen konnte. Und er wollte alles daransetzen, daß die Recycle Ltd. geschlossen wurde. Rache war ein machtvolles Gefühl, und es dämpfte seine Ängste um Michelle. Als er die Tür zu seinem Labor erreichte, waren seine Hände zu Fäusten geballt. Einen Moment zögerte er und dachte wieder an seinen Schwur am Morgen, sich nur noch auf seine Intelligenz zu verlassen und nicht mehr auf seine schwankenden Gefühle. Charles sammelte sich und öffnete ruhig die Tür.

Ellen, die an Charles' Schreibtisch gerade in den Canceran-Protokollen gelesen hatte, legte die Bücher langsam zurück auf den Tisch. Die aufmerksame Besonnenheit in ihren Bewegungen fiel Charles sogar noch in seiner Zerstreutheit störend auf.

»Haben alle Mäuse der Versuchsgruppe das Brustkrebsantigen bekommen?« fragte er fordernd.

»Ja«, antwortete Ellen. »Aber...«

»Gut«, fiel Charles ihr ins Wort. Dann ging er an ihre kleine Wandtafel. Er nahm ein Stück Kreide, wischte alles aus, was auf der Tafel stand, und begann eine graphische Darstellung der Untersuchungsmethode aufzuzeichnen, die sie benutzen würden, um T-Lymphozyten-Reaktion bei den injizierten Mäusen zu prüfen, die ihnen beantworten sollte, wie das Immunsystem der Mäuse auf die Injektion reagiert hatte. Als er die Kreide wieder aus der Hand legte, war die Tafel vollgezeichnet mit einer ausführlichen Darstellung der einzelnen Schritte ihrer Arbeitsmethode. »Wir werden einmal etwas anderes versuchen«, sagte Charles. »Es ist nicht unbedingt wissenschaftlich. Aber die Methode kann uns einen schnellen Überblick liefern. Ich möchte eine große Zahl verschiedener Lösungen von dem Krebsantigen machen und jeweils nur einer Maus eine Lösung injizieren. Ich weiß, daß wir damit keine statistisch signifikanten Ergebnisse erzielen. Es ist nur ein zufälliger Überblick, aber vielleicht ist er ganz hilfreich. Während du jetzt die Mäuse von gestern überprüfst und ihnen eine neue Dosis von dem Krebsantigen injizierst, werde ich ein paar Anrufe erledigen.« Charles klopfte sich den Kreidestaub von der Hose und griff zum Telefon.

»Darf ich jetzt vielleicht auch einmal etwas sagen?« fragte Ellen ungeduldig. Sie hatte ihren Kopf auf die Schulter gelegt und sah Charles mit einer Hab-ich-es-dir-nicht-gesagt-Miene an.

»Natürlich«, sagte Charles. Er hatte den Telefonhörer bereits in der Hand.

»Ich habe die Mäuse überprüft, die gestern die erste Dosis Canceran bekommen haben.« Sie machte eine Pause.

»Und?« sagte Charles, gespannt, was jetzt kommen würde.

»Fast alle sind in der Nacht verendet.«

Charles' Gesicht verdüsterte sich ungläubig. »Was ist passiert?«

Er legte den Hörer zurück auf die Gabel.

»Ich weiß es nicht«, sagte Ellen. »Es gibt nur eine Erklärung. Es muß an dem Canceran gelegen haben.«

»Hast du die Lösung überprüft?«

»Das habe ich«, antwortete Ellen. »Sie stimmte mehr als genau.«

»Gibt es Anzeichen, daß sie an einer Infektion verendet sein können?«

»Nein«, sagte Ellen. »Ich habe einen Tierarzt gebeten, sich die Mäuse anzusehen. Er hat sie zwar nicht seziert, aber er glaubt, daß sie an Herzversagen eingegangen sind.«

»Vergiftet!« sagte Charles und schüttelte den Kopf.

»Das fürchte ich auch.«

»Wo ist das Original der Canceran-Protokolle?« fragte Charles mit wachsender Unruhe.

»Hier auf deinem Schreibtisch. Ich habe gerade darin gelesen, als du gekommen bist.«

Charles nahm das Protokollbuch vom Tisch und blätterte den toxikologischen Teil durch. Dann griff er nach dem vorläufigen Protokoll, das sie gestern zusammengestellt hatten. Er überflog die Zahlen. Dann hob er den Kopf und warf das neue Protokoll und das Original auf seinen Schreibtisch.

»Dieser verdammte Betrüger«, stieß er wütend hervor.

»Das muß die Erklärung sein«, stimmte Ellen zu.

»Brighton hat also auch noch die Angaben über den Giftgehalt gefälscht. Herr im Himmel! Das heißt, daß die ganze Canceran-Studie, an der Brighton zwei Jahre gesessen hat, nichts taugt. Das Canceran muß sehr viel giftiger sein, als Brighton in seinen Protokollen angibt. Was für ein schlechter Witz! Weißt du überhaupt, wieviel Geld das Nationale Krebsinstitut bis heute für diese Versuchsreihe gezahlt hat?«

»Nein, aber ich kann es mir vorstellen.«

»Millionen und Abermillionen!« Charles schlug sich mit der Hand gegen die Stirn.

»Und was machen wir jetzt?«

»Wir? Die Frage ist, was *sie* machen werden. Das gesamte Projekt muß noch einmal begonnen werden, das heißt, es wird noch einmal drei Jahre dauern!«

Charles spürte, daß er seinen Schwur, die Ruhe zu bewahren, nicht mehr lange halten konnte. Die Studie zur Wirksamkeit des Cancerans zu beenden, war eine Sache, aber das Projekt vom ersten Federstrich an von vorne zu beginnen, war eine ganz andere. Das würde er nicht machen. Gerade jetzt nicht, wo Michelles Krankheit verlangte, daß er seine eigene Arbeit vorantrieb.

»Ich habe das Gefühl, die Institutsleitung will immer noch, daß wir das Canceran-Projekt machen«, sagte Ellen.

»Das interessiert mich nicht«, erwiderte Charles heftig. »Wir haben mit dem Canceran nichts mehr zu tun. Wenn Morrison und Ibanez uns Schwierigkeiten machen, werden wir ihnen den Beweis dafür, daß die Studie zum Giftgehalt des Canceran nicht das Papier wert ist, auf dem sie geschrieben steht, um die

Ohren schlagen. Wir werden ihnen drohen, das an die Presse weiterzugeben. Und angesichts so eines Skandals könnte sich sogar das Nationale Krebsinstitut fragen, wo eigentlich sein Geld hinfließt.«

»Ich kann mir nicht vorstellen, daß es so einfach wird«, sagte Ellen. »Ich glaube, wir sollten...«

»Es reicht jetzt, Ellen!« schrie Charles. »Ich wünsche, daß du jetzt die Mäuse unserer ersten Versuchsgruppe auf Antikörper untersuchst und ihnen dann eine neue Injektion gibst. Um die Verwaltungsangelegenheiten bezüglich Canceran kümmere ich mich.«

Zornig wandte Ellen sich um. Wie immer war Charles zu weit gegangen. Sie begann mit ihrer Arbeit und machte dabei mit den Gläsern und Instrumenten soviel Lärm, wie sie nur konnte.

Das Telefon auf seinem Schreibtisch klingelte, und Charles nahm den Hörer ab. Es war der Techniker aus dem Analyselabor.

»Wollen Sie einen Vorbericht hören?« fragte der Chemiker.

»Bitte«, sagte Charles kurz.

»Am stärksten ist das Wasser mit Benzol verseucht, der Anteil ist unglaublich. Es enthält aber auch geringere Bestandteile von Toluol, Trichloräthylen und Tetrachlorkohlenstoff. Scheußliches Zeug! Darin können Sie bei Bedarf Ihre Ölpinsel reinigen. Einen ausführlichen Bericht erhalten Sie heute nachmittag.«

Charles bedankte sich und legte auf. Die Angaben des Chemikers überraschten ihn nicht, aber er war froh, endlich einen schriftlichen Beweis zu haben. Unfreiwillig tauchte in seinen Gedanken wieder das Bild von Michelle auf. Hastig griff er zum Bostoner Telefonbuch auf dem Regal über seinem Schreibtisch, um den Gedanken sofort auszulöschen. Er schlug die Eintragungen unter dem Kennwort Landesverwaltung auf und fand für die Umweltschutzbehörde mehrere Nummern angegeben. Er wählte die Nummer der allgemeinen Auskunftsstelle. Ein Anrufbeantworter teilte ihm mit, daß die USB von neun bis siebzehn Uhr geöffnet war. Es war noch keine neun Uhr.

Dann blätterte Charles zu den Eintragungen der Bundesstaatsbehörden von Massachusetts. Er wollte etwas über das Auftreten von Lymphkrankheiten und Leukämie entlang des Pawtomack River herausfinden. Aber eine Stelle, die Tumore oder Krebsfälle registrierte, war nicht im Telefonbuch eingetragen. Statt dessen blieb sein Auge an dem Eintrag ›Bevölkerungsstatistik‹ hängen. Er wählte die angegebene Nummer, erhielt aber nur dieselbe Auskunft wie bei der USB. Charles sah auf die Uhr und stellte überrascht fest, daß es noch zwanzig Minuten dauern würde, bis auch die Bürokratie zu arbeiten anfing.

Er ging hinüber zu Ellen und begann, ihr beim Aufbau der Analyseapparatur zu helfen, mit der sie überprüfen wollten, ob eine der mit dem Brustkrebsantigen injizierten Mäuse eine höhere Aktivität des Immunsystems zeigte. Ellen schwieg demonstrativ. Charles wußte auch so, daß sie wütend war. Er hatte das Gefühl, daß sie ihre Vertrautheit ausnutzte.

Während er ihr half, dachte er noch einmal über die letzten Schritte in seiner Forschungsarbeit nach. Was wäre, wenn die Mäuse, denen sie das Brustkrebsantigen injiziert hatten, sehr schnell auf das Antigen reagieren würden und ihre Sensibilität gegen die Krankheit mit dem Protein des Übertragungsfaktors auf die krebstragenden Mäuse übertragen werden könnte? Dann würden sich die krebstragenden Mäuse von dieser Zelldeformation selbst heilen können. Es war wunderbar einfach... vielleicht zu einfach, dachte Charles. Wenn es doch funktionieren würde. Wenn er doch die ganze Arbeit schneller vorantreiben könnte, für Michelle...

Als Charles das nächste Mal auf die Uhr sah, war es bereits nach neun. Er überließ Ellen ihrer mürrischen Laune, ging zurück zu seinem Schreibtish und wählte die Nummer der allgemeinen Auskunft bei der USB. Dieses Mal meldete sich eine Frau mit einem gelangweilten Bostoner Akzent in der Stimme.

Charles stellte sich vor und sagte, daß er einen besonders schweren Fall von Giftverseuchung eines Flusses melden wolle.

Die Frau war nicht besonders beeindruckt. Sie forderte ihn auf zu warten und verband weiter.

Wieder meldete sich eine Frauenstimme, die der ersten so

ähnlich war, daß Charles überrascht den Kopf hob, als die Frau ihn bat, sein Anliegen zu wiederholen.

»Sie haben die falsche Nebenstelle«, sagte die Frau. »Hier ist die Abteilung für Gewässerfragen, aber wir befassen uns nicht mit Wasserverschmutzung. Sie müssen sich an die Abteilung für giftige Chemikalien wenden. Einen Moment.«

Wieder mußte er warten. Dann ertönte ein Klicken in der Leitung, dem das Freizeichen folgte. Charles legte auf und zog sich das Telefonbuch heran. Unter den Nummern der USB suchte er sich die der Abteilung für giftige Chemikalien heraus und wählte.

Wieder glich die Frauenstimme, die sich meldete, den ersten beiden auf den Ton. Charles fragte sich verwundert, ob bei der USB Menschen geklont wurden. Er wiederholte seine Eingabe, worauf er sich belehren lassen mußte, daß die Abteilungen für giftige Chemikalien nicht mit Rechtsverletzungen befaßt war. Er sollte statt dessen die Abteilung für Öl- und andere Verschmutzungen mit gefährlichen Stoffen anrufen. Die Frau nannte ihm die Nummer und legte auf, bevor er noch antworten konnte.

Er wählte die neue Nummer und tastete die Zahlen so heftig ein, daß sein Mittelfinger mit einem stechenden Schmerz protestierte.

Wieder eine Frau! Charles wiederholte seine Klage zum vierten Mal, ohne seine Verärgerung noch länger zu verbergen.

»Wann ist das Wasser verseucht worden?« fragte die Frau.

»Das war kein einmaliger Unfall. Es wird dauernd etwas in den Fluß geleitet.«

»Dann tut es mir leid«, sagte die Frau. »Wir befassen uns nur mit einmaligen Verschmutzungen.«

»Könnte ich bitte Ihren Vorgesetzten sprechen«, stieß Charles wütend hervor.

»Einen Moment«, seufzte die Frau.

Charles wartete voller Ungeduld, seine freie Hand rieb nervös über seine Wangen. Er schwitzte.

»Kann ich Ihnen behilflich sein?« meldete sich auch diesmal eine Frauenstimme.

»Das hoffe ich sehr«, sagte Charles. »Ich rufe an, um einen Betrieb anzuzeigen, der regelmäßig Benzol in einen Fluß leitet. Benzol ist ein Gift.«

»Leider befassen wir uns nicht mit derartigen Fällen«, unterbrach ihn die Frau. »Sie müssen sich an die zuständige Bundesbehörde wenden.«

»Was?« schrie Charles. »Womit befaßt sich die USB denn überhaupt?«

»Wir sind eine Verwaltungsbehörde«, sagte die Frau. »Wir sind für die Durchführung der Gesetzesbeschlüsse zum Umweltschutz zuständig.«

»Dann würde ich aber annehmen, daß die Giftverseuchung eines Flusses etwas ist, daß Sie interessieren sollte«, sagte Charles.

»Das könnte durchaus sein«, stimmte die Frau zu. »Aber erst, nachdem die Staatsbehörden den Fall überprüft haben. Darf ich Ihnen die Nummer der zuständigen Dienststelle geben?«

»Tun Sie das«, sagte Charles müde. Als er aufgelegt hatte, hob er kurz den Kopf und merkte, daß Ellen ihn die ganze Zeit ansah. Er warf ihr einen finsteren Blick zu, und sie ging zurück an ihre Arbeit.

Charles wartete auf das Freizeichen, dann wählte er von neuem.

»Das habe ich jetzt alles verstanden«, sagte die Frau, nachdem sie ihm eine Zeitlang zugehört hatte. »Aber von welchem Fluß sprechen Sie?«

»Dem Pawtomack«, erwiderte Charles. »Mein Gott, hab' ich am Ende wirklich die zuständige Behörde gefunden?«

»Sicher doch«, bestätigte ihm die Frau. »Und wo steht der Betrieb, der das Gift in den Fluß leitet?«

»Es ist Recycle in Shaftesbury«, antwortete Charles.

»Shaftesbury?« fragte die Frau. »Das ist in New Hampshire, nicht wahr?«

»Das schon, aber...«

»New Hampshire fällt nicht in unseren Zuständigkeitsbereich.«

»Aber der Fluß verläuft hauptsächlich durch Massachusetts.«

»Das kann schon sein«, sagte die Frau. »Aber seine Quelle liegt in New Hampshire. Dort müssen Sie anrufen.«

»Herr, gib mir Kraft«, murmelte Charles.

»Wie bitte?«

»Haben Sie die Nummer der zuständigen Behörde?«

»Nein. Sie müssen die Auskunft anrufen.«

Dann war die Leitung tot.

Charles rief die Auskunft für New Hampshire an und erhielt die Nummer der allgemeinen Auskunft der Staatsbehörden. Eine Kontrollbehörde für Wasserverschmutzung war nicht eingetragen. Charles wählte die allgemeine Nummer und wurde an die gewünschte Nebenstelle weitervermittelt. Zwar fürchtete er, inzwischen bereits wie eine Schallplatte zu klingen, aber geduldig trug er seine Eingabe noch einmal vor.

»Sollen wir Ihren Bericht anonym behandeln?« fragte die Frau.

Überrascht von der Frage fehlten Charles einen Moment die Worte für eine Antwort. »Nein. Mein Name ist Dr. Charles Martel, R. D. Nr. 1, Shaftesbury.«

»Ja«, sagte die Frau gedehnt, als ob sie seine Angaben mitschrieb. »Und wo wird die angebliche Verschmutzung verursacht?«

»In Shaftesbury. Von einer Firma, die Recycle Ltd. heißt. Sie leiten Benzol in den Pawtomack.«

»Gut«, sagte die Frau. »Vielen Dank für Ihren Anruf.«

»Einen Moment noch!« rief Charles. »Was werden Sie jetzt tun?«

»Ich werde die Sache einem unserer Ingenieure übergeben«, sagte die Frau. »Er wird den Fall überprüfen.«

»Wann?«

»Das kann ich nicht genau sagen.«

»Aber ungefähr doch.«

»Wir haben im Augenblick sehr viel mit einigen Ölverschmutzungen in Portsmouth zu tun. Deshalb wird es wahrscheinlich noch einige Wochen dauern.«

Einige Wochen waren nicht das, was Charles hören wollte.

»Ist irgendeiner Ihrer Ingenieure zufällig im Büro?«

»Nein. Sie sind beide unterwegs. Warten Sie! Einer kommt gerade. Möchten Sie mit ihm sprechen?«

»Bitte.«

Es entstand eine kurze Pause, dann meldete sich eine männliche Stimme: »Larry Spencer.«

Rasch erzählte ihm Charles, warum er angerufen hatte und daß er es für das beste hielt, wenn sich sofort jemand um die Flußvergiftung kümmerte.

»Wir haben in dieser Dienststelle ein großes Personalproblem«, erklärte der Ingenieur.

»Aber der Fall ist sehr ernst. Benzol ist ein gefährliches Gift. Und es leben viele Menschen am Fluß.«

»Jeder Fall ist ernst«, erwiderte der Ingenieur.

»Kann man irgend etwas tun, um die Bearbeitung des Falles zu beschleunigen?«

»Im Grunde nicht«, antwortete der Ingenieur. »Aber Sie könnten vielleicht zur USB gehen und sehen, ob die an der Sache interessiert sind.«

»Da habe ich zuerst angerufen. Aber man hat mich dort an Sie verwiesen.«

»Sehen Sie!« sagte der Ingenieur. »Es ist immer schwer vorauszusagen, welchen Fall sie übernehmen. Nachdem wir erst einmal die Dreckarbeit gemacht haben, unterstützen sie uns für gewöhnlich. Aber manchmal interessiert sie eine Sache auch von Anfang an. Das System ist ziemlich verrückt und umständlich, aber es ist das einzige, was wir haben.«

Charles dankte dem Ingenieur und legte auf. Der Mann hatte vertrauenswürdig geklungen, und immerhin hatte er gesagt, daß man die USB vielleicht doch für den Fall interessieren könnte. Aus den Angaben im Telefonbuch hatte Charles gesehen, daß die USB im John-F.-Kennedy-Gebäude des Verwaltungszentrums von Boston untergebracht war. Er wollte es nicht noch einmal mit einem Anruf versuchen. Statt dessen beschloß er, persönlich bei der Behörde vorzusprechen. Ruhelos stand Charles auf und nahm seine Jacke aus dem Schrank.

»Ich bin gleich wieder da«, rief er Ellen zu.

Ellen antwortete nicht. Sie wartete noch einige Minuten, nachdem sich die Tür hinter Charles geschlossen hatte, dann sah sie vorsichtig den Flur hinunter. Charles war nicht mehr zu sehen. Sie ging zurück zu ihrem Schreibtisch und wählte die Nummer von Dr. Morrison. Sie war jetzt endgültig überzeugt, daß Charles sich verantwortungslos benahm, selbst wenn man die Krankheit seiner Tochter in Betracht zog. Ellen fand es nicht fair von ihm, daß er nicht nur seinen, sondern auch ihren Arbeitsplatz gefährdete. Dr. Morrison hörte ihr ernst und aufmerksam zu, dann sagte er, daß er sofort ins Labor kommen würde. Bevor er auflegte, ließ er noch einfließen, daß ihre Hilfe in dieser schwierigen Angelegenheit nicht unberücksichtigt bleiben würde.

Als Charles das Weinburger-Institut verließ, fühlte er, wie sein Zorn langsam wieder anwuchs. Alles lief anders, als er es sich vorgestellt hatte. Sogar sein Rachefeldzug. Nach der langwierigen Telefoniererei war er sich nicht mehr so sicher, ob er wirklich etwas gegen die Recycle Ltd. tun konnte, außer selbst mit seinem alten Gewehr den Betrieb zu stürmen. Wieder stieg das quälende Bild von Michelle in ihrem Bett in seinen Gedanken auf. Charles konnte nicht sagen, was ihn so sicher sein ließ, daß die Chemotherapie bei ihr nicht wirken würde. Vielleicht brauchte er diese erschreckende Vorstellung nur, um sich selbst dazu zwingen zu können, mit dem Schlimmsten fertig zu werden. Denn andererseits mußte er zugeben, daß die Chemotherapie ihre einzige Hoffnung war. »Wenn sie schon Leukämie haben muß, warum kann es dann nicht eine lymphozythische sein, bei der die Chemotherapie so erfolgreich wirkt«, schrie Charles und riß an dem Lenkrad seines Pinto.

Ohne es zu bemerken, war seine Geschwindigkeit unter sechzig Stundenkilometer gefallen, was die anderen Fahrer auf seiner Spur sofort in Wut versetzte. Ein wildes Hupkonzert brach los, und Fäuste wurden geschüttelt, als die anderen Wagen ihn überholten.

Nachdem er den Wagen im Parkhaus des Verwaltungszentrums abgestellt hatte, ging Charles den schlauchartigen Durchgang zwischen dem JFK-Gebäude und dem Rathaus hinunter. Die engstehenden Mauern wirkten wie ein Windkanal, und Charles mußte sich gegen die Böen stemmen, um vorwärts zu kommen. Die Sonne schien im Moment nur schwach, aber von Westen zog schon wieder eine graue Wolkenbank auf. Die Temperatur lag bei fünf Grad minus.

Charles ging durch die Drehtür und suchte nach einer Hinweistafel. Zu seiner Linken waren Fotografien von John F. Kennedy ausgestellt, geradeaus, direkt neben dem Fahrstuhl, wurden an einem provisorisch aufgestellten Stand Kaffee und Schmalzgebäck verkauft. Während Charles sich von einer Bedienung zeigen ließ, wo die Hinweistafel stand, legte sich auf seine Jacke ein dünner Staubfilm aus Puderzucker. Die Tafel war hinter einer Fotoserie verborgen, die Kennedy als lächelnden Teenager zeigte. Die USB war im dreiundzwanzigsten Stock untergebracht. Charles konnte sich gerade noch in den Fahrstuhl drängen, bevor die Türen sich schlossen. Charles ließ seinen Blick über die anderen Fahrgäste wandern. Verwundert stellte er fest, daß die meisten in grünen Polyesterstoff gekleidet waren.

Im dreiundzwanzigsten Stock stieg Charles aus und folgte dem Hinweis ›Direktor‹. Das schien ein vielversprechender Anfang zu sein.

Unmittelbar hinter der Eingangstür stand ein winkelförmiger Schreibtisch, hinter dem eine füllige Frau thronte, deren Haar in eine dichte Lockenpracht gelegt war. In ihrem Mundwinkel hing eine Zigarettenspitze aus Bergkristall, die eine lange, dünne Zigarette hielt. Aber nicht weniger auffallend war ihr gewaltiger Busen, der die Reißfestigkeit ihres Blusenstoffs auf eine harte Probe stellte. Als Charles sich ihrem Platz näherte, ordnete sie sich mit einem Blick in ihren Taschenspiegel die Locken an ihren Schläfen.

»Entschuldigen Sie bitte«, sagte Charles. Er fragte sich, ob sie vielleicht die Frau war, mit der er telefoniert hatte. »Ich möchte eine Eingabe gegen einen Betrieb machen, der Benzol in einen Fluß leitet. An wen muß ich mich da wenden?«

Während sie weiter ihr Haar ordnete, sah die Frau argwöhnisch zu Charles auf. »Ist Benzol eine gefährliche Substanz?« fragte sie.

»Sehr gefährlich«, antwortete Charles.

»Dann sollten Sie, glaube ich, hinuntergehen in den neunzehnten Stock zur Abteilung für gefährliche Stoffe«, sagte sie in einem Ton, der die Ergänzung ›Sie ignoranter Bauer‹ erwarten ließ.

Nachdem er acht Treppen hinuntergelaufen war, betrat Charles den neunzehnten Stock, auf dem eine ganz andere

Atmosphäre herrschte. Bis auf die tragenden Mauern waren alle anderen herausgerissen worden, so daß man von einer Seite des Gebäudes bis zur anderen sehen konnte. Hüfthohe Metallgitter teilten die Fläche in Ecken und Nischen, und über dem ganzen Labyrinth hing eine Glocke aus Zigarettendunst und dem unverständlichen Gemurmel Hunderter von Stimmen.

Charles betrat den Irrgarten und sah, daß in regelmäßigen Abständen Hinweissäulen wie Straßenschilder aufgestellt waren, die den Besucher zu den verschiedenen Abteilungen lenkten. Die Abteilung für gefährliche Stoffe lag Gott sei Dank nahe dem Treppenhaus, das Charles heruntergekommen war. Während er nach den Hinweisen für die Unterabteilungen Ausschau hielt, passierte er die Nebenstellen Lärm, Luft, Pestizide und die Abteilung für Strahlungsschäden. Hinter der Unterabteilung für feste Abfälle sah er einen Hinweis auf die für Giftmüll. Eilig ging er in die angegebene Richtung.

Als er vom Hauptgang abbog, stand Charles wieder vor einem Schreibtisch, der wie eine Barriere den Zugang ins Innere der Abteilung versperrte. Es war ein kleiner Arbeitstisch, hinter dem ein schlaksiger Schwarzer saß, der sich offensichtlich alle Mühe gegeben hatte, sein krauses Haar glatt zu bekommen. Doch zu seiner Ehre muß gesagt werden, daß er Charles sofort aufmerksam zuhörte. Er war elegant gekleidet und hatte eine so betont deutliche Aussprache, als ob er längere Zeit in England gelebt hätte.

»Ich fürchte, Sie sind hier nicht richtig«, sagte der junge Mann, nachdem Charles sein Anliegen vorgebracht hatte.

»Ihre Abteilung befaßt sich nicht mit Benzol?«

»Wir sind schon für Benzol zuständig«, antwortete der Mann. »Aber wir erteilen nur die Verwendungserlaubnis für gefährliche Stoffe.«

»Was würden Sie mir denn raten, wohin ich mich wenden sollte?« fragte Charles so ruhig wie möglich.

»Hmmm.« Der Mann legte seinen sorgfältig manikürten Zeigefinger an die Nase. »Um ehrlich zu sein, weiß ich das auch nicht. So ein Fall ist mir noch nie begegnet. Aber warten Sie, ich werde einmal nachfragen.«

Mit einer leichten Bewegung stand er auf, ging um den Tisch

herum und verschwand im Inneren des Labyrinths. Auch als Charles ihn schon nicht mehr sehen konnte, hörte er noch das klackende Geräusch seiner Metallabsätze, das deutlich vom Geklapper der Schreibmaschinen zu unterscheiden war. Unruhig wartete Charles. Er befürchtete, daß seine ganzen Anstrengungen am Ende umsonst sein würden.

Dann kam der junge Mann zurück.

»Genau weiß es eigentlich niemand«, sagte er entschuldigend. »Aber die Kollegen meinten, daß Sie es einmal bei der Abteilung für Wasserkontrolle im zweiundzwanzigsten Stock versuchen sollten. Vielleicht kann man Ihnen dort weiterhelfen.«

Charles bedankte sich, der Schwarze hatte immerhin versucht, etwas für ihn zu tun, und ging zurück zum Treppenhaus. Mit gedämpftem Optimismus, aber gewachsenem Zorn stieg Charles die sechs Treppen zum zweiundzwanzigsten Stock hinauf. Im Flurraum des einundzwanzigsten Stocks mußte er sich an drei jungen Männern vorbeischieben, die unbekümmert einen Joint herumgehen ließen. Sie musterten Charles mit unverschämter Arroganz.

Die zweiundzwanzigste Etage war halboffen gestaltet, geschlossene Bürotrakte wechselten mit offenen Flächen, die wieder mit Raumteilern aufgegliedert waren. An einem Wasserspender nahe dem Treppenaufgang fand Charles einen Richtungshinweis zur Abteilung für Wasserkontrolle.

Als Charles bei der Dienststelle ankam, war der Empfangsschalter nicht besetzt. Eine Zigarette, die noch im Aschenbecher glimmte, ließ ihn vermuten, daß jemand in der Nähe sein mußte; aber nachdem er eine Zeitlang gewartet hatte, war noch immer niemand gekommen. Charles trat um den Tisch herum und ging in das Innere des Bürobereichs. In einigen der Arbeitsnischen sah er Leute, die telefonierten oder an ihrer Schreibmaschine saßen. Charles ging weiter, bis er einen Mann traf, der einen Stapel Broschüren trug.

»Entschuldigen Sie bitte«, sagte Charles.

Der Mann setzte den Papierturm auf seinem Schreibtisch ab und wandte sich Charles zu. Fast schon wie ein Sprechautomat wiederholte Charles sein Anliegen. Während der Mann über eine Antwort nachzudenken schien, richtete er seinen

Broschürenstapel ordentlich auf. Dann sah er wieder zu Charles auf.

»Für solche Fälle ist diese Abteilung nicht zuständig.«

»Mein Gott noch einmal«, explodierte Charles. »Dies ist die Abteilung für Wasserkontrolle, und ich möchte einen Fall von Gewässerverunreinigung anzeigen.«

»Jetzt fahren Sie mich doch nicht gleich so an«, verteidigte sich der Mann. »Wir überwachen nur Anlagen zur Wasseraufbereitung und Kanalisationseinrichtungen.«

»Entschuldigen Sie bitte«, sagte Charles. Seine Stimme klang nicht besonders bedauernd. »Sie können sich nicht vorstellen, wie frustrierend das alles ist. Ich habe eine einfache Beschwerde. Ich weiß, daß ein Betrieb Benzol in einen Fluß leitet.«

»Vielleicht sollten Sie es einmal bei der Abteilung für gefährliche Stoffe versuchen.«

»Da war ich bereits.«

»Oh.« Der Mann dachte weiter nach. »Dann gehen Sie doch zur Prüfungsabteilung in den dreiundzwanzigsten Stock. Dort wird die Einhaltung der Erlasse und Gesetze zum Umweltschutz überwacht.«

Einen Moment sah Charles den Mann verblüfft an. »Prüfungsabteilung?« wiederholte er. »Warum hat mir das bis jetzt niemand gesagt?«

»Tut mir leid«, sagte der Mann.

Während Charles diesmal ein anderes Treppenhaus zum dreiundzwanzigsten Stock hinauflief, murmelte er halblaut Flüche vor sich hin. Er ging an der Finanzverwaltung vorbei, an der Personalabteilung, der Planungsabteilung und der Entwicklungsabteilung. Die nächste Tür nach der Herrentoilette war die Prüfungsabteilung. Charles ging hinein.

Eine junge Schwarze, geschmückt mit einer großen, rosagetönten Brille, die gerade den neuesten Sidney-Sheldon-Roman las, sah ihn fragend an. Sie mußte gerade an einer spannenden Stelle gewesen sein, denn sie zeigte deutlich ihre Verärgerung darüber, gestört zu werden.

Charles erzählte ihr, was er wollte.

»Damit kenne ich mich nicht aus«, sagte die junge Frau.

»Mit wem kann ich dann darüber sprechen?« fragte Charles langsam.

»Das weiß ich nicht«, antwortete die Frau und wandte sich wieder dem Roman zu.

Charles stützte sich mit der linken Hand auf ihrem Schreibtisch ab, und mit der Rechten riß er ihr das Taschenbuch aus den Händen. Dann schlug er es so geräuschvoll auf die Tischplatte, daß die junge Frau erschrocken zurückwich.

»Jetzt habe ich leider Ihre Stelle verschlagen«, sagte Charles. »Aber ich möchte gerne mit Ihrem Vorgesetzten sprechen.«

»Miß Stevens?« fragte die Frau. Unsicher wartete sie darauf, was Charles als nächstes machen würde.

»Wenn es Miß Stevens ist, bitte.«

»Sie ist heute nicht hier.«

Charles trommelte nervös mit den Fingern auf die Tischplatte. Nur mühsam widerstand er dem Verlangen, über den Tisch zu greifen und die Frau wild zu schütteln.

»Na schön«, sagte er. »Und wer ist ihre Stellvertreterin?«

»Mrs. Amendola?« fragte die Frau ängstlich.

»Mich interessiert nicht, wie sie heißt.«

Ohne Charles aus den Augen zu lassen, stand die junge Frau auf und verschwand hinter einer Tür.

Als sie zurückkam, fünf Minuten später, wurde sie von einer etwa fünfunddreißigjährigen Frau begleitet, die sorgenvoll zu Charles sah.

»Ich bin Mrs. Amendola, die Stellvertreterin von Miß Stevens. Kann ich Ihnen behilflich sein?«

»Das hoffe ich«, sagte Charles. »Mein Name ist Dr. Charles Martel, und ich versuche hier seit einiger Zeit, eine Eingabe gegen einen Betrieb zu machen, der giftige Chemikalien in einen Fluß leitet. Man hat mich von einer Abteilung zur anderen geschickt, bis jemand auf die Idee kam, mir zu verraten, daß es hier auch eine Prüfungsabteilung gibt. Aber als ich dann hierher kam, war Ihre Empfangsdame wenig kooperativ. Deshalb wollte ich einen Vorgesetzten von ihr sprechen.«

»Ich habe dem Herrn gesagt, daß ich mich damit nicht auskenne«, erklärte die junge Schwarze.

Mrs. Amendola überlegte einen Moment, dann lud sie Charles ein, ihr zu folgen.

Nachdem sie an einem Dutzend kleiner Arbeitszimmer vorbeigekommen waren, betraten sie ein fensterloses Büro, dessen Wände mit Urlaubsplakaten dekoriert waren. Mrs. Amendola wies einladend auf einen freien Sessel; sie selbst zwängte sich hinter ihren Schreibtisch.

»Sie müssen das verstehen«, sagte Mrs. Amendola. »Es kommen hier selten einfach Leute herauf, die so eine Beschwerde wie Sie haben. Aber das entschuldigt natürlich nicht das laxe Auftreten meiner jungen Kollegin.«

»Was, zum Teufel, prüfen Sie denn, wenn nicht Giftstoffe, die die Umwelt verseuchen«, erwiderte Charles mit einem feindlichen Ton in der Stimme. Nachdem sie ihn in ihr Büro gebracht hatte, um ihn zu besänftigen, hatte Charles das Gefühl, daß sie ihn umgehend in eine andere Abteilung schicken würde.

»Unsere Hauptaufgabe besteht darin, zu überprüfen, daß die Firmen, die mit gefährlichen Stoffen oder Müll umgehen, auch die dafür erforderlichen Genehmigungen eingeholt haben«, erklärte Mrs. Amendola. »Das Gesetz verpflichtet sie dazu, und wir kontrollieren die Einhaltung der Gesetze. Manchmal müssen wir einen Fall vor Gericht bringen und mit einer Geldstrafe ahnden lassen.«

Charles legte sein Gesicht in seine Hände und massierte seinen Kopf. Anscheinend war Mrs. Amendola gar nicht bewußt, wie absurd es war, was sie gerade beschrieb.

»Fühlen Sie sich nicht wohl?« Mrs. Amendola beugte sich in ihrem Stuhl vor.

»Lassen Sie mich noch einmal nachfragen, damit ich Sie richtig verstehe«, sagte Charles. »Die erste Pflicht der Prüfungsabteilung der USB ist es, dafür zu sorgen, daß der Papierkram auch richtig erledigt wird. Ihre Aufgabe hat nichts mit der Kontrolle des Wasserreinhaltungsgebotes zu tun oder anderer Bestimmungen?«

»Das ist nicht ganz richtig«, antwortete Mrs. Amendola. »Sie dürfen nicht vergessen, daß die ganze Umweltproblematik noch relativ neu ist. Es gibt noch nicht einmal gesetzliche Regelungen für sämtliche Bereiche. Unser erster Schritt ist, sämtliche Benutzer gefährlicher Materialien und Stoffe zu registrieren und sie über die geltenden Vorschriften zu informieren. Dann, und wirklich erst dann, sind wir in der Lage, gegen Verletzungen der Vorschriften vorzugehen.«

»Dann können im Moment also die Skrupellosen unter den Betriebsleitern machen, was sie wollen«, sagte Charles.

»Das ist wieder nicht ganz richtig«, erwiderte Mrs. Amendola. »Wir haben eine Gutachterabteilung, die Teil unseres Analyselaboratoriums ist. Unter der gegenwärtigen Regierung sind uns zwar die Finanzmittel gekürzt worden, und die Abteilung ist, zugegeben, auch sehr klein, aber dorthin sollte Ihre Eingabe gehen. Wenn die Gutachterabteilung eine Rechtsverletzung eindeutig nachgewiesen hat, wird der Fall uns übergeben, und wir betrauen dann einen der Anwälte der USB mit der Sache. Und jetzt, Mr. Martel, sagen Sie mir, wie das Unternehmen heißt, gegen das sich Ihre Beschwerde richtet.«

»Es ist die Recycle Ltd. in Shaftesbury«, sagte Charles.

»Warum überprüfen wir nicht die Genehmigungsunterlagen der Firma«, sagte Mrs. Amendola und stand hinter ihrem Schreibtisch auf.

Charles folgte ihr aus dem kleinen Büro hinaus und einen langen Gang hinunter. Vor einer besonders gesicherten Tür blieb sie stehen und schob eine Plastikkarte in einen schmalen Schlitz.

»Wir sind an einen sehr klugen Zentralcomputer angeschlossen«, sagte Mrs. Amendola und hielt Charles die Tür auf. »Deshalb müssen wir es mit den Sicherheitsvorschriften so genau nehmen.«

In dem Raum war die Luft sauber und kühl. Nicht die geringste Spur von Zigarettenqualm war zu riechen. Offensichtlich wurde auf das Wohl der Computerterminal mehr geachtet als auf die Gesundheit der Angestellten. Mrs. Amendola setzte sich vor ein freies Bildschirmgerät und tastete den Firmennamen ein: ›Recycle Ltd., Shaftesbury, N. H.‹ Es dauerte zehn Sekunden, bis der erste Kathodenstrahl den Bildschirm erleuchtete. In Computerkurzschrift wurde Recycle Ltd. knapp beschrieben, was der Betrieb herstellte und daß er dem Chemiekonzern Breur in New Jersey gehörte. Dann wurden alle gefährlichen Chemikalien aufgelistet, die zur Wiederaufbereitung der Gummi- und Kunststoffabfälle verwendet wurden. Schließlich folgten die genauen Daten, wann für die einzelnen Chemikalien Genehmigungsanträge gestellt worden waren und das Datum ihrer Zulassung zur Produktion.

»Was interessiert Sie am meisten?« fragte Mrs. Amendola.

»Das Benzol.«

»Lesen Sie die Daten selbst. USB-Registriernummer UO 19. Das scheint alles in Ordnung zu sein. Ich glaube nicht, daß irgendeine Rechtsverletzung vorliegt.«

»Aber sie schütten das Zeug direkt in den Fluß!« rief Charles. »Das kann doch nicht erlaubt sein.«

Die anderen Mitarbeiter sahen bei Charles' heftigem Wutausbruch erschrocken von ihrer Arbeit auf. Es war ein ungeschriebenes Gesetz, daß im Computerraum nur wie in einer Kirche geflüstert wurde.

Sofort senkte Charles seine Stimme. »Können wir in Ihr Büro zurückgehen?«

Mrs. Amendola nickte.

Wieder in dem kleinen Büro, rutschte Charles auf die Kante seines Sessels vor. »Ich werde Ihnen jetzt die ganze Geschichte erzählen, Mrs. Amendola, weil ich glaube, daß Sie mir vielleicht helfen können.«

Charles berichtete von Michelles Leukämie, daß Tad Schonhauser an aplastischer Anämie gestorben war; wie er das Benzol in ihrem kleinen Teich entdeckt hatte und was er bei Recycle erfahren hatte.

»Mein Gott!« rief Mrs. Amendola aus, als er geendet hatte.

»Haben Sie auch Kinder?« fragte Charles.

»Ja!« In ihrer Stimme schwang ehrliche Furcht mit.

»Dann verstehen Sie vielleicht, was ich empfinde«, sagte Charles. »Und vielleicht können Sie dann auch begreifen, warum ich unbedingt etwas gegen den Betrieb unternehmen will. Mit Sicherheit leben noch viele Kinder am Pawtomack. Aber ich brauche jemanden, der mir hilft.«

»Sie wollen, daß ich die USB für den Fall interessiere«, sagte Mrs. Amendola. Es war eine Feststellung, keine Frage.

»Genau«, erwiderte Charles. »Oder sagen Sie mir, wie ich das schaffen kann.«

»Das beste ist es, wenn Sie Ihre Eingabe schriftlich machen. Und adressieren Sie sie an mich!«

»Das ist kein Problem«, sagte Charles.

»Und wie steht es mit Beweisen? Können Sie da auch irgend etwas beibringen?«

»Ich habe bereits eine Analyse des Wassers aus unserem Teich«, sagte Charles.

»Nein, nein«, unterbrach Mrs. Amendola ihn. »Ich meine etwas aus dem Betrieb selbst: die Aussage eines ehemaligen Angestellten, gefälschte Unterlagen, Fotos von der Gifteinleitung, irgend etwas in der Art.«

»Auch das müßte möglich sein«, sagte Charles. Er dachte an einen Fotobeweis. Charles besaß eine Polaroidkamera.

»Wenn Sie mir irgendeinen Beweis liefern, kann ich die Sache unserer Gutachterabteilung zur Prüfung übergeben. Und dann wären wir in der Lage, eine gründliche Untersuchung des Betriebs durchzuführen. Es liegt jetzt also an Ihnen. Sonst muß die Angelegenheit warten, bis sie in der Reihenfolge der Beschwerdeeingänge erledigt wird.«

Als Charles das JFK-Gebäude verließ, hatte er wieder gegen ein Gefühl der Mutlosigkeit anzukämpfen. Seine Hoffnung, irgendeine Behörde überzeugen zu können, etwas gegen den Recyclingbetrieb zu unternehmen, war beträchtlich gesunken. Dafür bereitete ihm die Vorstellung, die Sache selbst in die Hand zu nehmen, immer größeren Genuß.

Je länger er über den Breur-Konzern nachdachte, um so wütender wurde er auf die Handvoll engstirniger Geschäftsleute, die sich in ihren holzgetäfelten Büros in New Jersey langweilten und ihm sein Glück zerstören und das Liebste nehmen konnten. Als er auf den Parkplatz des Weinburger-Instituts bog, beschloß er, bei dem Chemiekonzern anzurufen, um den Herren einmal deutlich seine Meinung zu sagen.

Seit die Medien den Brighton-Skandal aufgegriffen hatten, waren die Sicherheitsbestimmungen am Institut verschärft worden. Charles mußte erst gegen die Glastür klopfen, bevor er eingelassen wurde. Er wurde von Roy, dem Wachmann, begrüßt, der ihn nach seinem Institutsausweis fragte.

»Ich bin es, Roy«, sagte Charles und wedelte mit der Hand vor Roys Gesicht. »Dr. Martel.«

»Vorschriften«, erklärte Roy. Er hielt die Hand noch immer ausgestreckt.

»Verwaltungsunsinn«, murmelte Charles wütend und suchte nach seinem Ausweis. »Was denken die sich als nächstes aus?«

Roy zuckte die Schultern und wartete, bis Charles ihm die Karte unter die Nase hielt. Erst dann trat er einen Schritt zur Seite. Sogar die gewöhnlich so schüchterne Miß Andrews sah heute zur Seite, ohne ihn wie üblich mit einem Lächeln zu einem kurzen Gespräch einzuladen.

Charles schleuderte seine Jacke in den Metallschrank, rief die Auskunft von New Jersey an und wählte die Nummer von Breur Chemicals. Während er auf den Anschluß wartete, ließ er seinen Blick durch das Labor wandern und fragte sich, ob Ellen wohl noch immer beleidigt war. Sie war nicht an ihrem Platz. Charles glaubte, daß sie in dem kleinen Nebenraum bei den Tieren war. In dem Moment meldete sich am anderen Ende der Leitung eine Stimme.

Später mußte Charles selbst zugeben, daß der Anruf unklug gewesen war. Er hatte an dem Morgen schon genug schlechte Erfahrungen gemacht, um wissen zu können, daß ein Riesenkonzern wie Breur seine Beschwerde als lästiges Gezeter abtun würde. Charles wurde an einen unbedeutenden Mitarbeiter der Abteilung für Öffentlichkeitsarbeit weitervermittelt.

Der Mann versuchte auch gar nicht, Charles zu beschwichtigen. Statt dessen beschuldigte er ihn, einer dieser unpatriotischen Dummköpfe zu sein, deren blödsinniges und unbegründetes Umweltgeschwafel die amerikanische Industrie in eine schlechte Wettbewerbslage gegenüber den ausländischen Konzernen brachte. Das Gespräch geriet zu einem lauten Wortwechsel, bei dem Charles immer wieder behauptete, daß Benzol in den Pawtomack geleitet würde, was der Mann jedesmal bestritt.

Wütend warf Charles den Hörer auf die Gabel und wirbelte in seinem Drehstuhl herum auf der Suche nach etwas, an dem er seinen Zorn ablassen konnte.

Die Tür öffnete sich, und Ellen betrat das Labor.

»Hast du es schon bemerkt?« fragte sie sonderbar gleichgültig.

»Was bemerkt?« fuhr Charles sie an.

»Die Protokollbücher von unserer Arbeit«, sagte Ellen, »sie sind weg.«

Charles sprang auf, kontrollierte hastig seinen Schreibtisch, dann die Arbeitstische.

»Du brauchst gar nicht erst nach ihnen zu suchen«, sagte Ellen. »Sie sind oben.«

»Warum, zum Teufel?«

»Nachdem du heute morgen gegangen warst, ist Dr. Morrison hier gewesen, um zu sehen, wie wir mit dem Canceran-Projekt zurechtkommen. Dabei hat er gesehen, wie ich den Mäusen das Brustkrebsantigen injiziert habe. Ich muß dir nicht erklären, wie empört er war, daß wir noch immer unsere eigene Arbeit weitermachen. Man hat mir aufgetragen, dir auszurichten, daß du sobald wie möglich zu Dr. Ibanez ins Büro kommen sollst.«

»Aber warum haben sie die Protokolle an sich genommen?« fragte Charles. Angst legte sich über seinen Zorn. So sehr er die Verwaltung haßte, genauso fürchtete er sie auch. Seit seiner Zeit auf der Universität lebte er mit dieser Furcht, denn dort hatte er begriffen, daß irgendeine willkürliche Entscheidung der Dekane sein ganzes Leben beeinflussen konnte. Und jetzt war die Verwaltung in sein Labor eingedrungen und hatte aus lauter Willkür seine Versuchsprotokolle an sich genommen, was in Charles' Augen einer Geiselnahme gleichkam. Der Inhalt der Protokollbücher war in seinem Bewußtsein untrennbar mit seinem Versuch, Michelle zu helfen, verbunden, wie sehr der in Wirklichkeit auch an den Haaren herbeigezogen sein mochte.

»Die Frage stellst du wohl besser Dr. Morrison und Dr. Ibanez«, sagte Ellen. »Offen gesagt, habe ich es immer gewußt, daß so etwas passieren mußte.«

Ellen seufzte und schüttelte den Kopf. Ihr Verhalten überraschte Charles und steigerte noch sein Gefühl, allein und verlassen zu sein.

Müde stieg Charles die Treppen zum zweiten Stock hinauf, wieder ging er an der nun schon gewohnten Reihe neugieriger Sekretärinnen vorbei und meldete sich zum zweiten Mal innerhalb von zwei Tagen bei Miß Veronica Evans. Obwohl sie offensichtlich nichts zu tun hatte, ließ sie sich geruhsam Zeit, bis sie Charles über den Rand der Brille hinweg zur Kenntnis nahm.

»Ja?« sagte sie, als ob Charles ein Diener wäre. Dann erklärte sie ihm, daß er noch warten müsse und sich so lange auf die kleine Ledercouch setzen solle. Charles war sicher, daß man ihn nur warten ließ, um ihm zu zeigen, was für eine kleine Schachfigur er war.

Zäh verstrich die Zeit. Charles konnte nicht sagen, welches Gefühl ihn am stärksten beherrschte: Wut, Furcht oder panischer Schrecken. Aber der Wille, die Versuchsprotokolle zurückzuholen, hielt ihn an seinem Platz. Er wußte nicht, ob sie eigentlich ihm gehörten oder dem Institut.

Je länger er wartete, um so sicherer war er, daß die Bücher mit seinen letzten Versuchsaufzeichnungen ein gewichtiger Verhandlungsgegenstand werden würden. Er fragte sich, ob Dr. Ibanez ihn jetzt sofort entlassen würde, und versuchte, sich darüber klarzuwerden, was er tun könnte, wenn er nicht gleich wieder eine Forschungsstelle finden würde. Und wenn sie ihn feuern würden, war er dann eigentlich noch versichert? Das war eine wichtige Frage, denn die Krankenhauskosten für Michelle würden astronomische Höhen erreichen.

Die Gegensprechanlage summte, und Miß Evans wandte sich gebieterisch zu Charles. »Der Direktor empfängt Sie jetzt.«

Als Charles das Zimmer betrat, stand Dr. Carlos Ibanez hinter seinem antiken Schreibtisch. Das Licht von dem Fenster in seinem Rücken ließ sein Haar und seinen Spitzbart aufscheinen wie poliertes Silber.

Vor seinem Schreibtisch saßen Joshua Weinburger senior und Joshua Weinburger junior, die Charles bisher nur bei den gelegentlichen Pflichtveranstaltungen des Instituts gesehen hatte. Obwohl er schon fast achtzig Jahre alt war, machte der Senior einen lebendigeren Eindruck als sein Sohn. Seine aufmerksamen blauen Augen musterten Charles mit großem Interesse.

Joshua Weinburger junior glich dem Stereotyp des erfolgreichen Geschäftsmannes. Er war entsprechend gekleidet und gab sich deutlich reserviert. Nur kurz sah er zu Charles. In seinem Blick lag Geringschätzung. Dann wandte er sich sofort wieder zu Dr. Ibanez.

Rechts von dem ausladenden Schreibtisch saß Dr. Morrison, der um keinen Deut weniger sorgfältig gekleidet war als Joshua Weinburger junior. In der Brusttasche seiner Anzugjacke steckte ein Seidentaschentuch, das akkurat gefaltet und an den Spitzen etwas bauschig gezupft worden war.

»Kommen Sie nur herein«, sagte Dr. Ibanez gutgestimmt.

Charles näherte sich dem riesigen Schreibtisch und bemerkte, daß ein fünfter Stuhl fehlte. Also stellte er sich zwischen die beiden Weinburgers und Morrison. Weil er nicht wußte, wo er seine Hände lassen sollte, schob Charles sie in die Taschen seiner Hose. Mit seinem durchgescheuerten Oxfordhemd, dem unmodern breiten Schlips und seiner schlecht gebügelten Hose wirkte er zwischen den Geschäftsleuten fehl am Platz.

»Ich denke, wir sollten sofort zur Sache kommen«, sagte Dr. Ibanez. »Die Herren Weinburger waren so freundlich, als assoziierte Beisitzende des Rats der Direktoren zu uns zu kommen, um uns in der gegenwärtigen Krise zu unterstützen.«

»So ist es«, sagte Weinburger jr. und drehte sich leicht in seinem Sessel, um Charles ansehen zu können. Anscheinend litt er an einem nervösen Kopfzittern, denn sein Kopf bewegte sich in schnellen, kurzen Bewegungen vor und zurück. »Für gewöhnlich ist es nicht die Politik des Direktoriums, Dr. Martel, in den kreativen Forschungsprozeß einzugreifen. Gelegentlich verlangen die Umstände jedoch, daß wir diese Regel verletzen, und im Augenblick befinden wir uns in einer solchen Situation. Ich darf doch davon ausgehen, daß auch Sie wissen, wie wichtig das Medikament Canceran für den Pharmakonzern Lesley ist. Um es ganz offen zu sagen, Lesley Pharmaceuticals befindet sich in einer äußerst prekären Finanzlage. Während der letzten Jahre sind die Patente, die das Unternehmen auf dem Markt der Antibiotika und der Beruhigungsmittel hielt, ausgelaufen, und um so verzweifelter sucht man dort jetzt nach einem Medikament, das die Marktposition des Konzerns halten kann. Deshalb hat man die knappen Geldreserven im Bereich der Chemotherapie investiert, und Canceran ist das Ergebnis dieser Investitionen. Lesley besitzt sämtliche Patente an dem Präparat, aber sie müssen jetzt dringend mit dem Medikament auf den Markt kommen können. Je eher, desto besser.«

Charles sah prüfend von einem zum anderen. Offensichtlich sollte er nicht fristlos entlassen werden. Die Absicht war wohl, ihn weich zu reden und von den finanziellen Realitäten zu überzeugen, damit er dann die Arbeit an dem Canceran-Projekt wieder aufnahm. Er sah einen leisen Hoffnungsschimmer. Die Weinburgers konnten nicht ohne Vernunft und Klugheit an ihre machtvolle Position gelangt sein. In Gedanken begann Charles eine Antwort zu formulieren, die sie davon überzeugen könnte, daß Canceran eine schlechte Investition war, daß es ein hochgiftiges Medikament war, das wahrscheinlich nie auf den Markt gelangen würde.

»Wir wissen bereits, was Sie über den erhöhten Giftgehalt des Canceran herausgefunden haben«, sagte Dr. Ibanez und nahm einen leichten Zug von seiner Zigarre. Ohne es ahnen zu können, untergrub er Charles' unausgesprochene Erwiderung. »Wir wissen, daß Dr. Brightons Schätzungen nicht ganz genau waren.«

»Das ist eine sehr freundliche Art, es auszudrücken«, sagte Charles. Bestürzt stellte er fest, daß man ihm seine Trumpfkarte aus der Hand genommen hatte. »Offensichtlich sind sämtliche Daten, die Dr. Brighton erarbeitet hat, falsch.« Aus dem Augenwinkel beobachtete er die Reaktion der beiden Weinburgers auf seine Feststellung. Er sah nichts.

»Das ist sehr unglücklich«, stimmte Dr. Ibanez zu. »Die Lösung ist, retten, was noch zu retten ist, und sofort weiterarbeiten.«

»Aber nach meinen Schätzungen ist das Medikament extrem giftig«, sagte Charles verzweifelt. »Tatsächlich so giftig, daß es vielleicht nur in homöopathischen Dosen zu verabreichen sein wird.«

»Das ist nicht unsere Sorge«, sagte Joshua Weinburger jr. »Das ist ein Marketing-Problem. Und auf dem Gebiet ist Lesley Pharmaceuticals einfach außergewöhnlich. Die können auch Eis an Eskimos verkaufen.«

Charles war sprachlos. Darin war auch nicht mehr die geringste ethische Wertvorstellung enthalten. Ob das Produkt den Menschen helfen würde, interessierte überhaupt nicht. Es ging ums Geschäft – um das große Geschäft.

»Charles!« Dr. Morrison sprach zum ersten Mal. »Wir wollten Sie fragen, ob Sie die Studie zur Wirksamkeit und die zum Giftgehalt parallel bearbeiten können?«

Charles wandte sich zu Dr. Morrison und starrte ihn voller Verachtung an. »Eine Methode der Art, wie Sie sie vorschlagen, würde die induktive Forschung auf den reinen Empirismus reduzieren.«

»Es ist uns gleich, wie Sie es nennen«, sagte Dr. Ibanez lächelnd. »Wir wollten nur von Ihnen wissen, ob man so vorgehen kann.« Joshua Weinburger senior lachte. Er schätzte aggressive Leute und aggressive Ideen.

»Und es interessiert uns auch nicht, wie viele Versuchstiere Sie dazu brauchen«, sagte Morrison großzügig.

»Sehr richtig«, stimmte Dr. Ibanez zu. »Obwohl wir Sie bitten möchten, Mäuse zu benutzen, da sie wesentlich billiger sind. Aber Sie können so viele für Ihre Versuche verwenden, wie Sie wollen. Wir möchten Ihnen vorschlagen, die Untersuchungen zur Wirksamkeit mit einer breiten Streuung der verschiedensten Dosen durchzuführen. Am Ende der Versuchsreihe können dann neue Giftwerte hochgerechnet und gegen die falschen in der Giftwertstudie von Dr. Brighton ausgetauscht werden. So einfach wäre das, und wir würden eine Menge Zeit sparen! Was sagen Sie dazu, Charles?«

»Bevor Sie antworten«, fuhr Morrison dazwischen, »sollte ich Sie vielleicht darauf hinweisen, daß wir Sie im Falle einer Ablehnung gehen lassen müßten, um uns jemand anderen zu suchen, der dem Canceran-Projekt die Aufmerksamkeit widmet, die es verdient.«

Charles sah von einem Gesicht zum anderen. Seine Furcht und seine panische Angst waren verschwunden. Geblieben waren sein Zorn und seine Verachtung. »Wo sind meine Versuchsprotokolle?« fragte er mit müder Stimme.

»Sicher und behütet in meinem Safe«, antwortete Dr. Ibanez. »Sie sind Eigentum des Instituts, aber Sie werden Sie zurückerhalten, sobald Sie das Canceran-Projekt beendet haben. Wir waren der Meinung, daß ihre eigenen Versuchsprotokolle vielleicht eine zu große Versuchung für Sie sind.«

»Es kann nicht genug betont werden, wie eilig das alles ist«, fügte Joshua Weinburger jr. hinzu. »Aber um Ihnen einen zusätzlichen Ansporn zu geben, setzen wir Ihnen eine Prämie von zehntausend Dollar für den Fall aus, daß Sie in fünf Monaten eine erste Voruntersuchung abschließen können.«

»Ich halte das für sehr großzügig«, sagte Dr. Ibanez. »Aber Sie müssen sich nicht in diesem Moment entscheiden. Sie sollen sich auf keinen Fall zu etwas genötigt fühlen. Ihre Entscheidung hat vierundzwanzig Stunden Zeit. Gleichzeitig, das werden Sie verstehen, werden wir uns bereits nach einem etwaigen Ersatz für Sie umsehen. Bis dann also, Dr. Charles Martel.«

Angewidert machte Charles auf dem Absatz kehrt und ging zur Tür. Als er die Hand schon auf der Klinke hatte, hielt die Stimme von Dr. Ibanez ihn noch einmal zurück. »Da ist noch etwas. Das Direktorium und die Verwaltung möchten Ihnen ihr Bedauern über die tragische Krankheit Ihrer Tochter aussprechen. Wir alle hoffen, daß sie bald wieder gesund wird. Und in dem Zusammenhang möchte ich noch anfügen, daß der Krankenschutz der Institutsversicherung nur für die Dauer Ihrer Beschäftigung gilt. Auf Wiedersehen, Dr. Martel.«

Charles hätte am liebsten aufgeschrien. Statt dessen lief er in wilder Flucht den Flur der Verwaltungsabteilung entlang und hastete die Treppen zu seinem Labor hinunter. Aber dort angekommen, wußte er nicht, ob er überhaupt noch bleiben wollte. Zum ersten Mal empfand er es als Schande, zum Weinburger-Institut zu gehören. Er haßte es, daß sogar sie schon von Michelle wußten. Ja, daß sie sogar versuchten, Michelles Krankheit gegen ihn auszuspielen. Gott, was für eine Schande!

Er ließ seinen Blick durch sein Labor wandern, das während der letzten acht Jahre sein zweites Zuhause gewesen war. Er hatte das Gefühl, jedes Glasgefäß und jedes Instrument zu kennen. Es schien ihm ungerecht zu sein, daß man ihn aus einer Laune heraus aus dieser Umgebung fortjagen konnte. Und gerade jetzt, wo seine Arbeit so große Fortschritte machte.

Sein Blick fiel auf die Zellkultur, die er mit Michelles Leukämiezellen angelegt hatte. Schwerfällig ging er hinüber zu dem Inkubator und sah über die sorgfältig aufgestellten Reihen der Reagenzgläser. Die Kultur schien sich gut zu entwickeln. Ein lang vermißtes Gefühl der Zufriedenheit durchlief ihn. Soweit er es beurteilen konnte, schien die Isolierung und Vermehrung eines Krebsantigens mit menschlichen Zellen genausogut zu funktionieren wie mit tierischen. Und da es bereits Zeit war für den nächsten Schritt, rollte Charles seine Hemdsärmel auf und steckte seinen Schlips zwischen zwei Hemdknöpfe. Arbeit war sein Betäubungsmittel. Immerhin blieben ihm noch vierundzwanzig Stunden, bis er sich den Forderungen der Verwaltung beugen mußte. Er wußte, auch wenn er es sich noch nicht eingestehen wollte, daß er um Michelles willen nachgeben mußte. Er hatte einfach keine andere Wahl.

## *9. Kapitel*

Als Cathryn das Beth-Israel-Hospital verließ, wo sie Marge Schonhauser besucht hatte, waren ihre Nerven bis an die Grenze des Erträglichen gespannt. Sie hatte damit gerechnet, daß Marge in einer schlimmen Verfassung sein mußte; warum hätte man sie sonst in ein Krankenhaus einliefern sollen. Aber auf das, was sie dann zu sehen bekam, war Cathryn doch nicht vorbereitet gewesen. Irgendein Lebensnerv in Marges Gehirn mußte gerissen sein, denn sie war in eine tiefe Apathie gesunken und weigerte sich, zu essen oder zu schlafen. Cathryn hatte sich schweigend zu Marge gesetzt und war bei ihr geblieben, bis ein entsetzlicher, immer stärker anwachsender Druck sie wieder fortgetrieben hatte. Es war, als ob Marges Depression allmählich auf sie übergeflossen war. Cathryn floh zurück ins Kinderkrankenhaus, von dem grauenvollen Ende einer Tragödie zum Beginn einer neuen.

Der Fahrstuhl, der sie hinauf zur Station Anderson 6 brachte, war dicht besetzt. Cathryn dachte darüber nach, ob das, was mit Marge geschehen war, auch sie oder Charles treffen könnte. Charles war Arzt, und Cathryn hatte gedacht, daß er zumindest mit diesen Schattenseiten der Wirklichkeit besser zurechtkommen mußte. Aber sein Verhalten hatte sie in dem Punkt wenig beruhigt. So unerträglich ihr Krankheit und Krankenhaus auch waren, Cathryn versuchte doch, sich gegen die Zukunft zu wappnen.

Als der Fahrstuhl auf der Station 6 hielt, drängte Cathryn sich nach vorn, um die Türen noch zu erreichen, bevor sie sich wieder schlossen. Sie war voller Ungeduld, endlich zu Michelle zurückzukommen, denn das Kind hatte sie nur sehr zögernd gehen lassen. Schließlich war es Cathryn gelungen, Michelle zu überreden, sie nach dem Essen gehen zu lassen. Dafür hatte sie versprochen, in einer halben Stunde zurück zu sein. Und jetzt war schon fast eine Stunde verstrichen.

Am Morgen, nachdem Charles gegangen war, hatte sich Michelle an Cathryn geklammert und immer wieder darauf bestanden, daß ihr Vater zornig auf sie war. Was Cathryn auch dagegen gesagt hatte, es konnte Michelle nicht umstimmen.

In der Hoffnung, daß Michelle vielleicht schlafen würde, öffnete Cathryn die Tür zum Krankenzimmer. Auf den ersten Blick schien es auch so zu sein, denn Michelle bewegte sich nicht. Aber dann entdeckte Cathryn, daß das Kind seine Bettdecke zur Seite getreten hatte und von den Kissen tief ins Bett gerutscht war. Ein Bein lag merkwürdig verkrampft unter dem anderen. Als Cathryn einen Schritt nähergetreten war, sah sie, daß sich Michelles Brust heftig hob und senkte. Am meisten aber erschreckte Michelles Gesicht sie, es hatte einen bläulichen Schimmer angenommen, und die Lippen waren kastanienbraun verfärbt. Cathryn stürzte zum Kopfende des Bettes und griff nach Michelles Schultern.

»Michelle!« rief sie und schüttelte das Kind. »Was ist los?«

Michelles Lippen bewegten sich und ihre Augenlider flatterten hoch, aber es war nur Weißes zu sehen. Die Augen hatten sich in ihren Höhlen krampfartig verdreht.

»Hilfe!« schrie Cathryn. Sie lief zur Flurtür. »Hilfe!«

Die Oberschwester sprang hinter ihrem Schreibtisch hervor und lief zu Cathryn. Eine Stationsschwester folgte ihr. Aus dem Zimmer neben Michelles kam eine Hilfsschwester gelaufen. Sie alle stürzten an Michelles Bett und schoben die vor Entsetzen gelähmte Cathryn beiseite. »Laß einen Notruf durchgeben«, bellte die Oberschwester.

Die Hilfsschwester, die am Fußende des Bettes stehengeblieben war, lief zum Apparat der Haussprechanlage und gab an die Schwesternstation durch, daß ein Notarztteam alarmiert werden sollte.

Inzwischen hatte die Oberschwester Michelles Puls gefunden. Das Herz ging rasend schnell. »Fühlt sich wie eine Rhythmusstörung an; das Herz geht so schnell, daß man kaum die einzelnen Schläge fühlt«, sagte sie.

»Das denke ich auch«, stimmte die Stationsschwester zu. Sie legte die Manschette des Blutdruckmeßgeräts um Michelles Arm.

»Ihre Atmung ist zyanotisch«, sagte die Oberschwester. »Soll ich ihr eine Mund-zu-Mund-Beatmung geben?«

»Ich weiß es nicht«, sagte die Stationsschwester, während sie die Blutdruckmanschette aufpumpte. »Vielleicht hilft es gegen die Zyanose.«

Die Hilfsschwester kam zurück und legte Michelles verkrampftes Bein gerade. Die Oberschwester beugte sich über Michelle, hielt ihr die Nase zu, legte ihren Mund auf Michelles und blies Luft in Michelles Lungen.

»Ich habe ihren Blutdruck«, sagte die Stationsschwester. »Sechzig zu vierzig, aber er schwankt.«

Die Oberschwester setzte die Beatmung fort, aber Michelles hechelnder Atem beruhigte sich nicht. Die Oberschwester richtete sich wieder auf. »Ich glaube, ich behindere sie mehr, als daß ich ihr helfe.«

Cathryn stand an die Wand gepreßt, zu Tode erschrocken von dem, was sich vor ihren Augen abspielte. Sie wagte es nicht, sich zu bewegen, weil sie Angst hatte, im Weg zu sein. Sie verstand nicht, was eigentlich geschehen war. Aber sie fühlte, es war gefährlich. Und wo war Charles?

Dann wurde die Tür aufgerissen, und eine Frau stürmte herein. Sie war mit soviel Schwung in das Zimmer getreten, daß sie auf dem glattgebohnerten Kunststoffboden ausrutschte und sich nur mit einem schnellen Griff an die Türkante auf den Beinen halten konnte.

Es war eine Ärztin, die zum Krankenhaus gehörte. Sie lief sofort zum Bett und griff nach Michelles Handgelenk, um den Puls zu fühlen.

»Ich glaube, sie hat eine Rhythmusstörung«, sagte die Oberschwester. »Sie ist ein Leukämiefall. Myeloisch. Der zweite Tag ihrer Chemotherapie.«

»Irgendwelche Herzkrankheiten in der Vergangenheit?« fragte die Ärztin in forderndem Ton. Sie beugte sich über Michelle und zog ihre Augenlider hoch. »Zumindest sind die Pupillen zu sehen.«

Die drei Schwestern sahen sich gegenseitig an. »Wir glauben

nicht, daß sie schon früher Herzprobleme hatte. In ihrer Krankengeschichte ist nichts vermerkt.«

»Blutdruck?« fragte die Ärztin.

»Zuletzt sechzig zu vierzig, aber schwankend«, sagte die Stationsschwester.

»Akute Rhythmusstörung«, bestätigte die Ärztin. »Treten Sie einen Augenblick vom Bett zurück.«

Die Ärztin ballte ihre Hand zur Faust und schlug sie so heftig auf Michelles Thorax, daß es dumpf im Zimmer widerhallte. Der Ton ließ Cathryn zusammenzucken.

Ein sehr jung aussehender Chefarzt kam in das Zimmer gelaufen, gefolgt von zwei weiteren Ärzten, die einen kleinen Karren schoben, auf dem eine Unzahl medizinischer Instrumente stand und zwei elektronische Geräte.

Die Ärztin gab einen knappen Bericht über Michelles Zustand, während die Schwestern eilig die Leitungen des EKGs an Michelles Armen und Beinen befestigten.

Die Oberschwester beugte sich zu der Hilfsschwester und bat sie, Dr. Keitzman zu suchen.

Eines der Geräte auf dem Karren begann einen schmalen Streifen Papier abzurollen, auf dessen graphischen Linien Cathryn die Zacken eines EKGs erkennen konnte. Die Ärzte versammelten sich um den Karren, als ob sie Michelle für einen Moment vergessen hätten.

»Rhythmusstörung«, sagte der Chefarzt. »Verbunden mit Atemnot und Zyanose ist ihr Kreislauf akut gefährdet. Was heißt das, George?«

Einer der Ärzte sah erschreckt auf. »Wir sollten ihrem Herz sofort einen Stromimpuls geben ... denke ich.«

»Du denkst völlig richtig«, pflichtete der Chefarzt bei. »Aber vorher ziehen wir zur Sicherheit eine Spritze Lidocain auf. Wieviel wiegt das Mädchen; fünfzig Kilogramm, oder?«

»Etwas weniger«, sagte die Ärztin.

»Schön, fünfzig Milligramm Lidocain. Und macht auch ein Milligramm Atropin fertig, falls sie hinterher einen zu niedrigen Rhythmus hat.«

Das Team arbeitete Hand in Hand. Während ein Arzt die Spritzen aufzog, holte ein anderer die Kontaktplatten hervor. Der dritte half, Michelle in die richtige Stellung zu bringen.

Eine Kontaktplatte wurde unter ihren Rücken gelegt, die anderen gegenüberliegend auf ihre Brust.

»Alles fertig, bitte zurücktreten«, sagte der Chefarzt. »Für den Anfang versuchen wir es mit einem Fünfzig-Watt-Schock, den wir für eine Sekunde geben. Achtung, jetzt.«

Er drückte einen Knopf, und einen kurzen Augenblick später zuckte Michelles Körper so heftig zusammen, daß ihre Arme und Beine in die Luft flogen.

Schreckensstarr sah Cathryn auf die Ärzte, die nicht auf Michelles heftige Reaktion zu achten schienen, sondern einfach bei ihren Apparaten stehenblieben. Cathryn sah, wie Michelle völlig verwirrt die Augen aufschlug und versuchte, den Kopf zu heben. Gott sei Dank wich der bläuliche Farbton jetzt aus ihrem Gesicht.

»Nicht schlecht!« rief der Chefarzt, nachdem er für einen Augenblick auf den EKG-Streifen gesehen hatte, der jetzt aus dem Gerät kam.

»John, du wirst wirklich immer besser«, stimmte die Ärztin zu. »Du solltest damit dein Geld verdienen, so gut machst du das.«

Die Ärzte lachten und wandten sich zu Michelle.

Atemlos kam Dr. Keitzman ins Zimmer gestürzt, die Hände tief in die Taschen seines Kittels vergraben. Ohne auf jemanden zu achten, trat er sofort an Michelles Bett. Seine Augen überflogen nervös ihren Körper. Dann griff er nach ihrem Handgelenk und fühlte ihren Puls.

»Geht es dir wieder gut, Prinzeßchen?« Er zog sein Stethoskop hervor.

Michelle nickte, aber sagte nichts. Sie sah benommen aus.

Cathryn sah beobachtend zu John, dem Chefarzt, der einen knappen Bericht über das Vorgefallene gab. Aber Cathryn verstand kein Wort der verschlüsselten Medizinersprache.

Dr. Keitzmans Oberlippe zuckte nach oben, als er sich über das Bett beugte und Michelles Brust abhörte. Zufrieden mit dem Ergebnis ließ er sich von John einen Streifen des EKGs reichen, den er prüfend durch die Finger seiner linken Hand zog. In dem Moment entdeckte er Cathryn, die noch immer gegen die Wand gepreßt stand. Keitzman warf der Oberschwester einen fragenden Blick zu. Die Oberschwester folgte seinen Augen zurück zu Cathryn und zuckte dann hilflos die Schultern.

»Wir haben wirklich nicht mehr daran gedacht, daß sie noch im Zimmer ist«, sagte sie wie zu ihrer Verteidigung.

Dr. Keitzman ging zu Cathryn und legte ihr eine Hand auf die Schulter. »Wie fühlen Sie sich, Mrs. Martel?« fragte Dr. Keitzman. »Ist alles in Ordnung?«

Cathryn versuchte zu antworten, aber ihre Stimme gehorchte ihr nicht. Sie nickte nur wie Michelle.

»Es tut mir leid, daß Sie das mit ansehen mußten«, sagte Dr. Keitzman. »Michelle scheint es jetzt wieder gut zu gehen, und sie hat ganz bestimmt nichts gespürt. Aber ich weiß, wie schockierend das alles auf einen Außenstehenden wirken muß. Lassen Sie uns doch einen Augenblick auf den Flur gehen. Ich möchte mit Ihnen sprechen.«

Cathryn versuchte über Dr. Keitzmans Schulter einen Blick auf Michelle zu werfen.

»Sie können sie ruhig einen Moment allein lassen«, versicherte Dr. Keitzman. Dann drehte er sich zu der Oberschwester. »Ich bin draußen vor der Tür. Sorgen Sie bitte dafür, daß ein Herzmonitor in das Zimmer kommt. Außerdem wünsche ich, daß sich ein Kardiologe die Patientin ansieht. Fragen Sie, ob Dr. Brubaker sofort herkommen kann.« Sanft drängte er Cathryn aus dem Zimmer. »Lassen Sie uns zur Schwesternstation hinuntergehen; dort haben wir mehr Ruhe.«

Dr. Keitzman führte Cathryn den Gang hinunter in den Aktenraum der Station. Der Raum war mit einfachen Stühlen und Tischen möbliert. Cathryn sah zwei Telefone, die an Tonbandgeräte angeschlossen waren. Dr. Keitzman zog einen Stuhl heran, auf den sich Cathryn dankbar niedersinken ließ.

»Soll ich Ihnen etwas zu trinken holen?« fragte Dr. Keitzman. »Vielleicht ein Glas Wasser?«

»Nein, danke«, brachte Cathryn mühsam hervor. Dr. Keitzmans ernste Art war eine Quelle neuer Ängste für sie. Angestrengt suchte sie in seinem Gesicht nach einem Fingerzeig. Es war schwer, die Augen hinter den dicken Brillengläsern auszumachen.

Die Oberschwester steckte ihren Kopf zur Tür herein. »Dr. Brubaker fragt, ob die Patientin zur Untersuchung hinübergebracht werden kann.«

Während Dr. Keitzman nachdachte, ging wieder ein Zucken durch sein Gesicht. »Erzählen Sie Dr. Brubaker, was gerade passiert ist, und daß es mir lieber wäre, wenn die Patientin jetzt absolute Ruhe hat. Die Untersuchung sollte nach Möglichkeit in ihrem Zimmer vorgenommen werden.«

»Ich richte es aus«, sagte die Oberschwester und verschwand wieder.

Dr. Keitzman wandte sich Cathryn zu. Er seufzte. »Mrs. Martel, ich glaube, ich muß jetzt offen mit Ihnen reden. Es geht Michelle nicht sehr gut. Und damit meine ich nicht die kleine Episode, die Sie eben miterleben mußten.«

»Aber was hatte Michelle denn gerade?« fragte Cathryn. Der Ton von Dr. Keitzman verunsicherte sie nur noch mehr.

»Ihr Herzschlag hat sich beschleunigt und ist dann außer Kontrolle geraten«, sagte Dr. Keitzman. »Normalerweise löst der obere Teil des Herzens den Schlag aus.« Mit einer unbeholfenen Geste versuchte er seine Worte zu erklären. »Aber aus irgendeinem Grund war bei Michelle dieser Impuls auf den unteren Herzteil übergesprungen. Warum? Das wissen wir noch nicht. Jedenfalls begann ihr Herz so schnell zu schlagen, daß ihm nicht mehr genügend Zeit blieb, seine Kammern richtig zu füllen. Das Blut wurde nicht mehr richtig weitergepumpt. Aber das scheint jetzt wieder unter Kontrolle zu sein. Viel mehr Sorgen macht mir, daß Michelle nicht auf die Chemotherapie anspricht.«

»Aber sie hat doch gerade erst angefangen!« rief Cathryn entsetzt. Das letzte, was sie wollte, war, sich ihre Hoffnungen nehmen zu lassen.

»Das ist schon richtig«, sagte Dr. Keitzman. »Doch Michelles Form der Leukämie reagiert gewöhnlich bereits in den ersten Tagen auf die Behandlung. Und dann ist Michelles Fall auch der aggressivste, den ich je kennengelernt habe. Gestern haben wir ihr ein sehr starkes Medikament gegeben. Es heißt Daunorubicin und ist von mir bereits sehr erfolgreich eingesetzt worden. Als ich heute morgen Michelles Blut untersucht habe, mußte ich schockiert feststellen, daß wir nicht die geringste Wirkung auf ihre Leukämiezellen erzielt haben. Obwohl das gelegentlich vorkommt, ist es doch sehr ungewöhnlich. Deshalb habe ich mich entschlossen, die Behandlung ein kleines bißchen abzuändern. Normalerweise verabreichen wir die zweite Dosis dieses Medikaments erst am fünften Behandlungstag. Ich habe sie Michelle statt dessen bereits heute morgen gegeben, zusammen mit dem Thioguanin und dem Cytarabin.«

»Warum erzählen Sie mir das alles?« fragte Cathryn.

»Ich sage Ihnen das im Hinblick auf das gestrige Verhalten Ihres Mannes«, antwortete Dr. Keitzman. »Und auf das, was Dr. Wiley und ich mit Ihnen besprochen haben. Ich fürchte, daß Ihr Mann sich von seinen Gefühlen hinreißen lassen wird und versuchen könnte, die Behandlung mit den Medikamenten abzubrechen.«

»Aber wenn sie nicht wirken, sollten sie vielleicht wirklich abgesetzt werden«, sagte Cathryn.

»Mrs. Martel, Michelle ist ein sehr krankes Kind. Diese Medikamente sind ihre einzige Chance, die Krankheit vielleicht doch zu überleben. Ja, es ist bedauerlich, daß sie bisher nicht gewirkt haben. Und Ihr Mann hat recht, wenn er sagt, daß Michelles Chancen nur sehr gering sind. Aber ohne Chemotherapie hat sie überhaupt keine.«

Cathryn fühlte ein stechendes Schuldgefühl durch ihren Körper zucken. Sie hätte Michelle schon vor Wochen ins Krankenhaus bringen sollen.

Dr. Keitzman erhob sich. »Ich hoffe, daß Sie meine Worte richtig verstanden haben. Michelle braucht Sie und Ihre ganze Kraft. Und jetzt bitte ich Sie, Ihren Mann anzurufen, damit er hierher kommt. Er muß wissen, was gerade vorgefallen ist.«

Noch bevor der Radioaktivitätszähler anfing, die Elektronen zu registrieren, die von den Reagenzgläsern ausgingen, wußte Charles, daß die Gewebekultur mit Michelles Leukämiezellen die radioaktiven Nukleotiden absorbiert und aufgenommen hatte. Diese war das letzte Stadium seines Versuchs, eine konzentrierte Lösung eines Oberflächenproteins herzustellen, das Michelles Leukämiezellen von ihren normalen Zellen unterschied. Dieses Protein war für Michelles Körper etwas Fremdes, aber der Blockierungsfaktor, von dem Charles wußte, daß er auch in Michelles Immunsystem wirkte, verhinderte, daß dieser Fremdkörper abgestoßen wurde. Diesen Blockierungsfaktor hatte Charles untersuchen wollen. Wenn er nur etwas mehr über die Wirkungsweise des Blockierungsfaktors gewußt hätte, vielleicht wäre es möglich gewesen, ihn zu hemmen oder sogar ganz auszuschalten. Charles war tief enttäuscht, seine Arbeit so nahe vor einer Lösung aller Fragen abbrechen zu müssen. Gleichzeitig mußte er eingestehen, daß ihn sein Projekt durchaus noch weitere fünf Jahre in Anspruch nehmen konnte und daß der Erfolg keinesfalls schon garantiert war.

Charles schloß den Inkubator mit der Gewebekultur und ging zu seinem Schreibtisch. Er wunderte sich, daß Ellen noch nicht ins Labor zurückgekommen war. Charles wollte noch einmal das Canceran-Projekt durchsprechen, und sie war die einzige Person, die genug davon verstand und der er noch vertraute.

Er setzte sich und versuchte, nicht mehr an das demütigende Gespräch mit Dr. Ibanez und den beiden Weinburgers zu denken. Statt dessen erinnerte er sich an seinen frustrierenden Besuch bei der Umweltschutzbehörde, was seine Stimmung auch nicht sonderlich hob. Im Grunde mußte er selbst über seine Naivität lachen, daß er tatsächlich geglaubt hatte, man bräuchte nur zu einer Regierungsbehörde zu gehen, um sofort etwas zu erreichen. Er überlegte, ob es für ihn überhaupt einen Weg gab, an ein Foto zu gelangen, das die Vergiftung des Flußwassers durch Recycle beweisen konnte. So sehr er das bezweifelte, er mußte es versuchen.

Aber wenn er ohnehin selbst den Beweis für den Umweltskandal zu liefern hatte, vielleicht sollte er Recycle dann auch gleich selbst vor Gericht bringen, ohne lange auf die USB zu warten. Charles wußte sehr wenig von Recht und Gesetz, aber es gab eine Informationsquelle, die ihm offenstand. Die Anwaltskanzlei, mit der das Weinburger-Institut zusammenarbeitete.

Die linke untere Schublade seines Schreibtisches benutzte Charles als Ablage für allgemeine Informationsbroschüren. Auf dem Boden des Fachs fand er, was er suchte, ein dünnes Heft mit dem Titel ›Willkommen im Haus: Dies ist Ihr Weinburger-Institut für Krebsforschung‹. Am Ende der Broschüre war eine Liste, die alle wichtigen Adressen verzeichnete, darunter auch die von Hubbert, Hubbert, Garachnik und Pearson. Hinter der Anschrift der Kanzlei waren mehrere Telefonnummern angegeben. Charles wählte die erste.

Nachdem Charles sich vorgestellt hatte, wurde er sofort zu Mr. Garachniks Büro durchgestellt. Auch hier war die Sekretärin außerordentlich herzlich, und innerhalb weniger Minuten war Charles mit Mr. Garachnik verbunden. Offensichtlich war das Weinburger-Institut ein geschätzter Klient.

»Ich hätte gern ein paar Auskünfte«, sagte Charles. »Ich möchte eine Klage gegen einen Betrieb einreichen, der Giftstoffe in einen Fluß leitet, und wüßte nun gern von Ihnen, wie ich dabei am besten vorgehen soll.«

»Das beste wäre es, wenn wir unseren Spezialisten für Umweltrecht mit der Sache betrauen«, sagte Mr. Garachnik. »Aber wenn Ihre Fragen mehr allgemeiner Natur sind, kann ich Ihnen vielleicht auch helfen. Beschäftigt sich das Weinburger-Institut jetzt auch mit Umweltfragen?«

»Nein«, sagte Charles. »Leider nicht. Ich bin persönlich an dem Fall interessiert.«

»Ich verstehe.« Mr. Garachniks Stimme wurde um einige Grade kühler. »Hubbert, Hubbert, Garachnik und Pearson befaßt sich leider nicht mit den Rechtsproblemen der Angestellten des Weinburger-Instituts. Es sei denn, es wird für den Einzelfall eine besondere Vereinbarung getroffen.«

»Dagegen hätte ich nichts einzuwenden«, entgegnete Charles. »Aber wenn ich Sie schon einmal am Apparat habe, könnten Sie mir doch ganz allgemein etwas zur Verfahrensweise sagen.«

Es entstand eine Pause. Mr. Garachnik wollte Charles fühlen lassen, wie weit unter seinem Status als Seniorpartner er diese Bitte empfand. »Das kann als Einzelklage oder als Klage einer Interessengemeinschaft behandelt werden. Wenn Sie eine Einzelklage führen wollen, müssen Sie einen persönlichen Schaden nachweisen können.«

»Ich habe einen persönlichen Schaden erlitten!« unterbrach Charles ihn heftig. »Meine Tochter ist an Leukämie erkrankt!«

»Dr. Martel«, sagte Mr. Garachnik in gereiztem Ton. »Als Arzt sollten Sie wissen, wie schwer ein ursächlicher Zusammenhang zwischen einer Leukämieerkrankung und einer

Wasserverschmutzung nachzuweisen ist. Aber egal, bei einer Gruppenklage mit dem Ziel, eine gerichtliche Verfügung gegen den Betrieb zu erreichen, muß kein persönlicher Schaden entstanden sein. Sie brauchen dazu aber die Unterstützung von dreißig bis vierzig Mitklägern. Wenn Sie die Angelegenheit weiterverfolgen wollen, sollten Sie sich an Thomas Wilson wenden. Er ist einer unserer neuen, jüngeren Anwälte und befaßt sich besonders mit Umweltfragen.«

»Spielt es eine Rolle, daß der Betrieb in New Hampshire liegt?« fragte Charles schnell.

»Nein. Nur muß die Klage dann ebenfalls bei einem Gericht in New Hampshire eingereicht werden«, antwortete Mr. Garachnik, der ihr Gespräch jetzt offensichtlich beenden wollte.

»Und was ist, wenn der Betrieb einem Konzern aus New Jersey gehört?«

»Das könnte zu Schwierigkeiten führen, muß es aber nicht«, sagte Mr. Garachnik plötzlich wieder mehr interessiert. »Von welchem Betrieb in New Hampshire sprechen Sie eigentlich?«

»Von einem Unternehmen in Shaftesbury. Es nennt sich Recycle Ltd.«, sagte Charles.

»Und gehört dem Chemiekonzern Breur in New Jersey«, fügte Mr. Garachnik schnell hinzu.

»Das stimmt«, sagte Charles überrascht. »Woher wissen Sie das?«

»Weil wir gelegentlich auch Breur vertreten. Und falls Ihnen das entgangen sein sollte, dem Breur-Konzern gehört ebenfalls das Weinburger-Institut, auch wenn es als gemeinnützige Institution geführt wird.«

Charles war sprachlos.

Mr. Garachnik fuhr fort. »Breur Chemical hat das Weinburger-Institut gegründet, als sie mit dem Kauf von Lesley Pharmaceuticals ihre Geschäfte auch auf den Pharmamarkt ausgedehnt haben. Ich bin damals dagegen gewesen. Aber der alte Weinburger senior war ganz besessen von der Idee. Ich hatte einen Eingriff der Kartellbehörden befürchtet, aber die gemeinnützige Gesellschaftsform des Instituts hat das verhindert. In jedem Fall, Dr. Martel, heißt Ihr eigentlicher Arbeitgeber Breur. Und unter dem Aspekt sollten Sie noch einmal alles genau überlegen, bevor Sie gegen irgend jemand Klage erheben.«

Langsam ließ Charles den Hörer auf die Gabel zurücksinken. Er konnte einfach nicht glauben, was er gehört hatte. Er hatte sich nie für die geschäftlichen Belange des Weinburger-Instituts interessiert, bis auf den Umstand, daß das Institut in der Lage war, ihm ein geeignetes Labor zur Verfügung zu stellen und ihn ausreichend mit Instrumenten und Material zu versorgen. Und jetzt hatte er erfahren, daß er für ein verschachteltes Unternehmenskonglomerat arbeitete, das einerseits für die Verseuchung eines Flusses mit krebserregenden Giften verantwortlich war und andererseits ein Forschungsinstitut unterhielt, dessen oberstes Ziel die Krebsbekämpfung war. Im Falle des Canceran kontrollierte die Muttergesellschaft nicht nur den Pharmabetrieb, der die Patente an dem Medikament erhielt, sondern auch das Forschungsinstitut, das die Wirksamkeit des Mittels nachweisen sollte.

Kein Wunder, daß das Direktorium des Weinburger-Instituts so großes Interesse an dem Canceran hatte!

Charles hatte seine Hand noch immer auf dem Hörer liegen, als das Telefon enervierend schrill losklingelte. Nach den erschreckenden Eröffnungen, die man ihm gerade gemacht hatte, überlegte er, ob er überhaupt abheben sollte. Bestimmt war es die Verwaltung, die ihn mit noch mehr Tücke weiter unter Druck setzen wollte.

Plötzlich mußte er wieder an Michelle denken. Der Anruf konnte auch etwas mit seiner Tochter zu tun haben. Er riß den Hörer von der Gabel.

Er hatte recht gehabt. Es war Cathryn; ihre Stimme hatte denselben beherrschten Ton wie am Tag zuvor. Die Angst schnürte ihm die Kehle zu.

»Ist alles in Ordnung?«

»Bei Michelle sind Komplikationen eingetreten. Es geht ihr nicht gut. Am besten kommst du gleich her.«

Charles riß seine Jacke aus dem Schrank und stürzte aus dem Labor. Am Ausgang trommelte er ungeduldig gegen die verschlossene Glastür.

»Schon gut, schon gut!« rief Miß Andrews und drückte auf den Türöffner. »Ist der jetzt verrückt geworden?«

Roy nestelte an seinem Revolver herum und zuckte die Schultern. Charles konzentrierte sich auf die Straße, um nicht an Michelle denken zu müssen. Aber nachdem er den Fluß überquert hatte, blieb er im dichten Verkehr auf der Massachusetts Avenue stecken. Nur zentimeterweise schob sich die Autoschlange vorwärts, und seine Gedanken eilten voraus in das Kinderkrankenhaus. Besorgt fragte sich Charles, was ihn dort erwarten würde. Immer wieder hörte er in seinem Kopf das Echo von Cathryns Worten: ›Bei Michelle sind Komplikationen eingetreten. Es geht ihr nicht gut.‹ Charles spürte, wie panische Angst in ihm aufstieg und seinen Magen schmerzhaft zusammenkrampfte.

Als er endlich einen Parkplatz für seinen Wagen gefunden hatte, eilte er in das Krankenhaus und drängte sich in den vollen Fahrstuhl. In jedem Stockwerk stiegen Leute aus und ein. Charles wäre vor Ungeduld fast verrückt geworden. Dann erreichten sie die sechste Etage. Als erster trat Charles auf den Flur und lief hinunter zu Michelles Zimmer. Die Tür war angelehnt. Charles ging ohne anzuklopfen hinein.

Eine elegante Frau mit blonden Haaren beugte sich über das Bett und hörte Michelles Herz ab. Als sie Charles eintreten hörte, richtete sie sich auf. Auf der anderen Seite des Bettes stand ein jung aussehender Arzt in einem weißen Kittel.

Charles warf nur einen flüchtigen Blick auf die Frau und wandte sich dann seiner Tochter zu. Tiefempfundenes Mitleid hatte alle anderen Gefühle in ihm verdrängt. Er hätte Michelle jetzt gerne schützend in seine Arme geschlossen, aber sie sah so erschreckend zart und zerbrechlich aus. Seinen erfahrenen Augen war nicht entgangen, daß sich ihr Zustand seit dem Morgen verschlechtert hatte. Michelles Gesichtsfarbe hatte einen grünlichen Ton angenommen, und Charles hatte während seiner Ausbildung gelernt, diese Veränderung als Zeichen des herannahenden Todes zu deuten. Ihr Gesicht war eingefallen, die Haut spannte sich über den Wangenknochen. Trotz der beiden Infusionsschläuche, von denen jeder in einem Arm Michelles endete, schien sie an Flüssigkeitsmangel zu leiden. Eine Folge des ständigen Erbrechens und des hohen Fiebers.

Michelle lag flach auf dem Rücken und sah ihren Vater mit müden Augen an. Obwohl ihr Leiden so deutlich von ihrem Gesicht abzulesen war, bemühte sie sich zu lächeln. Und für einen kurzen Moment leuchtete der helle Glanz in ihren Augen auf, mit dem sie Charles immer bezaubert hatte.

»Michelle«, sagte Charles sanft und beugte sich tief hinunter zu ihr. »Wie fühlst du dich?« Er wußte nichts anderes zu sagen. Ein dunkler Schatten legte sich auf Michelles Augen, und sie begann zu weinen. »Ich will nach Hause, Daddy.« Sie zögerte, ihm zu sagen, wie schlecht sie sich fühlte.

Verlegen, weil seine Gefühle ihn zu überwältigen drohten, biß Charles sich in die Unterlippe und sah zu der Frau, die neben ihm stand. Dann wandte er seinen Blick wieder zu Michelle, strich ihr volles schwarzes Haar zurück und legte ihr die Hand auf die Stirn. Sie war heiß und feucht. Das Fieber mußte noch gestiegen sein. Michelle griff nach seiner Hand und klammerte sich an ihr fest.

»Darüber reden wir gleich«, sagte Charles. Seine Lippen zitterten.

»Entschuldigen Sie bitte«, sagte die Frau. »Sie sind sicher Dr. Martel. Ich bin Dr. Brubaker. Dr. Keitzman hat mich gebeten, nach Michelle zu sehen. Ich bin Kardiologe. Und darf ich Ihnen auch Dr. John Hershing vorstellen, er ist unser Chefarzt.«

Charles gab sich keine Mühe, auf den freundlichen Ton einzugehen. »Was ist passiert?«

»Sie hatte eine schwere Herzrhythmusstörung«, sagte Dr. Hershing. »Aber ihre Herzfunktion und der Kreislauf sind jetzt wieder stabil.«

Charles sah Dr. Brubaker forschend an. Sie war eine große, schöne Frau mit ausgeprägten Gesichtszügen. Ihr blondes Haar war auf dem Kopf lose zusammengesteckt.

»Was hat die Rhythmusstörung verursacht?« fragte Charles. Michelle klammerte sich immer noch an seine Hand.

»Das können wir noch nicht genau sagen«, erklärte Dr. Brubaker. »Im Moment gehe ich davon aus, daß es entweder eine allgemein empfindliche Reaktion auf die zweite Dosis Daunorubicin war, oder ein Symptom, das zu ihrem Krankheitsbild gehört: eine langsame Erkrankung des Muskels. Aber bevor ich etwas Endgültiges sagen kann, muß ich meine Untersuchung beenden, wenn Sie gestatten. Dr. Keitzman und Ihre Frau sind im Aktenraum der Schwesterstation. Wenn ich es richtig verstanden habe, warten sie dort auf Sie.«

Charles wandte sich zu Michelle. »Ich komme gleich wieder, Liebling.«

»Geh nicht weg, Daddy«, bettelte Michelle. »Bleib bei mir.«

»Ich gehe ja nicht weit«, sagte Charles und löste sanft Michelles Hand von seinen Fingern. Immer wieder ging ihm Dr. Brubakers Bemerkung, daß Michelle eine zweite Dosis Daunorubicin erhalten hatte, durch den Kopf. Das klang äußerst ungewöhnlich.

Cathryn sah Charles den Flur hinunterkommen, noch bevor er sie entdeckt hatte. Sie sprang auf und schlang ihre Arme um seinen Hals.

»Ich bin so froh, daß du da bist, Charles.« Sie drückte ihr Gesicht gegen seine Schulter. »Das ist alles zu schwierig für mich.«

Charles hielt Cathryn im Arm und sah über sie hinweg in den Aktenraum. Dr. Wiley stand an einen Tisch gelehnt, die Augen auf den Boden gerichtet. Dr. Keitzman saß Charles direkt gegenüber auf einem Stuhl. Er hatte die Beine übereinandergeschlagen, seine Hände über dem rechten Knie gefaltet und schien angestrengt die Stoffqualität seiner Hose zu prüfen. Niemand sagte ein Wort, aber Charles spürte die gespannte Atmosphäre. Sein Blick wanderte zwischen den beiden Ärzten hin und her. Die Szene wirkte zu künstlich, zu gestellt. Irgend etwas stand unmittelbar bevor, und Charles haßte diese falsche Theatralik.

»Also gut«, sagte Charles herausfordernd. »Was geht hier vor?«

Wie auf Kommando sprachen Dr. Wiley und Dr. Keitzman gleichzeitig los und brachen ebenso plötzlich mitten in ihrem ersten Satz ab.

»Es geht um Michelle«, sagte Dr. Keitzman schließlich.

»Das habe ich angenommen«, erwiderte Charles. Der schmerzhafte Druck auf seinen Magen wurde noch größer.

»Ihre Reaktion auf die Behandlung ist nicht so, wie wir gehofft haben«, sagte Dr. Keitzman seufzend und sah Charles zum ersten Mal ins Gesicht. »Arztfamilien sind immer die problematischsten. Ich werde das das Keitzman-Gesetz nennen.«

Charles war nicht nach Humor zumute. Er starrte den Onkologen an, dessen Gesicht wieder nervös zusammenzuckte.

»Erklären Sie mir, was es mit dieser doppelten Dosis Daunorubicin auf sich hat.«

Dr. Keitzman schluckte. »Gestern hatten wir Michelle die erste Dosis gegeben, aber sie hat nicht darauf reagiert. Deshalb hat sie heute eine zweite Dosis bekommen. Wir müssen unbedingt die Leukämiezellen in ihrem Kreislauf vernichten.«

»Das entspricht nicht der gewöhnlichen Behandlungsmethode«, fuhr Charles den Onkologen an.

»Nein«, antwortete Dr. Keitzman zögernd. »Aber Michelle ist auch kein gewöhnlicher Fall. Ich wollte versuchen...«

»Versuchen!« schrie Charles. »Hören Sie zu, Dr. Keitzman.« Drohend stieß er seinen rechten Zeigefinger vor. »Meine Tochter ist nicht hier, damit Sie irgend etwas mit ihr versuchen. Was Sie wirklich sagen wollen, ist doch, daß Michelles Chance auf eine Remission so klein ist, daß Sie sogar bereit sind, mit ihr herumzuexperimentieren.«

»Charles!« rief Cathryn. »Das ist ungerecht.«

Aber Charles achtete nicht auf sie. »Tatsache ist doch, Dr. Keitzman, daß Sie längst sicher sind, daß sie die Krankheit nicht überleben wird. Sie sind sich so sicher, daß Sie sogar Ihre orthodoxe Chemotherapie aufgegeben haben. Sehen Sie, und ich bin mir nicht sicher, ob Ihre Experimentiererei Michelles Chancen nicht noch geringer werden läßt. Was ist denn mit ihrem Herz? Michelle hat nie Herzprobleme gehabt. Aber löst nicht Daunorubicin solche Probleme aus?«

»Ja«. gab Dr. Keitzman zu. »Aber gewöhnlich nicht so schnell. Ich weiß nicht, was ich von dem Vorfall zu halten habe. Deshalb ist ja auch ein Kardiologe hinzugezogen worden.«

»Und ich denke, die Medikamente sind schuld«, sagte Charles. »Ich habe der Chemotherapie zugestimmt, aber ich bin davon ausgegangen, daß Sie die Medikamente in normalen Dosen verabreichen. Ich bin mir nicht sicher, ob ich der Verdoppelung der Dosen zustimmen kann.«

»Wenn es so ist, dann sollten Sie vielleicht einen anderen Onkologen bemühen«, meinte Dr. Keitzman müde. Er stand auf und sammelte seine Unterlagen von dem Tisch neben ihm. »Oder führen Sie die Behandlung doch selbst durch.«

»Nein! Bitte!« sagte Cathryn. Sie ließ Charles los und griff nach Dr. Keitzmans Arm. »Bitte, Dr. Keitzman. Charles sorgt sich doch nur um Michelle. Sie dürfen uns nicht allein lassen.« Verzweifelt wandte sie sich an Charles. »Die Medikamente sind Michelles einzige Chance, Charles.« Sie sah wieder zu Dr. Keitzman. »Das stimmt doch, nicht wahr?«

»Ja, das stimmt«, sagte Dr. Keitzman. »Auch wenn es eine ungewöhnliche Methode ist, die Intensivierung der Chemotherapie ist die einzige Hoffnung, noch eine Remission zu erzielen. Und wir müssen sie schnell erzielen, wenn Michelle diese akute Phase überleben soll.«

»Was schlagen Sie vor, Charles«, fragte Dr. Wiley. »Nichts zu tun?«

»Die Krankheit wird nicht nachlassen«, sagte Charles düster.

»Das können Sie nicht sagen«, erwiderte Dr. Wiley.

»Es ist ihre einzige Chance«, sagte Cathryn.

Charles trat einen Schritt zurück. Er sah die anderen an, als ob sie ihn zwingen wollten, sich zu unterwerfen.

»Was denken Sie denn, wie Michelle behandelt werden sollte?« fragte Dr. Wiley wieder.

»Allein können wir ihr doch nicht helfen, Charles«, sagte Cathryn flehend.

Eine Stimme in Charles schrie, daß er einfach davonlaufen sollte. Hier im Krankenhaus, so nahe bei Michelle, konnte er keinen klaren Gedanken fassen. Die Vorstellung, Michelle noch zusätzlichen Leiden auszusetzen, war eine Qual, doch die Entscheidung, sie einfach sterben zu lassen, ohne um sie gekämpft zu haben, war genauso abschreckend. Es blieb ihm keine Wahl. Dr. Keitzman hatte recht, solange noch Hoffnung auf eine Remission bestand. Aber wenn es nicht mehr möglich war, die Krankheit zum Abklingen zu bringen, dann würden sie das sterbende Kind völlig sinnlos quälen. Mein Gott!

Plötzlich drehte Charles sich um und ging mit schnellen Schritten aus dem Zimmer. Cathryn lief ihm sofort hinterher. »Charles! Wo gehst du hin? Bitte, Charles, geh nicht fort! Laß mich nicht allein.«

Erst an der Treppe wandte er sich um und griff nach Cathryns Schultern. »Ich kann hier nicht nachdenken, und ich weiß nicht, was richtig ist. Jede Entscheidung ist schlimmer als die andere. Ich habe das alles schon einmal erlebt. Und die Erfahrung macht es nicht leichter. Ich muß jetzt erst einmal zu mir selbst finden. Es tut mir leid.«

Überwältigt von einem Gefühl der Hilflosigkeit sah Cathryn zu, wie Charles durch die Tür zum Treppenhaus verschwand. Sie stand allein in dem lauten Flur. Wenn es sein mußte, das wußte sie, dann würde sie mit der Situation fertig werden. Selbst wenn Charles es nicht konnte. Um Michelles willen mußte sie es. Langsam ging sie zurück zur Schwesternstation.

»Das merkwürdigste ist«, sagte sie mit zitternder Stimme, »daß Sie beide alles vorausgesehen haben.«

»Es mag ungerecht klingen, aber leider haben wir schon ähnliche Erfahrungen mit Arztfamilien machen müssen«, sagte Dr. Keitzman. »Wir sind der Meinung, daß etwas getan werden muß, um die weitere Behandlung von Michelle sicherzustellen.«

»Wir brauchen eine Art Garantie«, ergänzte Dr. Wiley.

»Hauptsächlich, weil die Zeit jetzt eine entscheidende Rolle spielt«, sagte Dr. Keitzman. »Selbst wenn die Behandlung nur für einen oder zwei Tage unterbrochen wird, kann das den Unterschied ausmachen zwischen Erfolg und Mißerfolg.«

»Wir möchten nicht unterstellen, daß Charles' Sorgen unbegründet sind«, versicherte Dr. Wiley.

»Ganz sicher nicht«, stimmte Dr. Keitzman ihm zu. »In Michelles Fall, mit zirkulierenden Leukämiezellen, die nicht auf die Behandlung ansprechen, sind die Erfolgsaussichten nicht besonders groß. Aber wir sollten auch die kleinste Chance nutzen, egal, um welchen Preis wir sie bekommen. Finden Sie das nicht auch, Mrs. Martel?«

Cathryn sah die beiden Ärzte an. Sie versuchten ihr etwas vorzuschlagen, aber sie verstand nicht, was es sein konnte. »Natürlich«, sagte Cathryn. Wie hätte sie anderer Meinung sein können? Natürlich verdiente Michelle, daß auch die kleinste Chance für sie genutzt wurde.

»Es gibt Mittel, die sicherstellen können, daß Charles nicht eigenmächtig Michelles Behandlung abbrechen kann«, sagte Dr Wiley.

»Natürlich muß man sie nur nutzen, wenn sie wirklich gebraucht werden«, sagte Dr. Keitzman. »Aber es ist gut, wenn man sie für den Fall der Fälle bereit hat.«

Es entstand eine Pause.

Cathryn hatte den Eindruck, daß die beiden Ärzte jetzt eine Antwort von ihr erwarteten, aber sie konnte sich immer noch nicht vorstellen, worauf die beiden die ganze Zeit anspielten.

»Ich will Ihnen ein Beispiel nennen«, sagte Dr. Wiley und beugte sich auf seinem Stuhl vor. »Nehmen wir an, ein Kind braucht dringend eine Bluttransfusion. Wenn es die nicht erhält, muß das Kind sterben. Und nehmen wir weiter an, daß einer der beiden Elternteile Zeuge Jehovas ist. Es kommt zum Streit zwischen den Eltern, wie das Kind behandelt werden soll. Die Ärzte wissen natürlich, daß die Transfusion wirklich nötig ist, um das Kind zu retten. Was tun sie also? Sie sorgen dafür, daß ein Gericht die Vormundschaft für das Kind auf den Elternteil überträgt, der der notwendigen Behandlung zustimmt. Die Gerichte sind zu dieser Maßnahme bereit, um die Rechte des Kindes zu sichern. Sie tun es nicht deshalb, weil sie etwa den Glauben des Elternteils, der nicht mit der Behandlung einverstanden war, mißachten. Sie tun es, weil sie es rechtlich nicht verantworten können, daß ein einzelner einem anderen aus persönlichen Gründen eine lebensrettende Behandlung vorenthält.«

Cathryn starrte Dr. Wiley voller Bestürzung an. »Sie wollen, daß ich hinter Charles' Rücken die Vormundschaft für Michelle übernehme?«

»Nur für diesen einen speziellen Punkt, daß die Behandlung von Michelle fortgeführt wird«, sagte Dr. Keitzman. »Es könnte dem Kind das Leben retten. Bitte, verstehen Sie, Mrs. Martel. Wir könnten das auch ohne Ihre Unterstützung erreichen. Wir könnten das Gericht bitten, einer dritten Person die Vormundschaft zu übertragen. Wir tun das auch in den Fällen, wenn beide Elternteile sich gegen eine normale Behandlungsmethode wenden. Aber es wäre alles viel einfacher, wenn Sie uns helfen.«

»Aber Sie behandeln Michelle doch nicht mehr nach der gewöhnlichen Methode«, erwiderte Cathryn. Sie erinnerte sich genau, was Charles gesagt hatte.

»Nun, so ungewöhnlich ist das, was ich mache, auch wieder nicht«, sagte Dr. Keitzman. »Ich bereite schon seit längerer Zeit eine Arbeit vor über die erhöhte Dosierung chemotherapeutischer Medikamente bei Fällen, die sich als so schwer erweisen wie der Michelles«

»Und Sie müssen zugeben, daß Charles sich äußerst merkwürdig verhalten hat«, fügte Dr. Wiley hinzu. »Vielleicht ist der Druck für ihn einfach zu groß. Es könnte sein, daß er gar nicht mehr in der Lage ist, eine vernünftige Entscheidung zu treffen. In der Tat, ich wäre sehr beruhigt, wenn Charles sich von geeigneter und dazu berufener Seite helfen lassen würde.«

»Sie meinen, er soll zu einem Psychiater gehen?« fragte Cathryn.

»Das hielte ich für sehr vernünftig«, sagte Dr. Wiley.

»Bitte, verstehen Sie uns, Mrs. Martel«, sagte Dr. Keitzman. »Wir versuchen nur, unser Bestes zu tun. Und als Michelles Ärzte gilt ihrem Wohl unsere erste Sorge. Wir glauben, daß wir alles für sie tun müssen, was in unserer Macht steht.«

»Ich bin Ihnen auch dankbar für Ihre Bemühungen«, sagte Cathryn. »Aber...«

»Wir wissen selbst, wie drastisch sich das anhört«, gab Dr. Keitzman zu. »Aber wenn die gesetzlichen Regelungen erst einmal getroffen sind, muß die Vormundschaft ja nicht in Anspruch genommen werden. Es sei denn, die Umstände machen es zwingend notwendig. Aber dann, wenn Charles wirklich versuchen sollte, in Michelles Behandlung einzugreifen oder sie sogar aus dem Krankenhaus zu nehmen, dann wären wir in der Lage, etwas dagegen tun zu können.«

»Ein bißchen Vorsorge ist manchmal die halbe Heilung«, betonte Dr. Wiley.

»Ich fühle mich nicht wohl bei der Vorstellung«, sagte Cathryn. »Aber Charles ist wirklich sehr sonderbar gewesen. Ich hätte nie gedacht, daß er mich einfach so allein lassen würde, wie er es vorhin getan hat.«

»Ich glaube, ich verstehe Ihren Mann«, antwortete Dr. Keitzman. »Ich habe das Gefühl, daß Charles ein Mann der Tat ist. Und dieses Situation, daß er überhaupt nichts für Michelle tun kann, muß ihn einfach verrückt machen, wenn ich so sagen darf. Sein Gemüt ist einer schrecklichen Belastung ausgesetzt, und deshalb glaube ich auch, daß ärztlicher Rat ihm nur helfen könnte.«

»Sie glauben doch nicht, daß er einen Nervenzusammenbruch bekommen kann?« fragte Cathryn mit wachsender Angst.

Dr. Keitzman sah fragend zu Dr. Wiley, ob er antworten wolle. Dann fuhr er selbst fort. »Ich fühle mich nicht berufen, das genau sagen zu können. Aber sicherlich ist die Belastung gegeben. Es ist eine Frage seiner Widerstandskraft, wie groß sie ist.«

»Ich halte es jedenfalls für möglich«, ergänzte Dr. Wiley. »Ich glaube auch, bestimmte Symptome sehen zu können, die dafür sprechen. Er scheint seine Gefühle nicht mehr kontrollieren zu können, und seine Wutausbrüche empfinde ich als völlig unangemessen.«

Cathryns Gefühle waren in wilder Aufruhr. Die Vorstellung, daß sie sich zwischen Charles und seine Tochter stellen sollte, zwischen den Mann, den sie liebte, und Michelle, die ihre Liebe gerade erst angenommen hatte, diese Vorstellung war undenkbar. Aber wenn die Last doch zu groß für ihn war und er Michelles Behandlung unterbrechen würde, dann müßte auch sie einen Teil der Schuld auf sich nehmen, weil ihr der Mut gefehlt hatte, den Ärzten zu helfen.

»Angenommen, ich wäre einverstanden mit dem, was Sie mir vorgeschlagen haben«, sagte Cathryn. »Was müßte ich dann tun?«

»Einen Moment«, erwiderte Dr. Keitzman und griff zum Telefon. »Das kann Ihnen der Hausanwalt hier sicherlich besser erklären als ich.«

Noch bevor Cathryn begriffen hatte, was geschah, war das Treffen mit dem Anwalt des Krankenhauses beendet, und schon folgte sie ihm eilig zum Gerichtsgebäude von Boston. Er hieß Patrick Murphy. Seine Haut war voller Sommersprossen, und das helle Braun seiner Haare war so unbestimmt, daß es auch einmal rot gewesen sein konnte. Das auffallendste an ihm war jedoch seine Ausstrahlung. Er war einer jener seltenen Menschen, die jeder sofort mochte. Auch Cathryn war darin keine Ausnahme. Trotz ihrer Verwirrung hatten sein freundliches und offenes Wesen und sein gewinnendes Lächeln sie entzückt.

Cathryn wußte nicht einmal mehr sicher, wann genau aus dem Gespräch über eine hypothetische Situation eine beschlossene Sache geworden war. Doch war ihr die Entscheidung, hinter Charles' Rücken die Vormundschaft für Michelle zu beantragen, so schwergefallen, daß es ihr nur recht gewesen war, wie unbemerkt alles vonstatten ging. Wie schon Dr. Keitzman hatte auch Patrick versichert, daß von den gesetzlichen Möglichkeiten nur in dem unwahrscheinlichen Fall Gebrauch gemacht werden würde, daß Charles versuchen sollte, die Behandlung von Michelle zu unterbrechen.

Trotzdem war Cathryn die ganze Sache noch immer nicht geheuer. Denn um noch rechtzeitig vor Amtsschluß um 16 Uhr im Gericht sein zu können, hatte sie nicht einmal mehr Zeit gehabt, sich von Michelle zu verabschieden.

»Hier entlang, bitte«, sagte Patrick und zeigte auf eine schmale Eisentreppe. Cathryn war noch nie im Gerichtsgebäude von Boston gewesen. Alles war ganz anders, als sie es sich vorgestellt hatte. Cathryn hatte etwas Großartiges, Symbolisches erwartet, das die Unerschütterlichkeit von Recht und Gesetz repräsentierte. Doch das Gericht, es stand bereits über einhundert Jahre, war nur schmutzig und niederdrückend. Aus Sicherheitsgründen mußte man das Gebäude auch noch durch das Kellergeschoß betreten. Cathryn wollte anfangs nicht glauben, daß die Eisentreppe, die sie hinaufstieg, der einzige öffentliche Zugang zum Gericht war. Dann erreichten sie die alte Haupthalle, und wenigstens hier war noch ein Schatten der ehemaligen Größe zu spüren. Die Halle war zwei Stockwerke hoch und von einer Rundbogendecke gekrönt. Die Stützpfeiler und der Fußboden waren aus Marmor. Doch der Putz an den Wänden war rissig und an vielen Stellen ausgeschlagen, und die kunstvoll gearbeiteten Stuckverzierungen sahen aus, als ob sie jeden Moment losbrechen und in die Halle hinunterfallen könnten.

Cathryn mußte sich beeilen, um Patrick wieder einzuholen, der schon an der Tür zum Vormundschaftsgericht wartete. Es war ein langer, schmaler Raum, der düster und verstaubt wirkte. Die rechte Seitenmauer war von Hunderten alter Holzpfeiler durchbrochen. Links stand ein langer, abgenutzter und zerkratzter Schalter, hinter dem ein Klüngel von Gerichtsangestellten plötzlich aus seinem Tagesschlummer zu erwachen schien, weil das Ende der Dienstzeit unaufhaltsam näher kam.

Cathryn hatte erwartet, daß der Raum vertrauenerweckend und beruhignd auf sie wirken würde. Sie hatte sich getäuscht. Statt dessen hatte sie das Gefühl, in eine morastige Falle der Bürokratie geraten zu sein. Aber Patrick ließ sie gar nicht erst zur Ruhe kommen. Er zog sie zu einem schmalen Schaltertisch am Ende des Raums.

»Ich möchte gerne einen Gerichtssekretär der Vormundschaftsabteilung sprechen«, sagte Patrick zu einer der gelangweilten Angestellten. Sie hatte eine Zigarette im Mundwinkel und ihren Kopf schräg auf die Schulter gelegt, damit ihr der Rauch nicht in die Augen steigen konnte. Die Frau zeigte auf einen Mann, der mit dem Rücken zu ihnen saß.

Der Mann hatte Patricks Bitte dennoch gehört und drehte sich zu ihnen herum. Er telefonierte gerade und machte ihnen ein Zeichen, daß er gleich zur Verfügung stehen würde. Als er schließlich sein Gespräch beendet hatte, stand er auf und kam zu Cathryn und Patrick herüber. Er mußte um die Vierzig sein und litt an unvorstellbarem Übergewicht. Die dicke schlaffe Fettschicht wackelte bei jeder Bewegung, die er machte. Sein Gesicht bestand nur noch aus fetten Wangentaschen, Bartfransen und tiefen Fettfalten.

»Wir haben einen Dringlichkeitsfall«, erklärte Patrick. »Wir möchten sofort mit einem der Richter sprechen.«

»Vormundschaftsübertragung in einem Krankheitsfall, Mr. Murphy?« fragte der Gerichtssekretär mit einem wissenden Ton in der Stimme.

»Sehr richtig«, antwortete Patrick. »Die notwendigen Unterlagen sind bereits alle ausgefüllt.«

»Ich muß zugeben, daß Sie immer besser werden«, sagte der Sekretär. Er sah auf die große Uhr an der gegenüberliegenden Wand. »Mein Gott, diesmal sind Sie wirklich auf die letzte Minute gekommen. Es ist ja schon fast vier. Ich sehe lieber gleich nach, ob Richter Pelligrino überhaupt noch hier ist.«

Er watschelte zu einem Durchgang hinter dem Schalter. Seine Arme schlenkerten steif wie die Pendel einer Uhr hin und her.

»Drüsenkrank«, flüsterte Patrick. Er legte seinen Aktenkoffer auf den Schaltertisch und ließ ihn aufspringen.

Cathryn sah Patrick Murphy von der Seite an. Er trug die typische Anwaltskleidung, einen altmodisch weitgeschnittenen Nadelstreifenanzug, dessen Hosenbeine in den Kniekehlen zerknittert waren und bereits fünf Zentimeter über den Schuhen endeten, so daß man noch die schwarzen Socken über den Fußknöcheln sehen konnte. Mit größter Sorgfalt ordnete er die Dokumente, die Cathryn schon im Krankenhaus alle unterschrieben hatte.

»Glauben Sie, daß es wirklich richtig ist, was ich tue?« fragte Cathryn plötzlich.

»Absolut«, antwortete Patrick. Er lächelte sie warm und freundlich an. »Es ist das beste für das Kind.«

Fünf Minuten später waren sie im Richterzimmer, und zum Umkehren war es damit zu spät.

Genausowenig wie das Gerichtsgebäude Cathryns Vorstellungen entsprochen hatte, tat es auch Richter Louis Pelligrino. Statt einer ältlichen, in Amtstracht gewandeten, sokratischen Persönlichkeit saß sie einem auffallend schönen, jüngeren Mann in einem elegant geschnittenen Maßanzug gegenüber. Nachdem er sich eine moderne Lesebrille aufgesetzt hatte, ließ sich der Richter von Patrick die Schriftstücke reichen. »Mein Gott, Mr. Murphy. Wie kommt es, daß Sie immer erst Punkt vier hier erscheinen?«

»Medizinische Notfälle richten sich eher nach einer biologischen als nach der Gerichtsuhr, Euer Ehren.«

Richter Pelligrino sah Patrick über die Halbgläser seiner Brille hinweg forschend an. Offensichtlich überlegte er, ob die Antwort nur ausgesprochen geistreich oder unverschämt anmaßend gewesen war. Er entschied sich für das erstere und lächelte dünn. »Sehr schön, Mr. Murphy. Diese Erklärung kann ich akzeptieren. Und jetzt erzählen Sie mir bitte etwas zu Ihrem Vormundschaftsersuchen.«

Während Patrick ausführlich die Umstände von Michelles Krankheit und Behandlung beschrieb und nachdrücklich das merkwürdige Verhalten von Charles herausstellte, prüfte Richter Pelligrino die eingereichten Formulare. Man hätte denken können, daß er dem Anwalt überhaupt nicht zuhörte.

Aber als Patrick bei seinen Ausführungen einmal ein grammatikalischer Fehler unterlief, sah der Richter sofort auf und korrigierte ihn.

»Und wo sind die eidesstattlichen Erklärungen von Dr. Wiley und Dr. Keitzman?« fragte Richter Pelligrino, als Patrick geendet hatte.

Der Anwalt beugte sich vor und durchblätterte eilig die Unterlagen, die ihm der Richter entgegenhielt. Besorgt griff er dann nach seiner Aktentasche und entdeckte zu seiner Erleichterung die beiden Dokumente auf den ersten Blick. Mit einer Entschuldigung reichte er sie über den Tisch.

Der Richter las sie mit aller Sorgfalt.

»Ich nehme an, daß Sie die Adoptivmutter sind«, sagte Richter Pelligrino zu Cathryn gewandt.

»So ist es«, antwortete Patrick. »Und sie ist verständlicherweise besorgt, daß die richtige Behandlung für das junge Mädchen beibehalten wird.«

Richter Pelligrino sah Cathryn prüfend an. Ihre Unsicherheit ließ ihr das Blut in die Wangen schießen.

»Ich möchte noch einmal ausdrücklich betonen«, fügte Patrick hinzu, »daß zwischen Cathryn und Charles Martel keine ehelichen Probleme bestehen. Die einzige Absicht unseres Ersuchens ist es, die Beibehaltung einer angemessenen Behandlung, wie sie von der medizinischen Fachwelt anerkannt und befürwortet wird, zu garantieren.«

»Das habe ich bereits verstanden«, sagte Richter Pelligrino. »Was ich nicht verstehe ist, daß der leibliche Vater nicht zur Einvernahme zugegen ist.«

»Aber das ist es doch gerade, weshalb Mrs. Martel die zeitweilige Vormundschaft beantragt«, sagte Patrick. »Erst vor wenigen Stunden hat Mr. Martel ohne erkennbaren Anlaß ein Treffen mit Mrs. Martel und Michelles Ärzten verlassen. Als letztes brachte er noch zum Ausdruck, daß die Behandlung, die Michelles einzige Überlebenschance ist, abgebrochen werden sollte. Und, das werden Sie zwar nicht in den Dokumenten finden, die Ärzte machen sich ernsthafte Sorgen über seinen Gemütszustand.«

»Das hört sich aber so an, als ob es in den Unterlagen festgehalten werden sollte«, sagte der Richter.

»Ich stimme Ihnen zu«, sagte Patrick. »Aber das würde voraussetzen, daß Mr. Martel einen Psychiater aufsucht. Vielleicht kann das bis zur großen Anhörung arrangiert werden.«

»Möchten Sie noch etwas hinzufügen?« fragte der Richter Cathryn. Sie verneinte mit kaum hörbarer Stimme.

Während Richter Pelligrino nachzudenken schien, schob er die Papiere auf seinem Schreibtisch hin und her. Schließlich räusperte er sich geräuschvoll. »Ich werde in diesem Notfall der zeitweiligen Vormundschaft zustimmen für den alleinigen Zweck, die allgemein anerkannte und ärztlich gutgeheißene Behandlung der Patientin sicherzustellen.« Mit einem Schwung aus dem Handgelenk unterzeichnete er den Antrag. »Weiterhin werde ich einen Vormund *ad litim* ernennen, der im Sinne dieses Beschlusses eingesetzt bleibt, bis bei der großen Anhörung die wesentlichen Punkte des Antrags geklärt werden können. Die Anhörung sollte in drei Wochen stattfinden.«

»Das wird schwierig werden«, sagte der Gerichtssekretär, der bisher geschwiegen hatte. »Ihr Terminkalender läßt das nicht zu.«

»Zum Teufel mit dem Terminkalender«, sagte Richter Pelligrino. Er unterschrieb das zweite Dokument.

»Aber drei Wochen sind eine viel zu kurze Zeit für uns zur ausreichenden Vorbereitung auf die Anhörung«, protestierte Patrick. »Wir werden medizinische Gutachten beibringen müssen. Außerdem muß die Rechtslage genau geklärt werden. Dafür brauchen wir mehr Zeit.«

»Das ist Ihr Problem«, sagte der Richter kühl. »Sie werden sich ohnehin schnellstens auf die vorläufige Anhörung vorbereiten müssen. Das Gesetz verlangt, daß sie in drei Tagen anberaumt wird. Am besten machen Sie sich also gleich an die Arbeit. Außerdem wünsche ich, daß der Vater des Kindes schnellstens von diesem Verfahren in Kenntnis gesetzt wird. Ich wünsche, daß ihm morgen entweder im Krankenhaus oder an seinem Arbeitsplatz eine Vorladung zugestellt wird.«

Verblüfft war Cathryn aus ihrem Sessel hochgeschreckt. »Sie wollen Charles über unser Gespräch unterrichten?«

»Aber selbstverständlich«, sagte der Richter und erhob sich. »Es wäre wohl kaum rechtens zu nennen, wenn wir einem Elternteil seine Vormundschaft absprechen, ohne ihm davon etwas zu sagen. Und jetzt entschuldigen Sie mich bitte.«

»Aber...« Cathryn brachte den Satz nicht zu Ende. Patrick bedankte sich bei dem Richter und schob Cathryn aus dem Zimmer.

Cathryn war völlig durcheinander. »Aber Sie haben gesagt, daß wir von dieser Möglichkeit erst Gebrauch machen, wenn Charles wirklich versucht, die Behandlung abzubrechen.«

»Das ist richtig«, sagte Patrick, der Cathryns sonderbare Reaktion nicht verstand.

»Aber jetzt wird Charles erfahren, was ich gemacht habe«, sagte Cathryn weinend. »Das haben Sie mir nie gesagt. Oh, mein Gott!«

## *10. Kapitel*

Obwohl die Sonne pünktlich nach dem Jahreskalender um vier Uhr dreißig untergegangen war, hatte niemand in Neuengland es gesehen. Auch Charles nicht, der zu dieser Zeit am Ende der Main Street in seinem Wagen saß. Von den Great Lakes war ein tiefliegendes Wolkenfeld heraufgezogen. Die Meteorologen versuchten vorauszuberechnen, wann die Wolkendecke mit der Warmluftfront vom Golf von Mexiko zusammenprallen würde. Alle waren sich einig, daß es schneien würde. Aber keiner konnte sagen, wann und wie stark.

Gegen fünf Uhr dreißig saß Charles noch immer hinter dem Lenkrad seines Pinto, den er hinter den verlassenen Fabrikgebäuden geparkt hatte. Von Zeit zu Zeit kratzte er ein kleines Loch in die Eisschicht auf der Innenseite der Windschutzscheibe und sah hinaus. Er wartete, daß auch das letzte Licht vom Himmel verschwand. Um sich warm zu halten, startete er jede Viertelstunde den Motor und ließ ihn fünf Minuten laufen. Kurz nach sechs sah er wieder hinaus. Der Himmel war jetzt eine undurchdringliche schwarze Decke. Charles öffnete die Wagentür und stieg aus.

Das Recycling-Unternehmen lag ungefähr zweihundert Meter entfernt. Nur an der nackten Glühbirne, die neben dem Büroeingang brannte, war es überhaupt auszumachen. Es hatte zu schneien begonnen. Große Flocken taumelten in weiten Schwüngen vom Himmel.

Charles schloß den Kofferraum seines Wagens auf und holte seine Ausrüstung heraus: eine Polaroidkamera, eine Taschenlampe, ein paar Gläser. Dann lief er durch den Schnee zu den verlassenen Fabriken und machte sich im Schutz der Mauern auf den Weg zur Recycle Ltd. Nach seiner Flucht aus dem Krankenhaus hatte er versucht, Ordnung in das Durcheinander seiner Gefühle zu bringen. Trotzdem konnte er einfach zu keiner Entscheidung über Michelles Behandlung finden, obwohl er ahnte, daß sie nicht auf die Medikamente ansprechen würde. Er hatte das Gefühl, in einer Falle zu sitzen. Er wollte sich ihrer Behandlung nicht endgültig widersetzen, aber er wollte auch nicht, daß Michelle mehr leiden mußte, als ohnehin nicht zu verhindern war. Ratlos vor dieser schwierigen Entscheidung war er auf die Idee verfallen, nach Shaftesbury zu fahren, um nach einem eindeutigen Beweis für die Vergiftung des Flusses mit Benzol zu suchen. Zumindest war damit sein Gefühl, endlich etwas tun zu müssen, beruhigt.

Als er das Ende der letzten verlassenen Fabrik erreicht hatte, blieb er stehen und sah vorsichtig um die Ecke. Vor ihm lag nur noch das alte Gebäude, das von Recycle übernommen worden war.

Charles trat aus seiner Deckung hervor und lief parallel zu dem Drahtzaun, der in einiger Entfernung lag, hinunter zum Fluß. Als er das blasse Licht neben dem Fabrikeingang nicht mehr sehen konnte, schlug er einen Haken. Nahe dem Flußufer erreichte er den Zaun. Vorsichtig warf er die Taschenlampe und die Gläser in eine Schneewehe auf der anderen Seite. Die Kamera über die Schulter gelegt, begann er den Zaun hinaufzuklettern. Auf der Spitze des Zauns geriet er leicht ins Wanken, dann ließ er sich einfach zu Boden fallen. Er landete auf den Füßen, aber der Sturz war so heftig, daß er das Gleichgewicht verlor und auf den Rücken fiel. Ängstlich, daß man ihn von dem Gebäude aus sehen könnte, sprang er auf, sammelte seine Ausrüstung zusammen und lief hinüber in den Schutz der Mauern.

Atemlos blieb er einen Moment stehen und lauschte auf das

Echo des Lärms, das aus dem Innern des Betriebes nach draußen drang. Von seinem Platz aus konnte er den Fluß sehen, der nur an wenigen Stellen nicht zugefroren war, und ein paar Bäume am anderen Ufer. Der Fluß war hier fast fünfzig Meter breit. Als er wieder zu Atem gekommen war, schlich er, an die Mauer geduckt, auf das Flußufer zu. Er mußte vorsichtig gehen, denn der Schnee hatte Müll und Schutt, die überall verstreut lagen, unsichtbar gemacht.

Am Ende der Mauer blieb er wieder stehen. Jetzt hatte er sein Ziel schon vor Augen: die beiden Sammeltanks der Recycling-Anlage. Aber um sie zu erreichen, mußte Charles noch die ganze Stirnseite der Fabrik hinunterlaufen, die parallel zum Fluß stand. Nach einer kurzen Pause ging er weiter. Mühselig bahnte er sich einen Weg durch die herumliegenden Schrottteile einer ausgeschlachteten Maschine. Doch schon nach kurzer Zeit sah er sich einem neuen Hindernis gegenüber. Das Granitbecken eines Kanals machte jedes Weiterkommen unmöglich. Der Kanal war ungefähr drei Meter breit und ein Meter fünfzig tief. Er kam aus einem runden Durchbruch in der Fabrikmauer und führte hinunter zum Fluß, wo ein Damm aus ein paar Holzbrettern den Zulauf versperrte. Etwa auf halber Entfernung zum Fluß zweigte in der gegenüberliegenden Kanalmauer ein Zulauf zu einem großen See auf dem Fabrikgelände ab. Der See und der Kanal waren vollkommen eisfrei, und aus dem Granitbecken stieg der ätzende Geruch verbrauchter Industriechemikalien auf.

Unmittelbar vor dem Gebäude entdeckte Charles zwei schwere Holzbohlen, die über den Kanal gelegt worden waren. Vorsichtig ging er zu dieser Behelfsbrücke, legte seine Gläser in den Schnee und kniete sich über die Bretter, um Schnee und Eis von ihnen herunterzuschlagen. Mit der freien Hand gegen die Fabrikmauer gestützt, in der anderen seine Gläser, überquerte er dann, sorgfältig einen Fuß vor den anderen setzend, den Kanal.

Auf der anderen Seite fiel der Boden zu dem künstlichen See hin ab. Die behelfsmäßige Anlage des Ganzen, besonders der völlig untaugliche Damm des Kanals, ließ in Charles keinen Zweifel, daß die verbrauchten Chemikalien regelmäßig in den Fluß gelangen mußten. Er ging zur Kante des Sees, um eine

Probe der sirupzähen Flüssigkeit zu nehmen. Er kniete sich hin, faßte eines seiner Gläser vorsichtig am oberen Rand und tauchte es in den blasenwerfenden Brei. Dann reinigte er das Glas mit einer Handvoll Schnee, schraubte sorgfältig den Dekkel zu und stellte es auf einen Stein, damit er es auf dem Rückweg leicht wiederfinden konnte. Inzwischen wollte er ein Foto von dem Damm machen, der angeblich verhindern sollte, daß diese chemikalische Jauchegrube sich einfach in den Fluß entleerte.

Wally Crabb hatte seine Arbeit an den Gummiöfen an diesem Abend früher unterbrochen, um mit Angelo De-Jesus und Giorgio Brezowski Karten spielen zu können. Sie hatten sich an einem der Campingtische im Aufenthaltsraum gesetzt, spielten Blackjack und aßen nebenbei ihre Sandwiches. Wally hatte an diesem Abend nicht gerade eine Glückssträhne. Halb sieben hatte er bereits dreizehn Dollar verloren, und es sah nicht so aus, als ob sich das Blatt für ihn noch wenden würde. Was alles noch schlimmer machte, war Brezowskis zahnloses Grinsen, das ihn nach jeder Runde anstrahlte, begleitet von dem Spruch: »Nun ade, du liebes Geld.« Brezo hatte seine Vorderzähne vor zwei Jahren bei einer Kneipenschlägerei in Lowell, Massachusetts, verloren.

Brezo hatte Wally gerade mit zwei Karten bedient. Wally verlangte die dritte und hob sie vorsichtig vom Tisch. Wieder war er über einundzwanzig gekommen.

»Mist!« schrie Wally wutentbrannt auf und warf die Karten auf den Tisch zurück. Er stand auf und ging schwerfällig hinüber zum Zigarettenautomat.

»Bist du wieder einmal draußen?« höhnte Brezo und setzte das Spiel mit Angelo fort.

Wally antwortete ihm nicht. Er steckte ein paar Geldmünzen in den Automaten, drückte den Wahlhebel seiner Zigarettenmarke und wartete. Nichts passierte. Zumindest nicht in dem Automaten. In Wallys Kopf aber riß etwas wie eine überdehnte Klavierseite. Rasend holte er mit dem Fuß aus und trat gegen das Gestell, das den Automaten hielt. Scheppernd schlug der Automat gegen die Wand. Wally hatte schon lauernd den Oberkörper zurückgelegt, um dem Tritt eine rechte Gerade auf den Münzrückgabeknopf folgen zu lassen, doch im selben Augenblick sah er draußen in der Dunkelheit ein Licht aufblitzen.

Zur großen Enttäuschung von Brezo und Angelo, die gespannt darauf gehofft hatten, daß er den Automaten zertrümmern würde, ließ Wally seine Faust wieder sinken. Er war an das Fenster getreten und preßte sein Gesicht gegen die Scheibe. »Als ob das Mistwetter nicht reichen würde. Jetzt kommt auch noch ein Gewitter.« Dann sah er wieder einen Blitz, aber diesmal konnte er auch erkennen, woher das Licht kam. Für einen Moment konnte er in der Finsternis die Umrisse eines Körpers ausmachen, Hände, die zum Gesicht gehoben waren, zwei leicht auseinandergestellte Beine.

»Das ist eine Kamera«, sagte Wally überrascht. »Irgend jemand macht da draußen Aufnahmen von unserem Giftsee.«

Wally lief quer durch den Raum zum Haustelefon und wählte Nat Archers Nummer. Dann erzählte er dem Aufseher, was er gesehen hatte.

»Das muß der verrückte Martel sein«, sagte Nat Archer. »Wer ist bei dir, Wally?«

»Nur Brezo und Angelo.«

»Am besten ihr drei geht raus und seht nach, wer sich da herumtreibt. Wenn es Martel ist, verpaßt ihr ihm eine kleine Lehre. Für den Fall, daß er noch einmal hier auftauchen sollte, hat mir Dr. Dawson erklärt, dafür zu sorgen, daß es auch das letzte Mal ist. Denkt daran, der Kerl hat kein Recht, hier herumzuschnüffeln.«

»Wird erledigt«, sagte Wally und hängte auf. Dann wandte er sich grinsend zu seinen Freunden und ließ voller Vorfreude seine Fingerknöchel knacken. »Holt eure Mäntel. Wir werden uns einen kleinen Spaß machen.«

Nachdem Charles von dem Holzdamm genügend Aufnahmen gemacht hatte, ging er hinüber zu den beiden Sammeltanks. Immer wieder ließ er den Strahl seiner Taschenlampe über die Rohre und Ventile gleiten, um die Funktion des verschlungenen Leitungsnetzes zu begreifen. Ein Rohr führte über den Drahtzaun hinweg und endete in der Nähe des Fabrikparkplatzes. Offensichtlich wurden damit beim Abtransport die Tanklastzüge gefüllt. Eine andere Leitung, die ebenfalls von den Tanks wegführte, war mit einem T-Stück an die steil geneigte Dachrinne der Fabrik angeschlossen, die weiter zum Fluß lief. Mit äußerster Vorsicht näherte sich Charles der Uferkante, die hier fast senkrecht zu der sechs Meter tieferen Wasseroberfläche hin abfiel. Die Dachrinne endete genau über dem Steilhang, und ein dünnes Rinnsal lief aus ihr die Uferkante hinunter. An dieser Stelle hing ein starker Benzolgeruch in der Luft, und ein dunkler Fleck markierte in der Tiefe eine kleine, offene Wasserfläche in der dicken, schneebeladenen Eisdecke auf dem Fluß. Charles machte mehrere Fotos von der Rinne. Dann beugte er sich mit einem Glas zum Ende der Rinne hinunter und nahm eine Probe von der Flüssigkeit, die aus ihr herauslief. Befriedigt verschloß er auch dieses Glas und trug es die wenigen Schritte zurück zu dem ersten. Schon jetzt war sein Erfolg größer gewesen, als er zu hoffen gewagt hatte, aber er wollte noch ein paar Aufnahmen von der T-Verbindung zwischen der Tankleitung und der Dachrinne machen und auch die Hauptleitung, die aus der Fabrik zu den zwei Tanks führte, noch fotografieren.

Inzwischen war ein leichter Wind aufgekommen, der ihm die Schneeflocken ins Gesicht trieb. Damit alles deutlich zu erkennen war, wischte Charles noch einmal den Schnee von dem Kopplungsstück. Dann hob er die Kamera und sah durch den Sucher. Er war noch nicht zufrieden. Auf dem Foto sollte beides, das T-Stück und die Sammeltanks, zu sehen sein. Er trat ein paar Schritte zurück und ging in die Hocke. Diesmal stimmte der Blickwinkel, und Charles drückte den Auslöser. Aber nichts passierte. Verwundert sah Charles auf die Kamera und bemerkte, daß er den Blitzwürfel nicht weitergedreht hatte. Ein schneller Handgriff behob den Fehler, und Charles hob die Kamera wieder ans Auge. Er konnte im Sucher die Sammeltanks sehen, die Leitung, die von den Tanks herunterlief, und die T-Verbindung, mit der das Rohr an die Dachrinne angeschlossen war. Das Bild würde perfekt werden. Charles drückte auf den Auslöser.

Im selben Moment, als der Blitz grell aufleuchtete, wurde Charles die Kamera mit einem heftigen Ruck aus den Händen gerissen. Erschrocken sah er aus der Hocke hoch. Gegen den dunklen Himmel konnte er die Umrisse von drei Männern erkennen, die in unförmige Parkas gehüllt waren und ihre Kapuzen tief ins Gesicht gezogen hatten. Sie hatten ihn so geschickt umstellt, daß ihm der letzte Fluchtweg von den Tanks in seinem Rücken abgeschnitten war. Bevor er noch eine Bewegung machen konnte, sah Charles, wie seine Kamera in hohem Bogen in den Giftsee geworfen wurde.

Charles stand auf und versuchte, die Gesichter unter den Kapuzen zu erkennen. Im nächsten Augenblick stürzten die beiden kleineren Männer auf ihn los und packten ihn bei den Armen. Der Angriff war so überraschend gekommen, daß Charles sich nicht einmal wehrte. Der dritte Mann, ein wahrer Riese, trat dicht an ihn heran und begann seine Taschen zu durchsuchen. Es dauerte nicht lange, bis er die Fotos gefunden hatte. Mit einem kräftigen Schwung aus dem Arm folgten sie der Kamera in die breiige Flüssigkeit, auf der sie wie Oblaten herumschwammen.

Die beiden kleineren Männer ließen Charles wieder los und gingen ein paar Schritte zurück. Er konnte ihre Gesichter immer noch nicht erkennen, was sie noch viel furchterregender wirken ließ. Panische Angst erfaßte ihn plötzlich, und er versuchte durch die schmale Gasse zwischen einem der beiden Kleinen und den Tanks zu fliehen. Doch der Mann reagierte sofort und schlug Charles, ohne zu zögern, mit der Faust ins Gesicht. Wie angewurzelt blieb Charles stehen. Blut lief in einem dünnen Rinnsal aus seiner Nase das Gesicht hinunter.

»Gut getroffen, Brezo«, sagte Wally lachend.

Charles erkannte die Stimme.

Die Männer stießen ihn vor sich her auf den Giftsee zu. Da Charles sie nicht aus den Augen lassen wollte, stolperte er immer wieder. Immer wieder trafen Schläge mit der flachen Hand seinen Kopf und besonders seine Ohren. Charles versuchte vergeblich, diesem Schlaghagel zu entgehen.

»Bißchen herumgeschnüffelt, was?« fragte Brezo.

»Ärger gesucht, eh?« lachte Angelo.

»Den hat er gefunden«, sagte Wally trocken.

Sie trieben Charles bis an die Kante des Schlammsees mit den ätzenden Chemikalien. Ein kurzer Schlag wischte ihm die Mütze vom Kopf.

»Wie wär's mit einem kleinen Bad?« fragte Wally ihn grinsend.

Charles hielt schützend den linken Arm vor sein Gesicht. Mit der rechten Hand zog er blitzschnell die Taschenlampe aus seiner Jacke und schlug mit ihr nach seinem nächsten Angreifer.

Brezo wich dem ungeschickten Rundschlag mit einer schnellen Gewichtsverlagerung aus.

Als der Schwung ins Leere ging, rutschte Charles aus und fiel mit Händen und Knien in den fauligen Schlamm an der Seekante. Die Taschenlampe schlug auf einen Stein und zersplitterte.

Aber auch Brezo war durch die schnelle Bewegung aus dem Gleichgewicht gekommen. Einen Moment balancierte er am Rand der schlammigen Flüssigkeit, dann trat er, um nicht ganz hineinzufallen, mit einem Bein in die zähe Brühe. Bis Wally ihn an seinem Parka greifen und herausziehen konnte, war er bis zur halben Wade in dem ätzenden Zeug versunken.

»Mist!« schrie Brezo, als er die scharfe Flüssigkeit auf der Hand brennen spürte. Er mußte jetzt sein Bein so schnell wie möglich gründlich abwaschen, bevor das Gift sich tiefer in die Haut fressen konnte. Angelo zog Brezos Arm über seine Schulter, um das Bein zu entlasten. Dann liefen die beiden zurück zum Eingang der Recycle Ltd.

Charles nutzte die allgemeine Verwirrung. Er sprang auf und flüchtete in Richtung der beiden Holzbohlen, die über dem Abflußkanal lagen. Wally versuchte noch, nach ihm zu greifen, doch er verfehlte ihn und rutschte statt dessen selber aus. Aber schneller als man bei seinem Gewicht erwartet hätte, war er wieder auf den Beinen. Charles sprang über die Holzplanken, ohne noch an seine Angst bei der ersten Überquerung zu denken. Eigentlich wollte er die Bohlen, am anderen Ufer angekommen, in den Kanal schieben, aber Wally war ihm schon wieder zu dicht auf den Fersen.

Die Angst, doch noch in den Giftsee geworfen zu werden, ließ ihn so schnell laufen, wie er nur konnte. Doch das war nicht so leicht. Erst mußte er sich durch die verschrotteten Maschinenteile winden, und dann trennte ihn noch der breite Platz mit den verstreuten Gummi- und Kunststoffabfällen, die wie Fallen unter dem Schnee lagen, von dem rettenden Drahtzaun. Zwar lagen Wally dieselben Hindernisse im Weg, doch kam er viel schneller voran, weil er sich auf dem Betriebsgelände auskannte.

Nach Luft schnappend, erreichte Charles den Zaun und begann sofort, ihn hinaufzuklettern. Doch zu seinem Unglück hatte er diesmal eine Stelle genau zwischen zwei Stützpfeilern erwischt. Je höher er stieg, um so mehr schwankte der Draht, und Charles kam immer langsamer voran.

Als Wally Crabb den Zaun erreichte, war Charles fast an der Spitze angekommen. Wie ein Rasender griff Wally in den Draht und begann ihn wild zu schütteln. Charles brauchte seine letzte Kraft, um sich festhalten zu können. Dann sprang Wally plötzlich hoch und packte Charles am rechten Fußgelenk. Charles versuchte, nach seinem Widersacher zu treten. Aber Wally ließ nicht locker, sondern hängte sich mit seinem ganzen Gewicht an Charles' Bein.

Plötzlich verließen Charles die Kräfte. Seine Finger glitten aus dem Maschenwerk, und im nächsten Augenblick fiel er aus der Höhe hinunter auf seinen Gegner. Verzweifelt suchte Charles unter dem Schnee nach einem Gegenstand, mit dem er sich verteidigen konnte. Das einzige, was er fand, war ein alter Schuh, den er dem verwirrten Wally sofort entgegenschleuderte. Zwar verfehlte das Wurfgeschoß sein Ziel, aber es gab Charles den Bruchteil einer Sekunde Zeit, den er brauchte, um aufzuspringen. Dann lief er am Zaun entlang hinunter zum Fluß. Es kam ihm vor, als hätte man ihn zusammen mit einem wütenden Tier in einen Käfig gesperrt.

Charles kam nur langsam vorwärts. Immer wieder brach er durch die Harschdecke auf dem Schnee, und jedesmal riß es ihn dabei fast um. Seine Füße rutschten über frische Abfälle, blieben in alten Autoreifen hängen oder verfingen sich zwischen irgendwelchen Eisenteilen, die unter dem Schnee verborgen lagen. Jeden Moment rechnete er damit, eingeholt zu werden. Dann wagte er einen kurzen Blick zurück und stellte erleichtert fest, daß Wally noch häufiger in den Schneefallen steckenblieb als er selbst. Als erster erreichte Charles die Uferkante.

Sein Abstieg zur Eisdecke auf dem Fluß war eher ein gelenkter Sturz. Charles breitete die Arme wie Ausleger an einem Kanu aus, dann ließ er sich auf dem Rücken in die Tiefe gleiten.

Mit den Beinen fing er den heftigen Aufprall gegen die hochgetürmten Schollen am Rand der Eisfläche ab. Um nicht in die Nähe der offenen Wasserstelle zu geraten, ging Charles, Schritt für Schritt balancierend, weiter auf den Fluß hinaus. Inzwischen hatte auch Wally die Uferkante erreicht, doch stieg er den Hang viel vorsichtiger herunter. Als er endlich unten an der Eisfläche war, hatte Charles längst das Ende des Drahtzauns, das in den Fluß hineinreichte, umrundet und stieg bereits wieder die Böschung auf der anderen Zaunseite hinauf.

Er hatte die rettende Kante fast erreicht, als plötzlich seine Füße abrutschten. Verzweifelt suchten seine Hände nach einem Halt, und in letzter Sekunde konnte er einen kleinen Strauch packen und seinen Fall aufhalten. Tastend suchten seine Füße nach festem Grund, aber immer wieder glitten sie an dem steilen Hang ab. Auch Wally begann jetzt die Böschung hinaufzuklettern. Mit jedem seiner Schritte verkürzte er seinen Abstand zu Charles.

Wieder versuchte Wally, nach einem Fuß von Charles zu greifen. Er war nur noch Zentimeter von seinem Ziel entfernt, als seine Bewegungen auf einmal nur noch im Zeitlupentempo abzulaufen schienen. Seine Beine erstarrten zu festen Säulen, aber auch das half ihm nicht mehr. Erst langsam, dann immer schneller rutschte er wieder den Hang hinunter.

Mit erneuten Anstrengungen suchte Charles nach einem Weg, der ihm über die letzten anderthalb Meter zur Uferkante hinaufhelfen konnte. Wenn er die Schuhspitzen in die Hangwand schlug, konnte er sich einen groben Halt für seine Füße schaffen. Froh über seine Entdeckung, schob er sich Zentimeter für Zentimeter höher, bis er seinen Oberkörper erschöpft über den Böschungsrand werfen konnte. Er zog seine Beine nach und richtete sich schwer atmend auf Hände und Knie auf. Unter dem Schnee spürte er scharfkantige Steine und zerbröckeltes Mauerwerk. Charles sprang auf und schlug mit der Schuhspitze auf den vereisten Boden ein. Eine Handvoll der Steine, die er gelöst hatte, hob er auf. Wally war nur noch weniger als zwei Meter von der Böschungskante entfernt.

Charles holte weit aus und schleuderte ihm die Steine entgegen. Einer traf ihn mit soviel Wucht an der rechten Schulter, daß Wally vor Schmerz aufstöhnte und seine linke Hand instinktiv an die getroffene Stelle riß. Sofort verlor er wieder den Halt und rutschte den Hang ein zweites Mal hinunter. Charles schlug unterdessen weitere Steine los und warf sie Wally hinterher, der schützend seine Arme hochgenommen hatte und weiter auf den Fluß hinaus in Deckung ging.

Als Charles erkannte, daß er seinen Verfolger abgeschüttelt hatte, wandte er sich um und lief über die vor ihm liegende Platzhälfte auf die Reihe der verlassenen Fabriken zu. Er wollte so schnell wie möglich zu seinem Wagen, der hinter dem letzten Gebäude stand. Doch er war kaum losgelaufen, da strahlten am anderen Ende des Zaunes mehrere Lichtbündel auf. Einen Moment wanderten sie unsicher umher, dann schwenkten sie in seine Richtung und blendeten ihn für einen kurzen Augenblick. Es gab keinen Zweifel, er war entdeckt worden. Kurzentschlossen änderte Charles seine Richtung und lief auf das erste der verlassenen Gebäude zu.

Nur wenige Meter hinter dem torlosen Eingang hatte ihn die undurchdringliche Finsternis in dem alten Gemäuer auch schon verschluckt. Seine Arme wie Fühler in weiten Bögen hin und her schwingend, ging er vorsichtig Schritt für Schritt weiter, bis er an eine Mauer stieß. Als sei er in ein Labyrinth geraten, folgte er jetzt der Mauer. Sie endete an einer Tür. Charles ging in die Hocke und tastete den Boden ab, bis er ein Stück Gummi fand. Dann stieß er die Tür auf und warf das Gummistück durch die Öffnung. Die Tür mußte zu einem Flur führen, denn schneller als Charles erwartet hatte, schlug das Gummistück wieder gegen eine Wand und fiel zu Boden. Die eine Hand fest um den Türpfosten geklammert, lehnte sich Charles in die Dunkelheit. Die Finger seiner freien Hand berührten die gegenüberliegende Wand. Er ließ den Türpfosten los und folgte der neuen Richtung.

Plötzlich hörte Charles hinter sich lautes Rufen. Panische Angst stieg in ihm hoch. Er mußte ein Versteck finden. Er war überzeugt, daß diese brutalen Recycle-Angestellten den Verstand verloren hatten und ihn umbringen wollten. Schließlich hatten sie auch versucht, ihn in die Giftbrühe zu stoßen. Vielleicht in der Hoffnung, daß es wie ein selbstverschuldeter Unfall aussehen würde. Er hatte ja kein Recht, sich auf dem Gelände herumzutreiben, und es war immerhin denkbar, daß er in der Dunkelheit ausgerutscht und in den Chemikaliensee gefallen wäre. Und daß diese Kerle gewissenlos einen Fluß verseuchten, zeigte nur allzu deutlich, wieviel Wert sie auf Moral legten.

Plötzlich endete die Wand, der Charles gefolgt war. Angestrengt sah er um die Ecke, aber er konnte nicht einmal die eigene Hand vor seinen Augen erkennen. Er bückte sich, hob ein paar Kieselsteine auf und warf sie in die Dunkelheit. Gespannt lauschte er, wann die Steine auf die nächste Wand treffen und zu Boden fallen würden. Doch es blieb still. Erst nach einiger Zeit hörte er aus weiter Entfernung ein Geräusch, als ob die Kiesel auf eine Wasserfläche aufgeschlagen waren. Erschrocken wich Charles zurück. Unmittelbar vor ihm mußte ein Loch im Boden sein. Vielleicht ein alter Fahrstuhlschacht.

Charles hob eine neue Handvoll Steine auf und warf sie in die entgegengesetzte Richtung. Sofort trafen sie auf Stein und fielen zu Boden. Er mußte sich tatsächlich in einem Flur befinden. Vorsichtig streckte er eine Hand aus, bis seine Finger die gegenüberliegende Wand berührten.

Er ging ein paar Schritte weiter geradeaus, dann trat er mit dem Fuß in die Richtung der Mauer, der er gefolgt war. Putz bröckelte von der Wand, er hatte den Schacht sicher hinter sich. Mit neuem Selbstvertrauen ging er weiter. Obwohl Charles keinen Anhaltspunkt dafür besaß, wie weit er schon gegangen war, hatte er doch das Gefühl, daß es eine ziemliche Strecke gewesen war. Dann stieß seine rechte Hand wieder gegen einen Türrahmen. Mit der Linken tastete er weiter, bis er eine Tür ausmachen konnte, die eine Handbreit offen stand. Der Türgriff fehlte. Auf der anderen Seite mußten irgendwelche Abfälle im Weg liegen, denn die Tür ließ sich nur langsam aufschieben. Vorsichtig trat Charles mit dem rechten Fuß in den Raum. Ein faulig muffiger Geruch schlug ihm entgegen. Sein Fuß trat gegen einen schweren Ballen. Es mußte ein alter, verrotteter Stoffrest sein.

Plötzlich hörte er wieder lautes Rufen in den Gängen hinter sich. »Charles Martel, wir wollen mit Ihnen sprechen.« Die Stimme hallte in der Finsternis wider. Dann waren schwere Schritte zu hören und ein unverständliches Stimmengewirr. Von Angst überwältigt ließ Charles die Tür los und ging mit umherfahrenden Händen in den Raum hinein. Vielleicht konnte er sich hier verstecken. Nach wenigen Schritten trat er wieder auf einen Stoffrest. Dann stieß er mit dem Knie gegen etwas Kastenförmiges. Er tastete die Oberfläche ab und stellte fest, daß es ein umgestürzter Schrank sein mußte. Schnell ging er um den Schrank herum und duckte sich in einen Haufen übelriechender Lappen. Als er tiefer in den Haufen hineinkroch, fühlte er auf seinen Schuhen kleine Trippelschritte. Er hoffte, daß es nur Mäuse waren, die er aus ihrer Ruhe aufgestört hatte.

Das einzige, was Charles in der Finsternis noch sehen konnte, waren die Leuchtziffern seiner Uhr. Er wartete. Sein Atem schien ihm viel zu laut in der Totenstille um ihn herum. Und sein Herz schlug pochend in seinen Ohren. Er war gefangen. Es gab kein anderes Versteck für ihn. Sie konnten mit ihm machen, was sie wollten. Niemand würde ihn hier finden, lebendig oder tot. Erst recht nicht, wenn sie ihn in den Fahrstuhlschacht hinunterstoßen würden. Noch nie in seinem Leben hatte Charles so grenzenlose Angst verspürt.

Ein Licht flackerte im Flur auf und ließ dünne Strahlen in sein Zimmer fallen. Die Lichter bewegten sich den Flur hinunter auf sein Versteck zu. Für einen Moment schienen sie zu erlöschen, und die Finsternis im Raum war wieder undurchdringlich. Aus weiter Entfernung hörte Charles ein lautes Aufklatschen, als ob ein schwerer Gegenstand in den Fahrstuhlschacht geworfen worden war. Dann drang ein Lachen aus dem Flur herein.

Die Lichtbündel strahlten wieder auf und schwankten suchend im Flur hin und her. Charles' Verfolger kamen näher. Jetzt konnte er schon jeden Schritt hören. Und plötzlich wurde die morsche Holztür mit einem knirschenden Geräusch weit aufgeschoben. Ein starker Lichtstrahl tanzte im Zimmer auf und ab.

Wie eine Schildkröte zog Charles seinen Kopf zwischen die Schultern. Vielleicht würden sich seine Verfolger mit einem oberflächlichen Blick begnügen. Aber seine Hoffnungen erfüllten sich nicht. Charles hörte, wie jemand die alte Stoffrolle mit einem heftigen Tritt aus seinem Weg beförderte. Dann begann der Lichtstrahl jeden Zentimeter des Bodens abzusuchen. Wie ein stechender Blitz durchfuhr ihn der Gedanke, daß er im nächsten Moment entdeckt werden würde.

Charles schoß aus seinem kläglichen Versteck hoch und lief zur Tür. Sein Verfolger riß seine Stablampe herum. Der Lichtstrahl erfaßte Charles, als er die Tür gerade erreicht hatte. »Hier ist er!« schrie der Mann in seinem Rücken.

Um aus dem alten Gemäuer überhaupt wieder herauszufinden, wollte Charles denselben Weg zurücklaufen, den er gekommen war. Doch schon nach wenigen Metern prallte er gegen einen zweiten Verfolger, der ihm auf dem Flur entgegengestürzt kam. Der Mann packte Charles am Arm und verlor dabei seine Stablampe. In blinder Angst schlug und trat Charles um sich und versuchte, sich mit aller Gewalt loszureißen. Dann, noch bevor er den Schmerz spürte, knickten seine Beine unter ihm weg. Der Mann hatte ihn mit einem Schlagstock in die Kniekehlen getroffen.

Charles fiel zu Boden, während sein Angreifer sich nach seiner Lampe bückte. Der andere Mann, der Charles in seinem Versteck aufgestöbert hatte, trat auf den Gang und ließ den Lichtkegel seiner Lampe über die Szene tanzen. Zum ersten Mal sah Charles den Mann, dessen Schlag ihn zu Boden gestreckt hatte. Staunend vor Überraschung blickte Charles in das Gesicht von Frank Nielson, dem Polizeichef von Shaftesbury. Nie zuvor hatte ihn der Anblick der blauen Uniform mit ihren Abzeichen und Auszeichnungen, mit dem Lederholster und dem Revolver mehr erfreut als in diesem Augenblick.

»Also, Martel, das Spielchen ist aus, stehen Sie auf!« sagte Neilson und schob seinen Schlagstock zurück in den Gürtel. Er war von untersetzter Statur, seine blonden Haare glänzten pomadig. Sein Bauch wölbte sich in weitem Bogen von der Brust bis hinunter zur Hosentaille, sein Hals hatte den Umfang von Charles' Oberschenkel.

»Bin ich froh, Sie zu sehen«, sagte Charles. Er fühlte sich trotz des Schlages ehrlich erleichtert.

»Das kann ich mir vorstellen«, entgegnete Frank. Er packte Charles an der Jacke und stellte ihn auf die Beine.

Einen Moment schwankte Charles, weil seine Beinmuskeln brennend schmerzten.

»Handschellen?« fragte der zweite Polizist. Er hieß Bernie

Crawford. Und im Gegensatz zu seinem Chef war er lang und schlaksig wie ein Basketball-Spieler.

»Zum Teufel, nein!« sagte Frank. »Laß uns erst einmal aus dieser Ruine heraus sein.«

Bernie übernahm die Spitze, dann kam Charles und am Ende ging Frank. In dieser Marschordnung machten sich die drei auf den Rückweg durch die verlassene Fabrik. Als sie an dem Fahrstuhlschacht vorbeikamen, überlief Charles bei dem Gedanken, wie nahe er diesem Abgrund schon gekommen war, ein kaltes Schütteln. Während sie weitergingen, kam ihm Bernies Frage nach Handschellen wieder in den Sinn. Offensichtlich hatte irgend jemand bei Recycle die Polizei gerufen.

Stumm trotteten sie in ihrer Marschlinie aus der Fabrik heraus und über den leeren Vorplatz zu dem Polizeiwagen, der verlassen auf dem Platz stand. Charles mußte sich auf die Rückbank setzen, ein dicker Maschendraht trennte ihn von den Vordersitzen. Frank startete den Wagen und lenkte ihn zurück auf die Straße.

»Augenblick mal!« Charles war nach vorne gerutscht, um besser durch das Drahtgitter sprechen zu können. »Mein Wagen steht in der anderen Richtung.«

»Wir wissen, wo Ihr Wagen steht«, antwortete Frank gelassen.

Charles ließ sich in den Sitz zurückfallen und versuchte, sich zu beruhigen. Sein Herz schlug immer noch wie wild, und der Schmerz in seinen Beinen wurde auch immer schlimmer. Er sah aus dem Seitenfenster und fragte sich, ob die beiden ihn zu ihrer Zentrale bringen würden. Aber dann hätten sie nach Norden fahren müssen. Statt dessen fuhren sie nach Süden und bogen auf den Parkplatz von Recycle ein.

Charles rutschte wieder nahe an das Trenngitter heran. »Bitte, hören Sie zu. Sie müssen mir helfen. Ich brauche einen eindeutigen Beweis, daß Recycle Gift in den Pawtomack leitet. Ich hatte ihn schon gefunden, als man mich entdeckt hat. Und deshalb hat man auch meine Kamera zerstört.«

»Jetzt hören Sie mal zu, Mensch«, sagte Frank wütend. »Wir haben einen Anruf erhalten, daß Sie hier unerlaubt eingedrungen sind. Und während Sie auf dem Gelände herumgeschnüffelt haben, haben Sie auch noch einen Arbeiter angegriffen und in irgendeine ätzende Flüssigkeit gestoßen. Und letzte Nacht haben Sie sich mit dem Aufseher Nat Archer angelegt.«

Charles ließ sich wieder zurücksinken. Jetzt war ihm endgültig klar geworden, daß er einfach abwarten mußte, was Frank sich ausgedacht hatte. Wahrscheinlich wollte er ihn von den Recycle-Leuten identifizieren lassen. Ein Gefühl der Erbitterung trübte seine anfängliche Erleichterung. Doch er fand sich damit ab, daß man ihm erst auf der Polizeizentrale zuhören würde.

In einiger Entfernung vor dem Fabrikeingang hielten sie an. Frank drückte dreimal auf die Hupe und wartete dann stumm. Kurz darauf wurde die Aluminiumtür aufgestoßen, und Charles sah Nat Archer aus dem Gebäude kommen. Ihm folgte ein kleinerer Mann, dessen linkes Bein bis zum Knie dick verbunden war.

Frank quälte sich aus dem Wagen heraus, ging um den Wagen herum und zog die Tür an Charles' Seite auf. »Raus«, war das einzige, was er sagte.

Charles gehorchte. Es waren inzwischen vielleicht fünf Zentimeter Neuschnee gefallen, und Charles hatte einen Moment lang Mühe, das Gleichgewicht zu halten. Der Schmerz von dem Schlag in die Kniekehlen war noch schlimmer, wenn er stehen mußte.

Nat Archer und der andere Mann kamen langsam auf Frank und Charles zugetrottet.

»Ist er das?« fragte Frank. Er bog einen Streifen Kaugummi zwischen seinen Fingern zusammen und schob ihn in den Mund.

Nat Archer warf Charles einen kurzen Blick zu. »Das ist er.«

»Wollen Sie Anzeige erstatten?« fragte Frank und kaute schmatzend seinen Kaugummi. Archer drehte sich wortlos um und ging zurück zum Fabrikeingang.

Gelangweilt weiterkauend umrundete Frank den Polizeiwagen und stieg ein.

Verwirrt von der Szene sah Charles zu Brezo. Der Mann war einen Schritt auf ihn zugetreten und grinste ihn zahnlos an. Auf Brezos linker Wange bemerkte Charles eine lange Narbe, die das hämische Lächeln noch zusätzlich verzerrte.

Völlig unterwartet für Charles schlug Brezo plötzlich zu.

Charles sah den Schlag kommen und konnte ihn mit seinem Ellbogen noch leicht ablenken. Trotzdem landete Brezos Faust in seiner Magengrube. Charles krümmte sich zusammen, fiel zu Boden und schnappte verzweifelt nach Luft. In Erwartung eines Gegenangriffs stand Brezo kampfbereit über ihm. Doch dann schaufelte er mit dem rechten Fuß nur noch etwas Schnee auf Charles, drehte sich um und ging mit dem linken Bein leicht humpelnd zurück zur Fabrik.

Charles drückte sich mit den Händen hoch, bis er auf allen vieren hockte. Einen Moment schien ihm der Schmerz die Besinnung zu nehmen. Er hörte, wie sich eine Wagentür öffnete. Bernie Crawford zog ihn am Arm auf die Füße. Er mußte Charles, der seinen rechten Arm in die Magengrube preßte, zum Wagen zurückführen. Schwindelig vor Übelkeit ließ sich Charles in den Sitz fallen. Den Kopf legte er auf die Rückenlehne, um besser atmen zu können.

Er spürte, wie der Wagen schleudernd anfuhr, aber das kümmerte ihn nicht mehr. Er hielt die Augen geschlossen, nur darauf konzentriert, trotz der Schmerzen Luft zu holen. Nach einiger Zeit hielt der Wagen wieder, und die Tür an seiner Seite wurde geöffnet. Charles öffnete die Augen und sah in das Gesicht von Frank Neilson. »Kommen Sie raus, Mann. Sie sollten froh sein, so billig davonzukommen.« Er packte Charles am Arm und zog ihn aus dem Wagen.

Schwankend und immer noch etwas benommen stand Charles am Straßenrand. Frank warf die Tür zu, dann setzte er sich wieder auf den Fahrersitz und kurbelte sein Seitenfenster herunter. »In Zukunft sollten Sie einen großen Bogen um Recycle machen. Es hat sich in der Stadt sehr schnell herumgesprochen, daß Sie Ärger suchen. Ich will Ihnen einen guten Rat geben. Wenn Sie weitersuchen, werden Sie ihn finden. Und zwar mehr Ärger, als Sie erwartet haben. Die Stadt lebt von Recycle. Und wenn Sie das zu ändern versuchen, kann auch die Polizei nicht mehr für Ihre Sicherheit garantieren. Oder für die Ihrer Familie.«

Frank drehte das Fenster wieder hoch und ließ den Wagen mit durchdrehenden Reifen davonschießen. Einen Augenblick blieb Charles regungslos am Straßenrand stehen. Seine Hose war bis zu den Knien mit Schneematsch bespritzt. Der

Pinto stand dreißig Meter weiter, von einer dicken Schneedecke wie mit einem Leichentuch verhüllt. Trotz der starken Schmerzen fühlte Charles eine kalte Wut in sich. Immer, wenn er im Leben Pech gehabt hatte, war das für ihn nur ein Anreiz gewesen, noch verbissener weiterzumachen.

Cathryn und Gina räumten gerade die Küche auf, als sie einen Wagen auf der Zufahrt hörten. Cathryn lief zum Fenster und zog den rotkarierten Vorhang zurück. Sie hoffte inständig, daß es Charles war. Seit er aus dem Krankenhaus geflohen war, hatte sie nichts mehr von ihm gehört. Auch an seinem Telefon im Labor hatte sich niemand gemeldet. Sie mußte ihm unbedingt von dem Verfahren am Vormundschaftsgericht erzählen. Auf keinen Fall wollte sie es zulassen, daß er erst am nächsten Morgen durch die gerichtliche Vorladung davon erfuhr.

Während sie die Lichter die Zufahrt heraufkommen sah, hörte Cathryn sich selbst leise murmeln: »Bitte Charles, du mußt es sein.« Der Wagen fuhr durch die letzte Kurve und schoß an ihrem Fenster vorbei. Es war der Pinto! Erleichtert seufzte Cathryn auf. Sie ließ den Vorhang los, drehte sich um und nahm ihrer überraschten Mutter das Handtuch aus der Hand.

»Es ist Charles, Mutter. Würdest du jetzt bitte ins Wohnzimmer gehen? Ich möchte einen Augenblick mit Charles allein sprechen.«

Gina versuchte zu protestieren, aber Cathryn legte ihrer Mutter einen Zeigefinger auf die Lippen und brachte sie sanft zum Schweigen. »Es ist wichtig.«

»Fühlst du dich auch sicher?«

»Natürlich«, antwortete Cathryn, während sie Gina langsam zur Tür schob. Draußen hörte sie eine Wagentür zuschlagen.

Cathryn ging zum Hintereingang, und als Charles die Treppe heraufkam, öffnete sie die Tür.

Bevor sie noch sein Gesicht sehen konnte, roch sie ihn schon. Es war ein modriger Geruch, als ob man nasse Handtücher im Sommer in einen Schrank verschließt. Dann trat er ins Licht, und sie sah seine blutunterlaufene, geschwollene Nase. Auch auf seiner Unterlippe war eine Kruste getrocknetes Blut, und sein ganzes Gesicht war rußig-schwarz verschmiert. Seine Schaffelljacke war unrettbar eingedreckt, und seine Hose hatte einen Riß über dem rechten Knie. Am erschreckendsten aber war sein Gesichtsausdruck, der die kaum noch zu beherrschende Wut in ihm verriet.

»Charles?« Etwas Fürchterliches mußte geschehen sein. Den ganzen Nachmittag hatte sie sich Sorgen um ihn gemacht, und sein Aussehen zeigte nur, wie berechtigt ihre Sorgen waren.

»Sag überhaupt nichts für einen Augenblick.« Charles' Stimme hatte einen fordernden Ton. Er vermied es, Cathryn zu berühren. Nachdem er seine Jacke ausgezogen hatte, stürzte er sofort zum Telefon und blätterte nervös im Ortsverzeichnis.

Cathryn nahm ein sauberes Handtuch aus dem Wäscheschrank und befeuchtete es an einem Ende. Dann versuchte sie, ihm das Gesicht zu säubern, um zu sehen, woher das Blut kam.

»Herrgott, Cathryn! Kannst du nicht eine Sekunde warten?« fuhr Charles sie an und schob sie beiseite.

Cathryn schreckte zurück. Der Mann vor ihr war ein Fremder. Angstvoll beobachtete sie, wie sein Finger wutentbrannt auf die Wähltasten niederstieß.

»Dawson«, schrie Charles ins Telefon. »Es ist mir völlig gleichgültig, ob Sie die Polizei oder die ganze Stadt in Ihrer Tasche haben. Sie werden mir nicht entkommen!« Charles unterstrich seine Drohung, indem er den Hörer wütend auf die Gabel schlug. Er hatte keine Antwort erwartet und wollte nur schneller als Dawson aufgelegt haben.

Nach dem Anruf ließ die Spannung in ihm etwas nach. Mit langsamen, kreisenden Bewegungen rieb er sich für einen Moment die Schläfen. »Ich hätte nie gedacht, daß unsere kleine idyllische Stadt so korrupt ist.« Seine Stimme klang fast wieder normal.

Auch in Cathryn ließ der Angstdruck nach. »Was ist dir passiert? Du bist verletzt!«

Charles sah sie nachdenklich an. Er schüttelte den Kopf, und dann, zu ihrer Überraschung, lachte er sogar. »Am meisten noch mein Selbstbewußtsein. Es ist nicht einfach, wenn man sämtliche Träume von der eigenen Stärke an einem Abend begraben muß. Nein, verletzt bin ich nicht. Jedenfalls nicht schlimm, wenn man bedenkt, daß ich einmal schon geglaubt hatte, daß alles aus ist. Aber jetzt brauche ich erst einmal etwas zu trinken. Fruchtsaft. Egal, was.

»Ich hab' dir im Ofen etwas zu essen warm gestellt.«

»Himmel! Ich kann doch jetzt nichts essen.« Charles ließ sich langsam auf einen Küchenstuhl sinken. »Aber ich habe einen Durst, als ob ich gerade aus der Hölle komme.« Seine Hände zitterten, als er sie auf den Küchentisch legte. Sein Magen schmerzte noch immer von Brezos Schlag.

Cathryn schenkte Apfelwein in ein Glas und trug es zum Tisch. Aus dem Augenwinkel sah sie Gina mit unschuldiger Miene in der Küchentür stehen. Mit einer zornigen Geste bedeutete sie ihrer Mutter, daß sie zurück ins Wohnzimmer gehen sollte. Cathryn ging weiter zum Tisch, zog sich einen Stuhl heran und setzte sich. Den Gedanken, Charles vom Gericht zu erzählen, hatte sie erst einmal beiseite geschoben.

»Du hast Blut im Gesicht«, sagte sie fürsorglich.

Charles rieb sich mit dem Handrücken unter der Nase und starrte auf die eingetrockneten Grindkrümel. »Mistkerle!«

Während er von seinem Apfelwein trank, wurde es bedrükkend still in der Küche. »Erzählst du mir jetzt, was passiert ist?« fragte Cathryn schließlich.

»Vorher würde ich lieber etwas über Michelle hören«, antwortete Charles. Er setzte das Glas auf den Tisch ab.

»Willst du das wirklich?« fragte Cathryn. Sie streckte ihren Arm aus und legte ihre Hand beruhigend auf seine.

»Was soll das heißen. Wirklich?« fuhr Charles sie an. »Natürlich will ich etwas über sie hören.«

»Es war nicht so gemeint, wie es sich vielleicht angehört hat«, sagte Cathryn. »Ich weiß, wieviel Sorgen du dir machst. Ich mach' mir deshalb ja sogar schon Sorgen über dich. Du hast Michelles Herzkomplikation so schrecklich ernst genommen.«

»Was ist jetzt wieder passiert?« fragte Charles. Aus Furcht, daß Cathryn ihn auf eine neue Unglücksnachricht vorbereiten wollte, hatte seine Stimme bedrohlicher als beabsichtigt geklungen.

»Beruhige dich«, sagte Cathryn sanft.

»Dann sag mir endlich, was mit Michelle los ist.«

»Es ist ihr Fieber«, antwortete Cathryn. »Es ist weiter gestiegen, und die Ärzte sind beunruhigt.«

»Mein Gott!« stieß Charles mühsam hervor.

»Alles andere ist in Ordnung. Ihr Herzrhythmus ist wieder normal.«

Cathryn hatte Angst, irgend etwas über Michelles Haar zu sagen. Es begann auszufallen. Aber Dr. Keitzman hatte ihr erklärt, daß diese Nebenwirkung zu erwarten gewesen war. Und außerdem war der Haarverlust in Michelles Alter wieder aufzuholen.

»Gibt es ein Anzeichen, daß die Krankheit nachläßt?« fragte Charles.

»Ich glaube nicht. Die Ärzte haben nichts gesagt.«

»Wie hoch ist Michelles Fieber?«

»Ziemlich hoch. Als ich weggegangen bin, waren es vierzig Grad.«

»Und warum bist du weggegangen? Warum bist du nicht im Krankenhaus geblieben?«

»Ich wollte es ja, aber die Ärzte haben mir geraten zu gehen. Sie haben mir gesagt, daß die Eltern kranker Kinder darauf achten müssen, daß sie nicht die übrige Familie vernachlässigen. Sie sagten, daß ich ohnehin nichts tun könnte. Hätte ich dableiben sollen? Ich hab' es wirklich nicht gewußt. Ich hab' mir nur gewünscht, daß du dagewesen wärst.«

»Mein Gott«, sagte Charles wieder. »Gerade jetzt sollte jemand bei ihr sein. Das hohe Fieber ist kein gutes Zeichen. Die Medikamente schwächen ihr Abwehrsystem, haben aber anscheinend keine Wirkung auf die Leukämiezellen. Hohes Fieber zu diesem Zeitpunkt kann nur heißen, daß sie eine Infektion hat.«

Plötzlich sprang Charles auf. »Ich fahre ins Krankenhaus.«, sagte er entschlossen. »Und zwar sofort!«

»Aber warum, Charles? Was kannst du denn jetzt tun?« Cathryn fühlte ihre Angst zurückkehren. Sie stand auf.

»Ich will bei ihr sein. Außerdem bin ich zu einem Entschluß gekommen. Die Behandlung muß abgebrochen werden. Zumindest darf sie nur noch die normale Dosis der Medikamente erhalten. Keitzman experimentiert herum, und wenn er damit

Erfolg gehabt hätte, müßte sich die Zahl der Leukämiezellen in ihrem Kreislauf längst verringert haben. Statt dessen sind es mehr geworden.«

»Aber anderen haben die Medikamente doch auch geholfen.« Cathryn wußte, daß sie Charles von seinem Vorhaben, ins Krankenhaus zu fahren, abbringen mußte. Sonst würde es eine Katastrophe geben... wenn die Ärzte ihm eröffneten, was inzwischen geschehen war.

»Ich weiß selbst, daß die Chemotherapie anderen geholfen hat«, erwiderte Charles. »Leider ist das in Michelles Fall nicht so. Die normale Behandlungsmethode hat schon versagt. Und ich werde es nicht zulassen, daß mit meiner Tochter herumexperimentiert wird. Keitzman hat seine Chance gehabt. Michelle soll sich nicht vor meinen Augen in Leiden auflösen, wie Elisabeth das geschehen ist.«

Charles wandte sich zur Tür.

Cathryn griff nach seinem Ärmel. »Charles, bitte. Du kannst jetzt nicht gehen. Nicht so, wie du aussiehst.«

Charles sah an sich herunter und mußte zugeben, daß Cathryn recht hatte. Aber sollte er sich wirklich darum kümmern? Er zögerte, dann lief er zur Treppe hinauf, zog sich um und wusch sich Hände und Gesicht. Als er wieder zurückkam, sah Cathryn auf den ersten Blick, daß sein Entschluß feststand. Er würde noch an diesem Abend ins Krankenhaus fahren und dafür sorgen, daß Michelles Behandlung, ihre einzige Überlebenschance, abgebrochen wurde. Wieder hatten die Ärzte seine Reaktion genau vorhergesehen. Cathryn war klar, daß sie ihm jetzt sofort von ihrem Antrag auf alleinige Vormundschaft erzählen mußte. Noch länger warten konnte sie nicht mehr.

Charles zog seine verschmutzte Jacke an und suchte in den Taschen nach seinen Wagenschlüsseln.

Cathryn lehnte sich mit dem Rücken gegen ihre Anrichte, ihre Hände umklammerten die Kante der Resopalplatte.

»Charles«, begann sie in ruhigem Ton, »du kannst Michelles Behandlung nicht abbrechen.«

Charles fand seine Schlüssel. »Natürlich kann ich das«, sagte er selbstsicher.

»Es sind bestimmte Vorkehrungen getroffen worden, damit du es nicht kannst«, sagte Cathryn.

Die Hand schon auf der Türklinke, blieb Charles wie betäubt stehen. Das Wort ›Vorkehrungen‹ hatte einen bedrohlichen Klang gehabt.

»Was willst du damit sagen?«

»Ich will, daß du wieder zurückkommst, deine Jacke ausziehst und dich an den Tisch setzt«, sagte Cathryn in einem Ton, als ob sie ein widerspenstiges Kind vor sich hätte.

Charles ging langsam auf sie zu. »Ich denke, du erzählst mir jetzt sofort von diesen Vorkehrungen.«

Cathryn hätte es nie für möglich gehalten, aber als Charles sie jetzt aus zusammengenkniffenen Augen anstarrte, begann sie sich vor ihm zu fürchten. »Nachdem du heute nachmittag so überhastet aus dem Krankenhaus gelaufen warst, hatte ich eine Unterredung mit Dr. Keitzman und Dr. Wiley. Sie hatten den Eindruck, daß du unter einer sehr großen Belastung stehst und vielleicht nicht mehr ganz in der Lage sein könntest, die richtige Entscheidung über Michelles Behandlung zu treffen.« Cathryn strengte sich an, den Ton der Unterhaltung zu treffen, die Patrick mit dem Richter geführt hatte. Am meisten fürchtete sie Charles' Reaktion auf die Tatsache, daß sie bei allem mitgemacht hatte. Sie wollte unbedingt herausstreichen, daß sie nur zögernd dazu bereit gewesen war. Cathryn sah ihm ins Gesicht. Seine blauen Augen sahen sie kalt an. »Der Anwalt des Krankenhauses sagte, daß für Michelle vorübergehend ein anderer Vormund benannt werden müßte. Die Ärzte haben ihm zugestimmt. Sie haben mir gesagt, daß sie die Angelegenheit auch ohne meine Unterstützung regeln könnten, aber daß mit meiner Hilfe alles viel leichter sein würde. Obwohl mir die Entscheidung schwergefallen ist, hatte ich das Gefühl, das Richtige zu tun. Ich dachte, es ist wichtig, daß wenigstens noch einer von uns an den Entscheidungen beteiligt ist!«

»Und was ist dann passiert?« fragte Charles. Sein Gesicht war dunkelrot geworden.

»Es kam zu einer Dringlichkeitsanhörung vor einem Richter«, antwortete Cathryn. Sie erzählte es schlecht und in einem ungünstigen Moment. Irgendwie hatte sie das Gefühl, alles zu verpfuschen. Trotzdem fuhr sie verbissen fort. »Der Richter stimmte zu, daß Michelle nach der Methode behandelt werden soll, wie Dr. Keitzman sie für ihre Symptome aufgestellt hat.

Mir wurde die zeitweilige Vormundschaft zuerkannt. In drei Tagen soll eine vorläufige Anhörung zu dem Antrag stattfinden und in drei Wochen eine große Anhörung. Das Gericht wird noch einen zweiten Vormund benennen, und Charles, bitte glaub' mir, ich hab' das alles nur für Michelle getan. Das ist nicht gegen dich gerichtet. Und ich will mich bestimmt nicht zwischen dich und Michelle stellen.«

Cathryn suchte in Charles' Gesicht nach einem Zeichen für ein bißchen Verständnis. Das einzige, was sie entdecken konnte, war wilder Zorn.

»Charles!« rief Cathryn. »Bitte glaub mir. Die Ärzte haben mich überzeugt, daß du unter einer großen Belastung stehst. Du bist doch auch gar nicht mehr du selbst. Sieh dich doch an! Dr. Keitzman ist als Therapeut für Kinderleukämie weltberühmt. Ich hab' es doch nur für Michelle getan. Es ist doch auch nur vorübergehend. Bitte.« Cathryn brach in Tränen aus.

Im nächsten Moment erschien Gina in der Küchentür. »Ist alles in Ordnung?« fragte sie mit furchtsamer Stimme.

Charles sprach sehr langsam, seine Augen waren auf Cathryns Gesicht geheftet. »Ich hoffe bei Gott, daß das alles nicht wahr ist. Ich hoffe, du hast dir das nur ausgedacht.«

»Aber es ist die Wahrheit«, brachte Cathryn mühsam hervor. »Es ist die Wahrheit. Du bist davongelaufen. Ich habe nur mein Bestes getan. Morgen früh bekommst du eine Vorladung.«

Charles' Wut explodierte mit einer Gewalt, die er nie in sich vermutet hätte. Das einzig Greifbare in seiner Nähe war ein Stapel Unterteller auf der Anrichte. Er riß sie an sich, hob sie über den Kopf und schleuderte sie auf den Küchenboden. Im nächsten Augenblick waren sie in tausend Scherben zersprungen, die nach allen Seiten in die Luft spritzten. »Ich halte das nicht mehr aus. Alle seid ihr gegen mich. Alle!«

Cathryn duckte sich über dem Spülbecken zusammen. Starr vor Angst wagte sie nicht, sich zu bewegen. Gina stand wie an den Türrahmen genagelt. Sie wäre am liebsten davongelaufen, aber sie wollte ihre Tochter nicht allein lassen.

»Michelle ist mein eigen Fleisch und Blut!« schrie Charles. »Niemand wird sie mir wegnehmen!«

»Sie ist meine Adoptivtochter«, schluchzte Cathryn. »Ich

fühle für sie genauso wie du.« Sie überwand ihre Angst und klammerte sich an die Aufschläge von Charles' Jacke. Dann schüttelte sie ihn, so heftig sie konnte. »Bitte beruhige dich. Bitte!« rief sie verzweifelt.

Was Charles jetzt am wenigsten vertragen konnte, war, festgehalten zu werden. Wie im Reflex schoß sein Arm nach oben und schlug Cathryns Hände unnötig heftig in die Luft. Der Schlag war so kräftig, daß Charles den Schwung seines Armes nicht mehr abbremsen konnte und Cathryn ungewollt mit dem Handrücken ins Gesicht traf. Sie taumelte zurück, bis sie sich am Küchentisch fangen konnte.

Ein Küchenstuhl, der ihr im Weg gewesen war, fiel lautstark um. Gina stieß einen spitzen Schrei aus und lief in die Küche, um ihren mächtigen Leib zwischen Charles und ihre benommene Tochter zu schieben. Sie bekreuzigte sich und begann zu beten.

Charles schob Gina grob zur Seite. Er packte Cathryn bei den Schultern und begann sie wie eine Puppe zu schütteln. »Ich will, daß du zum Telefon gehst und das Verfahren sofort rückgängig machst. Hast du mich verstanden?«

Als Chuck den Lärm in der Küche hörte, sprang er von seinem Bett und stürzte die Treppe hinunter. Ein Blick auf die Szene genügte ihm, dann sprang er in die Küche zu seinem Vater und umklammerte ihn von hinten. Charles versuchte den Griff um seine Oberarme abzuschütteln, aber es gelang ihm nicht. Er ließ Cathryns Schultern los und stieß seinen rechten Ellbogen mit ganzer Kraft nach hinten. Der Stoß traf Chuck genau in die Magengrube. Mit einem keuchenden Pfeifton entwich die Luft aus seinen Lungen. Charles warf sich herum und drückte seinen Sohn heftig von sich. Chuck stolperte rückwärts und schlug mit dem Kopf zuerst auf den Küchenboden.

Entsetzt schrie Cathryn auf. Alles schien sich wie in einer unentrinnbaren Kettenreaktion zu ereignen. Sie warf sich über Chuck, um ihn vor seinem Vater zu schützen. Erst in diesem Augenblick begriff Charles, daß er gerade seinen eigenen Sohn angreifen wollte.

Er machte einen Schritt vorwärts, aber wieder schrie Cathryn auf und breitete abwehrend ihre Arme über dem zusammengekrümmt am Boden liegenden Chuck aus. Gina drängte sich zwischen Charles und die beiden. Dabei murmelte sie etwas von Besessenheit und Teufel.

Charles hob den Kopf. In der Tür stand Jean Paul, der ihn völlig verwirrt ansah. Als der Junge den Blick seines Vaters bemerkte, wich er sofort zurück. Wieder sah Charles auf die Szene vor sich. Ein merkwürdiges Gefühl der Fremdheit beschlich ihn. Im nächsten Moment wandte er sich um und lief aus dem Haus.

Gina ging, um die Tür zu schließen, während Cathryn ihrem ältesten Adoptivsohn auf einen Küchenstuhl half. Sie hörten den Pinto die Zufahrt hinunterschleudern.

»Ich hasse ihn! Ich hasse ihn!« schrie Chuck wütend. Er hielt sich mit beiden Armen den Magen.

»Ruhig, ruhig«, versuchte Cathryn ihn zu besänftigen. »Das ist alles nur ein gräßlicher Alptraum. Du wirst sehen, wir wachen wieder auf und alles ist vorbei.«

»Dein Auge!« rief Gina erschrocken. Sie kam zu Cathryn gelaufen und bog ihr den Kopf leicht in den Nacken.

»Es ist nichts«, sagte Cathryn.

»Nichts? Das Auge ist schon blau und schwarz unterlaufen. Am besten legst du sofort etwas Eis darauf.«

Cathryn ging in den Flur und betrachtete ihr Gesicht in dem kleinen Wandspiegel. In ihrer rechten Augenbraue war ein winziger Riß, und sie bekam tatsächlich ein blaues Auge. Als sie wieder in die Küche kam, hatte Gina bereits die Eiswürfel aus dem Kühlschrank geholt.

Auch Jean Paul erschien wieder in der Küchentür.

»Wenn er dich noch einmal schlägt, dann bring' ich ihn um«, sagte Chuck.

»Charles junior«, fuhr Cathryn ihn an. »Ich möchte so etwas nicht mehr hören. Charles ist im Moment nicht er selbst. Er steht unter einem fürchterlichen inneren Druck. Außerdem wollte er mich gar nicht schlagen. Er wollte sich nur von meinem Händen befreien.«

»Und ich glaube, er hat sich dem Teufel in die Hände gegeben«, sagte Gina.

»Das reicht jetzt, ein für allemal«, erwiderte Cathryn heftig.

»Und ich denke, daß er verrückt geworden ist«, beharrte Chuck.

Cathryn holte tief Luft, um Chuck zurechtzuweisen, aber dann zögerte sie. Chucks Worte hatten sie nachdenklich gemacht. War es möglich, daß Charles einen Nervenzusammenbruch erlitten hatte? Die Ärzte hatten die Möglichkeit dazu angedeutet, und bisher hatten sie auch mit allem anderen recht behalten. Cathryn fragte sich verzweifelt, woher sie die Kraft nehmen sollte, um die Familie zusammenzuhalten.

Ihr erster Gedanke galt der Sicherheit ihrer Kinder. Cathryn hatte Charles noch nie so unbeherrscht erlebt. Sie brauchte jetzt den Rat eines Spezialisten. In der Hoffnung, daß Dr. Keitzman ihr helfen könnte, rief sie in der Telefonzentrale des Krankenhauses an. Fünf Minuten später rief Dr. Keitzman zurück.

Cathryn erzählte ihm, was sich alles ereignet hatte, daß Charles gegen Michelles Chemotherapie war, daß er mit dem Wagen davongefahren und wahrscheinlich auf dem Weg ins Krankenhaus war.

»Das klingt ja, als hätten wir die Vormundschaft gerade noch rechtzeitig beantragt«, sagte Dr. Keitzman.

Cathryn war nicht nach solcher Selbstbestätigung zumute. »Das mag schon sein, aber ich mache mir Sorgen um Charles. Ich weiß nicht, was ich als Nächstes von ihm zu erwarten habe.«

»Das ist genau das Problem«, erwiderte Dr. Keitzman. Er könnte Ihnen und der Familie gefährlich werden.«

»Das kann ich nicht glauben«, sagte Cathryn.

»Man kann sich da nicht sicher sein, bis er einen Spezialisten aufgesucht hat. Aber glauben Sie mir, dieMöglichkeit besteht durchaus. Vielleicht sollten Sie das Haus für ein, zwei Tage verlassen. Sie müssen auch an Ihre Familie denken.«

»Wir könnten solange zu meiner Mutter ziehen«, sagte Cathryn nachdenklich. Es stimmte, sie durfte jetzt nicht nur an sich selbst denken.

»Das wäre sicherlich das beste. Sie müssen ja nur abwarten, bis Charles sich wieder beruhigt hat.«

»Und was ist, wenn Charles heute nacht ins Krankenhaus kommt?«

»Machen Sie sich darüber keine Sorgen. Ich werde die Station verständigen und der Oberschwester mitteilen lassen, daß Sie im Augenblick die alleinige Vormundschaft haben.«

Cathryn bedankte sich und legte auf. Sie wünschte sich, ebenso optimistisch wie Dr. Keitzman sein zu können. Aber das Gefühl, daß alles nur noch schlimmer wurde, hatte er ihr nicht nehmen können.

Eine halbe Stunde später hatte jeder das Notwendigste für ein paar Tage eingepackt. Noch immer voller Zweifel verließ Cathryn zusammen mit Gina und den beiden Jungen das Haus. Durch den neugefallenen Schnee trugen sie ihre Taschen zu dem alten Kombi und verstauten sie auf der Ladefläche. Jean Paul stieg am Haus eines Freundes, der ihn eingeladen hatte, aus. Die anderen drei fuhren weiter nach Boston. Keiner sprach ein Wort.

## *11. Kapitel*

Kurz nach neun erreichte Charles das Kinderkrankenaus. Im Gegensatz zu dem dichten Verkehr, der tagsüber vor dem Krankenhaus herrschte, waren die Straßen jetzt leer. Charles fand einen Parkplatz vor der Buchhandlung, die zu dem Klinikzentrum gehörte. Dann ging er durch den Haupteingang in das Krankenhaus. Ein leerer Fahrstuhl brachte ihn zu Station Anderson 6.

Jemand grüßte ihn, als er an der Schwesternstation vorbeikam. Aber Charles hob nicht einmal den Kopf in die Richtung, aus der die Stimme gekommen war. Die Tür zu Michelles Zimmer stand einen Spalt weit offen. Charles schlüpfte leise hinein.

In Michelles Zimmer war es dunkler als auf dem Flur. Nur das kleine Nachtlicht, das kurz über dem Boden an der Mauer angebracht war, brannte noch. Charles blieb einen Moment stehen, um seine Augen an die Dunkelheit zu gewöhnen. Auf der anderen Seite des Bettes stand der Herzmonitor. Der Signalton war leise gedreht worden, aber eine grün leuchtende Kurve zuckte mit regelmäßigen Ausschlägen über den kleinen Bildschirm. Zwei Infusionsschläuche schlängelten sich von einem Gestell hinter dem Kopfende des Bettes zu Michelle hinunter. Jeder endete in einem ihrer Arme. Durch die Kanüle im linken Arm wurden ihr die chemotherapeutischen Medikamente zugeleitet.

Vorsichtig ging Charles weiter in das Zimmer hinein. Seine Augen waren fest auf das unbewegte Gesicht seiner Tochter gerichtet. Sie schien zu schlafen. Doch nach ein paar Schritten sah Charles zu seiner Überraschung, daß Michelles Augen gar nicht geschlossen waren. Sie verfolgten gespannt jede seiner Bewegungen.

»Michelle?« flüsterte Charles.

»Daddy?« fragte sie ebenso leise zurück. Sie hatte befürchtet, daß trotz der Nacht ein weiterer Pfleger zu ihr ins Zimmer geschlichen wäre, um ihr noch mehr Blut abzunehmen.

Charles hob seine Tochter zärtlich in seine Arme. Er hatte das Gefühl, daß sie viel leichter geworden war. Auch Michelle versuchte ihn zu umarmen. Doch fehlte ihr die Kraft dazu. Charles preßte seine Wange gegen ihr Gesicht und wiegte sie langsam hin und her. Er spürte die Hitze ihres Fiebers auf seiner Haut.

Dann sah er Michelle ins Gesicht und entdeckte, daß ihre Lippen vereitert waren.

Eine Verzweiflung, die sogar seine Tränen erstickte, durchflutete ihn. Das Leben war nicht fair. Es war eine einzige grausame Erfahrung, in der Hoffnung und Glück nur flüchtige Illusionen waren, die einzig dazu dienten, die unausweichliche Tragödie noch bitterer erscheinen zu lassen.

Während er Michelle in den Armen hielt, mußte er an seinen kläglichen Rachefeldzug gegen Recycle denken. Er kam sich jetzt selbst albern vor. Noch immer empfand er sein Verlangen nach Rache als gerecht, aber wie es stand, gab es wichtigere Dinge für ihn zu tun. Zweifellos war den Verantwortlichen bei Recycle das Schicksal eines zwölfjährigen Mädchens vollkommen gleichgültig, und bequem stellten sie sich blind gegen jedes Verantwortungsgefühl. Aber wie war es denn mit den sogenannten führenden Persönlichkeiten in der Krebsbekämpfung? Machten sie sich denn viele Gedanken? Charles bezweifelte das, wenn er an das verworrene Beziehungsgeflecht dachte, das an seinem eigenen Institut herrschte. Dabei wollte es die Ironie des Schicksals, daß für die Leute, die den gigantischen Apparat der Krebsbekämpfung lenkten, am Ende dasselbe Risiko bestand, der Krankheit zu erliegen, wie für den größten Teil der übrigen Menschen.

»Daddy, warum ist deine Nase so geschwollen?« fragte Michelle auf einmal.

Charles lächelte. Obwohl sie selbst so krank war, machte Michelle sich noch immer Sorgen um ihn! Es war einfach unglaublich!

Rasch erfand Charles eine Geschichte, wie er im Schnee ausgerutscht und ausgerechnet auf die Nase gefallen war. Michelle lachte, aber dann wurde ihr Gesicht wieder ernst. »Daddy, werde ich wieder gesund?«

Ungewollt zögerte Charles einen Augenblick. Die Frage war zu unerwartet gekommen. »Natürlich«, sagte er mit einem Lachen, das sein kurzes Schweigen vergessen machen sollte. »Ich glaube sogar, daß du diese Medizin hier gar nicht mehr brauchst.« Charles stand auf und zeigte auf den Schlauch für die Chemotherapie. »Warum nehmen wir ihn nicht einfach aus deinem Arm?«

Michelles Gesicht verdüsterte sich sorgenvoll. Sie haßte jede Berührung an der Kanüle in ihrem Arm.

»Es tut ganz bestimmt nicht weh«, sagte Charles.

Mit einem kurzen Ruck zog er die Nadel aus Michelles Arm und drückte seinen Daumen auf den Einstichpunkt. »Den anderen Infusionsschlauch mußt du noch etwas im Arm behalten, damit dein kleines Uhrwerk nicht wieder schneller läuft.« Er klopfte ihr gegen die Brust.

Plötzlich wurde das Licht angeschaltet, und mit einem Schlag war das Zimmer grell erleuchtet.

Eine Schwester, der zwei Wachmänner folgten, kam herein.

»Es tut mir leid, Mr. Martel, aber Sie müssen jetzt gehen.«

Sie bemerkte den lose über dem Bett hängenden Infusionsschlauch und schüttelte verärgert den Kopf.

Charles reagierte nicht auf ihre Aufforderung. Er setzte sich wieder auf die Bettkante und nahm Michelle in den Arm.

Die Schwester machte den Wachmännern ein Zeichen, daß sie ihr helfen sollten. Sie gingen langsam zu Charles, und einer der beiden legte ihm eine Hand auf die Schulter.

»Wir können Sie auch festnehmen lassen, wenn Sie es nicht

anders wollen«, sagte die Schwester. »Aber das möchte ich gerne vermeiden.«

Widerstandslos ließ Charles es zu, daß die beiden Wachmänner seine Arme griffen und sie von Michelle lösten.

Erstaunt sah Michelle erst auf die beiden Männer und dann wieder zu ihrem Vater. »Warum wollen sie dich festnehmen?«

»Das weiß ich auch nicht«, sagte Charles lächelnd. »Wahrscheinlich, weil jetzt keine Besuchszeit ist.«

Charles stand auf, beugte sich noch einmal zurück und gab Michelle einen Kuß. »Versuch ein tapferes Mädchen zu sein. Ich komme bald wieder.«

Die Schwester schaltete die Deckenbeleuchtung wieder aus. Von der Tür winkte Charles noch einmal, Michelle winkte zurück.

»Sie hätten ihr die Kanüle nicht aus dem Arm nehmen sollen«, sagte die Schwester auf dem Weg zur Stationszentrale.

Charles antwortete nicht.

»Wenn Sie Ihre Tochter künftig besuchen möchten«, fuhr die Schwester fort, »dann müssen Sie zu den regulären Besuchszeiten kommen und, bitte, in Begleitung.«

»Ich möchte Michelles Krankenakte sehen«, sagte Charles freundlich, ohne auf die anderen Bemerkungen einzugehen.

Die Schwester ging schweigend weiter. Offensichtlich gefiel ihr der Gedanke nicht besonders.

»Es ist mein Recht«, sagte Charles knapp. »Außerdem bin ich selbst Arzt.«

Zögernd willigte die Schwester ein. Charles folgte ihr in den Aktenraum der Station. Michelles Unterlagen standen unschuldig an ihrem Platz. Die Schwester zog den Ordner heraus und legte ihn vor Charles auf den Tisch. Am Nachmittag war ein Blutabstrich gemacht worden. Charles' Herz setzte für einen Augenblick aus. Obwohl er nichts anderes erwartet hatte, traf es ihn wie ein Schock. Die Zahl der Leukämiezellen in Michelles Blut war nicht gesunken. Im Gegenteil, der Wert war noch leicht gestiegen. Es gab keinen Zweifel, die Chemotherapie hatte Michelle nicht im mindesten geholfen.

Charles zog sich das Telefon heran und bat die Zentrale, auszurichten, daß Dr. Keitzman ihn im Aktenraum von Station 6 anrufen möchte. Während er wartete, sah er die übrigen Unterlagen in der Akte durch. Am erschreckendsten war Michelles Fieberkurve. Bis zu diesem Nachmittag hatte das Fieber immer um die achtunddreißig Grad gelegen, jetzt war es auf vierzig Grad gestiegen. Dann las Charles den kardiologischen Bericht. Als wahrscheinliche Ursache der Herzrhythmusstörung wurde die schnelle Infusion der zweiten Dosis Daunorubicin angenommen oder eine Infiltration des Herzmuskels durch Michelles Leukämiezellen; möglich war aber auch eine Kombination von beidem. In diesem Moment klingelte das Telefon. Es war Dr. Keitzman. Beide, Dr. Keitzman und Charles, bemühten sich, freundlich zu sein.

»Als Arzt werden Sie mir zustimmen«, sagte Dr. Keitzman, »daß wir uns oft vor die Entscheidung gestellt sehen, entweder an den bewährten Prinzipien der Medizin festzuhalten oder aber den Wünschen von Patienten und ihrer Angehörigen nachzugeben. Ich persönlich halte ersteres für das einzig Richtige. Und sobald man beginnt, Ausnahmen davon zu machen, ist es, als hätte man die Büchse der Pandora geöffnet. Leider müssen wir uns deshalb auch mehr und mehr auf die Gerichte verlassen.«

»Aber es ist doch ganz eindeutig, daß die Chemotherapie Michelle nicht hilft«, entgegnete Charles beherrscht.

»Im Augenblick noch nicht«, gab Dr. Keitzman zu. »Aber für ein endgültiges Urteil ist es noch zu früh. Es besteht noch eine kleine Chance. Und außerdem haben wir nichts anderes, mit dem wir ihr helfen könnten.«

»Ich glaube, Sie belügen sich selbst«, sagte Charles heftig. Dr. Keitzman antwortete nicht. Es war ein Körnchen Wahrheit in dem, was Charles gesagt hatte. Die Vorstellung, einen Fall aufzugeben und nichts mehr zu tun, kam für Dr. Keitzman nicht in Frage, besonders nicht bei einem Kind.

»Eine ganz andere Sache wollte ich Sie noch fragen«, fuhr Charles fort. »Halten Sie es für möglich, daß Benzol Michelles Leukämie ausgelöst hat?«

»Das ist schon möglich«, antwortete Dr. Keitzman. »Zumindest würde das Krankheitsbild ihrer Leukämie dazu passen. Ist sie denn mit Benzol in Berührung gekommen?«

»Über einen längeren Zeitraum«, antwortete Charles. »Ein Betrieb hat Benzol in den Fluß geleitet, der auch unseren Teich speist. Wären Sie bereit, in einem Gutachten festzuhalten, daß Michelles Leukämie von Benzol verursacht wurde?«

»Das kann ich nicht tun«, sagte Dr. Keitzman. »Es tut mir leid, aber das wäre ein reiner Indizienschluß. Außerdem ist der eindeutige Nachweis, daß Benzol Leukämie verursacht, bisher nur in Laborversuchen und nur bei Tieren gelungen.«

»Und Sie und ich wissen genau, daß es damit auch als Krebserreger beim Menschen anzusehen ist.«

»Das mag durchaus richtig sein. Aber ein ordentliches Gericht wird Ihnen diesen Schluß nicht als Beweis abnehmen. Es bleibt ein Rest an Zweifel, wie klein er auch sein mag.«

»Sie wollen mir also nicht helfen?« fragte Charles.

»Es tut mir leid, aber ich kann nicht«, antwortete Dr. Keitzman. »Aber etwas anderes kann ich tun, und ich fühle mich verantwortlich dafür. Ich möchte Sie bitten und ermutigen, einen Psychiater aufzusuchen. Sie haben einen schrecklichen Schock erlitten.«

Einen Moment überlegte Charles, ob dieser Vorschlag nicht Grund genug war, Dr. Keitzman einmal gehörig die Meinung zu sagen. Aber dann entschied er sich anders und legte einfach auf. Während er zur Tür ging, spielte er in Gedanken mit der Möglichkeit, zurück in Michelles Zimmer zu schleichen. Aber die Oberschwester beobachtete ihn wie ein Falke, und einer der Wachmänner stand noch immer an der Schwesternstation und blätterte uninteressiert in einer Illustrierten. Charles ging zum Fahrstuhl und drückte den Knopf. Während er wartete, begann er darüber nachzudenken, welche Wege ihm jetzt noch offenstanden. Er war nur noch auf sich selbst gestellt, und morgen, nach seinem Treffen mit Dr. Ibanez, würde das um so mehr gelten.

Ellen Sheldon kam später als gewöhnlich am Weinburger-Institut an. Dennoch ließ sie sich Zeit, denn der Weg über den Parkplatz war tückisch. In der vorangegangenen Nacht war das Wetter in Boston wieder einmal typisch wechselhaft gewesen. Angefangen hatte es mit Regen, darauf hatte es geschneit und gegen Morgen schließlich wieder geregnet. Dann war der Matsch auf den Straßen hart gefroren. Als Ellen endlich den Institutseingang erreicht hatte, war es acht Uhr dreißig.

Für ihre Verspätung gab es zwei Gründe. Erstens wußte sie gar nicht, ob Charles überhaupt ins Labor kommen würde. Also hatte sie auch nichts vorzubereiten. Und zum anderen war sie in der letzten Nacht erst sehr spät nach Hause gekommen. Sie hatte eines ihrer Grundprinzipien verletzt: Verabrede dich nie aus einer Augenblicksstimmung heraus. Aber nachdem sie Dr. Morrison berichtet hatte, daß Charles nicht länger am Canceran-Projekt arbeiten wollte, hatte er sie überzeugt, den Rest des Tages freizunehmen. Außerdem hatte er sich noch ihre Privatnummer geben lassen, um sie davon zu unterrichten, was bei dem Gespräch mit Charles und den Weinburgers herausgekommen war. Ellen hatte nicht erwartet, daß er wirklich anrufen würde, aber er hatte es getan und ihr erzählt, daß Charles eine letzte Frist eingeräumt worden war. Innerhalb der nächsten vierundzwanzig Stunden müßte er sich entscheiden, ob er nun mitspielen wollte oder nicht. Dann hatte Dr. Morrison sie zum Essen eingeladen. Ellen hatte sich entschieden, es als Arbeitsbesprechung aufzufassen, und die Einladung angenommen. Und sie war froh, daß sie es getan hatte. Dr. Peter Morrison war vielleicht nicht so schön wie Paul Newman, aber er war dennoch ein faszinierender Mann, der großen Einfluß auf die Forschung im ganzen Land hatte.

Ellen versuchte, die Labortür aufzuschließen und stellte überrascht fest, daß das Schloß nicht verriegelt war. Vorsichtig öffnete sie die Tür. Charles saß bereits mitten in seiner Arbeit.

»Ich dachte schon, du kommst heute nicht mehr«, begrüßte er sie und lächelte freundlich. Ellen zog ihren Mantel aus und kämpfte gegen ein leichtes Schuldgefühl an. »Ich hatte nicht erwartet, daß du hier wärst.«

»So?« sagte Charles. »Ich habe die ganze Nacht gearbeitet.«

Ellen kam an seinen Schreibtisch. Charles hatte ein neues Protokollbuch vor sich liegen, und mehrere Seiten waren bereits mit seiner präzisen Handschrift gefüllt. Er sah schrecklich aus. Das Haar hing ihm in Strähnen herunter, so daß die lichtere Stelle auf seinem Kopf noch deutlicher als sonst zu sehen war. Seine Augen sahen übermüdet aus, und er hätte dringend eine Rasur gebraucht.

»Woran arbeitest du?« fragte Ellen. Sie wollte erst einmal seine Stimmung erkunden.

»Ich bin fleißig gewesen«, antwortete Charles und hielt ein Glasfläschchen in die Höhe. »Und ich habe ein paar gute Nachrichten. Unsere Methode, bei den Krebszellen der Mäuse ein Antigenprotein herauszuisolieren, funktioniert auch mit Krebszellen vom Menschen. Der Hybrideneffekt, den ich mit Michelles Leukämiezellen versucht habe, hat über die Zeit hinaus gewirkt.«

Ellen nickte. Allmählich empfand sie Mitleid mit Charles Martel.

»Und dann habe ich die Mäuse untersucht, denen wir das Brustkrebsantigen injiziert haben«, fuhr Charles begeistert fort. »Zwei von ihnen zeigen eine leichte, aber eindeutige Antikörperreaktion. Das ist doch ermutigend. Findest du nicht auch? Deshalb möchte ich dich bitten, den Mäusen heute eine weitere Dosis von dem Antigen zu geben. Und einer frischen Gruppe könntest du dann schon Michelles Leukämieantigen injizieren.«

»Aber Charles«, sagte Ellen mitfühlend, »wir haben doch gar keine Erlaubnis, das zu tun.«

Vorsichtig, als ob es mit Nitroglyzerin gefüllt wäre, setzte Charles das Fläschchen in seiner Hand auf dem Schreibtisch ab. Dann sah er Ellen selbstsicher ins Gesicht. »Noch bestimme ich hier.« Seine Stimme war ruhig und beherrscht, zu beherrscht vielleicht.

Ellen nickte scheinbar zustimmend. Doch die Wahrheit war, daß sie begonnen hatte, sich vor Charles ein bißchen zu fürchten. Ohne noch etwas zu sagen, ging sie an ihren Arbeitstisch, um die Injektionslösung für die Mäuse vorzubereiten. Aus dem Augenwinkel beobachtete sie, wie Charles einen Umschlag vom Schreibtisch nahm, mehrere Papiere herauszog und in ihnen zu lesen begann. Sie sah auf die Uhr über der Eingangstür. Kurz nach neun Uhr würde sie unter irgendeinem Vorwand das Labor verlassen und zu Peter gehen.

Noch bevor Ellen gekommen war, hatte Charles die Vorladung zur Anhörung vor dem Vormundschaftsrichter erhalten. Ein Bote des zuständigen Polizeireviers hatte sie ihm wortlos überreicht. Bis zu diesem Augenblick hatte Charles den Umschlag nicht beachtet. Schon immer hatte ihn das vertrackte Juristengeschwätz nervös gemacht, und deshalb überflog er das

Schriftstück auch nur kurz. Er wurde aufgefordert, zu einer Anhörung zu kommen, die in drei Tagen stattfinden sollte. Er würde einen Rechtsbeistand brauchen.

Charles sah auf seine Armbanduhr und griff zum Telefon. Als erstes rief er John Randolph an, den Leiter der Stadtverwaltung von Shaftesbury, New Hampshire. Er kannte Randolph, denn ihm gehörte das größte Geschäft für elektrotechnische Geräte in der Stadt.

»Ich möchte mich beschweren«, sagte Charles nach den üblichen Begrüßungsfloskeln, »über die Polizei von Shaftesbury.«

»Ich hoffe, du meinst nicht den Vorfall gestern abend bei der Fabrik«, erwiderte John.

»Doch, genau den«, sagte Charles.

»Davon haben wir bereits erfahren«, sagte John. »Frank Neilson hat sich mit den drei Stadträten zum Frühstück getroffen. Sie haben mir alles erzählt. Das hörte sich aber so an, als ob du noch Glück gehabt hast, daß Frank gerade Dienst hatte.«

»Das hab' ich am Anfang auch gedacht«, antwortete Charles. »Aber dann hat er mich zu Recycle zurückgebracht, nur damit mich so ein Halbverrückter zusammenschlagen konnte.«

»Davon hab' ich nichts gehört«, gab John zu. »Aber sie haben mir erzählt, daß du unbefugt auf dem Betriebsgelände herumgelaufen bist und dann jemanden in eine Art Säure gestoßen hast. Warum, in Gottes Namen, mußt du dich mit dem Betrieb anlegen? Ich denke, du bist Arzt? Dazu paßt dein Verhalten aber überhaupt nicht.«

Obwohl er sich vorgenommen hatte, ruhig zu bleiben, brach die Wut wieder aus Charles hervor. In einer leidenschaftlichen Anklage erzählte er John Randolph, daß Recycle Benzol und andere Gifte in den Pawtomack leitete, und daß er, Charles, dafür sorgen würde, daß der Betrieb stillgelegt wird, schon um die Gemeinde zu schützen.

»Ich glaube nicht, daß die Gemeinde deinem Vorhaben freundlich zusehen wird«, sagte John, als Charles seine flammende Rede schließlich beendet hatte. »Bevor der Betrieb sich hier angesiedelt hat, hat es hier viele Arbeitslose gegeben. Das Wohl der Stadt hängt unmittelbar von Recycle ab.«

»Ich nehme an, du mißt den Wohlstand an der Zahl der verkauften Waschmaschinen«, entgegnete Charles bissig.

»Zumindest gehören sie dazu«, sagte John trocken.

»Herrgott noch mal!« schrie Charles. »Wenn Kinder dafür so entsetzliche Krankheiten wie Leukämie und aplastische Anämie bekommen, ist das ein hoher Preis, den wir für den Wohlstand zahlen. Findest du nicht auch?«

»Auch davon weiß ich nichts«, sagte John ruhig.

»Ich habe das Gefühl, du willst auch nichts davon wissen.«

»Willst du mir damit irgend etwas vorwerfen?«

»Sehr richtig. Ich werfe dir deine Verantwortungslosigkeit vor. Selbst wenn nur ein leiser Verdacht bestünde, daß Recycle giftige Chemikalien in den Fluß leitet, müßte der Betrieb sofort geschlossen werden, bis die Sache geklärt ist. Ein paar drekkige Arbeitsplätze sind das Risiko nicht wert.«

»Du als Arzt, der sich nicht um sein Geld zu sorgen braucht, kannst das leicht sagen. Aber für die Stadt und für die Menschen, die bei Recycle arbeiten, sind die Arbeitsplätze wichtig. Und was deine Beschwerde über die Polizei angeht, warum hältst du dich nicht einfach aus unseren Angelegenheiten heraus? Das haben die Stadträte heute morgen auch gesagt. Wir brauchen euch Stadtleute mit euren Titeln von Harvard nicht, um uns erklären zu lassen, wie wir hier leben sollen!«

Charles hörte das unzweideutige Klicken in der Leitung, als am anderen Ende aufgelegt wurde. Dieser Weg war also eine Sackgasse, dachte er.

Da Charles selbst nur allzu genau wußte, daß seine blinde Wut ihm nicht weiterhelfen würde, wählte er als nächstes die Nummer der USB. Er bat die Zentrale, ihn mit Mrs. Amendola zu verbinden. Zu seiner eigenen Überraschung hörte er schon Sekunden später Mrs. Amendolas leicht nasale Stimme. Charles nannte seinen Namen und berichtete, was er bei der Recycle Ltd. herausgefunden hatte.

»Der Tank mit dem Benzol ist über eine Rohrleitung direkt mit der Dachrinne verbunden«, sagte Charles.

»Das ist wirklich nicht besonders feinfühlig«, erwiderte Mrs. Amendola.

»Einen schreienderen Beweis kann man wohl nicht finden«,

sagte Charles. »Und dann gibt es auf dem Gelände noch einen See mit Chemikalien, die ständig in den Fluß einsickern.«

»Haben Sie auch ein paar Fotos gemacht?« fragte Mrs. Amendola.

»Ich habe es versucht, aber es ging nicht«, antwortete Charles. »Aber vielleicht haben Ihre Leute mehr Glück.« Charles sah keinen Grund, warum die Umweltschutzbehörde wissen mußte, daß man seine Kamera zerstört hatte. Wenn es ihm genutzt hätte, die USB für seinen Fall zu interessieren, hätte er es auch erzählt. Aber wie die Dinge standen, fürchtete er, daß sein eigensinniges Vorgehen vielleicht genau entgegengesetzt wirken könnte.

»Ich werde ein paar Anrufe machen«, sagte Mrs. Amendola. »Aber versprechen kann ich Ihnen nichts. Die Aussichten wären besser, wenn Sie mir, wie versprochen, eine schriftliche Beschwerde geschickt hätten und auch ein paar Fotos, egal wie schlecht sie gewesen wären.«

Charles sagte, daß er sich sobald wie möglich darum kümmern wollte, aber daß sie doch inzwischen aufgrund der Information, die er ihr gegeben hatte, vielleicht schon etwas unternehmen könnte. Als er den Hörer auf die Gabel legte, hatte er keine großen Hoffnungen, daß überhaupt etwas geschehen würde.

Charles kam hinter seinem Schreibtisch hervor und ging an den großen Experimentiertisch. Einen Moment beobachtet er Ellen bei ihrer Arbeit. Seine Hilfe bot er ihr gar nicht erst an, denn Ellen war viel geschickter als er. Statt dessen bereitete er die verdünnte Lösung von Michelles Leukämieantigen vor, die später den Mäusen injiziert werden sollte. Da das Fläschchen steril verschlossen war, benutzte Charles auch eine sterile Spritze, um eine genau berechnete Menge der Lösung aus der Phiole zu entnehmen. Um die Konzentration zu bekommen, die er haben wollte, gab er diesen Teil dann zu einer bestimmten Menge einer sterilen Salzlösung. Das Fläschchen mit dem restlichen Antigen stellte er in den Kühlschrank.

Die fertige Lösung brachte Charles zu Ellen und bat sie, alles wie besprochen weiterzumachen, während er sich auf die Suche nach einem Anwalt begeben wollte. Gegen Mittag würde er auf jeden Fall zurück sein.

Nachdem die Labortür ins Schloß gefallen war, wartete Ellen fünf Minuten lang, den Blick auf den Sekundenzeiger der Uhr gerichtet. Als Charles dann immer noch nicht zurückgekommen war, rief sie die Empfangsdame an und ließ sich bestätigen, daß er das Institut verlassen hatte. Erst danach wählte sie die Nummer von Dr. Morrison. Sobald er sich gemeldet hatte, erzählte sie ihm, daß Charles immer noch an seinem eigenen Forschungsprojekt arbeitete, ja, daß er es sogar noch ausweitete und sich auch immer noch sonderbar benahm.

»Jetzt reicht es«, sagte Dr. Morrison. »Das hat uns gerade noch gefehlt. Niemand kann uns vorwerfen, daß wir es nicht versucht hätten. Aber damit ist Charles Martel für das Weinburger-Institut erledigt.«

Die Suche nach einem Rechtsbeistand war nicht so einfach, wie Charles sich das vorgestellt hatte. Da sich für ihn Fachkenntnis und Verstand aus unerklärlichen Gründen mit einer repräsentativen Äußerlichkeit verbanden, fuhr er in das Zentrum von Boston und stellte seinen Wagen in das Parkhaus des Verwaltungszentrums. Das erste beeindruckende Bürohochhaus fand er in der State Street. In der weiten Eingangshalle stand ein Brunnen, überall war polierter Marmor zu sehen, und die Fensterflächen waren aus getöntem Glas. Die Hinweistafel verzeichnete unzählige Anwaltskanzleien. Charles wählte sich die Kanzlei im letzten Stock aus : Begelman, Canneletto und O'Malley. Charles hoffte, daß ihre hohe Lage im Haus vielleicht auch etwas über ihre fachliche Geschicklichkeit aussagte. Es stellte sich jedoch heraus, daß sie nur in Beziehung zu den Honorarvorstellungen stand.

Offensichtlich war die Kanzlei nicht auf unangemeldeten Besuch eingestellt, denn Charles mußte sich erst einmal auf ein unbequemes Zweiersofa in Chippendale setzen und warten. Angeblich waren diese harten Sitzmöbel im England des achtzehnten Jahrhunderts beliebte Turtelplätze für Verliebte gewesen. Schon nach fünf Minuten bezweifelte Charles das, er hatte den Eindruck, daß das Sofa für die Liebe so geeignet war wie eine Parkbank aus Marmor. Schließlich wurde er doch noch von einem Anwalt empfangen. Es mußte der jüngste der Kanzlei sein. Charles fand, daß er wie fünfzehn aussah.

Anfangs verlief ihr Gespräch recht vielversprechend. Der junge Anwalt schien ehrlich überrascht zu sein, daß Charles als leiblichem Vater die Vormundschaft vorübergehend entzogen worden war und der Richter sie einem nur nach dem Gesetz verwandten Elternteil übertragen hatte. Als der Anwalt jedoch erfuhr, daß Charles die ärztliche Behandlung seiner Tochter abbrechen wollte, obwohl ein Spezialist sie durchführte, wurde er merklich kühler. Er hätte den Fall wahrscheinlich trotzdem übernommen, wäre Charles nicht in eine wütende Anklage gegen Recycle und die Stadt Shaftesbury ausgebrochen. Als der Anwalt Charles zu fragen begann, was er denn eigentlich zuerst wolle, gerieten sie in Streit. Während des Wortwechsels bezichtigte der junge Mann Charles der Baratterie, worauf Charles nur noch zorniger wurde, weil er nicht wußte, was das Wort bedeutete. Er fand es auch nie heraus.

Als Charles die Kanzlei verließ, war er noch immer ohne Rechtsbeistand. Er probierte es auch gar nicht erst in einer anderen Kanzlei in dem Bürohaus, sondern suchte sich das nächste öffentliche Telefon und schlug das Branchenverzeichnis auf. Er überging die großen Kanzleien und strich sich nur solche Anwälte an, die allein arbeiteten. Als er ein halbes Dutzend Adressen beisammen hatte, begann er zu telefonieren. Sobald sich jemand meldete, fragte er ohne lange Erklärungen, ob das Büro Zeit habe, einen Fall zu übernehmen. Es genügte ein kurzes Zögern, und er hängte sofort wieder ein. Als er das fünfte Mal gewählt hatte, meldete sich der Anwalt persönlich. Charles gefiel das. Auf seine Frage antwortete ihm der Anwalt, daß er kurz vorm Verhungern sei. Charles sagte, daß er sofort kommen würde. Dann schrieb er sich die genaue Adresse auf: Wayne Thomas, 13 Brattle Street, Cambridge.

In der Straße gab es keinen Brunnen, keinen Marmor und auch kein Rauchglas. Die Nummer 13 gehörte zu einem Hinterhaus, das nur durch eine enge Gasse zu erreichen war. Hinter einer Eisentür führte eine ausgetretene Holztreppe zu zwei Türen. Die eine gehörte einem Wahrsager und Handleser, die andere Wayne Thomas, Rechtsanwalt. Charles klopfte und trat ein.

»Setzen Sie sich und erzählen Sie mir einfach, worum es geht«, sagte Wayne Thomas und schob Charles einen Stuhl hin. Während Wayne sich einen gelben Notizblock und einen Stift zurechtlegte, sah Charles sich in dem Zimmer um. Es war schmucklos bis auf ein einziges Bild, das Abraham Lincoln zeigte. Aber die Wände waren in frischem Weiß gestrichen. Durch ein kleines Fenster konnte Charles einen schmalen Ausschnitt des Harvard Square sehen. Der Raum hatte einen Holzfußboden, der offensichtlich erst vor kurzem abgeschliffen und lackiert worden war. Alles strahlte eine sachliche und nüchterne Atmosphäre aus.

»Ich habe das Büro zusammen mit meiner Frau selbst hergerichtet«, sagte der Anwalt, als er merkte, daß Charles sich erst einmal umsah. »Wie finden Sie es?«

»Es gefällt mir«, antwortete Charles. Wayne Thomas sah nicht gerade aus, als ob er am Verhungern wäre. Er war über einsneunzig groß, muskulös und trug einen Bart. Sein Alter schätzte Charles auf Anfang Dreißig. Er trug einen dunkelblauen Nadelstreifenanzug mit passender Weste, der seine energische Ausstrahlung noch unterstrich.

Charles reichte ihm die Vorladung und erzählte seine Geschichte. Wayne Thomas hörte aufmerksam zu und machte sich kurze Notizen, aber er unterbrach Charles nicht wie der junge Anwalt von Begelman, Canneletto und O'Malley. Als Charles geendet hatte, stellte Thomas zu einigen Punkten noch ein paar Fragen. Dann sah er Charles eine Zeitlang nachdenklich an. »Bis zu der Anhörung werden wir gegen den vorläufigen Entzug der Vormundschaft nicht viel machen können«, sagte er schließlich. »Die Ernennung eines Vormundes *ad litim* hat dem Richter die endgültige Entscheidung noch offengehalten. Aber ich hätte die Zeit ohnehin gebraucht, um mich in den Fall einzuarbeiten. Doch was die Recycle Ltd. angeht und die Stadtverwaltung von Shaftesbury, da kann ich sofort etwas unternehmen. Wir müssen uns nur noch über das Honorar einig werden.«

»In wenigen Tagen steht mir ein 3000-Dollar-Kredit von meiner Bank zur Verfügung«, sagte Charles.

Wayne stieß einen anerkennenden Pfiff aus. »An eine derartige Summe habe ich gar nicht gedacht. Wären Sie mit fünfhundert Dollar Vorauszahlung einverstanden?«

Charles erklärte, daß er das Geld sofort vorbeibringen

würde, wenn ihm der Kredit ausgezahlt worden war. Als er dem Anwalt zum Abschied die Hand schüttelte, sah er zum ersten Mal, daß Wayne Thomas einen schmalen Goldring im rechten Ohr trug.

Auf der Rückfahrt zum Weinburger-Institut fühlte Charles sich schon wieder etwas zufriedener. Zumindest hatt er die notwendigen juristischen Schritte eingeleitet, und selbst wenn Wayne Thomas nicht in allem Erfolg haben sollte, dann würde er Charles' Widersachern doch wenigstens einigen Ärger bereiten. Ungeduldig wartete Charles vor der verspiegelten Eingangstür zum Institut. Miß Andrews, die ihn natürlich längst gesehen hatte, vermittelte erst noch ein Gespräch, bevor sie den Türöffner drückte. Als Charles an ihr vorbeiging, griff sie wieder zum Telefon. Das war kein besonders vielversprechendes Zeichen.

Das Labor war leer. Charles rief nach Ellen, aber er erhielt keine Antwort. Er suchte sie auch noch in dem kleinen Nebenraum, doch bei den Versuchstieren war sie auch nicht. Als er auf die Uhr über der Eingangstür sah, wußte er auch den Grund dafür. Er war länger unterwegs gewesen, als er selbst vermutet hatte. Ellen mußte zum Essen gegangen sein. Er ging zu ihrem Arbeitsplatz und entdeckte, daß die Lösung mit Michelles Leukämieantigen unberührt an ihrem Platz stand.

Charles ging an seinen Schreibtisch, rief die USB an und ließ sich mit Mrs. Amendola verbinden, um zu erfahren, ob sie irgend etwas erreicht hatte. Mit kaum zurückgehaltener Ungeduld in der Stimme erklärte sie Charles, daß sein Fall nicht der einzige sei, den sie zu bearbeiten habe, und daß künftig sie lieber ihn anrufen wolle als umgekehrt.

Nachdem sie aufgelegt hatte, versuchte Charles den Regionalleiter der USB anzurufen, um sich über die schlechte Organisation der Behörde zu beschweren. Aber der war nicht zu sprechen, da er an einer Informationsrunde in Washington teilnahm, auf der die Regierung neue Vorschriften zum Umgang mit Giftmüll vorstellte.

Um nicht auch noch das letzte Vertrauen in die repräsentative Regierungsform seines Landes zu verlieren, rief Charles den Gouverneur von New Hampshire und den Gouverneur von Massachusetts an. In beiden Fällen mit demselben Ergebnis: die Vorzimmerdamen verbanden ihn einfach nicht weiter, sondern verwiesen ihn an den Staatlichen Kontrollrat für Gewässerschutzfragen. Was er auch dagegen einwandte, einschließlich der Tatsache, daß er bereits mit sämtlichen Dienststellen telefoniert hatte, die Sekretärinnen blieben unerbittlich, bis er es schließlich aufgab. Dann rief er den Senator von Massachusetts an, der zur Demokratischen Partei gehörte.

Die erste Reaktion in Washington hörte sich auch recht vielversprechend an. Aber dann wurde er von einem Untergebenen zum nächsten gereicht, bis er endlich an jemanden geriet, der sich in der Umweltmaterie auskannte. Obwohl Charles immer wieder auf seinen persönlichen Fall zu sprechen kam, versuchte der Mitarbeiter des Senators, das Gespräch allgemein zu halten. Was er Charles zu sagen hatte, klang wie ein auswendig gelernter Vortrag. Zehn Minuten lang reihte er Beispiel an Beispiel, wie sehr sich der Senator für eine bessere Umweltpolitik eingesetzt habe. Während Charles noch auf die nächste Gelegenheit zu einer Antwort wartete, sah er Peter Morrison in das Labor kommen. Er legte auf, ohne den Redeschwall des anderen unterbrochen zu haben.

Abschätzend sahen sich die beiden Männer aus ein paar Metern Entfernung an; die Unterschiede in ihrer äußeren Erscheinung waren in diesem Augenblick deutlicher als sonst zu sehen. Morrison schien sich an diesem Tag mit besonderer Sorgfalt zurechtgemacht zu haben, während es Charles auf den ersten Blick anzusehen war, daß er die Nacht in seinen Sachen im Labor geschlafen hatte.

Morrison war mit einem siegesbewußten Lächeln eingetreten. Aber als Charles sich zu ihm umdrehte und ihn ebenso zuversichtlich anlächelte, wurde seine Miene merklich unsicherer.

Charles hatte das Gefühl, Morrison nach allem, was passiert war, zu verstehen. Er war ein abgehalfterter Forscher, der sich an seine Verwaltungskarriere klammerte, um das eigene Ego zu retten. Aber trotz seiner aalglatten Schale wußte er genau, daß die Forschung der eigentliche Motor des Instituts war, und diese Abhängigkeit von Charles' Fähigkeiten und Arbeit konnte er nicht ertragen.

»Sie sollen sofort in das Büro des Direktors kommen«, sagte

Morrison barsch. »Es braucht Sie nicht zu kümmern, daß Sie unrasiert sind.«

Charles lachte laut auf, denn er wußte, daß der letzte Satz eine schreckliche Beleidigung sein sollte.

»Sie sind unmöglich, Martel«, schnauzte Morrison ihn an. Dann verließ er eilig das Labor.

Bevor er zu Dr. Ibanez ging, versuchte Charles einen Moment, seine Gedanken zu ordnen. Er wußte genau, was jetzt geschehen würde, und dennoch fürchtete er diese Begegnung. Der Weg zum Direktionsbüro war fast schon ein tägliches Ritual geworden. Als Charles an den düsteren Ölbildern der ehemaligen Direktoren vorüberging, nickte er einigen von ihnen freundlich zu. Mit derselben Höflichkeit lächelte er Miß Evans an und ging an ihrem Schreibtisch vorbei, ohne sich um ihre wütende Aufforderung, stehenzubleiben, zu kümmern. Charles klopfte auch nicht, bevor er die Tür zu Dr. Ibanez' Büro aufriß.

Dr. Morrison, der sich gerade angestrengt über Dr. Ibanez' Schulter gebeugt hatte, richtete sich erschrocken auf. Beide hatten gerade irgendwelche Unterlagen studiert. Verstört starrte Dr. Ibanez Charles an.

»Also?« sagte Charles mit aggressivem Ton in der Stimme.

Dr. Ibanez warf Morrison einen Blick zu, der hilflos die Schultern zuckte. Dann räusperte sich Dr. Ibanez. Zweifellos hätte er sich lieber einen Moment auf die Begegnung vorbereitet.

»Sie sehen müde aus«, sagte Dr. Ibanez unsicher.

»Danke schön, daß Sie sich noch um mich sorgen«, antwortete Charles zynisch.

»Ich fürchte, Sie haben uns keine andere Wahl gelassen, Dr. Martel«, sagte Dr. Ibanez und versuchte Ordnung in seine Gedanken zu bringen.

»Ja?«, Charles fragte so, als ob er nicht wüßte, was damit gemeint war.

»Ja«,sagte Dr. Ibanez. »Wie ich Ihnen gestern bereits warnend angekündigt habe und gemäß den Wünschen des Rates der Direktoren sind Sie ab sofort aus den Diensten des Weinburger-Institus entlassen.«

Ein Gefühl aus Wut und Angst durchfuhr Charles. Die quälende Vorstellung, den Platz im Labor zu verlieren, war nicht länger Fantasie, sondern Wirklichkeit geworden. Charles strengte sich an, seine Gefühle nicht nach außen dringen zu lassen. Er nickte zum Zeichen, daß er verstanden hatte, dann wandte er sich zur Tür.

»Einen Moment noch, Dr. Martel!« rief Dr. Ibanez. Er war hinter seinem Schreibtisch aufgestanden.

Charles drehte sich zu ihm.

»Ich bin noch nicht fertig«, sagte Dr. Ibanez.

Charles sah die beiden Männer an und überlegte, ob er bleiben sollte oder nicht. Niemand hier konnte ihm noch etwas befehlen.

»Es wäre nur zu Ihrem eigenen Besten, Charles«, fuhr Dr. Ibanez fort. »Wenn Sie in Zukunft zur Kenntnis nehmen würden, daß Sie bestimmte Verpflichtungen gegenüber der Institution haben, die Sie beschäftigt. Wir haben Ihnen nahezu unumschränkte Freiheit gewährt, Ihre eigenen wissenschaftlichen Interessen zu verfolgen. Und Sie sollten anerkennen, daß auch Sie uns dafür etwas schulden.«

»Vielleicht«, antwortete Charles. Er glaubte nicht, daß Dr. Ibanez dieselben schlechten Absichten hatte wie Dr. Morrison.

»So ist uns zum Beispiel zur Kenntnis gekommen, daß Sie sich bei verschiedenen Stellen über die Recycle Ltd. beklagt haben.«

Charles war sofort hellwach.

»Sie sollten sich daran erinnern«, fuhr Dr. Ibanez fort, »daß Recycle und das Weinburger-Institut zur selben Muttergesellschaft gehören, Breur Chemical. In Anbetracht dieser engen Beziehung möchte ich doch hoffen, daß Sie Ihre Beschwerde nicht in die Öffentlichkeit tragen. Falls es wirklich ein Problem gibt, dann sollte es intern und in aller Ruhe gelöst werden. Wie es sich unter Geschäftsfreunden gehört.«

»Recycle hat Benzol in einen Fluß geleitet, der an meinem Haus vorbeiläuft«, stieß Charles wütend hervor. »Und als Folge davon hat meine Tochter eine schwere Leukämie bekommen.«

»So ein Vorwurf ist unbeweisbar und unverantwortlich«, sagte Dr. Morrison.

Für einen Moment war Charles von seinem wilden Zorn geblendet, und er machte einen schnellen Schritt auf Morrison zu. Aber dann besann er sich. Außerdem war es nicht seine Art, andere zu schlagen.

»Charles«, sagte Dr. Ibanez eindringlich, »ich appelliere doch nur an Ihr Verantwortungsbewußtsein und bitte Sie dringend, Ihre eigene Arbeit beiseite zu legen, bis die Canceran-Studie abgeschlossen ist.«

Überrascht, daß Charles vielleicht eine zweite Chance eingeräumt werden würde, wandte Dr. Morrison sich von den beiden ab und sah hinaus auf den Charles River.

»Das ist unmöglich«, antwortete Charles heftig. »So, wie es um meine Tochter steht, fühle ich mich schon ihretwegen verpflichtet, meine Arbeit fortzusetzen.«

Zufrieden drehte Dr. Morrison sich wieder um. Die Miene, mit der er Dr. Ibanez ansah, verriet deutlich seine Gedanken: Habe ich es nicht immer gesagt?

»Soll das heißen, Sie glauben, daß Sie noch rechtzeitig für Ihre Tochter einen entscheidenden Durchbruch erzielen können?« fragte Dr. Ibanez ungläubig.

»Das wäre immerhin möglich«, antwortete Charles.

Dr. Ibanez und Dr. Morrison tauschten einen vielsagenden Blick aus.

Dann wandte sich Dr. Morrison wieder zum Fenster. Für ihn war die Angelegenheit erledigt.

»Das hört sich für mein Gefühl ein bißchen größenwahnsinnig an«, sagte Dr. Ibanez. »Sie lassen mir also doch keine Wahl. Aber als Zeichen unseres guten Willens werden wir Ihnen eine Abfindung von zwei Monatsgehältern zahlen, und ich werde außerdem dafür sorgen, daß unsere Krankenversicherung noch einen weiteren Monat für Ihre Kosten aufkommt. Ihr Labor müssen Sie allerdings in zwei Tagen geräumt haben. Wir stehen bereits in Verbindung mit jemandem, der Sie ersetzen wird und auch bereit ist, das Canceran-Projekt in unserem Interesse fortzuführen.«

Charles sah die beiden Männer mit funkelnden Augen an. »Bevor ich gehe, möchte ich Ihnen noch etwas sagen: Ich halte die Tatsache, daß ein Pharmakonzern und ein Krebsforschungsinstitut von ein und derselben Gesellschaft kontrolliert werden, für kriminell. Noch dazu, wenn die Präsidenten beider Konzerne im Vorstand des Nationalen Krebsinstituts sitzen und sich selbst finanzielle Zuschüsse gewähren. Canceran ist ein ausgezeichnetes Beispiel für diesen Finanz-Inzest. Das Medikament ist wahrscheinlich so giftig, daß seine Verwendung niemals erlaubt werden wird, es sei denn, die Untersuchungsergebnisse werden auch weiterhin gefälscht. Und damit das nicht länger möglich ist, habe ich die Absicht, gewisse Tatsachen der Öffentlichkeit bekanntzumachen.«

»Das reicht!« rief Dr. Ibanez. Wütend schlug er auf seinen Schreibtisch, so daß einige Papiere in die Luft flogen. »Wenn Sie jetzt auch noch die Integrität dieses Instituts in Frage stellen wollen oder die großen Aussichten, die uns mit dem Canceran an die Hand gegeben sind, dann gehen Sie lieber, bevor ich die Ihnen versprochenen Unterstützungen wieder zurücknehme.«

Charles wandte sich zur Tür.

»Ich denke, Sie sollten sich bei einem Psychiater Rat holen«, sagte Morrison kühl.

Charles konnte ein jugendlich-unreifes Verlangen nicht unterdrücken und machte eine unzweideutige Geste in Morrisons Richtung. Dann verließ er das Zimmer.

»Mein Gott!« rief Dr. Ibanez, als sich die Tür geschlossen hatte. »Was ist bloß in diesen Mann gefahren?«

»Ich wiederhole es nicht gerne«, sagte Dr. Morrison, »aber ich habe Ihnen das alles vorausgesagt.«

Dr. Ibanez ließ sich schwer in seinen Schreibtischsessel fallen, soweit das bei seiner schmächtigen Figur überhaupt möglich war.

»Früher wäre ich nie auf den Gedanken gekommen, aber jetzt fürchte ich, daß Charles gefährlich werden könnte.«

»Was, glauben Sie, hat er damit gemeint: Bestimmte Tatsachen bekanntzumachen?« Dr. Morrison setzte sich und zog die Bügelfalten seiner Hose gerade.

»Ich wünschte, ich würde es wissen«, sagte Dr. Ibanez. »Das hat mir ja gerade den Schrecken eingejagt. Ich glaube, daß er dem Canceran-Projekt nicht wiedergutzumachenden Schaden zufügen könnte. Vom Institut einmal ganz abgesehen.«

»Ich weiß nicht, was wir tun sollten«, sagte Dr. Morrison nun etwas kläglich.

»Ich meine, wir müssen abwarten, was er tut. Wir können nur darauf reagieren«, sagte Dr. Ibanez. »Um die Presse möglichst von ihm fernzuhalten, sollten wir besser nicht bekanntgeben, daß er entlassen worden ist. Falls dennoch jemand nachfragt, könnten wir sagen, daß ihm angesichts der schweren Krankheit seiner Tochter ein unbefristeter Urlaub gewährt worden ist.«

»Ich halte es für falsch, seine Tochter zu erwähnen«, sagte Dr. Morrison. »Gerade solche Geschichten lieben die Zeitungen. Damit könnten wir die Presse ungewollt erst auf ihn aufmerksam machen.«

»Sie haben recht«, stimmte Dr. Ibanez zu. »Wir werden nur von einem unbefristeten Urlaub sprechen.«

»Und was ist, wenn Charles selbst zu den Zeitungen geht?« fragte Dr. Morrison. »Es ist immerhin denkbar, daß sie ihm glauben.«

»Aber ich glaube nicht, daß er von sich aus zur Presse gehen wird«, sagte Dr. Ibanez. »Er kann Journalisten nicht ausstehen. Wenn er es trotzdem tun sollte, müßten wir rasch etwas zur Hand haben, das ihn diskrediert. Wir könnten seine Zurechnungsfähigkeit in Zweifel ziehen. Ja, wir könnten sogar sagen, daß sein angegriffener Gemütszustand der Grund für die Entlassung war. Es wäre nicht einmal gelogen!«

Dr. Morrison ließ ein dünnes Lächeln erkennen. »Das ist eine ausgezeichnete Idee. Ein Freund von mir ist Psychiater, und ich glaube, daß er uns eine überzeugende Fallgeschichte zusammenstellen könnte. Was würden Sie davon halten, wenn wir bereits alles so weit vorbereiten, daß wir im Fall des Falles sofort reagieren können?«

»Manchmal habe ich den Eindruck, daß der falsche Mann hinter diesem Schreibtisch sitzt, Peter. Sie lassen sich in Ihrer Arbeit wirklich nicht von menschlichen Regungen beeinflussen.«

Morrison lächelte krampfhaft. Er war nicht sicher, ob das tatsächlich als Kompliment gemeint war.

Charles stieg langsam die Treppen hinunter. Wut und Verzweiflung hielten seine Gedanken gefangen. Was für eine Welt war das, der das Geschäft mehr bedeutete als die Moral?

Sogar wenn es um Fragen der Medizin ging. Was für eine Welt war das, die einfach in die andere Richtung sah, wenn ein zwölfjähriges Mädchen an einer tödlichen Leukämie erkrankte?

Charles öffnete die Tür zu seinem Labor. Ellen saß auf einem Hocker vor ihrem Arbeitstisch und blätterte in einer Illustrierten. Als sie Charles eintreten sah, richtete sie sich auf und strich ihren Kittel glatt.

»Es tut mir schrecklich leid, Charles«, sagte sie mit traurigem Gesicht.

»Was denn?« fragte Charles mit gleichgültiger Stimme.

»Deine Entlassung«, antwortete Ellen.

Charles sah sie forschend an. Er wußte, daß jedes Gerücht außerordentlich schnell am Institut verbreitet war. Aber das war nun doch etwas zu schnell. Er erinnerte sich, daß man ihr von seiner Entscheidungsfrist erzählt hatte. Und wahrscheinlich hatte sie nur ihre Schlüsse gezogen. Aber trotzdem...

Verwundert über diesen absurden Verfolgungswahn schüttelte er den Kopf.

»Es mußte so kommen«, sagte Charles. »Ich habe nur ein paar Tage gebraucht, bis ich mir selbst darüber im klaren war, daß ich die Canceran-Studie nicht weitermachen konnte. Gerade jetzt nicht, wo Michelle so krank ist.«

»Und was wirst du nun tun?« fragte Ellen. Nachdem Charles seine Stellung und seine Macht über sie verloren hatte, begann sie ihre Motive in Frage zu stellen.

»Ich habe eine Menge zu tun. Zuerst...« Charles verstummte. Einen Moment überlegte er, ob er Ellen in sein Vertrauen ziehen sollte. Dann entschied er sich, es nicht zu tun. In den letzten vierundzwanzig Stunden war ihm schmerzlich bewußt geworden, daß er allein war. Seine Familie, die Kollegen und die Regierungsbehörden konnten ihm nicht helfen oder legten ihm Hindernisse in den Weg oder waren sogar gegen ihn. Und wer auf sich selbst gestellt war, mußte besonders mutig und vorsichtig sein.

»Zuerst, was?« fragte Ellen. Einen Augenblick hoffte sie, Charles könnte eingestehen, daß er sie brauchte. Ellen war zu allem bereit, wenn er nur ein Wort sagte.

»Zuerst...« sagte Charles und ging an seinen Schreibtisch,

»möchte ich dich bitten, zur Verwaltungsleitung zu gehen und meine Laborprotokolle zurückzuholen. Ich möchte mit keinem von denen mehr sprechen. Nachdem sich nun gezeigt hat, daß der Diebstahl meiner Forschungsunterlagen nicht die gewünschte Wirkung hatte, hoffe ich, daß sie froh sind, die Bücher wieder loszuwerden.«

Enttäuscht ließ sich Ellen von ihrem Hocker gleiten und ging zur Tür. Sie kam sich selbst dumm vor, weil sie noch immer seinen Launen gehorchte.

»Was ich noch fragen wollte«, rief Charles ihr hinterher, bevor sie die erreicht hatte, »wie weit bist du mit der Arbeit gekommen, über die wir heute morgen gesprochen haben?«

»Nicht besonders weit«, erklärte Ellen. »Als du das Institut heute verlassen hast, habe ich gewußt, daß man dich rausschmeißen würde. Warum sollte ich also noch etwas tun? Ich gehe dir jetzt deine Protokollbücher holen, aber dann will ich mit deinen Sachen nichts mehr zu tun haben. Für den Rest des Tages nehme ich mir frei.«

Charles sah und hörte, wie die Tür heftig zugezogen wurde. Also hatte er doch keine Wahnvorstellungen gehabt. Ellen mußte mit der Verwaltung zusammengearbeitet haben. Sie wußte zuviel und das zu schnell. Er war froh, daß er sie nicht ins Vertrauen gezogen hatte.

Charles verschloß die Labortür von innen und machte sich an die Arbeit. Die meisten Chemikalien und Reagenzien waren in Industriemengen abgepackt. Charles begann sie in kleinere Behälter umzufüllen. Jeder Behälter wurde sorgfältig beschriftet und dann zu einem kleinen, verschließbaren Schrank kurz vor dem Eingang zum Nebenraum getragen. Er war fast eine Stunde damit beschäftigt. Dann machte er sich über seinen Schreibtisch her und suchte nach den Notizen, die er sich während seiner letzten Versuche gemacht hatte. Mit diesen Aufzeichnungen konnte er den Verlauf und die Ergebnisse seiner Experimente selbst dann rekonstruieren, wenn Dr. Ibanez die ausführlicheren Protokollbücher nicht herausgeben sollte.

Charles arbeitete so fieberhaft, daß er beinahe das Klingeln des Telefons überhört hätte. Rasch legte er sich eine Antwort zurecht, falls ihn die Verwaltung sprechen wollte. Doch zu seiner Erleichterung war der Anrufer ein Angestellter der Kreditabteilung der First National Bank. Der Mann erklärte Charles, daß die 3000 Dollar für ihn bereitlagen und fragte, ob Charles das Geld auf sein Girokonto gutgeschrieben haben wollte. Charles antwortete, daß er am Nachmittag persönlich vorbeikommen würde, um das Geld abzuholen. Dann drückte er nur kurz auf die Telefongabel und wählte sofort die Nummer von Wayne Thomas. Während Charles auf den Anschluß wartete, dachte er schmunzelnd darüber nach, wie die Kreditabteilung wohl reagiert hätte, wenn dort bekannt gewesen wäre, daß man ihn gerade gefeuert hatte.

Wie bei ihrem ersten Gespräch war Wayne Thomas selbst am Apparat. Charles erzählte seinem Anwalt, daß der Kredit bewilligt worden war und daß er die fünfhundert Dollar noch am Nachmittag in die Brattle Street bringen würde.

»Sie haben es wirklich eilig«, sagte Thomas. »Aber ich habe auch schon ohne den Vorschuß mit der Arbeit begonnen. Ich habe eine Unterlassungsverfügung gegen Recycle beantragt. Den Anhörungstermin dafür werde ich in Kürze erfahren.«

»Das hört sich gut an«, sagte Charles. Wenigstens etwas war auf seine Initative hin in Gang gekommen.

Charles hatte die Unterlagen auf seinem Schreibtisch fast alle durchgesehen, als er hörte, wie jemand die Tür zu öffnen versuchte. Dann wurde ein Schlüssel in das Schloß geschoben und aufgeschlossen.

Charles drehte sich herum und sah Ellen durch die Tür treten. Ein untersetzter junger Mann in einem Tweedjackett folgte ihr. Befriedigt sah Charles, daß Ellen einen Teil der Laborbücher trug. Der Fremde hatte den zweiten Stapel in den Armen.

»Hast du die Tür abgeschlossen?« fragte Ellen verwundert. Charles nickte.

Ellen drehte sich zu dem Fremden um und verdrehte die Augen. »Ich bin Ihnen wirklich dankbar, daß Sie mir geholfen haben. Legen Sie die Bücher einfach irgendwo ab.«

»Wenn es Ihnen nichts ausmacht, bringen Sie sie doch bitte da hinten hin, zu der Ablage«, fuhr Charles dazwischen und zeigte in die Richtung des kleinen Schränkchens, in dem er die Chemikalien verschlossen hatte.

»Darf ich dir Dr. Michael Kittinger vorstellen«, sagte Ellen.

»Ich habe ihn oben in der Verwaltung kennengelernt. Er wird die Canceran-Studie fortführen, und ich nehme an, daß ich ihm dabei helfen werde.«

Dr. Kittinger streckte ihm eine kleine Hand mit kurzen Wurstfingern entgegen. Ein freundliches Lächeln legte sein gummiglattes Gesicht in kleine Fältchen. »Ich freue mich, Sie kennenzulernen, Dr. Martel. Ich habe schon viel von Ihnen gehört.«

»Das kann ich mir vorstellen«, murmelte Charles.

»Was für ein fantastisches Labor«, rief Dr. Kittinger aus und ließ Charles' Hand aus seinen Fingern gleiten. Dann wanderte sein Blick über die umfangreiche Laborausrüstung. Sein Gesicht bekam das weihnachtliche Strahlen eines Fünfjährigen. »Mein Gott! Eine Pearson-Ultrazentrifuge. Und da, das kann gar nicht wahr sein... ein Dixon-Elektronenmikroskop! Wie konnten Sie dieses Paradies je verlassen?«

»Man hat mir dabei geholfen«, sagte Charles und sah zu Ellen.

Sie wich seinem Blick aus.

»Hätten Sie etwas dagegen, wenn ich mich ein bißchen umsehe?« fragte Dr. Kittinger begeistert.

»Ja!« antwortete Charles. »Das hätte ich.«

»Charles!« rief Ellen erstaunt. »Dr. Kittinger versucht doch nur, freundlich zu sein. Dr. Morrison hatte die Idee, daß er mit herunterkommt.«

»Das interessiert mich nicht im geringsten«, sagte Charles. »Für die nächsten zwei Tage ist das immer noch mein Labor. Und ich will niemanden hier sehen. Niemand!« Seine Stimme war lauter geworden.

Ellen wich erschrocken zurück und verschwand mit Dr. Kittinger auf den Flur.

Charles griff die Tür und warf sie mit aller Kraft zu. Knallend schlug sie ins Schloß. Einen Moment starrte er auf die Tür, die Hände zu Fäusten geballt. Er wußte, daß er jetzt endgültig allein war. Und daß er Ellen und seinen Nachfolger so erschreckt hatte, war völlig überflüssig gewesen. Was ihm Sorgen machte war, daß sein unvernünftiges Benehmen zweifellos der Verwaltung gemeldet werden würde. Und als Antwort könnte man ihm die Frist verkürzen, für die er noch in seinem Labor bleiben durfte. Er entschloß sich, noch schneller zu arbeiten. Noch in dieser Nacht mußte er seine Sachen in Sicherheit bringen.

Mit neuem Elan machte er sich an die Arbeit. Nach einer weiteren Stunde hatte er alles, was er noch brauchte, in dem kleinen Schrank verstaut.

Charles zog seine verschmutzte Felljacke an, trat auf den Flur und verschloß die Labortür hinter sich. In der Empfangshalle blieb er kurz bei Miß Andrews stehen und sagte ihr, daß er nur kurz außer Haus sei. Falls sie inzwischen auch regelmäßig an Dr. Ibanez Bericht erstattete, sollte sie nicht den Eindruck haben, daß er länger fortbleiben wollte.

Es war bereits nach drei, und der Verkehr auf den Straßen von Boston war hektisch wie jeden Tag vor der Rush-hour. Charles sah sich von unzähligen Geschäftsleuten umgeben, die fast ihr Leben riskierten, um die Interstate 93 noch zu erreichen, bevor die Wagenkolonnen auf dem Memorial und dem Storrow Drive endgültig zum Stehen kamen.

Sein erstes Ziel war die Zweigstelle der First National Bank am Charles River Park Plaza. Da der Vizepräsident, mit dem Charles entfernt bekannt war, einen Termin hatte, wurde er von einer jungen Frau bedient, die anscheinend neu in der Filiale war. Er merkte, wie sie mißtrauisch auf seine verschmutzte Jacke und seinen fast zwei Tage alten Bart sah.

Charles versuchte sie zu beruhigen. »Ich bin Wissenschaftler. Und wir sind immer etwas...« Er zuckte lächelnd die Schultern und ließ den Satz unvollendet in der Luft hängen.

Die Bankangestellte nickte verständnisvoll, aber dann brauchte sie doch einige Zeit, bis der Vergleich mit dem Foto in seinem Führerschein zu seinen Gunsten ausgefallen war. Zufrieden fragte sie ihn, ob er einen Scheck wolle. Charles bat darum, den Kredit in bar zu bekommen.

»Bargeld?« Etwas verwirrt entschuldigte sie sich für einen Moment und verschwand in einem der Büros, um den stellvertretenden Direktor der Zweigstelle anzurufen. Als sie zurückkehrte, trug sie ein Bündel frischer Hundert-Dollar-Noten in der Hand.

Charles eilte zu seinem Wagen und fädelte sich in den Verkehr Richtung Innenstadt ein. Vor einem Sportgeschäft, in dem man ihn kannte, parkte er den Wagen in der zweiten Reihe und schaltete die Warnblinkanlage ein. Dann lief er in das Geschäft. Er verlangte hundert Schrotpatronen Kaliber zwölf mit Acht-Millimeter-Schroten.

»Auf was wollen sie Jagen?« fragte der Verkäufer freundlich.

»Enten«, sagte Charles in einem Ton, von dem er hoffte, daß er jedes weitere Gespräch im Keim ersticken würde.

»Dann würde ich Ihnen aber raten, Drei- oder Dreieinhalb-Millimeter-Schrote zu nehmen«, meinte der Verkäufer.

»Ich möchte acht Millimeter«, sagte Charles kühl.

»Sie wissen, daß noch keine Entensaison ist«, erwiderte der Verkäufer.

»Ja, das weiß ich«, antwortete Charles.

Er zahlte die Patronen mit einer neuen Hundert-Dollar-Note.

Dann lenkte er den alten Pinto durch die engen Straßen des Bostoner Einkaufsviertels. Er fuhr den Weg zurück, den er gekommen war, bis zur Ecke Charles und Cambridge Street. Ohne weiter an die möglichen Folgen zu denken, parkte er den Wagen auf einer Verkehrsinsel mitten auf der Kreuzung. Wieder schaltete er die Warnblinkanlage ein.

Er lief zu einem großen Drugstore, der nicht nur verkaufsfördernd direkt neben dem Massachusetts-Klinikzentrum gelegen war, sondern auch rund um die Uhr geöffnet hatte. Charles war in diesem Geschäft Stammkunde gewesen, als er noch seine eigene Praxis hatte. Und obwohl das nun schon einige Jahre zurück lag, kannte man ihn noch und begrüßte ihn mit seinem Namen.

»Ich muß meine schwarze Tasche auffüllen«, sagte Charles und ließ sich einen Rezeptblock geben. Er schrieb Rezepte für Morphium, Demerol, Compazin, Xylocain, Spritzen, Infusionsschläuche, Infusionslösungen, Benadryl, Epinephrin, Prednison, Percodan und Valiumampullen aus. Der Apotheker nahm die Rezepte entgegen und stieß vor Überraschung einen Pfiff aus. »Mein Gott! Schleppen Sie einen Überseekoffer mit sich herum?«

Charles lachte höflich, als ob ihm der Witz gefallen hätte, und zahlte mit einer Hundert-Dollar-Note.

Als Charles zu seinem Wagen zurückkehrte, klemmte hinter

einem Scheibenwischer ein Strafzettel. Er zog ihn hervor, stieg in den Pinto und lenkte den Wagen auf die Straße. Er überquerte wieder den Charles River und bog in westlicher Richtung auf den Memorial Drive. Er folgte der Straße am Weinburger-Institut vorbei, bis zum Harvard Square, wo er den Wagen in Sichtweite des Wächterhäuschens auf einem Parkplatz abstellte. Dann lief er in die Brattle Street 13. Er sprang die Stufen hinauf und klopfte an die Tür des Büros von Wayne Thomas.

Die Augen des jungen Anwalts strahlten auf, als Charles ihm fünf knisternde Hundert-Dollar-Noten überreichte.

»Dafür werden Sie den besten Rechtsschutz bekommen, den Sie für Geld kaufen können«, sagte Thomas.

Dann erzählte er Charles, daß er für die Unterlassungsverfügung gegen Recycle eine Dringlichkeitsanhörung für den folgenden Tag erwirkt hatte.

Charles verließ das Anwaltsbüro und ging einen Block nach Süden zu einer Niederlassung von Hertz Rent-a-car. Er mietete den größten Transporter, der im Augenblick zur Verfügung stand. Ein Angestellter brachte den Wagen vor das Büro, und Charles setzte sich hinter das Steuer. Langsam fuhr er zurück zu dem Parkplatz, auf dem der Pinto stand. Nachdem er die Gewehrmunition und die Kartons mit den Medikamenten im Laderaum des Transporters sicher untergebracht hatte, fuhr er mit dem Wagen zum Weinburger-Institut. Als er auf seine Armbanduhr sah, war es halb fünf. Er überlegte, wie lange er noch warten müßte. Bald würde es dunkel werden.

## *12. Kapitel*

Cathryn stand mit schmerzenden Gliedern auf und streckte sich. Leise ging sie durch Michelles Krankenzimmer zu der offenstehenden Badezimmertür und sah in den Spiegel an der gegenüberliegenden Wand. Nicht einmal das schwächer werdende Nachmittagslicht konnte verbergen, wie mitgenommen sie aussah. Der Bluterguß, den Charles' unkontrollierter Schlag ihr am Auge eingetragen hatte, schimmerte jetzt auch auf ihrem unteren Augenlid dunkelblau.

Cathryn nahm einen Kamm, ihr Rouge und einen kleinen Lippenstift aus ihrer Handtasche, ging in das Badezimmer und schloß vorsichtig die Tür hinter sich. Ein bißchen Schminke würde vielleicht auch ihre Stimmung etwas heben. Sie schaltete die Deckenbeleuchtung ein und sah wieder in den Spiegel. Ihr eigener Anblick ließ sie erschrocken zusammenfahren. Das harte künstliche Licht verlieh ihrer Haut eine kränkliche Blässe und betonte noch ihr dunkel schimmerndes Auge. Aber schlimmer noch als die blasse Farbe war der ängstliche Ausdruck in ihrem Gesicht. In ihren Mundwinkeln hatten sich tiefe Linien eingegraben, die sie vorher nie gesehen hatte.

Nachdem sie sich ihr Haar zurechtgestrichen hatte, schaltete sie das Licht wieder aus. Einen Augenblick blieb sie in der Dunkelheit stehen. Nicht einen Moment länger hätte sie ihren Anblick in dem Spiegel ertragen können. Und selbst die Vorstellung, sich zu schminken, machte alles nur schlimmer, statt ihre Stimmung zu verbessern.

Die Flucht zu der Wohnung ihrer Mutter im Bostoner North End hatte ihr nur die Angst vor Charles nehmen können. Aber die quälende Unsicherheit, daß sie mit dem Gang zum Vormundschaftsrichter vielleicht die falsche Entscheidung getroffen hatte, war geblieben. Cathryn fürchtete, daß dieser Schritt ihr die Liebe von Charles nehmen könnte, wenn der ganze Alptraum erst einmal vorüber war.

So leise, wie es nur ging, öffnete sie die Badezimmertür und sah hinüber zu Michelles Bett. Michelle war vor Stunden in einen unruhigen Schlaf gesunken, und selbst jetzt noch sah Cathryn, wie das Gesicht des Kindes unter den Schmerzen immer wieder zusammenzuckte und zitterte. Seit Cathryn am Morgen in das Krankenhaus gekommen war, hatte sich Michelles Zustand von Stunde zu Stunde verschlechtert. Am Ende war sie so schwach, daß sie den Kopf und ihre Arme nur noch mit Mühe heben konnte. Die Eiterbläschen auf ihren Lippen waren zu einem einzigen Geschwür verschmolzen, dessen rissige Oberfläche so empfindlich war, daß die Lippen bei der kleinsten Bewegung schmerzten. Michelles Haar fiel inzwischen in dicken Büscheln aus, und ihr Kopf war von kahlen, blassen Stellen übersät. Am schlimmsten jedoch war ihr hohes Fieber, das ihre Wachphasen immer kürzer werden ließ.

Cathryn ging wieder zu dem Stuhl neben Michelles Bett und setzte sich. »Warum hat Charles nur nichts von sich hören lassen?« sagte sie sich leise in verzweifeltem Ton. Mehrmals hatte sie daran gedacht, ihn im Labor anzurufen. Aber jedesmal, wenn sie schon seine Nummer wählen wollte, hatte sie sich doch wieder anders entschieden.

Auch Gina war ihr keine große Hilfe gewesen. Statt ihre Tochter verständnisvoll zu unterstützen, hatte sie die Familienkrise dazu genutzt, Cathryn mehrfach darüber zu belehren, wie dumm sie gewesen war, einen dreizehn Jahre älteren Mann zu heiraten, der noch dazu drei Kinder hatte. Gina behauptete, daß sie die Probleme habe kommen sehen, weil Charles immer so getan hätte, als ob die Kinder ihm allein gehörten. Und das, obwohl Cathryn sie doch voller Güte adoptiert hatte.

Plötzlich öffnete Michelle die Augen. Vor Schmerzen verzog sie das Gesicht.

»Was ist?« fragte Cathryn und beugte sich ängstlich vor.

Michelle gab keine Antwort. Ihr Kopf fiel zur Seite, und ihr zarter Körper krümmte sich zusammen.

Ohne auch nur einen Augenblick zu zögern, lief Cathryn auf den Flur und rief nach einer Schwester. Die Oberschwester warf nur einen kurzen Blick auf Michelle, dann eilte sie zum Haustelefon und ließ Dr. Keitzman ausrufen.

Cathryn war neben dem Bett stehengeblieben und rang verzweifelt die Hände, weil sie Michelle nicht helfen konnte. Es war eine entsetzliche Qual, die geliebte Tochter so leiden sehen zu müssen. Ohne einen klaren Gedanken zu haben, warum sie es eigentlich tat, lief Cathryn ins Badezimmer und befeuchtete ein Handtuch an einem Ende. Dann eilte sie zurück zu Michelle und tupfte ihr mit dem kühlen Stoff die Stirn ab. Ob sie Michelle damit half, wußte Cathryn nicht, aber es erleichterte sie, überhaupt etwas zu tun.

Dr. Keitzman mußte in der Nähe gewesen sein, denn schon nach wenigen Minuten betrat er Michelles Zimmer. Und sofort begann er, sie zu untersuchen. Der regelmäßige Piepston des Herzmonitors sagte ihm, daß ihr Kreislauf noch immer stabil war. Sie atmete unbehindert, und ihre Lungen waren frei. Dann setzte er sein Stethoskop auf ihren Bauch. Ein wildes

Durcheinander ächzender Geräusche drang an sein Ohr. Er nahm das Stethoskop ab, legte seine Hand auf ihren Abdomen und tastete Michelle vorsichtig ab. Als er sich wieder aufgerichtet hatte, flüsterte er einer Schwester etwas zu, die daraufhin eilig aus dem Zimmer lief.

»Magen- und Darmkrämpfe«, sagte Dr. Keitzman zu Cathryn. Seine Stimme klang erleichtert. »Es müssen sich Gase in ihrem Körper angesammelt haben. Die Schwester holt jetzt eine Spritze, und dann wird es Michelle sofort besser gehen.«

Cathryn nickte und sank auf ihrem Stuhl zusammen.

Dr. Keitzman waren Cathryns niedergeschlagene Verfassung und ihr gequälter Gesichtsausdruck nicht entgangen. Mitfühlend legte er ihr eine Hand auf die Schulter. »Kommen Sie doch bitte für einen Moment mit vor die Tür, Cathryn.«

Cathryn sah noch einmal zu Michelle, die nach der Untersuchung wie durch ein Wunder in einen ruhigen Schlaf gefallen war. Dann stand sie leise auf und folgte dem Onkologen auf den Flur. Dr. Keitzman führte sie hinunter zum Aktenraum der Schwesternstation.

»Ich mache mir Sorgen um Sie, Cathryn. Auch Sie stehen unter einer großen Belastung.«

Cathryn nickte. Sie wollte nicht sprechen, weil sie fürchtete, daß sie ihre mühsam aufrechterhaltene Beherrschung verlieren könnte und von ihren Gefühlen überwältigt werden würde.

»Hat Charles angerufen?«

Cathryn schüttelte den Kopf. Sie richtete sich gerade auf und holte tief Luft.

»Es tut mir leid, wie alles gekommen ist. Aber Sie haben das einzig Richtige getan.«

Cathryn war sich da nicht so sicher, aber sie schwieg.

»Leider ist das Schlimmste noch nicht vorbei. Ich muß Ihnen nicht extra sagen, was Sie selbst sehen können: es geht Michelle sehr schlecht. Bis jetzt haben unsere Medikamente noch keine Wirkung auf ihre Leukämiezellen gezeigt. Und es gibt auch keinen Hinweis darauf, daß die Krankheit nachgelassen hat. Sie hat die aggressivste Form von Myeloblastenleukämie, die mir bisher in meiner Praxis begegnet ist. Aber wir werden nicht aufgeben. Im Gegenteil, noch heute werden wir ihr ein weiteres Medikament geben, das ich und einige andere Onkologen bereits im Experiment erprobt haben. Und zwar mit vielversprechenden Ergebnissen. Bis dahin wollte ich Sie fragen, ob Michelles Brüder morgen für ein paar Gewebe- und Bluttests hierher ins Krankenhaus kommen könnten, damit wir sehen, ob einer von beiden als Spender für Michelle in Frage kommt. Ich fürchte, daß wir schon bald gezwungen sein werden, mit der Bestrahlung zu beginnen. Und vielleicht braucht Michelle dann auch eine Knochenmarktransplantation. Glauben Sie, daß Ihre Söhne kommen werden?«

»Ich hoffe es«, brachte Cathryn mühsam hervor. »Ich werde mit ihnen sprechen.«

»Sehr gut«, sagte Dr. Keitzman. Er sah Cathryn forschend ins Gesicht, aber sie wich seinem Blick aus.

»Da haben Sie aber ein schönes Ding abbekommen«, sagte Dr. Keitzman.

»Charles hat es nicht mit Absicht getan«, antwortete Cathryn schnell. »Es war ein Mißgeschick.«

»Charles hat mich letzte Nacht angerufen«, sagte Dr. Keitzman.

»Das hat er getan? Woher hat er angerufen?«

»Von hier aus dem Krankenhaus.«

»Was hat er gewollt?«

»Er hat mich gefragt, ob ich bereit wäre, zu bestätigen, daß Michelles Leukämie durch Benzol verursacht worden ist. Ich habe ihm gesagt, daß das zwar möglich sein könnte, aber daß ich es nicht mit letzter Sicherheit bestätigen kann. Leider gibt es keine Möglichkeit, es zu beweisen. Wie auch immer, am Ende unseres Gesprächs habe ich ihm geraten, einen Psychiater zu konsultieren.«

»Und wie hat er darauf reagiert?«

»Er schien nicht gerade begeistert zu sein von der Idee. Ich wünschte, es gäbe einen Weg, ihn von der Richtigkeit dieses Schrittes zu überzeugen. Nach allem, was er durchgemacht hat, sorge ich mich ernsthaft um ihn. Ich möchte Sie weiß Gott nicht erschrecken, aber wir haben ähnliche Fälle erlebt, wo der Betreffende gewalttätig geworden ist. Wenn Sie eine Möglichkeit sehen, ihn überreden zu können, daß er einen Psychiater aufsucht, dann sollten Sie es unbedingt versuchen.«

Eilig verließ Cathryn den Aktenraum, um zu Michelle zurückzukehren. Aber als sie an der Schwesternstation vorüberging und in der kleinen Halle gegenüber einen öffentlichen Fernsprecher sah, blieb sie zögernd stehen. Es gab viele Gründe für sie, Charles nicht anzurufen. Aber energisch schob sie ihre Bedenken beiseite. Sie ging zu dem Telefon, warf ein paar Münzen ein und rief das Weinburger-Institut an. Die Frau in der Zentrale verband sie mit Charles' Labor. Es klingelte zehnmal, aber niemand meldete sich. Dann schaltete sich wieder die Zentrale ein. Die Frau sagte Cathryn, sie wüßte, daß die Mitarbeiterin von Charles in der Bibliothek sei. Ob Cathryn vielleicht mit ihr sprechen wolle. Cathryn war inzwischen froh, wenn sie überhaupt etwas über Charles erfahren konnte, und ließ sich gleich verbinden.

»Er ist nicht in seinem Labor?« fragte Ellen.

»Es geht jedenfalls niemand ans Telefon«, sagte Cathryn.

»Vielleicht hebt er einfach nicht ab«, erwiderte Ellen. »Er hat sich in letzter Zeit etwas sonderbar verhalten. Um ehrlich zu sein, fürchte ich mich sogar ein wenig, zu ihm ins Labor zu gehen. Sie wissen doch, daß Charles entlassen worden ist.«

»Davon hatte ich keine Ahnung«, rief Cathryn erschrocken. »Was ist denn passiert?«

»Das ist eine lange Geschichte«, sagte Ellen. »Und ich glaube, daß nicht ich sie Ihnen erzählen sollte, sondern Charles.«

»Er hat in letzter Zeit viel durchgemacht«, sagte Cathryn unsicher.

»Das weiß ich«, antwortete Ellen.

»Wenn Sie ihn sehen sollten, sagen Sie ihm dann bitte, daß er mich anrufen möchte? Ich bin bei unserer Tochter im Krankenhaus.«

Ellen versicherte, daß sie es ausrichten würde, aber sie sagte Cathryn auch, daß sie nicht glaube, Charles noch einmal zu sehen.

Langsam hängte Cathryn den Hörer ein. Einen Moment überlegte sie, dann rief sie Gina an und fragte, ob Charles sich gemeldet hätte. Niemand habe angerufen, erklärte Gina ihr unwirsch. Anschließend versuchte Cathryn es zu Hause, aber es war so, wie sie erwartet hatte; niemand meldete sich. Wo war Charles geblieben? Was ging hier eigentlich vor?

Gedankenversunken setzte Cathryn ihren Weg zu Michelles Zimmer fort. Wie schnell die einmal so sichere Welt um sie herum zusammengebrochen war. Warum hatte man Charles entlassen? Während ihrer kurzen Zeit als Aushilfe am Weinburger-Institut hatte sie erfahren, daß Charles einer der angesehensten Mitarbeiter war. Was konnte nur geschehen sein? Cathryn fand nur eine Erklärung. Vielleicht hatte Dr. Keitzman recht. Vielleicht hatte Charles einen Nervenzusammenbruch erlitten und irrte jetzt ziellos und allein umher, abgeschnitten von seiner Familie und seiner Arbeit. O Gott!

Sie schlüpfte in Michelles Zimmer und strengte ihre Augen an, um das Gesicht des Kindes in dem Dämmerlicht erkennen zu können. Sie hoffte, Michelle würde noch immer schlafen. Doch als sich ihre Augen an die Dunkelheit gewöhnt hatten, sah sie, daß ihre Tochter sie die ganze Zeit aufmerksam beobachtet hatte. Nur schien sie schon zu schwach zu sein, um ihren Kopf noch heben zu können. Cathryn war mit einigen schnellen Schritten an ihrer Seite und griff nach Michelles heißer Hand.

»Wo ist mein Daddy?« fragte Michelle. Sie bemühte sich, ihre aufgesprungenen Lippen so wenig wie möglich zu bewegen.

Cathryn zögerte und überlegte, was sie am besten antworten sollte. »Charles fühlt sich nicht gut, weil er sich so sehr um dich sorgt.«

»Aber gestern nacht hat er mir versprochen, daß er heute wiederkommen würde«, sagte Michelle mit bittender Stimme.

»Dann wird er auch kommen, wenn er kann«, antwortete Cathryn mit leiser Stimme.

»Dann wird er sicherlich kommen.«

Eine einzelne Träne lief Michelles Gesicht hinunter. »Am besten wäre ich tot.«

Für einen Augenblick war Cathryn wie gelähmt. Dann beugte sie sich über das Bett, schloß ihr Kind in die Arme und versuchte nicht länger, die eigenen Tränen zurückzuhalten. »Nein! Nein! Michelle. So etwas darfst du nie wieder sagen.«

Dankbar hatte Charles entdeckt, daß man ihm bei der Hertz-Niederlassung mit den Wagenpapieren auch einen Eiskratzer in das Handschuhfach des Transporters gelegt hatte. In regelmäßigen Abständen nahm Charles ihn zur Hand, um die Innenseite der Winschutzscheibe freizukratzen. Sein Atem legte sich als feuchter Film auf die Scheibe und gefror zu einer undurchsichtigen Schicht, die Charles die Sicht auf den Eingang des Weinburger-Instituts nahm. Als Charles um halb sechs auf die Uhr gesehen hatte, war es draußen bereits stockfinster gewesen. Nur der Memorial Drive war noch in das helle Licht der Straßenlampen getaucht. Viertel nach sechs hatten alle Mitarbeiter bis auf Dr. Ibanez das Institut verlassen. Erst nach einer weiteren Viertelstunde öffnete sich die Tür wieder, und Dr. Ibanez trat heraus. Er war in einen knöchellangen Pelzmantel gehüllt. Tief gegen den eisigen Wind gebeugt, eilte er zu seinem Mercedes.

Um ganz sicherzugehen, wartete Charles noch zehn Minuten, bis er den Motor des Transporters anspringen ließ. Er schaltete die Scheinwerfer ein und fuhr zur Rückseite des Instituts. Dort bog er in die Abfahrt, die zur Laderampe führte. Dann fuhr er rückwärts an die Plattform heran. Er stellte den Motor ab, stieg aus und lief eine kleine Treppe hinauf. Neben der verschlossenen Schwingtür war eine Klingel. Charles drückte sie. Während er wartete, wurde er von Zweifeln über das, was er tat, befallen. Er wußte, daß die nächsten fünf Minuten alles entscheiden würden. Und zum ersten Mal in seinem Leben verließ er sich auf die Ahnungslosigkeit und Nachlässigkeit anderer.

Ein kleiner Lautsprecher neben der Klingel knackte, und ein winziges rotes Lämpchen auf der Fernsehkamera über der Schwingtür leuchtete auf.

»Ja?« fragte eine Stimme.

»Hier ist Dr. Martel!« sagte Charles und winkte in die Kamera. »Ich muß Labormaterial verladen.«

Ein paar Minuten später knirschte die Eisentür in ihren Angeln, dann schwenkte sie langsam hoch. Hinter der Tür lag eine kahle Lagerhalle. Links sah Charles eine Reihe angelieferter Pakete auf dem nackten Zementfußboden stehen. Eine Tür in der Rückwand der Halle wurde geöffnet, und Chester Willis, einer der beiden Nachtwächter, trat heraus. Er war ein Schwarzer, zweiundsiebzig Jahre alt und hatte Charles einmal erklärt, daß er zwar auch zu Hause fernsehen könnte, im Weinburger-Institut aber noch dafür bezahlt werden würde. In Wirklichkeit, das wußte Charles, ging der Alte arbeiten, damit sein Enkel Medizin studieren konnte.

Bevor Chuck an die Universität gekommen war, hatte Charles regelmäßig bis in den späten Abend gearbeitet. Dadurch war er auch mit dem Wachpersonal der Spätschicht bekannt geworden.

»Arbeiten Sie jetzt auch wieder abends?« fragte Chester Willis.

»Es muß leider sein«, sagte Charles. »Wir arbeiten mit einer Gruppe am M.I.T. zusammen. Und ich muß einen Teil meiner Sachen rüberbringen. Ich will das lieber selbst machen.«

»Sie haben uns doch nicht gestört«, sagte Chester.

Charles atmete erleichtert auf. Das Wachpersonal wußte also noch nicht, daß er entlassen worden war.

Charles nahm einen der größeren Transportkarren und ging zu seinem Labor. Beruhigt stellte er fest, daß seit dem Nachmittag niemand mehr hier unten gewesen sein konnte. Auch das verschlossene Schränkchen mit seinen Protokollbüchern und den Chemikalien war unberührt. In fieberhafter Eile begann er, die Geräte aus ihren Verankerungen zu lösen und auf den Karren zu laden. Obwohl Chester und Giovanni ihm halfen, mußte er neunmal gehen, bis er alles, was er aus dem Labor brauchte, in der Mitte der Lagerhalle zusammengetragen hatte.

Als letztes holte er das Glasfläschchen mit Michelles Antigen, das er in den Kühlschrank gestellt hatte. Vorsichtig verpackte er es in einen eisgefüllten Isolierbehälter, weil er nicht im mindesten wußte, wie stabil die Lösung war. Keinesfalls wollte er ein Risiko eingehen.

Es war bereits nach neun Uhr, als sie endlich damit beginnen konnten, die Chemikalien und die Geräte in den Transporter zu verladen.

Aber vor seiner Abfahrt blieb noch etwas zu tun. Noch einmal kehrte Charles in sein Labor zurück und holte sich ein Seziermesser und ein Stück Seife. Dann ging er in den Waschraum und rasierte sich die unansehnlichen Bartstoppeln aus dem Gesicht. Anschließend kämmte er sich das Haar, band seinen Schlips neu und steckte sich das Hemd ordentlich in die Hose. Vor einem großen Wandspiegel sah er sich noch einmal prüfend an. Zu seiner eigenen Überraschung sah er eigentlich ziemlich normal aus. Auf dem Rückweg zur Lagerhalle ging er rasch noch in die Wäschekammer und nahm sich einen neuen Kittel.

Auf der Laderampe drückte er noch einmal die Klingel und bedankte sich über die Gegensprechanlage bei den beiden Wachmännern für ihre Hilfe. Als er in den Transporter kletterte, empfand er ein leises Schuldgefühl, daß er seine beiden alten Bekannten so ausgenutzt hatte.

Die Fahrt zum Kinderkrankenhaus verlief ohne Zwischenfälle. Auf den Straßen herrschte praktisch kein Verkehr, und das frostige Wetter hatte auch die meisten Fußgänger von der Straße getrieben. Als er vor dem Krankenhaus ankam, sah Charles sich einem neuen Dilemma gegenüber. Wenn er an den Wert der hinten eingeschlossenen Ladung dachte, konnte er den Wagen eigentlich nicht einfach auf der Straße abstellen. Aber wenn er den Transporter in das Parkhaus fuhr, würde eine schnelle Flucht nicht mehr möglich sein. Er überlegte einen Moment und entschied sich dann doch für das Parkhaus. Ein Verlust der Geräte würde seinen ganzen Plan mit einem Schlag zunichte machen. Er mußte eben so vorsichtig vorgehen, daß er nicht zu fliehen brauchte.

Charles parkte den Transporter in Sichtweite des Wächterhäuschens und kontrollierte noch einmal alle Türen, ob sie auch verschlossen waren. Dann zog er sich den neuen weißen Kittel über. Seine Felljacke hatte er im Fahrerhaus gelassen. Zitternd vor Kälte, weil der dünne Kittel ihn nur wenig schützte, betrat Charles das Krankenhaus durch die nahe gelegene Notfallaufnahme.

Er durchquerte den überfüllten Raum und ging direkt zum Anmeldeschalter. Charles unterbrach den Mann hinter dem Schalter in seiner Arbeit und fragte, auf welchem Stock die radiologische Abteilung sei. »Im zweiten«, antwortete der Mann, ohne den Blick zu heben. Charles stieß eine doppelte Schwingtür auf und betrat den inneren Teil der Klinik. Als er an einem Wachmann vorbeikam, nickte er grüßend. Der Wachmann lächelte zurück.

Die radiologische Abteilung war fast menschenleer. Charles sah nur eine Frau, die auf einem von unten beleuchteten Glastisch Berge von Röntgenaufnahmen sortierte, die alle verstauchte Handgelenke und gequetschte oder gebrochene Rippen zeigten. Wahrscheinlich gehörten sie zu den vielen Leuten in der Notaufnahme. Charles ging in das Büro der Abteilung, setzte sich an einen Schreibtisch und nahm ein Anmeldeformular für dringende Röntgenaufnahmen zur Hand und einen Briefbogen, auf dem alle Ärzte der Station verzeichnet waren. Dann füllte er das Anmeldeformular aus: Michelle Martel, Alter: 12; Diagnose: Leukämie; erforderliche Aufnahme: Abdomen. Von dem Briefkopf suchte er sich den Namen eines Radiologen aus und setzte ihn als Unterschrift an das untere Ende des Formulars.

Anschließend ging Charles zurück auf den Flur, löste bei einer der Bahren, die an der Wand aufgereiht standen, die Radbremsen und schob sie in einen Nebengang. Am Ende des Ganges entdeckte er einen Wäscheschrank, aus dem er sich zwei frische Laken und eine Kopfkissenhülle besorgte. Mit fliegenden Händen richtete er die Bahre her, dann schob er sie, vorbei an dem Zimmer der Frau, zurück in den Hauptflur. Ungeduldig wartete er vor dem Patientenfahrstuhl. Als die Türen endlich aufglitten, schob er die Bahre in den Fahrstuhl und drückte den Knopf für Station 6.

Während Charles den Stockwerksanzeiger langsam höherklettern sah, befielen ihn wieder Zweifel. Bis jetzt war zwar alles genau nach Plan verlaufen, aber es war auch der ungefährliche Teil gewesen. Der schwierige Teil lag noch vor ihm, wenn er die Station Anderson 6 erreicht hatte.

Der Fahrstuhl hielt, und die Türen glitten wieder auf. Charles holte noch einmal tief Luft und schob die Bahre hinaus auf den stillen Flur. Die Besuchszeit war lange vorüber, und für die Patienten hatte die Nachtruhe begonnen. Das erste Hindernis war die Schwesternstation. Im Augenblick schien sie nur mit einer Schwester besetzt zu sein, denn Charles konnte nur eine Haube über dem hohen Schaltertisch aufragen sehen. Charles ging langsam weiter und hörte zum ersten Mal ein leises Quietschen von den Rädern der Bahre. Er versuchte, mit einer veränderten Schrittgeschwindigkeit das durchdringende

Geräusch abzustellen, aber es half nicht. Aus dem Augenwinkel beobachtete er die Schwester. Sie schien ihn nicht zu beachten. Als er an der Station vorüber war und wieder in den engeren Flur eintauchte, war auch das Licht nicht mehr so gleißend.

»Entschuldigen Sie bitte«, rief die Schwester. Ihre Stimme zerbrach die Stille wie splitterndes Glas.

Charles fühlte das Adrenalin in seinen Kreislauf schießen. Seine Fingerkuppen durchfuhr ein Kribbeln. Er drehte sich um. Die Schwester war aufgestanden und lehnte sich über den Schaltertisch.

»Kann ich Ihnen helfen?« fragte die Schwester.

Charles nestelte das Röntgenformular aus seiner Kitteltasche.

»Ich will nur einen Patienten für eine Röntgenaufnahme abholen«, sagte er und zwang sich mit letzter Kraft zur Ruhe.

»Es ist aber keine Röntgenuntersuchung angeordnet worden«, erwiderte die Schwester verwundert.

Charles bemerkte, daß sie den Blick auf den Tisch gesenkt hatte. Dann hörte er sie in einem Buch blättern.

»Es ist eine eilige Aufnahme«, sagte Charles. Er fühlte eine panische Angst in sich aufsteigen.

»Aber es ist nicht im Stationsbuch vermerkt, und in der Diensteinweisung ist mir auch nichts gesagt worden.«

»Hier ist die Anforderung«, sagte Charles. Er ließ die Bahre stehen und ging auf die Schwester zu. »Dr. Keitzman hat sie telefonisch an Dr. Larainen durchgegeben.«

Die Schwester nahm ihm das Formular aus der Hand und überflog es flüchtig. Dann schüttelte sie verwirrt ihren Kopf. »Irgend jemand hätte uns doch Bescheid sagen können.«

»Das stimmt«, sagte Charles. »Aber Sie wissen ja selbst, wie es immer zugeht.«

»Ich werde das trotzdem nicht auf sich beruhen lassen. Ich werde bei der Einweisung des Tagdienstes fragen, wie das passieren konnte.«

»Tun Sie das«, erwiderte Charles und ging zurück zu der Bahre. Seine Hände waren feucht geworden. Er hatte in diesen Dingen keine Erfahrung.

Eilig schob Charles die Bahre weiter den Flur hinunter. Er konnte nur hoffen, daß die Schwester sich nicht verpflichtet fühlte, in der radiologischen Abteilung und bei Dr. Keitzman anzurufen, um sich die Röntgenanforderung bestätigen zu lassen.

Als er Michelles Zimmer erreicht hatte, ging er um die Bahre herum und drückte langsam die Tür auf. Im nächsten Moment sah er jemanden, der auf einem Stuhl neben dem Bett saß und seinen Kopf auf die Bettdecke gelegt hatte. Es war Cathryn.

Hastig wandte Charles sein Gesicht ab und trat zurück auf den Flur. Dann zog er vorsichtig die Tür wieder in ihre ursprüngliche Stellung. So schnell er konnte, schob er die Bahre weiter den Flur hinunter. Jeden Moment rechnete er damit, daß Cathryn hinter ihm auftauchte. Er war nicht sicher, ob sie ihn gesehen hatte oder nicht.

Nie hatte er damit gerechnet, daß Cathryn um diese Zeit noch bei Michelle sein könnte. Er versuchte seine Gedanken zu ordnen. Irgendwie mußte er Cathryn aus dem Zimmer herausbekommen. In der Not des Augenblicks fiel ihm nur eine Möglichkeit dazu ein. Aber die verlangte, daß alles sehr schnell gehen würde.

Nachdem er ein paar Minuten gewartet hatte, um sicher zu sein, daß Cathryn ihn nicht bemerkt hatte, lief Charles den Weg, den er gekommen war, zurück bis zu dem Behandlungszimmer kurz vor der Schwesternstation. Im nächsten Moment war er in dem Zimmer verschwunden. Neben einem Handwaschbecken entdeckte er einen Stapel frischer Gesichtsmasken und Kopfhauben. Rasch zog er sich beides an und steckte noch eine zweite Haube in seine Kitteltasche.

Wieder auf dem Flur, warf er einen kurzen Blick zur Schwesternstation. Mit wenigen Schritten durchquerte er den Flur und verschwand durch eine Glastür in die kleine dunkle Halle gegenüber. In der hinteren Ecke war ein öffentlicher Fernsprecher. Er rief die Krankenhauszentrale an und ließ sich mit der Station Anderson 6 verbinden. Kurz darauf hörte er das Telefon an der Schwesternstation klingeln.

Es meldete sich eine Frauenstimme. Charles verlangte Mrs. Martel und fügte noch hinzu, daß es dringend sei. Die Schwester bat ihn, einen Moment zu warten. Sofort ließ er den Hörer fallen und lief zurück zur Tür. Er sah, wie die Schwester mit einer Hilfsschwester hinter dem Stationsschalter hervortrat und zu Michelles Zimmer zeigte. Sobald die Schwester wieder hinter dem hohen Schaltertisch verschwunden war, öffnete Charles die Glastür einen Spaltbreit und folgte der Hilfsschwester den Flur hinunter. Kurz vor Michelles Zimmer überholte er sie mit eiligen Schritten, das Gesicht abgewandt und betont gedankenverloren. Als die Dunkelheit am Ende des Flures ihn verschluckt hatte, blieb er schwer atmend stehen und wartete. Es dauerte keine zehn Sekunden, bis die Schwester wieder auf den Flur trat. Cathryn, die sich noch die Augen rieb, folgte ihr mit unsicheren Schritten. Die beiden Frauen waren kaum zur Schwesternstation abgebogen, als Charles auch schon die Bahre hastig zu Michelles Zimmer schob und durch die halboffene Tür in dem Raum verschwand.

Er schaltete das Licht ein und lenkte die Bahre neben das Bett. Erst dann sah er hinunter zu seiner Tochter. Seit er das letzte Mal bei ihr gewesen war, hatte sich ihr Zustand sichtbar verschlechtert. Sanft rüttelte er sie an den Schultern. Sie reagierte nicht. Er rüttelte sie wieder, aber das Kind tat nicht eine Bewegung. Was sollte er machen, wenn sie in eine tiefe Bewußtlosigkeit gefallen war?

»Michelle!« rief Charles.

Langsam öffnete sie die Augen.

»Ich bin es! Bitte wach auf!« Charles rüttelte sie wieder. Es blieb ihm nicht mehr viel Zeit.

Dann kam Michelle zu sich. Mühevoll hob sie ihre Arme und legte sie ihrem Vater um den Hals. »Ich habe gewußt, daß du kommst.«

»Hör mir zu«, sagte Charles ängstlich. Er legte seine Lippen ganz nahe an ihr Ohr. »Ich möchte dich etwas fragen. Ich weiß, daß du sehr krank bist und daß alle hier im Krankenhaus dir helfen wollen. Aber sie können dir nicht helfen. Deine Krankheit ist stärker als ihre stärksten Medikamente. Ich möchte dich mitnehmen. Deinen Ärzten würde das bestimmt nicht gefallen. Deshalb müssen wir uns jetzt beeilen, wenn du mitkommen willst. Du mußt es mir sofort sagen.«

Die Frage überraschte Michelle. Nie hätte sie damit gerechnet, daß ihr Vater sie aus dem Krankenhaus holen würde. Aufmerksam sah Michelle ihm ins Gesicht. »Cathryn sagt, daß es dir nicht gutgeht.«

»Es geht mir sehr gut«, sagte Charles. »Besonders, wenn du bei mir bist. Aber wir haben nicht mehr viel Zeit. Willst du mitkommen?«

Michelle sah ihrem Vater in die Augen. Es gab nichts, was sie sich mehr wünschte. »Bitte nimm mich mit, Daddy. Bitte!«

Einen Augenblick drückte Charles seine Tochter an sich, dann machte er sich an die Arbeit. Er schaltete den Herzmonitor aus und nahm die Kontakte von Michelles Brust. Anschließend zog er die Kanülen aus ihren Armen und schlug die Bettdecke zurück. Vorsichtig schob er seinen linken Arm unter ihre Schultern und den rechten unter die Oberschenkel, dann hob er sie aus dem Bett. Charles war erstaunt, wie leicht Michelle geworden war. Vorsichtig legte er sie auf die Bahre und deckte sie zu. Aus dem Schrank neben der Tür holte er ihre Kleider und versteckte sie unter der Decke. Zuletzt zog er noch die zweite Haube aus seiner Kitteltasche, setzte sie ihr auf den Kopf und verbarg das wenige Haar, das Michelle noch geblieben war, darunter. Dann schob er die Bahre hinaus auf den Flur.

Je näher sie der Schwesternstation kamen, um so größer wurde die Angst in Charles, daß Cathryn plötzlich auftauchen könnte. Das Risiko war groß, aber unter den gegebenen Umständen wußte er keinen Ausweg, der sicherer war.

Cathryn hatte fest geschlafen, als die Hilfsschwester sie behutsam wachgerüttelt hatte. Alles, was sie verstanden hatte, war, daß sie am Telefon verlangt wurde und daß es dringend sei. Im ersten Moment hatte sie gedacht, daß Charles etwas passiert war.

Als sie zur Schwesternstation kam, war die Hilfsschwester bereits wieder verschwunden. Da sie nicht wußte, auf welchen Apparat der Anruf gelegt worden war, fragte sie die Oberschwester. Die Frau sah von ihrem Schreibtisch auf, überlegte kurz und schickte Cathryn in den Aktenraum.

Dreimal hatte Cathryn sich gemeldet, und jedesmal hatte sie lauter in die Sprechmuschel gerufen. Aber niemand hatte ihr geantwortet. Dann hatte sie einen Augenblick gewartet und sich anschließend wieder gemeldet. Das Ergebnis blieb dasselbe. Verzweifelt hatte sie mehrmals auf die Gabel geschlagen, auch das half nicht. Erst als sie die Gabel eine Zeitlang niedergedrückt hatte und dann wieder losließ, meldete sich die Zentrale.

Die Frau in der Vermittlung wußte nichts von einem Gespräch für Mrs. Martel auf Station Anderson 6. Cathryn legte den Hörer auf und ging zurück zur Schwesternstation. Die Oberschwester saß immer noch an ihrem Schreibtisch und war in eine Krankenakte vertieft. Cathryn wollte sie gerade ansprechen, als sie eine ganz in Weiß gehüllte Person vorbeigehen sah, die eine Bahre mit einem nur undeutlich zu erkennenden Patienten zum Fahrstuhl schob. Cathryn tat das arme Kind leid, das so spät noch in den Operationssaal gebracht wurde. Es mußte ein Notfall sein.

Die Schwester schien mit einer wichtigen Arbeit beschäftigt zu sein. Cathryn zögerte einen Moment, bevor sie die Frau ansprach.

»Es hat sich niemand gemeldet«, erklärte Cathryn.

»Das ist merkwürdig«, antwortete die Schwester. »Ich dachte, der Anruf sei dringend. Die Stimme hörte sich sehr besorgt an.«

»War es ein Mann oder eine Frau?« fragte Cathryn.

»Ein Mann«, sagte die Schwester.

Cathryn fragte sich, ob es Charles gewesen sein konnte. Vielleicht war er zu Gina gefahren. »Darf ich von dem Apparat im Aktenraum ein Ortsgespräch führen?« fragte Cathryn.

»Eigentlich erlauben wir das nicht«, sagte die Schwester. »Aber wenn Sie es kurz machen... Wählen Sie zuerst eine Neun.«

Sie eilte zurück zu dem Telefon und wählte hastig die Nummer ihrer Mutter. Als Gina sich gemeldet hatte, war Cathryn sofort beruhigt. Die Stimme ihrer Mutter klang wie immer.

»Was hast du heute gegessen?« fragte Gina.

»Nichts. Ich habe keinen Hunger«, antwortete Cathryn.

»Aber du mußt etwas essen!« kommandierte Gina, als ob das die Lösung für alle Probleme wäre.

Cathryn ging nicht weiter auf ihre Mutter ein. »Hat Charles angerufen?« fragte sie.

»Nichts hat er von sich hören lassen. Ein schöner Vater!« Gina schnalzte mißbilligend mit der Zunge.

»Und wie geht es Chuck?«

»Er ist hier. Willst du ihn sprechen?«

Cathryn überlegte, ob sie Chuck sofort erzählen sollte, daß Michelle wahrscheinlich eine Knochenmarktransplantation brauchte. Aber dann mußte sie daran denken, wie er das erste Mal darauf reagiert hatte, und sie beschloß, es ihm erst zu sagen, wenn sie bei ihm war. »Nein. Ich komme jetzt auch bald. Ich will nur noch nachschauen, ob Michelle fest schläft.«

»Ich habe Spaghetti für dich im Ofen«, sagte Gina.

Cathryn legte auf. Irgendwie war sie davon überzeugt, daß der mysteriöse Anruf von Charles gekommen war. Aber was konnte so dringend gewesen sein? Und warum war er nicht am Apparat geblieben? Als Cathryn bei der Schwester vorbeikam, bedankte sie sich noch einmal für ihre Freundlichkeit.

Eilig ging sie den Flur hinunter, vorbei an den halboffenen Türen der Krankenzimmer. Plötzlich hatte sie wieder den strengen Krankenhausgeruch in der Nase, und manchmal hörte sie ein Kind weinen.

Als sie Michelles Zimmer erreichte, stellte sie überrascht fest, daß sie die Tür sperrangelweit aufgelassen hatte. Sie machte einen Schritt in das Zimmer und hoffte, daß das Flurlicht Michelle nicht gestört hatte. Leise lehnte sie die Tür wieder an. Dann ging sie vorsichtig durch den dunklen Raum zu ihrem Stuhl. Cathryn wollte sich gerade setzen, als sie entdeckte, daß das Bett leer war. Voller Angst, daß Michelle auf den Boden gefallen sein könnte, ließ sie sich auf die Knie nieder und tastete vor dem Bett herum. Das kleine Nachtlicht spiegelte sich in dem blankgewischten Bodenbelag. Cathryn genügte ein Blick, um zu sehen, daß Michelle nicht auf dem Boden lag. In panischer Angst sprang sie auf und lief zum Badezimmer. Sie riß die Tür auf und schaltete das Licht ein. Auch hier war Michelle nicht. Cathryn lief zur Eingangstür und schaltete das Deckenlicht ein. Michelle war nicht in ihrem Zimmer!

Cathryn stürzte auf den Flur hinaus und lief zur Schwesternstation. Außer Atem hielt sie sich an dem Schaltertisch fest. »Schwester! Meine Tochter ist nicht in ihrem Zimmer! Sie ist verschwunden!«

Die Schwester sah von ihrem Schreibtisch auf, dann warf sie

einen kurzen Blick auf die Stationsliste. »Sie meinen Michelle Martel?«

»Ja! Ja! Als ich ans Telefon gerufen worden bin, hat sie noch fest geschlafen!«

»Im Bericht des Tagdienstes ist vermerkt, daß sie sehr schwach war?« sagte die Schwester in fragendem Ton.

»Das stimmt auch«, antwortete Cathryn. »Vielleicht ist sie irgendwo hingefallen und hat sich verletzt.«

Als ob sie Cathryn nicht glauben wollte, bestand die Schwester darauf, noch einmal zu Michelles Zimmer zu gehen. Sie sah sich kurz in dem Raum um und warf auch noch einen Blick in das Badezimmer. »Sie haben recht, sie ist nicht hier.«

Cathryn mußte sich beherrschen, darauf nicht mit einer pampigen Bemerkung zu antworten. Zurück in der Stationszentrale rief die Schwester als erstes die Leitstelle des Wachdienstes an und erklärte, daß ein zwölfjähriges Mädchen von der Station Anderson 6 verschwunden war. Dann schaltete sie eine Reihe kleiner Signallämpchen ein, die die Pfleger und Schwestern der Station zusammenriefen. Nachdem alle versammelt waren, berichtete sie von Michelles Verschwinden und bat das Stationspersonal, sämtliche Räume gründlich zu durchsuchen.

»Martel«, sagte die Oberschwester, nachdem die anderen gegangen waren. »Bei dem Namen fällt mir etwas ein. Wie heißt das Kind, das für eine dringende Aufnahme zum Röntgen gebracht worden ist?«

Cathryn sah verwirrt auf die beiden Frauen. Im ersten Moment glaubte sie, die Frage sei an sie gerichtet.

»Das wird es sein«, sagte die Schwester. Sie griff zum Telefon und wählte die Nummer der Röntgenabteilung. Sie mußte es fast zwanzigmal klingeln lassen, bis sich schließlich eine Frauenstimme meldete.

»Bei Ihnen ist eine Patientin von Anderson 6«, sagte die Schwester. »Sagen Sie mir bitte, wie das Kind heißt?«

»Bei mir ist niemand«, antwortete die Frau. »Aber wenn es eine eilige Aufnahme war, dann hat George sie vielleicht gemacht. Er ist im Moment im Röntgenraum, aber er muß gleich wieder hier sein. Ich werde ihm sagen, daß er Sie anrufen soll.« Noch bevor die Schwester antworten konnte, hatte die Frau aufgelegt.

Ohne auch nur durch ein winzigstes Zögern zu verraten, daß er nicht hierher gehörte, rollte Charles die Bahre mit Michelle in die Notaufnahme und weiter in den langgestreckten Untersuchungsraum. Vor einer leeren Nische hielt er an und zog den Plastikvorhang zur Seite. Dann lenkte er die Bahre neben den Untersuchungstisch, schloß wieder den Vorhang und holte Michelles Kleider unter der Decke hervor.

Die Aufregungen ihres kleinen Abenteuers hatten Michelle wieder hellwach werden lassen. Als ihr Vater sie anzuziehen begann, versuchte sie ihm trotz ihrer Schwäche zu helfen. Charles kam sich mit Michelles Kleidern in den Händen ungeschickt vor. Und je mehr er sich beeilte, um so ungeschickter wurde er. Am Ende mußte sich Michelle das Kleid alleine zuknöpfen und auch ihre Schuhe selbst zubinden.

Nachdem Michelle angezogen war, ließ Charles sie für einen Augenblick allein, um nach Verbandsmaterial zu suchen. Er hatte Glück und mußte nicht weit gehen. Als er wieder bei ihr war, setzte er Michelle aufrecht auf den Untersuchungstisch und sah sie nachdenklich an.

»Es muß so aussehen, als ob du einen Unfall gehabt hast«, sagte er. »Ich weiß, was wir machen.«

Er riß eine Verbandspackung auf und wickelte ihr die Binde so um den Kopf, daß es aussah, als hätte sie eine Platzwunde. Dann trat er einen Schritt zurück und betrachtete sein Werk mit kritischen Augen. »Ausgezeichnet!« Um die Täuschung perfektzumachen, klebte er ihr noch ein Pflaster über die Nase. Michelle mußte lachen. Charles sagte ihr, daß sie jetzt aussähe wie ein Motorradfahrer, der von seiner Maschine gefallen war.

Er hob Michelle hoch und trug sie schwankend aus der Behandlungskabine, als ob sie auf einmal zwei Zentner wiegen würde. Doch auf dem Flur wurde er schnell wieder ernst. Erleichtert bemerkte Charles, daß es in der Notaufnahme inzwischen sogar noch geschäftiger zuging als bei seiner Ankunft. Weinende Kinder mit allen nur denkbaren Schnittwunden und Quetschungen warteten darauf, behandelt zu werden. Und vor der Anmeldung hatte sich eine Schlange von Müttern gebildet, die ihre hustenden Kinder an der Hand hielten. In dem Durcheinander blieb Charles völlig unbemerkt. Nur eine

Schwester wandte sich ihm zu, als er mit Michelle auf den Armen an ihr vorbeiging. Charles spürte ihren Blick, lächelte ihr zu und sagte freundlich »Danke schön«. Die Schwester winkte unsicher. Sie dachte wohl, daß sie ihn eigentlich wiedererkennen müßte, aber sie tat es nicht.

Als Charles sich schon dem Ausgang näherte, sah er plötzlich einen uniformierten Wachmann von seinem Stuhl aufspringen. Charles fühlte einen stechenden Schmerz in der Brust, und sein Herz begann wie wild zu schlagen. Aber der Mann sah ihn nur kurz an, dann lief er zum Ausgang und hielt die Tür auf. »Hoffentlich geht es Ihrer Kleinen bald besser. Kommen Sie gut nach Hause.«

Mit den letzten Schritten aus dem Krankenhaus spürte Charles, wie sich ein angenehmes Gefühl der wiedergewonnenen Freiheit in seinem Körper ausbreitete. Eilig trug er Michelle zum Parkhaus und setzte sie in das Führerhaus des Transporters. Dann zahlte er die Parkgebühr und fuhr davon.

## *13. Kapitel*

Cathryn gab sich alle Mühe, geduldig und verständnisvoll zu sein. Aber je weiter die Zeit voranschritt, um so nervöser wurde sie. Sie machte sich Vorwürfe, daß sie Michelle alleingelassen hatte, um den Anruf zu beantworten. Sie hätte sich das Gespräch direkt auf Michelles Zimmer legen lassen sollen.

Während sie unruhig in der kleinen Halle auf und ab ging, mußte sie immer wieder an den einen Satz von Michelle denken: ›Am besten wäre ich tot.‹ Sie hatte die verzweifelten Worte schon vergessen gehabt, aber jetzt, da Michelle auf einmal spurlos verschwunden war, kamen sie ihr immer wieder quälend in den Sinn. Cathryn wußte nicht, ob Michelle sich wirklich etwas antun konnte. Aber sie hatte so viele abscheuliche Geschichten gehört, daß sie ihre Furcht vor einem Unglück nicht mehr vertreiben konnte.

Cathryn warf einen Blick auf ihre Armbanduhr, dann ging sie aus der Halle hinüber zur Schwesternstation. Wie konnte in einem Krankenhaus ein zwölfjähriges Mädchen verlorengehen, das so geschwächt war, daß es sich kaum auf den Beinen halten konnte?

»Gibt es etwas Neues?« fragte Cathryn die Oberschwester des Nachtdienstes. Verteilt an mehreren Tischen saßen noch sechs weitere Schwestern in der Zentrale und unterhielten sich angeregt. Die Oberschwester unterbrach ihr Gespräch mit einer Kollegin.

»Noch nicht. Der Wachdienst hat alle Treppenaufgänge kontrolliert. Ich warte noch auf den Anruf der Röntgenabteilung. Ich bin mir sicher, daß das Kind, das hier abgeholt worden ist, Martel hieß.«

»Das ist jetzt schon fast eine halbe Stunde her«, sagte Cathryn. »Ich mache mir ernste Sorgen. Können Sie nicht noch einmal in der Abteilung nachfragen?«

Ohne zu verbergen, wie sehr es ihr mißfiel, rief die Oberschwester noch einmal die Röntgenabteilung an und sagte Cathryn dann, daß der technische Assistent noch nicht zurück war, aber bei seiner Rückkehr sofort ausgerichtet bekommen würde, die Station Anderson 6 anzurufen.

Wieder einmal mußte sich Cathryn eingestehen, wie sehr sie sich von dem Krankenhauspersonal einschüchtern ließ. Sie fühlte eine unbändige Wut auf den Krankenhausbetrieb in sich, aber sie war nicht in der Lage, ihren Zorn auch zu zeigen, so berechtigt sie ihn fand. Statt dessen bedankte sie sich noch bei der Oberschwester und ging langsam zu Michelles Zimmer. Gedankenverloren schaute sie noch einmal in Michelles Badezimmer, wobei sie es vermied, in den Spiegel zu sehen. Anschließend warf sie einen Blick in den Schrank mit Michelles Kleidern. Sie hatte die Schranktür schon fast wieder geschlossen, als es sie wie ein Blitz durchfuhr. Hastig riß sie die Tür wieder auf und starrte verblüfft auf die leeren Kleiderbügel.

In wilder Aufregung lief Cathryn zurück zur Schwesternstation und versuchte verzweifelt, die Oberschwester auf sich aufmerksam zu machen. Die Schwestern der Abendschicht, die jetzt Dienstschluß hatten, und die Nachtschwestern, die gerade gekommen waren, hatten sich in der Mitte der Station zu dem heiligen Ritual der Dienstübergabe versammelt. Während dieser Zeit waren Notfälle verboten, medizinische und andere. Cathryn mußte laut rufen, bevor man sie zur Kenntnis nahm.

»Ich habe gerade entdeckt, daß die Kleider meiner Tochter verschwunden sind«, rief sie angsterfüllt.

Für einen Moment trat bedrückende Stille ein.

Dann räusperte sich die Oberschwester. »Mrs. Martel, wir sind hier in wenigen Augenblicken fertig.«

Zornig wandte sich Cathryn ab. Die Dienstroutine war offensichtlich wichtiger als ihr Notfall. Aber wenn Michelles Kleider aus dem Schrank verschwunden waren, dann war sie selbst wahrscheinlich längst nicht mehr im Krankenhaus.

Der Anruf mußte von Charles gewesen sein, und er hatte nur den einen Zweck, sie aus Michelles Zimmer zu locken. In der nächsten Sekunde hatte Cathryn wieder das Bild der verhüllten Gestalt, die eine Bahre zum Fahrstuhl schiebt, vor Augen. Der Mann hatte die richtige Größe gehabt und die richtige Figur. Es mußte Charles gewesen sein! Cathryn eilte zurück zur Schwesternstation. Jetzt war sie sich sicher, daß Michelle entführt worden war.

»Damit ich Sie richtig verstehe«, sagte der stämmige Bostoner Polizist. Cathryn hatte ein schmales Namensschild auf seiner Brust entdeckt. Er hieß William Kerney. »Sie haben also fest geschlafen, als die Schwester in das Zimmer kam, um Sie ans Telefon zu rufen.«

»Ja! Ja!« rief Cathryn ungeduldig. Das langsame Tempo der Untersuchung brachte sie zur Verzweiflung. Dabei hatte sie gehofft, daß mit Hilfe der Polizei alles schneller vorangehen würde. »Ich habe Ihnen schon zehnmal genauestens gesagt, was geschehen ist. Können Sie nicht irgend etwas unternehmen, um das Kind zu finden?«

»Erst müssen wir unseren Bericht fertigstellen«, erklärte William Kerney. In der Beuge seines linken Armes hielt er ein zerschabtes Schreibbrett, und die Finger seiner rechten Hand krampften sich um einen Bleistiftstummel, den er regelmäßig anleckte.

Eine kleine Personengruppe hatte sich in Michelles Zimmer versammelt. Es waren Cathryn, zwei Bostoner Polizisten, die Oberschwester der Abendschicht und der Verwaltungsassistent des Krankenhauses. Der Assistent war ein großer, gutaussehender Mann. Er trug einen eleganten grauen Anzug. Doch das Auffallendste an ihm war seine sonderbare Angewohnheit, nach jedem Satz ein Lächeln aufzusetzen, wobei er jedesmal die Augen zu schmalen Schlitzen zusammenkniff. Sein Gesicht war dunkel gebräunt, als ob er gerade von einem Urlaub auf den Karibischen Inseln zurückgekehrt wäre.

»Wie lange haben Sie dann das Zimmer verlassen?« fragte Kerney.

»Das habe ich Ihnen auch schon gesagt«, fuhr Cathryn ihn an. »Für fünf oder zehn Minuten. Ich weiß es nicht genau.«

»Huh, huh«, seufzte Kerney in sich hinein und schrieb die Antwort auf.

Michael Grady, der zweite Polizist, überflog die Unterlagen des Vormundschaftsantrages. Als er sie durchgelesen hatte, reichte er sie dem Verwaltungsassistenten. »Es ist eine Kindesentführung. Daran gibt es keinen Zweifel.«

»Huh, huh«, ließ Kerney sich wieder hören. Seine Hand mit dem Bleistift fuhr zu einem leeren Feld im oberen Teil des Formblattes und schrieb ›Kindesentführung‹. Er hatte die Kennziffer für das Delikt nicht im Kopf und merkte sich, die Nummer nachzuschlagen, wenn sie wieder auf dem Revier waren.

Verzweifelt wandte sich Cathryn an den Verwaltungsassistenten. »Können Sie denn nichts tun? Es tut mir leid, ich habe Ihren Namen vergessen.«

»Paul Mansford«, sagte der Assistent, dann verzog sich sein Gesicht zu einem kurzen Lächeln. »Aber Sie brauchen sich doch nicht zu entschuldigen. Außerdem tun wir doch schon etwas. Die Polizei ist hier.«

»Aber ich fürchte, daß dem Kind inzwischen etwas passiert«, erwiderte Cathryn.

»Also, Sie haben einen Mann gesehen, der auf einer Bahre ein Kind zum Operationssaal gebracht hat?« fragte Kerney.

»Ja!« rief Cathryn.

»Aber es ist doch gar kein Kind mehr operiert worden«, warf die Oberschwester ein.

Kerney wandte sich zu ihr. »Und was war mit dem Mann mit der Röntgenanforderung? Können Sie ihn beschreiben?«

Die Oberschwester sah zur Zimmerdecke. »Mittelgroß, durchschnittliche Statur, braunes Haar...«

»Das ist nicht besonders genau«, sagte Kerney.

»Hatte er blaue Augen?« fragte Cathryn.

»Seine Augen habe ich nicht gesehen«, antwortete die Oberschwester.

»Und was hatte er an?« fragte Kerney.

»Oh, mein Gott!« stöhnte Cathryn auf. »Bitte tun Sie etwas.«

»Einen langen weißen Kittel«, antwortete die Oberschwester.

»Also schön«, sagte Kerney. »Jemand ruft hier an, lockt Mrs. Martel aus dem Zimmer des Kindes, legt eine gefälschte Röntgenanforderung vor und schiebt das Kind auf einer Bahre von der Station, als ob er es zum Operationssaal bringen wollte. Stimmt das so?«

Alle nickten. Nur Cathryn nicht, die sich die Hände vor das Gesicht schlug, um nicht endgültig die Beherrschung zu verlieren.

»Wie lange hat es dann noch gedauert, bis der Wachdienst eingeschaltet wurde?« fragte Kerney.

»Nur ein paar Minuten«, antwortete die Oberschwester.

»Deshalb glauben wir ja auch, daß die beiden noch im Krankenhaus sein müssen«, ergänzte der Verwaltungsassistent.

»Aber ihre Kleider sind verschwunden«, fuhr Cathryn dazwischen. »Sie haben das Krankenhaus längst verlassen. Deshalb müssen Sie jetzt etwas unternehmen, bevor es zu spät ist. Bitte!«

Alle sahen Cathryn mitleidig an, als ob sie ein kleines Kind wäre. Cathryn erwiderte die Blicke und warf erbittert ihre Hände in die Luft. »Herr im Himmel!«

Kerney wandte sich an den Verwaltungsassistenten. »Besteht die Möglichkeit, ein Kind hier im Krankenhaus zu verstecken?«

»Es gibt viele leere Zimmer, in denen sich die beiden eine Zeitlang verstecken könnten«, erklärte der Verwaltungsassistent. »Aber keinen Platz, an dem wir sie nicht finden würden.«

»Sehr gut«, sagte Kerney. »Angenommen, es war der Vater,

der das Kind aus dem Zimmer geholt hat. Warum sollte er das tun?«

»Weil er gegen Michelles Behandlung war«, antwortete Cathryn. »Aus dem Grund ist mir ja auch die alleinige Vormundschaft übertragen worden. Damit Michelle weiterbehandelt werden konnte. Mein Mann hat in letzter Zeit sehr viel durchmachen müssen, nicht nur mit dem Kind, auch auf seiner Arbeitsstelle.«

Kerney stieß überrascht einen Pfiff aus. »Wenn ihm die Behandlung hier nicht zugesagt hat, womit wollte er sie dann behandeln? Mit Laetrile oder etwas in der Art?«

»Das hat er mir nicht gesagt«, antwortete Cathryn. »Aber ich weiß, daß er nicht an Laetrile glaubt.«

»Wir hatten schon einige dieser Laetrile-Fälle«, fuhr Kerney fort, ohne auf Cathryns letzten Satz einzugehen. Er drehte sich zu seinem Kollegen Michael Grady. »Kannst du dich noch an das Kind erinnern, das nach Mexiko gebracht worden ist?«

»Natürlich«, antwortete Grady.

Kerney wandte sich wieder den anderen zu. »Wir haben es schon öfter erlebt, daß Eltern nach unorthodoxen Behandlungsmethoden suchen. Ich denke, wir sollten den Flughafen alarmieren. Vielleicht versuchen die beiden, außer Landes zu kommen.«

Aufgeregt, daß man ihm seine Nervosität deutlich ansah, betrat Dr. Keitzman Michelles Zimmer. Cathryn war unendlich erleichtert, ihn zu sehen. Sofort beherrschte er die kleine Versammlung und verlangte ungeduldig, von allem unterrichtet zu werden. Paul Mansford und die Oberschwester wechselten sich im Bericht über das Vorgefallene ab.

»Das ist ja schrecklich!« sagte Dr. Keitzman und nestelte an seiner Brille. »Das Ganze hört sich an, als ob Dr. Charles Martel tatsächlich eine Art Zusammenbruch erlitten hat.«

»Wie lange kann das kleine Mädchen ohne Medikamente überleben?« fragte Kerney.

»Das ist schwer zu sagen. Tage, Wochen, höchstens einen Monat. Uns stehen noch einige Medikamente zur Verfügung, mit denen wir versuchen können, dem Kind zu helfen. Aber das muß möglichst bald geschehen. Es besteht immer noch die Chance, daß wir die Krankheit zurückdrängen können.«

»Es wird sofort nach dem Mädchen gesucht werden«, sagte Kerney. »Ich werde rasch den Bericht beenden und im Revier abgeben.«

Eine halbe Stunde später verließen die beiden Polizisten das Krankenhaus. »Was für eine grausame Geschichte«, sagte Michael Grady zu seinem Kollegen. »Es wird einem richtig mulmig dabei. Ein Kind mit Leukämie, und dann auch noch die Sache mit dem Vater.«

»Du hast schon recht«, erwiderte Kerney. »Am Ende ist man dankbar, wenn die eigenen Kinder wenigstens gesund sind.«

»Glaubst du wirklich, daß die Fahndung den Fall sofort übernimmt?«

»Jetzt sofort? Machst du einen Witz? Diese Sorgerechtsstreitereien sind das Unangenehmste, was du kriegen kannst. Gott sei Dank klären sie sich meistens innerhalb von vierundzwanzig Stunden von selbst. Wie auch immer, bis morgen früh wird die Fahndung keinen Blick in die Akte werfen.«

Sie stiegen in ihren Streifenwagen, meldeten sich über Funk zurück und fädelten sich wieder in den Verkehr ein.

Cathryn schlug die Augen auf und sah sich verwirrt um. Sie erkannte die gelben Vorhänge, die weiße Kommode mit der Häkeldecke, auf der die kleine Andenkensammlung stand, den rosafarbenen Frisiertisch, an dem sie während ihrer High-School-Zeit die Hausaufgaben gemacht hatte, und das Kruzifix aus Plastik, das sie zur Firmung bekommen hatte. Sie war in ihrem Jugendzimmer, und ihre Mutter hatte alles an seinem Platz gelassen, seit sie aus dem Haus gegangen war, um zu studieren. Was sie verwirrte, war die Frage, warum sie eigentlich hier war.

Cathryn schüttelte ihren Kopf, um die betäubende Wirkung der Schlaftabletten, die Dr. Keitzman ihr aufgedrängt hatte, endgültig zu vertreiben. Sie beugte sich aus dem Bett und nahm ihre Armbanduhr von der Kommode. Dann versuchte sie, den Sinn der Zahlen und Zeiger zu deuten. Sie konnte es nicht glauben. Es war Viertel vor zwölf. Cathryn kniff die Augen zusammen und sah dann ein zweites Mal auf das Zifferblatt. Nein, es war neun. Aber nicht einmal so lange hatte sie schlafen wollen.

Sie warf sich ihren alten Bademantel aus buntkariertem Flanellstoff über und lief die Treppe hinunter zur Küche. Schon auf halbem Weg schlug ihr der Geruch von frischgebackenen Brötchen und Speck entgegen. Als Cathryn in die Küche trat, sah Gina zufrieden zu ihr auf. Was auch der Grund sein mochte, sie war froh, ihre Tochter wieder im Haus zu haben.

»Hat Charles angerufen?« fragte Cathryn.

»Nein. Aber ich habe dir ein Frühstück vorbereitet.«

»Hat sonst jemand angerufen? Das Krankenhaus? Die Polizei?«

»Nein, niemand. Du kannst dich also beruhigt hinsetzen. Ich habe dir frische Brötchen gebacken. Das hast du doch immer so gerne gegessen.«

»Ich kann jetzt nichts essen«, sagte Cathryn. Die Gedanken drehten sich in ihrem Kopf. Aber sie war nicht abgelenkt genug, um nicht sofort zu sehen, daß sich das Gesicht ihrer Mutter mit einem Schlag verdüstert hatte. »Vielleicht esse ich doch ein Brötchen.«

Gina stand munter auf und holte einen Teller für Cathryn.

»Ich muß erst einmal Chuck wecken«, sagte Cathryn und wandte sich wieder zum Flur.

»Er ist aufgestanden, hat gefrühstückt und ist bereits gegangen«, sagte Gina triumphierend. »Er mag frische Brötchen genauso gern wie du. Er mußte schon um neun an der Universität sein.«

Cathryn ging zurück an den Küchentisch und setzte sich. Gina schenkte ihr Kaffee ein. Cathryn fühlte sich nutzlos. Sie hatte sich solche Mühe gegeben, Charles eine gute Frau und den Kindern eine gute Mutter zu sein. Aber jetzt hatte sie das Gefühl, alles verpfuscht zu haben. Daß sie ihren Adoptivsohn nicht rechtzeitig geweckt hatte, bewies sicher noch lange nicht, daß sie eine schlechte Mutter war. Doch daß sie es nicht getan hatte, kam ihr wie ein Zeichen für ihre ganze Unfähigkeit vor.

Während sie noch mit ihren Gefühlen kämpfte, hob Cathryn die Tasse an ihren Mund, ohne daran zu denken, wie heiß der Kaffee noch war. Schon der erste Schluck verbrühte ihr die Lippen, und mit einer heftigen Bewegung zog sie die Tasse von ihrem Mund. Der Kaffee schwappte über und verbrannte ihr die Hand. Erschrocken ließ Cathryn die Tasse los. Sie fiel auf den Tisch und ging mitsamt dem Teller zu Scherben. Cathryn brach in Tränen aus.

Mit wenigen Handgriffen hatte Gina alles wieder in Ordnung gebracht. Und immer wieder bat sie Cathryn, doch mit dem Weinen aufzuhören, denn ihre Mutter würde sich doch nicht um eine alte Tasse scheren, die sie sich von ihrer einzigen Reise in die wunderschöne Stadt Venedig, die sie über aller liebte, als Andenken mitgebracht hatte.

Allmählich gewann Cathryn ihre Beherrschung zurück. Sie wußte, daß die Tasse aus Venedig zu den Schätzen ihrer Mutter gehörte, und es tat ihr schrecklich leid, daß sie sie zerbrochen hatte. Aber das übertriebene Getue von Gina half ihr, sich wieder zu beruhigen.

»Ich werde heute nach Shaftesbury fahren«, sagte Cathryn. »Ich werde noch ein paar Sachen für Chuck holen und einmal nach Jean Paul sehen.«

»Chuck hat doch alles, was er braucht«, entgegnete Gina. »Für das Geld, das dich die Fahrt kostet, kannst du ihn in Filenes Kellerladen neu einkleiden.«

»Das stimmt allerdings«, mußte Cathryn zugeben. »Ich glaube, daß ich auch nur zu Hause sein will, falls Charles anruft.«

»Wenn er bei euch anruft und es meldet sich niemand, dann wird er es von selbst hier versuchen«, sagte Gina. »Schließlich ist er nicht dumm. Wo, denkst du denn, hat er sich mit Michelle versteckt?«

»Das weiß ich nicht«, antwortete Cathryn. »Die beiden Polizisten letzte Nacht im Krankenhaus haben etwas von Mexiko gesagt. Anscheinend fahren viele Leute, die ein ungebräuchliches Mittel gegen Krebs suchen, nach Mexiko. Aber Charles würde das nicht tun. Dazu kenne ich ihn zu gut.«

»Ich halte es dir bestimmt nicht gerne vor«, sagte Gina. »Aber ich habe dich oft genug gewarnt, einen älteren Mann zu heiraten, der schon drei Kinder hat. Das muß einfach zu Schwierigkeiten führen. Immer!«

Cathryn mühte sich, ihre aufwallende Wut zu beherrschen, die nur ihre Mutter in ihr auslösen konnte. Dann klingelte das Telefon.

Als Gina sich meldete, hielt Cathryn den Atem an.

»Es ist für dich«, sagte Gina. »Ein Kriminalbeamter. Er heißt Patrick O'Sullivan.«

Die Mutter gab ihr den Hörer. Cathryn war auf das Schlimmste gefaßt. Doch Patrick O'Sullivan versicherte ihr als erstes, daß es keine Neuigkeiten über Charles und Michelle gab. Er sagte nur, daß in dem Fall eine interessante Entwicklung eingetreten sei, und fragte, ob Cathryn ihn am Weinburger-Institut treffen könnte. Sie war sofort einverstanden.

Eine Viertelstunde später war Cathryn soweit, daß sie fahren konnte. Sie erklärte Gina, daß sie nach ihrem Abstecher zum Weinburger-Institut nach New Hampshire fahren würde. Gina versuchte, noch ein paar Einwände dagegen vorzubringen, aber Cathryn ließ sich nicht mehr umstimmen. Sie sagte nur, daß sie etwas Zeit brauchte, um allein zu sein, und daß sie rechtzeitig zum Abendessen mit Chuck zurück sein würde.

Die Fahrt durch Boston und über den Memorial Drive verlief ohne Zwischenfälle. Als sie den alten Dodge auf den Parkplatz vor dem Weinburger-Institut lenkte, mußte Cathryn an den Sommer vor zwei Jahren denken. Damals hatte sie Charles kennengelernt. Aber waren seitdem wirklich erst zwei Jahre vergangen?

Zwei Polizeiwagen standen direkt neben dem Institutseingang. Je mehr Cathryn sich ihnen näherte, um so deutlicher konnte sie die knackenden Geräusche ihrer Funksprechanlagen hören. Die Polizeiwagen schienen ihr kein günstiges Vorzeichen zu sein, aber sie zwang sich, nicht weiter herumzuspekulieren. Die verspiegelte Eingangstür öffnete sich, und Cathryn ging den Gang zu Charles' Labor hinunter.

Die Labortür stand weit offen. Cathryn trat ein. Als erstes bemerkte sie, daß die technischen Einrichtungen bereits abgebaut worden waren. Sie hatte Charles ein paarmal hier besucht und wußte daher, wie das Labor früher ausgesehen hatte. Jetzt waren die vielen Geräte und Versuchsanordnungen, die sie immer an einen Science-fiction-Film erinnert hatten, verschwunden. Die Tische waren leergefegt, wie bei einem Geschäft, das Pleite gemacht hatte.

Cathryn zählte sechs Personen in dem großen Raum. Ellen, die Cathryn während ihrer kurzen Aushilfszeit am Institut kennengelernt hatte, sprach mit zwei Polizisten in Uniform, die sorgfältig ihre Berichtsbögen ausfüllten. Das Bild erinnerte sie an die Vorfälle während der letzten Nacht. Dr. Ibanez und Dr. Morrison standen in der Nähe von Charles' Schreibtisch und unterhielten sich mit einem Mann in einer blauen Windjacke, dessen Gesicht mit Sommersprossen übersät war. Als der Mann sie bemerkte, kam er sofort auf Cathryn zu.

»Mrs. Martel?« fragte der Mann.

Cathryn nickte und ergriff die ausgestreckte Hand.

»Ich bin Patrick O'Sullivan. Mir ist Ihr Fall übertragen worden. Vielen Dank, daß Sie gekommen sind.«

Über O'Sullivans Schulter hinweg sah Cathryn, wie Ellen auf eine leere Stelle auf dem Arbeitstisch zeigte und dann weitersprach. Cathryn konnte nicht genau verstehen, was Ellen sagte, aber es hatte etwas mit den Laborgeräten zu tun. Dann sah sie kurz zu Dr. Ibanez und Dr. Morrison. Die beiden Männer waren in eine hitzige Diskussion vertieft. Zwar konnte Cathryn ihre leisen Stimmen kaum hören, aber Dr. Morrison gestikulierte wild mit der rechten Hand. Er war anscheinend sehr erregt.

»Was geht hier vor?« fragte Cathryn. Sie sah dem Kriminalbeamten in seine hellgrünen Augen.

»Es sieht so aus, als ob Ihr Ehemann, nachdem er seine Forschungsstelle hier am Institut verlor, die meisten der Laborgeräte gestohlen hat.«

Cathryn riß ungläubig die Augen auf. »Das kann ich nicht glauben.«

»Die Beweise sind nicht zu widerlegen. Anscheinend haben die beiden Wachmänner der Nachtschicht Ihrem Mann auch noch geholfen, das Labor auszuräumen und alles in einen Transporter zu verladen.«

»Aber warum?« fragte Cathryn.

»Ich hatte gehofft, daß Sie mir diese Frage beantworten könnten«, sagte der Kriminalbeamte.

Cathryn ließ ihren Blick durch den Raum wandern und versuchte, das Ausmaß von Charles' unsinniger Tat zu begreifen.

»Ich habe nicht die leiseste Ahnung«, erwiderte Cathryn. »Es ist einfach absurd.«

Der Kriminalbeamte zog die Augenbrauen hoch und legte

seine Stirn in Falten, während seine Augen Cathryns abschätzendem Blick durch das Labor folgten. »Es mag durchaus absurd sein, Mrs. Martel. Aber es ist auch schwerer Diebstahl.«

Cathryn sah wieder zu O'Sullivan.

Der Kriminalbeamte wich ihrem Blick aus und sah hinunter auf seine Schuhspitzen. »Das hier wirft ein ganz neues Licht auf das Verschwinden Ihres Ehemannes. Wenn ein Vater seine eigene Tochter entführt, ist das eine Sache, und um ehrlich zu sein, lassen wir uns von so etwas nicht besonders aufregen. Aber bei schwerem Diebstahl liegt die Sache schon anders. Wir werden die Einzelheiten der Tat und eine Fahndungsmeldung nach Ihrem Mann über Fernschreiber im ganzen Land verbreiten müssen.«

Cathryn zuckte zusammen. Immer, wenn sie schon geglaubt hatte, diesen schrecklichen Alptraum ganz begriffen zu haben, wurde er nur noch schlimmer. Jetzt wurde nach Charles steckbrieflich gesucht. »Ich weiß nicht, was ich dazu sagen soll.«

»Das tut uns alles außerordentlich leid, Mrs. Martel«, sagte Dr. Ibanez, der hinter Cathryn getreten war. Sie wandte sich um. Der Institutsdirektor sah sie mitfühlend an.

»Es ist eine Tragödie«, stimmte Dr. Morrison zu. Er hatte die gleiche Miene aufgesetzt. »Und wenn man bedenkt, was für ein vielversprechender Wissenschaftler Charles einmal war.«

Es entstand eine unangenehme Pause. Morrisons letzte Bemerkung ärgerte Cathryn, aber ihr fehlten die Worte für eine passende Antwort.

»Aus welchem Grund ist Dr. Martel eigentlich entlassen worden«, unterbrach Patrick O'Sullivan das Schweigen.

Cathryn sah den Kriminalbeamten mit dankbaren Augen an. Dieselbe Frage hätte sie auch stellen wollen, wenn ihr nicht der Mut dazu gefehlt hätte.

»In erster Linie, weil Dr. Martels Verhalten so unberechenbar geworden war. Wir haben uns ernsthafte Sorgen um seinen Gemütszustand gemacht.« Dr. Ibanez schwieg einen Moment. »Er war auch nicht gerade das, was man einen Teamarbeiter nennen könnte. Im Gegenteil, er war ein ausgesprochener Einzelgänger, und in letzter Zeit hat er sich den Bedürfnissen des Instituts immer heftiger entzogen.«

»Worüber hat er denn gearbeitet?« fragte O'Sullivan.

»Das ist einem Laien schwer zu erklären«, sagte Morrison. »Man kann sagen, daß Charles versuchte, über die Beeinflussung des menschlichen Immunsystems einen Weg zur Krebsbekämpfung zu finden. Leider ist diese Methode etwas veraltet. Vor zehn Jahren hat man noch große Hoffnungen in diesen Weg gesetzt. Aber die weiteren Entwicklungen konnten die vielversprechenden Anfänge dann nicht bestätigen. Charles konnte oder wollte sich den Veränderungen nicht anpassen. Und, wie Sie sich denken können, die Wissenschaft schreitet voran, ohne auf irgend jemanden zu warten.« Morrison lächelte, nachdem er den letzten Satz beendet hatte.

»Und warum, glauben Sie, hat Dr. Martel die ganze Laborausrüstung gestohlen?« fragte O'Sullivan mit einer weit ausholenden Armbewegung.

Dr. Ibanez zuckte die Schultern. »Da fragen Sie mich zuviel.«

»Ich denke, es war reiner Trotz«, sagte Dr. Morrison. »Wie bei einem Kind, das seinen Ball nimmt und nach Hause läuft, wenn die anderen nicht nach seinen Regeln spielen wollen.«

»Könnte Dr. Martel die Geräte entwendet haben, um seine Forschungen fortzusetzen?« fragte O'Sullivan.

»Nein«, antwortete Morrison entschieden. »Das ist unmöglich! Sämtliche Forschungsarbeit, die an diesem Institut geleistet wird, basiert auf der Verwendung sorgfältig herausgezüchteter Versuchstiere. Ohne diese Tiere ist jede Arbeit unmöglich, und Charles hat nicht eine einzige seiner Mäuse gestohlen. Und jetzt, wo nach ihm gefahndet wird, dürfte es ihm sehr schwerfallen, die entsprechenden Tiere zu bekommen.«

»Ich nehme an, Sie können mir eine Liste Ihrer Lieferanten geben«, sagte O'Sullivan.

»Natürlich«, erwiderte Dr. Morrison. Im Hintergrund klingelte ein Telefon. Eigentlich gab es keinen Grund dafür, aber Cathryn zuckte erschreckt zusammen. Ellen meldete sich und rief dann nach O'Sullivan.

»Das muß jetzt eine schwere Zeit für Sie sein«, sagte Dr. Ibanez zu Cathryn.

»Sie können es sich gar nicht vorstellen«, entgegnete Cathryn.

»Wenn wir Ihnen irgendwie helfen können«, sagte Dr. Morrison. Cathryn versuchte zu lächeln.

Patrick O'Sullivan kehrte zu der kleinen Gruppe zurück. »Wir haben den Wagen Ihres Mannes gefunden. Er hat ihn auf einem Parkplatz am Harvard Square stehen lassen.

Mit jedem Kilometer, den Cathryn auf der Interstate 301 zurücklegte, fühlte sie sich unglücklicher. Cathryn war von diesem unerklärlichen Gefühl irritiert, denn schließlich war die vage Hoffnung, daß Charles anrufen könnte, nur ein Grund gewesen, nach Hause in ihr Farmhaus zu fahren. Sie hatte sich auch von ihrer gedrückten Stimmung befreien wollen. Natürlich war Cathryn dankbar für die Hilfe ihrer Mutter, aber gleichzeitig ärgerten sie Ginas herabsetzende Bemerkungen über Charles und ihre ungezügelte Selbstgerechtigkeit. Nur weil sie selbst von ihrem Ehemann verlassen worden war, ließ Gina auch an keinem anderen Mann ein gutes Haar, besonders wenn er so wenig religiös war wie Charles. Sie hatte sich nie mit Cathryns Heirat abgefunden und ihre Tochter das auch immer deutlich spüren lassen.

Also hatte Cathryn sich darauf gefreut, in ihr eigenes Haus zurückzukehren, auch wenn sie wußte, daß es nicht mehr das glückliche Heim vergangener Tage war. Als Cathryn sich der Auffahrt zu dem Farmhaus näherte, bremste sie den alten Kombi langsam ab. Als erstes sah sie den Briefkasten. Er war mit dem Pfahl, auf dem er stand, umgeworfen und zerstört worden. Langsam fuhr Cathryn den geschwungenen Weg zwischen den Baumreihen hinauf, deren dichtes Laubwerk die Auffahrt im Sommer in eine schattige Allee verwandelte. Jetzt konnte Cathryn durch das kahle Geäst das Haus sehen. Es stand strahlendweiß gegen den dunklen Schatten des Immergrüns hinter der Scheune.

In der Nähe des Hintereingangs brachte Cathryn den Wagen zum Stehen. Sie sah zum Haus hinüber und mußte daran denken, wie grausam das Leben sein konnte. Es schien, daß ein kleines Ereignis eine unaufhaltsame Kettenreaktion auslösen konnte, wie in einer Reihe von Dominosteinen jeder Stein unausweichlich den nächsten umwarf, wenn der erste zu Fall gebracht worden war. Cathryn stieg aus dem Wagen und hörte, wie der Wind die Tür von Michelles Spielhaus bei jeder Böe gegen die Holzwand des kleinen Hauses schlug. Als sie genauer hinsah, entdeckte sie, daß die meisten der kleinen Glasscheiben aus den Sprossenfenstern eingeschlagen worden waren. Nachdenklich stapfte sie durch den Schnee zur Hintertür des Farmhauses. Auf der Treppe holte sie ihren Schlüsselbund aus der Tasche, öffnete die Tür und trat in die Küche.

Entsetzt schrie Cathryn auf, als sie im Augenwinkel eine schnelle Bewegung wahrnahm. Jemand kam hinter der Tür hervor und stürzte sich auf sie.

Im nächsten Augenblick wurde sie gegen die Küchenwand gepreßt. Die Hintertür wurde mit solchem Schwung zugeworfen, daß sogar die Wände erzitterten.

Cathryns Schrei stockte und erstarb in ihrer Kehle. Es war Charles! Sprachlos sah sie ihm nach, als er eilig von Fenster zu Fenster lief und unruhig hinaussah. Seine rechte Hand hielt ein Schrotgewehr umklammert. Charles hatte die Fenster von innen notdürftig mit Brettern vernagelt. Er mühte sich, durch die verbliebenen Spalten und Ritzen etwas erkennen zu können. Bevor Cathryn sich noch beruhigen konnte, packte Charles sie am Arm und zog sie eilig aus der Küche durch den Flur in das Wohnzimmer. Dort ließ er sie los und lief wieder von einem Fenster zum anderen, um hinauszusehen.

Cathryn stand vor Angst und Überraschung wie gelähmt.

Als Charles sich schließlich wieder zu ihr wandte, sah sie, wie erschöpft er war.

»Bist du allein gekommen?« fragte er mit drohendem Unterton.

»Ja«, antwortete Cathryn. Sie fürchtete sich, auch nur ein Wort mehr zu sagen.

»Gott sei Dank«, sagte Charles. Sein ernstes Gesicht entspannte sich sichtbar.

»Was tust du hier?« fragte Cathryn.

»Dies ist mein Haus«, antwortete Charles. Er atmete tief ein und stieß die Luft durch seine Lippen pfeifend wieder aus.

»Ich verstehe dich nicht«, sagte Cathryn. »Ich habe gedacht, daß du Michelle geholt hast und mit ihr fortgelaufen bist. Hier wird man dich doch finden!«

Zum ersten Mal wandte Cathryn ihren Blick von Charles und sah sich in ihrem Wohnzimmer um. Es hatte sich völlig verändert. Die chromglänzenden technischen Geräte aus dem Weinburger-Institut waren längs der Wände aufgestellt. In der Mitte des Raumes stand ein provisorisch hergerichtetes Krankenbett, in dem Michelle schlief.

»Michelle«, rief Cathryn überrascht. Mit wenigen Schritten war sie an dem Bett und griff nach der Hand ihres Kindes. Charles war ihr langsam gefolgt.

Für einen kurzen Moment öffnete Michelle die Augen. Ein schnelles Aufflackern in ihrem Blick verriet, daß sie Cathryn erkannt hatte, dann schlossen sich ihre Lider wieder. Cathryn wandte sich zu Charles.

»Charles, was, um Himmels willen, tust du hier?«

»Ich werde es dir gleich sagen«, antwortete Charles. Er nahm Cathryn bei der Hand und bedeutete ihr, ihm in die Küche zu folgen.

»Kaffee?« fragte er.

Cathryn schüttelte den Kopf. Ihr Blick blieb fest auf Charles geheftet, während er sich selbst eine Tasse einschenkte. Dann setzte er sich Cathryn gegenüber an den Küchentisch.

»Erst will ich dir noch etwas anderes sagen«, begann er und sah sie offen dabei an. »Ich habe Zeit gehabt nachzudenken, und ich glaube, ich verstehe jetzt, in was für einer schwierigen Situation du im Krankenhaus warst. Es tut mir leid, daß du die Folgen meiner Unentschlossenheit darüber, wie Michelle behandelt werden sollte, zu ertragen hattest. Und ich weiß besser als ein Laie, wie sehr die Ärzte einen Patienten und seine Familie unter Druck setzen können, um ihren Willen durchzusetzen. Wie auch immer, ich habe begriffen, wie es zu dieser Vormundschaftsgeschichte kommen konnte. Ich weiß, daß niemand etwas Unrechtes wollte oder gar in böser Absicht gehandelt hat. Am wenigsten du, Cathryn. Mein Verhalten im Krankenhaus tut mir leid, aber ich konnte nicht anders. Ich hoffe, du wirst mir verzeihen. Ich weiß, daß du immer nur das Beste für Michelle gewollt hast.«

Cathryn saß völlig reglos. Sie wollte aufspringen, um den Tisch laufen und ihre Arme um Charles schlingen, weil sich plötzlich alles, was er sagte, wieder so vernünftig anhörte.

Aber sie konnte sich nicht bewegen. Zuviel war geschehen, und es gab immer noch viele Fragen ohne Antwort.

Charles hob die Kaffeetasse an seine Lippen. Seine rechte Hand zitterte so heftig, daß er sie mit der linken stützen mußte.

»Die Entscheidung darüber, was nun wirklich mit Michelle zu tun war, ist mir sehr schwergefallen«, fuhr Charles fort. »Wie du, habe ich eine Zeitlang gehofft, daß ihr die orthodoxen Behandlungsmethoden und Medikamente helfen könnten. Aber es kam der Punkt, an dem ich wußte, daß sich diese Hoffnung nicht erfüllen würde und daß ich etwas tun mußte.«

Cathryn spürte, daß Charles es in allem sehr ernst meinte. Was sie nicht sagen konnte war, ob es auch vernünftig war. War er unter dem starken Druck zusammengebrochen, wie alle gesagt hatten? Cathryn fühlte sich nicht in der Lage, das entscheiden zu können.

»Alle ihre Ärzte haben darin übereingestimmt, daß die Medikamente Michelles einzige Chance waren, die Krankheit zurückzudrängen«, sagte Cathryn. »Dr. Keitzman hat mir das immer wieder versichert.«

»Und ich bin überzeugt, daß er das auch geglaubt hat.«

»Stimmt es denn nicht?«

»Natürlich muß die Krankheit zurückgedrängt werden«, stimmte Charles zu. »Aber weder die Chemotherapie und noch nicht einmal die Versuche mit den überhöhten Dosen der Medikamente hatten irgendeine Wirkung auf Michelles Leukämiezellen. Zur selben Zeit jedoch haben die Medikamente Michelles normale Zellen angegriffen, und vor allem ihr Immunsystem.«

Cathryn war sich nicht sicher, ob sie alles verstand, was Charles sagte. Aber es hörte sich zumindest logisch an und nicht wie die Ausgeburt eines verwirrten Gemüts.

»Ich bin mir sicher«, fuhr Charles fort, »daß Michelle nur dann eine Chance zu überleben hat, wenn ihr Immunsystem funktionsfähig bleibt.«

»Willst du damit sagen, daß du eine andere Behandlungsmethode für sie hast?« fragte Cathryn.

Charles seufzte. »Ich glaube es. Ich hoffe es!«

»Aber alle anderen Ärzte haben gesagt, daß nur die Chemotherapie ihr helfen kann.«

»Natürlich haben sie das gesagt«, erwiderte Charles. »Genauso wie ein Chirurg an die Chirurgie glaubt. Die Menschen lassen sich von dem leiten, was sie wissen. Das ist nur menschlich. Aber die Krebsforschung ist für die letzten neun Jahre mein Leben gewesen. Und ich glaube, es gibt eine Chance, daß ich etwas für Michelle tun kann.« Charles schwieg.

Offensichtlich glaubte er an das, was er sagte. Aber waren seine Worte auch auf Vernunft gegründet oder nur Selbsttäuschung? Cathryn wünschte sich verzweifelt, ihm glauben zu können. Aber nach allem, was sie durchgemacht hatte, was das sehr schwer. »Willst du sagen, es gibt eine Chance, daß du sie heilen kannst?«

»Ich will dir nicht übertrieben große Hoffnungen machen«, antwortete Charles. »Aber ich glaube, daß zumindest die Möglichkeit besteht. Sie mag gering sein, aber es gibt sie. Und, was viel wichtiger ist, meine Behandlungsmethode wird Michelle keine Schmerzen bereiten.«

»Hast du denn schon eines von deinen Versuchstieren, die Krebs haben, heilen können?« fragte Cathryn.

»Nein, das habe ich nicht«, gestand Charles. Aber dann fügte er rasch hinzu: »Ich weiß, daß sich dadurch alles sehr unrealistisch anhört. Doch ich glaube, daß ich bei den Versuchstieren bisher nur deshalb noch keinen Heilerfolg hatte, weil ich so langsam und sorgfältig vorgegangen bin. Es war reine Forschungsarbeit. Aber ich war gerade dabei, eine neue Technik zu versuchen, bei der ich die kranken Mäuse mit Hilfe von gesunden heilen wollte.«

»Aber du hast hier doch gar keine Versuchstiere«, sagte Cathryn. Ihr waren die Fragen von Patrick O'Sullivan eingefallen.

»Falsch«, sagte Charles. »Ich habe ein großes Versuchstier. Mich!«

Cathryn schluckte. Zum ersten Mal während des Gesprächs mit Charles schlug es in ihrem Kopf Alarm, und sie fragte sich, ob er wirklich wußte, was er gerade gesagt hatte.

»Die Vorstellung überrascht dich«, sagte er. »Aber das sollte sie nicht. Die meisten großen Forscher in der Geschichte der Medizin haben an sich selbst Versuche durchgeführt. Laß mich versuchen zu erklären, was ich tue. Zuerst einmal mußt du wissen, daß ich mit meiner Forschungsarbeit so weit vorangekommen bin, daß ich von einer Krebszelle irgendeines Lebewesens ein Oberflächenprotein isolieren kann, das die kranke Zelle von den gesunden unterscheidet. Selbst das, die Herausisolierung dieses Antigens, ist schon ein großer Fortschritt. Mein Problem bestand nun darin, das Immunsystem eines Organismus dazu zu bringen, auf dieses Antigen zu reagieren und sich so selbst von den abnormen Krebszellen zu befreien. Ich glaube, daß Krebs sehr häufig auftritt, aber daß das Immunsystem des Körpers seine Ausbreitung verhindert. Erst wenn das Immunsystem versagt, ist der Moment gekommen, daß sich der Krebs ausbreiten und wachsen kann. Hast du mich soweit verstanden?«

Cathryn nickte.

»Als ich dann versucht habe, krebskranke Tiere dahin zu bringen, daß sie auf das Antigenprotein reagieren, blieb der Erfolg aus. Ich glaube, daß es im Immunsystem eine Art blokkierenden Mechanismus gibt. An diesem Punkt war ich, als Michelle krank wurde. Aber dann hatte ich die Idee, das isolierte Oberflächenprotein gesunden Mäusen zu injizieren, um sie gegen dieses Antigen immun zu machen. Leider blieb mir nicht mehr die Zeit, die Versuche durchzuführen, aber ich bin sicher, daß sie die von mir erwarteten Ergebnisse gehabt hätten. Denn das Immunsystem eines gesunden Tieres wird das Antigen sofort als Fremdkörper erkennen, während es sich bei einem kranken Tier eben nur wenig von den normalen Proteinen unterscheidet und deshalb nicht erkannt wird.«

Zwar versuchte Cathryn zu lächeln, aber alles hatte sie nicht mehr verstanden.

Charles spürte ihr Zögern. Er beugte sich über den Tisch und packte Cathryn an den Schultern. »Du mußt versuchen zu verstehen, was ich sage, Cathryn. Ich will, daß du an das, was ich tue, glaubst. Du mußt mir dabei helfen.«

Cathryn fühlte, wie sich eine Fessel in ihr löste und abfiel. Charles war ihr Ehemann, und daß er sie brauchte und es ihr auch eingestand, war ein großer Ansporn für sie.

»Kannst du dich erinnern, daß man einmal Pferde als Zwischenträger benutzt hat, um Serum gegen Diphtherie zu gewinnen?« fragte Charles.

»Ja, so ungefähr«, antwortete Cathryn.

»Was ich dir erklären will, funktioniert ganz ähnlich. Ich habe das Oberflächenantigen von Michelles Krebszellen herausisoliert, das ihre kranken Zellen von den normalen unterscheidet. Und dann habe ich dieses Antigen mir selbst injiziert.«

»Damit dein Körper Abwehrstoffe gegen Michelles Krebszellen produziert?« fragte Cathryn. Sie bemühte sich, Charles zu verstehen.

»Genau!« rief Charles aufgeregt.

»Und anschließend injizierst du deine Antikörper Michelle?« fragte Cathryn weiter.

»Nein, das geht leider nicht«, antwortete Charles. »Michelles Immunsystem würde meine Antikörper abstoßen. Aber zum Glück hat die moderne Forschung einen Weg gefunden, das, was man zelluläre Immunität oder Sensibilität nennt, von einem Organismus auf einen anderen zu übertragen. Wenn meine T-Lymphozyten erst einmal auf Michelles Antigen reagiert haben, kann ich von meinen weißen Blutkörperchen etwas isolieren, das man den Übertragungsfaktor nennt. Diesen Übertragungsfaktor werde ich Michelle injizieren. Und dadurch hoffe ich, ihr Immunsystem anregen zu können, gegen die Krebszellen in ihrem Körper zu reagieren. Michelles Körper würde dann die kranken Zellen, die bereits in ihrem Organismus vorhanden sind, zerstören und auch alle anderen, die später noch auftauchen könnten.«

»Und damit wäre sie geheilt?« fragte Cathryn vorsichtig.

»Und damit wäre sie geheilt«, bestätigte Charles.

Cathryn war sich nicht sicher, ob sie jedes von Charles' Worten richtig verstanden hatte, aber sein Plan hörte sich durchdacht an. Daß er ihn nach einem Nervenzusammenbruch ausgearbeitet haben könnte, schien ihr jetzt völlig unmöglich. Cathryn mußte auch zugeben, daß Charles, von seinem Standpunkt aus betrachtet, die ganze Zeit über vernünftig gehandelt hatte.

»Und wie lange wird das alles dauern?« fragte Cathryn.

»Ich weiß nicht einmal sicher, ob es überhaupt funktionieren wird«, sagte Charles. »Aber nach der Reaktion meines Körpers auf das Antigen zu urteilen, wird es in wenigen Tagen entschieden sein. Deshalb habe ich ja auch das Haus verbarrikadiert. Ich werde jeden Versuch, Michelle zurück ins Krankenhaus zu bringen, abwehren. Wenn es sein muß, mit Gewalt.«

Cathryn sah auf die vernagelten Fenster, dann wandte sie sich wieder zu Charles. »Ich nehme an, du weißt schon, daß die Bostoner Polizei dich sucht. Sie glauben, du seist auf dem Weg nach Mexiko, um Michelle mit Laetrile behandeln zu lassen.«

Charles lachte. »Das ist ein Witz. Und allzu gründlich können sie auch gar nicht nach mir suchen, denn unsere Polizei hier weiß sehr genau, wo ich bin. Hast du nicht unseren Briefkasten und Michelles Spielhaus gesehen?«

»Doch, das habe ich. Der Briefkasten ist umgestürzt worden, und beim Spielhaus waren fast alle Fenster eingeschlagen.«

»Das haben wir unseren lieben Ortsgewaltigen zu verdanken. Gestern nacht kam eine Horde Männer von der Recycle Ltd. hierher, um ihren Vandalismus auszutoben. Ich habe sofort die Polizei angerufen. Eine Zeitlang habe ich schon gedacht, daß sie einfach nicht kommen würde, aber dann habe ich unten an der Straße einen Streifenwagen stehen sehen. Offensichtlich haben sie die Zerstörungen geduldet.«

»Warum?« fragte Cathryn entsetzt.

»Ich habe mir einen jungen aggressiven Anwalt genommen. Offensichtlich ist es ihm gelungen, Recycle einige Unannehmlichkeiten zu bereiten. Und jetzt glauben die Recycle-Leute wohl, mir soviel Angst einjagen zu können, daß ich den Anwalt zurückziehe.«

»Oh, mein Gott!« rief Cathryn. Allmählich erkannte sie, wie einsam und allein Charles gewesen war.

»Und wo sind unsere Jungen?« fragte Charles.

»Chuck ist bei Mutter und Jean Paul bei einem Schulkameraden in Shaftesbury.«

»Sehr gut«, sagte Charles. »Denn wahrscheinlich wird es hier bald etwas stürmischer zugehen.«

Beide, Mann und Frau, hatten die Grenze des eben noch Erträglichen erreicht. Schweigend sahen sie sich über den Küchentisch hinweg in die Augen. Eine Welle der Liebe erfaßte sie. Sie sprangen auf, fielen sich in die Arme und hielten sich verzweifelt fest, als ob sie fürchteten, daß irgend etwas sie wieder trennen könnte. Sie wußten beide, daß noch keines ihrer Probleme gelöst war. Aber das wiedererwachte Vertrauen in ihre Liebe gab ihnen neue Kraft.

»Bitte vertraue mir und meiner Liebe zu dir«, sagte Charles leise.

»Ich liebe dich«, sagte Cathryn. Tränen liefen über ihre Wangen. »Aber das war auch nie in Frage gestellt. Es ging mir doch nur um Michelle.«

»Dann glaube mir bitte, daß ich nur das Beste für sie will«, erwiderte Charles. »Du weißt, wie sehr ich sie liebe.«

Cathryn befreite sich aus seinen Armen und sah ihm ins Gesicht. »Alle denken, du hättest einen Nervenzusammenbruch gehabt. Ich wußte einfach nicht, was dein Verhalten zu bedeuten hatte, besonders weil du dich auf einmal soviel mit Recycle abgegeben hast, als es doch nur noch um die richtige Behandlung für Michelle ging.«

»Recycle war nur eine Ablenkung für mich, ich konnte wenigstens etwas tun. Das Schlimmste für mich an Michelles Krankheit war, daß ich überhaupt nichts tun konnte. Genauso war es mir ergangen, als Elisabeth plötzlich erkrankte. Damals konnte ich nur zusehen, wie sie starb. Und einen Moment habe ich befürchtet, daß sich jetzt mit Michelle alles wiederholen würde. Ich brauchte irgend etwas, das mich eine Zeitlang ganz gefangennehmen konnte, und Recycle stimulierte noch mein Verlangen, etwas zu tun. Doch meine Empörung über das, was der Betrieb mit seinen giftigen Chemikalien macht, ist ehrlich, ebenso wie mein Wunsch, die Recycling-Anlage stillegen zu lassen. Meine erste Sorge aber gilt natürlich Michelle, sonst wäre ich jetzt auch nicht hier.«

Cathryn hatte das Gefühl, daß eine riesige Last von ihr genommen worden war. Endlich war sie sich sicher, daß Charles nicht einen Augenblick unvernünftig gehandelt hatte.

»Wie geht es Michelle jetzt?« fragte Cathryn.

»Nicht gut«, sagte Charles. »Es ist erstaunlich, wie aggressiv ihre Krankheit ist. Ich mußte ihr Morphium geben, weil sie so schwere Magenkrämpfe hatte.« Charles nahm Cathryn wieder in die Arme und wandte sein Gesicht ab.

»Sie hatte auch Magenkrämpfe, als ich bei ihr war«, sagte

Cathryn. Sie spürte ein Zittern durch Charles' Körper laufen, als er versuchte, gegen seine Tränen anzukämpfen. Cathryn hielt ihn so fest, wie sie nur konnte.

Einige Minuten standen sie eng umschlungen. Sie sprachen nicht, aber auch ohne Worte wuchs ein tiefes Verständnis zwischen ihnen. Schließlich löste sich Charles aus Cathryns Armen. Er sah sie mit ernstem Gesicht an, seine Augen waren gerötet.

»Ich bin froh, daß wir uns aussprechen konnten«, sagte Charles. »Aber ich glaube, du solltest nicht länger hierbleiben. Ohne Zweifel wird es hier bald Ärger geben. Es ist nicht so, daß ich dich nicht bei mir haben will. Im Gegenteil, wenn es nur nach mir ginge, würde ich dich bitten hierzubleiben. Aber ich weiß, es ist vernünftiger, wenn du Jean Paul holst und zurück zu deiner Mutter fährst.« Charles nickte, als ob er sich selbst erst noch überzeugen müßte.

»Ich will aber, daß es nur nach dir geht«, erwiderte Cathryn. Sie fühlte ein neues Selbstvertrauen, daß sie auf dem Platz an seiner Seite bestehen konnte. »Mein Platz ist hier. Jean Paul und Chuck kommen auch ohne mich zurecht.«

»Aber Cathryn...«

»Kein Aber«, sagte Cathryn entschlossen. »Ich bleibe, und ich werde dir helfen.«

Charles sah seiner Frau forschend ins Gesicht. Sie hielt seinem Blick herausfordernd stand.

»Und wenn du glaubst«, fuhr sie so heftig fort, wie er es noch nie bei ihr erlebt hatte, »daß du mich jetzt noch loswerden kannst, nachdem du mich von deinem Plan überzeugt hast, dann bist du *wirklich* verrückt! Du wirst mich mit Gewalt aus dem Haus werfen müssen.«

»Schon gut, schon gut«, gab Charles lächelnd nach. »Ich werde dich nicht hinauswerfen. Aber es könnte hier schwierig für uns werden.«

»Dann betrifft es mich ebenso wie dich«, sagte Cathryn mit fester Stimme. »Dies ist eine Familienangelegenheit, und ich gehöre zu dieser Familie. Darüber waren wir beide uns im klaren, als wir geheiratet haben. Ich bin nicht in dieses Haus gekommen, um nur das Glück mit dir zu teilen.«

Charles wurde von seinen Gefühlen hin und her gerissen.

Doch zuallererst war er stolz. Es war seine Schuld, daß er Cathryn zuwenig zugetraut hatte. Wann immer es möglich gewesen war, hatte er versucht, die Schatten, die auf ihr gemeinsames Leben fielen, von ihr fernzuhalten. Und das war falsch gewesen. Er hätte offener zu ihr sein müssen und ihr mehr vertrauen sollen. Cathryn war seine Frau und nicht sein Kind.

»Wenn du bleiben möchtest, dann tu es«, sagte er.

»Ich will bleiben«, erwiderte Cathryn.

Charles küßte sie sanft auf die Lippen. Dann trat er einen Schritt zurück und sah sie bewundernd an.

»Du kannst mir wirklich helfen«, sagte er nach einem raschen Blick auf seine Armbanduhr. »Gleich muß ich mir eine weitere Dosis von Michelles Antigen injizieren. Wenn ich alles vorbereitet habe, sage ich dir, was du tun kannst. In Ordnung?«

Cathryn nickte. Bevor Charles ins Wohnzimmer zurückging, streichelte er ihr noch einmal zärtlich über die Hand.

Eine leichte Benommenheit ergriff Cathryn. Sie stützte sich auf die Lehne eines Küchenstuhles. Alles, was sich in den letzten Tagen ereignet hatte, war so unerwartet gekommen. Nicht einen Moment hatte sie daran gedacht, daß Charles Michelle in ihr eigenes Haus bringen könnte. Angestrengt überlegte sie, ob es noch einen Weg gab, das Vormundschaftsverfahren rückgängig zu machen. Dann wäre zumindest ein Grund, für den Charles von der Polizei gesucht wurde, aus der Welt geschafft.

Sie ging zum Telefon und wählte die Nummer ihrer Mutter. Während sie noch auf den Anschluß wartete, wurde ihr bewußt, daß es nur einen Streit heraufbeschwören würde, wenn sie ihrer Mutter erzählte, daß Charles bei ihr war. Sie beschloß, nichts zu sagen.

Gina meldete sich nach dem zweiten Klingeln. Cathryn hielt das Gespräch allgemein, und da ihre Mutter nicht nach ihrem Abstecher zum Weinburger-Institut fragte, erwähnte Cathryn ihn auch nicht. So mußte sie Gina wenigstens nicht gestehen, daß Charles wegen schweren Diebstahls gesucht wurde. Dann trat ein kurzes Schweigen ein. Cathryn räusperte sich entschlossen. »Wenn es dir nichts ausmacht, Chuck das Essen zu bereiten und dafür zu sorgen, daß er morgen früh rechtzeitig aufsteht, dann würde ich heute nacht gerne hierbleiben. Ich möchte im Haus sein, falls Charles anrufen sollte.«

»Aber Liebling, du mußt dich doch nicht verpflichtet fühlen, da herumzusitzen und auf diesen Mann zu warten. Außerdem habe ich für uns ein wunderschönes Abendessen geplant. Rate einmal, was ich kochen werde.«

Cathryn seufzte leise. Es erstaunte sie immer wieder, daß ihre Mutter wirklich glaubte, mit einem guten Essen jedes Problem lösen zu können.

»Mutter, ich will jetzt nicht raten, was du kochen willst. Ich will heute nacht hier in meinem eigenen Haus bleiben.«

Cathryn wußte, wie sehr sie ihre Mutter dadurch verletzte. Aber unter den gegebenen Umständen blieb ihr keine andere Wahl. So schnell sie es konnte, ohne dabei grob zu wirken, beendete Cathryn das Gespräch.

Immerhin hatte ihre Mutter sie auf den Gedanken gebracht, nach den Essensvorräten im Haus zu sehen. Cathryn öffnete die Kühlschranktür. Bis auf die geringeren Vorräte an Milch und Eiern waren sie gut versorgt. Schließlich hatten sie noch eine gut gefüllte Speisekammer im Keller. Cathryn schloß die Kühlschranktür und ließ ihren Blick über die vernagelten Küchenfenster wandern. Es kam ihr vor, als sei sie in ihrem eigenen Haus gefangen.

Dann mußte sie an das denken, was Charles ihr über seine Behandlungsmethode für Michelle gesagt hatte. Sie gestand sich freimütig ein, daß sie nicht alles bis ins Kleinste verstanden hatte, aber es hatte überzeugend geklungen. Gleichzeitig wußte sie, daß sie wahrscheinlich auch Dr. Keitzman geglaubt hätte, wenn sie jetzt bei ihm gewesen wäre. Wenn schon die Ärzte sich nicht einig waren, mußte sie als Laie erst recht ratlos sein.

Als Cathryn ins Wohnzimmer kam, hielt Charles gerade eine Spritze in der Hand und schlug mit dem Zeigefinger leicht gegen den Glaskolben, damit sich die Luftblasen von der Innenwand lösten. Eilig setzte sie sich und ließ ihren Blick gedankenverloren umherwandern. Michelle schlief immer noch. Ihr dünnes Haar lag sorgfältig auf dem weißen Kissen ausgebreitet. Durch die Ritzen zwischen den Brettern vor den Fenstern konnte Cathryn erkennen, daß es wieder schneite.

»Ich werde mir jetzt diese Spritze in die Armvene injizieren«, sagte Charles und sah sich nach einer Manschette um, mit der er den Arm abbinden konnte. »Ich nehme nicht an, daß du es für mich tun willst.«

Cathryn spürte, wie ihr Mund austrocknete. »Ich kann es versuchen«, erwiderte sie zögernd. In Wahrheit wollte sie nichts mit der Spritze zu tun haben. Schon ihr Anblick verursachte Cathryn Übelkeit.

»Das würdest du wirklich tun?« fragte Charles. »Es ist nämlich höllisch schwer, sich selbst in die Vene zu stechen, wenn man nicht gerade süchtig ist. Dann muß ich dir noch erklären, wie du mir das Epinephrin geben mußt, falls ich es brauchen sollte. Als ich mir die erste Spritze mit Michelles Antigen gegeben habe, hat sich bei mir eine Anaphylaxie entwickelt. Das ist eine allergische Reaktion auf die Eiweißstoffe, die lähmend auf die Atmung wirkt.«

»O Gott«, murmelte Cathryn. Besorgt sah sie Charles an. »Kannst du das Antigen denn nicht anders nehmen? Zum Beispiel einfach essen?«

Charles schüttelte den Kopf. »Ich habe es versucht, aber meine Magensäure hat die Lösung zerstört. Ich habe sogar versucht, es in Pulverform wie Kokain zu schnupfen, doch dabei sind meine Nasenschleimhäute fürchterlich angeschwollen. Und weil jetzt alles schnell gehen muß, habe ich mich entschlossen, es mir zu injizieren. Das Problem ist, daß mein Körper auf die erste Dosis mit einer einfachen Allergie reagiert hat, die man den Soforttyp nennt. Ich habe versucht, die Reaktion abzuschwächen, indem ich das Protein leicht verändert habe. Ich muß meinen Körper dazu bringen, mit einer Allergie des verzögerten Typs zu reagieren und nicht mit einem Soforttyp.«

Cathryn nickte, als hätte sie ihn verstanden. Doch das einzige, was in ihr Bewußtsein drang, war die Kälte der Spritze in ihrer Hand. Jeden Moment darauf gefaßt, sich selbst verletzen zu können, hielt sie sie vorsichtig zwischen den Fingerspitzen. Charles zog einen Stuhl heran und setzte sich Cathryn gegenüber. Auf eine Kommode legte er in Griffweite zwei kleinere Spritzen.

»Diese beiden Spritzen enthalten das Epinephrin. Wenn

sich mein Gesicht plötzlich verfärbt wie eine rote Rübe und ich nicht mehr atmen kann, dann nimmst du eine, stichst sie mir in irgendeinen Muskel und spritzt mir, so schnell du kannst, das Epinephrin. Wenn die Spritze nicht nach spätestens dreißig Sekunden gewirkt hat, gibst du mir die zweite.«

Cathryn fühlte eine sonderbare Angst in sich aufsteigen, aber Charles schien unbekümmert und fröhlich zu sein. Er knöpfte seine Hemdenmanschette auf und rollte den Ärmel hoch. Während er ein Ende des breiten Gummibandes mit den Zähnen hielt, band er sich mit der rechten Hand den linken Oberarm ab. Im nächsten Moment trat die Vene in seiner Armbeuge deutlich hervor.

»Zieh den Plastikschutz ab«, sagte Charles zu Cathryn. »Und dann stoß mir die Nadel in die Vene.«

Cathryns Hände zitterten, als sie die Schutzkappe von der Nadel nahm. Das Licht der Deckenlampe ließ die Nadelspitze aufblitzen. Charles nahm jetzt eine Zellophanpackung mit alkoholgetränkten Wattebäuschchen zwischen die Zähne und riß sie mit der rechten Hand auf. Dann rieb er sich die Armbeuge ab.

»Jetzt ist es soweit. Du kannst anfangen«, sagte Charles und sah zur Seite.

Cathryn holte tief Luft. Jetzt wußte sie, warum sie nie daran gedacht hatte, Medizin zu studieren. Sie bemühte sich, die Nadel ruhig zu halten, setzte die Spitze vorsichtig auf Charles' Vene und gab der Spritze einen sanften Stoß. Die Haut wurde kaum eingeritzt.

»Du mußt kräftig zustoßen«, forderte Charles sie auf. Er hielt das Gesicht noch immer abgewandt.

Cathryn gab der Spritze einen leichten Stoß. Die Nadel drang etwas tiefer in die Haut ein.

Charles sah auf seinen Arm. Dann holte er mit seiner freien rechten Hand aus und gab der Spritze einen kurzen kräftigen Hieb. Die Nadel durchbrach die Haut und drang in die Vene ein.

»Perfekt«, sagte er. »Jetzt zieh den Kolben noch ein Stück weiter heraus, ohne die Nadelspitze zu bewegen.«

Cathryn tat, was Charles verlangt hatte. Hellrotes Blut schoß in die Spritze.

»Genau getroffen«, lobte Charles und wickelte das Gummiband von seinem Arm. »Jetzt drück den Kolben langsam ein.«

Langsam wanderte der Kolben in die Glasröhre hinein. Als Cathryn ihm schon die Hälfte der Lösung injiziert hatte, rutschten ihr plötzlich die Finger ab. Die Nadel stach tiefer in die Vene, als Cathryn wieder auf den Kolben preßte. Sofort war eine erbsengroße Schwellung in der Armbeuge zu sehen.

»Das macht nichts«, beruhigte Charles sie. »Für das erste Mal war das gar nicht schlecht. Jetzt kannst du die Spritze wieder herausziehen.«

Cathryn zog die Nadel aus seiner Vene, und Charles preßte einen Wattebausch auf die Einstichstelle.

»Es tut mir leid«, sagte Cathryn leise. Sie hatte Angst, ihn verletzt zu haben.

»Es ist wirklich nicht schlimm. Wer weiß, vielleicht hilft es sogar, daß etwas von dem Antigen unter die Haut gegangen ist.« Plötzlich lief sein Gesicht rot an. Er zitterte. »Verdammt«, stieß er mühsam hervor. Cathryn hörte, daß sich seine Stimme verändert hatte. Sie war auf einmal viel heller. »Epinephrin«, sagte er schwach.

Cathryn griff nach einer der kleinen Spritzen. In ihrer Hast, die Schutzkappe abzuziehen, verbog sie die Nadel. Eilig nahm sie die zweite Spritze von der Kommode. Charles, der inzwischen übersät von roten Flecken war, zeigte auf seinen linken Oberarm. Cathryn hielt die Luft an und stieß die Nadel in den Muskel. Diesmal hatte sie genügend Kraft in den Stoß gelegt. Sie drückte den Kolben in die Glasröhre und zog die Spritze wieder heraus. Rasch nahm sie die erste Spritze wieder zur Hand und versuchte, die Nadel geradezubiegen. Als sie Charles gerade die zweite Dosis geben wollte, hob er abwehrend die Hand.

»Es reicht schon«, sagte er leise. Seine Stimme klang noch immer verändert. »Ich kann die Wirkung bereits spüren. Huh! Wie gut, daß du hier warst.«

## 14. Kapitel

Es war ungefähr halb zehn, als sie sich für die Nacht fertig machten. Vorher hatte Cathryn ein kleines Abendessen bereitet, Charles hatte währenddessen in seinem provisorischen Labor gearbeitet. Er hatte sich etwas Blut abgenommen, die Probe in ihre Zellbestandteile zerlegt und mit Hilfe von roten Schafsblutkörperchen einige T-Lymphozyten herausisoliert. Dann hatte er die T-Lymphozyten mit einigen seiner Gewebsgranulozyten und Michelles Leukämiezellen in den Inkubator gestellt. Als sie sich zum Essen zusammensetzten, hatte er Cathryn gesagt, daß noch kein Anzeichen für eine verzögerte Zwischenzellreaktion zu erkennen war und daß er sich nach Ablauf von vierundzwanzig Stunden eine weitere Spritze mit Michelles Antigen geben müßte.

Michelle war aus ihrem Morphiumschlaf erwacht. Überglücklich hatte sie Cathryn begrüßt. An die Ankunft ihrer Stiefmutter konnte sich Michelle nicht mehr erinnern. Aber sie hatte sich nach dem langen Schlaf wieder besser gefühlt und sogar etwas gegessen.

»Es scheint ihr besser zu gehen«, flüsterte Cathryn, als sie mit Charles das Geschirr in die Küche trug.

»Das ist mehr Schein als Wirklichkeit«, antwortete Charles. »Ihr Körper erholt sich nur wieder von den anderen Medikamenten.«

Charles hatte ein Feuer im Kamin entzündet und die große Matratze aus dem Schlafzimmer heruntergeholt. Er wollte bei Michelle sein, falls sie ihn brauchen sollte.

Als Cathryn sich hingelegt hatte, fühlte sie eine bleischwere Müdigkeit in sich. Da sie Michelle zufrieden und so gut versorgt wie nur möglich wußte, konnte auch sie sich zum ersten Mal seit zwei Tagen entspannen. Sie hörte, wie der Wind den Schnee gegen die Fensterscheiben trieb und rückte nahe an Charles heran. Dann ließ sie sich von ihrer Müdigkeit überwältigen.

Plötzlich splitterte Glas. Verwirrt von dem Geräusch schreckte Cathryn hoch. Charles, der noch wach gelegen hatte, reagierte überlegter. Er rollte sich von der Matratze, und noch während er aufstand, griff er nach seinem Gewehr und legte den Sicherungshebel um.

»Was war das?« fragte Cathryn. Ihr Herz schlug wild.

»Besuch«, antwortete Charles kühl. »Wahrscheinlich unsere Freunde von Recycle.«

Etwas schlug dröhnend gegen die Eingangstür und fiel dumpf zu Boden.

»Steine«, sagte Charles. Er schlich sich zum Lichtschalter, und mit einem Schlag war es stockfinster im Zimmer. Michelle murmelte im Schlaf. Cathryn war mit wenigen Schritten an ihrem Bett und versuchte sie zu beruhigen.

»Wie ich mir gedacht habe«, sagte Charles. Er spähte durch die Ritzen zwischen den Brettern vor den Fenstern nach draußen.

Cathryn stellte sich hinter Charles und sah ihm über die Schulter. Gute dreißig Meter vom Haus entfernt stand eine Gruppe Männer auf dem Zufahrtsweg, die selbstgemachte Fackeln in den Händen hielten. Unten an der Straße waren mehrere Wagen auf dem schmalen Seitenstreifen geparkt.

»Sie sind betrunken«, sagte Charles.

»Und was sollen wir jetzt machen?« flüsterte Cathryn.

»Nichts«, sagte Charles. »Es sei denn, sie versuchen ins Haus einzudringen, oder sie kommen uns mit ihren Fackeln zu nahe.«

»Könntest du denn überhaupt auf jemanden schießen?« fragte Cathryn.

»Ich weiß nicht«, antwortete Charles. »Ich weiß es wirklich nicht.«

»Ich werde die Polizei rufen«, sagte Cathryn.

»Das brauchst du gar nicht erst zu versuchen«, entgegnete Charles. »Ich bin sicher, daß sie genau wissen, was hier passiert.«

»Ich versuche es trotzdem«, sagte Cathryn.

Während Charles am Fenster stehenblieb, lief sie in die Küche und wählte die Nummer der Vermittlung. Dann ließ sie sich mit dem Polizeirevier von Shaftesbury verbinden. Erst nach dem neunten Klingeln meldete sich eine müde Stimme. Sie gehörte Bernie Crawford.

Hastig berichtete Cathryn, daß ihr Haus von einer Gruppe Betrunkener belagert wurde und daß sie sofort Hilfe brauchten.

»Einen Moment«, sagte Crawford.

Cathryn hörte, wie eine Schublade aufgezogen wurde und Crawford in ihr herumsuchte.

»Einen kleinen Moment. Ich muß nur eben einen Stift finden«, sagte Crawford. Noch bevor Cathryn etwas antworten konnte, hatte er den Hörer aus der Hand gelegt. Von draußen war ein Schrei zu hören, dann kam Charles in die Küche gelaufen. Er ging zum Nordfenster, das zu dem kleinen Teich zeigte.

»Ich bin soweit«, meldete sich Crawford wieder. »Wie lautet Ihre Adresse?«

Cathryn nannte ihm die Anschrift.

»Postleitzahl?« fragte Crawford.

»Postleitzahl?« fragte Cathryn zurück. »Wir brauchen sofort Hilfe!«

»Meine liebe Dame, alles muß seine Ordnung haben. Bevor ich einen Wagen schicken kann, muß ich hier erst ein Formular ausfüllen.« Cathryn nannte die Postleitzahl.

»Wie groß ist die Gruppe?«

»Ich bin nicht sicher. Es sind mindestens sechs.«

»Sind es Kinder?« fragte Crawford.

»Cathryn!« rief Charles. »Du mußt jetzt sofort ins Wohnzimmer gehen und vorne Ausschau halten. Sie stecken das Spielhaus in Brand. Aber vielleicht wollen sie uns damit nur ablenken. Jemand muß die Eingangstür im Auge behalten.«

»Hören Sie zu«, schrie Cathryn in die Sprechmuschel. »Ich kann jetzt nicht länger reden. Schicken Sie endlich einen Wagen.«

Sie warf den Hörer auf die Gabel und lief zurück ins Wohnzimmer. Durch das schmale Fenster neben dem Kamin konnte sie einen flackernden Feuerschein aus der Richtung des Spielhauses sehen. Dann ließ sie ihren Blick über die Wiese vor dem Haus wandern. Die Männer mit den Fackeln waren verschwunden, aber sie entdeckte, daß unten an der Straße jemand etwas aus dem Kofferraum eines Autos hob. In der Dunkelheit sah es aus wie ein Kanister. »O Gott, laß es kein Benzin sein«, sagte Cathryn.

Von der Rückseite des Hauses hörte Cathryn Glas splittern. »Ist dir etwas passiert?« rief sie.

»Nein. Die Kerle schlagen die Scheiben von deinem Wagen ein.«

Charles schien die Hintertür aufzuschließen. Dann hörte Cathryn einen Schuß krachen. Das Echo hallte im ganzen Haus nach. Die Tür fiel laut wieder ins Schloß.

»Was ist passiert?« rief Cathryn.

Charles kam ins Wohnzimmer gelaufen. »Ich habe in die Luft geschossen. Anscheinend ist das das einzige, was die Kerle beeindruckt. Sie sind weggelaufen.«

Cathryn sah aus dem Fenster. Die Gruppe hatte sich um den Mann versammelt, der von dem Wagen an der Straße gekommen war. Im Schein der Fackeln konnte Cathryn erkennen, daß der Mann einen großen runden Behälter vor seinen Füßen abgestellt hatte. Er bückte sich, anscheinend um die Blechdose zu öffnen.

»Es sieht aus wie ein Farbeimer«, sagte Cathryn.

»Das ist auch einer«, erwiderte Charles.

Während sie nach draußen spähten, fingen die Männer einen Sprechchor an. »Kommunist!« riefen sie wieder und wieder. Der Mann mit dem Farbeimer näherte sich dem Haus. Sein Vorgehen schien auch die anderen mutiger werden zu lassen. Als sie näherkamen, sah Cathryn, daß die Männer Holzknüppel mit sich trugen. Ihr Rufen wurde immer lauter. Charles erkannte in der Gruppe Wally Crab und den Mann, der ihn zu Boden geschlagen hatte.

Ungefähr fünfzehn Meter vor dem Haus blieb die Gruppe erneut stehen. Von den anderen angestachelt, ging der Mann mit dem Farbeimer allein weiter. Charles zog Cathryn vom Fenster weg und schob sie hinter seinen Rücken. Angespannt hielt er den Vordereingang im Auge, sein rechter Zeigefinger legte sich um den Abzug des Gewehrs.

Erst waren Schritte zu hören, dann begann ein Pinsel über die Tür zu wischen. Fünf Minuten später klatschte noch einmal ein Schwall Farbe gegen den Eingang, dann fiel der Blecheimer scheppernd auf die Veranda.

Charles lief zurück zum Fenster und sah, wie sich die Männer laut lachend gegenseitig auf die Schultern schlugen. Dann gingen sie langsam die Auffahrt hinunter, wobei sie sich ausgelassen anstießen und in den Schnee zu schubsen versuchten. Unten an der Straße lärmten die Männer noch eine Weile, dann stiegen sie in ihre Wagen. Laut hupend fuhren sie Richtung Norden nach Shaftesbury davon. Sekunden später waren sie in der Nacht verschwunden.

So plötzlich wie die Winterstille zerstört worden war, kehrte sie jetzt wieder zurück. Erleichtert holte Charles einmal tief Luft. Er lehnte sein Gewehr gegen die Wand und zog Cathryn an ihren Händen zu sich. »Nachdem du nun gesehen hast, wie ungemütlich es hier werden kann, ist es vielleicht doch besser, wenn du wieder zu deiner Mutter gehst, bis alles vorüber ist.«

»Auf keinen Fall«, antwortete Cathryn und schüttelte energisch den Kopf. Dann machte sie sich los und ging zu Michelle.

Eine Viertelstunde später kam ein Streifenwagen des Reviers von Shaftesbury schleudernd die Auffahrt heraufgefahren. Mit quietschenden Bremsen stoppte der Wagen hinter Cathryns Kombi. Eilig, als sei er zu einem Noteinsatz gerufen worden, lief Frank Neilson auf das Haus zu.

Charles schloß den vorderen Eingang auf und trat einen Schritt vor die Tür. »Sie können sofort wieder kehrtmachen und sich hinter ihr Steuerrad klemmen.«

Frank Neilson blieb breitbeinig stehen und stützte herausfordernd die Hände in die Hüften. »Na schön, wenn Sie mich nicht brauchen.«

»Verschwinden Sie von meinem Grundstück!« stieß Charles wütend hervor.

»Merkwürdige Leute leben hier«, sagte Neilson betont laut, als er zu seinem Partner in den Wagen stieg.

Langsam zog der Morgen über dem frostkalten Land herauf, doch das Licht wurde noch von einer zinngrauen Wolkendecke zurückgehalten. Charles und Cathryn hatten abwechselnd Wache gehalten, aber die Randalierer waren nicht wiedergekommen. Als die Dämmerung anbrach, fühlte Charles sich wieder so sicher, daß er zu ihrem Bett, das sie sich vor dem Kamin aufgeschlagen hatten, zurückkehrte und sich noch für einige Zeit zu Cathryn schlafen legte.

Ein paar Stunden später spielte Charles ausgelassen für seine Tochter den Kellner. Michelle ging es schon viel besser, und obwohl sie immer noch sehr schwach war, konnte sie sich wieder aufsetzen und brachte sogar ein Lächeln zustande, als Charles ihr mit großen Gesten das Frühstück servierte.

Dann setzte er sich an seine Laborgeräte. Zum zweiten Mal nahm sich Charles eine Blutprobe ab und prüfte, ob seine T-Lymphozyten mit einer verzögerten Allergie auf Michelles Antigen reagiert hatten. Unterdessen bemühte sich Cathryn, das Durcheinander im Haus in einen wohnlicheren Zustand zu bringen. Das Wohnzimmer mit Charles' provisorischer Laboreinrichtung, der großen Matratze vor dem Kamin und Michelles Bett in der Mitte glich einem Irrgarten, in den Cathryn nur wenig Ordnung bringen konnte. Aber in der Küche lag bald wieder alles an seinem gewohnten Platz.

»Noch kein Anzeichen für eine Reaktion bei meinen Lymphozyten«, sagte Charles, als er in die Küche kam, um sich noch etwas Kaffee zu holen. »Du wirst mir heute nachmittag noch eine Spritze mit Michelles Antigen geben müssen.«

»Natürlich«, sagte Cathryn mit fester Stimme, die Charles' und ihrer eigenen Zuversicht Auftrieb geben sollte. Dabei war sie sich überhaupt nicht sicher, ob sie es noch einmal tun konnte. Schon der Gedanke verursachte bei ihr eine Gänsehaut.

»Ich muß mir etwas einfallen lassen, um das Haus noch sicherer zu machen«, sagte Charles. »Ich weiß nicht, was ich getan hätte, wenn die Kerle letzte Nacht betrunken genug gewesen wären, um die Hintertür zu stürmen.«

»Randalierer sind eine Sache«, erwiderte Cathryn. »Aber was willst du machen, wenn die Polizei kommt, um dich festzunehmen?«

Charles sah Cathryn nachdenklich an.

»Bevor ich das, was ich für Michelle tun kann, nicht zu Ende gebracht habe, werde ich niemanden ins Haus lassen.«

»Es kann doch nur noch eine Frage der Zeit sein, bis die Polizei auftaucht«, sagte Cathryn. »Und es wird bestimmt nicht so leicht sein, sie daran zu hindern, hier hereinzukommen. Schon bei dem geringsten Widerstand brichst du die Gesetze. Und vielleicht fühlen sie sich dann berechtigt, Gewalt anzuwenden.«

»Das glaube ich nicht«, erwiderte Charles. »Sie haben viel mehr zu verlieren als zu gewinnen.«

»Michelle könnte ein triftiger Grund für sie sein. Sie könnten sich verpflichtet fühlen, dafür zu sorgen, daß die Chemotherapie bei ihr fortgesetzt werden kann.«

Charles nickte langsam. »Du könntest sogar recht haben. Aber selbst dann gibt es für uns keinen anderen Ausweg.«

»Ich glaube doch«, sagte Cathryn. »Vielleicht kann ich die Polizei dazu bringen, nicht mehr nach dir zu suchen. Ich habe den Kriminalbeamten kennengelernt, der für den Fall zuständig ist. Ich könnte zu ihm gehen und ihm sagen, daß ich kein Interesse an einer Klage habe. Wenn es keinen Kläger gibt, müßten sie die Suche nach dir einstellen.«

Charles trank einen großen Schluck von seinem Kaffee. Was Cathryn sagte, klang vernünftig. Er wußte, daß die Polizei ihn aus dem Haus herausbekommen konnte, wenn sie es mit Gewalt versuchte. Tränengas war einer der Gründe gewesen, weshalb er die Fenster so sorgfältig vernagelt hatte. Aber ihm war klar, daß die Polizei auch noch andere Mittel und Möglichkeiten besaß, an die er gar nicht erst denken wollte. Cathryn hatte recht. Die Polizei konnte ihm wirklich gefährlich werden.

»Also schön«, sagte Charles, »aber du mußt mit dem Transporter fahren, den ich gemietet habe. Er steht in der Garage. Ich glaube nicht, daß dein Kombi noch eine Windschutzscheibe hat.«

Sie zogen ihre Mäntel an und gingen durch den unberührten Neuschnee zu der verschlossenen Scheune. Beide sahen sie die verkohlten Überreste von Michelles Spielhaus unten am Teich, aber keiner von beiden erwähnte sie auch nur mit einem Wort. Zu sehr erinnerte die noch schwelende Asche an die Schrecknisse der vergangenen Nacht.

Cathryn lenkte den Transporter rückwärts aus der Garage. Nur ungern fuhr sie jetzt weg. Cathryn hatte die wiedergewonnene Nähe zu Charles genossen, gerade weil es auch Michelle besserging und trotz der Randalierer. Da sie noch nie einen Transporter gefahren hatte, bereitete es ihr Mühe, den großen Wagen zu wenden. Dann winkte sie Charles zum Abschied und fuhr langsam die eisglatte Auffahrt hinunter.

Am Fuß des Hügels wandte sie sich noch einmal zum Haus um. Das harte Winterlicht ließ es zwischen den kahlen Bäumen noch verlassener aussehen. Quer über die Eingangstür war in großen zerlaufenen Buchstaben das Wort ›Kommunist‹ geschrieben. Der Rest der Farbe war gegen das Haus geschüttet worden und in dünnen Streifen an der Wand heruntergelaufen. Aus der Entfernung sah es aus wie Blut.

Während der Fahrt zur Bostoner Polizeizentrale in der Berkeley Street überlegte Cathryn, was sie Patrick O'Sullivan sagen sollte. Sie beschloß, sich möglichst kurz zu fassen und war sicher, alles innerhalb weniger Minuten durchgestanden zu haben.

Als Cathryn schließlich vor der Polizeizentrale ankam, konnte sie keinen Parkplatz für den Transporter finden. Am Ende stellte sie ihn einfach in eine gelbe Halteverbotszone. Ein Fahrstuhl brachte sie in den sechsten Stock, wo sie O'Sullivans Büro ohne Mühe fand. Sie klopfte kurz und trat ein. O'Sullivan stand auf und kam hinter seinem Schreibtisch hervor. Er trug denselben Anzug, den er schon vor vierundzwanzig Stunden angehabt hatte, als Cathryn ihm zum ersten Mal begegnet war. Auch das Hemd war dasselbe, denn Cathryn erinnerte sich an den kleinen Kaffeefleck rechts neben dem dunkelblauen Schlips. Nur schwer konnte sie sich vorstellen, wie dieser so sanft wirkende Mann zu der Gewalt fähig sein sollte, die ihm sein Beruf mit Sicherheit gelegentlich abverlangte.

»Möchten Sie sich nicht setzen?« fragte O'Sullivan. »Ich nehme Ihnen den Mantel ab.«

»Danke, bemühen Sie sich nicht«, erwiderte Cathryn. »Ich werde Ihre Zeit nur kurz in Anspruch nehmen.«

O'Sullivans Büro sah aus wie die Kulisse für ein Fernsehmelodram. An den rissigen Wänden hingen die obligatorischen Fotos von einigen ernst blickenden Männern aus der Polizeihierarchie. Neben der Tür hing eine große Pinwand, an die unzählige Fahndungsplakate und Fotos geheftet waren. Auf dem Schreibtisch lagen Stöße von Briefen und Umschlägen, dazwischen standen leere Suppendosen, in denen O'Sullivan seine Stifte und Filzschreiber verwahrte, eine alte Schreibmaschine und das Bild einer pausbäckigen, rothaarigen Frau mit fünf rothaarigen kleinen Mädchen.

O'Sullivan setzte sich wieder hinter seinen Schreibtisch und verschränkte die Hände über dem Bauch. Mit ausdruckslosem

Blick sah er Cathryn an. Cathryn hätte gerne gewußt, was in dem Kopf des Mannes vorging.

»Um es kurz zu machen«, begann sie unsicher. Ihr Selbstvertrauen war bereits merklich gesunken. »Ich bin gekommen, um Ihnen mitzuteilen, daß ich die Klage gegen meinen Mann zurückziehe.«

In O'Sullivans Miene war nicht die kleinste Veränderung zu erkennen.

Cathryn sah einen Moment zur Seite. Das Gespräch verlief schon nicht mehr so, wie sie es geplant hatte. »Mit anderen Worten«, fügte sie hinzu, »ich möchte die Vormundschaft für das Kind nicht mehr.«

O'Sullivan sah sie immer noch schweigend an, was Cathryns Angst noch größer werden ließ.

»Es ist nicht so, daß ich mich nicht um meine Stieftochter sorgen würde«, fuhr Cathryn rasch fort. »Aber mein Mann ist ihr leiblicher Vater und außerdem ist er Arzt. Deshalb glaube ich, daß er selbst am besten in der Lage ist, über die richtige Behandlung für das Kind zu entscheiden.«

»Wo ist Ihr Mann?« fragte O'Sullivan.

Cathryn blinzelte nervös. Die Frage hatte geklungen, als ob O'Sullivan ihr bis jetzt gar nicht zugehört hatte. Dann wurde ihr siedendheiß bewußt, daß sie nicht so lange mit der Antwort zögern durfte. »Das weiß ich nicht«, sagte sie schnell. Cathryn hatte das Gefühl, daß sie alles andere als überzeugend geklungen hatte.

Plötzlich stieß sich O'Sullivan von der Stuhllehne ab und beugte sich über den Schreibtisch. »Ich denke, es ist an der Zeit, daß ich Sie von einigen Dingen in Kenntnis setze, Mrs. Martel. Auch wenn das Vormundschaftsverfahren von Ihnen persönlich in Gang gesetzt worden ist, können Sie es nicht einseitig vor der Anhörung außer Vollzug setzen. Der Richter, der Ihnen vorübergehend die alleinige Vormundschaft übertragen hat, hat gleichzeitig einen Vormund *ad litim* benannt. Er heißt Robert Taber. Wie denkt denn Mr. Taber über die Klage gegen Ihren Mann, um Michelle Martel sobald wie möglich ins Krankenhaus zurückzubringen?«

»Das weiß ich nicht«, antwortete Cathryn kläglich. Mit diesen Komplikationen hatte sie nicht gerechnet.

»Bis jetzt mußte ich davon ausgehen«, fuhr O'Sullivan fort, »daß das Leben des Kindes in Gefahr ist, wenn es nicht so schnell wie möglich wieder seine besondere Behandlung im Krankenhaus bekommt.«

Cathryn schwieg.

»Es scheint mir offensichtlich, daß Sie mit Ihrem Mann gesprochen haben.«

»Ich habe mit ihm gesprochen«, gab Cathryn zu, »und dem Kind geht es gut.«

»Und wie steht es mit der medizinischen Versorgung Ihrer Tochter?«

»Mein Mann ist Arzt«, sagte Cathryn, als ob der Hinweis auf Charles' Beruf die Frage O'Sullivans beantwortete.

»Das mag sein, Mrs. Martel, aber das Gericht wird nur mit einer allgemein anerkannten Behandlungsmethode einverstanden sein.«

Cathryn nahm ihren ganzen Mut zusammen und stand auf. »Ich glaube, ich gehe jetzt besser.«

»Vielleicht sollten Sie mir besser sagen, wo Ihr Mann ist, Mrs. Martel.«

»Das möchte ich Ihnen lieber nicht sagen«, antwortete Cathryn. Sie versuchte erst gar nicht so zu tun, als ob sie nicht wüßte, wo Charles sich versteckt hatte.

»Sicher erinnern Sie sich, daß ich einen Haftbefehl für Ihren Mann habe. Die Verantwortlichen des Weinburger-Instituts drängen sehr auf eine Klage.«

»Das Institut wird sämtliche Laborgeräte zurückerhalten«, erwiderte Cathryn.

»Sie sollten es nicht soweit kommen lassen, daß Sie sich der Mittäterschaft schuldig machen«, sagte O'Sullivan.

»Vielen Dank, daß Sie sich Zeit für mich genommen haben«, sagte Cathryn und wandte sich zur Tür.

»Wir wissen bereits, wo Ihr Mann ist«, rief O'Sullivan ihr hinterher.

Cathryn blieb wie angewurzelt stehen und drehte sich langsam wieder um.

»Warum kommen Sie nicht zurück und setzen sich wieder?«

Einen Moment starrte Cathryn den Kriminalbeamten regungslos an. Zuerst dachte sie daran, doch zu gehen. Aber dann erkannte sie, daß es klüger war zu bleiben und herauszufinden, was die Polizei schon wußte und vor allem, was sie zu tun gedachte. Zögernd ging Cathryn zu ihrem Stuhl zurück.

»Ich muß Ihnen wohl noch etwas erklären«, sagte O'Sullivan. »Bis heute morgen habe ich die Fahndungsmeldung nach Ihrem Mann zurückgehalten. Ich hatte das Gefühl, daß dies kein gewöhnlicher Fall ist, und trotz der Aussagen der Leute vom Weinburger-Institut hatte ich nicht den Eindruck, daß Ihr Mann die Laborausrüstung gestohlen hat. Natürlich hatte er sie an sich genommen, aber eben nicht gestohlen. Meine Hoffnung war, daß sich der Fall irgendwie von selbst lösen würde. Ich hatte mir vorgestellt, daß Ihr Mann vielleicht irgend jemanden anruft und sagt: ›Es tut mir leid, hier sind die Laborgeräte und das Kind; ich habe mich fortreißen lassen...‹ und so weiter. Wenn das geschehen wäre, dann, glaube ich, hätten wir eine Anklage vermeiden können. Aber das Weinburger-Institut und das Krankenhaus haben keine Ruhe gegeben. Also habe ich die Fahndung nach Ihrem Mann heute morgen über den Fernschreiber laufen lassen. Wir haben sofort eine Rückmeldung bekommen. Die Polizei von Shaftesbury hat angerufen und uns mitgeteilt, daß sich Charles Martel in seinem eigenen Haus versteckt hält und daß es ihnen eine Freude ist, ihn für uns festzunehmen. Darauf habe ich gesagt...«

»O Gott, nein!« rief Cathryn. Ihr Gesicht wurde kreidebleich.

O'Sullivan ließ seinen letzten Satz unvollendet und sah Cathryn erstaunt an. »Fühlen Sie sich nicht gut, Mrs. Martel?«

Cathryn schloß die Augen und schlug sich die Hände vors Gesicht. Nach einer Minute ließ sie ihre Hände in den Schoß sinken und sah O'Sullivan niedergeschlagen an. »Dieser Alptraum hört einfach nicht auf.«

»Wovon sprechen Sie?« fragte O'Sullivan.

Cathryn erzählte ihm von Charles' verzweifeltem Kreuzzug gegen die Recycle Ltd., von den Ereignissen in der vergangenen Nacht vor ihrem Haus und wie sich die Polizei von Shaftesbury in beiden Fällen verhalten hatte.

»Sie schienen wirklich ein bißchen übereifrig zu sein«, gab O'Sullivan zu. Er mußte wieder an sein Telefongespräch mit Frank Neilson denken.

»Können Sie nicht in Shaftesbury anrufen, und den Leuten sagen, daß sie noch warten sollen?« fragte Cathryn.

»Dazu ist es bereits zu spät«, antwortete O'Sullivan.

»Können Sie dann nicht wenigstens mit den Leuten sprechen, damit sie nicht denken, sie könnten tun, was sie wollen«, sagte Cathryn mit bittender Stimme.

O'Sullivan griff zu seinem Telefon und bat die Zentrale, ihn mit dem Polizeirevier in Shaftesbury zu verbinden.

Cathryn fragte, ob er bereit sei, mit ihr nach New Hampshire zu fahren, um den Polizeieinsatz persönlich zu überwachen.

»Ich habe dort keine Befehlsgewalt«, antwortete O'Sullivan. Dann hörte er ein Rufzeichen in der Leitung und wartete schweigend auf den Anschluß.

»Wir haben ihn umstellt«, schrie Bernie Crawford so laut, daß O'Sullivan den Hörer vom Ohr nahm und selbst Cathryn noch jedes Wort verstand. »Aber dieser Martel ist verrückt. Er hat sein Haus wie eine Festung verbarrikadiert. Außerdem besitzt er ein Gewehr, mit dem er anscheinend ganz gut umgehen kann, und dann hat er noch sein Kind als Geisel.«

»Hört sich an, als ob die Situation sehr schwierig für Sie ist«, sagte O'Sullivan. »Ich nehme an, Sie haben Unterstützung von der Staatspolizei angefordert.«

»Das haben wir natürlich nicht getan«, rief Bernie Crawford. »Wir kümmern uns schon selbst um ihn. Wir haben eine Handvoll Freiwillige angeworben. Sobald wir Charles Martel ins Revier gebracht haben, rufen wir Sie sofort an, damit Sie alles Nötige für seinen Transport nach Boston in die Wege leiten können.«

O'Sullivan bedankte sich bei Crawford, der gleich erwiderte, daß die Polizei von Shaftesbury jederzeit bereit sei zu helfen.

O'Sullivan legte auf und sah Cathryn nachdenklich an. Das Gespräch mit Crawford hatte bewiesen, wie sehr sie mit ihren Behauptungen im Recht war. Der Mann schien alles andere als ein vernünftiger Polizeibeamter zu sein. Und was die Anwerbung von Freiwilligen betraf, so hatte sich das angehört wie eine Szene aus einem Clint-Eastwood-Western.

»Das wird schlimm werden«, sagte Cathryn und schüttelte verzweifelt den Kopf. »Es wird zu Auseinandersetzungen kommen. Und Charles ist wegen Michelle zu allem entschlossen. Ich fürchte, er wird sich mit allen Mitteln zur Wehr setzen.«

»Herrgott!« rief O'Sullivan. Er sprang auf und holte seinen Mantel von dem Kleiderständer neben der Tür. »Wie ich diese Sorgerechtsfälle hasse. Kommen Sie, ich werde mit Ihnen fahren. Aber vergessen Sie nicht, ich habe in New Hampshire keine Befehlsgewalt.«

Cathryn fuhr so schnell, wie sie sich mit dem großen Transporter getraute. O'Sullivan folgte ihr in einem blauen Chevy Nova. Je näher sie Shaftesbury kamen, um so heftiger schlug Cathryns Herz. Als sie um die letzte Kurve vor ihrem Haus bog, hatten sich die anfänglichen Sorgen zu einer panischen Angst gesteigert. Schon von weitem entdeckte sie eine große Menschenmenge unten an der Straße. Auf beiden Seitenstreifen der Interstate 301 standen dicht an dicht Autos geparkt. Die Zufahrt zu ihrem Haus war von zwei Polizeiwagen versperrt.

Cathryn fuhr so weit es ging an die Auffahrt heran, parkte den Wagen, stieg aus und wartete auf O'Sullivan, der wenig später hinter dem Transporter hielt. Trotz der Kälte wirkte die Szene wie eine Karnevalsversammlung. Auf der gegenüberliegenden Straßenseite hatte ein geschäftstüchtiger Bürger bereits einen Holzkohlengrill aufgebaut. Für zwei Dollar fünfzig verkaufte er italienische Würstchen in einem aufgeschnittenen Sandwich. Das Geschäft ging ausgezeichnet. Neben dem Grill stand eine eisgefüllte Tonne mit Budweiser Bier. Hinter dem Verkaufsstand bauten Kinder eifrig an zwei Schneeburgen, die es bei der kommenden Schneeballschlacht zu erobern galt.

O'Sullivan ging zu Cathryn. »Das sieht ja aus, als sei hier ein Schulfest.«

»Nur die Gewehre passen nicht dazu«, erwiderte Cathryn.

Hinter den beiden Polizeiwagen stand eine Gruppe von Männern, die von Armeekleidung bis zu Skianoraks alles angezogen hatten, was sie vor der Kälte schützen konnte, und die alle mit Jagdgewehren bewaffnet waren. Manche hielten in der einen Hand ihr Gewehr und in der anderen eine Bierdose. Die Gruppe hatte sich um Frank Neilson versammelt, der einen Fuß auf die Stoßstange seines Streifenwagens gestellt hatte und ein Walkie-talkie an sein Ohr preßte. Offensichtlich dirigierte er weitere bewaffnete Männer, die, von der Straße aus nicht zu sehen, den Belagerungsring um das Haus engerzogen.

O'Sullivan ging zu Frank Neilson und stellte sich vor.

Zwar konnte Cathryn von ihrem Platz aus nicht verstehen, was gesprochen wurde, aber die Miene des Polizisten aus Shaftesbury verriet, daß er den Kriminalbeamten aus Boston als Eindringling ansah. Mit großer Anstrengung nahm Neilson seinen Fuß von der Stoßstange und richtete sich zu seiner vollen Größe auf. Er überragte O'Sullivan um eine Kopflänge. Verglich man die beiden Männer, hätte man nicht vermutet, daß sie einen ähnlichen Beruf ausübten. Neilson trug seine blaue Polizeiuniform und einen schweren Ledergürtel, an dem sein Dienstrevolver hing. Auf dem Kopf hatte er eine Webpelzmütze, die nur schwach an ihr russisches Vorbild erinnerte. O'Sullivan trug einen ausgebleichten, gefütterten Trenchcoat. Sein zerzaustes Haar war unbedeckt.

»Wie kommen Sie voran?« fragte O'Sullivan in gleichgültigem Ton.

»Sehr gut«, antwortete Neilson. »Wir haben alles unter Kontrolle.« Er rieb sich mit dem Handrücken über seine etwas zu kurz geratene Nase.

Das Walkie-talkie knackte, und Neilson entschuldigte sich für einen Moment. Er hielt sich die Sprechmuschel dicht vor den Mund und sagte, daß die Gruppe ›Kater‹ bis auf hundert Meter gegen das Haus vorrücken und dort warten sollte. Dann wandte er sich wieder an O'Sullivan. »Wir müssen dafür sorgen, daß der Verdächtige nicht durch den Hinterausgang verschwinden kann.«

O'Sullivan warf einen kurzen Blick auf die Männer mit ihren Gewehren. »Halten Sie es wirklich für ratsam, so viele bewaffnete Leute hierzuhaben?«

»Wollen Sie mir etwa erzählen, wie ich in dieser Sache vorzugehen habe?« fragte Neilson sarkastisch zurück. »Hören Sie gut zu, wir sind hier in New Hampshire, nicht in Boston. Sie haben hier keine Befehlsgewalt. Und um ganz offen zu sein, es gefällt mir überhaupt nicht, wenn jetzt die großartige Stadtkripo auftaucht, um uns Ratschläge zu erteilen. Hier habe ich die Verantwortung. Ich weiß selbst, wie bei einer Geiselnahme vorzugehen ist. Erst das Gelände sichern, dann verhandeln. Wenn Sie mich jetzt bitte entschuldigen, ich habe zu tun.«

Frank Neilson wandte O'Sullivan den Rücken zu.

»Entschuldigen Sie bitte.« Ein großer hagerer Mann tippte O'Sullivan auf die Schulter. »Mein Name ist Harry Barker, ich bin vom *Boston Globe*. Sie sind O'Sullivan aus der Bostoner Polizeizentrale, richtig?«

»Ihr Reporter kommt auch nie eine Sekunde zu spät, oder?« erwiderte O'Sullivan.

»Die Kollegen vom *Sentinel* in Shaftesbury waren so nett, uns einen Tip zu geben. Diese kleinen Alltagstragödien interessieren die Leute. Können Sie mir ein paar Hintergrundinformationen geben?«

O'Sullivan zeigte auf Frank Neilson. »Da ist der Mann, der hier das Sagen hat. Fragen Sie ihn.«

O'Sullivan sah, wie Neilson ein Megafon in die Hand nahm und es schon an die Lippen setzte, als der Reporter ihn ansprach. Die beiden Männer sprachen kurz miteinander, dann trat Harry Barker zur Seite. Neilson drückte den Lautsprecherknopf des Megafons, und im nächsten Augenblick dröhnte seine heisere Stimme über die winterliche Landschaft. Die Freiwilligen hinter den Polizeiwagen hörten auf herumzualbern, und selbst die Kinder verstummten.

»Hören Sie, Martel, Ihr Haus ist umstellt. Ich fordere Sie auf, mit erhobenen Händen herauszukommen.«

Schweigend wartete die Menge ab. Das einzige, was sich noch bewegte, waren die Schneeflocken, die zwischen den Baumkronen herabfielen. Doch aus der Richtung des viktorianischen Farmhauses war keine Antwort zu hören. Neilson versuchte es noch einmal, das Ergebnis blieb dasselbe. Das einzige Geräusch, das von dem Haus auf dem Hügel herüberwehte, war das Rauschen des Windes in den Fichten hinter der Scheune.

»Ich gehe jetzt näher heran«, sagte Neilson, ohne jemanden im besonderen anzusprechen.

»Ich halte das nicht für eine besonders gute Idee«, sagte O'Sullivan so laut, daß jeder in der Nähe der Polizeiwagen es hören konnte.

Neilson warf ihm einen wütenden Blick zu. Dann nahm er das Megafon in die rechte Hand und trat übertrieben vorsichtig aus dem Schutz der Streifenwagen. Als er an O'Sullivan vorbeiging, lachte er ihn an. »Der Tag, an dem Frank Neilson nicht mehr mit so einem miesen kleinen Doktor fertig wird, ist auch der Tag, an dem er seine Dienstmarke zurückgibt.«

Während die Menge aufgeregt durcheinanderflüsterte, ging Neilson etwa fünfzehn Meter die Auffahrt hinauf. Der Schnee fiel jetzt dichter, und seine Pelzmütze hatte sich in eine weiße Haube verwandelt.

»Martel«, hallte die Stimme des Polizeichefs durch das Megafon, »ich warne Sie. Wenn Sie nicht freiwillig das Haus verlassen, werden wir Sie holen kommen.«

Als das letzte Wort verklungen war, legte sich wieder Stille über die Szene. Neilson drehte sich zu der Menge um und machte eine verzweifelte Geste, als ob er es mit einem Gartenschädling zu tun hätte. Dann ging er weiter auf das Haus zu.

Nicht einer der Zuschauer bewegte sich oder sprach ein Wort. Es lag eine erregte Spannung in der Luft, denn alle hofften, daß endlich etwas geschehen möge. Neilson war jetzt noch ungefähr dreißig Meter vom Haus entfernt.

Plötzlich wurde die rote besudelte Eingangstür aufgerissen, und Charles Martel trat mit seinem Gewehr im Arm heraus. Im nächsten Moment fielen kurz nacheinander zwei Schüsse.

Neilson stürzte sich kopfüber in den Schneewall neben der Auffahrt, während die Zuschauer in wilder Flucht davonstürmten oder hinter Bäumen und ihren geparkten Wagen Deckung suchten. Als Charles die Tür wieder krachend ins Schloß fallen ließ, ging über dem Gelände ein harmloser Schrotregen nieder.

Erst war nur vereinzeltes Gemurmel aus der Menge zu hören, aber als sich Frank Neilson wieder mühsam hochrappelte, verwandelte es sich in einen begeisterten Aufschrei. So schnell seine Füße den übergewichtigen Körper tragen konnten, lief Neilson die Zufahrt herunter. Er hatte die Streifenwagen fast erreicht und wollte sein Tempo bremsen, da verlor er den Halt unter den Füßen. Er fiel auf den Hintern und rutschte die letzten Meter der Auffahrt hinunter, bis er mit den Füßen gegen das Hinterrad eines Polizeiwagens prallte. Ein paar Freiwillige stürzten heran und halfen ihm auf die Beine.

»Dieser verdammte Scheißkerl!« schrie Neilson. »Jetzt reicht es! Jetzt bekommt er, was er verdient!«

Jemand fragte Neilson, ob er von der Schrotladung etwas abbekommen hätte, aber der Polizeichef schüttelte den Kopf. »Ich war viel zu schnell für ihn.«

Ein Wagen der lokalen TV-Nachrichtenredaktion stoppte nahe der Auffahrt, und ein Kamerateam stieg aus. Mit einer jungen strahlenden Reporterin in Nerzhut und knöchellangem pelzgefüttertem Mantel an der Spitze drängelte sich das Team eilig zu Frank Neilson durch. Nach einer kurzen Vorbesprechung wurden die Filmlampen eingeschaltet. Die Lichtkegel tauchten ein kleines Schneefeld in grelles Weiß. Die junge Reporterin leitete den Bericht mit ein paar schnellen Worten ein, dann hielt sie das Mikrofon dicht unter Neilsons stumpfe Nase.

Frank Neilsons selbstherrliches Auftreten verwandelte sich ins genaue Gegenteil. Schüchtern und verlegen nestelte er an seiner Uniform herum. »Ich tue hier nur, so gut ich kann, meine Pflicht.«

Als die Filmlampen aufleuchteten, tauchte auf einmal auch John Randolph, der Leiter der Stadtverwaltung, aus der Menge auf. Er schob sich in das gleißende Licht und legte einen Arm um Neilsons Schulter. »Und wir glauben, daß er das ausgezeichnet macht. Was denkt ihr, Leute?« Er wandte sich den neugierigen Zuschauern zu und begann zu klatschen. Die Menge fiel in den Beifall ein.

Die Reporterin bat Neilson, dem Fernsehpublikum kurz zu erzählen, was hier eigentlich vorging.

Neilson beugte sich dicht an das Mikrofon. »Da oben in dem Haus hält sich ein verrückter Wissenschaftler versteckt.« Er zeigte unbeholfen mit dem Daumen über die Schulter. »Er hat ein krankes Kind bei sich, das er nicht behandeln lassen will. Der Mann ist schwer bewaffnet und gefährlich. Es liegt ein Haftbefehl gegen ihn vor wegen Kindesentführung und schwerem Diebstahl. Aber es gibt keinen Grund zur Beunruhigung, wir haben alles unter Kontrolle.«

O'Sullivan schlängelte sich aus dem Gedränge heraus und

suchte nach Cathryn. Er entdeckte sie in der Nähe des Transporters. Sie hielt die Hände vor den Mund gepreßt. Das Spektakel machte ihr angst.

»Wenn Sie nicht eingreifen, wird die Sache noch ein schreckliches Ende nehmen«, sagte Cathryn.

»Ich kann aber nicht eingreifen«, erwiderte O'Sullivan. »Das habe ich Ihnen bereits gesagt, bevor wir hierhergefahren sind. Aber ich glaube, daß nichts Schwerwiegendes passieren kann, solange die Presse und das Fernsehen hier sind. Schon ihre Anwesenheit wird den Polizeichef davon abhalten, irgend etwas Verrücktes zu unternehmen.«

»Ich möchte zu unserem Haus gehen, um bei Charles sein zu können«, sagte Cathryn. »Ich fürchte, daß er sonst noch glaubt, ich hätte die Polizei geholt.«

»Sind jetzt Sie verrückt geworden?« fragte O'Sullivan. »Hier laufen mindestens vierzig bewaffnete Männer herum. Schon das ist gefährlich genug. Außerdem würde man Sie auch nicht zum Haus lassen. Das hieße nur, daß Ihr Mann eine Geisel mehr hat. Seien Sie ein bißchen geduldiger. Ich werde noch einmal mit Frank Neilson sprechen. Vielleicht kann ich ihn doch noch davon überzeugen, die Staatspolizei einzuschalten.«

O'Sullivan ging zurück zu den Streifenwagen. Er verfluchte sich dafür, daß er nicht in Boston geblieben war, wo er hingehörte.

Als er sich der provisorischen Einsatzzentrale näherte, hörte er wieder Neilsons Stimme durch das Megaphon dröhnen. Der Schnee fiel jetzt noch dichter, und einer der Freiwilligen fragte den Polizeichef, ob man ihn überhaupt noch oben am Haus hören konnte. Neilson wußte darauf keine Antwort. Aber wie dem auch war, Charles antwortete ohnehin nicht.

O'Sullivan ging zu Neilson und schlug ihm vor, es vielleicht einmal mit dem tragbaren Funktelefon zu versuchen und Charles einfach anzurufen. Der Polizeichef dachte einen Moment mit ernster Miene über den Vorschlag nach, und obwohl er O'Sullivan eine Antwort schuldig blieb, kletterte er in seinen Streifenwagen und ließ sich die Nummer der Martels geben. Dann wählte er. Charles meldete sich sofort.

»Hören Sie, Martel. Welche Bedingungen stellen Sie für die Freilassung des Kindes?«

Charles' Antwort war kurz. »Scheren Sie sich zum Teufel, Neilson!« Die Leitung war wieder tot.

»Ein wundervoller Vorschlag war das«, sagte Neilson zu O'Sullivan und schlug wütend den Hörer auf die Gabel. Dann sah er mit leerem Blick auf die Männer, die sich vor der offenen Wagentür versammelt hatten. »Wie, zum Teufel, soll ich mit jemandem verhandeln können, der keine Forderungen stellt? Hah? Kann mir das vielleicht jemand verraten?«

»Chef«, rief eine Stimme. »Wie wär's, wenn meine Freunde und ich das Haus einfach stürmen?«

Der Vorschlag ließ O'Sullivan erschrocken zusammenzukken. Angestrengt suchte er nach einem Weg, wie er Neilson dazu bringen konnte, die Staatspolizei zu Hilfe zu rufen.

Der Polizeichef war wieder aus dem Wagen gestiegen und stand mit drei Männern zusammen, die ganz in Weiß gekleidet waren. Ihre Parkas und Kälteschutzhosen erinnerten O'Sullivan an militärische Tarnkleidung.

»Wir würden das schaffen«, sagte einer der beiden kleineren Männer. Er nuschelte stark, weil ihm sämtliche Vorderzähne fehlten. »Wir haben uns das Haus angeguckt. Von hinten würde es leicht gehen. Man müßte von der Scheune her rüberlaufen, die Hintertür aufsprengen, und alles wäre vorbei.«

Neilson erinnerte sich an die Männer. Sie arbeiteten bei Recycle. »Ich habe noch nicht entschieden, wie wir vorgehen werden«, sagte er.

»Und warum versuchen Sie es nicht mit Tränengas?« schlug O'Sullivan vor. »Damit könnten Sie Martel aus dem Haus treiben.«

Neilson sah O'Sullivan mit finsterer Miene an. »Passen Sie auf, wenn ich Ihre Meinung hören will, werde ich Sie schon danach fragen. Das Problem ist, daß wir nicht so raffiniert ausgerüstet sind wie ihr in Boston. Ich müßte also die Staatspolizei um Hilfe bitten. Das will ich aber nicht. Wir werden die Sache allein lösen.«

Ein Aufschrei gellte durch die Nachmittagsstille, dann war aus der Menge wildes Rufen zu hören. O'Sullivan und Neilson warfen sich gleichzeitig herum. Im nächsten Moment sahen beide, wie Cathryn schräg über das Schneefeld vor den Streifenwagen auf die Auffahrt zulief.

»Was, zum Teufel, soll das?« rief Neilson.

»Das ist Martels Frau«, sagte O'Sullivan.

»Herrgott noch mal!« schrie Neilson. Dann wandte er sich an die nächsten Freiwilligen. »Fangt sie ein. Sie darf nicht zum Haus kommen!«

Je schneller Cathryn zu laufen versuchte, um so schwerer kam sie vorwärts, weil sie immer wieder durch die Harschdecke auf dem Schnee brach. Sie hatte die Zufahrt fast erreicht, aber der Schneewall, der durch das häufige Räumen an den Seiten des Weges hochgewachsen war, lag wie ein Hindernis vor ihr. Sie mußte auf allen vieren die naßkalte Barriere hinaufkriechen. Auf der anderen Seite ließ sie sich einfach hinuntergleiten. Im nächsten Moment stand sie wieder auf den Beinen.

Froh, endlich etwas tun zu können, stürzte ein halbes Dutzend Freiwilliger mit aufgeregtem Geschrei los und kämpfte sich um die quergestellten Polizeiwagen herum. Es war wie ein Wettlauf um den ersten Preis. Doch der neugefallene Schnee machte das Laufen schwierig. Ohne es zu wollen, behinderten die Männer sich gegenseitig. Schließlich hatten zwei von ihnen die Auffahrt erreicht, und so schnell sie konnten, eilten sie den Weg hinauf. Aus der Menge war erregtes Gemurmel zu hören. O'Sullivan dagegen hatte beide Hände zu Fäusten geballt, als ob er Cathryn damit mehr Kraft geben konnte. Dabei wußte er genau, daß alles nur noch komplizierter werden würde, wenn sie es bis zum Haus schaffte.

Cathryn schnappte keuchend nach Luft. Sie hörte schon das schwere Atmen ihrer Verfolger. Die Männer mußten sie bald eingeholt haben. Verzweifelt suchte sie nach einem Ablenkungsmanöver, aber das immer heftigere Seitenstechen machte jedes überlegte Nachdenken unmöglich.

Dann sah sie, wie die farbbespritzte Eingangstür des Hauses aufgerissen wurde. Ein orangener Blitz zuckte auf, und im selben Moment dröhnte ein Schuß. Cathryn blieb erschöpft stehen. Ihr Atem ging wild und sie erwartete, im nächsten Augenblick einen Schmerz zu spüren. Rasch warf sie einen Blick hinter sich und sah, daß ihre Verfolger sich auf der Suche nach Deckung in den Schnee geworfen hatten. Sie versuchte weiterzulaufen, aber ihr fehlte die Kraft. Mühsam schleppte sie sich die letzten Meter bis zur Veranda und kroch auf Händen und Füßen die Eingangsstufen hinauf. Charles legte das Gewehr in seinen rechten Arm und zog sie mit der linken Hand zu sich hinauf und ins Haus.

Ausgepumpt ließ Cathryn sich zu Boden fallen. Ihre Brust ging heftig auf und nieder. Sie hörte, daß Michelle nach ihr rief, aber sie konnte sich nicht bewegen. Charles lief aufgeregt von Fenster zu Fenster. Nach einer Minute war Cathryn wieder so weit zu Kräften gekommen, daß sie aufstehen konnte. Sie ging sofort zu Michelle.

»Ich habe dich vermißt, Mommy«, sagte Michelle und schlang ihre Arme um Cathryns Hals.

Cathryn wußte, daß sie das Richtige getan hatte.

Charles kehrte ins Wohnzimmer zurück und sah noch einmal prüfend die Auffahrt hinunter. Zufrieden legte er sein Gewehr aus der Hand. Dann kam er zu Cathryn und Michelle und schloß sie beide in seine Arme. »Endlich habe ich wieder meine beiden Frauen bei mir«, sagte er mit einem Augenzwinkern.

Cathryn begann sofort zu erklären, was geschehen war, und wiederholte dabei immer wieder, daß sie nichts mit der Ankunft der Polizei zu tun hatte.

»Das habe ich auch nicht eine Sekunde lang gedacht«, sagte Charles. »Ich bin froh, daß du wieder hier bist. Es ist nämlich äußerst schwierig, die Augen gleichzeitig nach zwei Richtungen hin offenzuhalten.«

»Jetzt habe ich auch mein letztes Vertrauen in unsere Polizei verloren«, erwiderte Cathryn. »Ich glaube, Neilson ist ein Psychopath.«

»Da kann ich dir nur recht geben«, sagte Charles.

»Ich frage mich, ob es nicht besser für uns wäre, wenn wir uns gleich ergeben würden. Neilson und seine sogenannten Freiwilligen haben mir angst gemacht.«

Charles schüttelte den Kopf und sagte leise: »Nein.«

»...aber glaub mir doch... Ich bin sicher, sie warten nur darauf, Gewalt anwenden zu können.«

»Das tun sie ganz sicher«, sagte Charles nachdenklich.

»Wenn du dich jetzt stellst und dem Weinburger-Institut die

Geräte zurückgibst und Dr. Keitzman erklärst, wie du Michelle behandeln willst, vielleicht kannst du deinen Versuch dann im Krankenhaus fortsetzen.«

»Ganz bestimmt nicht«, erwiderte Charles. »Die vereinte Macht von etablierter Forschung und Medizin würde das auf jeden Fall zu verhindern wissen. Sie würden einfach meinen Geisteszustand in Zweifel ziehen. Wenn ich jetzt von Michelle getrennt werde, wird man mich nie wieder in ihre Nähe lassen. Und das wäre überhaupt nicht gut, nicht wahr?« Charles strich seiner Tochter über das spärlich gewordene Haar. Michelle nickte zustimmend. »Außerdem«, fuhr Charles fort, »habe ich das Gefühl, daß mein Körper allmählich eine verzögerte Allergie gegen Michelles Antigen entwickelt.«

»Wirklich?« sagte Cathryn. Nach den Erlebnissen mit der unberechenbaren Menschenmenge vor dem Haus fiel es ihr schwer, mehr Begeisterung zu zeigen. Daß Charles bei alldem so ruhig bleiben konnte, erstaunte sie.

»Nach der letzten Blutabnahme haben meine T-Lymphozyten im Inkubator eine leichte Reaktion gegen Michelles Leukämiezellen entwickelt. Die Reaktion war eindeutig festzustellen, wenn auch nur sehr schwach. Trotzdem glaube ich, daß ich mir noch eine Dosis des Antigens injizieren sollte. Aber erst einmal müssen sich die Dinge draußen etwas beruhigen.«

Cathryn hörte das dumpfe Dröhnen des Megaphons, aber in dem schweren Schneefall blieben die Worte unverständlich. Am liebsten hätte sie die Zeit angehalten. Denn im Moment fühlte sie sich geborgen, obwohl sie die Bedrohung von draußen spüren konnte.

Der andauernde Schneefall ließ es frühzeitig dunkel werden. Kurz vor dem Abendessen bereitete Charles alles für die nächste Injektion vor. Doch dieses Mal benutzte er eine andere Technik. Er ermutigte Cathryn, ihm an seiner Armvene eine Kanüle anzulegen. Cathryn brauchte zwar mehrere Versuche, aber zu ihrer eigenen Verwunderung schaffte sie es, die Nadel richtig in die Vene zu stechen. Dann erklärte Charles ihr ausführlich, was sie bei der zu erwartenden anaphylaktischen Reaktion seines Körpers zu tun hatte. Sie gab ihm das Epinephrin unmittelbar nach der Injektion der Antigenlösung über die Kanüle direkt in den Kreislauf. Die schweren Atembeschwerden ließen sich so fast völlig unterdrücken.

Während Cathryn anschließend das Essen zubereitete, machte sich Charles daran, das Haus noch besser zu sichern. Er vernagelte jetzt auch die Fenster im zweiten Stock und verstärkte die Barrikaden hinter den Eingängen. Am meisten sorgte er sich jedoch über einen möglichen Einsatz von Tränengas. Er löschte das Feuer im Kamin und verstopfte den Schornstein, damit man ihnen nicht durch den Abzug einen Gaskanister direkt ins Wohnzimmer werfen konnte.

Als langsam die Nacht heraufzog, sahen Cathryn und Charles, daß sich die Menge unten an der Straße allmählich verlief. Die Leute waren verärgert und wütend, daß es nicht zu heftigeren Auseinandersetzungen gekommen war. Ein paar ganz Neugierige harrten noch aus, aber gegen halb zehn verschwanden auch die letzten Zuschauer. Das Thermometer war inzwischen auf minus fünfzehn Grad gefallen. Abwechselnd hielten Cathryn und Charles Wache, oder sie lasen Michelle vor. Es ging Michelle wieder schlechter, sie war schwächer geworden. Von Zeit zu Zeit hatte sie leichte Magenkrämpfe, aber die Anfälle verschwanden so plötzlich wie sie kamen. Um zehn schlief Michelle ein.

Es war still im Haus geworden. Nur gelegentlich war aus dem Keller das Anspringen der Ölheizung zu hören. Charles, der die erste Nachtwache übernommen hatte, konnte sich nur mit Mühe wachhalten. Die Benommenheit, die er nach der Dosis Epinephrin verspürt hatte, war zwar längst verschwunden, aber jetzt breitete sich ein Gefühl unendlicher Erschöpfung in seinem Körper aus. Er ging in die Küche und goß sich eine Tasse lauwarmen Kaffee ein. Den Weg zurück ins Wohnzimmer mußte er sich ertasten, denn er hatte alle Lichter im Haus gelöscht. Er setzte sich vor eines der Fenster und versuchte durch die Ritzen zwischen den Brettern die Streifenwagen unten an der Straße auszumachen. Aber es war zu dunkel. Dann legte er seinen Kopf für einen Moment auf die Fensterbank. Und genau in diesem Augenblick fiel er auch schon in einen tiefen, traumlosen Schlaf.

# 15. Kapitel

Punkt zwei Uhr nachts schob Bernie Crawford behutsam seinen Arm über die Lehne seines Vordersitzes, um seinen Chef, der auf der Rückbank des Polizeiwagens schnarchend schlief, zu wecken. Der Chef hatte ihm das zwar aufgetragen, aber das Problem war, daß Neilson es haßte, im Schlaf gestört zu werden. Als Crawford seinen Chef das letzte Mal bei einem Nachteinsatz wecken mußte, hatte Neilson wie von Sinnen auf ihn eingeprügelt. Nachdem er endlich wach geworden war, hatte sich Neilson natürlich bei ihm entschuldigt. Aber davon waren die heftigen Schmerzen nicht weggegangen. Crawford zog seinen Arm wieder zurück und dachte sich eine andere List aus. Er stieg aus dem Wagen. Inzwischen waren fast acht Zentimeter Neuschnee gefallen. Dann öffnete er leise die hintere Wagentür und gab seinem Chef einen kräftigen Stoß.

Neilson riß den Kopf hoch und versuchte den Störenfried zu packen. Aber Crawford wich geschickt zurück. Trotz seines massigen Körpers war der Polizeichef in Sekundenschnelle aus dem Wagen gesprungen, um seinen Untergebenen doch noch zu fassen. Crawford machte sich schon zur Flucht bereit, als die eiskalte Luft Neilson mit einem Schlag zur Besinnung brachte. Er blieb stehen und sah sich verwirrt um.

»Ist alles in Ordnung, Chef?« rief Crawford aus sicherer Entfernung.

»Natürlich«, knurrte Neilson. »Wie spät ist es denn?«

Nachdem er sich wieder hinter das Steuer seines Wagens gesetzt hatte, hustete Neilson fast drei Minuten lang, was ihn daran hinderte, endlich seine erste Zigarette anzünden zu können. Als er schließlich mehrere Züge geraucht hatte, griff er nach seinem Walkie-talkie und rief Wally Crab. Neilson war zwar nicht restlos glücklich mit dem Plan, aber er mußte zugeben, daß er auch keinen besseren hatte. Am späten Abend, als auch der letzte seiner Freiwilligen die Geduld zu verlieren begann, hatte er sich verpflichtet gefühlt, etwas zu unternehmen, wenn er es nicht riskieren wollte, daß seine Leute den Respekt vor ihm verloren. Also hatte er Wally Crabs Plan zugestimmt.

Wally hatte bei den Marines gedient und war lange Zeit in

Vietnam gewesen. Er hatte Frank Neilson erklärt, daß nur alles schnell ablaufen müßte, dann hätten die Leute im Haus keine Chance, Widerstand zu leisten. So einfach war das. Dann hatte er noch gesagt, daß Neilson den Verdächtigen und das Kind persönlich nach Boston bringen könnte. In der Polizeizentrale und im Krankenhaus würde man ihn wie einen Held feiern.

»Und was ist mit der Waffe, die der Kerl hat?« hatte Neilson gefragt.

»Glauben Sie etwa, er sitzt in seinem Sessel und hat das Ding schußbereit in den Händen? Nee. Nachdem wir die Haustür weggeblasen haben, segeln wir einfach ins Haus und greifen ihn uns. Die da drin werden so überrascht sein, daß sie nicht einen Finger rühren. Sie können mir ruhig glauben, oder denken Sie etwa, ich würde die Sache machen, wenn ich nicht genau wüßte, wie sie funktioniert? Ich bin vielleicht dumm, aber ich bin nicht verrückt.«

Neilson war schließlich weich geworden. Die Vorstellung, ein Held zu sein, gefiel ihm. Sie hatten beschlossen, daß Wally Crab, Giorgio Brezowski und Angelo DeJesus das Haus um zwei Uhr nachts von der Rückseite her angreifen sollten. Neilson kannte die anderen beiden nicht, aber Wally Crab hatte ihm versichert, daß sie mit ihm in Vietnam gekämpft hatten und *wirklich* erfahren waren. Außerdem hatten sie sich freiwillig zu dem Einsatz gemeldet.

Das Walkie-talkie in Neilsons Hand knackte, und Wally Crabs Stimme füllte den Streifenwagen. »Wir hören Sie. Hier ist alles bereit. Sobald wir die vordere Eingangstür aufmachen, können Sie kommen.«

»Und Sie sind sicher, daß es klappt?« fragte Neilson.

»Beruhigen Sie sich, ja? Herrgott noch mal!«

»Also gut, wir bleiben auf Beobachtung.«

Neilson schaltete das Walkie-talkie aus und warf es auf den Rücksitz. Jetzt konnte er nichts mehr tun, bis sich die vordere Tür öffnete.

Wally schob das kleine Walkie-talkie in seinen Parka und zog den Reißverschluß hoch. Sein riesiger Körper zitterte vor gespannter Erregung. Gewalt war für Wally mindestens so gut wie Sex, vielleicht sogar noch besser, weil sie nicht so kompliziert war.

»Seid ihr fertig?« fragte er die beiden verhüllten Gestalten in seinem Rücken. Die beiden Männer nickten. Die drei näherten sich dem Haus der Martels von Süden. Auf dem Weg zur Scheune hielten sie sich in der Deckung der Fichten. Dank der weißen Kleidung, die ihnen die Verwaltung der Recycle Ltd. zur Verfügung gestellt hatte, waren sie bei dem leichten Schneefall fast unsichtbar.

Sie umgingen die Scheune vom östlichen Ende her, bis Wally, der die Gruppe anführte, von der Ecke aus das Haus sehen konnte. Nur über der hinteren Veranda brannte noch ein Licht, sonst lag das Haus im Dunkeln. Zwischen ihrem Standort und der Tür lagen noch dreißig Meter.

»Ausrüstung überprüfen«, sagte Wally. »Wo ist das Gewehr?« Angelo reichte es Brezo, der es Wally gab. Es war ein Remington-Gewehr, Kaliber 12 mit Zwillingslauf. Die Waffe reichte aus, um ein Loch in eine Autotür zu schießen. Wally legte den Sicherungshebel um. Jeder der drei hatte zusätzlich einen 38er Polizeirevolver erhalten.

»Weiß jeder noch, was er zu tun hat?« fragte Wally. Der Plan verlangte, daß Wally vorging, das Schloß des Hintereingangs wegschoß und die Tür aufstieß, damit Brezo und Angelo das Haus stürmen konnten. Wally fand den Plan ausgezeichnet. Dieselbe Taktik hatte ihn während seiner fünf Jahre in Vietnam am Leben erhalten. Er hatte es sich zur Gewohnheit gemacht, sich nur für den absolut sicheren Teil eines Angriffs freiwillig zu melden.

Angelo und Brezo nickten gespannt vor Erregung. Sie hatten eine Wette abgeschlossen. Wer Martel als erster erwischte, sollte hinterher um hundert Dollar reicher sein.

»Dann bin ich jetzt weg«, sagte Wally. »Ich werde Angelo ein Zeichen geben.«

Nachdem er einen letzten Blick auf das verdunkelte Haus geworfen hatte, schob Wally sich um die Ecke der Scheune und lief tief gebückt los. Schnell und völlig geräuschlos legte er die dreißig Meter zurück. Im Haus blieb es still. Er winkte Angelo. Angelo und Brezo schlossen zu ihm auf. Beide hielten eine Taschenlampe und ihren Revolver in den Händen.

Wally sah die beiden Männer kurz an. »Denkt daran, die Kugeln müssen ihn von vorne treffen, nicht in den Rücken!«

Dann stürzte er mit Riesensätzen die hintere Treppe hoch und legte das Gewehr auf das Türschloß an. Ein Donnerschlag zerriß die nächtliche Stille. Die Schrotladung schlug das Schloß aus der Tür. Wally griff in den Spalt und stieß die Tür weit auf. Im nächsten Moment kam Brezo die Treppe heraufgelaufen und stürzte an Wally vorbei in das Haus. Angelo war ihm dicht auf den Fersen.

Aber als die Tür von Wally aufgestoßen worden war, hatte sie im Zurückschwingen auch Charles' Falle ausgelöst. Eine Schnur zog einen kleinen Pflock aus einem einfachen Mechanismus, der zwei Zentnersäcke Idaho-Kartoffeln gehalten hatte. Ein festes Seil lief von den Säcken zu einem Haken direkt über dem Eingang. Als der Sicherungspflock herausgerissen wurde, fielen die Zentnerlasten in einem weiten Schwung auf die Tür zu.

Brezo hatte gerade seine Taschenlampe eingeschaltet, da sah er die Säcke auch schon auf sich zufliegen. Er riß die Arme hoch, um sein Gesicht zu schützen, und im selben Moment prallte Angelo gegen seinen Rücken. Die Zentnersäcke trafen Brezo mit voller Wucht. Er wurde über die Veranda zurück in den Schnee geschleudert. Unwillkürlich drückte er noch im Fallen seine Pistole ab. Die Kugel riß Angelos Wade auf und schlug dann in den Verandaboden ein. Auch Angelo wurde noch von den Säcken getroffen. Doch stürzte er seitlich über die Veranda und brach dabei ein Stück aus der zierlichen Holzbalustrade heraus. Wally, der von den Ereignissen völlig überrascht war, setzte mit einem Sprung über die Verandabrüstung und lief zurück zur Scheune. Erst als Angelo aufspringen wollte, um zu fliehen, merkte er, daß er angeschossen war. Sein linkes Bein ließ sich nicht mehr bewegen. Aber Brezo hatte sich inzwischen soweit von seinem Schrecken erholt, daß er zu Angelo lief, um ihn zu stützen.

Charles und Cathryn waren bei dem ohrenbetäubenden Knall des ersten Schusses hochgeschreckt. Als Charles seine Orientierung wiedergefunden hatte, griff er rasend vor Wut nach seinem Gewehr und stürzte in die Küche. Voller Sorge eilte Cathryn zu Michelle, aber das Kind war nicht einmal aufgewacht.

Das erste, was Charles sehen konnte, waren die zwei Kartoffelsäcke, die noch immer durch die Tür hin und her pendelten. Er trat auf die Veranda hinaus, doch konnte er kaum weiter als über den Lichtkegel der kleinen Lampe hinaus sehen. Trotzdem glaubte Charles, in der Dunkelheit zwei Gestalten ausmachen zu können, die hinüber zur Scheune liefen. Als er das Licht ausgeschaltet hatte, sah er die beiden Männer besser. Einer schien den anderen zu stützen. Dann waren sie hinter der Scheune verschwunden.

Charles ging zurück in die Küche, schloß die kaputte Tür und sicherte sie mit einem dicken Seil. In das Loch, das die Schrotladung in das Holz gerissen hatte, stopfte er das Sitzkissen von einem Küchenstuhl. Dann hob er die Kartoffelsäcke mit aller Kraft wieder auf ihren Haltemechanismus. Er wußte, daß die Sache nur knapp zu seinen Gunsten ausgegangen war. Aus der Ferne hörte er den Heulton eines Krankenwagens näherkommen. Er fragte sich, ob der Mann, den die Säcke getroffen hatten, schwer verletzt sein konnte.

Charles ging zurück ins Wohnzimmer und erzählte Cathryn, was geschehen war. Er beugte sich über Michelles Bett und legte seine Hand auf ihre Stirn. Das Fieber war mit aller Macht zurückgekommen. Erst nur sanft, dann mit immer heftigeren Stößen versuchte er Michelle zu wecken. Schließlich öffnete sie die Augen, lächelte kurz und fiel sofort wieder in einen tiefen Schlaf.

»Das ist kein gutes Zeichen«, sagte Charles.

»Was denn?« fragte Cathryn.

»Vielleicht sind ihre Leukämiezellen nun schon in ihr zentrales Nervensystem eingedrungen«, antwortete Charles. »Wenn das passiert, braucht sie sofort eine Bestrahlung.«

»Soll das heißen, sie muß zurück ins Krankenhaus?« fragte Cathryn.

»Ja.«

Der Rest der Nacht verlief ereignislos. Beide, Cathryn und Charles, hielten noch einmal für drei Stunden Wache. Als die Dämmerung anbrach, warf Cathryn durch das Fenster neben dem Kamin einen Blick nach draußen. Es waren fünfzehn Zentimeter Neuschnee gefallen. Unten an der Straße war nur noch ein Polizeiwagen zu erkennen.

Ohne Charles zu wecken, ging Cathryn in die Küche und

bereitete ein großes Landfrühstück vor. Sie wollte alles um sich herum vergessen, und das konnte sie am besten, wenn sie arbeitete. Sie brühte Kaffee auf, rührte Brötchenteig, holte Schinken aus dem Kühlschrank und schlug Eier in die Pfanne. Als sie alles fertig hatte, lud sie es auf ein Tablett, bedeckte es mit einem frischen Handtuch und trug es ins Wohnzimmer. Dann weckte sie Charles und enthüllte das Festmahl. Auch Michelle erwachte. Es schien ihr besserzugehen als während der Nacht. Aber sie hatte keinen Appetit. Charles kontrollierte sofort ihre Temperatur. Das Thermometer zeigte vierzig Grad Fieber.

Als sie das Geschirr wieder in die Küche trugen, sagte Charles, daß er sich wegen Michelles hohem Fieber Sorgen mache. Er fürchtete, daß sie eine schwere Infektion bekommen könnte. Wenn das Fieber mit Aspirin nicht mehr zurückzudrängen sei, müßte er Michelle ein Antibiotikum geben.

Später nahm er sich wieder etwas Blut ab, isolierte eine Anzahl T-Lymphozyten heraus und mischte sie unter seine eigenen Freßzellen und Michelles Leukämiezellen. Dann beobachtete er die Lösung geduldig unter dem Phasenkontrastmikroskop. Es war deutlich eine Reaktion zu erkennen. Sie war sogar stärker als die vom vorigen Tag, aber sie war immer noch nicht ausreichend. Trotzdem stieß Charles angesichts des wachsenden Erfolges einen begeisterten Ruf aus. Ausgelassen wirbelte er Cathryn im Zimmer herum. Als er sich wieder beruhigt hatte, erklärte er Cathryn, daß seine verzögerte Allergie am nächsten Tag wahrscheinlich stark genug sein würde.

»Müssen wir dir dann heute keine Injektion geben?« fragte Cathryn hoffnungsvoll.

»Das wäre mir auch lieber«, antwortete Charles. »Aber ich glaube, wir sollten das Glück nicht herausfordern. Es ist besser, wenn du mir trotzdem eine weitere Dosis von Michelles Antigen gibst.«

Frank Neilson lenkte seinen Streifenwagen in die Zufahrt zum Haus der Martels. Auf dem schneeglatten Weg geriet der Wagen ins Schleudern und rammte die Front des zweiten Polizeiwagens, der während der Nacht am Fuß der Auffahrt stehengeblieben war. Mit einem dumpfen Ton rutschte ein Teil der

Schneedecke von dem geparkten Wagen, und Bernie Crawford kam verschlafen hinter dem Fahrersitz hervor.

Auch Neilson stieg aus, gefolgt von Wally Crab, der mit ihm gekommen war. »Du hast doch nicht etwa geschlafen, oder?« fragte Neilson.

»Nein«, antwortete Crawford. »Ich habe die ganze Nacht Wache gehalten. Aber es war nichts zu sehen.«

Neilson sah zu dem Farmhaus hinauf. Unter der frischen weißen Schneedecke machte es einen besonders friedlichen Eindruck.

»Und wie geht es dem Verletzten?« fragte Crawford.

»Schon besser. Er liegt im Bezirkskrankenhaus. Aber Martel steckt jetzt bis über beide Ohren in Schwierigkeiten, nachdem er auf ihn geschossen hat.«

»Aber das hat er doch gar nicht.«

»Das ist doch völlig egal. Wenn Martel nicht gewesen wäre, hätte auch niemand geschossen. Daß er eine Menschenfalle aufgestellt hat, ist selbst schon ein Verbrechen.«

»Das erinnert mich an Vietnam«, knurrte Wally Crab. »Wir sollten das Haus einfach in die Luft jagen.«

»Nun mal langsam«, sagte Neilson. »Wir müssen auch an das kranke Kind und die Frau denken. Ich hab' ein paar Spezialgewehre für Scharfschützen mitgebracht. Wir müssen versuchen, Martel von den anderen zu trennen.«

Bis zum Mittag war nur wenig geschehen. Neugierige aus der Stadt kamen angefahren, und obwohl es weniger waren als am vorangegangenen Tag, stand doch wieder eine ansehnliche Menschenmenge beisammen. Der Polizeichef hatte die Spezialgewehre ausgegeben und die Männer auf verschiedene Posten um das Haus verteilt. Dann hatte er über das Megaphon nach Charles gerufen und ihn aufgefordert, vor das Haus zu kommen und seine Forderungen zu nennen. Aber Charles hatte sich nicht ein einziges Mal sehen lassen. Und jedesmal, wenn Neilson ihn über das tragbare Funktelefon anrief, legte Charles einfach sofort wieder auf. Frank Neilson wußte, daß er die Sache sehr schnell zu einem erfolgreichen Ende bringen mußte, sonst würde die Staatspolizei eingreifen und ihm den Fall aus der Hand nehmen. Und das wollte er unter allen Umständen verhindern. Er wollte den Ruhm für die

Bereinigung der Angelegenheit selbst einstreichen, denn es war der größte und aufsehenerregendste Fall, seit im Jahre 1862 das Kind eines Fabrikbesitzers entführt worden war.

Wütend warf Neilson das Megaphon auf den Rücksitz seines Streifenwagens und ging über die Straße, um sich ein italienisches Würstchen zu kaufen. Er wollte gerade in das Sandwich beißen, als eine lange schwarze Limousine in die Auffahrt bog und hielt. Vier Männer stiegen aus dem Wagen. Zwei von ihnen waren wie elegante Großstadtbewohner gekleidet. Der eine, er hatte weißes Haar, trug einen knöchellangen Pelzmantel, der andere, er hatte nur noch spärliches Haar, war in einen glänzenden Ledermantel gehüllt, der in der Taille mit einem Gürtel zusammengehalten war. Die anderen beiden Männer trugen dunkelblaue Anzüge, die aussahen, als ob sie eine Nummer zu klein wären. Was er von den letzten beiden zu halten hatte, sah Neilson auf den ersten Blick: Es waren Sicherheitsleute.

Als er die Männer auf sich zukommen sah, biß er noch einmal kräftig in sein Sandwich.

»Sie müssen Frank Neilson sein. Ich bin Dr. Carlos Ibanez. Es freut mich, Sie kennenzulernen.«

Frank Neilson schüttelte Dr. Ibanez die Hand.

»Und dies ist Dr. Morrison«, sagte Ibanez und zog seinen Kollegen heran.

Neilson schüttelte Morrison die Hand und biß wieder in sein Sandwich.

»Wenn wir richtig informiert sind, stehen Sie hier vor einem ziemlich großen Problem«, sagte Dr. Ibanez und sah den Hügel zum Haus der Martels hinauf.

Neilson zuckte die Schultern. Es war immer verkehrt, wenn man Schwierigkeiten zugab.

Dr. Ibanez wandte sich wieder dem Polizeichef zu. »Wir sind die Besitzer der teuren Laborgeräte, die der Verdächtige in sein Haus gebracht hat. Und wir sind äußerst besorgt um unser Eigentum.«

Neilson nickte.

»Wir sind zu Ihnen gekommen, um Ihnen unsere Hilfe anzubieten«, sagte Dr. Ibanez in großmütigem Ton.

Neilson sah von einem Gesicht zum anderen. Die Sache wurde von Minute zu Minute verrückter.

»Sozusagen vorausschauend haben wir bereits zwei Sicherheitsfachleute von Breur Chemical mitgebracht. Darf ich vorstellen, Mr. Eliot Hoyt und Mr. Anthony Ferrullo.«

Neilson schüttelte auch noch diesen beiden Männern die Hände.

»Natürlich wissen wir, daß die Angelegenheit bei Ihnen in den besten Händen liegt«, sagte Dr. Morrison. »Aber wir haben uns gedacht, daß Ihnen die beiden Herren vielleicht doch ganz hilfreich sein könnten. Und sie haben ein paar Ausrüstungsgegenstände dabei, die Sie sicherlich interessieren würden.«

Mr. Hoyt und Mr. Ferrullo lächelten breit.

»Aber die Entscheidung liegt natürlich bei Ihnen«, sagte Dr. Morrison.

»Voll und ganz«, ergänzte Dr. Ibanez.

»Ich glaube, ich habe im Moment genug Männer«, sagte Frank Neilson mit vollem Mund.

»Aber Sie sollten sich bei Gelegenheit an uns erinnern«, erwiderte Dr. Ibanez.

Neilson entschuldigte sich und ging zurück zu seiner provisorischen Einsatzzentrale. Das Gespräch mit Dr. Ibanez und Dr. Morrison hatte ihn verwirrt. Er wies Bernie Crawford an, den Männern mit den Spezialgewehren auszurichten, daß bis auf weiteres nicht geschossen werden sollte, dann stieg er in seinen Streifenwagen. Vielleicht war das gar keine so schlechte Idee, wenn er sich von den Leuten des Chemiekonzerns helfen ließ. Das einzige, was sie interessierte, waren die Laborgeräte und nicht der Ruhm.

Ibanez und Morrison sahen Neilson hinterher, wie er über die Straße ging, kurz mit einem Polizeibeamten sprach und dann in seinen Wagen stieg. Morrison rückte seine zierliche Hornbrille zurecht. »Es ist erschreckend, mit ansehen zu müssen, daß so ein Mann einen derart verantwortungsvollen Posten innehat.«

»Das ist hier alles eine schlechte Karikatur«, erwiderte Dr. Ibanez. »Gehen wir zum Wagen zurück.«

»Mir gefällt das alles nicht«, sagte Dr. Ibanez auf dem Weg zu ihrer Limousine. »Am Ende wecken die vielen Reporter noch Sympathie für Martel: Der gute Amerikaner verteidigt sein Haus gegen äußere Feinde. Wenn das hier noch lange dauert, wird die Szene bald im ganzen Land auf dem Bildschirm zu sehen sein.«

»Sie haben völlig recht«, entgegnete Dr. Morrison. »Und die Sache hat sogar noch eine ironische Seite, wenn man bedenkt, daß Charles Martel die Presse im Grunde verachtet. Dabei hätte er keinen besseren Verbündeten für sich finden können. So wie die Affäre jetzt steht, kann sie den Interessenverbänden der Krebsforschung beträchtlichen Schaden zufügen.«

»Und besonders dem Canceran und dem Weinburger-Institut«, fügte Dr. Ibanez hinzu. »Wir müssen diesen dümmlichen Polizeichef dazu bringen, unsere Leute einzusetzen.«

»Wir haben ihm immerhin schon die Idee eingeflüstert«, sagte Morrison. »Ich glaube nicht, daß wir im Augenblick mehr tun können. Es muß aussehen, als ob es seine Entscheidung ist.«

Ein Klopfen gegen die frostüberzogene Scheibe der Wagentür weckte Neilson aus seinem Mittagsschläfchen. Er wollte schon aus dem Wagen springen, doch besann er sich noch rechtzeitig. Nachdem er die Seitenscheibe heruntergekurbelt hatte, sah er in ein grinsendes Gesicht, dessen Augen hinter dicken Brillengläsern verborgen lagen. Der Mann vor der Wagentür hatte lockiges Haar, das ihm wie ein schneebedeckter Busch vom Kopf stand. Neilson hielt ihn für einen weiteren Neugierigen aus der Großstadt.

»Sind Sie Polizeichef Neilson?« fragte der Mann.

»Und wen interessiert das?«

»Mich. Mein Name ist Dr. Stephen Keitzman, und der Mann hinter mir ist Dr. Jordan Wiley.«

Der Polizeichef sah über Dr. Keitzmans Schulter auf den zweiten Fremden und fragte sich, was nun diese beiden eleganten Herren von ihm wollen konnten.

»Hätten Sie wohl einen Augenblick Zeit für uns?« fragte Dr. Keitzman. Mit der rechten Hand versuchte er sein Gesicht vor den Schneeflocken zu schützen.

Umständlich stieg Neilson aus seinem Wagen, um deutlich zu machen, daß man ihm eine außergewöhnliche Anstrengung abverlangt hatte.

»Wir sind die Ärzte des kleinen Mädchens, das in dem Haus

festgehalten wird«, erklärte Dr. Wiley. »Wir hielten es für unsere Pflicht, hierherzukommen für den Fall, daß wir Ihnen irgendwie helfen könnten.«

»Glauben Sie, daß Martel mit Ihnen reden würde?« fragte Neilson.

Dr. Keitzman und Dr. Wiley sahen sich kurz an. »Das wage ich zu bezweifeln«, antwortete Dr. Keitzman zögernd. »Ich glaube nicht, daß er überhaupt mit jemandem sprechen wird. Er ist zu feindselig. Wir glauben, daß er einen psychischen Schock erlitten hat.«

»Einen was?« fragte Neilson.

»Einen Nervenzusammenbruch«, ergänzte Dr. Wiley.

»Benehmen tut er sich so«, sagte der Polizeichef.

»Aber das ist im Moment nicht so wichtig«, sagte Dr. Keitzman. »Wir machen uns große Sorgen um das Mädchen. Ich bin mir nicht sicher, ob Sie überhaupt wissen, wie krank das Kind ist. Jede Stunde, die die Kleine länger ohne Behandlung bleibt, läßt ihren Tod gewisser werden.«

»So schlimm steht es?« fragte Neilson. Er sah hinauf zum Haus der Martels.

»Ohne Zweifel«, versicherte Dr. Keitzman. »Wenn Sie zu lange zögern, werden Sie wahrscheinlich nur noch eine Tote retten können.«

»Außerdem befürchten wir, daß Dr. Martel mit dem Kind herumexperimentiert«, sagte Dr. Wiley.

»Das auch noch!« rief Neilson wütend. »Dieser verdammte Kerl. Vielen Dank, daß Sie mir das mitgeteilt haben. Ich werde das sofort meinen Freiwilligen durchgeben.« Neilson rief Bernie Crawford zu sich, sprach kurz mit ihm und griff dann nach seinem Walkie-talkie.

Gegen Nachmittag war die Menge der Schaulustigen unten an der Straße noch größer geworden als am vorangegangenen Tag. In Shaftesbury hatte sich das Gerücht verbreitet, daß bald etwas Entscheidendes geschehen würde. Deshalb hatten sogar die Schulen den Unterricht früher als gewöhnlich beendet. Joshua Wittenburger, der Schulrat, hatte entschieden, daß die Kinder die Lektion in zivilem Recht, die an dem Vorfall praktisch zu erleben war, nicht versäumen sollten. Außerdem hielt er das Ereignis für den größten Skandal in Shaftesbury, seit die

Katze der Witwe Watson steifgefroren in Tom Brachmans Eisschrank gefunden worden war.

Jean Paul lief ziellos am Rand der Menge auf und ab. Niemals zuvor war er so dem allgemeinen Spott ausgesetzt gewesen, und die Erfahrung war alles andere als angenehm. Zwar hatte er seinen Vater immer für etwas absonderlich gehalten, aber nicht für verrückt. Jetzt behaupteten die Leute, daß sein Vater geisteskrank sei. Jean Paul war bestürzt. Auch konnte er nicht verstehen, weshalb sich seine Eltern nicht bei ihm gemeldet hatten. Die Eltern seines Freundes, bei dem er die letzten Nächte verbracht hatte, hatten zwar versucht, ihn zu beruhigen, aber er hatte deutlich gespürt, daß auch sie das Verhalten seines Vaters in Zweifel zogen.

Am liebsten wäre Jean Paul zum Haus hinaufgegangen, aber er traute sich nicht an den Streifenwagen vorbei, und man konnte leicht erkennen, daß das Farmhaus von allen Seiten umstellt war.

Er sprang zur Seite, um einem Schneeball auszuweichen, den einer seiner ehemaligen Freunde geworfen hatte. Dann, ein paar Minuten später, glaubte er eine vertraute Gestalt neben der Menge zu entdecken. Es war Chuck, der tief in seinen abgerissenen Armeeparka vermummt war und sich die Kapuze mit dem Fellrand weit ins Gesicht gezogen hatte.

»Chuck!« rief Jean Paul erfreut.

Chuck warf einen kurzen Blick in Jean Pauls Richtung, dann wandte er sich um und lief, als ob er flüchten wollte, zu einer kleinen Baumgruppe.

»Himmelherrgott!« zischte Chuck, als Jean Paul atemlos bei ihm ankam. »Warum schreist du nicht gleich so laut, daß dich auch wirklich jeder hören kann!«

»Wie meinst du das?« fragte Jean Paul verwirrt.

»Ich bemühe mich, möglichst unerkannt zu bleiben, um erst einmal herauszufinden, was hier eigentlich vorgeht, und du brüllst meinen Namen durch die Gegend!«

Jean Paul war nie auf den Gedanken gekommen, sich verborgen zu halten.

»Ich weiß, was los ist«, sagte Jean Paul. »Die Stadt ist hinter Dad her, weil er will, daß Recycle geschlossen wird. Alle sagen, er ist verrückt geworden.«

»Es geht nicht nur um Recycle«, erwiderte Chuck. »Gestern abend haben sie es in Boston in den Nachrichten gebracht, Dad hat Michelle aus dem Krankenhaus gekidnappt.«

»Wirklich?« rief Jean Paul überrascht.

»Ist das alles, was du dazu sagen kannst? ›Wirklich?‹ Mir kommt es vor, als ob ein Wunder geschehen ist, und du hast nichts zu sagen als ›wirklich‹. Dad hat diesen ganzen selbsternannten Göttern des Establishments die Faust gezeigt. Ich finde das einfach prima!«

Jean Paul sah seinem Bruder forschend ins Gesicht. Alles, was ihn selbst so verunsicherte, schien Chuck zu begeistern.

»Wenn wir jetzt zusammenhalten, können wir Dad vielleicht sogar helfen«, sagte Chuck.

»Wirklich?« erwiderte Jean Paul. Es kam ausgesprochen selten vor, daß Chuck einem anderen anbot, mit ihm zusammenzuarbeiten.

»Mein Gott. Das nächste Mal sag bitte etwas Intelligenteres.«

»Aber wie können wir denn helfen?« fragte Jean Paul.

Fünf Minuten später hatten die beiden beschlossen, wie sie vorgehen wollten. Sie überquerten die Straße und näherten sich den Streifenwagen. Chuck hatte sich zu ihrem Sprecher ernannt. Ohne zu zögern, ging er zu Frank Neilson.

Der Polizeichef war überglücklich, daß die beiden Jungen zu ihm gekommen waren. Ihren Wunsch, zum Haus zu gehen, um mit ihrem Vater zu sprechen, lehnte er zwar ab, doch ließen sich die beiden überzeugen, daß sie genausogut über das Megaphon mit Charles verhandeln konnten. Während der nächsten dreißig Minuten erklärte Neilson den beiden genau, was sie sagen sollten. Er hoffte, daß Charles wenigstens mit seinen Söhnen sprechen und ihnen seine Bedingungen nennen würde, damit die verfahrene Situation endlich gelöst werden konnte. Es freute Neilson, daß die beiden Jungen so bereitwillig auf seine Vorschläge eingingen.

Nachdem alles besprochen war, nahm Neilson das Megaphon, winkte grüßend den Zuschauern zu und wandte sich dann zum Haus der Martels. Dröhnend hallte seine Stimme über das Gelände. Er forderte Charles auf, vor die Tür zu kommen und mit seinen Söhnen zu sprechen.

Neilson ließ das Megaphon sinken und wartete. Aber es war keine Bewegung im Haus zu sehen, und es war auch nichts zu hören. Der Polizeichef wiederholte seine Aufforderung, wartete wieder, doch das Ergebnis blieb dasselbe. Neilson fluchte leise, dann gab er Chuck das Megaphon und forderte ihn auf, es selbst zu versuchen.

Chucks Hände zitterten, als er den Lautsprecherknopf drückte und zu sprechen begann. »Dad, ich bin's, Chuck. Jean Paul ist auch hier. Kannst du mich hören?«

Einen Augenblick später wurde die rot beschmierte Tür eine Handbreit geöffnet. »Ich kann dich hören, Chuck«, rief Charles.

Im selben Moment kletterte Chuck über die vorderen Stoßstangen der beiden Streifenwagen und warf das Megaphon in den Schnee. Jean Paul sprang ihm sofort hinterher. Die Neugierigen in der Menge und auch Neilson und seine Freiwilligen starrten so gebannt zum Farmhaus, daß zuerst niemand die Flucht der beiden bemerkte. Sie waren die Auffahrt schon ein Stück hinaufgelaufen, als ihre Absicht entdeckt wurde.

»Fangt sie, verdammt noch mal! Fangt sie!« schrie Neilson.

Aus der Menge war ein erregtes Gemurmel zu hören. Mehrere der Freiwilligen stürzten, angeführt von Bernie Crawford, um die beiden Polizeiwagen herum.

Obwohl er jünger war als Chuck, war Jean Paul der sportlichere von beiden. Schon nach wenigen Metern überholte er seinen älteren Bruder, der nur mit Mühe auf dem glatten Weg vorankam. Chuck war ungefähr fünfzehn Meter gelaufen, als er ausrutschte und hart auf den gefrorenen Boden schlug. Nach Luft schnappend sprang er wieder hoch, aber da hatte Bernie Crawford ihn schon eingeholt und klammerte sich an Chucks alten Parka. Chuck versuchte sich mit einer heftigen Bewegung loszureißen. Zwar gelang ihm das nicht, doch der schnelle Ruck brachte Crawford von den Beinen. Er fiel rückwärts zu Boden und zog Chuck mit sich. Chuck fiel mit seinem ganzen Gewicht auf den Polizisten, dem von der Last die Luft aus den Lungen gepreßt wurde. Ineinander verknäult rutschten die beiden die Auffahrt ein paar Meter hinunter und warfen dabei zwei der Verfolger in den Schnee, die Crawford zu Hilfe kommen wollten. Verzweifelt in die Luft greifend stürzten die beiden um. Die Szene glich einem Ausschnitt aus einem alten Stummfilm. Chuck nutzte die allgemeine Verwirrung, um sich von Crawfords Griff zu befreien. Dann lief er, so schnell er konnte, hinter Jean Paul her.

Auch wenn Bernie Crawford nur noch röchelnd nach Luft schnappte und liegenblieb, so waren die beiden Freiwilligen schnell wieder auf den Beinen, um die Verfolgung aufzunehmen. Vielleicht hätten sie Chuck sogar erwischt, wenn Charles nicht eingegriffen hätte. Er schob den Gewehrlauf durch den Türspalt und schoß warnend in die Luft. Die beiden Männer verloren sofort ihren Heldenmut und gingen hinter einer der Eichen, die die Auffahrt säumten, in Deckung.

Als die beiden Jungen die Eingangsstufen erreicht hatten, öffnete Charles die Tür, und die Brüder verschwanden im Haus. Sie waren kaum über die Schwelle getreten, als Charles die Tür auch schon wieder zuwarf und verschloß. Dann lief er eilig von Fenster zu Fenster und prüfte, ob sich auch niemand dem Haus genähert hatte. Beruhigt wandte er sich anschließend seinen Söhnen zu.

Schwer atmend, aber stolz waren die beiden Jungen im Flur stehengeblieben. Mit großen Augen starrten sie ins Wohnzimmer, das sich während ihrer Abwesenheit in ein utopisches Laboratorium verwandelt hatte. Chuck bemerkte die vernagelten Fenster und fühlte sich als alter Filmkenner sofort an einen Frankenstein-Film erinnert. Beide begannen sie zu lächeln. Aber als sie Charles' mürrischen Gesichtsausdruck sahen, wurden sie wieder ernst.

»Das einzige, was ich nun wirklich geglaubt hatte, war, daß ich mich um euch zwei nicht zu sorgen bräuchte«, sagte Charles mit finsterer Miene. »Was, um alles in der Welt, wollt ihr hier?«

»Wir dachten, daß wir dir helfen könnten«, antwortete Chuck. »Die anderen sind alle gegen dich.«

»Ich konnte es schon nicht mehr hören, was die Leute über dich gesagt haben«, verteidigte sich Jean Paul.

»Hier ist unser Zuhause«, sagte Chuck. »Also müssen wir bei unserer Familie sein, besonders wenn wir Michelle helfen können.«

»Wie geht es ihr, Dad?« fragte Jean Paul.

Charles antwortete nicht. Sein Zorn auf die Jungen war mit einem Schlag verschwunden. Chucks Worte hatten ihn nicht nur überrascht, er mußte seinem Sohn auch recht geben. Sie waren alle eine Familie, und dann durften die Jungen nicht kurzerhand von allem ausgeschlossen werden. Außerdem war dies das erste Mal, daß Chuck etwas Uneigennütziges getan hatte. Jedenfalls konnte sich Charles an nichts Ähnliches erinnern.

»Ihr kleinen Halunken!« sagte Charles mit einem breiten Grinsen.

Für einen Moment waren die Jungen von dem plötzlichen Stimmungswechsel ihres Vaters verwirrt. Sie zögerten kurz, dann liefen sie zu ihm und umarmten ihn.

Charles wurde sich mit einemmal bewußt, daß er sich nicht erinnern konnte, wann er seine Söhne das letzte Mal im Arm gehalten hatte.

Cathryn, die stumm zugeschaut hatte, seit die Jungen zur Tür hereingekommen waren, lief zu ihnen und küßte beide auf die Wange.

Dann gingen sie alle zu Michelles Krankenbett, und Charles weckte Michelle sanft. Sie lächelte, als sie ihre Brüder entdeckte, und Chuck und Jean Paul beugten sich über ihr Bett und nahmen Michelle in ihre Arme.

## *16. Kapitel*

Frank Neilson hatte noch nie in seinem Leben in einer Luxuslimousine gesessen, und er war sich nicht einmal sicher, ob es ihm überhaupt gefallen würde. Aber er hatte sich kaum durch die Wagentür gebückt und in den Plüschsitz sinken lassen, da fühlte er sich bereits wie zu Hause: In den Wagen war eine kleine Bar eingebaut. Einen Cocktail lehnte er ab, weil er im Dienst keinen Alkohol trinken durfte, den Cognac nahm er dankend an wegen seiner medizinischen Wirkung gegen die Kälte.

Nachdem die beiden Jungen es auch noch geschafft hatten, in dem belagerten Haus zu verschwinden, hatte Neilson zugeben müssen, daß sich die Situation immer mehr verschlimmerte. Anstatt die erste Geisel zu befreien, hatte er es zugelassen, daß es noch mehr geworden waren. Jetzt stand er nicht mehr nur einem Verrückten mit seinem kranken Kind gegenüber, sondern einer ganzen Familie, die sich in ihrem Haus verbarrikadiert hatte. Jemand hatte vorgeschlagen, Hilfe von der Staatspolizei anzufordern. Aber gerade das wollte Neilson immer noch vermeiden. Er wußte jedoch, daß er auf den Vorschlag eingehen mußte, wenn es ihm nicht innerhalb der nächsten vierundzwanzig Stunden gelang, den Fall zu lösen. Nur dieser Zeitdruck hatte ihn veranlaßt, noch einmal mit den beiden Männern vom Weinburger-Institut zu sprechen.

»Nachdem ich erfahren habe, wie krank das kleine Mädchen ist, hatte ich das Gefühl, Ihr Angebot, uns zu helfen, nicht länger ausschlagen zu können«, sagte Neilson.

»Aber wir helfen Ihnen doch gern«, erwiderte Dr. Ibanez. »Mr. Hoyt und Mr. Ferrullo sind bereit, jede Anweisung von Ihnen auszuführen.«

Die beiden Sicherheitsmänner, die links und rechts neben der kleinen Bar saßen, nickten zustimmend.

»Das finde ich ausgesprochen nett von Ihnen«, sagte Neilson. Sein einziges Problem war, daß er nicht wußte, was er den beiden eigentlich befehlen sollte. Seine Gedanken drehten sich wie wild im Kreis, bis ihm eine Bemerkung von Dr. Ibanez wieder in den Sinn kam. »Sie haben etwas von einer besonderen Ausrüstung erwähnt.«

»Ja, das habe ich«, sagte Dr. Ibanez. »Mr. Hoyt, vielleicht können Sie uns einmal etwas zeigen.«

Mr. Hoyt war ein attraktiv aussehender Mann, schlank, aber muskulös. Neilson bemerkte die Beule, die Hoyts Schulterhalfter in die Anzugjacke drückte.

»Mit Vergnügen«, erwiderte Hoyt. Er beugte sich zu Frank Neilson.

»Was, glauben Sie, ist das hier, Mr. Neilson?« Er reichte dem Polizeichef einen schweren Gegenstand, der wie eine Blechdose geformt war, die an einem Ende einen Handgriff hat.

Neilson drehte das merkwürdige Ding in seinen Händen und zuckte die Schultern. »Weiß ich nicht. Vielleicht Tränengas? Oder etwas Ähnliches?«

Mr. Hoyt schüttelte den Kopf. »Falsch. Es ist eine Granate.«

»Eine Granate?« rief Neilson erschrocken und steckte die Hand mit der schweren Blechdose von sich.

»Man nennt sie Erschütterungsgranate. Sie wird von Antiterroreinheiten bei der Befreiung von Geiseln eingesetzt. Man wirft sie in einen Raum oder in ein Flugzeug, und wenn sie explodiert, wird zwar niemand verletzt – vielleicht platzen einigen Leuten die Trommelfelle –, aber jeder, der in der Nähe der Granate steht, ist für zehn, zwanzig, manchmal sogar dreißig Sekunden wie von einem Schock gelähmt. Bestimmt könnte man sie mit einigem Erfolg gegen Martel einsetzen.«

»Da gebe ich Ihnen sofort recht«, sagte Neilson. »Aber dazu müssen wir erst einmal in das Haus kommen. Und der Kerl hat sämtliche Fenster vernagelt.«

»Nicht alle«, erwiderte Mr. Hoyt. »Uns ist aufgefallen, daß die zwei Mansardenfenster, die man über das Dach leicht erreichen kann, nicht geschützt sind.« Hoyt zog einen Bauplan des Hauses der Martels hervor und bemerkte den überraschten Blick des Polizeichefs. »Es ist wirklich erstaunlich, was man alles finden kann, wenn man ein bißchen danach sucht. Sehen Sie sich an, wie die Treppe von der Mansarde zum Flur im zweiten Stock führt. Für jemanden wie Tony Ferrullo, der ein Fachmann auf diesem Gebiet ist, ist es eine Kleinigkeit, von der Treppe aus eine Granate ins Wohnzimmer des Hauses zu werfen. Und da hält sich der Verdächtige doch offensichtlich auf. Nach der Explosion der Granate ist es nicht mehr schwer, die beiden Eingangstüren des Hauses zu stürmen und die Geiseln zu befreien.«

»Wann könnten wir das versuchen?« fragte Frank Neilson.

»Sie befehlen hier«, antwortete Mr. Hoyt.

»Heute nacht?« fragte Neilson.

»Wenn Sie es sagen, dann machen wir es heute nacht«, erwiderte Mr. Hoyt.

Als er wieder aus der Limousine ausstieg, konnte Neilson seine Erregung kaum noch unterdrücken. Dr. Morrison beugte sich über die Rücklehne seines Sitzes und zog die Wagentür zu.

Hoyt lachte. »Ich kam mir vor, als ob ich einem Kind seine Bonbons abschwatzen muß.«

»Können Sie es so machen, deß es wie Notwehr aussieht?« fragte Dr. Ibanez.

Ferrullo richtete sich in seinem Sitz auf. »Es kann aussehen, wie immer Sie wünschen.«

Es war genau zehn Uhr abends, als Charles den Dialyseapparat ausschaltete. Vorsichtig, als hielte er das kostbarste Gut der Welt in Händen, hob Charles die Phiole mit der kristallklaren Lösung aus dem Apparat. Mit zitternden Fingern trug er die Flüssigkeit zum Sterilisator. Charles hatte keine Vorstellung von der Struktur des Moleküls, das in dem Glasfläschchen enthalten war. Er wußte nur, daß es dialysierbar war, wie der letzte Schritt des Isolierungsverfahrens bewiesen hatte, und daß es resistent war gegen Enzyme, die die DNA und RNA und auch Peptidketten von Proteinen zerstören konnten. Und in diesem Moment kam es Charles auch nicht darauf an, die Struktur des Moleküls zu kennen, viel wichtiger war ihm, daß er wußte, welche Wirkung das Molekül hatte. Die Lösung in der Phiole enthielt den mysteriösen Übertragungsfaktor, und Charles hoffte, mit ihm die verzögerte Hypersensibilität, die sein Körper gegen Michelles Antigen entwickelt hatte, auf Michelle übertragen zu können.

Am Nachmittag hatte Charles wieder die Reaktion seines T-Lymphozyten auf Michelles Leukämiezellen getestet. Das Ergebnis war dramatisch gewesen. Die T-Lymphozyten hatten die Leukämiezellen sofort aufgelöst und zerstört. Ungläubig hatte Charles die Reaktion unter dem Phasenkontrastmikroskop beobachtet. Sie verlief so schnell, daß er es anfangs gar nicht fassen konnte. Nachdem er seine T-Lymphozyten gegen ein Oberflächenprotein auf den Leukämiezellen sensibilisiert hatte, konnten sie jetzt offenbar die Membranen der Leukämiezellen durchdringen. Charles hatte vor Freude laut aufgejauchzt, als er die Reaktion sah.

Nach diesen erfolgreichen Testergebnissen hatte er auf die Injektion einer weiteren Dosis des Antigens verzichtet. Cathryn war darüber mehr als froh gewesen. Sie hatte die Prozedur von Mal zu Mal unangenehmer gefunden. Aber dann hatte Charles angekündigt, daß er sich einen Liter Blut abzapfen müßte, um mit Michelles Behandlung beginnen zu können.

Cathryn war bei seinen Worten grün im Gesicht geworden. Doch Chuck hatte seine Abneigung gegen fremdes Blut überwunden, und gemeinsam mit Jean Paul hatte er Charles bei der Blutabnahme geholfen.

In einem der Laborgeräte aus dem Weinburger-Institut hatte Charles noch vor dem Essen langsam die weißen Blutkörperchen aus seinem Blut isoliert. Am frühen Abend hatte er sich dann an die schwierige Aufgabe gemacht, aus den weißen Blutzellen das Molekül zu gewinnen, das jetzt im Sterilisator stand.

Charles wußte genau, daß er bei seinem ganzen Versuch blind auf das Glück vertraute. Unter normalen Laborbedingungen hätte das, was er in den letzten Tagen erreicht hatte, Jahre in Anspruch genommen. Denn jeder einzelne Schritt des Experiments wäre dann kritisch untersucht und Hunderte von Malen wiederholt worden. Dennoch hatte er mit seinem Versuch auch kein Neuland in der Wissenschaft betreten. Andere Forscher hatten mit anderen Antigenen wie dem Tuberkulosebazillus lange vor ihm dieselben Experimente durchgeführt. Aber etwas unterschied Charles von den großen Forschern der Vergangenheit: Er kannte nicht die Struktur des Moleküls in der Lösung, die er erhalten hatte, er wußte nicht, in welcher Konzentration es vorhanden war, und er kannte auch nicht die Wirkungsstärke des Moleküls. Ihm blieb nicht einmal lange Zeit zu überlegen, wie er es Michelle am besten geben sollte. Alles, was er hatte, war Theorie: daß es in Michelles Körper einen Blockierungsfaktor gab, der ihr Immunsystem daran hinderte, auf das Antigen ihrer Leukämiezellen zu reagieren. Charles glaubte und hoffte, daß der Übertragungsfaktor dieses Blockierungs- oder Sperrsystem überwinden würde, so daß Michelles Körper eine Abwehrreaktion gegen die Leukämiezellen entwickeln konnte. Aber wieviel von der Lösung mit dem Übertragungsfaktor sollte er ihr verabreichen? Und wie? Ihm blieb nichts anderes übrig als zu improvisieren und zu beten.

Michelle war erst nicht sonderlich begeistert von der Idee, aber dann ließ sie sich von Charles doch wieder eine Kanüle anlegen. Cathryn hatte sich zu ihnen ans Bett gesetzt. Sie hielt Michelles Hand und versuchte, ihre Tochter abzulenken. Die beiden Jungen waren in den ersten Stock gegangen, um bei der kleinsten verdächtigen Bewegung vor der Tür sofort Alarm geben zu können.

Ohne Cathryn oder Michelle ein Wort davon zu sagen, hatte Charles sich alles bereitgelegt, um bei jeder nur erdenklichen Reaktion, die eintreten konnte, wenn er Michelle die erste Dosis von dem Übertragungsfaktor gab, sofort eingreifen zu können. Denn obwohl er die Lösung mit sterilem Wasser verdünnt hatte, machte er sich immer noch Sorgen um mögliche Nebenwirkungen. Nachdem er Michelle eine kleine Dosis der Lösung gegeben hatte, prüfte er ihren Puls und ihren Blutdruck. Charles atmete erleichtert auf, als er keine Gegenreaktion feststellen konnte.

Um Mitternacht versammelte sich die Familie wieder im Wohnzimmer. Charles hatte Michelle annähernd ein Sechzehntel der Lösung mit dem Übertragungsfaktor verabreicht. Die einzige Reaktion ihres Körpers war ein leichtes Ansteigen des Fiebers gewesen, und Michelle war plötzlich in einen tiefen Schlaf gefallen.

Sie beschlossen, daß während der Nacht jeder für zwei Stunden Wache halten sollte. Sie waren alle müde und erschöpft, aber Chuck bestand darauf, die erste Wache zu übernehmen. Er ging in den ersten Stock, um einen besseren Blick zur Straße zu haben. Charles und Cathryn waren sofort eingeschlafen. Jean Paul lag noch eine Zeitlang wach und lauschte auf die Schritte seines Bruders, der oben von Zimmer zu Zimmer ging.

Das nächste, was Jean Paul spürte, war, daß Chuck ihn sanft anstieß. Jean Paul hatte das Gefühl, gerade erst eingeschlafen zu sein, aber Chuck sagte, daß es schon zwei Uhr sei und Jean Paul jetzt aufstehen müsse. »Draußen ist alles ruhig gewesen. Nur vor einer Stunde ist ein Lieferwagen gekommen und hat bei den Streifenwagen gehalten. Aber ich habe niemanden gesehen.«

Jean Paul nickte. Dann ging er in das Badezimmer im Parterre und wusch sich das Gesicht kalt ab. Wieder im Wohnzimmer, überlegte er, ob er unten bleiben oder auch nach oben gehen sollte. Weil es in dem stockfinsteren Wohnzimmer kaum möglich war, sich zu bewegen, ging er in den ersten Stock in sein eigenes Zimmer. Das Bett sah verführerisch einladend aus, doch er widerstand der Versuchung. Er ging zum Fenster und starrte durch die Ritzen zwischen den Brettern nach draußen. Er konnte nicht viel erkennen, nicht einmal, ob es wirklich schneite oder ob nur der Sturm den Schnee durch die Luft wirbelte.

Langsam ging er von Zimmer zu Zimmer, wie er es vorher bei Chuck gehört hatte. Es war totenstill. Nur manchmal rüttelte ein Windstoß an den Fensterläden. Jean Paul war in das Schlafzimmer seiner Eltern gegangen, dessen Fenster zur Straße zeigte, und versuchte den Lieferwagen auszumachen. Aber es war nichts zu erkennen. Dann hörte er ein Geräusch. Als ob Metall gegen Stein schlug. Er sah in die Richtung, aus der das Geräusch gekommen war, und blickte in den Ofen, der an den Schornstein des Kamins im Wohnzimmer angeschlossen war. Dann hörte er das Geräusch zum zweiten Mal.

Ohne noch länger zu zögern, lief er die Treppe zum Wohnzimmer hinunter.

»Dad«, flüsterte Jean Paul. »Wach auf.«

Charles öffnete blinzelnd die Augen und setzte sich auf.

»Ist es schon vier?« fragte Charles.

»Nein«, flüsterte Jean Paul. »Ich habe oben in eurem Schlafzimmer ein Geräusch gehört. Ich glaube, es kam vom Schornstein.«

Charles sprang hoch und weckte Cathryn und Chuck.

»Jean Paul glaubt, daß er ein Geräusch gehört hat«, flüsterte Charles.

»Ich weiß sicher, daß da ein Geräusch gewesen ist«, erwiderte Jean Paul beleidigt.

»Schon gut! Schon gut!« sagte Charles. »Hört zu, wir müssen zumindest noch einen Tag durchhalten. Wenn sie versuchen, jetzt in das Haus einzudringen, müssen wir sie unter allen Umständen aufhalten.«

Charles gab Cathryn das Gewehr und schickte sie zum Hintereingang. Die beiden Jungen wies er an, zur vorderen Tür zu gehen. Sie hatten Jean Pauls Baseballschläger bei sich. Er selbst nahm sich den Feuerhaken und ging in den ersten Stock zum Elternschlafzimmer. Als er neben dem Schornstein stand, beglückwünschte er sich selbst dafür, den Abzug verstopft zu haben. Doch so angestrengt er auch lauschte, er konnte nichts hören bis auf den Wind, der in heulenden Böen unter die Dachkante fuhr.

Nach ein paar Minuten ging Charles über den Flur zu Michelles Zimmer. Durch das Fenster konnte er die Scheune sehen, von der der Angriff in der vorangegangenen Nacht ausgegangen war. Aber das einzige, was er in der Dunkelheit erkennen konnte, waren die Kiefern, die der Wind hin und her schüttelte.

Anthony Ferrullo lehnte die Aluminiumleiter gegen den Schornstein und kletterte auf das Dach. Geschickt wie eine Katze balancierte er über den schmalen Dachfirst, bis er auf der Höhe eines der Mansardenfenster war. Dann stieg er, gesichert durch ein Seil, die Dachschräge hinunter. Mit einem Glasschneider brach er ein handgroßes Stück aus der Scheibe und öffnete vorsichtig das Fenster. Ein modriger Geruch stieg aus der Kammer zu ihm herauf. Ferrullo schaltete seine Taschenlampe ein. Er sah eingestaubte Koffer und Kartons, und erleichtert bemerkte er, daß der Raum einen festen Fußboden hatte und nicht nur einen Holzboden. Ohne dabei das kleinste Geräusch zu machen, ließ er sich in die Kammer gleiten.

Gespannt blieb Ferrullo stehen und lauschte, ob irgend etwas im Haus zu hören war. Er hatte es nicht eilig. Hoyt war jetzt sicher schon unter der vorderen Veranda in Deckung gegangen und wartete darauf, die Eingangstür stürmen zu können. Neilson hatte darauf bestanden, daß zwei von seinen Freiwilligen an der Aktion beteiligt wurden. Sie sollten nach der Explosion den hinteren Eingang stürmen. Aber wenn alles so ablaufen würde, wie Ferrullo es sich vorstellte, dann war alles bereits erledigt, noch bevor jemand das Haus betreten hatte.

Beruhigt, weil er nichts gehört hatte, schlich Ferrullo langsam weiter. Tastend schob er jedesmal erst den Fuß vor, bevor er sein Gewicht verlagerte. Er war direkt über Charles.

Charles hatte für einige Minuten aufmerksam die Scheune beobachtet, bis er überzeugt war, daß sich dort niemand versteckte. Verwundert fragte er sich, was Jean Paul gehört haben konnte. Dann wandte er sich wieder zum Flur. Plötzlich knarrten leise die Deckenbalken über seinem Kopf. Charles lauschte in die Stille und hoffte, daß er sich das Geräusch nur eingebildet hätte. Aber kurz darauf hörte er das Knarren zum zweiten Mal.

Ein Zittern lief durch seinen erschöpften Körper. Jemand war in die Dachkammer eingestiegen!

Charles faßte den Feuerhaken noch fester und fühlte den Schweißfilm auf seinen Handflächen. Schritt für Schritt folgte er den Geräuschen in der Bodenkammer, bis er vor der Wand in Michelles Zimmer stand, hinter der die Bodentreppe lag. Leise ging er zur Zimmertür. Am Ende des Flurs konnte er in der Dunkelheit die Tür erkennen, die den Aufgang zur Dachkammer versperrte. Sie war nicht abgeschlossen. Der Schlüssel ragte verlockend aus dem Schloß. Als Charles den ersten Schritt auf der Treppe hörte, begann sein Herz wie wild zu schlagen. Nie zuvor hatte er solchen Schrecken erlebt. Krampfhaft versuchte er zu überlegen, ob er die Tür abschließen oder einfach darauf warten sollte, daß der Eindringling im Flur erschien. Wer immer auch die Treppen herunterkam, er tat es quälend langsam. Charles packte den Feuerhaken mit aller Kraft, die er noch aufbringen konnte. Plötzlich war nichts mehr hinter der Tür zu hören. Eine bedrückende Stille breitete sich aus. Charles wartete mit wachsender Angst.

Aus dem Wohnzimmer hörte er Michelle im Schlaf stöhnen. Erschrocken krümmte er sich zusammen. Er hoffte verzweifelt, daß niemand ihn rufen oder, noch schlimmer, zu ihm heraufkommen würde. Sekunden später hörte er, wie Jean Paul seinem Bruder etwas zuflüsterte.

Das Geräusch aus dem Wohnzimmer hatte die Bewegung auf der Bodentreppe wieder in Gang gebracht. Charles hörte noch einen Schritt, dann sah er mit Schrecken, wie sich der Türknauf langsam zu drehen begann. Er faßte den Feuerhaken mit beiden Händen und hob ihn über den Kopf.

Vorsichtig öffnete Anthony Ferrullo die Tür eine Handbreit. Schräg gegenüber konnte er eine kleine Holzbalustrade erkennen, an die sich das Geländer der Treppe zum Parterre anschloß. Von der Balustrade aus konnte er die Granate direkt in das Wohnzimmer werfen. Er prüfte noch einmal den Sitz seines Revolverholsters, dann löste er die Erschütterungsgranate von seinem Gürtel und riß den Sicherungsbolzen aus dem Zeitzünder.

Charles hielt das zermürbende Warten nicht eine Sekunde länger aus. Außerdem war ihm klargeworden, daß er es nicht über sich bringen würde, mit dem Eisenhaken auf den Eindringling einzuschlagen. Er hob den Fuß und trat gegen die Bodentür. Charles spürte einen leichten Widerstand, doch war er nicht groß genug, um die Tür am Zuschlagen zu hindern. Charles sprang aus seiner Deckung hervor, um den Schlüssel herumzudrehen.

Er erreichte die Tür nicht mehr. Eine gewaltige Explosion erschütterte das Haus. Die Treppentür flog wieder auf und schleuderte Charles zurück in Michelles Zimmer. Seine Ohren waren sekundenlang taub. Als er benommen auf allen vieren wieder aus dem Zimmer kroch, sah er einen Mann die Bodentreppe herunterstürzen. Bewußtlos blieb der Fremde auf der letzten Stufe liegen.

Angst und gespannte Erregung hatte Cathryn und die Jungen ergriffen, als die Explosion durch das Haus hallte. Kurz darauf waren auf der hinteren und der vorderen Veranda eilige Schritte zu hören. Im nächsten Moment schlug krachend ein Vorschlaghammer durch das schmale Zierglas neben der Vordertür. Der Hammer verfehlte Chucks Kopf nur um Zentimeter. Dann schob sich eine Hand durch die Öffnung und griff nach dem Türknauf. Chuck reagierte sofort. Er packte die Hand und zog so fest er konnte. Jean Paul ließ seinen Baseballschläger fallen und sprang seinem Bruder zu Hilfe. Mit vereinten Kräften zerrten sie den sich heftig wehrenden Arm bis zur Schulter durch das zersplitterte Glas und drückten ihn dabei gegen die Scherben. Der Fremde schrie vor Schmerz. Dann fiel ein Pistolenschuß, und Holzsplitter flogen von der Tür. Sofort ließen die Jungen den blutenden Arm los.

Als Cathryn hörte, wie sich zwei Männer an der beschädigten Tür zur Küche zu schaffen machten, nahm sie das Gewehr fest in beide Hände. Als die Männer die Tür einen Spaltbreit aufgedrückt hatten, schnitten sie das Sicherungsseil durch und stießen die Tür endgültig auf. Die Kartoffelsäcke schwangen gefährlich durch den Türrahmen, doch diesmal duckten sich die Männer einfach unter ihnen weg. Dann packte Wally Crab die beiden Säcke, so daß Brezo in die Küche stürmen konnte.

Cathryn hielt den Gewehrlauf schräg auf den Boden und drückte ab. Die Schrotkugeln schlugen in den Linoleumbelag und spritzten wieder hoch. Im nächsten Moment stand Brezo in einem Hagel von Querschlägern. Brezo warf sich sofort herum und floh mit Wally über die Veranda. Cathryn hatte inzwischen eine zweite Patrone in den Gewehrlauf geschoben und schoß durch die leere Türöffnung.

So plötzlich, wie der Aufruhr begonnen hatte, war er auch wieder vorüber. Jean Paul lief in die Küche und fand Cathryn starr vor Schreck. Er schloß die Tür und sicherte sie wieder. Dann nahm er seiner Mutter das Gewehr aus ihren zitternden Händen. Chuck stürmte die Treppe in den ersten Stock hinauf, um zu sehen, ob Charles etwas passiert war. Zu seiner Überraschung sah er, wie sein Vater sich über einen bewußtlosen Mann beugte, der im Gesicht und an den Händen Brandverletzungen hatte.

Mit Chucks Hilfe brachte Charles den Mann nach unten und band ihn auf einen Stuhl im Wohnzimmer. Dann kamen Cathryn und Jean Paul aus der Küche, und jeder versuchte den anderen nach dem nervenzermürbenden Erlebnis zu beruhigen. An Schlaf dachte von ihnen keiner mehr. Nur Michelle war nicht einmal von dem lauten Getöse, das für Minuten das Haus erfüllt hatte, aufgewacht. Nach ein paar Minuten stiegen die Jungen freiwillig wieder in den ersten Stock hinauf, um Wache zu halten. Cathryn ging in die Küche und brühte für alle einen starken Kaffee.

Charles setzte sich wieder in sein provisorisches Labor. Sein Herz schlug immer noch heftig. Über die intravenöse Kanüle gab er Michelle eine weitere Dosis von der Lösung mit dem Übertragungsfaktor. Auch dieses Mal zeigte ihr Körper keine Gegenreaktion. Charles war jetzt überzeugt, daß das Molekül nicht giftig sein konnte. Er füllte auch noch den Rest der Lösung in die halbleere Infusionsflasche und stellte das Kanülenventil so ein, daß die Lösung während der nächsten fünf Stunden in Michelles Blutkreislauf einfloß.

Nachdem er damit fertig war, ging Charles zu seinem Gefangenen, der inzwischen wieder zu sich gekommen war. Trotz der leichten Brandverletzungen konnte man auf den ersten Blick erkennen, daß der Fremde ein gutaussehender Mann war. Er hatte kluge Augen. Mit den Schlägern aus Shaftesbury, die Charles erwartet hatte, war er überhaupt nicht zu vergleichen. Der Mann schien ein Profi zu sein, und das bereitete Charles die meisten Sorgen. Als Charles ihn durchsucht hatte, war das erste, was ihm in die Hände fiel, eine Smith and Wesson gewesen. Eine 38er Spezial. Das war nicht irgendeine beliebige Waffe.

»Wer sind Sie?« fragte Charles.

Anthony Ferrullo blieb stunmm und unbewegt wie eine Steinskulptur.

»Was wollten Sie hier?«

Schweigen.

Selbstbewußt griff Charles dem Mann in die innere Jackentasche. Er fand eine lederne Brieftasche und zog sie heraus. Mr. Ferrullo bewegte sich nicht. Charles ließ die Brieftasche aufspringen und sah betroffen und erstaunt zugleich auf ein Bündel von Hundert-Dollar-Noten. Dann fand er ein paar Kreditkarten und einen Führerschein. Charles zog die eingeschweißte Plastikkarte heraus und hielt sie gegen das Licht. Anthony L. Ferrullo, Leonia, New Jersey. New Jersey? Er durchsuchte die anderen Fächer der Brieftasche und fand eine Visitenkarte. Anthony L. Ferrullo, Breur Chemical, Sicherheitsabteilung. – Breur Chemical!

Charles fühlte ein Zittern durch seinen Körper laufen. Bis zu diesem Moment hatte er geglaubt, daß jede Gefahr, die er bei seinem Kampf gegen die medizinischen und industriellen Interessenverbände auf sich genommen hatte, von einem ordentlichen Gericht gebannt werden konnte. Mr. Anthony Ferrullos Anwesenheit ließ ihn einsehen, daß sein Wagnis auch eine tödliche Gefahr enthalten hatte. Und am meisten erschreckte Charles, daß diese Gefahr für seine ganze Familie bestand. In Mr. Ferrullos Beruf war ›Sicherheit‹ anscheinend eine Umschreibung für Zwang und Gewaltanwendung. Für einen Moment wurde Ferrullo in Charles' Augen zu einem Symbol alles Bösen, und er mußte sich beherrschen, nicht in blinder Wut auf den Gefangenen einzuschlagen. Dann begann er alle Lichter einzuschalten. Er wollte keine Finsternis mehr um sich, die Heimlichkeiten mußten ein Ende haben.

Er rief die Jungen aus dem ersten Stock herunter. Die Familie versammelte sich in der Küche.

»Morgen ist Schluß«, sagte Charles. »Wir werden das Haus verlassen und uns ergeben.«

Cathryn war froh über seine Entscheidung, aber die Jungen sahen sich betroffen an. »Warum?« fragte Chuck.

»Ich habe alles für Michelle getan, was ich tun konnte. Und es sieht so aus, als ob sie eine Bestrahlungstherapie braucht. Dafür muß sie zurück ins Krankenhaus.«

»Wird sich ihr Zustand denn jetzt bessern?« fragte Cathryn.

»Das kann ich nicht sicher sagen«, mußte Charles zugeben. »Theoretisch gibt es keinen Grund, der dagegen spricht, aber ich mußte bei meinem Experiment unzählige Fragen unbeantwortet lassen. Meine Behandlungstechnik steht außerhalb aller anerkannten Methoden der Schulmedizin. Das einzige, was uns jetzt noch zu tun bleibt, ist hoffen.«

Charles ging zum Telefon und rief alle Zeitungen und Fernsehstationen an, deren Namen ihm einfielen. Jedem, der bereit war, ihm zuzuhören, erklärte er, daß er und seine Familie am nächsten Mittag das Haus verlassen würden.

Anschließend rief er das Polizeirevier von Shaftesbury an und sagte dem Mann in der Zentrale, daß er Frank Neilson sprechen wolle. Es dauerte fünf Minuten, bis der Polizeichef sich meldete. Charles teilte Neilson kurz mit, daß er bis nach Boston sämtliche Nachrichtenredaktionen darüber informiert habe, daß er und seine Familie sich morgen mittag der Polizei stellen würden. Dann legte er auf. Charles hoffte, daß die Gegenwart von vielen Zeitungsleuten und Fernsehreportern jede Gewalt gegen seine Familie verhindern würde.

Es war Punkt zwölf Uhr, als Charles die vordere Eingangstür aufschloß und ins Freie trat. Es war ein wunderschöner Tag. An dem klaren, blauen Himmel hing eine blasse Wintersonne. Am Fuß der Auffahrt hatte sich eine große Menschenmenge versammelt, vor der ein Krankenwagen, die zwei Streifenwagen und die Übertragungswagen mehrerer TV-Stationen standen.

Charles wandte sich zurück zu seiner Familie. Ein Gefühl aus Stolz und Liebe durchströmte ihn. Sie hatten entschlossener hinter ihm gestanden, als er zu hoffen gewagt hatte. Er ging zurück ins Wohnzimmer und hob Michelle aus ihrem Krankenbett. Michelles Lider flatterten kurz, ihre Augen blieben geschlossen.

»Also los, Mr. Ferrullo, nach Ihnen«, sagte Charles.

Ferrullo trat auf die Veranda hinaus, die Brandwunden in seinem Gesicht glänzten in der Sonne. Dann traten die beiden Jungen vor die Tür, gefolgt von Cathryn. Als letzter kam Charles mit Michelle auf den Armen. Eng beieinander ging die kleine Gruppe die Auffahrt hinunter.

Zu seiner Überraschung entdeckte Charles am hinteren Ende des Krankenwagens Dr. Ibanez, Dr. Morrison, Dr. Keitzman und Dr. Wiley. Je weiter sie sich der Menge näherten, um so deutlicher wurde den Neugierigen, daß es zu keinen Ausschreitungen kommen würde. Einige Männer begannen zu rufen. Die meisten von ihnen kamen von der Recycle Ltd. Nur einer in der Menge klatschte spontan Beifall. Es war Patrick O'Sullivan, der sich unendlich erleichtert fühlte, daß die Sache noch ein friedliches Ende genommen hatte.

Wally Crab stand schweigend im Schutz einer Baumgruppe. Er legte seinen rechten Zeigefinger vorsichtig um den Abzug seines Lieblingsgewehrs und drückte seine Wange gegen den hölzernen Kolben. Er versuchte zu zielen, doch der Alkohol in seinem Blut von den vielen Bourbons, die er am Morgen getrunken hatte, ließ seine Hände zittern. Erst als er das Jagdgewehr auf einen dicken Ast auflegte, konnte er es einigermaßen ruhig halten. Aber Brezos Drängelei machte ihn nervös.

Der durchdringende Knall eines Gewehrschusses zerriß die Winterstille. Die Menge drängte nach vorn, als sie Charles Martel taumeln sah. Doch er stürzte nicht, sondern sank auf die Knie und vorsichtig, als hätte er ein neugeborenes Kind auf den Armen, legte er seine Tochter in den Schnee. Dann fiel er vornüber neben sie. Cathryn drehte sich erschrocken um und schrie entsetzt auf. Dann warf sie sich neben Charles auf die Knie, um zu sehen, wie schwer verletzt er war.

Patrick O'Sullivan reagierte als erster. In einem Reflex fuhr seine rechte Hand um den Kolben seiner Dienstwaffe. Er zog den Revolver nicht, aber er hielt ihn schußbereit, als er ein paar Neugierige aus dem Weg stieß und die Auffahrt hinauflief. Schützend wie ein Adler, der sein Nest bewacht, beugte er sich über Cathryn und Charles. Seine Augen hielt er fest auf die Menschenmenge geheftet, um jede verdächtige Bewegung schon im Ansatz erkennen zu können.

## *17. Kapitel*

Charles hatte noch nie in seinem Leben in einem Krankenhaus gelegen. Die Erfahrungen der letzten Tage hatten ihn zutiefst erschreckt. Zwar hatte er in der Vergangenheit ein paar Zeitungsartikel über die Probleme gelesen, die mit dem Eindringen der Technik in die Medizin verbunden waren, aber niemals hätte er sich vorgestellt, daß er sich so unsicher und machtlos fühlen würde. Vor drei Tagen war er in das Krankenhaus eingeliefert und sofort operiert worden. Als er wieder aus der Narkose aufgewacht war und das Durcheinander von Schläuchen und Infusionsflaschen, Monitoren und Aufzeichnungsgeräten um sich gesehen hatte, war er sich wie eines seiner Versuchstiere vorgekommen. Zum Glück war er am zweiten Tag von den enervierenden Schrecknissen der Intensivstation erlöst worden. Man hatte ihn wie ein fühlloses Stück Fleisch in ein Einzelzimmer der Privatstation des Hauses gekarrt.

Als Charles versuchte, in eine etwas bequemere Lage zu rücken, fühlte er einen brennenden Schmerz, der sich wie ein Feuerband um seine Brust legte. Er hielt seinen Atem an und fragte sich erschrocken, ob er vielleicht seine Narbe wieder aufgerissen hatte. Ängstlich wartete er, daß das Brennen zurückkehrte, doch der Schmerz blieb aus. Erleichtert bemühte sich Charles, völlig regungslos zu liegen. Auf der linken Seite seines Brustkorbes ragte zwischen den Rippen ein Gummischlauch heraus, der zu einer Flasche auf dem Boden neben dem Bett lief. Sein linker Arm war mit einem wirren Netz von Drähten und Zuggewichten starr fixiert worden. Charles war völlig bewegungsunfähig und noch für die einfachsten Bedürfnisse auf die Gnade des Pflegepersonals angewiesen.

Ein sanftes Klopfen riß ihn aus seinen Gedanken. Bevor er antworten konnte, wurde die Tür leise geöffnet. Charles fürchtete schon, daß es wieder der Pfleger war, der alle vier Stunden kam, um ihn mit einem Höllengerät Luft in die Lungen zu pumpen. Charles war sicher, daß seit der Inquisition keine schmerzvollere Prozedur erfunden worden war. Doch dann steckte Dr. Keitzman seinen Kopf zur Tür herein.

»Können Sie schon einen kurzen Besuch vertragen?« fragte er.

Charles nickte, obwohl ihm nicht nach einem Gespräch zumute war. Doch er wollte unbedingt wissen, wie es Michelle ging. Cathryn hatte ihm bei ihrem Besuch nur sagen können, daß sich Michelles Zustand nicht weiter verschlechtert hatte.

Dr. Keitzman trat selbstsicher ins Zimmer und schob einen vinylbespannten Stuhl neben Charles' Bett. Dann zuckte plötzlich Dr. Keitzmans Oberlippe hoch, was für gewöhnlich seine innere Anspannung verriet, und nervös nestelte er an seiner Brille.

»Wie geht es Ihnen, Charles?« fragte er.

»Es könnte nicht besser sein«, antwortete Charles. Er bemühte sich gar nicht erst, den Sarkasmus zu unterdrücken. Für ihn war jedes Wort, ja sogar jeder Atemzug ein riskantes Unternehmen, und jeden Moment erwartete er, daß der stechende Schmerz wiederkehrte.

»Ich habe ein paar gute Nachrichten für Sie. Es ist vielleicht noch ein bißchen zu früh, um endgültige Schlüsse ziehen zu können, aber ich wollte sie Ihnen dennoch nicht vorenthalten.«

Charles antwortete nicht. In der Furcht, seine Hoffnungen bloß nicht in den Himmel wachsen zu lassen, sah er dem Onkologen forschend ins Gesicht.

»Erstens«, fuhr Dr. Keitzman fort, »hat Michelle auf die Bestrahlung hervorragend angesprochen. Schon eine einzige Behandlung scheint die Infiltration ihres zentralen Nervensystems gestoppt zu haben. Sie ist wach und wieder bei vollem Bewußtsein.«

Charles nickte in der Hoffnung, daß dies nicht das einzige war, was Dr. Keitzman ihm zu sagen hatte.

Für einen Augenblick war es im Zimmer still geworden.

Dann wurde plötzlich die Zimmertür heftig aufgestoßen, und der Pfleger mit dem verhaßten Behandlungsgerät stürmte in den Raum. »Es ist wieder Zeit für Ihre Behandlung, Dr. Martel«, sagte er strahlend, als ob er ein außergewöhnliches Vergnügen ankündigen wollte. Als er Dr. Keitzman erblickte, blieb er respektvoll stehen. »Entschuldigen Sie, Doktor.«

»Sie brauchen sich nicht zu entschuldigen«, antwortete Dr. Keitzman. Anscheinend war er froh über die Störung. »Ich wollte ohnehin gerade gehen.« Dann sah er wieder zu Charles. »Das zweite, was ich Ihnen sagen wollte, war, daß Michelles Leukämiezellen alle verschwunden sind. Ich denke, daß wir die Krankheit eingedämmt haben.«

Charles fühlte eine warme Woge durch seinen Körper fluten. »Mein Gott! Das ist ja großartig«, sagte er begeistert. Dann zuckte ein stechender Schmerz durch seinen Brustkorb und erinnerte ihn daran, wo er war.

»Ja, das ist es«, erwiderte Dr. Keitzman. »Wir sind alle sehr froh darüber. Aber sagen Sie mir, Charles, was haben Sie mit Michelle gemacht, als sie bei Ihnen im Haus war?«

Charles konnte seine Freude kaum beherrschen. Vielleicht war Michelle geheilt. Vielleicht wirkte die Lösung mit dem Übertragungsfaktor, wie er angenommen hatte. Charles sah Dr. Keitzman ins Gesicht und dachte einen Moment nach. Er wollte ihr Gespräch jetzt nicht in eine Fachsimpelei über Einzelheiten ausufern lassen. »Ich habe nur versucht, Michelles Immunsystem anzuregen.«

»Heißt das, Sie haben ihr ein unterstützendes Mittel wie BCG gegeben?« fragte Dr. Keitzman.

»Ja, etwas in der Art«, erwiderte Charles. Ihm fehlte noch die Kraft für eine wissenschaftliche Diskussion.

Dr. Keitzman wandte sich zur Tür. »Darüber müssen wir noch einmal sprechen. Was immer Sie auch getan haben, es hat der Wirkung der Chemotherapie, die wir ihr im Krankenhaus gegeben haben, zum Durchbruch verholfen. Aber ich verstehe den zeitlichen Ablauf noch nicht. Wir müssen darüber sprechen, wenn Sie sich wieder besser fühlen.«

»Ja, wenn ich mich besser fühle«, stimmte Charles zu.

»Und daß das Vormundschaftsverfahren eingestellt worden ist, wissen Sie sicherlich bereits.« Dr. Keitzman rückte seine

Brille zurecht, nickte dem Pfleger zu und verließ das Zimmer.

Die Begeisterung, in die Dr. Keitzmans Neuigkeiten Charles versetzt hatten, dämpfte die Schmerzen, mit der die anschließende Behandlung verbunden war, besser als Morphium. Während der ganzen Zeit, in der das Druckgerät ihm Luft in die Lungen preßte, blieb der Pfleger neben Charales' Bett stehen. Kein Patient hätte die Qualen freiwillig ertragen. Die Behandlung dauerte zwanzig Minuten, und als der Pfleger endlich wieder aus dem Zimmer ging, war Charles völlig erschöpft. Die anhaltenden Schmerzen ließen ihn in einen unruhigen Schlaf fallen.

Als ein Geräusch im Zimmer ihn wieder weckte, war Charles nicht sicher, wieviel Zeit inzwischen verstrichen war. Er drehte seinen Kopf zur Tür und stellte erschrocken fest, daß er nicht allein war. Nicht weiter als einen Meter von seinem Bett entfernt saß Dr. Carlos Ibanez. Seine knochigen Hände, die gefaltet in seinem Schoß lagen, und sein zerzaustes silbergraues Haar ließen Dr. Ibanez alt und gebrechlich aussehen.

»Ich hoffe, ich störe Sie nicht«, sagte Dr. Ibanez leise.

Charles fühlte Zorn in sich aufsteigen. Aber die Erinnerung an Dr. Keitzmans Neuigkeiten ließ das bittere Gefühl wieder abebben. Er setzte eine gleichgültige Miene auf.

»Es freut mich, daß Sie sich schon wieder so gut erholt haben«, sagte Dr. Ibanez. »Ihre Ärzte haben mir erzählt, daß Sie sehr viel Glück gehabt haben.«

Glück! Ein sonderbarer Ausdruck für das, was geschehen war, dachte Charles. »Sie glauben also, daß man bei einem Brustschuß von Glück sprechen kann?« fragte er.

»Das habe ich damit nicht gemeint«, erwiderte Dr. Ibanez lächelnd. »Aber Ihr linker Arm hat die Kugel noch abgebremst, so daß sie nicht Ihr Herz getroffen hat, als sie in Ihren Brustkorb eindrang. Das war Glück.«

Charles fühlte einen stechenden Schmerz. Obwohl er sich nicht besonders glücklich fühlte, war ihm nicht nach einem Streit zumute. Deshalb schüttelte er auch nur leicht den Kopf als Antwort auf Dr. Ibanez' letzte Worte. Verwundert fragte er sich, aus welchem Grund der alte Mann wohl gekommen war.

»Charles!« begann Dr. Ibanez mit fester Stimme. »Ich bin hier, um mit Ihnen zu verhandeln.«

Verhandeln? dachte Charles verwirrt. Wovon, zum Teufel, spricht er jetzt wieder?

»Ich habe lange über alles nachgedacht«, sagte Dr. Ibanez, »und ich bekenne freimütig, daß ich viele Fehler gemacht habe. Wenn Sie bereit sind, mit mir zusammenzuarbeiten, möchte ich sie gerne wieder ungeschehen machen.«

Charles ließ seinen Kopf zur Mitte seines Kopfkissens rollen und blickte hinauf zu den Infusionsflaschen an dem Metallgestell. Er sah, wie die Infusionslösungen durch die Mikrofilter tropften. Nur mit Mühe konnte er sich beherrschen, Ibanez zur Hölle zu wünschen.

Eine Zeitlang wartete der Institutsdirektor auf eine Antwort von Charles, dann räusperte er sich. »Lassen Sie mich offen sein, Charles. Ich weiß, daß Sie uns jetzt, wo Sie eine Art Berühmtheit geworden sind, eine Menge Schwierigkeiten machen könnten. Aber es würde für niemanden etwas dabei herauskommen. Ich habe den Direktionsrat davon überzeugen können, keine Anklage gegen Sie zu erheben und Ihnen Ihr Labor zurückzugeben...«

»Ich will Ihr verdammtes Labor nicht«, antwortete Charles scharf. Seine Schmerzen ließen ihn zusammenzucken.

»Schon gut«, sagte Dr. Ibanez besänftigend. »Ich kann verstehen, daß Sie nicht ans Weinburger-Institut zurückkehren möchten. Aber es gibt noch andere Institute, und wir könnten Ihnen helfen, an einem von ihnen die Arbeit zu finden, die Sie wollen. In einer Stellung, die es Ihnen erlauben würde, Ihre Forschungen ungehindert fortzuführen.«

Charles mußte an Michelle denken und an das, was er getan hatte, um ihr zu helfen. War ihm wirklich schon der entscheidende Durchbruch bei seinen Forschungen gelungen? Er wußte es nicht, aber er mußte es herausfinden. Und dafür benötigte er ein gut ausgerüstetes Labor.

Er sah Dr. Ibanez prüfend ins Gesicht. Charles hatte nie eine Abneigung gegen Dr. Ibanez verspürt wie gegen Morrison. »Ich muß Sie warnen«, sagte er. »Wenn ich mich auf eine Verhandlung mit Ihnen einlasse, werde ich eine Menge Forderungen stellen.« In Wahrheit hatte Charles bisher nicht eine Sekunde lang daran gedacht, was er eigentlich tun sollte, wenn er das Krankenhaus wieder verlassen konnte. Doch jetzt spielte er in Gedanken alle erdenklichen Möglichkeiten durch.

»Ich bin bereit, auf jede Ihrer Forderungen einzugehen, solange sie annehmbar sind«, sagte Dr. Ibanez.

»Und was verlangen Sie als Gegenleistung?« fragte les.

»Das Sie das Weinburger-Insstitut nicht in eine weitere Verlegenheit bringen. Wir hatten jetzt genug Skandale.«

Einen Moment war Charles nicht sicher, wie Dr. Ibanez das gemeint hatte. Denn wenn ihm während der Ereignisse der letzten Woche etwas klargeworden war, dann seine eigene Machtlosigkeit und Verletzlichkeit. Von der Außenwelt abgeschlossen, erst in seinem Haus, dann auf der Intensivstation des Krankenhauses, hatte er gar nicht mitbekommen, wie berühmt ihn die Medien inzwischen gemacht hatten, den angesehenen Wissenschaftler, der sein Leben aufs Spiel gesetzt hatte, um seine Tochter zu retten. Die Presse würde noch die leiseste kritische Bemerkung von ihm über das Weinburger-Institut dankbar aufgreifen, und das erst recht, nachdem das Institut bereits für einige schlechte Nachrichten gesorgt hatte.

Allmählich wurde sich Charles bewußt, wie stark seine Verhandlungsposition war. »Also gut«, sagte er langsam. »Ich verlange eine Forschungsstelle, an der ich mein eigener Herr bin.«

»Das wird sich arrangieren lassen. Ich habe bereits mit einem Freund in Berkeley gesprochen.«

»Und dann zur Canceran-Auswertung«, fuhr Charles fort. »Alle vorliegenden Versuchsergebnisse müssen in den Reißwolf geworfen werden. Das Medikament muß untersucht werden, als ob Sie es gerade erst ans Institut bekommen hätten.«

»Darüber sind wir uns im klaren«, antwortete Dr. Ibanez. »Wir haben auch schon eine neue toxikologische Versuchsreihe begonnen.«

Von Charles' Gesicht war sein Erstaunen über das, was Dr. Ibanez gesagt hatte, deutlich abzulesen. »Und schließlich die Recycle Ltd. Die Einleitung von Chemikalien in den Fluß muß gestoppt werden.«

Dr. Ibanez nickte. »Nach den ersten Schritten Ihres Anwalts

hat die USB den Fall aufgegriffen. Wenn ich richtig informiert bin, wird das Problem in Kürze beseitig sein.«

»Und«, sagte Charles. Er fragte sich, wie weit er gehen konnte. »Ich verlange, daß Breur Chemical den Schonhausers eine Entschädigung zahlt. Das muß ja nicht an die große Glocke gehängt werden.«

»Ich glaube, das wird sich einrichten lassen, wenn die Sache anonym bleiben kann.«

Eine Pause entstand. »Noch etwas?« fragte Dr. Ibanez.

Charles war erstaunt, wieviel er schon durchgesetzt hatte. Angestrengt überlegte er weiter, doch es fiel ihm nichts mehr ein. »Ich glaube, das war alles.«

Dr. Ibanez stand auf und schob seinen Stuhl zurück zur Wand. »Ich bedauere, daß wir Sie verlieren werden, Charles. Ich bedauere es wirklich.«

Charles sah Dr. Ibanez nach, als er langsam aus dem Zimmer ging und leise die Tür hinter sich schloß.

Eines wußte Charles ganz sicher, wenn er das nächste Mal quer durch das Land reisen mußte, dann würde er es nur ohne die Kinder tun und nur mit einer Klimaanlage im Wagen. Und wenn er sich zwischen beidem entscheiden mußte, dann würde er die Klimaanlage wählen. Seit sie New Hampshire verlassen hatten, waren die drei Kinder in einen dauernden Streit verwickelt gewesen. Erst an diesem Morgen war es etwas ruhiger im Wagen geworden, als ob die ehrfurchteinflößende Wüstenlandschaft Utahs die drei zum Schweigen gebracht hätte. Charles warf einen Blick in den Rückspiegel. Jean Paul saß direkt hinter ihm und sah aus dem Seitenfenster. Michelle saß neben ihrem Bruder, gelangweilt und zappelig. Ganz hinten in dem aufpolierten Kombi hatte sich Chuck ein Nest gebaut. Er hatte fast während der ganzen Fahrt gelesen – und ausgerechnet ein Chemiebuch. Charles schüttelte den Kopf, er würde den Jungen wohl nie ganz verstehen. Chuck hatte angekündigt, daß er sogar in der vorlesungsfreien Zeit einen Ferienkurs an der Universität besuchen wollte. Auch wenn es vielleicht nur eine vorübergehende Laune war, es hatte Charles doch gefreut, als sein ältester Sohn ihm erklärte, daß er Arzt werden wolle.

Während sie durch die Bonneville Salt Flats westlich von Salt Lake City fuhren, sah Charles zu Cathryn, die neben ihm saß. Sie hatte zu Beginn der Fahrt eine Stickerei begonnen und schien ganz versunken zu sein in den monotonen Rhythmus der Handbewegungen. Aber sie mußte Charles' Kopfbewegung bemerkt haben. Sie sah auf, und ihre Blicke trafen sich. Trotz der Streitereien der Kinder war zwischen ihnen beiden von Tag zu Tag ein Gefühl der Freude gewachsen, denn mit jedem Kilometer, den sie zurücklegten, versanken die qualvollen Erinnerungen an Michelles Krankheit und an den Gewaltausbruch am letzten Tag der Belagerung ihres Hauses tiefer in die Vergangenheit.

Cathryn beugte sich herüber und legte Charles ihre linke Hand auf den Oberschenkel. Charles hatte im Krankenhaus viel an Gewicht verloren, aber Cathryn fand, daß er lange nicht mehr so gut ausgesehen hatte. Auch der Druck, der für gewöhnlich die Haut um seine Augen in kleine Falten gelegt hatte, schien verschwunden zu sein. Erleichtert registrierte Cathryn, daß Charles zumindest so entspannt war, als ob ihn das ewige Asphaltband der Straße und die betäubende Eintönigkeit der Landschaft hypnotisiert hatten.

»Je mehr ich über alles, was geschehen ist, nachdenke, um so weniger verstehe ich es«, sagte Cathryn.

Charles rückte in seinem Sitz hin und her und versuchte eine Position zu finden, in der ihn der Gipsverband um seinen linken Arm am wenigsten störte. Wenn er sich auch noch nicht über alle Gefühle, die die Affäre in ihm ausgelöst hatte, klargeworden war, so wußte er doch eines ganz sicher, daß er in Cathryn eine Vertraute gefunden hatte, die wirklich alles mit ihm teilte. Allein das war die schlimmen Erfahrungen wert gewesen.

»Du hast also über alles nachgedacht?« sagte Charles unbestimmt.

Cathryn sollte das Gespräch fortsetzen können, wo immer sie wollte. Cathryns Hände zogen unermüdlich die Nadel mit dem Garn durch das Leinen. »Bei dem Durcheinander mit dem Packen und der Abreise bin ich nie dazu gekommen, darüber nachzudenken, was eigentlich alles passiert ist.«

»Was verstehst du denn nicht?« fragte Charles.

»Dad!« rief Jean Paul von seinem Rücksitz dazwischen. »Wird in Berkeley auch Hockey gespielt? Ich meine, gibt es da auch Eisbahnen und so?«

Charles drehte seinen Kopf nach hinten, um Jean Paul ins Gesicht sehen zu können. »Ich glaube nicht. In Berkeley ist das Wetter eigentlich immer so, als ob dauernd Frühling wäre.«

»Was du auch für blöde Fragen stellst« sagte Chuck und schlug Jean Paul sein Buch auf den Kopf.

»Laß mich«, erwiderte Jean Paul gereizt. Er warf sich in seinem Sitz herum und versuchte, Chuck das Buch aus der Hand zu schlagen.

»Ich hab' ja nicht dich gefragt.«

»Jetzt beruhigt euch wieder«, befahl Charles schroff. Dann fuhr er mit ruhigerer Stimme fort. »Vielleicht kannst du aber Surfen lernen, Jean Paul.«

»Wirklich?« erwiderte Jean Paul mit strahlendem Gesicht.

»Surfen kann man nur in Südkalifornien«, warf Chuck ein. »Wo die ganz Verrückten sind.«

»Das mußt gerade du sagen«, entgegnete Jean Paul.

»Das reicht!« rief Charles und schüttelte den Kopf.

»Es ist schon gut«, sagte Cathryn. »Wenn die Kinder sich zanken, weiß ich wenigstens, daß wieder alles normal ist.«

»Normal?« sagte Charles in spöttischem Ton.

»Ist ja auch egal«, erwiderte Cathryn. Sie sah Charles aufmerksam an. »Das eine, was ich nicht verstehe, ist, warum sich das Weinburger-Institut auf einmal so um uns bemüht hat. Sie hätten nicht hilfreicher sein können.«

»Das habe ich auch nicht verstanden«, erwiderte Charles, »bis ich mich erinnert habe, was für ein kluger Taktiker Dr. Ibanez ist. Er hatte Angst, daß die Medien die ganze Geschichte aufgreifen würden. Die vielen Reporter haben ihn fürchten lassen, daß ich versucht sein könnte zu erzählen, wie am Weinburger-Institut Krebsforschung betrieben wird.«

»Mein Gott. Wenn die Öffentlichkeit wüßte, was wirklich passiert«, sagte Cathryn.

»Ich glaube, wenn ich geschickter verhandelt hätte, dann säßen wir jetzt in einem neuen Wagen«, sagte Charles lachend.

Michelle, die dem Gespräch ihrer Eltern nur unaufmerksam zugehört hatte, griff in ihren Leinenbeutel und zog ihre Perücke hervor. Sie hatte lange gesucht, bis sie ein ähnliches Braun wie Cathryns Haar gefunden hatte. Charles und Cathryn hatten sie gedrängt, eine schwarze Perücke zu nehmen, die zu ihrem eigenen Haar gepaßt hätte, aber Michelle war unnachgiebig geblieben. Sie hatte so aussehen wollen wie Cathryn, aber jetzt war sie nicht mehr sicher, ob sie wirklich die richtige Wahl getroffen hatte. Schon der Gedanke, in eine neue Schule zu müssen, war erschreckend genug. Daß sie auch noch eine Perücke tragen mußte, daran durfte sie gar nicht denken. Schließlich war ihr klargeworden, daß sie nicht ein paar Monate mit braunem Haar in die Schule kommen konnte, und dann mit schwarzem. »Ich will erst wieder zur Schule gehen, wenn mein Haar nachgewachsen ist.«

Charles sah zur Rückbank. Michelle nestelte an ihrer braunen Perücke herum. Er konnte sich vorstellen, was in ihrem Kopf vorging. Er wollte sie schon für ihre Dummheit, auf der falschen Haarfarbe bestanden zu haben, schelten, doch dann unterbrach er sich in seinen Gedanken. »Warum kaufen wir dir nicht einfach eine neue Perücke? Diesmal vielleicht eine schwarze?«

»Aber was ist denn mit dieser nicht in Ordnung«, reizte Jean Paul seine Schwester. Er riß ihr die Perücke aus der Hand und setzte sie sich auf den Kopf.

»Daddy«, rief Michelle. »Sag Jean Paul, daß er mir meine Perücke wiedergeben soll.«

»Du hättest als Mädchen zur Welt kommen sollen, Jean Paul«, sagte Chuck. »Mit der Perücke siehst du zehnmal besser aus.«

»Jean Paul!« rief Cathryn und griff nach hinten, um ihrer Tochter zu helfen. »Gib deiner Schwester die Perücke zurück.«

»Also gut, Glatzkopf«, sagte Jean Paul lachend. Er warf die Perücke in Michelles Richtung und hob schützend die Arme, um Michelles kraftlose Schläge abzuwehren.

Cathryn und Charles sahen sich kurz an. Sie waren viel zu erleichtert darüber, daß es Michelle wieder besserging, um sie jetzt tadeln zu können. Beide hatten sie die qualvollen Tage noch nicht vergessen, als sie nur machtlos warten konnten, ob Charles' Experiment Erfolg haben und Michelles Krankheit nachlassen würde. Und als Michelles Leukämie dann besiegt war, mußten sie sich mit der Tatsache abfinden, daß sie nie erfahren würden, was ihre Tochter geheilt hatte, die Injektionen, die Charles ihr gegeben, oder die Chemotherapie, die sie im Krankenhaus erhalten hatte, bevor sie von Charles entführt worden war.

»Selbst wenn sie sicher wären, daß deine Injektionen die Heilung eingeleitet haben, sie würden es niemals zugeben«, sagte Cathryn.

Charles zuckte die Schultern. »Niemand kann irgend etwas stichhaltig beweisen, auch ich nicht. Vielleicht schon in einem Jahr werde ich die Antwort wissen. Das Institut in Berke ist bereit, mich meinen eigenen Forschungsansatz weiterverfolgen zu lassen. Mit etwas Glück werde ich einmal beweisen können, daß Michelles Fall das erste Beispiel dafür war, wie der Körper sich selbst von einer Leukämie heilen kann. Wenn das...«

»Dad!« rief Jean Paul. »Kannst du bitte an der nächsten Tankstelle anhalten?«

Charles trommelte mit den Fingern auf das Lenkrad, aber Cathryn beugte sich zu ihm und kniff ihn freundlich in den Arm. Charles nahm den Fuß vom Gaspedal. »Bis zur nächsten Stadt sind es noch achtzig Kilometer. Ich halte dann wohl besser sofort. Außerdem können wir alle eine kleine Pause gebrauchen.«

Charles lenkte den Wagen auf den staubigen Seitenstreifen der Straße und stoppte. »Also raus mit euch.«

»Hier ist es ja heißer als in einem Ofen«, sagte Jean Paul entsetzt und suchte nach einer Kopfbedeckung.

Charles führte Cathryn auf eine kleine Anhöhe, von der aus sich der Blick nach Westen öffnete, über eine trockene kahle Wüstenlandschaft hinweg bis an ein schroffes Gebirge. Hinter sich, im Wagen, hörten sie Chuck und Michelle streiten. Ja, dachte Charles, es ist wirklich wieder alles normal geworden.

»Ich habe nie gewußt, daß die Wüste so schön ist«, sagte Cathryn, fasziniert von der Landschaft.

Charles atmete tief ein. »Und riech einmal die Luft, dann kommt es dir vor, als ob Shaftesbury auf einem anderen Planeten liegt.«

Charles legte seinen rechten Arm um Cathryn. »Weißt du, was mich am meisten erschreckt?« fragte er.

»Nein, was denn?«

»Das ich schon wieder anfange, mich zufrieden zu fühlen.«

»Darüber brauchst du dir keine Sorgen zu machen«, sagte Cathryn lachend. »Warte erst einmal ab, bis wir in Berkeley sind. Dort haben wir kein Haus, kein Geld, aber drei hungrige Kinder.«

Charles lächelte. »Du hast recht. Da bleiben uns noch genügend Möglichkeiten für die nächste Katastrophe.«

# Epilog

Als der Schnee auf den erhabenen White Mountains in New Hampshire schmolz, strömten Hunderte kleiner Wasserläufe in den Pawtomack River. In nur zwei Tagen stieg der Wasserspiegel des Flusses um fast einen Meter. Der träge zum Meer fließende Strom verwandelte sich in ein reißendes Gewässer. Auf ihrem Weg durch Shaftesbury schlugen die klaren Wogen schäumend gegen die alten granitenen Ufermauern der verlassenen Fabriken und füllten die kristallene Luft mit Gischtwolken und kleinen Regenbogen.

Dann wurde das Wetter wärmer, und dichtes Grün begann das Flußbett zu überziehen. Es wuchs sogar in jenen Gebieten, die einmal so giftig gewesen waren, daß die Pflanzen in ihnen nicht überleben konnten. Zum ersten Mal seit Jahren tauchten auch im Schatten der Recycle Ltd. wieder Kaulquappen auf und jagten die ausgelassenen Wasserspinnen. Forellen wanderten durch das einst so giftige Wasser nach Süden.

Die Nächte wurden kürzer, und der Sommer zog ins Land. Etwa zu dieser Zeit tauchte an der Nahtstelle eines Abflußrohres der neuen Chemikalientanks ein einzelner Benzoltropfen auf. Keiner der Männer, die die Installation des neuen Leitungssystems überwacht hatten, war sich wirklich über die heimtückische Wirkung des Benzols im klaren gewesen. Von dem Moment an, als die ersten Giftmoleküle in das Rohrnetz einflossen, hatten sie begonnnen, das Gummi der Dichtungsringe, mit denen die Leitungen versiegelt waren, aufzulösen.

Zwei Monate hatte die ätzende Flüssigkeit gebraucht, um sich durch das Gummi zu fressen, und der erste Tropfen fiel auf die Granitblöcke unter den Sammeltanks. Dann fielen die Tropfen in immer schnellerem Tempo.

Die Giftmoleküle folgten dem Weg des geringsten Widerstands. Sie drangen in das vermörtelte Ufermauerwerk ein und sickerten durch das brüchige Gestein, bis sie den Fluß erreicht hatten. Nur ein leichter, fast süßlicher Geruch verriet das Gift.

Als erste starben die Frösche, dann die Fische. Als die Sommersonne stärker wurde und der Wasserspiegel sank, stieg die Giftkonzentration im Fluß weiter an.